BASTEI
LÜBBE

Über die Autorin:

Maria Regina Kaiser studierte Alte Geschichte, Hispanistik und Klassische Archäologie. Am Schreiben hatte sie schon immer Freude. Sie hat zahlreiche Bücher über große Persönlichkeiten der Geschichte verfasst, darunter »Arsinoë, Königin von Ägypten«. Für ihren Roman »Xanthippe« erhielt sie 1993 das Märkische Stipendium für Literatur.

MARIA REGINA

KAISER

BERENIKE

KLEOPATRAS TOCHTER

Historischer Roman

BASTEI LÜBBE

BASTEI LÜBBE TASCHENBUCH
Band 15 154

1. Auflage: Juni 2004

Für Elke, Simone
und Britta in Verbundenheit
für immer

Vollständige Taschenbuchausgabe

Bastei Lübbe Taschenbücher ist ein Imprint
der Verlagsgruppe Lübbe

Originalausgabe

Titelbild: Ausschnitt eines Gemäldes von Edwin Long, 1829–1891,
»Love's Labour Lost«, 1885, Artothek
Lektorat: Regina Maria Hartig/Cornelie Kister
Umschlaggestaltung: Bianca Sebastian
Satz: hanseatenSatz-bremen, Bremen
Druck und Verarbeitung: Maury Imprimeur A./S.
Printed in France
ISBN 3-404-15154-2

Sie finden uns im Internet unter
www.luebbe.de

Der Preis dieses Bandes versteht sich einschließlich
der gesetzlichen Mehrwertsteuer.

INHALT

Odi et amo,
quare id faciam, fortasse requiris.
Nescio, sed fieri sentio
et excrucior.

Valerius Catullus

Ich hasse und liebe,
warum ich das tue, fragst du vielleicht.
Ich weiß es nicht, aber dass es geschieht,
fühl ich und quäle mich.

PROLOG

Jahre vor ihrer Geburt war ich, Baile, der Gallier, bereits Bestandteil von Berenikes späterem Geschick.

Ein halbes Kind noch, zwölf Jahre alt, lag ich im Schlamm vor der Tribüne, auf der Gaius Julius Caesar die Unterwerfung des Stammes der aufständischen Bituriger entgegennahm. Der Regen trommelte auf unsere elenden Gestalten; nur noch Fetzen hingen an den halb verhungerten Körpern. Ich gehörte allerdings zu denen, die wohlgenährt waren. Mein Vater und meine älteren Brüder hatten mich gefüttert mit erlesener Nahrung, von der auch sie selbst gegessen hatten. Tagelang hatte immer wieder frisches zartes Fleisch auf dem Rost gebraten. Sie hatten es gut gewürzt. »Baile, iss«, höre ich sie sagen. »Auch wir essen. Wir müssen stark sein.«

Unter Tränen hatte ich mich gefügt. Das Brot war längst ausgegangen. Somit war Fleisch die einzige verfügbare Nahrung in der Stadt. Daran bestand kein Mangel. Menschenfleisch zu verzehren war in Gallien immer üblich gewesen. Die Krieger hatten Kraft gewonnen aus fetten Brühen, nachdem die Feinde im großen Kupferkessel zu schmackhafter Suppe gesotten worden waren.

»Sie wollen, dass du lebst, Baile«, hatte mein Vater mich ermahnt, als ich zögerte. Denn es war diesmal nicht das Rippenfleisch der Feinde, das wir zu uns nahmen. »Sie lieben dich, sie haben es für dich getan.«

Frauen flehten ihre Männer an, Schwestern ihre Brüder,

sich mit ihrem Fleisch für den Kampf zu stärken. Noch Jahre später war ich unfähig, Fleisch zu essen. Ich ernährte mich für eine gewisse Zeit von Brot und Gemüse. Irgendwann aber griff ich zu, wenn im Lager Schweine und Schafe gebraten wurden.

Caesar begnadigte uns nicht. Alle erwachsenen Männer wurden hingerichtet, Frauen und Kinder in die Sklaverei verkauft. Einige Knaben in jugendlichem Alter ließ er für seine Leibgarde ausbilden. Unter ihnen war ich. So machte ich die Bekanntschaft von Berenikes Vater, jenem Römer, der zu diesem Zeitpunkt ganz Gallien erobert und tributpflichtig gemacht hatte. Ich war kaum der Kindheit entwachsen, noch nicht wehrfähig, aber voll Hass gegen die Eroberer, die mich Eltern und Verwandten entrissen hatten. In der ersten Zeit verabscheute ich den Mann, der meine Familie und meinen Stamm vernichtet hatte. Ich weigerte mich, ihm auf Lateinisch zu antworten, wenn er einige freundlich-herablassende Worte an mich richtete. Ausgerechnet wir halbwüchsigen Jungen aus dem Stamm der Bituriger sollten zu seiner gallischen Leibwache gehören. Die Zeit machte uns mürbe. Einer nach dem anderen gaben wir unsere verstockte Haltung auf.

Ich durfte weiter meine Sprache sprechen, die gallischen Götter verehren und lernte zugleich römische Ausdrücke, römische Kommandos, nahm teil am römischen Soldatenessen und opferte den römischen Gottheiten. Und noch später fühlte ich mich geehrt, wenn der Feldherr vor mir stehen blieb und mit mir sprach. Ich war ein anderer Baile geworden, der zweite Baile, mit dem ich immer wieder Streitgespräche führe. Nachts in meinen Träumen schreien wir uns an, Baile, das Kind, und Baile, der Mann. Baile, der Gallier, Baile, der Römer.

Irgendwann war es so weit. Bei einem kleineren Scharmützel hatte ich drei Feinde getötet und kam blutüberströmt, mehr tot als lebendig, auf allen vieren ins Lager zurück. Er verlieh mir den goldenen Halsring, mit dem die Römer die Tapferen belohnen. Von da an begann unsere Freundschaft. Ich schlief vor dem Zelt seines Adoptivsohnes Turinus, der heute die Welt regiert und den die Menschen Augustus nennen. Zusammen mit vierhundert gallischen Kämpfern wurde ich bald darauf der ägyptischen Königin Kleopatra zum Geschenk gemacht.

Ich schwor den alten Gefolgschaftseid der Gallier, ich legte heilige Schwüre vor den Göttern Galliens und Ägyptens ab, das Leben der Kinder Caesarion und Berenike unter Einsatz meines eigenen zu schützen. Diese beiden Abkömmlinge des römischen Diktators Caesar und der ägyptischen Königin Kleopatra waren das kostbarste Unterpfand der Freundschaft der beiden Staaten.

Kleopatra war jung und Caesar alt. Nach seiner Ermordung gewann sie seinen engsten Freund, Marcus Antonius. Mit Misstrauen beobachtete ich ihn und die Kinder, die aus dieser Verbindung zu Geschwistern meiner Schützlinge geworden waren. Denn ich traute ihnen nicht.

Obwohl immer klar war, dass Caesarion der kommende Herrscher Ägyptens und vielleicht der Welt sein würde, hatte ich doch die kleine Berenike in mein Herz geschlossen. Irgendwann müssen wir uns entscheiden, ob wir uns auf die Seite des Stärkeren oder des Schwächeren stellen. Ich entschied mich für Berenike. So wurde ich schuldig.

Ich habe sie geliebt und werde sie lieben bis zum letzten Atemzug. Kein Mensch war mir je näher als sie. Oft war sie mir zu nahe. Manchmal hatte ich das Gefühl, ihr Leben habe sich ganz über mein eigenes gelegt, ja in Teilen das meine ausgelöscht. Manchmal, wenn ich zwanghaft immer wieder nur an sie denken konnte, beschloss ich, sie zu verlassen. Doch davon später.

Jetzt bin ich alt. Zwar sind meine Augen schwach geworden, doch die Ereignisse meiner Jugend sehe ich klarer als je zuvor. In den Nächten schlafe ich wenig. Ich gehe umher und rede mit dem Hund. Bunte Bilder, wie sie die Römer bei ihren Triumphzügen mitführen, um dem Volk die Ereignisse zu zeigen, scheinen vor mir auf, wenn ich in die Dunkelheit hinaussehe. Deutlich sind sie wieder vor mir, die Paläste, die ich bewohnt, die Dörfer und Städte, die ich geplündert, die Frauen, die ich geliebt habe, und Berenike. Berenike lachend, Berenike weinend, als Kind mit ihren Geschwistern in Ägypten, als Mädchen, später als verlockende junge Frau in Rom, als Geliebte anderer Männer. Obwohl mir heilige Eide verboten, sie auch nur anzufassen, verband mich mehr mit ihr als mit manch einer Frau, mit der ich schlief. Ich war für ihre Gesundheit und ihre Sicherheit zuständig. So kam ich dazu, dieses Buch über ihr Leben und damit mein eigenes zu schreiben. Denn unsere Leben sind nicht klar voneinander abzugrenzen, auch wenn jeder von uns zeitweise mit anderen Menschen zusammen war.

Jeder Mensch, sei er von hoher oder niedriger Geburt, ist einmalig und unverwechselbar, ein Geschenk der Götter an diese dumpfe Welt, ein leuchtender Stern, der seinen entfernten Platz in den hintersten Weiten des Himmels für eine Zeit lang mit einer irdischen Existenz vertauscht. Der Mensch aber, den wir lieben, ist der leuchtendste Stern; in ihm offenbart sich göttlicher Glanz.

Für einige Jahrzehnte war ich Berenikes Beschützer. Ohne Unterbrechung schlief ich Nacht für Nacht vor der Tür ihres Zimmers, von jedem Bissen, den sie zu sich nahm, ließ ich den Vorkoster den Apfel, das Brot, das Fleisch anbeißen. Ich reichte ihr jeden Morgen das Gegengift, das sie im Lauf ihres Lebens gegen heimlich gegebene Gifte immun machen würde. So wusste ich alles von ihr, alles über sie, mehr als Menschen voneinander wissen sollten, und oft genug vergaß ich mich selbst und meine Geschichte über der ihren. Ja, das sei zugegeben, so weit kam es schließlich. Ich, Baile, Sohn des

Buan, mit der schönen Stimme, geboren mit der Bestimmung, ein singender Druide zu werden, nahm den Weg eines Kriegers und vergaß im Laufe der Jahre mich selbst, während ich Leibwächter meiner Herren war. Berenikes Geschichte ist meine eigene, so wie meine die ihre ist.

Meine Zeit im römischen Militärdienst ist vorbei. Immer wieder ließen freundliche Götter mich aus blutigem Staub und Schlachtengetümmel entkommen. Immer wieder ist es mir gelungen, auch meinen Schützling in Sicherheit zu bringen. Für sie habe ich heilige Eide gebrochen und meinen besten Freund verraten. Ich bereue nichts davon.

Berenike ist nicht hier. Sie lebt jetzt auf der anderen Seite des Meeres, im Süden, in dem göttlichen Land ihrer Vorfahren mütterlicherseits, in Ägypten.

Für sie ist es gut, endlich wieder dort angekommen zu sein, von wo sie vor langer Zeit nach Rom aufbrach. Sie ist jetzt in Sicherheit. Ich weiß, dass sie dort sein muss und ich ihr nicht folgen kann. Trotzdem sträubt sich etwas in mir gegen diese unverrückbare Tatsache. Manchmal fällt mich der Schmerz über ihren Verlust an wie ein hungriges Raubtier. An solchen Tagen beschrifte ich diese Papyrusrollen mit ihrer Lebensgeschichte.

Ich halte meine Hand in das Meer, das uns verbindet, und gebe die Hoffnung nicht auf, sie, meinen strahlenden Schützling, meine unvergessliche Geliebte, noch einmal im Leben wiederzusehen.

VORSPIEL

Groß und fahl stand der Vollmond über den sieben Hügeln der Stadt. Ein heftiger Frühlingssturm jagte Wolken vor sich her und peitschte die Zypressen, die den Tempel des Jupiter Optimus Maximus auf der Spitze des Kapitols umstanden.

»Dieses Wetter erinnert mich an den Winter in Alexandria«, sagte die ägyptische Königin. »Sturm macht mich ängstlich und verzagt.«

»Wie ein kleines Mädchen«, sagte der Diktator liebevoll.

Die Sklaven hatten die schweren purpurnen Vorhänge noch nicht zugezogen. Kleopatra hatte die Villa auf dem anderen Tiberufer, die Caesar ihr überlassen hatte, mit ägyptischen Einrichtungsgegenständen ausgestattet: Edelholztischchen mit Elfenbeinintarsien, Truhen aus polierten afrikanischen Hölzern mit Goldblech beschlagenen Ecken. Kahlköpfige schwarze Eunuchen in bodenlangen Brokatgewändern standen überall herum und verneigten sich überschwänglich. Es war die Art von Prunk, die ihn, den Römer, sowohl faszinierte wie abstieß. In Rom zeigten die Reichen ihren Wohlstand nicht. Luxus mit Pfauenanlagen und wohlgestalteten bithynischen Knabensklaven leistete man sich außerhalb der Stadt in der Zurückgezogenheit der Landhäuser inmitten weitläufiger Parks. Das Volk von Rom erwartete von seiner Führungsschicht altväterliche Schlichtheit. Gerstenbrei zum Frühstück, ein Stück hartes Brot zwischendurch und am Abend eine einfache Mahlzeit ohne griechische Raffinesse.

Kleopatras Vorliebe für Gegenstände aus schwerem nubischen Gold und durchbrochene phönizische Gläser, ihre Versessenheit auf schimmernde Perlen, ihr schneidender Befehlston gegenüber den Bediensteten, das alles ist so unrömisch, dachte er, so geschmacklos und zugleich rührend kindlich.

»Der Sturm kann alles verändern. Er kann Bäume ausreißen, die Menschen erschlagen. Er fegt Hütten weg, als wären sie nichts, und schleudert die Bretter ins Meer. Er lässt Schiffe kentern. Geh nicht weg. Bleib diese Nacht bei mir.«

»Es ist die letzte Nacht vor dem Auszug aus der Stadt«, gab er zu bedenken.

»Du willst doch nur zu Calpurnia!«, schrie sie.

Calpurnia war die angetraute Ehefrau des Diktators, seine vierte. Er war in den Jahren seiner Ehe nur wenige Wochen mit ihr zusammen gewesen. Jahrelange Kriege hatten ihn von Rom fern gehalten. Und so hatte sie ihm wie ihre beiden Vorgängerinnen kein Kind geboren.

»Natürlich will ich zu ihr. Es gehört sich so, in der letzten Nacht bei ihr im Bett zu schlafen.«

Er wollte nicht wirklich zu Calpurnia. Er liebte das Katzenhafte an Kleopatra, ihren Raubtiercharakter. Als er sie kennen lernte, vor drei Jahren, war sie mager gewesen. Jeden Knochen an ihr hatte er gespürt. Calpurnia dagegen war sanft und schön, mit makelloser Haut und großen dunklen Augen, älter als die ägyptische Königin und fraulicher.

»Kleine ägyptische Katze«, murmelte er. Ihre Stimme war das Beste an ihr, diese melodische Art zu sprechen. Mit diesem ägyptisch-griechischen Singsang hatte sie ihn bei ihrer ersten Begegnung gefangen genommen, damals, als sie mit zerzaustem Kraushaar aus dem Teppich gestiegen war. Ihre Lebendigkeit hatte ihn vom ersten Moment an fasziniert. Eine so junge Frau, so selbstbewusst und entschlossen, war ihm noch nie zuvor begegnet. In Rom wussten die Frauen, wo ihr Platz war, und hielten sich an die gesellschaftlichen Regeln. Für Kleopatra galten keine Regeln. Sie war die ägyptische Königin. Sie wollte alles, und zwar auf der Stelle. Irgendetwas an Kleopatra erinnerte ihn überdies an seine eigene, zu früh verstorbene Tochter Julia.

»Einmal im Leben ist mir eine Katze zugelaufen«, sagte er. »Du.«

Es ist ein Unterschied, ob man eine Katze irgendwo käuflich erwirbt oder ob einem unerwartet eine zuläuft. Calpurnia, die schöne Römerin aus reichem Hause, hatte er eines Tages beschlossen zu heiraten. Eine glanzvolle Hochzeit, eine gute Partie, die richtige Ehefrau im richtigen Moment. Caesar hatte fest damit gerechnet, dass sie ihm endlich Kinder gebären würde. Eine Hoffnung, die sich bis zum heutigen Tage nicht erfüllt hatte. Kleopatra, katzenhaft auch in dieser Hinsicht, war nach ein paar Liebesnächten im ägyptischen Hochsommer schwanger gewesen, und ihre Schwangerschaft war zu diesem Zeitpunkt im umkämpften Alexandria der größte Eklat, den Rom sich gegen den ägyptischen König herausgenommen hatte. Dahin war es also mit Ägypten gekommen. Der römische Imperator hatte die rechtmäßige Gemahlin des jungen Ptolemaios geschwängert. Im Grunde genommen war es Caesar peinlich gewesen. Damit hatte er nicht gerechnet. Die Ägypter hatten Steine nach ihm geworfen, und das Volk hatte sich gegen die verhassten Römer und Kleopatra erhoben. Caesar hatte um sein nacktes Leben kämpfen müssen. Es war politisch gesehen seine größte Dummheit gewesen. Er seufzte. Venus hatte es so gewollt. Wohin er auch auf seinen Feldzügen gekommen war, die Frauen waren ihm, dem Abkömmling der schaumgeborenen Göttin, schnell verfallen. Mit zunehmendem Alter war diese ihm eigene Anziehungskraft eher noch gewachsen.

»Ich werde dich bis zum letzten Atemzug lieben«, murmelte er.

Sie lächelte ihn an. Anderes hatte sie nicht erwartet.

»Ich werde aus diesem Krieg gegen die Parther siegreich zurückkehren«, sagte er knapp in den Raum hinein. »Mir ist fast alles gelungen. Venus wollte es so. Sie wird auch diesmal auf meiner Seite sein, auf der Seite der römischen Feldzeichen. Ich werde ihren Tempel mit neuen Standbildern schmücken.«

»Schmücke ihn auch mit meinem Standbild«, flüsterte sie.

Eine unsinnige Idee. So etwas war in Ägypten möglich, in Syrien, vielleicht sogar in Athen. Aber nicht in Rom. Warum begriff Kleopatra nicht, dass sie auf italischem Boden keine Göttin war? Sie ist maßlos, dachte er, instinktlos, rücksichtslos. Bei allen Göttern, warum hatte er sich ausgerechnet auf sie eingelassen?

»Was stellst du dir vor? Rom ist eine Res publica. Es ist nicht zulässig, die Statue eines Lebenden in einem Tempel unter die Götter zu stellen. Auch nicht die der ägyptischen Königin.« Wieder dieser Schmerz in der Herzgegend. Er durfte sich nicht so aufregen. »Du hast immer noch nicht begriffen, dass wir in Rom sind und nicht in Athen oder in Alexandria.«

»Dann stell einfach eine Statue der Göttin Isis mit meinem Gesicht auf«, schlug sie vor. »Und noch etwas. Wenn du aus Parthien zurückkommst, schickst du Calpurnia den Scheidungsbrief? Du hattest es versprochen.«

Calpurnia war eine gutwillige, sanfte Partnerin. In seiner Abwesenheit sah sie sich nicht nach Liebhabern um. Sie war ihm treu ergeben, und vielleicht würde sie ja schwanger werden. Nicht zuletzt war sie die Tochter seines vermögenden, einflussreichen Freundes Calpurnius Piso. Kurzum, er dachte nicht im Traum daran, sich von Calpurnia zu trennen.

»Du verlangst viel«, murmelte er.

»Und wenn nicht«, sagte sie. »Wenn du nicht zurückkommst?«

Er sah sie überrascht an. »Du warst dir immer sicher. Du warst immer dafür.«

»Was, wenn du in Parthien stirbst? Wenn du bei einem deiner Anfälle erstickst?«

Er lachte kurz und rau. Was fiel ihr ein, von seinen Anfällen zu sprechen? Die Krankheit war göttlich. Allerdings waren die Anfälle in den letzten Jahren stärker und lästiger geworden. »Meine kleine Ptolemäerin denkt an die Zukunft ohne ihren Caesar, ist es so? Sie wird lang sein, diese Zukunft. Denn du bist jung, und ich bin alt.«

»Ich bin die göttliche Mutter Ägyptens und zweier Kinder«, sagte Kleopatra und streckte ihren gerundeten Bauch vor.

»Göttin, erhabene Isis, dir gehört der Orient. Aber dein Einfluss erstreckt sich nicht auf Rom. Deine Söhne werden niemals über Rom herrschen. Sie werden sich mit Ägypten begnügen müssen. Hast du Einwände?«

»Ich mache darauf aufmerksam, dass es sich nicht um zwei Söhne handelt. Die Vorzeichen im Falle des noch nicht geborenen Kindes sprechen alle für eine Tochter mit besonderen königlichen Eigenschaften.«

Caesar lachte noch einmal auf.

»In Ägypten wird unser Sohn König sein, Ptolemaios Caesar, genannt Caesarion. Unsere Tochter sollte über Rom herrschen.«

Im Grunde genommen gefiel es Caesar, sich mit dem ehrwürdigen Geschlecht der Ptolemäer vereinigt zu haben. Wie alle Römer hatte er Respekt vor ausländischen Königshäusern, ganz besonders aber vor der Dynastie der Ptolemäer, die den großen Alexandros beerbt hatten.

»Irgendwann werden die Römer mein Andenken ächten und behaupten, ich hätte Rom an die ägyptische Königin verschenkt. Nun gut, das kostbare Blut unserer Tochter wird sich mit römischem mischen«, sagte Caesar und kicherte albern. »Lass uns ernst werden. Wir sind hier in einer ehrwürdigen alten Republik. Man ist stolz darauf, dass ein gewisser Brutus vor Jahrhunderten den letzten König Roms vertrieben hat. Du begreifst nicht, dass ich nicht ein König über Rom sein kann, wie dein Vater einer über Ägypten war.«

»Du bist König von Rom«, beharrte Kleopatra. »Der Senat und das Volk haben dir gottähnliche Ehren verliehen. Nur der Titel eines Königs und die Abzeichen eines solchen fehlen dir. Aber sie lieben dich wie ihren Herrscher, weil du es längst bist, auch wenn sie dich einstweilen nur Caesar nennen. Ein neuer Stern wird in diesen Tagen am Himmel erscheinen, ein göttlicher Stern, der den Anbruch eines neuen Zeitalters für Rom und die Welt verkündet. Die ägyptischen Astrologen irren sich nicht.«

Als sie vor zwei Jahren mit dem Kleinen auf ihren Wunsch nach Rom gekommen war, hatte er ihr angeboten, seine Dienerschaft zu nutzen, so wie es für einen ausländischen Gast selbstverständlich war. Doch Kleopatra hatte vorgezogen, auf insgesamt drei Schiffen fast ihren gesamten eigenen Hofstaat mitzubringen, ihre Eunuchen, Kammerfrauen, Köche, Schauspieler, Sänger und Tanzzwerge ebenso wie die Wahrsager, Traumdeuter und Astrologen.

»Ja, der neue Stern«, sagte Caesar trocken. »Er verkündet etwas. Mag sein, dass es der Beginn eines neuen Zeitalters ist. Mir kommt es so vor, als sei es vor allem das Ende des alten, das er anzeigt. Eine Zeit geht zu Ende. Die Republik ist unwiederbringlich gestorben.« Einen Moment dachte er nach, bevor er fortfuhr: »Die allmächtigen Götter haben mich ausgezeichnet. Unzählige Male haben sie mir den Sieg geschenkt. Sie lieben mich, sie zeichnen mich aus vor allen anderen Römern. Mag sein, dass ich ein Gott bin. Manch einer meiner Soldaten hat eine kleine Statue mit meinem Gesicht unter seinen Hausgöttern aufgestellt – und dennoch, ich bin kein Unsterblicher. Ich bin ein Mensch mit lächerlichen Krankheiten und Gebrechen. Selbst wenn meine Krankheit göttlich ist, ich werde sterben.«

»Ich bete zu den ägyptischen Göttern, dass dieser Tag noch lange auf sich warten lässt.«

»Was auch immer geschieht, mein Testament wird Beachtung finden. Es ist der letzte Wunsch von Roms erstem Gott. Ich werde das Kind, diese Tochter, mit meinem Neffen verloben, mit dem jungen Turinus.«

»Du meinst Octavius?«

»Er ist der willensstärkste, der zäheste von den Söhnen meiner Nichten. Ihm will ich meinen Namen und mein Vermögen geben.«

»Du hast lange Zeit an Antonius gedacht. Auch er gehört zum Haus der Julier.«

Caesar seufzte. »Es wird Antonius verletzen, dass ich nicht ihn adoptiert habe. Aber er ist zu weich. Zu undiszipliniert und außerdem –« Er sah sie an, und sie senkte den Blick. »Er ist jünger als ich, und du würdest sofort mit ihm ins Bett gehen. Er fickt gut und ausdauernd.«

Kleopatra wurde nicht rot. »Ja«, sagte sie. »Er ist bestimmt ein guter Liebhaber.«

»Hast du es schon ausprobiert?«, fragte Caesar und streichelte leichthin ihren Arm.

»Es war noch keine Gelegenheit dazu.«

Es tat ihm weh, wie sie es sagte. Zugleich ärgerte er sich darüber, dass es ihn, den allmächtigen Diktator, berührte. Er ließ es sich nicht anmerken. Sie lachten beide.

Dann wurde sie wieder ernst. Sie legte ihre Hand auf den Rücken der seinen und sah ihm ernst in die Augen. »Sprich die Adoption für Antonius aus, Liebster, tu es nicht erst in deinem Testament, tu es jetzt, tu es morgen vor dem Senat.«

Er war so verblüfft über die Energie, mit der sie ihren Vorschlag aussprach, dass er nicht gleich antworten konnte. Es gibt nichts Lebendigeres als eine schwangere Frau, dachte er, und Kleopatra ist die Steigerung. In diesem Moment sah er sie vor sich: Kleopatra und Antonius, Jahre später, Arm in

Arm, wie sie an seinem Grabmal pflichtschuldig die Opfer darbrachten.

»Du wirst stärker sein, wenn du Marcus Antonius als deinen Sohn in Rom zurücklässt. Er ist der Einzige, der unseren kleinen Caesarion schützen wird. Er ist stark, und die Römer lieben ihn ebenso wie die Menschen in Asien, Syrien und Ägypten. Der Knabe Turinus mit seinen fünfzehn Jahren hingegen muss sich alles erst erkämpfen. Außerdem ist er krank.«

»Hör zu, er ist nicht fünfzehn. Er ist achtzehn, ein richtiger Mann und näher verwandt mit mir als Antonius.«

Kleopatra küsste ihn sanft. »Ich weiß, dass du die richtige Entscheidung treffen wirst. Die richtige Entscheidung ist die für Antonius. Caesarion ist ein zweijähriges Kind. Er braucht einen Beschützer.«

Caesar sprang auf, der hölzerne Stuhl mit den silbernen Kugeln flog auf den Marmorboden. »Warum bist du so sicher, dass ich sterben werde?«, schrie er. »Warum befragst du ständig deine Astrologen und Sternseher? Glaubst du etwa, ich wüsste nicht, was du hinter meinem Rücken treibst? Du hast mich abgeschrieben, du ägyptische Hexe. Hast du dich schon mit Marcus Antonius abgesprochen für den Fall meines Todes?«

Kleopatra hatte die Arme auf dem Rücken verschränkt. »Gib Antonius den Namen Caesar«, sagte sie, unbeeindruckt von seinem Wutanfall. »Tu es.«

»Weil du es unbedingt willst, werde ich es nicht tun!«, schrie er.

»Er ist der Beste«, sagte Kleopatra. »Wenn du in deine eigene Seele hineinblickst, dann weißt du, es gibt keinen unter all denen, die dir nahe stehen, der treuer und ergebener ist.«

»Er ist der Dümmste von allen«, grummelte Caesar. »Er ist ein guter Soldat, ein guter Trinker und ein wunderbarer Freund, aber er denkt unklar. Er ist kein Nachfolger, der meiner würdig wäre.«

»Den Nachfolger, der dich ersetzen kann, gibt es nicht. Mach dir das klar. Dieser arme Junge kann es am wenigsten. Vielleicht will er es nicht einmal.«

»Doch«, sagte Caesar. »Auch wenn sein Körper kränklich ist, sein Geist ist unermüdlich. So wie er, so war auch ich, als ich jung war. Auch meine Gesundheit war nicht die beste. Und er liebt mich, er hängt an mir wie an einem Vater.«

»Dieser Schleimer, dieser Heuchler!«, fauchte sie.

»Außerdem passt er im Alter besser zu unserer Tochter.« Caesar lächelte und schien wieder versöhnt. »Ja, jetzt weiß ich, was ich zu tun habe. Und was Antonius angeht, er wird dem Sohn des Octavius, meinem lieben Turinus, ein ergebener Helfer sein. Das ist sein Platz.«

»Täusch dich nicht. Täusch dich nicht in Turinus«, murmelte Kleopatra.

Wieder der stechende Schmerz punktförmig über dem Herzen. Sie hatte die Stirn zusammengezogen und war noch immer wütend. Er war sicher, sie merkte ihm nichts an. Der Schmerz war diesmal so stark, dass er sich für ein paar Momente nicht bewegen konnte. Er musste unbedingt noch mit Baile sprechen. Pass gut auf die Kinder auf, den Jungen und das Mädchen, Baile. Kleopatra ist ungerecht und jähzornig, aber sie meint es nicht so.

»Die Zeichen beim Opfer waren alle schlecht«, sagte er nach einer Weile. »Ich habe früher nicht an sie geglaubt, aber inzwischen weiß ich, dass sie nicht lügen. Ich begreife nicht, warum ich trotzdem nach Parthien aufbrechen will. Doch der Partherkrieg wird mich zum größten Feldherrn machen, den Rom je hatte. Der Krieg gegen die Parther ist die Vollendung.«

Gallien war der Anfang gewesen. Damals hatte er auf der Höhe seiner körperlichen Kraft gestanden. Er hatte dieses weite, wilde Land für Rom erobert. Das Partherreich würde die Krönung seines Lebenswerks sein. Mit den Reichtümern des Partherreichs würde Rom die Welt beherrschen. Auch der große Alexandros war in den Osten gezogen, um ihn zu erobern. Kleopatra lächelte in sich hinein. Ja, ihm würde es gelingen. Er würde das Partherreich unterwerfen. Gaius war listiger, verschlagener und klüger als die Römer, die in früheren Jahren gegen den östlichen Feind gezogen waren. Mochten die Vorzeichen sein, wie sie wollten – was bedeuteten schon römische Vorzeichen? Die ägyptischen Astrologen hatten einen Stern vorausgesagt, und an diesen Stern wollte sie glauben.

»Du bist ein Spieler«, sagte sie. »Spieler wollen nicht gewinnen. Sie wollen verlieren. Und so ist es auch bei dir, du willst besiegt werden. Aber – diesmal wirst du gewinnen. Der Stern zeigt es an. Ein neues Zeitalter beginnt.«

Er stand auf und trat ans Fenster.

»Am Ende meines Lebens will ich noch einmal besiegt werden. Vielleicht ist es das, Königin. An die Niederlage darf ein Feldherr nicht einmal denken, wenn er sich für die Schlacht entschieden hat. Ist der Stern eigentlich schon da? Zeig ihn mir.«

»Nein. Er soll erst in ein paar Tagen aufscheinen.«

Als er ihr sein Gesicht zuwandte, war sie überrascht darüber, wie enttäuscht er war.

I. ÄGYPTEN

NIEMAND

Ein leichter Wind vom Meer her blähte die Vorhänge an den Fensteröffnungen des mittelgroßen Raums mit dem Mosaikboden aus goldfarben glitzernden Glaskieseln. Auf dem Liegesofa mit elfenbeingeschnitzten Lehnen lag, über einer purpurgefärbten Fransendecke hingestreckt, der wichtigste Eunuch an Kleopatras Hof. Dion war in die Jahre gekommen, in denen Eunuchen Fett ansetzen. Doch sein Gesicht hatte noch die scharf geschnittenen, feinen Züge seiner frühen Jugend, und die kleinen dunklen Augen strahlten ausdrucksvoll.

Außer der klaren Stimme des königlichen Eunuchen war um diese Stunde im Palast der Sphinx nichts zu vernehmen als das Klatschen des Wassers, das gegen die Felsen am Fuß des altehrwürdigen Gebäudes brandete. Berenike saß auf einem Schemel und lauschte. Das Geräusch der Wellen war wie ihr eigener Herzschlag. Seit sie denken konnte, war es zu hören gewesen, schwach an ruhigen, windstillen Tagen, stärker im Winter und im Frühjahr.

Mit ihren zwölf Jahren war Berenike kein Kind mehr, aber auch noch nicht ganz Frau. Vom Fenster aus sah sie Schiffe pfeilschnell auf den Hafen zusegeln und andere, die ihn nicht minder eilig verließen. Berenike wünschte sich auf einen der Schnellsegler, die in nördliche Richtung in See stachen. Dabei war ihr durchaus bewusst, wie unmöglich es für sie war, jemals wieder in ihre Geburtsstadt Rom zu kommen. Gerade jetzt war es so undenkbar wie nie zuvor. Denn Ägypten befand sich offiziell im Kriegszustand mit Italien. Königin Kleopatra ließ in den Werften hinter dem Hafen gewaltige Kriegsschiffe bauen, die die kleineren italischen Schiffe unter dem Kommando des Adoptivsohns Caesars vernichtend schlagen würden. Der römische Gegner hatte keine Chance. Eines fernen Tages allerdings würde auch dieser Krieg zu Ende sein. Es war keine Frage, dass die ägyptischen Truppen siegen würden, und doch überkam Berenike beim Gedanken an den Sieg ein unbehagliches Gefühl.

»Sie wird meinen römischen Bruder vernichten«, murmelte sie.

»Natürlich werden unsere Schiffe die Römer schlagen«, sagte Dion. »Warum hat dieser Narr, dieser jugendliche Spinner, auch versäumt, der Königin Ägyptens und seinen Geschwistern in Ägypten zu huldigen?« Eine Frage, auf die er keine Antwort erwartete.

»W-wird Rom ... w-wird Rom die Hauptstadt, w-wenn es vorbei ist?« Diese Frage beschäftigte Berenike am meisten. Antonius und ihre Mutter sprachen manchmal über die Zukunft. Antonius hatte gesagt, er müsse in diesem Fall für einige Zeit nach Rom zurückreisen, um alles zu ordnen.

»Nein, sicher nicht. Alexandria bleibt die Hauptstadt der Welt. Das römische Klima ist ungesund. Die Stadt liegt nicht direkt am Meer«, beruhigte Dion sie. »Sprich leiser, deine Geschwister sind schon eingeschlafen.«

Der Palast der Sphinx wurde von Berenike und den drei jüngeren Kindern der ägyptischen Königin mitsamt ihren Erziehern und der dazugehörigen Dienerschaft bewohnt.

Dem älteren Bruder der vier, Caesars Sohn Caesarion, stand ein eigenes, bei weitem aufwändigeres Gebäude zu. Der künftige König der Könige hatte einen eigenen Hofstaat und eine eigene Haushaltung, zwei nur für ihn bestimmte Galeeren und einen eigenen Reit- und Fuhrstall. So hatten es die

Ptolemäerkönige von alters her gehalten. Sparsamkeitserwägungen wären ein Hohn auf die königliche Tryphe gewesen. Große Herrschergestalten waren dadurch groß, dass sie auf großem Fuß lebten, aus goldenen Gefäßen speisten und tranken und ihre Freunde reich beschenkten. Wer den Göttern so nah war wie sie, war gottähnlich und durfte in keinem Bereich seines bestaunenswerten Lebens knausern. Das göttliche Land Kemet war schließlich unerschöpflich. Jedes Jahr aufs Neue wurde in drei üppigen Ernten Reichtum ausgeschüttet. Solange der Nil Ägypten durchfloss, würde das von den Göttern bevorzugte Land wohlhabend und glücklich bleiben.

Dion las die Geschichte von Odysseus und dem Riesen Polyphem. Er war kein guter Vorleser. Aber die Geschichte war so spannend – Berenike hörte sie zum ersten Mal –, dass sie gebannt zuhörte.

»Da fragte der Riese, der mit seinen riesigen klobigen Fingern Odysseus unter dem Bauch des Schafes erspürt hatte: ›Wer bist du?‹ Odysseus schrie mit lauter Stimme: ›Ich bin niemand. Niemand ist mein Name!‹« Dion hatte die Stimme erhoben.

»Ich bin noch wach!« Die kleine Selene schoss aus der Wolldecke auf ihrem Liegebett empor wie eine gespannte Feder. Sie hatte das breite Gesicht ihres Vaters Antonius, aber das quirlige Temperament Kleopatras. Ihr etwas verfetteter Zwillingsbruder Alexandros schnarchte auf dem Teppich. Der Jüngste, Phila, lag im Nebenzimmer, auch im Schlaf noch bewacht von zwei schwarzen Eunuchen. Phila, großäugig und lockenköpfig, war das hübscheste von Kleopatras Kindern.

Der Chef der gallischen Leibwächter, der rothaarige Baile, hockte zwischen seinen Waffen im Gang und lauschte. Wer ihn sah, hätte glauben können, auch er schlafe, aber dem war nicht so. Baile hatte sich angewöhnt, mit halb geschlossenen Augen vor sich hin zu dösen. In diesem Zustand war er konzentriert und hellwach. So entging ihm kein Geräusch, er nahm jede Bewegung in der Nähe wahr, und selbst das, was sich draußen im Torbereich abspielte, wurde von ihm registriert. Er hatte sich längst abgewöhnt, all die Gespräche zu bewerten, deren Zeuge er wurde. Er nahm sie zur Kenntnis und legte sie irgendwo in seinem Inneren ab wie alte Papyrusrollen, die man in eine Truhe steckt. Sein Gedächtnis war gut, er vergaß wenig. Darin war er den übrigen Galliern ähnlich, die von Kind auf darin geübt waren, ihr Gedächtnis zu trainieren und Lieder und Gesänge auswendig zu lernen. Die Gallier hatten nämlich keine eigene Schrift. Wissen wurde bei ihnen seit jeher durch mündliche Überlieferung weitergegeben. Irgendwann kam für alles die Zeit, es wieder hervorzuholen.

Oudeis, niemand. Berenike blickte zu Dion auf, der ihren Blick nicht erwiderte. Er hielt die Papyrusrolle ausgebreitet und las jetzt weiter mit der Anstrengung des Mannes, dessen Augen nicht mehr ganz scharf sind. Aber das war es nicht. Dion, der allmächtige Eunuch, sah auch sonst oft an ihr vorbei. Hörte nicht zu, wenn sie ihn ansprach, oder vergaß, worum sie ihn gebeten hatte.

Plötzlich wusste sie es: Sie existierte nicht wirklich, sie war unsichtbar. Das unterschied sie von ihren Geschwistern. Ihr Bruder, zwei Jahre vor ihr geboren, Caesars und Kleopatras Sohn mit dem erlesenen Namen Ptolemaios Caesar, genannt Caesarion, zu Lebzeiten seines Vaters geboren, von ihm geherzt und gestreichelt, war der künftige Pharao. Er war fest umrissen, deutlich. Und er stotterte nicht. Niemand in der Familie stotterte außer ihr. Ihre Dienerinnen und die Eunuchen sprachen klar und fließend. Nur sie, klein, mager, mit der bräunlichen Haut einer Ägypterin aus dem Süden des Landes, stotterte und lief rot an, wenn sie ihrer Mutter, der göttlichen Kleopatra, Antworten gab.

»Willst du mich verhöhnen, Kind?«, fragte die Mutter in solchen Momenten. Vor Verzweiflung blieb Berenike dann stumm. Das Herz hämmerte ihr in der Brust, und sie war den

Tränen nahe. »Kind, du bist eine Lächerlichkeit. Und dazu noch hässlich. Niemand nimmt mich mehr ernst, wenn du neben mir stehst. Gib dir Mühe! Tu, was dein Rhetoriklehrer dir sagt! Demosthenes hat auch gestottert, aber später war er der berühmteste Redner Griechenlands.«

Berenike hatte sich angewöhnt, die Menschen ihrer Umgebung nach ihrer Art zu reden in eine Skala einzuteilen. Gut reden zu können, flüssig zu sprechen, das richtige Wort im richtigen Moment herauszubringen war unendlich wichtig. Ihre Mutter stand zuoberst auf Berenikes Liste, sie selbst belegte den untersten Platz.

»Auch in Rom legt man Wert auf fließendes, kultiviertes Sprechen. In Rom sprechen selbst die Frauen, als hätten sie eine Rhetorikschule besucht. Gib dir Mühe, Teknon. Du hast die besten Lehrer.«

»Oudeis eimi«, flüsterte Berenike. »Ich bin niemand.«

Die Zwillinge, Selene und Alexandros, die Sonne und der Mond, die erstgeborenen Kinder aus der Liebesbeziehung zwischen Marcus Antonius und Kleopatra, auch sie waren klar und deutlich, fest umrissen. Schon jetzt stand fest, dass sie einmal Unterkönige im Reich des Caesarion sein würden.

Schließlich war da noch Phila, der jüngste Bruder, Ptolemaios Philadelphos, Ptolemaios der Geschwisterliebende, das Nesthäkchen, der Liebling seiner Eltern Marcus Antonius und Kleopatra.

Sie, Berenike, war zum falschen Zeitpunkt geboren, zwei Tage nach dem Tod ihres Vaters Caesar, untergewichtig, halb tot. Ihr Vater hatte sie nie gesehen. Er hatte sie nicht in der Art römischer Väter vom Boden hochgehoben und als sein Kind anerkannt. Das war es, was sie für immer unsichtbar machte. Vom Augenblick ihrer Geburt an waren die Mörder ihres Vaters auch hinter ihrem winzigen, zerbrechlichen Leben her. Es war nicht klar, wer die Männer geschickt hatte. Jedenfalls war ihr Auftrag gewesen, die Kinder Caesars zu töten und Kleopatra das Testament zu entreißen, das der Diktator wenige Tage vor seinem Tod abgefasst hatte. Sie hatten das Dokument aus Kleopatras Kleidern gerissen, und Berenike verdankte ihr kümmerliches Leben nur einem Zufall. Als Bettlerin verkleidet war Kleopatra mit Baile und Dion durch die Nacht geflüchtet. Früh am Morgen hatten sie ein Schiff bestiegen, das gerade ablegte, und darauf waren sie auf Umwegen nach Ägypten zurückgekehrt.

Das Testament ihres Vaters bestimmte Berenike dazu, Königin an der Seite ihres römischen Adoptivbruders Turinus zu sein. Aber daran war kein Denken mehr. Für Turinus waren sie und Caesarion nur die ägyptischen Bastarde seines Vaters, des göttlichen Julius. Es gab keine neue Bestimmung mehr. Während Caesarion, Alexandros, Selene und Phila ihrer Königswürde entgegenwuchsen, war ihr alles genommen worden. Sicher war nur, wer ihr Feind war. Turinus. Und dass sie den Boden der ihr bestimmten Stadt Rom niemals betreten würde.

Sie würde Rom so bald nicht zu Gesicht bekommen, so wenig wie ihren römischen Bruder Turinus. Hatte sie nicht ein Recht darauf, ihre römische Familie kennen zu lernen? Sie war immerhin schon zwölf, sprach ganz gut Lateinisch, und manchmal malte sie sich aus, wie sie mit den Verwandten ihres Vaters in Rom sprechen würde. Das Grab auf dem Marsfeld am Tiber wollte sie besuchen, das Grab der julischen Familie.

»Pater«, murmelte sie lautlos, »es ist mein Recht. Ich bin deine Tochter. Irgendwann werde ich heimlich nach Rom aufbrechen, verkleidet.« War es nicht genau das, was er von ihr erwartete? So hatte es auch ihre Mutter gemacht, damals, als sie zum ersten Mal vor Caesar getreten war. Mit einer List hatte sie sich zu ihm geschlichen.

Dion brach ab. »Du hörst nicht zu, Berenike.«

»Erzähl mir etwas von meinem Vater. D-du hast ihn viele

Male gesehen.« Bei Dion stotterte sie kaum, so sehr war sie an seine Anwesenheit gewöhnt. Er stand ihr näher als die Mutter, schließlich verbrachte sie viel mehr Zeit mit ihm als mit Kleopatra. Mit ihm und Caesarion. Dion war für sie und ihren älteren Bruder als oberster Erzieher zuständig.

»Ja. Aber er hat immer nur über mich hinweggesehen.« Das ebenmäßige Gesicht des Eunuchen verdüsterte sich.

Hinweggesehen, über Dion? Berenike glaubte ihm nicht.

»Baile weiß mehr über deinen Vater als ich. Er war schon in Gallien mit ihm zusammen. Ihn musst du fragen.«

Berenike verdrehte die Augen. Immer die gleichen Ausflüchte, wen sie auch fragte. Ihre Mutter hatte keine Zeit, Caesarion keine Erinnerungen mehr an die Begegnungen mit seinem Vater und Dion einfach keine Lust, über den göttlichen Julius zu sprechen. Baile wiederum, der sie tröstete, wenn sie nach einem der kurzen Gespräche mit ihrer Mutter vor Wut heulte und die Fingernägel ankaute, der ihr gallische Märchen und Göttersagen erzählte, ausgerechnet er zuckte zusammen, wenn sie ihn nach ihrem Vater befragte.

»Wenn du älter bist«, pflegte er sie zu vertrösten. »Es sind traurige Geschichten.«

»Erzähl mir, wie er die Gallier besiegt hat.«

»Später«, beharrte er dann. »Lies erst einmal die Bücher, die es darüber gibt.«

Sie hörte ihm gerne zu, wenn er erzählte, viel lieber als Dion. Bailes Geschichten waren gewürzt mit Schimpfwörtern und lustigen Redensarten. Kein Eunuch am Hof hätte gewagt, in Anwesenheit der Königskinder schmutzige Witze zu erzählen. Baile aber schien sich vor niemand zu fürchten und war anscheinend nicht auf die Höflichkeitsformeln des Hofes verpflichtet worden. Baile und die dreihundert gallischen Leibwächter waren seinerzeit ein Abschiedsgeschenk Caesars an Kleopatra, als er seine schwangere Geliebte in Ägypten zurücklassen musste.

Zwischen den beiden Fensternischen des Zimmers stand auf einem Marmorpodest eine Porträtbüste des Vaters von Caesarion und Berenike.

Nein, dachte sie, während sie das alterslose, strenge Römergesicht mit den kühl blickenden Augen anstarrte. Du bist kein Gott, aber der römischste aller Römer.

»Ich wollte dir noch sagen, dass die Königin gleich kommen wird.«

»Au ja!«, quietschte Selene.

»Sie will mit dir sprechen, Berenike«, sagte Dion.

Berenike fühlte sich sofort unbehaglich. Ein Besuch der Mutter im Palast der Sphinx so spät am Abend, das hatte etwas Besonderes zu bedeuten. Kleopatra war oft fort gewesen in den letzten Monaten. Sie hatte sie ebenso vermisst, wie sie erleichtert war, ihr nicht mehr so oft begegnen und ihr Rede und Antwort stehen zu müssen. Kleopatra machte ihr Vorwürfe wegen ihrer stets abgekauten Fingernägel, ihres Stotterns und ihres nervösen Augenzuckens. Dennoch war Berenike jedes Mal überwältigt, wenn sie die Mutter sah. Alles an ihr war richtig. Jeder Ring an ihrem Finger, die Armbänder aus schwerem Gold, der goldene Brustschmuck, die plissierte Kleidung. Sogar den hoheitsvollen Gesichtsausdruck Kleopatras versuchte Berenike mit Hilfe eines Spiegels nachzuahmen, wenn sie sich unbeobachtet fühlte.

Mit ihrer dunklen Haut und den römischen Augen erschien Berenike ihrer Mutter auch dieses Mal fremd. Geistesabwesend und in sich gekehrt, stand das Mädchen da und begann umständlich von seinen Träumen zu erzählen. Als ob es auf die ankommen würde!

Sie, Kleopatra, glaubte nicht an Träume, auch nicht an Astrologen und Horoskope. Sie war auch fast sicher, dass Julius Caesar nicht viel auf diese Dinge gegeben hatte, obwohl die

Römer ein abergläubisches Volk sind, das mit korrekter Wissenschaft und mathematischen Berechnungen, wie sie in Alexandria seit jeher gepflegt wurden, wenig im Sinn hat.

Das Priesteramt wird Berenike die Flausen schon austreiben, dachte Kleopatra, als ein Trompetenstoß durch den Palast der Sphinx ging.

Dion fiel fast von seiner Liege. Er hatte die Königin erst später erwartet.

»Steh auf, Alexandros. Du musst die königliche Mutter begrüßen. Sie naht.«

»Sie naht«, spottete Selene.

Dion rüttelte seinen ächzenden Zögling wach.

»Lass ihn schlafen!«, befahl Kleopatra scharf. Ihr dunkles Haar war in mehreren Reihen mit Perlenschnüren am Kopf befestigt wie eine geflochtene Helmkappe, was ihr eine beinahe männliche Würde verlieh. Sie trug ein mit Goldfäden durchwirktes Hausgewand aus dünnem, plissiertem Leinen. Die Königin Ägyptens war nun, am Vorabend der Auseinandersetzung mit dem Erben Caesars, neununddreißig Jahre alt, Mutter von fünf Kindern und offiziell die Ehefrau des römischen Autokrators Marcus Antonius. Nie hatte sie sich so stark gefühlt wie in diesen Tagen. Am Anfang ihrer Beziehung zu Marcus war alles ungewiss gewesen. Damals war er noch mit der Römerin Octavia verheiratet, die ihm zwei Töchter geboren hatte, und sie, die Königin Ägyptens, war mit den Zwillingen Alexandros und Selene in Alexandria zurückgeblieben. In jener Zeit war sie manchmal mutlos gewesen.

Das Volk in den Straßen der Hauptstadt sang damals Spottlieder über die Königin, die sich von zwei römischen Feldherren vier Bastarde hatte machen lassen. Die Briefe, die sie Antonius nach Athen geschickt hatte, waren oft unbeantwortet geblieben, und einmal hatte er ihr sogar geschrieben, wie glücklich er jetzt sei. Octavia sei nicht nur eine schöne, sondern auch eine kluge Frau, die viel von Kunst verstehe.

Stell dir vor, sie züchtet Rosen. Und unsere süße kleine Antonia fängt gerade an zu laufen. Sie sagt pappas *zu mir, auf Griechisch ...*

Selbstverständlich hatte Kleopatra sofort eine Sendung mit den seltensten Rosen aus ihrem Park per Schiff an Antonius abgehen lassen.

Dein Sohn Alexandros Helios wird dir jeden Tag ähnlicher, hatte sie in einem längeren liebevollen Schreiben ausgeführt. *Und Kleopatra Selene fragt jeden Tag, wann Pappas zu uns kommt. Auch Caesarion und Berenike warten auf dich. Caesarion ist groß geworden. Er fragt, warum die Römer seinen Vater getötet haben, und ich sage ihm, dass Marcus Antonius alle seine Fragen beantworten wird.*

Eifersucht, ein dummes niederes Gefühl von Sklavenmädchen oder Bäuerinnen. Könige haben großmütig zu sein. Sie war viel mehr als irgendeine Königin irgendeines Landes, sie war Pharaonin des reichsten Landes der Erdscheibe. Was auch immer sie begehrte, sie besaß es schon. Der Tag würde kommen, an dem Marcus Antonius wieder am Hof erscheinen würde. Mit diesem Satz jedenfalls trösteten die Kammerfrauen Iras und Charmion und die Eunuchen Uriasippa und Dion ihre Herrin. Diese vier waren ihre engsten Vertrauten und die einzigen, die ihre Tränen sahen.

»Ich möchte allein mit Berenike sprechen. Lass Alexandros weiterschlafen.«

Dion nahm Selene an die Hand und verließ unter Verbeugungen den Raum. Berenike war in die Knie gesunken und küsste die Hände ihrer Mutter.

Kleopatra versuchte das Gefühl von Unbehagen in sich zu unterdrücken, das immer in ihr aufstieg, wenn sie mit Berenike zusammen war. Ihr Götter, warum ist das Mädchen so hässlich? Sogar in der kostbaren Kleidung, die ich selbst für es auswähle, hat es noch etwas von einem Landkind an sich. Und dann die Stotterei.

Komm zur Sache, Teknon! O Isis und Osiris, Berenike kam nicht zur Sache. Berenike begann zu sprechen und fand kein

Ende, als wisse sie nicht, dass die Zeit ihrer königlichen Mutter knapp bemessen war.

Auch wenn sie stotterte – Berenike redete gerne. Es war ihr eine Lust, zu reden und sich mitzuteilen. Berenike redete auch dann noch, wenn Baile die Tür zwischen ihnen geschlossen hatte, wenn Dion längst den Raum verlassen hatte und nur noch die Katze Bubastis ihr zuhörte. Ihr Stottern hinderte sie nicht daran zu erzählen, was sie dachte und wie es ihr ging.

Kleopatra hatte sich neben Berenike auf Dions Liegebett niedergelassen und ihr die Angelegenheit mit dem Priesteramt auseinander gesetzt, immer wieder unterbrochen vom stockenden Redefluss der mitteilungsbedürftigen Kleinen. Außerdem krallte sie sich bei diesem Gespräch an sie, was Kleopatra, eingedenk ihrer Liebe zu dem göttlichen Diktator, sich seufzend gefallen ließ.

»Achte auf den Traum!« Kleopatra erhob sich zum Zeichen, dass die Unterredung beendet war. »Der erste Traum im Tempel ist der wichtigste, Teknon.«

»M-meine Träume sind immer wichtig.«

»Ja, vielleicht.« Kleopatra wirkte gelangweilt. Qualvoll, diesem Gestotter zuzuhören. Berenike sollte sich endlich einmal wirklich anstrengen und die Anweisungen ihrer Rhetoriklehrer befolgen. Mit der Stotterei musste es ein Ende haben. Für jede Art von Tempeldienst war sie sehr störend. Kleopatra ertappte sich dabei, wie ihre Gedanken abschweiften. Berenike war ihre älteste Tochter, ihr und des göttlichen Julius Caesar Kind. Mancherlei war denkbar. Was, wenn der konfusen, halb römischen Tochter eines Tages die Königsherrschaft über Ägypten angetragen würde? Caesarion, das war gewiss, würde in Rom herrschen. Denn der Sieg über Turinus stand unmittelbar bevor. Ägypten war zu weit entfernt von der Hauptstadt des römischen Reiches. Andererseits musste der Herrscher in Rom zuverlässige Regenten in Alexandria auf seiner Seite haben. Alexandros Helios und Selene sollten nach Antonius' Vorschlag die östlichen Reiche regieren. Phila, Ptolemaios Philadelphos, der Jüngste, jetzt eben fünf Jahre alt, sollte Phönikien, Kilikien und Syrien haben.

Träumereien. Kleopatra löste Berenikes verschwitzte Hand von ihrer Schulter.

»Dion wird dich demnächst in aller Frühe nach Memphis zum Tempel der erhabenen Sachmet begleiten. Ich habe gehört, Psen wird dich abholen. Erinnerst du dich noch an ihn?«

Ohne es zu wollen, lächelte Berenike. Psen war vor einigen Jahren ihr Spielgefährte gewesen. Nach dem Tod seiner Mutter war er im Palast der Sphinx unter Dions Obhut aufgezogen worden. Als er von einem Tag auf den anderen nach Memphis zurückmusste, war sie untröstlich gewesen.

»Psen ist älter als du. Er ist Imutheps Bruder und vertritt ihn manchmal beim Dienst im Ptah-Tempel. Weißt du noch, ihr beide habt immer unter den Tamarisken zusammengesessen und euch Geschichten erzählt. Dion wollte dagegen einschreiten, er war eifersüchtig. Eunuchen sind immer eifersüchtig auf ihre Kinder. Küss mir die Hände zum Abschied, kleines hässliches Teknon.«

»Wirst du nicht mit zum Tempel kommen?«, fragte Berenike erschrocken.

»Nein. Ich werde in den nächsten Tagen mit der Flotte aufbrechen.«

»Du, in den Krieg gegen meinen r-römischen Bruder?«

»Ja. Ich will Antonius nicht allein lassen. Ich bin der bessere Feldherr.« Kleopatra kicherte unköniglich. »Ich trinke etwas weniger als er. Gegen römische Schiffe kann ich die besseren Entscheidungen treffen als ein römischer Imperator.«

Das war ein einleuchtendes Argument.

»Es wird ein w-wunderb-barer Sieg werden«, flüsterte Berenike. An den Sieg zu denken war zugleich beglückend und bitter.

»Unsere Schiffe sind unbesiegbar. Die Römer haben nichts

Vergleichbares. Wahrscheinlich werden sie keine Seeschlacht gegen uns wagen. Mit etwas Glück werden sie in Verhandlungen treten und sich kampflos ergeben. Ja, Teknon, der Tag wird kommen, an dem ich auf dem Kapitol in Rom Recht sprechen werde.«

»Bei allen Göttern, wenn es so weit ist, lass mich nicht zurück im Tempel der Sachmet. Nimm mich mit nach Rom.«

Kleopatra warf einen erstaunten Blick auf ihre halb römische Tochter. Zwei Sätze ohne jegliches Stolpern der Zunge. Die Übungen der Rhetoriklehrer zeigten vielleicht doch Wirkung.

»Du und dein Bruder – ihr werdet euer römisches Erbe antreten.«

»Und nach dem Sieg? W-was w-wirst du mit Turinus anfangen?«

»Keine Sorge, er wird sich das Leben nehmen. So ist es seit Jahrhunderten Brauch nach einer Niederlage. Verstehst du, alle besiegten römischen Feldherren stürzen sich in ihr Schwert. Sie stellen es vor sich hin und lassen sich mit Wucht auf die Spitze fallen. Diese Verrückten! Sie tun es, weil sie ihren Vorfahren Ehre machen wollen.«

DER AUFBRUCH

Berenike kaute an den Fingernägeln, während sie darüber nachdachte, warum ihre Mutter sie gerade jetzt aus Alexandria fortgeschickt hatte. Im Palast der Sphinx, Wand an Wand mit ihren jüngeren Geschwistern, wäre ihr wohler gewesen. Gut, dass Baile sie begleitete und im Katzentempel an ihrer Seite bleiben würde.

»Hör auf zu kauen«, sagte Baile streng. Er trug das leinene ägyptische Gewand, und nur der goldene Halsring und sein mit Kalkwasser strähnig gekämmtes rotblondes Haar verrieten seine gallische Herkunft. Er war jetzt Mitte dreißig, ein Krieger, der als Leibwächter der Kinder der ägyptischen Königin einen eher angenehmen Einsatz hatte, um den ihn manch einer seiner Kameraden beneidete.

»Ich k-kann n-nicht«, jammerte Berenike. »Ich m-muss es einfach tun.«

Das Schiff fuhr nilaufwärts gegen die Strömung, und obwohl die Ruderer ihr Bestes gaben, kam es nur langsam voran.

Dion reichte ihr eine Goldblechschale mit süßen dunklen Datteln, aber sie konnte nichts zu sich nehmen, ihr wäre unweigerlich schlecht geworden.

»Sieh gerade aus«, riet Baile. »Oder versuch zu schlafen.«

Berenike kämpfte gegen Tränen der Enttäuschung an. Außerdem hatte sie Angst vor ihrer neuen Rolle. Oberpriesterin im Sachmet-Tempel – warum hatte sie keiner darauf vorbereitet?

»Du musst auf dem Schiff noch etwas essen«, riet Dion. »Wenn du im Tempel eintriffst, wird dir zuerst das Sachmet-Bier angeboten, das du keinesfalls ablehnen darfst. Wenn du es auf nüchternen Magen trinkst, fällst du um.«

»Ich kann erst wieder essen, wenn ich auf festem Boden stehe«, erwiderte Berenike.

Baile saß ihr gegenüber, beobachtete sie aufmerksam und packte nach einer Weile sein Schnitzbesteck aus dem leinenen Beutel, den er immer bei sich trug. Insgeheim war Berenike davon überzeugt, dass seine ewigen Schnitzarbeiten nur ein Vorwand waren, um davon abzulenken, dass er mit kampfbereitem Messer jeden Angriff sofort hätte abwehren können. Baile begann vor sich hin zu summen, während er das weiche Holz in seiner Hand bearbeitete.

»Was wird es? Eine heilige Katze?«, fragte Berenike.

Die Frage war überflüssig, denn Baile schnitzte niemals

ägyptische Tiere oder Gottheiten. Er stellte seit Jahren immer wieder aufs Neue seine gallischen Götter und Fabeltiere her und verschenkte sie an alle, die sie haben wollten.

»Das Rolltier«, sagte er geheimnisvoll. »Ein heiliger Drache.«

Die gallischen Tiere waren anders als die ägyptischen, wilder und fremder, und Berenike bezweifelte, dass sie wirklich existierten. Es waren Traumtiere und Märchenwesen. Baile konnte ganz in dieser Welt aus seinen geschnitzten Gegenständen verschwinden. Wenn er mit seinen Monstern und Seewesen beschäftigt war, schwieg er in sich hinein.

»Mach eine Katze für mich, einmal eine einzige Katze.«

»Nein«, sagte Baile und wurde ernst. »Es geht nicht.«

»Du kannst es, wenn du nur willst.«

»Zwing ihn nicht dazu«, mischte sich Dion ein.

»Ich will dir erklären, warum ich es nicht tun kann, Entchen«, begann Baile. »Entchen« oder *dalta*, Schutzkind, waren die Bezeichnungen, mit denen er sie anredete. »Wenn ich damit anfange, römische oder ägyptische Götter und Tiere zu schnitzen, höre ich endgültig auf zu sein, wer ich bin. Ich bin Baile, Sohn des Buan mit der schönen Stimme und den geschickten Händen, als dieser Baile wurde ich geboren.«

»Er wurde nicht geboren, um ein Krieger zu werden«, erklärte Dion.

Berenike wunderte sich darüber, dass er sich in das Gespräch einmischte. Es war, als ergriffe er Partei für Baile. Die beiden waren sehr verschieden. Hier der elegante Eunuch im seidenen Gewand mit den Ringen an jedem Finger und den gepflegten Manieren, da der bärtige, rothaarige Gallier mit den muskulösen Armen und der breiten Brust, dessen Griechisch holprig und barbarisch war.

»Aber ich wurde dann doch einer, gezwungenermaßen. Ich trat in römische Dienste ein. Ich ging in weit entfernte Länder und trug fremde Kleider. Meine gallischen Freunde und ich sprachen miteinander Lateinisch. Und so vergaßen wir allmählich unsere gallische Sprache.«

»Wenn du betrunken bist, singst du sie noch sehr gut«, stellte Berenike fest.

Baile schnitzte weiter an seinem Rolltier. »Und in meinen Träumen. Im Traum rede ich schnell und ohne zu überlegen. Tagsüber fallen mir die gallischen Worte gar nicht mehr ein.«

Baile war einer der wenigen echten Männer im Hofdienst. Die ägyptischen Bediensteten waren ausnahmslos Eunuchen. So war es seit Jahrhunderten Brauch im Umkreis der Pharaonen Ägyptens. Es gab viele Gründe, Männer aus dem inneren Kreis der Hofverwaltung herauszuhalten.

Während Berenike ihm zusah, verging ihre Übelkeit. Er hört auf, mein Wächter zu sein, dachte sie. Er ist jetzt nur noch bei diesem Seeungeheuer, diesem gallischen Drachen. Eines Tages wird er nach Gallien zurückgehen, heimlich, weil wir ihn ja nicht ziehen lassen. Eines Tages wird er mich verlassen und zu seinen Ungeheuern und Göttern zurückkehren.

Aber es war diesmal kein Seeungeheuer, nicht das gallische Rolltier, sondern ein Mann, der ihr bekannt war, ein nackter Mann mit einer Keule im Arm und einem Kessel zu seinen Füßen.

»Diesmal hast du einen griechischen Gott geschnitzt.«

»Nein, Berenike.« Baile sah von seiner Arbeit auf. »Das ist Ogme, der gallische Gott der Beredsamkeit, unser Herr der Kriege, der die Schrift erfunden hat.«

»Was bedeutet die Keule?«

Bailes Gesicht wurde ernst. »Die Keule nimmt in der irdischen Welt das Leben, und sie gebiert es wieder in der jenseitigen Welt. Der Kessel zu Ogmes Füßen ist der Kessel des Reichtums und der Unsterblichkeit. Dein Vater bezeichnete Ogme als Mars.«

»Hat er sich für deine Götter interessiert?«

»Ja, und er hat sich Aufzeichnungen über die gallischen

Götter gemacht und uns Jungen aus seiner Leibwache erlaubt, Ogme und Dagda zu opfern. Im Sommer durften wir auch das Fest unseres Lichtgottes Lug feiern.«

»Wer ist Dagda?«

»Dagda ist der Gegensatz zu Ogme. Er ist der freundliche, gute Gott, der Herr der Elemente und der Wissenschaften, der Gott der Verträge, der Zeit, des Wetters und der Ewigkeit.«

Baile half Berenike, aus dem Boot auszusteigen. Sie wandte sich der Begrüßungsdelegation zu, die am Landesteg auf sie wartete. Die Priesterinnen des Sachmet-Tempels trugen leinene Gewänder mit der Musterung von Katzenfellen und waren im Gesicht wie Katzen geschminkt. In den Armen hielten sie die mit Goldkettchen und Glöckchen geschmückten heiligen Katzen. Berenike schritt die Reihe bis zum Ende ab und verneigte sich ehrfurchtsvoll vor einem jeden der göttlichen Tiere, die aus goldfarbenen und grünen Augen gleichgültig an ihr vorbeiblinzelten. Ein kahlköpfiger, hoch gewachsener Priester, ebenfalls in einem katzenfellartigen Leinengewand, sank vor Berenike nieder, um sie zu begrüßen. Sein Name sei Miutep, sagte er, und er sei der Verwalter des Tempels, an den sie sich in allen Fragen jederzeit wenden könne. Berenike sah sich an der kleinen Warze fest, die tropfenartig an der Spitze seiner Nase saß.

Dann trat ein Junge im Priestergewand des Ptah vor sie, verbeugte sich leicht, wie es seinem hohen Rang entsprach, und Berenike fühlte, wie die Röte in ihrem Gesicht aufstieg. In seiner Tracht und dem gestreiften Kopfüberwurf erschien er ihr überirdisch schön. Er war wenig älter als sie. Die dunklen Augen in seinem ebenmäßigen, schmalen Gesicht strahlten sie an. Er also war Psenamun, der Bruder des amtierenden Ptah-Priesters Imuthep, Psen, ihr einstiger Spielgefährte. Dunkel erinnerte sie sich an ausgelassene Kinderspiele im Tiergarten, dem Paradeisos, hinter dem Palast der Sphinx.

Erst hatten sie sich gejagt, dann hatten sie still nebeneinander unter einem Gebüsch die anderen an sich vorbeilaufen lassen. Und nun war er ein Mann, einer von den wenigen, die sie überhaupt kannte, und sie war verlegen. Sie schwieg. Die einstudierte Rede hatte sie vollständig vergessen.

»Die Prinzessin ist glücklich, die heiligen Katzen begrüßen zu können. Die Prinzessin ist müde von der langen Reise und der Hitze des Tages und begehrt zu essen«, sagte Dion formvollendet.

Eine mit lila Troddeln behängte Sänfte wurde vorgeschoben. Psenamun und Baile hoben Berenike hinein, und dann setzte sich der junge Ptah-Priester neben sie.

»Wir haben uns oft miteinander unterhalten, kleine Schwester«, sagte Psenamun in einem angenehmen Singsang, während Baile und Dion die Sänfte gemeinsam mit zwei nubischen Trägern anhoben. Die Familie der Ptah-Priester war mit dem Haus der Ptolemäer nahe verwandt. Immer wieder einmal heirateten Familienmitglieder aus der einen in die andere Sippe. Die Familie der griechischen Ptolemäerkönige hatte es sinnvoll gefunden, sich mit der einflussreichsten einheimischen Priester-Dynastie zu verbinden.

»Ja, es war sehr schön«, sagte Berenike, ohne zu stottern. Sie sah zu ihm auf. Es war gut, in Memphis angekommen zu sein. Sie fürchtete sich nicht mehr vor dem Tempel der Sachmet und vor dem, was sie dort erwartete.

»Sag bitte Psen zu mir, so wie damals, als wir in Alexandria miteinander gespielt haben.«

»Werden wir uns manchmal sehen?«, fragte sie, in Sorge, er könne wieder verschwinden, sobald sich die Tempeltore hinter ihr geschlossen hatten.

»Natürlich, kleine Schwester.« Er lächelte.

»Damals haben wir uns immer unsere Träume erzählt«, sagte sie leise. »Erinnerst du dich noch an den Busch, unter dem wir beide gesessen haben wie in einem Zelt?«

»An den Busch, auf den die Vögel gekackt hatten? Du hast mich gefragt: ›Was ist denn das, das da?‹ Und ich habe geantwortet: ›Vogelscheiße.‹«

Berenike atmete seinen Duft nach arabischen Wohlgerüchen ein. Sein bronzefarbenes Gesicht hatte die ebenmäßige Schönheit einer Statue. Berenike spürte das Bedürfnis, ihn anzufassen, traute sich aber nicht. Sie fühlte sich schmutzig, verschwitzt und hässlich neben Psen.

Er erkundigte sich nach ihren Geschwistern, und sie schwieg missmutig, weil sie keine Lust hatte, über sie zu reden.

»Was macht Antyllus?«, wollte er wissen. »Streitet er sich immer noch mit Caesarion?«

Antyllus kannte er also auch. Marcus Antonius hatte seinen ältesten Sohn aus Rom nach Alexandria kommen lassen. Auch den jüngeren hätte er gerne bei sich gehabt. Doch Jullus hatte sich hartnäckig geweigert, seinem Bruder nach Ägypten zu folgen. Er war lieber in Rom bei seiner Stiefmutter Octavia geblieben.

Antyllus wurde mit Caesarion gemeinsam erzogen. Die beiden waren gleichaltrig, aber im Charakter völlig verschieden. Antyllus, sportlich, breitschultrig, mit einer markanten Adlernase, war von glühendem Ehrgeiz, den er im Hahnenkampf und bei Brettspielen auslebte. Caesarion war von so ausgeglichenem Wesen, dass er seinen römischen Altersgenossen beim Spiel gelegentlich gewinnen ließ. Ägyptens Pharao war nicht ehrgeizig. Mit seiner Geburt war ihm alles zugefallen, was Sterbliche sich nur wünschen konnten.

»Haben sie noch die Kampfhähne? Gewinnen die von Antyllus?«

»Es geht oft unentschieden aus. Mal stirbt der Hahn von Caesarion, dann wieder der von Antyllus. Sie lassen sie bis zum Ende kämpfen.« Berenike hatte immer Mitleid mit den Hähnen gehabt.

IM TEMPEL DER SACHMET

Das Flusstal in der Gegend der alten Hauptstadt Memphis war weit und tiefgrün. Die eigentliche Stadt zog sich oberhalb der Felder am Felsplateau hin. Auf den Uferwegen standen Hunderte von Zuschauern, um die Ankunft des königlichen Bootes zu beobachten.

Der Tempel der Katzengöttin ragte auf einem Felsvorsprung über dem fruchtbaren Land auf. Von der Anlegestelle führte eine gepflasterte Straße zu dem hoch aufragenden Gebäude aus bräunlichen Schlammziegeln. Sie hatten das schwere Eingangstor kaum passiert, als Berenike auch schon den beißenden Geruch von Katzenurin roch. Benommen stieg sie aus der Sänfte.

Die Priesterinnen reichten ihr den irdenen Krug mit dem rot gefärbten Bier der Sachmet. Berenike trank es in mehreren Zügen. Es schmeckte schwer und süß.

Die Priesterin Nefertari war etwas älter als Berenike. Sie war groß und hellhäutig mit ausdrucksvollen, geschminkten grünbraunen Augen und vollem schwarzem Haar. Ihr Vater, erzählte sie, war einer der Ptah-Priester, ihre Mutter stammte aus einer reichen Händlerfamilie, ihre Schwester hatte sich nach Meroë verheiratet. Einer ihrer Brüder hatte sich verschneiden lassen und einen Posten als Eunuch am Hof in Alexandria angenommen.

Nefertari wirkte hochmütig und überlegen, als sie die neue Oberpriesterin durch den Tempel mit seinen ausgedehnten Nebengebäuden führte und ihr alles erklärte. Sie zeigte ihr zuletzt den Kräutergarten im Schatten der Mauern und erläuterte ihr, welche Pflanzen zu welchem Zweck dienten. Die aufgehackten, voneinander abgetrennten Beete dufteten in der Wärme des Vormittags. Berenike erkannte gleich die Kamille, die anderen Pflanzen jedoch waren ihr fast alle unbekannt. Es gab Heilkräuter, die man auf Wunden legte, andere, die man trocknete und rieb, um sie für Augensalben zu verwenden. Für jede Krankheit, begriff Berenike, existierte eine Pflanze, die sie heilen konnte. Berenike hielt sich Minzeblättchen und Melisse unter die Nase.

»Das hier«, erklärte Nefertari, »musst du jeden Tag trinken. Es ist das Sachmet-Kraut.«

»Schmeckt es gut?«

»Das nicht. Aber es ist sehr wirksam.« Alle Tempeldienerinnen tränken regelmäßig einen Aufguss davon. Auf diese Weise würden sie nicht schwanger. »Wenn du Kinder hast, kannst du nicht mehr so gut Oberpriesterin sein.«

Das leuchtete Berenike sofort ein.

Nefertari führte sie auch in die Tempelbibliothek, einen hell erleuchteten, niedrigen Raum, in dem in seitlichen Wandnischen zahlreiche Papyrusrollen lagerten. Über den Nischen war auf der Wand vermerkt, welche Schriften darin zu finden waren. Es handelte sich hauptsächlich um Regeln und Gebete zur Durchführung des Sachmet-Kults, aber es waren auch alte ägyptische medizinische Papyri darunter und einige in griechischer Sprache.

»In Alexandria existiert eine Abschrift des Werkes von Krateuas und Nikandros«, berichtete Nefertari. »Vielleicht kannst du, Herrin, dich dafür verwenden, dass auch unser Tempel eine Kopie davon erhält.«

Berenike erfuhr, dass dieses Buch farbige Abbildungen des Körpers und seiner Krankheiten enthielt und auch solche von Pflanzen und Heilmitteln.

Nefertari beugte sich über einen Steintrog und entnahm ihm eine neuere Rolle, die sie selbst eng beschrieben hatte. »Vor einem Jahr bin ich mit meinem Vater nach Alexandria gereist, und ich durfte in der großen Bibliothek die medizinische Literatur anschauen. Die Zeit war zu kurz, um einen wirklichen Überblick zu gewinnen. Aber ich hatte Gelegenheit, die Rolle von Krateuas und Nikandros einzusehen. Es gibt nichts Besseres. Einige Abschnitte konnte ich mir abschreiben.«

Das Original des Werkes, erzählte sie noch, befinde sich in Pergamon. Weitere Kopien existierten in Athen, Antiochia, Ephesos und Jerusalem.

Unterdessen griff Berenike nach zwei Rollen des griechischen Arztes Hippokrates. Die längere handelte von den Epidemien, die andere war das »Prognostikon«.

»Ich halte es für sehr wertvoll, dass der Arzt sich in der Prognose übt. Denn wenn er am Krankenbett von sich aus erkennt und ankündigt, was Sache ist, was geschehen ist und was noch eintreten wird, wenn er überdies lückenlos darlegt, was die Kranken ihm verheimlichen, so brächte man ihm größeres Zutrauen entgegen, dass er das Schicksal der Kranken überblicke. Insofern würden die Kranken auch den Mut haben, sich dem Arzt anzuvertrauen. Außerdem könnte er die Behandlung am erfolgreichsten durchführen, wenn er im Voraus wüsste, welche Leiden sich aus den gegenwärtigen entwickeln.« Sie hatte laut vorgelesen und hielt nun inne. »Hippokrates war als junger Mann im Ptah-Tempel von Memphis und hat einen Teil seiner Kenntnisse bei Imuthep erworben, einem Vorfahren von Psen und dem jetzigen Oberpriester«, erklärte Nefertari nicht ohne Stolz. »Hier im Tempel haben wir diese beiden Bücher von ihm, aber er hat insgesamt fast sechzig Abhandlungen verfasst.«

»Wir werden uns Kopien aus Alexandria kommen lassen. Ich erinnere mich an das Buch ›Die Heilige Krankheit‹. Darin habe ich einmal gelesen.« In dieser Papyrusrolle waren ihre Anfälle beschrieben. Es hatte Berenike beeindruckt, dass darin Behandlungen vorgeschlagen wurden, die ihr vernünftig vorkamen, und dass Hippokrates sich über die Auffassung erhob, die Krankheit mit den plötzlichen Krampfanfällen sei göttlichen Ursprungs.

Nefertari warf Berenike einen verstehenden Blick zu, und

Berenike wurde vor Verlegenheit rot. Obwohl sie älter war, mehr wusste und so schön war, akzeptierte Nefertari sie, Berenike, als Oberpriesterin und weihte sie in die Geheimnisse des Tempels und der Wissenschaft ein. Sie musste schlucken und war glücklich.

Im tiefblauen Himmel über dem Tempel kreisten winzige rote Falken. Die Zeit verging wie im Flug. Bei Tagesanbruch wurde Berenike für das Morgenbad geweckt. Dann vollzog sie im Tempelinneren die erste Opferung für die erhabene Sachmet. Anschließend gab es ein reichhaltiges Frühstück mit den Tempeldienerinnen und Miutep. Auch Psen ließ sich dabei immer einmal sehen. Berenike genoss ihre Rolle als Oberpriesterin. Im Schatten einer hohen Dattelpalme pflegte sie mit Miutep die heiligen Schriften des Tempels zu studieren. Dort erfuhr sie alles über die heiligen Katzen, ihre Gewohnheiten und ihr Jagdverhalten.

»Keine Wunde ist so gefährlich wie ein Katzenbiss«, erklärte Miutep.

»W-warum ist das so?« Am Morgen hatte Berenike im Anbau des Tempels die brandige Wunde eines Tempelsklaven behandelt, den das Fieber schüttelte.

»Sie haben immer winzige Aasteilchen an den Zähnen oder im Mund. Es ist Leichengift, das mit dem Biss tief unter die Haut eindringt. Also sei vorsichtig, wenn du nach einer Katze greifst, die du nicht kennst, Herrin.«

Schu sprang auf Berenikes Schoß, ein altes, knochiges schwarzes Tier. Es trat erst hin und her, ehe es sich niederließ, und sabberte aus dem Maul. Aber es war eine Ehre, wenn eines der heiligen Tiere bei ihr sein wollte, und so strich Berenike ihr behutsam über das glänzende Fell. Schu vibrierte von rhythmischem Schnurren, während Miutep auf die Tempelgöttin zurückkam.

Sachmet, die löwengestaltige Göttin, »die Mächtige«, hatte in den alten Zeiten überall dort Heiligtümer, wohin die Löwen zur Tränke gingen. Seit jeher befand sich der Mittelpunkt ihres Kultes in Memphis. Sachmet galt hier als Gemahlin des Gottes Ptah und als Mutter des Lotos-Gottes Nefertem. »Sachmet«, erklärte Miutep, »war das wütende Auge des Gottes Re und die Verderberin der Feinde der Sonne. In sehr früher Zeit war sie eine blutdürstige Göttin, die Botin des Todes, verantwortlich für die großen Seuchen, die von Zeit zu Zeit das Land heimsuchten. Den Menschen ist es schließlich gelungen, die Göttin durch den Ritus der Besänftigung der Sachmet zu beruhigen und von ihr sogar Hilfe zu bekommen. Wer töten kann, versteht auch zu heilen. Die Göttin gab den Menschen ihr Wissen weiter, und so wurden die Priesterinnen der Sachmet zu einer der ältesten Vereinigungen von Ärzten und Tierärzten. Die zornige Göttin Sachmet aber hatte sich in Gestalt einer Löwin nach Nubien zurückgezogen. Mit ihren Liedern und Opfern gelang es den Priestern, sich mit ihr auszusöhnen. So nahm die wütende Löwin allmählich die Züge der freundlich lächelnden Katzengöttin Bastet an. Bastet war ursprünglich auch eine Löwin, aber ihre Anhänger verehrten sie lieber als Katze. Deshalb wirst du hier im Tempel sowohl Statuetten von Löwinnen wie von Katzen vorfinden, die die Menschen der Göttin dargebracht haben.«

Baile hatte sich mit seinen Waffen und dem Schnitzzubehör in einem der Gästezimmer des Tempels eingerichtet.

»An den Gestank werde ich mich nicht gewöhnen«, seufzte er.

Berenike bewunderte gerade die drei Jungtiere einer der älteren Katzen. Eines davon, ein Kater, war blaugrau gefärbt. Sie hielt ihn hoch. Er maunzte jämmerlich und biss sie mit kraftlosen Milchzähnchen in die Hand.

»Sie sind wunderbare, nützliche Tiere. Ohne sie würden Mäuse und Ratten die Ernten im Land zerstören.« Plötzlich sah sie ihn irritiert an. »Du duftest nach Lotosöl.«

Baile lächelte verlegen. »Nefertari wollte mir den heiligen Apis-Stier zeigen mit seiner Mutter, seinen Schwestern und den hochheiligen Gattinnen.«

»Warum nimmst du mich nicht mit?« Berenike wusste selbst nicht, worüber sie sich eigentlich aufregte.

»Du bist die Oberpriesterin des Heiligtums. Du wirst dem göttlichen Apis gemeinsam mit Psen und Imuthep einen offiziellen Besuch abstatten.«

Baile hatte den goldenen Torques um seinen Hals so gut poliert, dass er auf seiner gebräunten Haut blitzte. Berenike starrte den Halsring an, als sehe sie ihn zum ersten Mal. Baile trug ihn selbst im Schlaf, er gehörte zu ihm wie Haare und Fingernägel. Es war eine feine Goldschmiedearbeit. Der eigentliche Ring war aus mehreren verdrehten Strängen geformt und endete in zwei verzierten Knäufen.

Nefertari wird sich in ihn verlieben, schoss es ihr durch den Kopf. Weit und breit gibt es im Bereich um den Tempel keinen Mann, der so gut aussieht wie Baile.

»Du möchtest nicht, dass wir gehen?«

»Doch, doch, geht nur«, sagte sie ärgerlich und ließ den Kater fallen.

Baile hob ihn hoch und drückte ihn gegen sein Gesicht. »Armer Kleiner«, flüsterte er. Sein Mund berührte das seidige Fell des Tiers.

Berenikes Herz begann unregelmäßig schnell zu schlagen. Schwarze Blitze flogen vor ihren Augen. Ein stechender Schmerz im Kopf kündigte einen Anfall an. Sie wollte nicht, dass er jetzt kam und sich ihre Krankheit wieder zeigte.

»Hör zu, Baile«, sagte sie. Ihr Gesicht verkrampfte sich unter der Anstrengung, die ihr das Sprechen bereitete. Sie brachte die Worte kaum noch hervor. Ihre Kiefer fühlten sich bleischwer an und bewegten sich nicht mehr. »Ich will nicht, dass du mit Nefertari zum Apis gehst. Erst will ich ihn besuchen. Du wirst tun, was ich dir befehle!«

Das unglaubliche Gefühl durchströmte sie. Eine vollkommene Helligkeit war in ihr und über ihr.

MEMPHIS

Zu Zeiten der alten Pharaonen war Memphis Hauptstadt und Residenz gewesen. Hier lebten die Dynastien der mächtigen Priesterfamilien in quadratischen weiß getünchten Lehmziegelhäusern mit paradiesischen Gärten und kleinen Teichen oberhalb des Flusses. Die Stadt selbst hatte ausgedehnte Handwerkerviertel. Es gab ganze Straßenzüge voller Steinmetzwerkstätten, die alle unter der Oberaufsicht des Ptah-Tempels standen, ebenso Viertel der Waffenschmiede, Ledergerber und Kupferhandwerker. Aus jeder Ecke drangen andere Gerüche und andere Geräusche. Der Stadt fehlte die klare Planung von Straßen und Gebäuden, wie Berenike sie von Alexandria gewohnt war. Über Jahrhunderte gewachsen und verändert, war Memphis eine unübersichtliche, staubige Großstadt, in der mehr einheimische Ägypter wohnten als in Alexandria, wo Griechen, Juden, Römer und Syrer lebten oder für kurze Zeit blieben.

Berenike lernte mit einer Leichtigkeit, über die sie sich selbst wunderte. Ihr gefiel das selbstbestimmte Leben, das sie hier führte, fern von Mutter, Eunuchen, dem komplizierten Hofstaat Alexandrias und seinem undurchschaubaren Regelwerk. Sie hatte Baile bei sich, der ihr so nahe stand wie ihre Geschwister und näher als Kleopatra. Oft kam Psen in den Tempel, um sich mit ihr zu unterhalten, und ihre alte Kinderfreundschaft erwachte wieder in ihrer Erinnerung. Einzelheiten, die sie längst vergessen glaubte, fielen ihr wieder ein. Mit jedem Mal wuchs ihre Freundschaft. Psen war ihr ähnlich. Ihm erzählte sie von ihren Träumen. Sogar von ihren Anfällen erzählte sie ihm. Ihn konnte sie nach den Dingen fragen, die ihr am Tempeldienst ungewohnt waren. Alexandria vermisste sie kaum. Hier in Memphis würde sie für Jahre bleiben, und damit war sie einverstanden. Die alte schwarze Schu folgte ihr auf Schritt und Tritt und scheuchte andere Katzen eifersüchtig von ihrer Oberpriesterin fort.

»Körperlich ist sie nicht mehr die stärkste«, erklärte Miutep. »Aber die jüngeren Katzen fürchten sie und weichen von ihren Näpfen zurück, wenn Schu kommt.«

Tag für Tag wurde Berenike in neue Geheimnisse des Kults und des Tempels eingeweiht. Schweigend geleiteten die Opferdienerinnen sie eines Morgens, nach dem Frühstück der Göttin, enge Stufen hinab in eine Art Lehmhöhle unter dem eigentlichen Tempel der Sachmet. Im Licht der Fackeln gewahrte Berenike einen gestampften Lehmboden, der mit frischen Blumen bedeckt war, und ein erschreckendes Steinbild. Nur langsam erkannte sie die Darstellung: Eine Löwin in Menschengestalt reckte ihr den aufgerissenen Rachen entgegen. Der steinerne Körper war unregelmäßig mit übel riechender roter Schmiere bedeckt.

»W-was ist das?«, flüsterte Berenike. Sie stotterte deutlich weniger, seit sie in Memphis war.

»Es ist die unbesänftigte Sachmet. Wirf dich nieder vor ihr, und bitte sie um Versöhnung«, sagte Nefertari.

»Und die rote Farbe?« Berenikes Stimme bebte.

»Es ist keine Farbe. Es ist das Blut der Opfertiere, das von oben herabfließt, wenn wir der versöhnten Göttin morgens die Opfer bringen.«

»W-warum habt ihr mir diesen Raum nicht früher gezeigt?«

»Man muss stark sein, um ihn zu betreten.«

Berenike fühlte sich nicht stark. Der Geruch war so übel, dass ihr schlecht wurde. Sie kämpfte gegen den Würgereiz im Hals an.

Dann warf sie sich nieder. Die Opferdienerinnen sangen ein Gebet, klapperten mit den Holzkastagnetten, begannen zu weinen und schlugen die Köpfe auf den Boden.

Ein Gong ertönte von oben über den Tempelhof.

»Steh wieder auf!«, flüsterte Nefertari. »Jetzt werden wir uns reinigen und frische Leinenkleider anziehen.«

Alle Priesterinnen und Opferdienerinnen mussten sich zweimal am Tag und zweimal in der Nacht am ganzen Körper waschen. Zu diesem Zweck diente ein Teich im mittleren Tempelhof. Breite Stufen führten zu seinem Grund. Der Tempel der Sachmet, der als Wohnung der Göttin bis auf besondere Festtage der Allgemeinheit verschlossen blieb, war wie die Tempel anderer ägyptischer Gottheiten ein Ort der Reinheit. Für einen Angehörigen der Priesterschaft gab es kein dringenderes Gebot als das der körperlichen Reinheit. Die höheren Ptah-Priester waren aus diesem Grund auch alle kahl geschoren und beschnitten. Während des Tempeldienstes hatten die Priester und Priesterinnen ebenso wie die niederen Diener und Dienerinnen sexuell enthaltsam zu sein und mussten sich an die Speisegebote halten.

Eine ihrer ersten Amtshandlungen als Oberpriesterin des Tempels war, dass Berenike den obersten Steinmetzen aus dem Handwerkerviertel von Memphis zu sich befahl und ihm den Auftrag erteilte, eine Statue ihres Vaters aus schwarzem Granit zu besorgen.

Die lebensgroße Steinfigur traf wenige Tage später ein und wurde im ersten Innenhof unter die Statuen der heiligen Katzen gestellt. Jeden Morgen verbrannte Berenike Weihrauch und Myrrhe davor.

So erfreulich die Tage für Berenike hier in Memphis vergingen, die Träume in der Nacht waren schlimmer und deutlicher geworden. Sie beschränkten sich nicht auf Berenikes Nächte, sondern drangen auch in ihren Tag ein. Sie träumte von brennenden Kriegsschiffen, von Kriegern, die mit Pfeilen in der Brust zusammenbrachen, sie hörte Schreie und Waffengeklirr. Manchmal schrie sie im Traum so laut, dass Baile an ihre Tür klopfte, um sie zu wecken.

Baile wunderte sich nicht, als sie ihm vorsichtig und zitternd von dem erzählte, was sie im Traum gesehen hatte. Er schlief selbst nicht gut in diesen Nächten. Auch er träumte von einer Seeschlacht und ertrunkenen Kriegern, von Planken und zerhackten Leichen im aufgewühlten Meer. Darüber ließ er ihr gegenüber jedoch nichts verlauten. Überdies wäre es Hochverrat gewesen, hätte er einen solchen Traum ausgesprochen. Über eine mögliche Niederlage gegen die Römer durfte in Ägypten niemand sprechen.

»Es ist wahr«, flüsterte Berenike.

»Nicht jeder Traum ist wahr«, beschwichtigte er. »Die Götter schicken beides, Wahrträume und trügerische Traumbilder, und es ist schwer, die beiden Sorten voneinander zu unterscheiden.«

»Ich will mit Psen darüber sprechen. Ich werde morgen zum Ptah-Tempel gehen.«

»Ich komme mit«, sagte Baile ohne innere Beteiligung. In diesen Tagen war er wie vom Fieber geschüttelt. Er hatte sich in Nefertari verliebt, die so tat, als beachte sie ihn nicht. Er sah sie vor sich, in ihrem Leinengewand mit der Katzenmaserung, dem spöttischen Lächeln auf den geschminkten Lippen. Keine der Priesterinnen bewegte sich so katzenhaft wie sie. Baile schloss die Augen und malte sich aus, Nefertari zu berühren. Ihre Haut würde unter seinen Händen Funken sprühen wie das Fell einer rolligen Katze. Überhaupt war es schwer, nicht an Liebe zu denken, wenn in der Nacht die Kater schreiend über die Tempeldächer jagten und die Weibchen vor Lust schrien. Es war besser, an Nefertari zu denken als an das, was im Fall einer Niederlage der ägyptischen Seemacht bevorstand. Baile vermisste plötzlich seine gallischen Kampfgefährten, die in Alexandria zurückgeblieben waren. Er war zu unruhig, um zu schnitzen. Stattdessen klimperte er auf seiner Harfe.

In der Nacht schlich er sich fort von seinem Platz vor Berenikes Tür und legte sich wie ein liebeskranker Hund vor Nefertaris Tür. Nefertari hatte ihn durchaus bemerkt. Während Berenike der schlimmste Albtraum ihres Lebens quälte, öffnete Nefertari leise die Tür. Sie war nahezu nackt, und Baile starrte sie fassungslos an. Nefertaris Körper war von makelloser Schönheit. Sie duftete nach Balsamöl und Narden. Augen und Mund waren frisch geschminkt. Baile konnte sich nicht des Gedankens erwehren, dass sie sich für ihn schön gemacht hatte. Zugleich wusste er, dass es ihr als Priesterin im Tempel verboten war, das zu tun, wonach er sich verzehrte.

DER TRAUM

»Psen! Psen!«

Berenike rannte schreiend durch den Innenhof des Tempels. Ihre halblangen, straffen schwarzen Haare flatterten.

»Pse – e-e-n«, hallte es von den Pylonen zurück.

Der Junge trat langsam aus dem Inneren des Tempels. Er trug die priesterliche Tracht und den gestreiften Kopfüberwurf der Priester des Gottes Ptah.

Berenike fiel ihm um den Hals. Er zog sie an sich und legte seinen Kopf tröstend auf ihre nackte Schulter.

Tränen liefen über ihr Gesicht.

»Hast du es auch geträumt?«, fragte sie nach einer langen Zeit des Schluchzens. Er hob den Kopf und trat einen Schritt zurück, ohne ihre Hände loszulassen. Sein fein geschnittenes

Gesicht zeigte keine Bewegung, und seine Stimme, die eines Mannes, verriet nichts von seiner inneren Unruhe, als er ihr antwortete. »Ich habe es auch geträumt. Sprich es nicht aus. Es darf nicht gesagt werden.«

Baile kauerte im Sand neben dem Eingang des Tempels und beobachtete sie. Er war noch benommen von der Nacht mit Nefertari. Sie hatten aus rohen Tonschalen kühles rotes Bier getrunken, und Nefertari hatte ihn ermahnt, leise zu sein, damit niemand sie hörte. Als die Hähne draußen schrien, hatte sie leise gelacht und gesagt, dass sie noch nie mit einem Wilden geschlafen habe. Er hatte nicht gleich begriffen, dass sie ihn damit meinte, und geantwortet, dass sein Vater der Häuptling der Bituriger war und seine Familie seit drei Generationen neben der gallischen die griechische Sprache pflege. Dann hatte er Berenikes Schreie aus dem Nebenzimmer gehört. Unwillig hatte er sich von Nefertari gelöst und das Zimmer verlassen. Sein Versuch, sie vom Gang aus zu beruhigen, war gescheitert, sie hatte einen jener tiefen Albträume, aus denen man sie gewaltsam reißen musste. Baile musste eintreten und seinen Schützling an den Schultern wachrütteln. Aus verstörten Augen hatte sie zum Fenster geblickt.

»Das Schlimme ist, dass es wahr ist«, sagte sie schließlich. »Die schrecklichen Dinge in meinen Träumen treffen immer ein.«

»Kein Unglück geschieht, ohne dass die Götter uns vorher warnen«, sagte Baile leise. Obwohl er sie gerne gefragt hätte, was sie quälte, stellte er die Frage lieber nicht. Sie wurde erwachsen, noch vor einem halben Jahr hätte sie ihm den Traum vertrauensvoll erzählt. In Ägypten wurden die Mädchen früher reif als in Gallien.

»Geh hinüber zum Ptah-Tempel. Psen soll kommen. Psen versteht mich. Psen ist der Einzige, dem ich es erzählen kann. Beeil dich!«

»Schon gut, Dalta.«

Baile hatte sich sogar auf Miuteps Maulesel geschwungen, um schneller zu Psen zu gelangen. Dabei hasste er Maultiere wie alle Gallier, die es für unter ihrer Würde halten, etwas anderes als ein Pferd zu reiten. Und das Tempelmaultier, träge und überfüttert, war ohnehin eine Beleidigung für einen erfahrenen Reiter.

Berenike stand vor Psen und rief sich ihren Traum in Erinnerung. Er war klar und deutlich:

Sie waren auf der Flucht, weit weg von Alexandria, nur sie drei, Caesarion und sie mit Dion. Sie trugen einfache Leinengewänder wie die Nomaden in der Wüste. Sie hatten ein Kamel und einen Packesel dabei. Aber im Gepäck des Esels befanden sich Kostbarkeiten, schimmernde indische Perlen, goldene Ketten und Armbänder. Sie, Berenike, spürte große Angst. Sie wusste, dass sie weiterziehen mussten, bis ans Ende der Welt, damit der Römer Turinus sie nicht finden konnte. Aber sie war noch ein Kind. Dion und Caesarion weigerten sich, auf ihren Rat zu hören.

»Wir wollen zurück nach Alexandria gehen. Es ist sinnlos, in ein fremdes Land zu fliehen«, erklärte Dion, und die Art, wie er es sagte, flößte Berenike in ihrem Traum Angst ein.

»In Alexandria wartet Turinus auf uns«, entgegnete Caesarion in seiner ruhigen, freundlichen Art.

»Turinus wird es gefallen, wenn du vor ihm niederfällst. Er wird dich zum König von Ägypten machen«, sagte Dion. »Es genügt dir doch, in Ägypten König zu sein.«

»Er wird uns töten!«, schrie Berenike. »Er wird uns töten! Bleib hier, Caesarion.«

Aber Caesarion war schon gegangen. Zusammen mit Dion hatte er das Kamel gewendet, der Esel trottete hinter ihnen her. Und nur sie, Berenike, blieb im Wüstensand zurück. Dabei wusste sie, dass Caesarion verloren war.

Berenikes Rücken straffte sich. »Diesmal muss es gesagt werden«, sagte sie. Obwohl sie leise gesprochen hatte, warfen die seitlichen Mauern des Innenhofes ihre Worte zurück. »Dion hat es getan. Hast du es auch gesehen?«

»Dion, Dion«, klagten die Mauern.

»Ich hasse diesen Mann. Er wird euch verraten, wenn ihr in großer Gefahr seid. Er wird Caesarion den falschen Rat geben«, flüsterte Psen. Seine Sätze wehten durch die Stille wie die Flügelschläge aufgeschreckter Tauben. »Wir können nichts tun. Was auch immer wir tun würden, es würde geschehen. Nur die allmächtigen Götter –«

»Ja, die Allmächtigen können ihn retten. Noch können sie ihn retten.«

»Retten.« Die Mauern seufzten.

»Wir werden alle Opfer feiern. Wir werden die Götter anflehen, aber über das, was wir gesehen haben, müssen wir schweigen. Andernfalls ...«

Berenike wusste, dass allein der gemeinsame Traum von Psen und ihr schon ein Verbrechen war. Denn sie hatten beide den Tod des Pharaos gesehen. Darüber zu sprechen war ein Frevel.

Er streichelte sie beruhigend. »Siehst du schwarze Stäbchen vor den Augen. Fuhlst du die Blitze im Kopf?«

»Nein«, sagte sie. »Nein. Diesmal kommt kein Anfall.« Ganz sicher war sie nicht. Aber das wollte sie nicht eingestehen.

»Dann ist es gut. Du wirst wieder ganz ruhig werden.«

Sie war nicht ruhig, und sie wusste, dass sie nie wieder laut lachen würde.

Baile, der sie aus der Entfernung beobachtete, fand, sie solle Psen nicht allzu sehr vertrauen. Das war das Schlimme, Berenike musste vorsichtig sein, wo immer sie war. In diesen Zeiten galt das mehr denn je zuvor.

Ein paar Tage später saßen sie wieder im zweiten Vorhof des Tempels am Rand des Reinigungsbeckens beieinander. Baile schnitzte im Schatten einer üppigen Tamariske ein katzenartiges Raubtier und dachte an nichts anderes als an Nefertaris Körper, ihr aufreizendes Lachen, ihre hübschen, leicht unregelmäßigen Zähne.

Berenike legte den Arm um Psen.

»W – w – arum tut Dion es?«

Er wusste sofort, wovon die Rede war.

»Es gibt eine Akte über ihn im königlichen Archiv. Ich habe meinem Bruder gesagt, er soll eine Abschrift anfordern. Sie wird morgen im Tempel sein. Morgen zur dritten Stunde nach dem Frühstück des Gottes.«

»Ich werde d-da sein und sie mit dir l-lesen.«

»Auch dann, wenn wir alles über ihn wissen, haben wir nur das in Erfahrung gebracht, was auch der Königin und dem Pharao bekannt ist.«

»K-können wir nichts mehr tun? Ist es wirklich schon g-geschehen?«

»Ja«, flüsterte Psen und küsste Berenike. »Es ist schon geschehen. Die allmächtigen Götter Ägyptens haben sich bereits mit den Römern verbündet.« Die letzten Worte hauchte er in Berenikes Ohr.

»W-woher w-weißt du das?«

»Imuthep lässt täglich den Abgesandten Roms zu sich kommen. Er verhandelt mit ihm.«

»D-das ist zu viel! D-das ist unverschämt«, schrie Berenike auf.

»Vergiss, was ich gesagt habe«, sagte Psen schnell. Aber es war schon zu spät.

»K-kein Priester dieses Landes ist b-berechtigt, mit den Römern zu verhandeln.«

»Ich weiß nicht, worüber sie miteinander sprechen, Imuthep und der Mann aus Rom.«

»Allein dass sie miteinander sprechen, ist Verrat.« Berenike warf sich an Psens Brust und schluchzte fassungslos. Er war ihr Vertrauter. Aber dass auch er Ägyptens Sache schon verloren gab, nahm ihr den letzten Mut.

Wie hatte es überhaupt so weit kommen können? Die ägyptische Flotte war unschlagbar. Die Römer besaßen nichts, was sie den riesigen ägyptischen Kriegsschiffen entgegensetzen konnten. Antonius war der beste General, den Rom je gehabt hatte, während Turinus jung und unerfahren war. Was hatten die Römer ins Spiel gebracht, um Ägyptens Seemacht in die Enge zu treiben? Es gab niemanden in Memphis, der diese Fragen hätte beantworten können oder wollen.

Als er gegangen war, zögerte sie nicht. Sie weihte Baile zunächst nicht ein, und er fragte nicht. Ganz kurz überlegte sie, wen sie nach Alexandria schicken sollte, Baile oder Miutep. Aber ihr war klar, dass Baile sie nur von ihrem Vorhaben abbringen würde.

Sie stellte sich das überraschte Gesicht ihrer Mutter vor: Berenike hatte einen Verräter unter der höchsten Priesterschaft entdeckt! Berenike schluckte. Obwohl er der Bruder ihres liebsten Vertrauten war, würde sie nicht zögern, die Königin zu benachrichtigen.

Sie setzte ihr königliches Gesicht auf, die gleichgültige Miene, die Dion viele Male mit ihr geübt hatte, und ging an Baile vorbei, hochmütig und ohne ihn anzusehen.

Was zu schreiben war, schrieb sie mit Geheimtinte in verschlüsselter Schrift, rollte den Papyrus zusammen, legte ihn in eine metallene Kapsel, die sie mit Wachs versiegelte, und rief Miutep zu sich. Er trat die Reise noch am Abend desselben Tages an.

Und obwohl sie ihm nichts gesagt, nicht einmal etwas angedeutet hatte, witterte Baile doch das Unglück, das Berenike über Psen und Imuthep gebracht hatte.

DIE NIEDERLAGE

Baile war anders als die Eunuchen mit ihren glatt rasierten Schädeln und ihren parfümierten Körpern. Es gab bei ihm Wutausbrüche und schlechte Laune. Baile saß manchmal morgens da und bekannte, er habe Kopfschmerzen. Es kam auch vor, dass er weinte und sich an die Brust schlug. Er war ein Barbar, und er benahm sich genau so, wie sie sich barbarische Menschen vorstellte.

Einmal blieb Berenike vor ihm stehen und fragte ihn, was er da mache. Baile lag auf dem Boden und umklammerte eines seiner holzgeschnitzten Götterbilder.

»Ich bete zu Taranis.«

»Zum Donnergott mit dem Weltrad«, sagte sie, stolz auf ihr Wissen. »Was willst du von ihm?«

»Es ist immer das gleiche Gebet«, erklärte Baile. »Wenn die Zeit gekommen ist, wird der große Taranis meine Bitte gewähren.«

Berenike dachte, dass es für Baile einfacher sei, Kleopatra zu bitten. Zweifellos konnte sie ihrem Leibwächter alles gewähren, was er sich wünschte, oder ihm zumindest dabei behilflich sein, es zu bekommen.

»Welche Bitte ist es?«

Baile zögerte. »Die Bitte um eine gesunde Rückkehr nach Gallien.«

Berenikes Herz krampfte sich zusammen. Gallien, so viel war ihr bekannt, lag hinter allen Ozeanen hoch im Norden unter Eis und Schnee. Es war noch weiter entfernt als Rom, es befand sich am Ende der bekannten Welt.

»Ich war seit vielen Jahren nicht mehr da. Es ist ein großes Land mit grünen Wiesen und von Wald bedeckten Bergen. Ich möchte es wiedersehen.« Baile seufzte. »Wenn ich alt bin, will ich im Biturigerland leben. Einige meiner Landsleute sind zurückgekehrt. Es soll sogar wieder ein paar Biturigerdörfer geben. Gefangene konnten sich freikaufen. Einige hatten sich in den Wäldern versteckt. Der Stamm der Bituriger ist nicht ausgestorben. Ja, auch ich lebe noch. Meine Götter haben mir in vielen Träumen ihren Wunsch mitgeteilt, dass ich nach Gallien zurückgehen und dort eine Familie gründen soll. Irgendwann ist meine Zeit hier in Ägypten vorbei. Du kannst dir nicht vorstellen, wie schön Gallien ist. Die Menschen wohnen in schilfgedeckten Lehmhütten mit Teppichen aus Stroh. In jedem Haus hängt ein großer Kupferkessel über dem Herdfeuer, in dem das Essen kocht. Wenn einer hungrig ist, nimmt er sich mit dem Schöpflöffel eine Portion.«

Es war ihr streng verboten, Baile anzufassen. Berenike schaute sich besorgt um. Doch sie waren im Tempelbezirk, hier gab es keinen Eunuchen wie im Palast in Alexandria, der sie beobachtet hätte. Sie legte die Hand auf Bailes nackte Schulter, die sich gut und warm anfühlte. Er sah sie überrascht an. Ganz kurz trafen sich ihre Augen, ehe Baile mit stummer Entschiedenheit ihre Hand von seiner Schulter entfernte.

»Geh nicht fort!«, murmelte sie.

»Es ist noch nicht so weit. Es wird noch Jahre dauern. Wenn die Zeit gekommen ist, tut es dir nicht weh. Dann bist du erwachsen und hast Baile längst vergessen. Du bist bis dahin längst Königin.«

Baile sagte immer, dass sie einmal Königin sein würde, in Ägypten, im Partherreich oder am Ende sogar in Rom. Wo genau, darauf kam es nicht an. Die wichtigste Rolle in einem großen Land stand ihr jedenfalls zu, und er betrachtete es als seine Aufgabe, ihr dazu zu verhelfen.

Einen kurzen Moment lang dachte sie, dass es nichts nutzen würde, ohne Baile Königin zu sein. Sie behielt es für sich. Vieles ging ihn nichts an, fand sie, außerdem hatte sie ja Psen. Baile gehörte zu ihrer Kindheit. Jetzt war die Zeit gekommen, in der sie Geheimnisse vor ihm haben wollte. Hoheitsvoll und stolz ging sie weiter. Als sie um die Ecke bog, musste sie sich die Nase hochziehen. Sie verstand selbst nicht genau, warum sie weinte. Auf alle Fälle war es unverschämt von ihm, sich nach Gallien zu sehnen.

Die Boten erreichten den Tempel der Göttin Sachmet in Memphis am Abend und bestanden bei den Aufsehern darauf, die Oberpriesterin unverzüglich zu sprechen.

Berenike hatte sie schon seit zwei Tagen erwartet. In einem Traum hatte sie die beiden Gesandten ihrer Mutter aufbrechen sehen. Die verängstigten Gesichter hatten keinen Zweifel an der düsteren Botschaft gelassen, die sie übermitteln würden.

Die Prinzessin müsse unverzüglich das Schiff besteigen und mit ihnen nach Alexandria zurückkehren, richteten sie aus und begründeten den Befehl der Königin nicht weiter.

Es wäre ihr Tod gewesen, hätten sie Worte wie »Niederlage«, »Untergang der Flotte« oder ähnliche ausgesprochen. Als beflissene Höflinge redeten sie vielmehr von einem bedeutenden Sieg der Königin und ihres römischen Gemahls. Kleopatra und Antonius seien wohlbehalten in Alexandria eingetroffen, wo zur Zeit gefeiert und gejubelt werde. Sie sagten es allerdings mit so ernsten Mienen, dass für Berenike nicht der geringste Zweifel bestand. Der Traum vom sturmgepeitschten Meer mit den brennenden ägyptischen Schiffen und unzähligen Leichen – er war Wirklichkeit geworden. Die Katastrophe war eingetroffen.

In einem Punkt stimmte die Nachricht der beiden tieftraurigen Gesandten: Alexandria war wie zu einem großen Fest geschmückt. Vor den Toren der Tempel waren Fahnen mit den Farben des jeweiligen Heiligtums aufgesteckt. Die Schiffe in den Kanälen und auf dem Mareotissee waren ebenfalls geschmückt. Es gab sogar einen Wettbewerb, bei dem die drei am geschicktesten dekorierten Schiffe prämiert wurden. Häuser und Paläste waren mit Blumengirlanden aufgeputzt. Die Menschen in den Straßen drängten sich um Buden mit Würsten und gerösteten Entenschenkeln. Das Bier floss in Strömen, denn die Königin hatte Freibier für fünf Tage ausgegeben. Die Alexandriner feierten zu den Liedern der Harfensänger und den Zimbelklängen der Osiris-Priester. Die Freude war überschwänglicher als bei einem der anderen großen Jahresfeste. Die Männer lagen betrunken am Straßenrand. Halb nackte Tänzerinnen wirbelten auf Holzbühnen über den Köpfen der Zuschauer dahin. Die Zukunft war ungewiss. Für viele würde sie Armut und den Verlust ihres Arbeitsplatzes am Hof bedeuten. Einigen stand ein neuer Aufstieg bevor. Hier und jetzt war ungewiss, wer die Sieger und wer die Verlierer der kommenden Umgestaltung sein würden. Die Menschen berauschten sich, tanzten und bewarfen die Götterbilder mit Blumen.

Alexandria feierte das Ende eines Zeitalters, des Zeitalters der Ptolemäerkönige.

ALEXANDRIA

Die Eunuchen huschten durch die langen Gänge des Großen Palastes. Beim Anblick der ältesten Tochter der Königin sanken sie verehrungsvoll in die Knie. Berenike bedeutete ihnen ungeduldig, sich zu erheben. Der Gang zu Kleopatras Gemächern war versperrt, weil eine Festdekoration aufgebaut wurde.

»Lass uns den Weg durch die Blaue Kolonnade nehmen«, schlug Baile vor.

Die Blaue Kolonnade hatte ihren Namen von den blauen Mosaiksteinchen, mit denen ihre seitliche Wand verziert war.

Die Säulenreihe war zum Meer geöffnet und bot einen Ausblick bis hinüber zum Pharos.

Doch auch dieser Weg war verstellt, da der griechische Lehrer Nikolaos hier seine Schüler versammelt hatte. Sie saßen im Halbkreis um ihn auf ihren Klappstühlen. Auf einem Podest in der Mitte stand Alexandros und deklamierte eine Stelle aus der »Ilias«.

Baile blieb stehen, um Dion flüsternd zu begrüßen, der die Fortschritte seiner Zöglinge von der letzten Sitzreihe aus verfolgte. Berenike wich in einen Seitengang aus und stand unvermutet in der Küche des Großen Palastes. Sie bestaunte die Spieße, auf denen acht Wildschweine brutzelten, von schwitzenden halbnackten Sklaven gedreht. »W-wer soll diese Mengen Fleisch essen?«, fragte sie.

Der Chefkoch, kenntlich an dem weißen Tuch mit der ägyptischen Doppelkrone, das er um den Kopf gewunden trug, trat auf sie zu.

»Diese Wildschweine werden zu unterschiedlichen Zeiten fertig gegart sein. Das eine haben wir gerade erst auf den Spieß geschoben. Wir wissen nicht, wann der Autokrator und die Königin zu speisen belieben. Damit aber jederzeit ein Mahl für sie in ausreichender Menge bereit ist, brutzeln die Schweine. In den Töpfen sind bereits Soßen und Zutaten gekocht, die auch jederzeit in den Speiseraum gebracht werden können. Wünscht die Prinzessin eine Portion Pfauenfleisch oder lieber einen Leckerbissen aus der Wildschweinkeule?«

»Lieber etwas Süßes, Feigenmus oder Dattelcreme.«

»Ich lasse es hochbringen. Der Vorkoster kommt gleich mit.«

»Wir könnten auch hier unten in der Sklavenküche essen«, schlug Baile vor, der Berenike inzwischen in die Küche gefolgt war.

»Ausgeschlossen. Die Prinzessin kann dort nicht essen. Wenn Dion das hört, werde ich ausgepeitscht.«

»Dann gehen wir auf die untere Terrasse«, entschied Baile.

Wenig später saßen sie im Schatten des Palastgebäudes auf der Plattform, gegen die die Wellen schlugen. Berenike ließ die Beine ins Meer baumeln und wartete geduldig, bis Baile die Süßigkeiten vorgekostet hatte. In der Tiefe unter ihr stoben Schwärme winziger grauer Fische.

Als er ihr die Goldblechschälchen gebracht hatte, aß sie das Mus und die Creme mit den Fingern. Wenn sie allein mit Baile war, aß sie gerne auf diese Weise, die sie von ihm kennen gelernt hatte.

»Hat es der Prinzessin gemundet?«, fragte der Chefkoch schließlich mit breitem Grinsen.

»Ja«, murmelte sie, um ihn nicht zu enttäuschen. Zum ersten Mal, seit sie denken konnte, hatten ihr die Süßigkeiten nicht geschmeckt.

»Zu süß«, sagte sie, als er gegangen war. »Komisch, dass ich früher so gierig danach war.«

Im Speisezimmer des Großen Palastes saßen sich nur Kleopatra und Antonius auf ihren Liegebetten gegenüber, um die Lage zu besprechen. Antonius trug trotz der mittäglichen Hitze den kurzen Lederpanzer des Feldherrn und spielte mit dem Federbusch seines silbernen Helms. Er schwitzte, und Berenike bemerkte auf einen Blick, dass er angetrunken war. Außer dem Autokrator und der ägyptischen Königin waren nur noch die Kammerfrauen Iras und Charmion zugegen, die, hinter den Klinen stehend, mit Fächern aus Palmwedeln für die Kühlung des Herrscherpaares sorgten. Sobald ein Eunuch oder ein Sklave in den Saal hineinschaute, verscheuchte ihn die Königin mit einer ärgerlichen Bewegung.

»Geh hinaus, Baile!«, sagte sie scharf. Und zu Berenike: »Komm, setz dich zu mir, hässliches, kleines Teknon.«

»Ille puer, ille Turinus.« Antonius war in seine Muttersprache

gefallen. Wenn er sehr zornig war, sprach er immer Lateinisch. »Jener Knabe, jener Turinus, dieses dreckige Hürchen.« Eine Flut von unflätigen Schimpfworten brach aus ihm hervor.

»Caesar hat ihn gefickt, damals in Hispania und früher schon. Das ist der einzige Grund für die Adoption. Octavianus war sein hübschester Verwandter. Caesar war verrückt nach diesem Jungen, nach seinem jungfräulichen Fleisch, seiner rosigen Haut, seinem stumpfen braunen Haar. Es gibt keinen Menschen, den ich so hasse wie dieses eingebildete Jüngelchen. Für mich heißt dieser Mann nicht Gaius Caesar Octavianus, sondern Turinus, er ist durch und durch vulgär und durchtrieben. Er ist eiskalt und geizig, sein Vater ein schmuddeliger kleiner Geldwechsler, sein Großvater desgleichen! O ihr Götter, ihr habt zugelassen, dass dieser Turinus den Namen Caesars trägt! Mich wollte Caesar adoptieren, ich sollte sein Sohn sein. Hundertmal hat er das gesagt. Nicht einmal auf die Götter ist mehr Verlass. Ihr Götter Roms und Ägyptens, ihr habt ihn bis hierher auf den heiligen Boden Ägyptens geleitet – warum?«

»Warum?«, fragte Berenike in die Stille hinein, die dem Wutausbruch ihres Stiefvaters gefolgt war. »Pappas, warum hat Caesar Turinus gefickt?«

»Weil er alle gefickt hat!«, brüllte Antonius. »Männer, Frauen, Knaben, Kinder, alle, die ihm gefielen. Er hielt es für sein Recht.«

Er hielt inne und starrte Berenike an.

»W-warum hielt er es für sein Recht?«

»Dein Vater war stolz darauf, Männer, Frauen, Knaben, Mädchen, Tempeldiener, Sklaven und wen auch immer zu ficken. Es gab einen Grund dafür – er war ein Abkömmling der Venus. Er glaubte, er müsste es mit allen treiben, weil er von der Göttin abstamme.« Antonius bekam einen Lachanfall.

»Hör auf!«, sagte Kleopatra. Ihr Ton war schneidend. »Du

bist betrunken. Wenn du betrunken bist, benimmst du dich wie ein römischer Bauer.«

»Ich hasse euch alle«, grölte Antonius. »Alle, alle, alle. Schafft mir Antyllus her! Er ist der einzige richtige Römer am Hof außer mir.«

»Du kannst dem göttlichen Julius nur nicht verzeihen«, setzte Kleopatra hinzu, »dass er Turinus und nicht dich adoptiert hat.«

»Wer weiß, wen er wirklich adoptiert hat«, stöhnte Antonius. »Dieses Testament ist eine Fälschung. Turinus hat es mit eigener Hand gefälscht.«

»Es ist keine Fälschung«, erklärte Kleopatra hoheitsvoll. »Er hat nie vorgehabt, dich zu adoptieren. Er wollte Turinus zu seinem Sohn machen, weil er der Enkel seiner Schwester ist, sein nächster Blutsverwandter.«

»Meine Mutter war auch eine Julia. Sie stammte genau wie Caesar von der Göttin Venus ab. Ich bin nicht sehr viel weiter entfernt von Caesar als dieser unreife Bengel.«

»Er heißt d-doch g-gar nicht Turinus«, sagte Berenike und kämpfte um jedes Wort. »Er heißt Octavius.«

»Nein, mein Kind, du irrst dich. Er heißt jetzt Gaius Julius Caesar Octavianus. Dein göttlicher Vater hat diesen Jungen adoptiert und ihm seinen Namen vererbt. Octavianus bedeutet so viel wie gewesener Octavius.«

»Mama, w-warum? Er hatte doch zwei Kinder. Einen Sohn und eine Tochter.«

Kleopatra schwieg.

Antonius gab die Antwort. »Du und dein Bruder, ihr seid Ausländer, Ägypter. Deswegen seid ihr nicht die Haupterben. Es ist nicht wie in der Hundezucht. Nach römischer Rechtsvorstellung hat Gaius Julius Caesar keine leiblichen Kinder.«

Berenike fand, dass es ungerecht war.

»Weil ihr nach römischem Recht keine Menschen seid, du und dein Bruder«, erläuterte Antonius. »Für die Römer seid ihr so etwas wie behaarte Affen. Tiere, die Brabrabra vor sich hin brabbeln, eben Barbaren. Meinetwegen ägyptische Barbaren!«

Sie schwiegen alle. Antonius ließ sich auf einen Polsterstuhl fallen. Sein Wutanfall war vorbei, er war müde und sah plötzlich alt aus.

»Antyllus soll kommen. Warum ist er nicht hier?«

»Er feiert ein Abschiedsfest mit seinen Freunden.«

»Er muss fort aus Alexandria. Er und Caesarion können nicht hier bleiben.«

»Indien«, sagte Kleopatra. »In Indien sind sie sicher. Ich habe mit König Ashoka Geschenke getauscht. Er wird sie aufnehmen. Noch ist der Seeweg ungefährlich.«

Berenike blickte sie überrascht und verwirrt an.

»Turinus wird siegen«, erklärte Kleopatra. »Er steht wenige Meilen vor der Stadt. Unsere Truppen fallen ab. Die Verbündeten sind zu ihm übergelaufen. Übrigens, Imuthep habe ich benachrichtigt, dass er sich töten soll. Ich habe ihm die Schlangen geschickt. Er lebt nicht mehr. Danke für deine Nachricht.«

Berenike zuckte zusammen. Sie hatte seinen Tod gewollt, sie hatte ihn für seinen Verrat gehasst, aber dass es so schnell geschehen würde, hatte sie nicht erwartet. Psen wusste wahrscheinlich längst, wer Imuthep verraten hatte. O Isis, sie konnte Psen nie wieder unter die Augen treten. Er würde sie für immer hassen.

»Und Psenamun?«, fragte Kleopatra. »Was ist mit ihm?«

»Er hat es mir erzählt«, stammelte Berenike und heulte los.

»Er wird als Nachfolger installiert werden, wenn mir die Zeit dazu bleibt.« Kleopatra starrte düster vor sich hin. »Fehlt noch, dass auch er schon mit den Römern in Verhandlungen getreten ist.« Sie keuchte zornig, es war wie ein Schluchzen, und schrie: »Was bilden die sich eigentlich ein? Ohne uns wären sie nichts als Dreck! Ich habe Imuthep einsetzen lassen.

Wo ist der Dank? Keiner ist dankbar, Tochter, merk dir das für die Zukunft.«

Antonius war aufgesprungen. Er griff nach seinem Helm und setzte ihn auf. »Ich werde noch einen Ausfall machen. Lieber im Kampf sterben, als von Turinus besiegt werden.«

Aber er blieb und sah Kleopatra an.

»Du musst hinaus zu den Kämpfern«, sagte sie und küsste ihn auf das versilberte Metall seines Gesichtshelms. »Sei ein Römer wie deine Brüder. Ich bin stolz auf dich.«

»Caesar hat auch sein Glück an Turinus vererbt. Für mich ist nichts davon übrig geblieben. Er hat mich betrogen«, sagte Antonius tonlos. »Ich bin zu jung, um zu sterben«, schrie er dann auf. »Scheißkrieg! Ich habe ihn nicht gewollt.«

ENDZEIT

Monate waren vergangen seit der Schlacht von Actium. Winterstürme waren über den Großen Palast gebraust. Lange Zeit hatte Antonius sich in sein vom Meer umtostes Sommerschlösschen gegenüber dem Leuchtturm zurückgezogen, sich betrunken und seinem Schmerz über die Niederlage hingegeben. Aber die alte Lebenslust war irgendwann zurückgekehrt, und er war wieder in Kleopatras Großen Palast eingezogen. Fest über Fest war gefeiert worden. Kleopatra und Antonius hatten mit ihren Freunden den Klub derer, die zusammen sterben werden, gegründet. Antyllus und Caesarion waren im Frühjahr bei einem großen Fest zu Männern erklärt und in die Bürgerliste Alexandrias eingetragen worden.

Die befreundeten Könige waren einer nach dem anderen von Ägypten auf die Seite des Turinus übergegangen, fast jeden Tag hatte einer der alten Freunde seinen Stadtpalast heimlich verlassen und war auf dem Landweg oder zur See aus dem bedrohten Ägypten geflohen. Am Anfang hatte Antonius dem treulosen Freund Domitius noch mit höhnischen Begleitschreiben Gepäck und Dienerschaft hinterhergeschickt, inzwischen brach er in Tränen und Verwünschungen aus, wenn wieder einer geflohen war. Was das gemeinsame Sterben in Alexandria anging, so war außer Antonius und Kleopatra kaum noch einer von den Vertrauten da.

Gesandte trafen am Hof ein, die mit Kleopatra verhandeln wollten. Der elegante junge Thyrsos, ein Freigelassener des Turinus, der hervorragend Griechisch sprach, bestand darauf, allein mit der ägyptischen Königin zu sprechen. Nicht einmal die Eunuchen Dion und Uriasippa wollte er dabeihaben. Kleopatra ließ sich darauf ein. Tagelang dauerten die Besprechungen an, bis Antonius wutentbrannt die Tür aufriss und Thyrsos Prügel androhte.

Aber es verließen auch Unterhändler Kleopatras und des Antonius den Hof, und was sie bei Turinus zu erreichen suchten, darüber waberten die verschiedensten Gerüchte durch die Stadt. Von Angeboten der Königin war die Rede. Alles böte sie Turinus, ihr Leben, ihre Reichtümer, die Hand einer ihrer Töchter, wenn er dafür ihre Söhne in Ägypten weiter herrschen ließe.

Was Turinus verlangte, wussten alle.

Die Sklavenmädchen, die Berenike jeden Morgen ankleideten und frisierten, ohne Berenike weiter zu beachten, tuschelten aufgeregt miteinander, wenn sie hereinkamen. Berenike überlegte, ob sie ein Gespräch mit ihnen anfangen sollte, was schwierig war, da sie nicht einmal die Namen der beiden kannte.

»Sie wird ihn nie ausliefern«, sagte die Jüngere. Sie hatte krauses, dunkles Haar und helle Haut.

»Doch, sie muss es«, erklärte die Ältere, ein mageres hoch gewachsenes Mädchen mit schiefen Zähnen.

»Das Seidene? Das Leinene?« Die Kraushaarige hatte einen Kleiderstapel auf das runde Tischchen gelegt und hielt mit ausgestreckten Armen Berenike die Gewänder zur Ansicht hin.

Berenike war unfähig, eine Wahl zu treffen. Das hellblaue aus Leinen kratzte wahrscheinlich. Das grüne aus Seide gefiel ihr nicht. Warum hatten sie keines aus Byssos mitgebracht? Der fast durchsichtige Byssos trug sich bei dieser Hitze am leichtesten auf der Haut.

»Du bringst immer die falschen Sachen«, sagte sie wütend. »Wie heißt du überhaupt?«

Die Kleine zuckte erschrocken zusammen. »Merit«, flüsterte sie. Das grüne Gewand glitt zu Boden, so sehr zitterte sie.

»Wie alt bist du?« Ohne es zu wollen, ging Berenike zu der Art von Befragung über, an die sie sich im Sachmet-Tempel gewöhnt hatte, wenn sich ihr Kranke vorstellten.

»Zwölf, zwölf Jahre alt, glaube ich.«

»Wo bist du geboren?«

»Hier im Palast«, stammelte Merit.

»Was hast du heute Morgen gefrühstückt?«

»Ich habe nur etwas Wasser getrunken.«

»Warum hast du nur Wasser getrunken?«

»Es ist noch zu früh. Nachher, wenn ich hier fertig bin, werde ich Brot und Oliven essen.«

»Setz dich, und hör auf zu zittern. Wovor hast du Angst?«

Merit ließ sich mit gekreuzten Beinen auf dem Boden nieder und starrte Berenike fassungslos an.

»Du auch.«

Die Große glitt ebenfalls zu Boden. »Ich bin Athenais«, sagte sie selbstbewusst, »vierzehn Jahre alt.«

»Seid ihr verwandt? Vielleicht Schwestern?«

»Nein«, antwortete Merit. »Athenais kommt aus Naukratis.«

Berenike empfand eine neue Art von Zufriedenheit. Genau diese Dinge hatte sie immer wissen wollen. Aber Dion hatte ihr ebenso wie ihren Geschwistern eingeschärft, dass man Sklaven und Palastdiener nicht zu beachten habe.

»Und worüber habt ihr eben gesprochen, als ihr zu mir gekommen seid?«

Die beiden sahen sich verlegen an, dann nickte Athenais Merit aufmunternd zu.

»Turinus verlangt die Auslieferung des Autokrators von der Königin«, wagte sich Merit vor. »In der Stadt schließen die Leute Wetten ab, ob sie es tut. Die einen sagen, sie muss es tun, für Ägypten. Die anderen sagen: Sie kann es nicht tun, weil sie ihn liebt.«

»Sie wird es nicht tun, weil Turinus sie nicht dazu zwingen kann«, sagte Berenike so hoheitsvoll wie möglich. Sie atmete tief durch. »Merit, jetzt mache ich die Augen zu und du auch. Und dann ziehst du das unterste Gewand aus dem Stapel hervor. Egal, ob rot oder blau, ich werde es anziehen, damit die Sache ein Ende hat.«

Ein paar Mal hatte Berenike ihrer Mutter gegenüber den Wunsch geäußert, sie endlich zurück nach Memphis in ihren Tempel zu lassen. Kleopatra hatte ärgerlich abgewehrt. Während die Monate vergingen, zögerte sich die Entscheidungsschlacht um Ägypten hinaus. Turinus war noch einmal nach Italien zurückgekehrt. Dann hielt er sich länger in Syrien auf als erwartet. Die Tage wurden immer heißer. Die Nilüberschwemmung setzte ein. Und eines Tages kam die Schreckensnachricht, dass das Heer an der Grenze sich ergeben hatte.

»W-warum?«, stammelte Berenike. Sie saß zwischen zwei Säulen der Blauen Kolonnade und starrte hinaus auf das Meer. Ein Fischerboot war zu sehen. Unten zwischen den Felsen tummelten sich Sklaven, die Abkühlung suchten.

»Dein Vater Caesar besaß die besondere Begabung«, sagte

Baile, »selbst die Niederlage noch in einen Sieg zu verwandeln. Er war schlau wie ein Fuchs und unendlich zäh. Er gab nicht auf, und dafür liebten ihn die Götter. Sie liebten ihn mehr als seine Gegner, weil er tapferer war. Hundertmal schenkten sie ihm den Sieg. Er hatte ihn jedes Mal verdient. Antonius ist nicht wie dein Vater. Der große Caesar wurde nie wirklich besiegt. Antonius dagegen hat immer wieder einmal eine Schlacht verloren. Diesmal ist es mehr als eine Schlacht.« Baile überlegte, wie er es ausdrücken sollte. Ägypten war für Antonius verloren. Die Dynastie der Ptolemäer würde nicht wieder herrschen.

»Turinus steht mit seinen Legionen vor der Stadt, Baile. Erklär mir, wie das geschehen konnte«, flehte Berenike.

»Leise«, flüsterte Baile und sah sich ängstlich um. »Niemand kann es erklären.«

»Unsere Schiffe hatten mehrere Stockwerke. Sie waren unschlagbar. Es gibt keine größeren Kriegsschiffe als die ägyptischen. Ihr Bug war mit Metall beschlagen.«

»Sie waren zu groß, Dalta«, hauchte Baile. »Manchmal, verzeih, manchmal nützt es nicht, das größere Heer oder die mächtigeren Schiffe zu haben. Wenn die Götter nicht auf deiner Seite sind, kannst du auch mit dreifacher Übermacht nicht siegen. Diesmal hatten sie sich auf die Seite der Römer gestellt. Die Feinde haben uns mit kleinen, wendigen Nussschalen von allen Seiten angegriffen und Brandfackeln auf unsere Schiffe geworfen.«

Berenike lehnte sich gegen seine Brust und weinte. Die Götter hatten sich von Ägypten und seiner Königin abgewandt. Baile ließ zu, dass sie sich berührten. Es war Krieg, die alten Regeln verloren ihre Geltung.

»Werden sie nach Alexandria kommen?«

»Sie sind schon da. Vor der Stadt bedeutet in der Stadt.«

»Hast du keine Angst? Sie werden dich töten.«

Baile legte die Arme um sie. »Wir müssen ruhig bleiben

und abwarten. Eins steht fest. Ich bleibe bei dir, Dalta, was auch immer geschieht.«

Einen Moment lang hielten sie sich umklammert. Dann schob Baile sie von sich.

Dion trat ein. Sein Gesicht war fleckig, seine Augen stumpf. Panik erfasste Berenike, als sie begriff, dass er geweint hatte.

»Wir sollen zur Königin kommen. Caesarion ist schon bei ihr«, sagte er ohne irgendeine höfliche Floskel.

Baile warf sich den Sack über die Schulter, den er immer bei sich trug. »Komm, Dalta«, sagte er. »Es ist so weit.«

DER ABSCHIED

»Du bist mein Vertrauter«, sagte die Königin. Die Vorhänge des Gemachs waren zugezogen. Der Raum lag im Halbdunkel. Iras und Charmion, die Kammerfrauen, hockten auf dem Mosaikboden neben Kleopatras Sitz. Ihre Gesichter verrieten keine Gemütsregung, und doch spürte man ihre Trauer körperlich. Sonst war im Hintergrund immer das leise Spiel der Harfner zu hören, heute herrschte völlige Stille in den königlichen Privatgemächern des Palastes.

Kleopatra zuckte zusammen, als sie ihre Tochter sah. Berenike war ungekämmt, ihr Kleid verknittert, es gab keine Entschuldigung, so vor ihr zu erscheinen. Und dann erst Dion, ihr höchster *philos*. Wie konnte er es wagen, mit verheultem Gesicht zu einer Besprechung mit der Königin zu kommen? Der Leibwächter, Baile, war hingegen im Hintergrund stehen geblieben, senkte achtungsvoll den Kopf und warf sich dann nieder. Sie würde ihn befördern.

»M-mamme«, fing Berenike ungefragt an, und es tat weh hinzuhören. »M-mamme, hör m-mir b-bitte zu.«

»Nicht jetzt«, sagte Kleopatra mit schneidender Stimme.

Nie war ihr das Gestotter lästiger gewesen als jetzt. Sie wollte nicht mit Berenike sprechen, nichts von ihr gefragt werden, ihr nichts antworten müssen. Der Verwandte Caesars, jener Turinus, war mit seinen Legionären und zahllosen Hilfstruppen inzwischen von der syrisch-ägyptischen Grenze bis an die Mauern der Stadt vorgerückt. So schnell hatte niemand mit diesem ungehinderten Vormarsch gerechnet. Die mit ihr und Antonius befreundeten Könige der Nachbarländer waren zu ihm übergelaufen, was man ihnen nicht einmal verdenken konnte. Täglich trafen neue Schreckensbotschaften ein über Truppenteile, die sich mit fliegenden Fahnenwimpeln und erhobenen Feldzeichen auf die Seite der Römer geschlagen hatten. Eine kurze Zeit würde man den Feind aufhalten können. Ein paar Tage lang würde man miteinander verhandeln. Doch sie machte sich nichts vor, es war nur eine Frage der Zeit, wann Alexandria sich ergeben würde.

»Ich habe dir vor vielen Jahren das Leben gerettet«, fuhr Kleopatra, an Dion gewandt, fort. »Jetzt hast du Gelegenheit, sein kostbares Leben zu retten.« Sie schob Caesarion näher zu Dion und legte die Hand des Jungen in die Hand ihres Höflings.

»Bring ihn sicher über das Meer zu König Ashoka, bring ihn heil nach Indien.«

Dann legte sie die Hand auf Antyllus' Schulter. »Das ist Marcus Antonius Antyllus. Auch er soll zu König Ashoka gehen. Ashoka ist jetzt unsere einzige Hoffnung. Mit deiner Hilfe werden sie zu ihm gelangen.«

Kleopatras Blick fiel auf Berenike. Besser, sie bleibt hier. Sicherer, sie geht auch nach Indien. Berenike, das Faustpfand. Sie ist eine Frau aus dem Haus der Ptolemäer. Sie ist die Tochter des göttlichen Julius, die Schwester dieses unsäglichen Turinus. Auch Dion, dessen Verstand so klar, dessen Rat so klug ist, weiß die Antwort offenbar nicht. Kleopatra sah ihn erneut an. Nie hätte sie vermutet, dass er einmal nicht mehr weiterwissen würde. Oft hatte sie gedacht, dass er sogar noch klüger sei als sie selbst. Sinnlos, ihn zu fragen, was sie tun sollte. Es gab keine richtigen Lösungen mehr. Die Götter hatten sich in der Nacht aus den Tempeln Alexandrias davongestohlen. Auch die römische Fortuna hatte sich unter sie gemischt, wie der persönliche Haruspex des Antonius unter Tränen beteuert hatte. Das Ende der Welt hatten die Boten des Apis-Stiers verkündet. Und von ihr, der Königin, erwarteten Priester und Volk, dass sie mit ihrer Regierungskunst den Weltuntergang in erträgliche Bahnen lenkte. Wenn es nur einen Ausweg gegeben hätte, eine Kriegslist, ein Schlupfloch für sie mit Antonius und ihren Kindern! Kleopatra seufzte. Auswege, Rettungen und Zukunft gab es für ihre Untertanen, und das war gut so. Tausend Möglichkeiten, den Siegern gefällig zu sein. Sie würden die Bewohner der neu entstehenden Provinz des römischen Reiches sein. Ihr und Antonius war nur der Tod sicher. Antonius würde sich ins Schwert stürzen müssen.

Er war zu feige, zu weich, nie ganz Römer, ja, im Laufe der Jahre war er fast zum Griechen geworden. Er hatte lieber weiche Sandalen als Militärstiefel getragen. Todesurteile zu unterschreiben war ihm nie leicht gefallen, manchmal hatte er es einfach vergessen.

Blitzartig begriff sie, dass sie ihn wegen dieser Eigenschaften schon vor langer Zeit geliebt hatte. Ja, der göttliche Julius hatte Recht, als er damals in Wut und Eifersucht geriet. Antonius war nie der harte General Roms gewesen, der mit einem Lächeln auf den Lippen Städte ausräuchern ließ. Manches Mal hatte er das Leben von Griechen oder Ägyptern geschont. Er liebte die Menschen so, wie er sein eigenes Leben liebte. Er war kein altrömischer Held, und er würde nicht im richtigen Moment aus dem Leben scheiden.

Er war über zehn Jahre älter als sie und besaß in militärischen Dingen mehr Erfahrung. Aber in den langen Jahren, in denen sie Ägypten allein regiert und bittere Entscheidungen getroffen hatte, war sie hart geworden. Sie sah die Dinge glasklar. Sie würde nicht zögern, wenn es so weit war. Ebenso wie sie auch nicht gezaudert hatte, als es darum ging, der Giftmörderin den Auftrag zu erteilen, damals, als feststand, dass ihr Bruder Ptolemaios sterben musste. Ein netter Junge, dem eben der erste Bartflaum spross. Alle am Hof mochten ihn. Er war sanft und freundlich zu jedermann. Aber sie, Kleopatra, hatte gewusst, was geschehen würde, wenn er heranwuchs. Zwei ebenbürtige Anwärter auf den Thron Ägyptens waren nicht möglich. Ihr Sohn Caesarion hatte das größere Anrecht darauf zu leben. Ach, Isis, was heißt schon Brudermord? Galt es nicht, meinen Erstgeborenen schützen? Ich durfte nicht auf den Tag warten, an dem Ptolemaios die Giftmischerin für Caesarion bestellen würde.

O Antonius, dachte sie. Es ist zu schwer für ihn. Er wird weinen, wenn es so weit ist, dann wird er sich betrinken, und schließlich wird er in die Hände der Feinde fallen, und sie werden ihren Spott mit ihm treiben. Er hat nichts Königliches an sich. Warum ist er nur so anders als ich?

Dabei war sie doch die Frau und er der Mann. Sie hatte immer gerne regiert, selbst in den schweren Anfangszeiten und auch nach dem Tod des Diktators, als alles aus den Fugen geraten war. Sie hatte nie gezögert, Entscheidungen zu fällen, ihr So-soll-es-sein unter ein Dokument zu schreiben. Jetzt aber fühlte sie sich müde.

»Ich w-will auch zu König Ashoka«, erklärte Berenike.

Kleopatra fand es völlig überflüssig, dass ihre Tochter überhaupt etwas sagte.

»Nein«, flüsterte sie. »Die Götter haben anders über dich bestimmt. *Genestho!*«, schrie sie unvermittelt, so soll es sein.

»Ich gehe mit«, schrie Berenike zurück. »Ich gehe mit Caesarion, egal wohin.«

»Nein. Es ist unmöglich.« Was fiel dem Mädchen bloß ein?

Kleopatra war auf einen solchen Widerstand nicht gefasst. So kannte sie ihre Tochter nicht.

»Lass mich mit ihm gehen.« Berenikes Augen funkelten wütend.

»Warum nicht?«, sagte Dion. »Vielleicht ist es sogar gut. Sie gehören zusammen.«

»Du bürgst mir für sie mit deinem Leben, mit allem, was du hast ...« Kleopatra begriff immer noch nicht, dass die Tage des Befehlens vorüber waren. Berenike hatte es instinktiv verstanden. Ihre Mutter hatte aufgehört, über Ägypten zu herrschen.

»Du hast die Vollmacht für alles. Für die Schätze, für das Gold.« Eindringlich sprach die Königin mit ihrem vertrautesten Eunuchen. »Es wird alles gut werden«, flüsterte sie und fuhr sich mit der Hand durch ihr perlenbesetztes Haar. »Ja, das wird es, wenn du erst mit den beiden im Schiff sitzt, das euch nach Indien übersetzen wird. Ashoka ist mein Verbündeter, mein Freund. Die Kinder werden an seinem Hof heranwachsen. Turinus hat dort keinen Zugriff auf sie. In ein paar Jahren können sie ein Heer ausrüsten und die Macht in Ägypten zurückerobern. Für sie ist Ägypten nicht verloren. Sie sind Abkömmlinge der ägyptischen Könige und Caesars. Ihr dürft nie vergessen, wer ihr seid ...«

»Es ist Zeit, Königin«, sagte Dion. »Wir müssen schneller sein als die Feinde.«

»Wir werden uns nicht wiedersehen, mein Freund.«

»Ägypten wird ein anderes Land sein, wenn wir es wieder betreten.«

Kleopatra vermochte nicht zu antworten. Sie hatte ihr Gesicht verhüllt.

Dion kniete ein letztes Mal vor ihr nieder und küsste die Füße seiner Herrscherin. Caesarion und Berenike taten es ihm nach. In geziemender Entfernung von ihnen warf sich auch Baile auf den Boden.

»Vergesst, wer ihr seid. Vergesst eure Namen. Benehmt euch wie einfache Menschen, wie dienendes Volk.«

Sehr guter Ratschlag, Mamme. Was wissen wir davon, wie das dienende Volk sich verhält? Sollen wir mit den Fingern essen? Sollen wir dabei schmatzen? Aufhören, uns zu waschen und die Füße zu salben?

Kleopatra hatte von ihrer ältesten Tochter eigentlich eine Dankesrede erwartet. Offensichtlich hatte Dion aber nichts mit ihr vorbereitet. Stattdessen gab das Mädchen nur Unpassendes von sich. Plötzlich hatte sie Lust, Berenike zu ohrfeigen, was sie niemals zuvor getan hatte. Sie tat es auch jetzt nicht.

»Werde glücklich, so wie deine Mutter. Und mächtig, wie sie«, murmelte sie und umarmte Berenike. »Bleib bei Caesarion und hör auf Baile. Haltet zusammen, wo immer ihr seid.«

Fast kam es ihr vor, als sträube sich Berenike gegen ihre Berührung.

Durch einen Hinterausgang verließen Dion und Baile mit ihren drei Schützlingen den Palast. Um kein Aufsehen zu erregen, gingen sie zu Fuß. Im Haus des Uriasippa, in der Nähe der Stadtmauer, betraten sie einen unterirdischen Gang, der sie zu einem Kanal brachte, auf dem ein Boot mit zwei Ruderern schon auf sie wartete.

Schmuck und Gepäck waren sicherheitshalber von anderen Booten zum Nil gebracht worden, von wo aus die Reise weitergehen würde.

An diesem Abend nahmen Kleopatra und Antonius mit ihren Freunden ein besonderes Festmahl ein, wussten sie doch, dass der nächste Tag die Entscheidung bringen würde. Selene, Alexandros und Phila waren im Palast zurückgeblieben, eine Sicherheitsmaßnahme, falls die Flucht der älteren Kinder misslingen sollte.

Etwa um Mitternacht, als alles still geworden war und Hoffnungslosigkeit und Furcht vor dem drohenden Unheil über der ganzen Stadt brüteten, hörte man plötzlich herrliche Musik, die ein aus vielen Instrumenten zusammengesetztes Orchester zu spielen schien. Zugleich waren harmonisch singende Stimmen zu vernehmen und das Lärmen einer Menge, Rufe von Bacchanten und die Geräusche springender Satyrn. Es war ganz so, als verließe ein Prozessionszug mit festlichem Gesang die Stadt. Er folgte offenbar einem Weg durch die Stadtmitte zum äußeren Tor, das zum Lager des Feindes hinausführte. Dort schwollen die Töne zum Crescendo an, bevor sie verklangen. Einige, die diese wundersame Erscheinung ergründen wollten, glaubten, dass der Gott Dionysos auf diese Weise Marcus Antonius verlassen habe, der sich stets als einen Verwandten des Gottes ausgegeben hatte und sich immer wieder bemühte, ihn zu imitieren.

Zu dem erwarteten Gemetzel zwischen den Truppen des Octavianus Turinus und den ägyptischen, die Marcus Antonius anführte, kam es nicht. Am folgenden hochsommerlichen Tag versuchte die Flotte des Antonius im Osten der Stadt vor dem Hafen die Schiffe des Gegners in der Schlacht zu stellen. Das ägyptische Heer war auf der Anhöhe zwischen Stadtmauer und Pferderennbahn postiert. Der Kampf, den Antonius beginnen wollte, fand nicht statt. Sowohl die Flotte wie die Reitertruppe kapitulierten, ehe die ersten Pfeile geflogen waren. Die Infanteristen warfen ihre Waffen fort und rannten Hals über Kopf davon. Antonius schrie und tobte. Einen Moment glaubte er, Kleopatra habe sich hinter seinem Rücken gegen ihn mit den Römern abgesprochen. Ungehindert drangen die Truppen des Octavianus Turinus und Agrippa in die Stadt ein. Dies geschah am ersten Tag des Monats, den Turinus, der spätere Kaiser Augustus, in Erinnerung an den Sieg in Alexandria mit seinem Namen bezeichnete: August.

DIE FLUCHT

Tagelang war die kleine Reisegesellschaft in einer Barke nilaufwärts unterwegs gewesen. Die Etesienwinde blähten das hohe weiße Segel und beschleunigten die Fahrt. Die Ruderer kamen ohne große Anstrengung gegen die Strömung voran. Städte und Tempel zogen vorbei. Smaragdgrün leuchtete das Fruchtland unter den Strahlen der Sonne. Geschäftige Bauern trieben ihre Ochsen durch die Felder. Andere brachten auf Eseln die schwere Ernte zu den Lagerhäusern oder den kleinen Märkten an den Anlegestellen. Auf den Dämmen neben den Bewässerungsgräben wimmelte es von geschäftigen Menschen. Für Berenike, Caesarion und Antyllus war es eine neue Erfahrung, unbeobachtet eine längere Strecke durch Ägypten zu reisen. Nirgendwo warteten Empfangskomitees auf sie mit Blumen und Erfrischungen. Bei ihrer Ankunft sangen keine Chöre, niemand fiel vor ihnen nieder. Anfangs hatte Berenike noch fasziniert ans Ufer gesehen, bald schon döste sie nur noch schläfrig vor sich hin. Fischreiher standen am Wasser, ab und zu schob sich ein Krokodil schwanzschlagend vom Uferschlamm ins Wasser. Nilpferde hoben kurz den Kopf.

Antyllus und Caesarion würfelten tagein, tagaus. Caesarion gewann öfter als sein Widersacher.

»Du bekommst fünf von meinen goldenen Bechern«, verkündete Antyllus mit rotem Kopf.

Caesarion lachte. Es gab kein Angebot, das für den Pharao Ägyptens attraktiv gewesen wäre. Ihm lag nichts an goldenen Bechern. Die von Antyllus waren ohnehin in Alexandria zurückgeblieben. Es war fraglich, ob er sie jemals wieder in den Händen halten würde.

»Es sind sehr alte griechische Metallarbeiten, sie haben einmal Pompeius gehört. Meine Mutter hat sie ersteigert, zwölf

Stück, die Zahl, die man für ein richtiges Gelage braucht. Oder willst du lieber den Gegenwert in Münzen?«

Der einzige Wertgegenstand, den Antyllus bei sich trug, war ein großer Rubin an einer goldenen Halskette. Er hielt ihn auf der Reise unter dem rauen Gewand verborgen. Den Rubin hätte er niemals verspielt, er war ein Andenken an seine Mutter Fulvia, die vor einigen Jahren gestorben war.

»Wenn wir in Indien sind, rechnen wir ab«, schlug Caesarion vor.

Dion ließ nur an kleineren Halteplätzen anlegen, damit sie essen und frisches Wasser und Früchte besorgen konnten. Berenike brachte nichts als trockenes Weizenbrot hinunter, während Antyllus und Caesarion mit gutem Appetit Nilbarsch und Lotosgemüse vertilgten. Antyllus trank zu viel Wein und jammerte, es sei ein Fehler gewesen, nach Ägypten zu kommen.

Der Ort, an dem sie das Boot diesmal vertäut hatten, hieß Krokodilopolis. Ärmlich gekleidete Bauern hockten im Schatten der Weiden und Sykomoren in Erwartung eines Fährbootes, das sie und ihre Ziegen ans andere Ufer bringen würde. Außerdem gab es zwei Bretterbuden, an denen Bohnenbrei und Nilbarsch ausgegeben wurde. Einige halbwüchsige Kinder verkauften Obst, Gemüse und Wasser.

»Octavia und Jullus wollten mich nicht gehen lassen. ›Bleib bei uns in Rom‹, hat Octavia gesagt. ›Wenn du bleibst, hat dein Vater einen Grund mehr, nach Rom zurückzukehren.‹«

Antyllus und Caesarion hatten es sich mit Dion auf einer Steinbank bequem gemacht und verzehrten mit den Fingern ihr Essen von Holztellern, welche sie auf den Knien abgestellt hatten.

Jedes Mal, wenn sie den Namen Octavia hörte, zuckte Berenike zusammen. Octavia war die römische Ehefrau des Marcus Antonius, die Stiefmutter des Marcus Antonius Antyllus, die ihn und den jüngeren Jullus mit den beiden Töchtern, die sie selbst von Antonius hatte, nach dem Tod Fulvias großgezogen hatte. Berenike bemühte sich, Octavia zu hassen. Die Schwester des Turinus hatte alles versucht, Marcus Antonius von Kleopatra fern zu halten. Sie hatte ihm sogar Briefe und Geschenke nach Alexandria geschickt. Berenike ärgerte sich darüber, dass Antyllus so liebevoll von Octavia sprach.

Sie wollte nicht hinhören. Immer wenn Antyllus zu viel getrunken hatte, redete er von Fulvia, die doch seit Jahren tot, und von Octavia, die unerreichbar weit weg, in Rom, war.

»Mamme hat Antonius einen eigenen Palast geschenkt«, sagte sie, wütend über so viel Undankbarkeit.

»Lauf ein paar Schritte, dann vergeht die Übelkeit«, riet Baile.

»Es wird schon besser«, murmelte Berenike trotzig.

Sie standen nun an der Uferböschung im Schatten eines Weidenbaums, der einen herben, bitteren Duft verströmte. Mücken tanzten in Schwärmen vor ihnen. Zu ihren Füßen schwammen Flussenten. Berenike lehnte sich an den Stamm mit der groben, rissigen Rinde. Es war angenehm, festen Boden zu spüren. Sie schloss einen Moment lang die Augen und wünschte sich an einen festen Ort, in einen gemauerten Raum. Aber selbst nachts mussten sie ihre Fahrt auf dem Nil fortsetzen. Im Schlaf beruhigte sich Berenikes Magen wieder. Erst wenn sie wach wurde, nahm sie das Schwanken unter sich wieder wahr.

»Ich vermisse die Katzen. Wenigstens Bubastis oder Semsa hätte ich gerne bei mir.«

»Du machst keine Ausflugsreise.« Bailes Gesicht hatte einen angestrengten Ausdruck. »Wir sind auf der Flucht, Dalta.«

»Hast du Angst, Baile?«

»Wovor?« Baile riss einen Ast des Weidenbaums ab und warf ihn ins Wasser. Er trieb schnell davon.

»Römische Legionäre könnten uns aufhalten und Caesarion und mich töten.«

»Sie würden euch nicht töten«, sagte Baile grimmig.

»Warum nicht?«

Er antwortete nicht.

»Du glaubst demnach, sie sind hinter uns her?«, setzte Berenike nochmals an.

»Es wird Zeit. Wir müssen weiter.« Baile wandte sich um.

»Was ist mit Semsa und Bubastis? Ich bin Priesterin der Sachmet. Wie soll ich Sachmet dienen ohne die Katzen?«

»Hab Geduld.« Baile ging mit langen Schritten zum Anlegesteg zurück, Berenike hastete neben ihm her. »Sie werden dir nachgebracht. Deine Kleidung, dein Schmuck und die Bücher sind schon unterwegs. Deine beiden Dienerinnen aus Alexandria folgen uns auf einem anderen Boot im Abstand von zwei Tagesreisen.«

»Merit und Athenais?«

»Ja.«

»Wann werden sie bei uns sein?«

»Wenn wir in Indien sind, stoßen sie zu uns.«

Berenike begriff selbst nicht, warum sie die Mädchen mehr noch als ihre Katzen vermisste. »Ich werde nie wieder mit der Haarnadel nach ihnen stechen, wenn ich mich über sie ärgere, nie wieder, Baile.«

In Koptos verließen sie das Boot. Sie waren am frühen Morgen eingetroffen. Nebliger Dunst lag in Schwaden über dem Fluss und verhüllte das andere Ufer. Von einem Händler in der Nähe der Anlegestelle kaufte Dion verschiedene Sorten Salat, während Baile sich nach den Kamelen und den Bewaffneten erkundigte, die ein Vertrauter der Königin für sie bereitgestellt hatte. Aber zuerst besuchten sie das Heiligtum des Wüstengottes Min, einen Tempelbau aus uralter Zeit, um den sich Händler und Bauern drängten.

Berenike kicherte, als Dion feierlich die Salatköpfe am Opfertisch vor der Kultstatue mit dem erigierten Phallus niederlegte. Sie mieteten einen der ortskundigen Führer für den Weg und erklärten ihm, dass sie einen Umweg zur Hafenstation nehmen wollten, um vor den Wegelagerern sicher zu sein, die an der Hauptstrecke wohlhabenden Reisenden aufzulauern pflegten.

Dann nahmen sie den Kamelpfad durch die Wüste, um den Hafen der am Roten Meer gelegenen Stadt Berenike zu erreichen. Von dort fuhren die Handelssegler nach Indien hinüber.

Indien. Für Berenike war es ein Zauberwort. Kein Land lag weiter entfernt von Alexandria als Indien mit seinen geheimnisvollen Pflanzen und märchenhaften Palästen. Feuer speiende Drachen gab es dort, so hatte sie jedenfalls in den Rollen der alexandrinischen Bibliothek mit eigenen Augen gelesen, Schlangenbeschwörer und Weise, die Wunder wirkten, nicht zu vergessen das Wundervolk der hundeköpfigen Menschen, die an den Ufern des Hypobaros lebten. König Ashoka regierte sein Volk mit eigenartigen Gesetzen. Die Jagd auf wilde Tiere war im Land seit Jahrhunderten verboten. Auch blutige Tieropfer fanden nicht statt.

Die Entbehrungen der Reise erschienen Berenike gerechtfertigt angesichts der Überraschungen, die sie dort erwarteten.

Sie waren erst ein paar Tage unterwegs durch die Wüste mit den Eseln, den Reitkamelen, den beiden Bewaffneten und dem wortkargen Beduinen, der auf einem Maulesel voranritt. Die Mittagshitze verbrachten sie bei den Haltestationen an einer der gemauerten Wasserstellen. Gegen Abend bestiegen sie die Reittiere und zogen weiter. Ab und zu markierte ein in den Sand geschlagener Pfahl die Wegstrecke. Berenike hatte sich immer noch nicht an das einfache Trinkgefäß, das altbackene, harte Brot, das brackige Wasser aus den ledernen Vorratsschläuchen gewöhnt. Es war mühsam, tagelang ohne ein Bad auszukommen. Auch Caesarion litt darunter. Berenike wusste, er sehnte sich zurück nach den Bequemlichkeiten Alexandrias. Wie gerne würde er an ihrer Badestelle mit einem Kopfsprung ins Meer springen. Dion schlug mit Stöcken auf den Boden, um möglicherweise vorhandene Schlangen und Skorpione zu vertreiben. Dann erst breitete er den Liegeteppich im Sand aus, auf dem Caesarion, Antyllus und Berenike Platz nahmen. Die Bewaffneten banden die Reittiere zusammen, legten ihnen die Fußfesseln um und bauten die beiden Zelte auf.

»Wir sind nicht für das Leben in der Wüste geschaffen«, murmelte Berenike. »Nur noch zwei Tagereisen, dann haben wir den Hafen erreicht.«

»Was wir tun, ist ein Fehler«, sagte Caesarion. »Ich hätte mich nicht darauf einlassen dürfen. Wie sieht das aus? Ich flüchte vor meinem eigenen Bruder Turinus.«

»Mit gutem Grund. Turinus wird uns töten«, sagte Berenike. »Vielleicht sind seine Reiter schon auf unseren Spuren.«

»Niemand vermutet uns auf dieser Route. Sie ist etwas länger und steiniger als der offizielle Weg«, warf Dion ein.

Baile war damit beschäftigt, Feuer zu entfachen. Einer der Bewaffneten schenkte Wasserwein in die Trinkgefäße.

»Nein, Turinus wird nicht wagen, uns zu töten. Wir sind die einzigen leiblichen Kinder des göttlichen Julius. Das Volk in Rom wird uns zujubeln, wenn es uns sieht. So wie es damals Arsinoë bejubelt hat. Unsere Mutter hätte besser daran getan, mit Turinus zu verhandeln.«

»Der Königin fehlt die Geduld«, meldete sich Dion zu Wort. Zum ersten Mal in ihrem Leben hörte Berenike aus seinem Mund ein Wort der Kritik an Kleopatra. »Sie wollte euch außer Landes schaffen, um jedes Risiko für euer Leben auszuschließen. Aber ich bezweifle, dass es die richtige Lösung war. Wenn wir erst in Indien sind, sind wir Flüchtlinge. Die Menschen in Ägypten und Rom werden die Kinder Caesars bald vergessen haben. Schnell fließen die Jahre dahin. Ägypten ist ein Land, das nicht für längere Zeit ohne Herrscher sein kann.

Turinus wird also gezwungen sein, jemand anderen in Ägypten zum König zu krönen.«

»Dafür kommen dann nur Phila und Alexandros in Frage«, stellte Caesarion fest.

»Alexandros ist der Ältere. Er und seine Zwillingsschwester Selene werden Könige werden. Deine Mutter hing besonders an ihnen.«

»Natürlich. Sie sind die Kinder des Antonius – unseren Vater hat sie längst vergessen. Unsere eigene Mutter hat uns ausgeschaltet.« Caesarion lachte bitter auf.

»Antonius ist der Mann, den sie geliebt hat. Mit Caesar ist sie nur ein Zweckbündnis eingegangen, um die Ptolemäerherrschaft über Ägypten zu retten.«

»Eins weiß ich«, sagte Caesarion. »Unser Vater wäre nicht in die Wüste geflüchtet. Er wäre nach Rom gegangen und hätte sich dem römischen Volk und dem Senat gezeigt. Er war nicht feige. Er ist keinem Kampf ausgewichen.«

Baile stellte den Essenstopf in die Glut und richtete sich auf, als wolle er etwas sagen, ließ es aber dann.

»Es ist der Befehl der Königin. Was sollen wir anderes tun?«, fragte Dion. »Ich bin dein Sklave, der dir nur raten kann. Du bist der König von Ägypten.«

»Wir werden weiterreisen«, rief Berenike. »Zu König Ashoka.«

»Nein«, sagte Caesarion. »Ich will nicht nach Indien. Ich werde zurück nach Ägypten gehen. Ihr braucht nicht mitzukommen, wenn ihr Bedenken habt.«

Antyllus hatte kein Wort gesagt. Finster und schlecht gelaunt hatte er zugehört.

Es war anders als ihr Traum, stellte Berenike fest. Es ging nicht wirklich von Dion aus. Es war kein Verrat, sondern Caesarions ewige Eifersucht auf die jüngeren Geschwister. Er fürchtete tatsächlich, ein anderer könne durch die Römer zum ägyptischen König ernannt werden.

»Soll ich allein vor König Ashoka treten?«, fragte Antyllus und ließ den Becher unsanft auf den Boden fallen. Er hatte einen Sonnenbrand im Gesicht und auf den Handrücken, und seine Augen glänzten fiebrig.

»Tu, was du willst«, sagte Caesarion. Die beiden hatten sich nie gemocht. Sie waren sich immer aus dem Weg gegangen.

»Du bist ein Römer. Ich bin der Pharao.«

»Ich bin dein Patronus. Ohne meinen Vater wäre deine Mutter nicht Königin von Ägypten. Er hat sie geschützt. Er verwaltet Ägypten, nicht sie. Er ist der Autokrator!«

»Du bist ein Nichts.«

»Dein Patronus.«

»Wir Ptolemäer regieren Ägypten seit dreihundert Jahren. In dreihundert Jahren wird sich niemand mehr an den Namen Antonius erinnern!«

»Ich hasse dich«, sagte Antyllus. »Ohne meinen Vater wäre Ägypten längst eine römische Provinz.«

»Ägypten wird niemals eine römische Provinz sein«, entgegnete Caesarion. »Genau deshalb werde ich Turinus entgegentreten. Ich bin kein Feigling. Du und dein Vater, ihr seid die Feiglinge.«

Einen Moment lang glaubte Berenike, die beiden würden gleich mit Fäusten aufeinander losgehen.

»Mamme wusste, warum sie uns weggeschickt hat«, sagte Berenike. Doch Caesarion hörte ihr nicht mehr zu. Er war so freudig aufgeregt wie immer, wenn er etwas gegen seine Mutter durchgesetzt hatte. Er sprach auf die Bewaffneten und den Nomadenführer ein. Sie waren sofort für seinen Vorschlag. Alle wollten sie zurück nach Ägypten.

»Dion«, stammelte Berenike und griff nach der Hand des Eunuchen. »Du musst ihn davon abhalten. Turinus wird ihn töten. Ich – ich ...«

»Jetzt wirst du sagen, dass du es geträumt hast«, sagte Dion leicht verärgert.

»Ja.«

»Hör zu. Die Römer sind Verstandesmenschen. Turinus hat gegen Antonius und deine Mutter gekämpft. Du und dein Bruder, ihr seid Caesars Kinder und damit die bestmöglichen Herrscher dieses Landes. Caesarion hat Recht, wenn er sich an Turinus wendet. Er und nur er kann dies tun, er muss sich vor ihm niederwerfen und ihn darum bitten, ihn wieder als König einzusetzen. Turinus wird nicht wagen, Caesars einzigen Sohn zu töten. Und was Antyllus betrifft, vergiss nicht, Octavia hat Antyllus aufgezogen. Er steht unter ihrem Schutz. Turinus wird ihn nicht antasten.«

»Baile, sag ihm, dass meine Träume immer zutreffen. Er glaubt mir nicht.«

»Entchen«, sagte Baile. »Sie treffen nicht immer zu. Der ein oder andere hat sich erfüllt. Nur die allmächtigen Götter kennen die Zukunft Ägyptens. Sie zeigen uns Menschen einzelne Bilder, aber die ganze Wahrheit bleibt uns verhüllt. Wir sind nur Menschen, auch dann, wenn uns zuweilen besondere Hinweise zukommen.«

Psen hatte es auch geträumt. In Berenike wuchs die Angst. Aber sie hatte nicht die Kraft, die Männer von der Umkehr abzuhalten.

»Steig auf den Esel«, sagte Baile und half ihr aufzusteigen. »Wir haben noch einen langen Weg vor uns.«

PRIESTERIN DER SACHMET

Ein leichter Wind strich über den breiten Fluss. Trotz ihrer Ängste war es ein freudiges Gefühl für Berenike, als sie an der Anlegestelle standen und in den Sonnenuntergang hinter Memphis hinübersahen. Sie stiegen in eine der wartenden Barken und ließen sich von zwei hageren Fährmännern hinüberrudern. Die Nilüberschwemmung hatte schon eingesetzt, und die Strömung in der Mitte des Flusses riss sie ein Stück mit sich, bis die beiden Ruderer den Kahn wieder in ihrer Gewalt hatten.

Die römischen Wachen, die am anderen Ufer auf und ab patrouillierten, ließen sie unbehelligt. Niemand kontrollierte die kleine Gruppe der spät eingetroffenen Reisenden.

An einer Imbissbude verzehrten sie heißen Weizenbrei mit Fladenbrot, mieteten sich Esel und setzten dann ihren Weg nach Memphis fort. Aus den Gärten der Vorstadt hingen duftende Blüten über die Gartenbegrenzungen. Von irgendwoher sang ein Harfenspieler. Aus einer anderen Ecke drang Zimbelspiel. Kinder kicherten und lachten. Katzen huschten an ihnen vorbei durch die Nacht. Caesarion beugte sich zu ihr hinüber.

»Wir müssen stark sein«, flüsterte er. »Hab jetzt keine Angst. Die nächsten Tage werden schwer für uns werden. Aber danach wird es wieder –« Er brach ab.

»Es wird nicht mehr wie früher sein«, sagte Berenike leise. »Ägypten ist ein anderes Land geworden.«

»Ägypten wird immer Ägypten bleiben mit dem Nil, den Pyramiden und Alexandria. Und sein Pharao namens Ptolemaios gehört untrennbar dazu. Der Pharao vermittelt zwischen den Göttern und den Menschen. So war es seit Jahrhunderten. Nur so ist das Land regierbar.«

Er war älter und erfahrener als sie, und doch irrte er sich. Überall gibt es den Wendepunkt, den Tag, der alles ändert. Nichts bleibt, wie es ist. Jedes Jahr überschwemmte der Nil dieses Land und machte alles anders und fremd. Warum wollte Caesarion nicht sehen, dass die Römer Ägypten für immer erobert hatten?

»Es ist jetzt das Land der Römer«, wisperte Berenike und wusste nicht einmal, ob er sie hörte. Lauter zu sprechen, wagte sie nicht.

Antyllus ritt schweigend neben ihnen. Berenike war froh, dass Caesarion und er sich nicht stritten.

Bailes Herz klopfte ungestüm. Er freute sich darauf, Nefertari wiederzusehen, die ihn schon verloren gegeben hatte. Er malte sich aus, wie sie ihn küssen würde. Er sah sie vor sich, nackt, nach Balsamöl duftend, mit ausgebreiteten Haaren, während die Zikaden durch die Nacht zirpten.

Miutep war am Tor, als sie eintrafen, und ließ den König Ägyptens und die Oberpriesterin unverzüglich ein.

»Schu wollte ein paar Tage lang nicht mehr fressen, als du fort warst, Herrin«, sagte er vorwurfsvoll. »Sie hat jede Nacht in deinem verlassenen Zimmer geschlafen. Dort wirst du sie finden, wenn du sie suchst.«

Die übrigen heiligen Katzen strichen an den Mauern des Heiligtums entlang, ohne Notiz von der Ankunft ihrer Oberpriesterin zu nehmen, Kater mit stolz erhobenem Schwanz, trächtige und magere Muttertiere. Viele von ihnen waren Abkömmlinge der weisen, alten Schu. Diese Dynastie jedenfalls würde kein Römer aus Ägypten vertreiben.

Nur Bubastis, eine der jüngeren Töchter Schus, lief herbei und rieb ihren Kopf an Berenikes Bein. Schwarzbraun geflammt, glich sie ihrer Mutter äußerlich nicht, besaß aber ihr zutrauliches Wesen.

Bis ans Ende aller Zeiten würde es in Ägypten Katzen geben. Die göttlichen Mäusevertilgerinnen schützten die Kornspeicher und die Tennen und verhinderten, dass die Rattenplage übermächtig wurde. Die Katzen und Krokodile, die einfachen Menschen, die Papyrussümpfe und die Dattelpalmen, sie waren nicht von ihren angestammten Plätzen zu vertreiben. Aber das Haus der Ptolemäer war in höchster Gefahr, und Caesarion wollte das nicht erkennen.

»Wir sollten den Tempel nicht verlassen. Lasst uns vorerst

hier bleiben«, schlug Berenike ihrem Bruder und Antyllus vor. Die Weiterreise nach Alexandria wäre gefährlich gewesen. »Wir müssen einen Boten zu Turinus nach Alexandria schicken.«

»Ich werde noch in der Nacht aufbrechen«, entschied Dion.

»Ich bleibe bei euch«, sagte Baile, an Berenike gewandt. »Der Auftrag meiner Herrin war, euch beide nicht aus den Augen zu lassen.«

Dabei dachte er nur an Nefertari, an die kommende Nacht und daran, dass der Morgen den Tod bringen könnte.

Miutep geleitete Berenike in das Vorbereitungshaus, wo sie hastig ein Bad nahm und sich in das Priesterinnengewand hüllte. Danach bestieg sie das heilige Esszimmer, wo die Katzen sich bereits schnurrend und maunzend um die silbernen Fressnäpfe versammelt hatten. Es roch nach Fisch und frischem Fleisch. Berenike verneigte sich grüßend vor den mit Goldkettchen behängten Tieren und begann den Abendhymnus. Die Katzen-Priesterinnen in ihren katzenfarbenen Leinengewändern klapperten mit dem Sistrum und sangen den Refrain.

O ihr nimmermüden Jägerinnen,
Kinder des Re, aus seinem Auge wie goldene Blitze
vor Zeiten entsprungen,
Glück des Landes, Segen der Kornspeicher ...

IMUTHEPS SCHATTEN

Ein Vogel flatterte mit einem schluchzenden Pfeifen von dem Feigenbaum auf, als Psen die Stufen zum innersten Raum emporstieg. Auch Tnepheros, die hinter ihrem Enkel ging, hatte ihn bemerkt. Sie blieb stehen und beobachtete den Vogel. Psen hielt inne. Es war eine Felsentaube, die sich in den Tempel verirrt hatte – ohne Zweifel der Seelenvogel, der Imutheps einstige Lieblingsplätze aufsuchte.

Psens Schädel war glatt rasiert, was ihn älter aussehen ließ, als er war. Ohne sein Haar kam er sich nackt und ausgesetzt vor. Von einem Tag auf den anderen war er der geworden, den er immer bewundert hatte: der höchste Priester des Heiligtums. Er trug die Tracht des höchsten Ptah-Priesters, die noch ungewohnt für ihn war. Es war zu früh. Der Schrecken über die eigene Lage überwog das Grauen über den Tod seines Halbbruders. Imuthep hatte friedlich und entspannt auf seinem Bett gelegen. Das Körbchen mit den schwarzen Feigen, das die Königin ihm geschickt hatte, lag auf dem Boden. Die Kobra, die ihm den tödlichen Biss versetzt hatte, war entkommen. Es ist ein ehrenvoller Tod, flüsterten die anderen Priester, als sie sich vor Psen und Tnepheros verneigten. Imuthep war nicht gefoltert, nicht gekreuzigt, ja nicht einmal schuldig gesprochen worden.

Das alles lag Tage zurück. Die Trauergesänge, die Prozession zur Nekropole – alles, was Psen in dieser Zeit getan hatte, war genau vorgeschrieben. Die Bäder, die Waschungen, die Mahlzeiten, die Gebete, die Besprechungen mit den Priestern. Es war, als habe der Tempel von ihm Besitz ergriffen. Einerseits waren die täglichen Rituale beruhigend, andererseits wehrte sich etwas in ihm gegen die Vereinnahmung seiner selbst. Er war nicht nur Ptahs Priester. Manchmal zuckten ihm die Gesichtsmuskeln bei dem Versuch, ein Gähnen oder ein Lächeln zu unterdrücken. Er hätte gerne geweint, aber es war keine Gelegenheit dazu. Auch jetzt überwältigte ihn ein Gefühl der Hilflosigkeit. Was wollte der Seelenvogel ihm ankündigen?

Psen war mit seiner Großmutter ins Innere des Heiligtums getreten, um der Statue des Gottes Ptah das Frühstück zu reichen. Er hatte nicht gewagt, ihr zu verbieten, den innersten

Raum zu betreten, wie es eigentlich seine Pflicht war, denn Tnepheros war im Zustand der Trauer und hatte es abgelehnt, sich zu reinigen und zu salben.

Psen ärgerte sich über sich selbst. Er war es gewohnt, jedem Tempelsklaven Befehle zu geben. Trotz seiner Jugend hatte ihn das Kollegium der Ptah-Priester immer respektiert. Aber Tnepheros behandelte ihn wie den Diener, der für ihr Nachtgeschirr zuständig war. Imuthep so zu behandeln, der sich jetzt im Land des Westens aufhielt, aus dem keine Wiederkehr möglich war, hätte sie nie gewagt.

»Er hat den Hungernden Brot gegeben, die Nackten gekleidet, Waisen und Witwen geholfen, aber ganz gewiss niemandem geschadet«, flüsterte Tnepheros.

Sie war noch nicht wirklich alt. Als junge Tempelmusikantin hatte sie einen der höheren Ptah-Priester geheiratet und ihm bald darauf den Sohn Psenptah geboren, den späteren Hohepriester des Ptah. Er hatte ein kurzes, glückliches Leben gehabt. Mehrere Frauen hatten ihm zahlreiche Kinder geboren. Doch nur der Knabe Imuthep stammte von der rechtmäßigen Ehefrau ab und war nach dem frühen Tod seiner Eltern zum Propheten des Pharaos und obersten Ptah-Priester aufgestiegen. Imuthep war der ganze Stolz seiner Großmutter gewesen. Sie war nicht von seiner Seite gewichen, sie hatte ihn beraten. Aber neun Jahre nach seinem Amtsantritt, zwei Tage vor dem Fall Alexandrias, hatte Kleopatra ihm die giftigen Schlangen geschickt, mit der Aufforderung, sich zu töten. Vorbei die stolzen Hoffnungen, die sie, Tnepheros, sich gemacht hatte. War es nicht sicher gewesen, dass Imuthep der Gatte Berenikes werden würde beim nächsten Fest, wenn die Göttin Sachmet ihren Göttergemahl Ptah in der feierlichen Prozession besuchen würde? Tnepheros hatte in den vergangenen Jahren manch kostbares Geschenk in Dions Haus nach Alexandria schicken lassen, goldene Apisstatuetten, Ringe mit Jaspis und Gemmen aus Karneol, Weihrauch von bester Qualität und Salböle in alabasternen Krügen. Nie hatte sie seinen Geburtstag vergessen. Einmal hatte sie ihm ein weiß-braun geflecktes Hündchen mit Schlappohren und einem braunen Fleck auf der Stirn überbringen lassen. Dion, so hatte man ihr berichtet, war selbst bei Hof mit dem gelehrigen kleinen Tier auf dem Arm erschienen. Da hatte sie gewusst, dass sie ihrem größten Ziel sehr nahe gekommen war. Auch an Kleopatra und den Autokrator waren herrliche Gaben gegangen. Selbst die Kammerfrauen Iras und Charmion, Kleopatras wichtigste Beraterinnen, und ihren Kämmerer Uriasippa hatte sie mit Sendungen bedacht. Das alles war nicht ohne Folgen geblieben. Dion, der Eunuch, der Erzieher der Kinder Kleopatras, hatte die Möglichkeit einer Heirat wiederholt angedeutet, und sie hatte gern daran geglaubt. Seit jeher hatte die hohepriesterliche Familie von Memphis über großen Einfluss in ganz Ägypten verfügt und war mit dem Königshaus eng verbunden. Die Mutter Kleopatras war eine Tante des verstorbenen Psenptahs gewesen.

»Er wollte das Beste für den Tempel und für dich, den erhabenen großen Ptah. Er starb zu Unrecht.«

Psen warf seiner Großmutter einen besorgten Blick zu. Ihre ungestüme Trauer hatte ihn vom ersten Tag an verstört. Immer war sie beherrscht und kühl gewesen. Jetzt aber kam sie ihm vor wie ein krankes Tier. Sie zerriss sich die Kleider, schrie und heulte, unterließ jegliche Körperpflege und hatte mit ihrem zerzausten, strähnigen Haar etwas von einem bösen Geist. Psen überlegte, ob sie jemals wieder so werden würde wie früher. Er hatte nicht gewagt, ihr zu sagen, dass niemand anders als er die Schuld an Imutheps Tod trug. Ohnehin hatte sein Bruder leichtfertig gehandelt, als er die Gesandten des Turinus am helllichten Tag empfangen hatte.

»Ich – ich habe ihm den Rat gegeben, die Gesandten anzuhören.« Tnepheros' Stimme war heiser. »Ich will sterben und da sein, wo er ist.«

Sie hatte nie besondere Zuneigung zu Psenamun bewiesen. Lediglich um seine Verheiratung mit einem Mädchen aus ihrer Verwandtschaft, der großäugigen Tanefer, hatte sie sich gekümmert. Psen hatte ihrem Vorschlag nicht widersprochen. Er war immer ein fügsames Kind gewesen. Tanefer war ebenso ehrgeizig wie Tnepheros, und diese war der Meinung, der verträumte Psen benötige eine willenstarke Frau wie sie.

Entgegen dem Rat ihrer Verwandten hatte Tnepheros nach dem Tod ihres Mannes nicht wieder geheiratet. Jede Heirat hätte aus ihrer Sicht einen sozialen Abstieg bedeutet. Es gab kein höheres Amt als das des Hohepriesters des Ptah. Tnepheros war der Meinung gewesen, dass Imuthep in seiner jugendlichen Unerfahrenheit ohne ihren Rat seinem Amt nicht gewachsen sei.

Noch war Psen nicht offiziell zum obersten Ptah-Priester bestellt, eine Amtshandlung, die die abgesetzte Königin nicht mehr vollziehen konnte. Doch alles sprach dafür, dass die Römer ihn, den letzten lebenden männlichen Abkömmling der Familie der Ptah-Priester, zum Nachfolger seines Bruders machen würden. Möglich war allerdings auch, dass sie das Amt ganz erlöschen ließen. Psen seufzte. Er fühlte sich schwach, hilflos und schuldig. Warum hatte Berenike nicht den Mund gehalten? Jetzt musste er sie hassen. Er sah das zierliche Mädchen mit dem glatten schwarzen Haar und den fast schwarzen Augen vor sich. Sie war zu voreilig, sagte er sich, sie hätte abwarten sollen. Und doch fühlte er sich Berenike näher als je zuvor. Es ging das Gerücht, dass die Königin tot sei. Noch war es nicht bestätigt. Psens Herz krampfte sich zusammen. Etwas Schreckliches drohte auch Ptolemaios Caesarion und seiner Schwester Berenike. Er fühlte es. Und die Orakel des wissenden Ptah hatten es seit Tagen immer wieder verkündet.

Psen warf sich nieder. Er schlug die Stirn auf den Steinboden. Schuldig, schuldig, schuldig. Früher war er manchmal neidisch auf das hohe Amt Imutheps gewesen. Jetzt spürte er zum ersten Mal die Last, die es bedeutete, Hohepriester zu sein. Die Abgesandten der Römer würden kommen und mit ihm über die Zukunft des Tempels und des heiligen Apis verhandeln. Die Zeiten waren schwer.

Langsam schaute Psen zur schwarzen Granitstatue des Gottes auf. Früher war sie ihm vertraut gewesen. Er hatte sich als Schützling des Gottes gefühlt und war stolz darauf gewesen, von Anfang an im Tempel aufgewachsen zu sein, näher an der Gottheit und ihren Geheimnissen als die meisten anderen Menschen. Heute erschien ihm die Statue düster und unnahbar.

»Rette sie, Allwissender, Mächtiger, rette Berenike«, bat er halblaut und konnte ein Schluchzen nicht unterdrücken.

NEFERTARI

Der Morgen konnte den Tod bringen, doch es interessierte Baile nicht. Er versank in Nefertaris grünbraune Augen mit den gelben Flecken.

Der Raum hatte zwei kleine Fenster hoch oben in der Wand. Das Öllämpchen verbreitete ein schwaches, flackerndes Licht, ohne zu rußen.

Abwechselnd tranken sie aus dem irdenen Krug das Sachmet-Bier.

Nefertaris Stimme war dünn und zittrig, als sie Baile erzählte, was sie über die Ereignisse in der Hauptstadt gehört hatte. Es gab das unbestätigte Gerücht, Marcus Antonius habe sich in sein Schwert gestürzt. Die Königin werde gefangen gehalten. Viele Freunde und Getreue seien hingerichtet worden oder hätten enorme Geldzahlungen an Turinus geleistet.

»Khamouas hat mir das geschrieben«, flüsterte sie.

»Wer ist Khamouas?« Baile klang eifersüchtig.

»Mein Bruder, der Eunuch, der am Hof Dienst tut.«

Baile musste sich eingestehen, dass er Khamouas nie begegnet war.

»Du müsstest ihn kennen. Er ist Hierakoboskos für die Falken des kleinen Tempels am Palast.«

Ägyptische Priester waren die Menschen, denen Baile zutiefst misstraute. Die Tieranbeterei der Ägypter hatte er nie wirklich nachvollziehen können. Er glaubte weder an heilige Krokodile, göttliche Stiere und erleuchtete Katzen noch an Orakel aus gesiebtem Krokodilkot. In den großen Zweifelsfällen seines Lebens hatte er sich wie die meisten gallischen Leibwächter stets an gallische oder römische Orakeldeuter gehalten.

»Er ist klein und dick und unterhält sich gern. Glaubst du, er wird jetzt abgesetzt?«

»Ich weiß es nicht. Es wird davon abhängen, wie groß seine Nähe zur Königin war. Wenn er sie in letzter Zeit noch beraten hat, sieht es schlecht für ihn aus.«

»Ich möchte, dass ihr euch kennen lernt. Du musst ihn besuchen, wenn du in Alexandria bist.«

Baile schloss einen Moment die Augen. Ihm war jetzt nicht nach Zukunftsplänen zumute. Er spürte keinen Anflug von Müdigkeit. Nefertaris biegsamer Körper erschien ihm begehrenswerter denn je.

»Was hast du?«

Baile starrte sie an. Es war die letzte Gelegenheit. Er musste ihr alles erzählen. »Ich hatte vier Schwestern«, begann er. »Damals in Gallien ...«

»Was ist aus ihnen geworden?« Nefertari hörte nicht auf, ihn zu liebkosen.

»Sie wollten, dass ich überlebe.«

»Erzähl mir von ihnen. Sehen sie dir ähnlich?«

»Sie sind jetzt im *sid*. Manche denken, das Sid sei ein weit entfernter Ort. Aber es ist nicht weit. Es ist hinter der linken Schulter, direkt neben mir, immer ...«

Als Tochter eines Ptah-Priesters, eingeweiht in die Geheimnisse Ägyptens, hoffte er, sie werde ihn verstehen. Er musste das Risiko eingehen, dass sie ihn wie einen räudigen Hund davonjagte, sobald sie alles erfahren hatte.

Baile und Nefertari liebten sich, bis es hell wurde, immer wieder. Nur manchmal lehnte er sich zurück und erzählte seine Geschichte weiter, wobei Nefertari immer wieder in einen kurzen Schlaf fiel.

»Die Römer erklärten, Gallien müsse befriedet werden. *Pax Romana.* Überall brannten die Dörfer. Leichen übersäten die Felder. Sie töteten unsere Männer, wo immer sie sie zu fassen bekamen, die Bewaffneten und die Bauern bei der Feldarbeit ...«

Er war ein Kind gewesen, aber er hatte nichts vergessen, nicht die Gesichter seiner Eltern, nicht die seiner Geschwister. Immer noch roch er den verlockenden und doch widerlichen Duft der Fleischstücke auf dem Rost. Alisa war noch so jung gewesen, ihr zarter Körper gab nicht viel her. Häppchen, die nicht lange vorhielten ...

Nefertari hielt ihm den Mund zu. »Ich hasse die Römer«, flüsterte sie. »Dir wird nichts geschehen.«

Eine Welle von Zärtlichkeit für sie überflutete ihn. Er hatte ihr alles gesagt, alles, und sie hatte seinen Kopf in ihre Hände genommen, seine Tränen weggeküsst und ihn getröstet. Jetzt hatte er eine Frau gefunden, die es verstand und ihn trotz allem liebte, obwohl sie zusammengezuckt war. »Aber ich, ich werde sterben. Schwör mir, dass du dich niemals mit einem Römer einlassen wirst!«

»Ich werde nie mehr mit einem anderen Mann schlafen«, flüsterte sie. »Bei der erhabenen Sachmet, bei Ptah mit dem schönen Gesicht, der alles weiß.«

»Ich nehme es nicht an«, murmelte er beschämt. »Du bist

jung, du weißt nicht, was du schwörst. In Wirklichkeit geht es nicht. Denn das Leben ist lang.«

»Ich habe es so gemeint, wie ich es gesagt habe«, sagte sie ärgerlich. Dann lächelte sie. »Auch wenn du im Sid bist, werden wir nicht getrennt sein. Denn das Sid ist nicht jenseits der Wüste, sondern – wie hast du gesagt?«

Die Augen waren ihm zugefallen, er zuckte zusammen bei ihrer Frage.

»Links hinter deiner Schulter«, murmelte er und vergrub seinen Kopf in Nefertaris Haar.

SACHMET, DIE SCHÜTZENDE

Es war eine besondere Feier in Anwesenheit Caesarions. Hier im Tempel, umgeben von den Priesterinnen, Opferdienern und den heiligen Katzen, fühlte Berenike sich wieder stark, stärker und besser als jemals in Alexandria, im Palast der Sphinx.

Der König von Ober- und Unterägypten, der Sohn des Re, ist zu dir gekommen, mächtige Sachmet, Auge des Re, Gemahlin des Ptah. Er leistet das Gottesopfer für die Mächtige, die Erhabene, die große Herrin bis in Ewigkeit und Unendlichkeit.

Nach der langen Abwesenheit war es mühsam, die heiligen Gesänge wieder zu rezitieren. Nefertari hielt die Papyrusblätter vor Berenike, damit sie die Texte ablesen konnte.

Caesarion hängte Blumenkränze um die frisch gesalbte Statue der Sachmet, verneigte sich vor ihr und hielt eine Begrüßungsrede. Dabei trug er die Tracht des Pharaos mit der Doppelkrone. Die heiligen Katzen sprangen während der Zeremonie im Inneren des Heiligtums durch Schwaden von Weihrauch, den die Priesterinnen in bronzenen Kesseln schwenkten.

Im Innenhof hatte sich, festlich geschmückt, die Bevölkerung der Stadt versammelt, um Ptolemaios Caesarion zu begrüßen, der lange nicht mehr in Memphis gewesen war. Der schattige Hof war nicht groß genug, um die Menge aufzunehmen. Auch draußen standen die Leute in der glühenden Mittagssonne.

Schließlich wurde die Statue von kräftigen Tempelsklaven auf eine Trage gewuchtet, mit Seilen befestigt und hoch zum Fenster zwischen den Eingangspylonen befördert. Trommel- und Zimbelmusik setzte ein, als die Erhabene im Fenster erschien.

Berenike hatte Mühe, sich auf die Zeremonie zu konzentrieren. Die Statue der Erhabenen war soeben die Leiter wieder heruntergeschoben worden und passierte gerade den Weg durch die Tempelhöfe zu ihrem Wohnzimmer. Die Besucher versuchten, die steinerne Göttin mit den Händen zu berühren, und stießen bei jedem Zugriff spitze Schreie aus. Vor dem Schrein, in dem die Statue üblicherweise stand, hatten die Priester und Priesterinnen der Nachbartempel abwartend Stellung bezogen. Berenike ließ den Blick über die Dienerschaft des Ptah wandern. Die höchste Priesterin mit dem von der Schulter ihres Gewands herabbaumelnden Schakalkopf sah ihr in die Augen. Aber wo war Psen?

Berenike führte die Prozession an, neben ihr schritt Caesarion. Die Trommeln und die Klappern waren zu laut, fand sie, der Gesang der Menschen zu schrill. Immer wieder musste sie an ihre Mutter in Alexandria denken, weniger an die Geschwister und kaum an die anderen Bewohner des Palastes der Sphinx. Ja, es war gut, dass sie Imutheps verräterisches Treiben an Kleopatra verraten hatte. Psen war nicht gekommen. Oder erkannte sie ihn nur nicht?

Berenike stolperte, die Goldschale mit der Parfümpaste für den göttlichen Leib der Sachmet rutschte auf den Steinboden. Nefertari half ihr auf. Tempeldienerinnen retteten die kostbare Salbe für die Abendreinigung der Erhabenen. Berenike zitterte am ganzen Körper. Hilfesuchend sah sie sich um. Caesarion kniete betend vor der Statue und achtete nicht auf seine Schwester.

»Ist alles in Ordnung?«, fragte Baile leise.

»Ja«, sagte sie trotzig, entschlossen, diesmal keinen Anfall zu bekommen. Ihr war so schwindlig, dass sie sich nicht einmal mehr zu ihm drehen konnte. Ihr Unterkiefer war bleischwer, Nase und Oberlippe fühlten sich taub an.

»Ich bin da«, sagte Baile.

Sie wollte ihm antworten, aber ihre Zähne mahlten kraftlos aufeinander. Warum war Psen nicht gekommen? Schwarze Stäbchen flogen vor ihren Augen. Nein, beschwor sie sich selbst, nein! Nicht hier, nicht jetzt, auf dem Höhepunkt des Festes, vor aller Augen zusammenbrechen! Sie wollte es nicht, aber gleichzeitig riss sie etwas in ein strahlendes Licht, in eine unvergleichliche Helligkeit hinein.

Der Anfall war vorüber. Berenike schämte sich, während sie erwachte. Es war völlig still um sie. Der Festlärm, die Musik hatten aufgehört. Ihre Glieder und ihr Kopf schmerzten. Dankbar griff sie nach dem Glasbecher mit Wasser neben ihrem Bett.

Nefertari saß abwartend auf dem Boden. Zwei Tage und zwei Nächte hatte die Oberpriesterin in einem todesähnlichen Schlaf gelegen. Sie war erleichtert, dass Berenike sich jetzt aufrichtete und sprach.

»W-wer war die Frau mit dem Schakalkopf an der Schulter?«, fragte sie, als sie getrunken hatte.

»Kennst du sie nicht? Du bist ihr schon begegnet.«

Berenike erinnerte sich nicht.

»Psen hat sie dir sicher vorgestellt. Sie heißt Tanefer und ist eine der höchsten Priesterinnen des Ptah.« Sie wollte weitersprechen, brach aber ab.

Es klopfte an der Tür.

»Komm herein zu uns, Baile.«

Baile trat ein, sichtlich verlegen, und Berenike ärgerte sich darüber, wie Nefertari ihn anstarrte.

»Gib mir meine Sandalen«, murmelte sie. »Ich werde ins Reinigungshaus gehen und danach mit den Katzen Zwiesprache halten.«

Der Tempel mit seinen hohen Mauern und dem schweren Holztor, das bei Nacht mit Eisenriegeln gesichert war, bot einen gewissen Schutz vor Überraschungsangriffen römischer Trupps. Einem Bevollmächtigten des römischen Princeps stand er selbstverständlich offen, war doch ganz Ägypten inzwischen fest in römischer Hand, wie Miutep Berenike versicherte.

Die nächsten Tage verstrichen mit dem Warten darauf, dass entweder Dion eintraf oder ein ranghoher römischer Beauftragter mit einem Schreiben seines obersten Feldherrn, in dem über ihre Zukunft bestimmt wurde. Baile, Caesarion und Antyllus scharten sich um den Spielekasten und spielten abwechselnd die uralten ägyptischen Brettspiele Tau und Senet. Antyllus verlor auch noch den Rest seiner Goldblechbecher, und Baile weigerte sich, sie anzunehmen.

Antyllus tat, als sorge er sich nicht um die Zukunft. Er vertraute auf Octavia, Turinus' Schwester, die sich jahrelang um ihn gekümmert hatte. Und wenn ihm Bedenken kamen, ertränkte er sie mit schwerem Ptolemäer-Wein. Caesarion dagegen war so nervös, dass er nur Wasser trank und selbst das Sachmet-Bier verschmähte.

»Es hängt alles von Octavia ab«, beteuerte Antyllus. »Turinus tut nichts, ohne sie zu fragen.« Sie hätte ihn und seinen jüngeren Bruder wie ihre eigenen Kinder bemuttert. »Er wird mich ehrenvoll behandeln, von Römer zu Römer. Ich sollte eigentlich ausspucken, wenn ich ihm gegenüberstehe. Das werde ich mal lieber bleiben lassen.« Er lachte und sah Baile, um Zustimmung bittend, an, aber der Gallier blieb ernst.

»Es herrscht Bürgerkrieg«, sagte Baile sorgenvoll, als Caesarion und Antyllus draußen im Hof Tau spielten. »Antyllus ist in Gefahr, weil Turinus sich vor Antonius fürchtet.«

Berenike trug die Wasseruhr feierlich zurück in das Priestergebäude, ehe sie sich um die Kranken kümmerte, die vor der Pforte des Seitenanbaus bereits in einer langen Schlange auf sie warteten.

»Es ist die Stunde der Männer. Octavia ist in Rom zurückgeblieben. Turinus und Agrippa machen ihre eigene Politik«, erklärte Baile. »Im Krieg zählen die Worte der Frauen nicht mehr.«

Mit einem Holzspatel strich Berenike wenig später Salbe auf den verletzten Arm eines Hirten. Alle Unruhe wich von ihr, während ihr Blick die Alabasterkrüge mit Augen- und Wundsalben in der Wandvertiefung streifte.

»Ganz gleich, was mit uns geschieht«, sagte Berenike, an Nefertari und Miutep gewandt. »Im Tempel wird alles seinen gewohnten Gang gehen. Die Katzen werden Junge gebären, die Kranken werden am Tor in der Mittagshitze Schlange stehen. Das Bildnis meines Vaters wird Turinus stehen lassen, und ihr werdet ein neues von dem neuen Herrscher Ägyptens an die Seite Caesars stellen.«

»Wir haben es schon in Auftrag gegeben, Herrin«, sagte Miutep. »Das ist dir doch sicher recht?«

DER SIEGER

Caesarion streichelte Bubastis, Berenikes schwarzbraun geflammte Lieblingskatze, die auf seinen Schoß gesprungen war. Das Tier räkelte sich wohlig und biss ihn leicht in die streichelnde Hand. Auch gezähmt bleibt jede Katze das Raubtier aus Urzeiten. Die Tage der Flucht unter freiem Himmel hatten sein Gesicht und seine Hände dunkel gebräunt. Er hatte sich die Barthaare wachsen lassen, um unterwegs nicht erkannt zu werden, und wirkte dadurch älter, als er war, reifer. Er war immer mager gewesen. Im Gegensatz zu seinen jüngeren Brüdern aß er mäßig und trieb gerne Sport. Die Zeit ohne seine königliche Mutter hatte ihn erwachsen gemacht. Nie zuvor hatte Kleopatra ihn so lange von ihrer Seite gelassen. Er war ihr erstes Kind. Er bedeutete ihr mehr als die zu früh geborene Berenike. Aber auch mehr als die Zwillinge und Philadelphos, der Jüngste.

»Ich möchte möglichst schnell nach Alexandria«, sagte er und krauste die Stirn. »Ich habe keine Angst vor Turinus. Niemand kann besser mit ihm über mein Schicksal verhandeln als ich selbst.«

»N-nein«, sagte Berenike.

»Er wird uns respektvoll behandeln, hat Dion gemeint.«

»B-Baile, sag etwas!«

Baile, der gallische Ungeheuer aus Tamariskenholz geschnitzt hatte, war aufgesprungen und stand abwartend zwei Schritte hinter ihr, näher bei ihr als bei Caesarion.

»Wenn du in die Unterwelt gehen sollst, dann nur mit mir zusammen. Diesen Schwur habe ich getan, Entchen.«

Sie fühlte sich sofort besser. Es gab keine Sicherheit, und doch verließ sie sich auf ihn. Wenn er nur bei ihr blieb, würde sie aushalten, was auch immer geschah.

Dion weinte bei seiner Rückkehr. Sie hatten ihn fast nicht erkannt, so verändert war er. Alle Vornehmheit war von ihm gewichen. Er ging barfuß, trug ein dunkles Trauergewand, und sein Gesicht war blutig zerkratzt.

»Ist die Königin tot?«, fragte Caesarion. Mit einer groben Handbewegung schob er Bubastis zu Boden.

Miutep legte ein Sitzkissen für Dion zurecht, und eine Tempeldienerin stand mit einem Tablett voll Erfrischungen reglos am Rand des Beckens.

Dion konnte nicht antworten, so sehr schüttelte ihn der Schmerz.

»Und mein Vater?«, fragte Antyllus.

»Er hat sich in sein Schwert gestürzt und dann zu ihr bringen lassen, in das neu erbaute Grabmal hinter dem Palast.«

Berenike umklammerte Bailes Hand.

»Er lag auf einem Brett, blutend und schreiend«, murmelte sie. »Das Brett schwankte in der Luft. Sie hatten Seile darum gewickelt, und meine Mutter mit Iras und Charmion versuchten ihn hochzuziehen. Er streckte die Arme nach ihr aus ...«

»Ja, so war es«, schluchzte Dion.

»Wie ist die Königin gestorben?« Caesarions Stimme war angestrengt sachlich. »Sag mir alles, auch wenn es schrecklich ist.«

»Sie hat Turinus überlistet«, berichtete Dion. »Er ließ sie streng bewachen, um ihren Selbstmord zu verhindern. Aber sie hatte längst alles arrangiert. Ein Bauer brachte ihr ein Körbchen mit besonders prallen schwarzen Feigen.«

Caesarion seufzte auf. Auch Berenike kannte diese Art zu sterben.

»Er bot den Wachen davon an, und sie ließen ihn zur Königin ein. Unter den Früchten waren die Kobras versteckt, die sie bestellt hatte. Sie starb schnell und ohne große Schmerzen; Iras und Charmion sind mit ihr aus dem Leben geschieden.«

Dion sank auf eine Bank. »Was ist mein Leben ohne sie?«,

murmelte er. Seine Augenlider waren vom Weinen geschwollen. Wie für so viele alleinstehende Eunuchen gehörte das Leben seiner Herrin und ihrer Familie untrennbar zu seiner Person. Während Baile immer gern von Gallien erzählte und sich mit gallischen Stammesgenossen umgab, hatte Berenike niemals Verwandte Dions gesehen, die ihn besucht hätten, nie Geschichten über Dions frühe Jugend gehört. Sie wusste nur, dass Kleopatra ihm vor langer Zeit das Leben gerettet hatte. Seit diesem Tag hatte er ihr unerschütterlich die Treue gehalten. Sein Denken und Tun waren fast zwei Jahrzehnte um sie gekreist.

»Wie hat Turinus reagiert?«, fragte Antyllus.

»Er war außer sich. Er wollte sie lebend nach Rom bringen als Krönung des Triumphs. Er hat erlaubt, dass sie mit allem königlichen Prunk neben Antonius bestattet wurde.«

»Und das Volk in Alexandria?«

»Ach, Berenike, alle Viertel sind von Seufzern und vom Klagegeheul erfüllt. Aber zugleich feiert die Stadt auch die römischen Sieger. Was bleibt dem Volk auch anderes übrig?«

Er berichtete von einigen Hinrichtungen. So war der Freund Caesars, der Römer, der Kleopatras Wollfabriken geleitet hatte, ebenso tot wie einige andere ihrer engsten Vertrauten. Die meisten römischen Freunde des Antonius in Alexandria aber hatten sich beeilt, Huldigungsschreiben an Turinus zu schicken, und waren von ihm begnadigt worden.

»Und Alexandros, Selene und Phila?«, wollte Berenike wissen.

»Sie sind in römischer Schutzhaft, zusammen mit Nikolaos, der sie weiterhin unterrichtet.«

»Göttliche Isis!«, stöhnte Berenike. »Wir könnten jetzt auf dem Schiff in Richtung Indien segeln. Wir wären gerettet.«

Dion und Caesarion hatten sich falsch entschieden. Aber Berenike spürte keine Genugtuung darüber, dass sie Recht behalten hatte.

Caesarions Gesicht hatte einen angestrengten, konzentrierten Ausdruck. »Hör zu, Dion. Bist du von Turinus vorgelassen worden? Hast du mit ihm persönlich gesprochen?«

»Ach, Kind!«, schluchzte Dion.

»Reiß dich zusammen, du stehst vor dem Pharao!«, herrschte Caesarion ihn an.

Dion nahm mit Mühe Haltung an. »O Herr, ich sprach nur mit seinem Sekretär. Ich berichtete ihm, dass ihr euch im Sachmet-Tempel aufhaltet. Er dankte mir für die Nachricht und fordert euch auf, den Tempel keinesfalls zu verlassen.«

»Wir sind Gefangene?«

Dion blieb stumm.

Antyllus stieß den Spielekasten um. Die Holzfiguren purzelten in den Staub. »Ich will zurück nach Rom!«, brüllte er. »Zu Octavia. O ihr Götter, nur Octavia kann mich retten!«

Die Musikanten der Sachmet saßen auf ihrer Bühne gegenüber dem Sachmet-Schrein und schlugen die Trauertrommeln. In dieser Nacht ging niemand zu Bett. Bis zum Morgengrauen brannten die Fackeln an den Wänden des Tempels und verbreiteten ihr flackerndes Licht in den Innenhöfen. Berenike, Caesarion und Antyllus hatten die Trauerklage angestimmt, sich die Kleider zerrissen und die Brust geschlagen. Die Priesterinnen und Tempeldienerschaft tat es ebenso. Niemand im Tempel hatte zu essen oder zu trinken gewagt. Auch von der Stadt und den anderen Tempeln her wehte der Wind Klagegesänge hinüber.

Berenike hätte sich am liebsten irgendwo verkrochen wie ein krankes Tier, aber alle erwarteten, dass sie die Feierlichkeiten leitete.

Die große Kleopatra war tot. Die Sonne war untergegangen und würde nie wieder ihr Licht über Ägypten verströmen.

»O Mamme, o Pater«, murmelte Berenike und schniefte. »Habt keine Angst, dass ich stottere, wenn ich den Hymnus singe. Ihr sollt euch diesmal nicht schämen.«

»Wir sollten etwas essen. Auch die Tempeldienerinnen«, flüsterte Caesarion ihr gegen Mittag zu. »Wir brechen zusammen, wenn wir es nicht tun.«

Berenike sah Nefertari an. Sie war totenblass und übernächtigt.

»Lass Brot austeilen, Miutep«, befahl sie, »und Sachmet-Bier.«

Über dem Schmerz um den Tod von Mutter und Stiefvater hatte Berenike alles ringsum und auch die Bedrohung vergessen. Das Ächzen der schweren Holzflügel schreckte sie aus ihren Erinnerungen auf. Das große Eingangstor wurde aufgeschoben, ohne dass jemand sie um Erlaubnis gebeten hatte. Opferdiener und Priesterinnen sanken zur Erde nieder, und Berenike durchzuckte ein jäher Schreck.

Es ist zu früh, war ihr erster Gedanke. Sie tauschte einen Blick mit Caesarion, der, vertieft in eine Buchrolle, auf der Tempelbank im Schatten einer Tamariske saß. Etwas weiter ab ertränkte Antyllus seinen Schmerz in Sachmet-Bier. Es blieb keine Zeit, Dinge abzusprechen oder Befürchtungen auszutauschen. Halblaut rief Berenike Bailes Namen. Er legte beruhigend die Hand auf ihre Schulter. Er war da, wo er immer gewesen war, seit sie denken konnte. Im Schatten neben ihr. Sie spürte seinen flachen Atem.

Hoch zu Ross sprengte ein Trupp römischer Bewaffneter in den Innenhof, ohne die heiligen Katzen zu grüßen oder nach der Oberpriesterin zu fragen: der Anführer mit silbernem Helm und rotem Helmbusch auf einem weißen Araberhengst, der denen in den Stallungen der Königin am Mareotissee sehr ähnlich sah, neben ihm zwei ältere Männer auf ebenfalls edlen Pferden, der eine militärisch ausgerüstet, der andere in griechischer Zivilkleidung, sowie ein Centurio auf einem kümmerlichen Pony.

In einem gewissen Abstand zügelten etliche berittene Bewaffnete ihre Tiere, als wollten sie dem, was die Anführer verkünden würden, Nachdruck verleihen.

»Turinus und Agrippa«, flüsterte Baile hinter Berenike.

Die Sonne blitzte auf dem Silber der Rüstungen der beiden Imperatoren, und Berenike wunderte sich, dass sie sie in der Hitze des späten Nachmittags trugen.

»Die Oberpriesterin und König Ptolemaios sollen vortreten und dem Princeps huldigen!«, schrie der Centurio auf dem krummbeinigen Pony und sprang ab.

Er begrüßte sie nicht, geschweige denn, dass er ihnen gehuldigt hätte, wie es Höflichkeit und Sitte in einem Tempel und gegenüber Abkömmlingen des Königshauses entsprochen hätte. Stattdessen starrte er ihnen so frech ins Gesicht, wie Berenike es noch nie erlebt hatte.

Caesarion hatte Berenikes Hand ergriffen. Er trug die rote Chlamys über der Schulter und makedonische Stiefel an den Füßen wie seine königlichen Vorfahren und sah mehr wie ein makedonischer Fürst als ein ägyptischer Pharao aus.

Berenike blickte hinüber zu Antyllus. Er hatte sich ebenfalls erhoben und zitterte am ganzen Leib.

Caesarion trat den Reitern entgegen und verbeugte sich leicht vor ihrem Anführer. Berenike hatte ihren Schleier über Haare und Gesicht gelegt und senkte ebenfalls den Kopf, nicht zu sehr, wusste sie doch einstweilen nicht einmal genau, wen sie da vor sich hatte.

»*Chaire,* Imperator«, sagte Caesarion. »Wir danken dir, dass du persönlich zu uns nach Memphis gekommen bist.«

Berenike murmelte ihrerseits eine Begrüßung und spürte zugleich, dass Baile dicht hinter ihr stand.

Der Reiter, der offenbar Turinus war, beugte sich zu seinem

berittenen Begleiter, einem älteren Mann in griechischer Gewandung neben ihm.

»Das ist sein Berater Areios«, flüsterte Baile. »Von ihm hängt alles ab, Entchen.«

Antyllus war plötzlich zu der Statue Caesars gelaufen, hatte dabei eine Sandale verloren und klammerte sich an den schwarzen Basalt.

»Was soll ich mit ihm tun, mit dem zweiten Caesar?«, fragte Turinus, laut genug, dass alle ihn verstehen konnten.

Areios zögerte nicht einen Moment, ehe er antwortete. »Es kann nur einen Caesar geben. Einer – ist genug.«

»Hilf mir, Pater!«, schrie Antyllus gellend. »Ich will nicht sterben!«

Turinus nickte, als der Centurio ihn fragend ansah.

Caesarions Henker hatte ein breites, narbiges Gesicht und einen eigenartig wiegenden Gang. Mit langen Schritten und gezücktem Schwert ging er auf sein Opfer zu und hob das Schwert, einen in der Sonne glänzenden, vor dem Ausritt blank geputzten, römischen Gladius mit geschärfter Klinge. Berenike registrierte, wie einer der Bewaffneten mit gezogenem Schwert zu Antyllus trat, der sich noch immer an die Statue Caesars klammerte. Ihr Blick fiel auf Antyllus' verlorene Sandale im Sand, als sie auch schon das Rauschen der Klinge hörte und zur Seite gerissen wurde. Etwas würgte sie an der Kehle. In hohem Bogen fiel etwas Rundes vor der Caesarstatue in den Sand. Es war kein Ball, denn es federte am Boden nicht nach, sprang nicht noch einmal auf, sondern starrte Berenike aus großen Augen an.

Sie versuchte zu schreien, Bailes Namen zu rufen, hatte aber nicht den Atem dazu. Sie wurde weggezerrt, geschubst, dann wieder getragen, es roch nach Katzenpisse, sie hatte Sand zwischen den Zähnen. Jemand drückte sie gegen feuchte modrige Erde.

»Still, keinen Laut!« Es war Bailes Stimme.

Berenike wollte ihn fragen, wohin er sie gebracht hatte. Eigenartigerweise hatte sie keine Stimme mehr.

»Bleib hier, Entchen. Gib keinen Laut von dir. Egal, wer nach dir ruft, du darfst auf keinen Fall antworten oder der Stimme folgen.« Bailes Stimme war heiser vor Aufregung. »Ich werde zurückkommen und dich holen. Warte auf mich, nur auf mich.«

Dann war sie allein in einem unsäglich moderigen, dunklen Gewölbe auf einem feuchten, harten Boden. Als ihre Augen sich nach einer Weile an die Dunkelheit gewöhnt hatten, nahm sie Fledermäuse wahr, die über ihr in Bewegung waren.

Vielleicht war das der Tod. Ohne Schmerz, ohne Wehleidigkeit dachte sie. Der Tod bot Sicherheit und Schutz vor den römischen Feinden. Aber wo war Caesarion? Denn er war zweifelsfrei tot, erschlagen auf Befehl des Turinus. So viel hatte sie verstanden. Vielleicht hatte sie den Tod ja auch in dieser Form erwartet. Sie empfand keinerlei körperlichen Schmerz.

Es ging schnell, dachte sie, ohne Grausamkeiten oder Leid. Ob Baile auch tot ist?

Allein zu sein in einem düsteren Gewölbe in ewiger Kühle, das also war der Tod, über den sie so oft nachgedacht hatte. Doch nein, sie fühlte sich weder allein noch verlassen. Sie sah das römische Gesicht mit dem überlegenen Lächeln vor sich, spürte die Anwesenheit ihrer Mutter.

Pater, dachte sie mit inbrünstiger Zärtlichkeit. Ich bin jetzt nahe bei dir. Endlich lerne ich dich kennen, endlich werde ich dich berühren. Das allein ist es wert. Und bei dir, Isis auf Erden, ebenfalls. Zugleich mit Caesarion bin ich zu euch gekommen. Ihr könnt nicht weit sein. Pater, Mamme, zeigt euch. Auch wenn es ein Dasein in Dunkelheit unter Fledermäusen bedeutet, bei euch zu sein ist besser, als ohne euch unter dem Licht der Sonne zu leben.

Das Licht der Sonne war nach all der Dunkelheit und Kühle des Verlieses so stark, dass Berenike wieder die Kopfschmerzen verspürte, die einen Anfall ankündigten. Vor ihren Augen schossen die schwarzen Stäbchen dahin, und sie hoffte, dass die Mixtur im Wasserbecher, die Nefertari für sie zubereitet hatte, auch diesmal helfen würde. Sie wollte sich nicht wieder hilflos mit Krämpfen auf dem Boden winden.

»Warst du es?«, stammelte Berenike. »Hast du mich wieder hierher gebracht?«

»Aber das weißt du doch. Du hast mit mir gesprochen, als ich dich aus dem Keller geführt habe.« Baile lächelte sie an. Es war kein überzeugendes Lächeln. Er kauerte im Sand, las die Figuren des Tau- und Senet-Spiels auf und legte sie zurück in den blutbespritzten Kasten.

Die Köpfe von Antyllus und Caesarion hatten Turinus und Agrippa in große Krüge mit Honig legen lassen, um sie unbeschadet nach Alexandria zu bringen, wo sie öffentlich ausgestellt werden sollten, damit jeder sich davon überzeugen konnte, dass nicht nur Antonius und Kleopatra tot waren, sondern auch ihre Nachfolger. Die kopflosen Leichen hatten sie im Sachmet-Tempel zurückgelassen, damit die Priester sie für die Bestattung herrichten konnten.

»O wie gut, wie gut«, murmelte Miutep und wiegte sich in den Hüften. »Wie gut, dass die Römer die kleinen Lieblinge verschont haben, unsere lieben heiligen Katzen und kostbaren Kater. Dass sie nicht ihr allerheiligstes erhabenes Blut vergossen haben. Unersetzlich ist das Leben einer Katze. Unverletzlich ist der Körper des heiligen Tiers. Diese Römer sind stinkende Tölpel, die sich die Fingernägel nicht schneiden, gewiss, aber immerhin haben sie den Katzen nicht ein Haar gekrümmt.«

Mit dem langsamen Gang einer sehr alten Katze schlich Schu über den Hof.

»Sie wird nicht darüber hinwegkommen, wenn du sie noch

einmal verlässt, Herrin«, sagte Miutep. Berenike spürte zum ersten Mal nackte Wut auf ihn, der das Leben nur aus der Sicht der heiligen Katzen wahrnahm.

Sie hatten Caesarions Schädel gespalten, ehe sie den Kopf abgeschlagen hatten, und Baile hatte Berenike gewaltsam davon abgehalten, die Leiche ihres Bruders anzusehen.

Baile trat an Berenikes Seite und legte den Arm um ihre Schultern.

»Du bist gerettet, Entchen«, stammelte er unter Tränen. »Du sollst nach Rom mitkommen. Dir wird jetzt nichts mehr geschehen, dein Leben ist gerettet.«

Im Nachhinein war ziemlich klar, dass Turinus beide Geschwister hatte niederstrecken wollen. Baile war es gelungen, ihn fürs Erste von der Absicht abzubringen, auch Berenike zu töten.

Berenike wäre lieber gestorben wie Caesarion und Antyllus, als in Ketten zwischen Elefanten, Kamelen und Krokodilen einer grölenden Menge vorgeführt zu werden. Wenigstens Caesars ägyptische Tochter wollte Turinus im Triumphzug zeigen, nachdem Caesars ägyptisches Liebchen tot war. Anders als ihre Mutter Kleopatra besaß Berenike aber nicht die geringste Chance, sich das Leben zu nehmen. Baile bewachte sie wie ein Hund. In diesen Tagen dachte er an nichts anderes als an seinen Auftrag. Er wagte kaum zu schlafen und seinen Schützling aus den Augen zu lassen. Immer wieder spielte er die verschiedenen Möglichkeiten durch. Keinesfalls durfte er Berenike allein in die Gefangenschaft gehen lassen. Ohne ihn war sie ihren Feinden hilflos ausgeliefert. Für den Fall, dass sie getötet werden sollte, hatte er beschlossen, mit ihr zu sterben. Sein Gefolgschaftseid bei dem großen Lug verpflichtete ihn dazu. Aber es war mehr als das. Berenikes Leben war längst mit seinem verschmolzen, auch wenn er sich das damals noch nicht eingestand. So wie Kleopatras Eunuchen Uriasippa und Dion hauptsächlich für ihre Königin existiert hatten, war auch ihm sein Schützling wichtiger als die Frauen, mit denen er schlief, ja, sogar als Lygdamis, der alexandrinische Lustknabe mit dem weichen braunen Haar, den er einige Jahre bei sich gehabt hatte.

»Ist es besser?«, fragte Nefertari sanft und nahm Berenike den Becher aus der Hand. Ihre Hand zitterte. Nie zuvor hatte Berenike dies bei ihr beobachtet, weder bei einer Opferhandlung noch bei einer anderen Verrichtung.

Schmerz und Druck hatten sich verflüchtigt, die schwarzen Stäbchen flogen nicht mehr, nur die Verzweiflung und die Angst waren geblieben.

»Danke«, murmelte Berenike.

Nefertari suchte Bailes Blick. Er wich ihr aus. In den Nächten nach Caesarions und Antyllus' Tod war er unfähig gewesen, mit Nefertari zu schlafen.

In Alexandria und in ganz Ägypten war eine neue Ära angebrochen. Man zählte die Jahre nun nach dem Regierungsantritt des neuen Pharaos, des römischen Caesar Tirinus. Baile hatte Mühe, sich daran zu gewöhnen.

PTAHS OBERPRIESTER, DER PROPHET DES PHARAOS

Am Erscheinungsfenster der Göttin hatte Berenike im Nachtwind gestanden und auf die Prozessionsstraße geäugt wie eine der Katzen. Sie hatte nicht mehr damit gerechnet, dass Psen kam. Die Nacht war sternklar. Gelb und groß stand der Vollmond im Himmel über Memphis. Sie sah die Umrisse der heiligen Stadt, der einstigen Hauptstadt Ägyptens, die Pylonen der Tempel und hinter ihr, in der Wüste, die Pyramiden. Einzelne Lichter flackerten auf und erloschen bald. Einige Hauseingänge waren von Fackeln beleuchtet.

Die Katzen schrien in der Dunkelheit, klagend und drohend. Frösche quakten aus den Bewässerungsgräben des Fruchtlandes. Nachtvögel stießen gellende Laute aus. Ab und zu brüllte ein Wasserbüffel.

Es war sehr spät, als ein Mann allein auf den Tempel zukam.

»Baile, mach das Tor auf!«, befahl sie.

Der Wind zerrte an ihrem dünnen Priesterinnengewand aus serischem Gewebe, als sie die Leiter hinabkletterte.

»Es tut mir Leid«, flüsterte Berenike und wagte nicht, Psen zu berühren. »Es tut mir so Leid. Ich, ich bin schuld an Imutheps Tod.«

»Zwei Tage vor der Einnahme der Hauptstadt hat deine Mutter ihm befohlen zu sterben.« Psen stellte es ohne erkennbare Bitterkeit fest. »Dich trifft keine Schuld.«

Sie begann zu zittern. Sie wusste, dass sie den Anstoß zu seinem Tod gegeben hatte und dass diese Tatsache zwischen ihr und Psen stand.

Er streichelte ihre nackten Oberarme. »Es ist die Zeitenwende«, sagte er leise und begütigend, »alle Orakel haben sie seit langem verkündet. Jeder von uns hat Fehler gemacht. Imuthep hätte die römischen Gesandten besser nicht empfangen. Hören wir auf, uns Vorwürfe zu machen. Was geschehen ist, lässt sich nicht rückgängig machen. Viele Familien haben in diesen Tagen Angehörige verloren, und es wird eine Weile dauern, bis jeder wieder ruhig an seine Arbeit gehen kann.«

O ihr Götter, dachte sie, er spricht von der Zeit der römischen Herrschaft über Ägypten, als sei sie der Endzustand für immer.

»Ich wäre gerne mit dir nach Rom gekommen«, sagte er.

»Aber ich muss in Memphis bleiben. Ich bin jetzt Ptahs Oberpriester.«

»Was soll das bedeuten?« Berenike sah ihn entsetzt an. Er lächelte nur, traurig und entschieden zugleich, und sie begriff endgültig, dass Psen in Memphis zurückbleiben würde.

»Ich werde Tag und Nacht an dich denken«, flüsterte sie. »An dich und an Ägypten.«

Er streichelte sie, aber sie zitterte noch immer. »Du hast keinen Grund zu weinen. Du kennst doch das alte Sprichwort: Du kannst Ägypten verlassen, aber Ägypten verlässt dich nie. Was ist Rom gegen Ägypten? Was wissen die Römer von der Macht unserer Götter, von der Macht unseres Landes?«

»Sie sind alle tot«, murmelte sie und meinte nicht die Götter, sondern ihre Stellvertreter auf Erden, Kleopatra, die neue Isis, Antonius, den neuen Dionysos.

»Deine jüngeren Geschwister werden mit dir nach Rom gehen. Jetzt bist du das älteste Kind deiner Mutter. Du musst sie hüten.«

Die drei jüngeren, Alexandros, Selene und Phila, hatten eine Einheit gebildet, so wie sie und Caesarion eine gewesen waren. Mit Caesarions Tod waren die Gegensätze verschwunden. Nun gab es eine neue Gruppe, sie, Berenike, mit den drei Jüngeren, ein jeder von ihnen genauso gefährdet wie die anderen, keiner im Vorteil, keiner im Nachteil, die vier größten lebenden Feinde Roms, Symbole des von Rom unabhängigen ägyptischen Staates. Dieser Staat war vergangen. Ägypten war eine römische Provinz geworden. Rom war überall. Die Welt bestand nur noch aus den Territorien von Rom. So jedenfalls erschien es Berenike.

»Ich kann sie vor nichts bewahren. Wir werden im Triumphzug durch Rom geschleift werden. Die Brut Kleopatras und des Antonius. Man wird Steine nach uns werfen, so verhasst sind wir.« Die Angst davor stand in ihren Augen.

Psen sah sie schweigend an, sein Gesicht erschien ihr deutlich gealtert. Vielleicht war es Imutheps Tod, der es so verändert hatte.

»Ihr seid jung. Niemand wird Steine auf Phila, Alexandros und Selene werfen oder auf dich, die du Caesars Tochter und Turinus' Schwester bist. Denk gar nicht erst daran! Es wird nicht geschehen.«

»Das römische Volk hasst uns. Es würde uns am liebsten in Stücke reißen aus Hass und Wut auf unsere Familie. Ganz Italien tanzt und besäuft sich aus Freude über den Tod meiner Mutter.«

»Italien ist glücklich, dass der Bürgerkrieg ein Ende hat. Man kann es den Menschen nicht verdenken«, wandte Psen ein.

»Wir waren der Anlass für diesen Krieg. Der römische Konsul und Feldherr Marcus Antonius hat Kleopatras und seinen ägyptisch-römischen Kindern Phila und Alexandros römische Provinzen zum Geschenk gemacht.«

»Aber sie sind Kinder, unmündig und abhängig. Sie haben nicht einmal verstanden, was sich ereignet hat. Wer sie sieht, wird Mitleid mit ihnen haben. Und wer dich sieht, wird ...«

Am Tag nach dem Triumph in Rom würde sie erwürgt auf dem Boden des Mamertinischen Kerkers liegen. Ihre Geschwister würden vielleicht verschont werden. Sie aber, Berenike, Caesarions Schwester, Turinus' Schwester, war dem Tod geweiht.

»Wer dich sieht, wird dich lieben«, beendete Psen seinen Satz schließlich. »Du musst nach Rom gehen. Aber vergiss nicht, dort wirst du leben, nicht sterben. Und auch deine Geschwister haben die Zukunft vor sich. Ich weiß es.«

Er wollte sie nur trösten.

»Die Weissagungen im Tempel haben es mir gezeigt«, fuhr Psen unbeirrt fort, und sie überlegte, ob er log. »Am Tag nach dem Triumph wird ein gutes Leben für dich beginnen, ein ganz anderes, aber ein gutes. Vielleicht als Sklavin irgendwo auf einem Landgut ...«

»Ohne d-dich und ohne Äg-gypten«, sagte sie und spürte schon fast keinen Schmerz mehr, weil er zu übermächtig geworden war und es auf nichts mehr ankam. Ein einfaches Leben in der Art wie ihre Dienerinnen Merit und Athenais es vor sich hatten. Nein, auch diese Zukunft hatten die Götter nicht für sie vorbereitet. Nur Königliches war für sie vorgesehen von Anfang an. Mittlere Lösungen, harmlose Wendungen gab es für sie nicht, so wenig wie für ihren Vater, ihre Mutter und ihre ungleichen Brüder. Selbstmitleid überkam Berenike und nackte Todesangst. Ihre Mutter und Antonius hatten ihr Leben gelebt. Sie hatten alles getan, was Menschen in einem Leben vergönnt war. Aber sie, Berenike, war noch so jung, dass der Tod grausam und unbegreiflich war. Jeder Muskel in ihr weigerte sich zu sterben.

»Ach, Psen, lass uns ehrlich sein. Vor mir l-liegt n-nichts als der Tod, und es wird kein erhabener k-königlicher sein. Nicht einmal ein würdiger. Du weißt doch, dass es das Testament gibt, d-das Testament meines Vaters. Und weil es existiert, muss Turinus auch mich töten so wie Caesarion. Es ist nur für ein einziges Kind Caesars Platz auf dieser Welt.«

»Dieses Kind bist du«, sagte Psen, beugte sich zu ihr und küsste sie. Seine Zuversicht hatte etwas Ansteckendes.

»Küss mich noch einmal«, flüsterte sie und legte beide Arme um ihn.

»Hab keine Angst«, sagte er und trat einen Schritt zurück.

»Du hättest auch Angst.«

»Nein.« Der Ernst, mit dem er sprach, verlieh seinen Worten Glaubwürdigkeit. »Dein Leben kann nur besser werden. Jetzt ist es am schlimmsten. Es wird mit jedem Tag besser werden.«

Er zog etwas aus seinem Gewand hervor. Es war ein kleiner goldener Falke mit ausgespannten Flügeln aus Lapislazuli an einer goldenen Kette.

»Für dich«, sagte er. »Wirst du es tragen und an mich denken?«

»An d-dich und an Ägypten«, flüsterte sie.

»Wir sind immer bei dir, so wie dieser Falke.«

Sie küssten sich wie Erwachsene.

Im Schatten der Mauer stand Baile der Gallier. Auch sein Herz war an diesem Abend schwer, musste er doch fürchten, dass die neuen römischen Herren Ägyptens ihn von seinem Schützling trennen würden. Noch hatten sie es nicht getan. Möglicherweise waren sie ihres Sieges so sicher, dass sie Berenike vergessen hatten.

Keiner sagte ein Wort. Psen ergriff Berenikes Hand und führte sie die engen Stufen in die Tempelkammer hinab. Sie legten sich auf den blumenbestreuten Boden vor der Statue der unbesänftigten Göttin Sachmet. Es war dunkel und kühl. Es war, wie wenn man nachts ins Meer hineingeht, um zu baden.

»Hast du Angst?«, fragte Psen dicht über ihr.

»Jetzt nicht mehr«, murmelte sie. An diesem Abend galten die strengen Gesetze der unbesänftigten Sachmet nicht für sie. Sie wussten es beide.

Irgendwo oben saß Baile auf dem Boden und wachte.

Morgen würde sie nach Rom aufbrechen, aber noch war nicht morgen. Sie murmelte Psens Namen und wusste, dass morgen nie sein würde, dass sie immer in Memphis bleiben würde. Ihr Herzschlag beschleunigte sich, die Zeit hielt an, nur für sie beide. Ein und dieselbe Welle ergriff sie im gleichen Moment. Und gleich darauf kam die nächste, stärkere. Sie waren dicht beieinander, sie riefen sich etwas zu. Sie hatten keine Angst.

II. ROMA AETERNA

DIE VILLA AM ALBANERSEE

Frühjahr 29 v. Chr.

Am liebsten hätte Berenike vor Wut geschrien und getobt. Aber außer Baile interessierte sich niemand mehr für das, was sie dachte und wollte. Seit Monaten war sie mit Alexandros, Selene und dem kleinen Phila in diesem kleinen, aber sauberen Landhaus am Hang des Albanersees einquartiert. Während der Seereise von Alexandria nach Italien hatte sie sich insgeheim darauf gefreut, endlich nun doch Rom zu sehen, die ihr zugedachte Stadt, die Stadt ihres Vaters und seiner Familie.

Die Vorfreude hatte sich in Enttäuschung aufgelöst. Ein kühler Wind wehte selbst um die Mittagszeit über den See. Berenike zog ihr Gewand enger um den Körper und hustete vor sich hin. Niemand achtete auf ihre Erkältung, nicht einmal Baile. Niemand unterbrach sie, wenn sie stotterte.

Berenike stand auf dem Säulenumgang des Hauses und blickte zum See hinunter. Die Sonne war den ganzen Tag über nicht hervorgedrungen. Wieder einer dieser Tage, die nicht enden wollten. In Ägypten war die Zeit schnell dahingeflossen. Hier dehnte sie sich wie Hirsebrei, zäh und fade. Der Sandstrand war traurig dunkel, die Berge wirkten abweisend und düster.

Manchmal fasste sie nach dem kleinen Falken aus Lapislazuli an ihrem Halskettchen und dachte an Psen. Ja, es gab ihn, so wie ihre Vergangenheit existierte.

»Eines Tages komme ich zurück«, flüsterte sie dem wolkenverhangenen Himmel entgegen. Sie schwor es jeden Morgen nach dem Aufstehen und betete im Singsang des Morgenhymnus. »Eines Tages werde ich wieder im Tempel von Memphis stehen, gewähre es deiner Priesterin, erhabene Sachmet. Jeder Mensch hat den Platz, auf den ihn die Götter gestellt haben. Gewähre mir die Rückkehr nach Ägypten.«

Ihr Gebet war herrisch und fordernd, sie wusste das auch, fand aber, dass sie in einer klaren Sprache zur Göttin sprechen musste. Außerdem wollte sie nicht in Tränen ausbrechen. Im Laufe der Zeit kam sie dahinter, dass sie vermeiden musste, an bestimmte Dinge zu denken, dann war es leichter. Also nicht an Caesarion, nicht an ihre Mutter, nicht an den Palast der Sphinx, nicht an die Katzen, die in Memphis auf ihren Schoß gesprungen waren und den Kopf an ihren Beinen gerieben hatten. Das alles lag nun hinter ihr.

»Du musst Turinus darum bitten«, sagte Baile, der ihr zuhörte. »Er ist derjenige, der über diesen Punkt zu entscheiden hat.«

»Er ist ein Sterblicher. Die Götter bestimmen den Lauf der Welt.«

Geblieben waren die Rituale, die sie von Alexandria her gewohnt war; die Dienerin, die ihr morgens ihre Gewänder brachte, damit sie sich das schönste aussuchen konnte; die andere Dienerin, die sie zum Bad begleitete und sie danach einsalbte, ölte und ihr die Füße massierte, ehe sie ihr die Sandalen anzog. Berenike schob gelangweilt die Füße vor und zurück und nahm anschließend den Becher mit warmer Milch entgegen, in den sie einen Brocken frisch gebackenes Weißbrot tunkte.

Die Stimmen ihrer Geschwister. Dann wieder Baile, der den Kasten mit den Schreibtafeln und den Rechensteinen für sie trug, wenn sie in den kleinen Unterrichtsraum gingen, wo Nikolaos schon auf sie wartete.

Die Bescheidenheit des römischen Hauses mit den einfachen Terrazzoböden und den schlicht rot gestrichenen Wänden war für Berenike noch immer ein Schock.

»W-wir w-werden wie Sklaven behandelt«, murmelte sie trotzig. »Wo sind unsere Ärzte?«

»Sie versorgen jetzt Turinus. Er hat sie alle mit nach Rom genommen, seine kostbarste Beute.« Baile war hier ein anderer als in Ägypten. Er trug seine weiten gallischen Hosen, strähnte sich die Haare mit Kalkwasser und alberte mit den Dienerinnen herum. Wo er ging und stand, riss er Witze. Berenike spürte, dass er ihre Ängste nicht teilte. Er war froh, seiner gallischen Heimat ein Stück näher zu sein.

Es gab Berenike jedes Mal einen Stich, wenn er mit einem der Sklavenmädchen in ihrer Nähe schäkerte. Sie war ihm offensichtlich nicht mehr so wichtig wie in Ägypten. Es war umgekehrt. Er, Baile, war in Italien wichtiger für sie geworden. Dass sie Berenike aus dem Haus der Ptolemäer war, Caesars und Kleopatras Tochter, die nur aus goldenen Schüsseln und Tellern gegessen hatte, das wusste er am besten. Sie vermisste ihre Katzen und den geregelten Tagesablauf im Tempel von Memphis. Ihre jüngeren Geschwister tollten mit ihren Bällen und Walnüssen durch Haus und Garten, nicht anders, als sie es in Alexandria getan hätten. Sie aber war aus ihrem Leben als Oberpriesterin der Sachmet gerissen worden und ging einem ungewissen Schicksal entgegen. Sie dachte jetzt öfter an Psens geheimnisvolle Worte zurück und erwog deren Wahrscheinlichkeit. Sie wollte nicht sterben. Sie verzehrte sich danach, durch die Straßen Roms zu gehen, vor den Tempeln stehen zu bleiben und Italien kennen zu lernen, das Land ihres Vaters. Dieses Haus war ein Gefängnis. Es war qualvoll zu wissen, dass sie von hier zu Fuß nach Rom laufen könnte, so wie die Sklaven es manchmal taten, wenn sich ihnen eine Gelegenheit bot.

»Ich hasse dieses Haus«, sagte Berenike. »Unsere Pferdeställe am Mareotissee waren komfortabler.«

»Verzeih, Dalta, aber du bist im Irrtum«, sagte Baile. »Römische Häuser sind nicht zu vergleichen mit den königlichen Palastbauten in Ägypten. Italien ist ein einfaches, bäuerliches Land. Für römische Verhältnisse ist diese Anlage ziemlich vornehm. Es gibt ein großes Bad, die Fußböden sind überall beheizbar, und achte auf die Bronzegegenstände und Truhen in den Räumen. Daran erkennst du, dass es zu den besser ausgestatteten Häusern gehört. Turinus selbst wohnt in seinem römischen Haus kaum besser als ihr.«

»W-woher weißt du, wie Turinus wohnt?«

»Ich kenne ihn doch aus den alten Zeiten.«

Ja, Baile kannte Turinus noch aus den Zeiten, als er halb erwachsen Julius Caesar nach Hispania begleitet hatte. Er kannte das Haus des göttlichen Julius, seine römische Frau und alle seine Verwandten, die auch ihre, Berenikes, Verwandte waren. In den Tagen, die sich zäh und kühl dahinzogen, gab Berenike allmählich die Hoffnung auf, diese Menschen je kennen zu lernen. Hätten sie sich nicht einmal hierher begeben können, um sie zu begrüßen? Aber offenbar war sie ihnen gleichgültig und vielleicht sogar verhasst, weil sie in ihr nur das ägyptische Bastardkind Caesars sahen.

Berenike kam nicht auf den Gedanken, dass Turinus, der Sieger über Ägypten, die Kinder Kleopatras streng vor den Bewohnern der Hauptstadt abschirmte. Am Tag des Triumphzuges wollte er sie dem römischen Volk und dem Senat erstmals präsentieren.

»Es kommen auch bessere Zeiten, Entchen«, sagte Baile. »Glaub mir.« Dann sang er schon wieder eines seiner gallischen Lieder.

Sein bester Freund Dumnoit hatte von Turinus die Erlaubnis erhalten, nach Gallien weiterzuziehen und sich dort im alten Stammesgebiet der Bituriger anzusiedeln. Mit seiner Frau und der halbwüchsigen Tochter hatte er sich von Baile verabschiedet. Plötzlich hatten die beiden wieder ihr kehliges Keltisch miteinander gesprochen und waren sich um den Hals gefallen. Seit diesem Tag war Baile verändert.

»Es wird wieder biturigische Städte in Gallien geben«, sagte er.

»Und du wirst in einer davon leben, das meinst du doch.«

»Wenn die Götter es wollen.« Er lächelte in sich hinein. Aber Berenike konnte sich nicht mit ihm freuen.

DIE GESCHWISTER

Rom, Anfang August 29 v. Chr.

Während der Sand in den Uhren unablässig weiterrieselte, rückte der große Tag näher, wurden, für Berenike unmerklich, Vorbereitungen getroffen.

Die Frau mit dem strengen republikanischen Haarknoten, kleiner als ihr Bruder und vier Jahre älter als er, stellte Forderungen an Turinus. Sie sprachen halblaut miteinander, denn das, worum es ging, war von hohem politischen Interesse.

Der kleine Raum, in dem sie sich gegenübersaßen, jeder in einem Korbstuhl aus vergoldetem Flechtwerk, wurde von einem Fenster erhellt. Es gab den Blick frei auf einen Innenhof mit Palmen und einem plätschernden Brunnen aus übereinander gestaffelten weißen Marmorbecken. Ab und zu flatterten Tauben auf. Aus den Räumen auf der gegenüberliegenden Seite drangen das helle Kichern einer jugendlichen Sklavin und die ernsten Worte ihres männlichen Gesprächspartners.

»Ich will die Kinder, Bruder«, sagte Octavia.

»Es sind nicht deine Kinder. Kümmere dich um deine eigene Brut! Du hast aus zwei Ehen fünf eigene. Außerdem ziehst du noch Jullus Antonius auf, den ungehenkten Hund aus Antonius' früherer Ehe.« Er meinte es nicht bösartig. Aber selbst wenn es so gewesen wäre, Octavia hätte nicht nachgegeben.

»Ich habe Antonius auf deinen Wunsch geheiratet. Als er mir den Scheidebrief geschickt und mich aus seinem römischen Haus vertrieben hat, ist das nicht meinetwegen geschehen, sondern weil *du* ihn betrogen hattest und nicht etwa ich.«

Wohlgefällig sah Turinus auf den zweifarbigen Mosaikboden hinab. Er war kein Mann, der Luxus brauchte, aber es tat ihm gut, dass seine ältere Schwester wieder zurückgekehrt war in das prächtigste Privathaus Roms, das Haus des Antonius, das vorher dem großen Pompeius gehört hatte. Antonius hatte es vergrößert, die Badeanlage erneuert und es mit Malereien und Stuckdecken ausschmücken lassen. Es war nun ein geräumiger Palast mit einem Empfangsraum für die Klienten der Familia Antonia, mit geschmackvollen Speiseräumen und behaglich eingerichteten Wohn- und Schlafzimmern. Sogar die Sklavenräume waren ausgemalt. Turinus fand, Octavia könne ihm dankbar sein, dass sie wieder die *domina* ihres alten Hauswesens geworden war. Schließlich hatte sie das allein ihm zu verdanken.

»Schwester, lass die beleidigenden Worte. Ich habe ihn nicht betrogen. Ich musste es für Rom tun. Sag mal ...« Er stockte und starrte in eine Nische, aus der ihm eine kleinere Marmorbüste des Antonius entgegenblickte. »Hast du eigentlich in jedem Raum deines Hauses ein Bildnis von ihm aufgestellt?« Sie übertrieb es wirklich. Alle seine Freunde hatten die Porträts des Antonius aus ihren Wohnungen entfernt. Der Mann war *hostis publicus,* ein Staatsfeind. Octavia war nicht nur eine trauernde Witwe, sondern auch Römerin.

»Du hättest ihm nicht den Krieg erklären müssen, Bruder. Es war ein Bürgerkrieg.«

»Hör auf damit!« Das Wort »Bürgerkrieg« machte Turinus jedes Mal unruhig; nur seine politischen Gegner bezeichneten den Krieg zwischen ihm und Antonius so. »Es war ein Krieg gegen Kleopatra. Antonius hatte aufgehört, ein Römer zu sein. Er hat Rom für seine ägyptische Hexe verraten. Das römische Volk hat der Königin von Ägypten den Krieg erklärt und Antonius aus guten Gründen zum Staatsfeind ernannt.«

Octavia lehnte sich zurück und sah ihn durchdringend an.

Er hielt diesem Blick nicht stand. Ihr ebenmäßiges Gesicht war immer noch schön. Doch die feinen Fältchen um die Augen und einzelne graue Haarsträhnen entgingen ihm nicht. Warum färbte sie ihre Haare eigentlich nicht, wie andere Frauen es taten? Sie war in der Zeit seiner Abwesenheit sichtlich gealtert, und er fühlte sich schuldig daran.

»Ich will die Kinder. Sie sollen in meinem Haus aufwachsen. Ich werde darüber wachen, dass ihnen kein Haar gekrümmt wird. Im Interesse des römischen Volkes.«

Ein ägyptischer Sklave trat ein und stellte ein Tischchen mit verschiedenen Oliven zwischen die Geschwister. Turinus griff nach einer dicken schwarzen Frucht und verzehrte sie langsam, ehe er antwortete.

»Begreif doch«, sagte er in der Hoffnung, sie werde ein einziges Mal wieder auf ihn hören, so wie sie es vor Jahren manchmal getan hatte, wenn er ihr einen Rat erteilt hatte. »Sie sind die Kinder des größten Feindes, den Rom je gehabt hat. Du tust Rom nichts Gutes, wenn du sie schützt.«

»An deinen Händen klebt bereits das Blut von Antyllus und Caesarion. Lass es genug damit sein.«

Lächelnd hob er seine Hände in ihre Augenhöhe.

»Wo ist das Blut? Diese Hände sind rein. Es kann nur einen Caesar geben. Und ebenso darf es keine männlichen Antonier mehr in Rom geben. Keinen Antonius mit dem Vornamen Marcus. Keinen Mann mit dem Gesicht des Antonius. Die Erinnerung an diese Bestie soll verlöschen. Antonius ist tot, das ja. Aber in den Herzen vieler Menschen wird er noch lange Zeit lebendig sein. Mir ist zu Ohren gekommen, dass hier in Rom einfache Menschen und Senatoren Statuetten mit seinem Bildnis neben ihren Hausgöttern aufgestellt haben.« Turinus warf einen vorwurfsvollen Blick auf die Antoniusbüste ihm gegenüber. »Das römische Volk wird nicht ruhig schlafen, solange noch ein Mann aus der Familie des Antonius in der Hauptstadt lebt. Warum verfügen Frauen nur über so wenig Verstand, dass sie die einfachsten Gesetze der Politik nicht begreifen können?«

»Turinus«, sagte sie mit ausdrucksloser Stimme. »Hast du schon einmal das Wort Menschlichkeit gehört? *Humanitas?* Das Wort Milde? *Clementia?*«

Die Senatorenschuhe drückten grausam. Turinus hatte das Bedürfnis, sie sich von den Füßen zu reißen. Wenn er bei sich zu Hause gewesen wäre, hätte er es getan, früher als Junge hatte er auch bei Octavia einem solchen Bedürfnis nachkommen können. Jetzt aber, im einstigen Palast des Antonius, seinem Bildnis gegenüber, war es unmöglich. Es wäre ein Zeichen der Schwäche gewesen.

»Das sind Hülsen, leere Worte, hinter denen sich nichts verbirgt.«

»Für Antonius waren sie keine leeren Worte.«

Fahrig griff er nach einer weiteren Olive und verzehrte sie widerwillig. Das Zeug war zu ölig für ihn. Mehr als zwei oder drei durfte er keinesfalls davon zu sich nehmen. Octavia sah ihn an, als sei er ihr größter Feind.

Es erschreckte ihn. »Octavia, du bist älter als ich und warst mit diesem Mann verheiratet. Er war nicht der edle Held, für den du ihn hältst. Hör auf, ihn zum Halbgott zu machen. Er war ewig betrunken, geldgierig, lüstern. Er war widerlich. Er hat Rom verraten – und zugleich dich. Warum vergisst du das immer?«

»Er war dein Feind. Aber ich dulde nicht, dass Lügen über ihn verbreitet werden.«

»Gut, lassen wir das, wenn es dir weh tut, über Antonius zu sprechen. Reden wir von Kleopatra. Sie war es, die dieses Land in einen neuen Bürgerkrieg gestürzt hat.«

Er würde den Sklaven bestrafen, der dieses Paar Schuhe

heute Morgen ausgewählt und die Riemen zu eng geschnürt hatte. »Mach dir nichts vor, ihre Brut ist gefährlich. Die drei Kinder von Antonius werden nie vergessen, dass Antonius sie einmal zu Königen ausgerufen hat. Am tückischsten ist diese halbwüchsige Tochter, Berenike, der kleine Bastard, den der göttliche Julius mit der ägyptischen Hexe gezeugt hat.«

Turinus bewegte die Füße hin und her, es half nicht viel. Da war so vieles, woran er litt. Die Kopfschmerzen, die ihm der Schein der Sonne verursachte, die Schwindelgefühle, wenn er wieder einmal zu wenig geschlafen hatte. Die Qual, die es bedeutete, stundenlang auf einem Pferd zu sitzen. Antonius war immer kerngesund und vital gewesen. Er hatte abendelang schweren, unvermischten Wein getrunken, fettige Speisen in sich hineingestopft und alles heil überstanden. Die Götter waren nicht gerecht. Die Büste in der Nische war eine gute Arbeit, eine Kopie nach dem lebensgroßen Werk eines athenischen Bildhauers.

»Es ist deiner nicht würdig, Kinder zu töten«, schrie Octavia. »Keins dieser Kinder ist erwachsen!«

»Wenn ich nicht handele, werden sie bald erwachsen sein, Berenike zuerst. Ihre Mutter war nicht viel älter als sie, als sie dem göttlichen Julius den Kopf verdreht und ihn zu seiner ersten großen Dummheit hingerissen hat.«

»Ägypten ist jetzt dein persönliches Eigentum geworden, deine eigene Kornkammer, verwaltet von deinem Legaten. Cornelius Gallus ist einer deiner besten Freunde. Wovor fürchtest du dich?«

»Vor dieser ägyptischen Schlangenbrut. Schwester, sie werden sterben. Es sind so viele für Rom gestorben, auf diese kommt es nicht mehr an. Solange noch ein Abkömmling aus dem Haus der Ptolemäer lebt, können wir in Rom nicht beruhigt schlafen. Schwester, ich habe dich immer geachtet, aber von Politik verstehe ich mehr als du. Die Politik ist kein Kinderspiel. Es geht manchmal hart und blutig zu. Was, glaubst du wohl, hätte Antonius mit mir und dir gemacht, wäre er an der Spitze seines Heers in Rom eingezogen?«

»Ist das dein letztes Wort?«

»Bei den Göttern Roms und Ägyptens, ja.«

Sie wartete, bis sein Atem ruhiger geworden war. Die ganze Sache regte ihn mehr auf, als er zugegeben hätte. Er bückte sich und begann, an den Riemen seiner Schuhe zu zerren.

Octavia achtete nicht darauf. Ihr Gesicht war fleckig vor Aufregung. Schmerz überkam ihn. Warum rief sie nicht nach einem Sklaven, der ihm zu Hilfe kommen sollte? Warum sah sie nicht, wie er litt? Warum stand sie nicht auf und nahm ihn in die Arme? Warum machte sie es ihm so schwer?

Er wusste, warum. Er hatte sie, die ihm so nah war, für immer an Antonius verloren.

PARCERE SUBIECTIS ...

»Nun gut, Bruder. Ich werde Rom verlassen. Ich werde nach Nola in das Haus der Octavier gehen und die Stadt, in der du dein Leben verbringst, nie wieder betreten. Du weißt, dass ich das tun werde.«

Der Schmerz ließ schlagartig nach. Turinus hatte sich von beiden Schuhen befreit. Er spielte mit den Zehen, langsam kam wieder Leben in sie.

»Was hast du gesagt?«

»Ich werde Rom für immer verlassen.«

Turinus hing seit Kindertagen an seiner älteren Schwester. Ihre Mutter war gestorben, als er gerade neunzehn war, ein Jahr nach dem Tod des göttlichen Julius, während der schwersten Monate seines Lebens. Octavia hatte ihm immer zur Seite gestanden und ihn getröstet. Wie oft hatte er sich damals zum Abendessen bei ihr und ihrem ersten Mann Marcellus eingefunden! Der alte Marcellus war ein erklärter Feind Caesars, einer der Anhänger des Pompeius. Aber Octavia hatte darauf bestanden, an seiner Seite zu bleiben, als alle aus der Familie sie um die Scheidung baten. Und der bärbeißige Marcellus, verliebt in seine junge Frau, hatte sogar ihre Verwandten, Caesars Familie, bei sich im Hause empfangen. Damals gab es Livia noch nicht; die Beziehungen zu den Frauen, die der junge Turinus liebte, waren meistens flüchtig.

Octavia war der Ruhepunkt für ihn. In seinen Augen hatte sie keinerlei erotische Ausstrahlung. Auf ihre Männer war er trotzdem immer eifersüchtig gewesen. Ihr Schmerz nach dem Tod des Marcellus hatte ihn tief beunruhigt. Ebenso beunruhigend aber war für ihn ihre leidenschaftliche Beziehung zu Marcus Antonius, mit dem er, Turinus, sie aus politischen Gründen sehr bald nach dem Tod ihres Ehemannes verheiratet hatte. Sie hatte zugestimmt, sicher, und ihm versichert, dass sie nicht leiden werde. Sie kannte Antonius von früher, wie ihn alle Menschen in Rom kannten. Aber sehr bald hatte sie sich ernsthaft in den erheblich älteren Mann verliebt. Und schließlich litt und weinte sie mehr als nach dem Tod ihres ersten Mannes, denn Antonius war endgültig in die Arme der ägyptischen Königin zurückgekehrt, die ihm Zwillinge geboren hatte, einen Jungen und ein Mädchen. Mit schlechtem Gewissen dachte Turinus, dass seinem Gegner, dem Triumvir Antonius, auch nicht viel anderes übrig geblieben war als dieser Rückzug nach Ägypten. In Rom war für sie beide kein Platz. Entweder er oder Antonius. Da Turinus Rom und Italien als sein Stammland betrachtete, das ihm vom göttlichen Julius vererbt worden war, hatte er alles getan, um Antonius im Osten zu halten. Anfangs war die Eheschließung zwischen seinem Gegner und Octavia nützlich gewesen, gewiss, doch schon bald hatte Turinus eingesehen, dass eine längere Ehe zwischen den beiden nicht wünschenswert war.

»Turinus«, hob Octavia noch einmal an, »ich will nicht immer das Opfer sein.«

Sie war das Opfer. Daran war nichts zu beschönigen. Andererseits konnte sie auch stolz darauf sein, dass er sie in seine Politik für Rom mit einbezogen hatte. Sie war eine einflussreiche Frau. Sie hatte in letzter Sekunde verhindert, dass Todesurteile vollstreckt wurden, die er gefällt hatte. Er setzte auf ihren schwesterlichen Rat, vielleicht mehr noch als auf den des Agrippa und des Maecenas.

»Es musste sein, für Rom. Es war ein politisches Bündnis zwischen mir und Antonius. Erst eure Heirat hat es glaubwürdig gemacht. Unsere Familien mussten miteinander verbunden werden. Du hättest diese Ehe nicht so ernst nehmen sollen, das war dein Fehler, Schwester. Das politische Bündnis ist ziemlich bald zerbrochen, wie du weißt –«

»Ich weiß«, sagte sie tränenlos und gefasst wie immer. »Aber mehr als das, was mir geschehen ist, kann ich nicht ertragen. Auch nicht für Rom. Ich bin auch nur ein Mensch. Den Tod dieser vier Kinder kann ich nicht hinnehmen.«

Sie sagte dies sachlich und ohne Emotionen, und eben darin lag das Beängstigende für Turinus.

»Du hast sie doch nie gesehen«, wandte er behutsam ein. »Wer sind sie denn schon? Ägyptisch-römische Bastarde, jeder Einzelne eine Beleidigung für dich. Du warst noch nicht einmal von Antonius geschieden, als Kleopatra sie in die Welt setzte. Vergiss diese Brut! Nach dem Sieg über Ägypten will kein Mensch in Rom mehr an diese Liaison mit dem Feind erinnert werden.«

»Sie sind das Letzte, was von Antonius übrig ist«, sagte Octavia. »Ich habe jeden Tag an sie gedacht. Er hat mir einen Brief geschrieben und mich gebeten, mich um sie zu kümmern und mich für sie zu verwenden ...«

Turinus zuckte zusammen. Natürlich hatte sie einen Weg gefunden, gegen sein striktes Verbot Antonius zu antworten.

Vermutlich hatte sie ihm selbst auf dem Höhepunkt des Bürgerkriegs ihre Liebe und Treue geschworen. Vielleicht hatte sie ihm versprochen, die Kinder zu retten. Es wäre der Moment gewesen, sie danach zu fragen, aber er wusste, sie würde in Tränen ausbrechen, wenn er es tat. Und das erschien ihm unerträglich, seit er sie als kleiner Junge zum ersten Mal hatte weinen sehen.

So wie Octavia nicht aufhörte, den ungetreuen Antonius zu lieben, so sollte seine Livia ihn, Turinus, lieben und nie an ihm zweifeln, was auch immer er tat. Das hoffte Turinus in diesem Moment. Und er tat ziemlich viel. Wenn er auch von kränklicher Konstitution war, einen empfindlichen Magen und eine reizbare Leber hatte, auf seinen tapferen kleinen Gefährten war immer Verlass. Er reagierte auf schöne Knaben ebenso zuverlässig wie auf den Liebreiz von Frauen. Der göttliche Julius hatte ihm lachend erklärt, der zähe kleine Bursche mit der unfassbaren Ausdauer sei ein persönliches Geschenk der Göttin Venus an ihre Nachkommen.

Die Frauen, mit denen er schlief, Ehefrauen guter Freunde, Töchter von Freigelassenen, die ihn anhimmelten, Sklavenmädchen, die er irgendwo kennen lernte, hatten ihm die Götter geschickt. Amors Pfeile trafen ihn tief. Dennoch glaubte Turinus an die eine Ehefrau, die ihm treu und ergeben war, die sich nur seinen Körper vorstellen konnte und ihn nie verraten würde. Insofern konnte er Octavia nicht widersprechen. Im Grunde hieß er es gut, dass sie immer noch zu seinem größten Feind Antonius hielt.

Er wollte die Schwester nicht verlieren. Sie sollte nicht nach Nola gehen. Er brauchte sie in Rom. Wenn er sich mit ihr am rechten und Livia am linken Arm öffentlich sehen ließ, genoss er die wohlwollenden Blicke der Bürger Roms. Er war nicht nur der berechnende Feldherr, sondern auch der Familienmensch.

»Nimm dir die Kinder«, sagte er leise. »Aber jetzt ist es

noch zu früh. Ich brauche sie für den Triumphzug. Wenn er vorbei ist, kannst du sie haben.«

Sie überlegte kurz, ob es ein Trick war, der Versuch, Zeit zu schinden. »Sieh mir in die Augen.«

Er gehorchte.

»Schwör mir bei den Manen unserer Mutter, dass ihnen kein Haar gekrümmt wird.«

Er tat es. Beschämt über ihr Misstrauen, küsste sie ihn zärtlich auf beide Wangen. Die letzten Jahre mit Agrippa und Livia hatten ihn verändert. Und doch, ein Lügner war er nicht. Er war ein liebenswürdiger Mensch. Mochte er auch in dem Jahrzehnt des Bürgerkriegs unzählige Gegner getötet haben, es war unter dem Eindruck der Grausamkeiten der anderen Seite geschehen. Er hatte getan, was er dem großen Adoptivvater schuldig zu sein glaubte. Er musste beweisen, dass er kein Milchbart, kein Knabe, mehr war. Er musste sich durchsetzen.

»Danke, Bruder. Ich werde sie alle nehmen.«

»Ich habe nicht von Berenike gesprochen. Sie –«

Octavias Augen wurden dunkel vor Zorn. »Ich verfluche dich, wenn ihr ein Haar gekrümmt wird. Du verstößt gegen göttliches und menschliches Recht. Sie ist ein besiegtes Kind, erst dreizehn Jahre alt.«

Er hatte sie nicht betrügen wollen. Es war ihm sehr ernst.

»Nenn sie nicht Kind. Diese Ptolemäer sind nicht einmal bei ihrer Geburt Kinder. Sie sind königliche Raubtiere, Fleischfresser von Anfang an. Du hast Berenike noch nicht gesehen. An ihr ist nichts Römisches. Sie ist eine Schlange wie ihre Mutter.«

»Sie kommt in mein Haus, so wie ihre Geschwister. Ich will nichts mehr hören. Ich werde dir nie verzeihen, dass du Antyllus ...«

Sie ließ den Kopf sinken. Ihr Körper bebte vor verhaltenem Schluchzen. Und wie immer, wenn sie weinte, war Turinus danach, sie in den Arm zu nehmen und für den Rest des Tages zu heulen wie ein Weib. Feldherren mussten sich im Griff haben, das unterschied sie von Sklaven, Frauen und dem Rest der Welt. Er überlegte kurz, ob er aufstehen und sich verabschieden sollte. Er hatte ihr mehr zugestanden, als vernünftig war.

»Er war Antonius so ähnlich. Er hatte ein Herz aus Gold. Ich habe ihn aufgezogen wie mein eigenes Kind. Du hättest ihn schonen müssen.« Sie stand auf und griff nach der kleinen Marmorbüste in der Nische. Jetzt erst wurde Turinus klar, dass sie nicht Antonius, sondern Antyllus darstellte.

»Ich wollte es nicht wirklich«, stammelte er. »Schwester, im Krieg geschehen ständig Dinge, die du nicht vorausberechnen kannst.« Es war eine halbe Lüge.

Als ob dieser Krieg gegen Kleopatras Reich endgültig vorüber wäre! Octavia hielt ihn für stärker, als er war. Am liebsten hätte er ausgesprochen, was er Agrippa ehrlich eingestanden hatte. Er hatte Angst vor Kleopatras Kindern, am meisten vor Berenike. Jetzt war die letzte Chance. Wenn sie still und diskret starb, würde niemand nach ihr fragen. Oder war es dafür schon zu spät?

»Sei vorsichtig, Schwester. Die Menschen sind nicht alle so wie du. Willst du mitten in Rom eine zweite Kleopatra heranwachsen lassen?«

»Sie ist keine zweite Kleopatra, sie ist ein Mädchen namens Berenike, voller Angst vor ihren römischen Verwandten. Die Besiegten mit Schonung behandeln, das war auch immer römischer Brauch.«

»Wirst du mir garantieren, dass sie niemals zur Gefahr für Rom wird? Zur Gefahr für mich?« Er dachte daran, dass dem göttlichen Julius seine Nachsicht zum Verhängnis geworden war. Unter den Attentätern waren einige frühere Gegner gewesen, die er huldvoll begnadigt hatte. Caesar war gegen Ende seines Lebens zu milde geworden. Kleopatras Kinder würden ihm, Turinus, den Tod ihrer Mutter und das Ende Ägyptens nie verzeihen.

Turinus steckte zwei Oliven auf einmal in den Mund. Er war dabei, einen Fehler zu begehen.

»In meinem Haus werden sie zu echten Freunden Roms werden. Dabei kannst du mir behilflich sein. Behandele Berenike wie ein Vater seine Tochter, behandele sie wie deine Julia, dann wird sie niemals zur Gefahr für Rom – und auch nicht für dich.«

»Sie ist nicht schön«, sagte Turinus abschätzig und schnipste mit den Fingern. »Zu mager, klein, spitze Nase, ägyptisches Gesicht. Außerdem soll sie sonderbar sein. Etwas durchgedreht. Angeblich hat sie Wahrträume, führt Selbstgespräche und kaut an den Fingernägeln. Bei Jupiter, stell dir vor, sie sabbert.« Seine Nase begann zu laufen, wie immer, wenn er in Aufregung geriet. Die Situation war ihm endgültig entglitten. Kein Wunder, sobald er mit seiner Schwester zusammen war, wurde er zum trostbedürftigen Kleinen von früher. Octavia hatte ihn nie für voll genommen, und alles in ihm gab nach.

Gut, dass Antyllus und Caesarion in Memphis ihr Leben gelassen hatten. Warum, große Götter, ist Berenike nur davongekommen? Er sah Agrippa noch vor sich, hoch zu Ross, wie er den Daumen mit Blick auf das Mädchen senkte. Dieser Gallier hatte ihren Tod verhindert.

»Schaff sie wieder her, Gallier!«, hatte Agrippa gefordert. *»Moriendum est.«*

Ja, eigentlich war die Stunde des Sterbens gekommen. Baile jedoch war es im Bund mit seinen gallischen Göttern gelungen, den Bann zu brechen. Turinus kannte den Gallier seit seinen Kindertagen und hatte ihm noch nie getraut. Der Mann war nie wirklich aus seiner gallischen Welt in der römischen angekommen.

»Man kann sie nicht umbringen«, hatte Baile erwidert. »Sie ist verrückt.«

»Wirklich?«

»Sie stottert und sabbert. Alle wissen es.«

Natürlich war es eine List des Galliers gewesen. Aber für den Moment hatte sie gewirkt.

»Sie ist eine Verrückte«, sagte Turinus nun zu seiner Schwester. »Agrippa war der Meinung, so jemand könne man nicht töten.«

Octavias Wangen röteten sich. »Das hat er gesagt?« Immer wenn die Rede auf Agrippa kam, wurde sie rot und blass.

Ihr Bruder achtete nicht darauf.

Atemlos fuhr sie fort. »Sie war schon in jungen Jahren Katzen-Priesterin, habe ich mir sagen lassen.«

»Willst du wirklich, dass dein Haus nach Katzenpisse riecht?«

»Pissen Katzen so viel?«

»Sie sehen anmutig aus, stinken aber entsetzlich. Die Kater sind am schlimmsten. Ganz Alexandria hallt in den Sommernächten vom Geschrei der liebestollen Katzen wider. Berenike war immer von mehreren heiligen Katzen umgeben.«

»Ich bin neugierig auf sie.« Octavia lächelte.

Er hatte sie glücklich gemacht. Turinus überlegte, dass er ihr mehr zugestand als selbst seiner Livia. Seiner Frau gegenüber blieb er manchmal hart. Der Grund, dass er Octavia kaum etwas abschlagen konnte, lag in seinem grenzenlosen Vertrauen zu ihr. Sie würde ihn nie verraten.

»Sie ist dreizehn. Wir müssen sie bald verheiraten.«

»Es wird uns eine Lösung einfallen«, sagte Octavia. Sie hatte ihr Ziel erreicht.

»Das wird ein wichtiger Punkt sein. Diese Frau darf niemals nach Ägypten zurückkehren. Sie darf weder einen Römer noch einen Ägypter heiraten.«

Octavia starrte ihren Bruder ungläubig an. Diese Männer mit ihren Ideen von Politik und Machterhalt!

»Sie kann aber kaum einen heiligen Kater heiraten. Es wird am Ende doch auf einen Römer hinauslaufen.«

»Ja, siehst du, deswegen sollte sie besser sterben.«

»Du musst nicht alle Probleme schon heute lösen«, erklärte sie sanft und strich ihm über sein duftendes dunkelbraunes Haar. »Dieses Mädchen ist, wie du sagst, recht hässlich und nicht recht bei Verstand. Warten wir ab, was die Götter uns bringen. Du weißt ja: Alles, was sie bringen, ist gut.«

»Sie kann später immer noch sterben«, begann Turinus. »Wenn sie sich als Kleopatra fühlen sollte und sich als künftige ägyptische Königin sieht, dann ...«

»Ja, ich weiß.« Octavia fühlte eine große Zufriedenheit mit sich. Von den anderen Kindern Kleopatras, denen, die zugleich von Marcus Antonius abstammten, war nun nicht mehr die Rede. Und an ihrem Wohlergehen lag Octavia bei weitem mehr als an dem der kleinen Berenike mit dem spitzen, verschlossenen Gesicht.

Ach, Antonius, du Schatten in der Unterwelt an der Seite deiner ägyptischen Königin! Für diese drei zu sorgen, sie aufwachsen zu sehen, das ist das Einzige, was ich noch für dich tun kann!

»Denk nicht mehr an dieses Ungeheuer«, sagte Turinus, der die Trauer in Octavias Gesicht aufsteigen sah.

Aber sie dachte an ihn mit Zärtlichkeit und Sehnsucht. Dachte an den letzten Brief, den er vor seinem Tod an Turinus geschickt hatte. Marcus Antonius hatte darin gebeten, als Privatmann nach Ägypten gehen zu dürfen, er allein. Kein Wort über die ägyptische Königin. Für ein paar Tage war für Octavia die Welt stehen geblieben. Alles war möglich, wenn er sie liebte. Er und sie mit den beiden kleinen Antonias in Athen, fern von Rom, fern von Ägypten, aus allen Kriegen gerettet. Jeglicher Politik hätten sie sich fortan enthalten. Mit welchem Herzklopfen hatte sie die Briefe gelesen, die er ihr durch geheime nächtliche Boten hatte zukommen lassen. Zitternd und errötend wie ein junges Mädchen, hatte sie die Antwortbriefe in fliegender Hast mit Geheimtinte abgefasst.

Bitte meinen Bruder, als Privatmann in Athen mit mir und den Kindern leben zu dürfen. Ich bin sicher, er wird es gewähren. Turinus kann nicht grausam sein. Er hat ein großes Herz, und er möchte nicht, dass seine Schwester unglücklich ist. Er liebt auch seine kleinen Nichten, die beiden Antonias. Ach, mein Antonius! Wenn die Götter es gut mit uns meinen, haben wir noch eine Zukunft vor uns.

Es war nur ein Traum gewesen. Turinus hatte höhnisch auf das Bittschreiben des Antonius geantwortet und war mit seinen Truppen weiter gegen Alexandria gezogen. Als Privatmann in Athen leben, der Politik für immer entsagen, nach allem, was geschehen war – Hirngespinste, das Delirium eines dem Tode Geweihten!

Vor dem Schicksal, das die Götter über Antonius und Kleopatra verhängt hatten, gab es kein Entrinnen.

DER SPRUNG IN DIE TIEFE

Villa am Albanersee, 14. August 29 v. Chr.

Der Himmel über Berenike hatte ein ägyptisches Blau. Sogar der Horusfalke schwebte über ihr. Sie starrte empor zu dem Raubvogel, der am Waldrand dahinglitt. Aber es war wohl eher ein Bussard oder ein Habicht.

Sie hatte es bis zu diesem Tag ausgehalten. Heute war es unerträglich geworden. Berenike spürte keine Bitterkeit mehr, sondern ruhige Sicherheit. Sie stieg die Treppen des kleinen Eckturms hinauf, eine nach der anderen. Er schien hoch genug zu sein, sodass die erhabene Sachmet ihre Tat gelingen lassen würde.

Baile hielt sich für schlau. Er hatte ihr nicht gesagt, dass die Soldaten am Abend kommen würden, um sie und ihre Geschwister zum Triumphzug abzuholen. Aber sie hatte zwei Sklaven im Garten miteinander sprechen hören.

Baile war ein Dummkopf. Ägypten hatte aufgehört zu existieren, war zu einer bedeutungslosen römischen Provinz herabgesunken. Baile aber glaubte, es sei wichtig, dass sie, Berenike, überlebte. Er hatte nichts begriffen. Römische Legionäre schleppten Körbe voller Gold und Edelsteine aus den Tempeln der unsterblichen Götter Ägyptens. Berenike zitterte vor Wut und Entschlossenheit.

Mit einem Büschel Unkraut in der Hand hatte der Gartensklave seinem dunkelhäutigen Gefährten kichernd berichtet, was er irgendwo aufgeschnappt hatte.

»Sie gehen heute Abend noch zum Triumph nach Rom, die Kinder Kleopatras.«

»Wird kein Spaß werden. Man wird sie anspucken.«

»Angepinkelt sollten sie werden.«

»Kleopatrageschmeiß.«

»Und hinterher?«

Die beiden deuteten auf ihre Kehlen und lachten.

In den Monaten, die sie hier zugebracht hatte, hatte sie ihre Träume verloren. Das war es, was Berenike am meisten erschreckte. Sie schlief traumlos und schwer. Im Aufwachen begriff sie, sie war eine andere geworden. Sie war nicht mehr Berenike mit den geschickten Händen, die Oberpriesterin der Sachmet. Wenn sie die Augen schloss, sah sie nichts mehr. Da waren nicht mehr die Ahnungen, die Bilder, die Menschenmengen, die sie in Ägypten stets in sich gesehen hatte. Nicht einmal mehr Musik hörte sie. Alles in ihr schwieg. Ihre inneren Stimmen waren verstummt. Diese Stille war unerträglich.

»Oudeis eimi«, flüsterte Berenike.

Das Schlimmste war nicht der Triumph des Turinus, bei dem sie vorgeführt werden sollte wie ein wildes Tier. Da, seht die Tränen der Tochter Kleopatras, ihren Schmerz. Nicht, dass sie freigegeben war für Steinwürfe und faule Eier. Das

Schlimmste war das Nichts, die Zukunft ohne Freude, ohne priesterliche Visionen. Berenike begriff, dass sie vom Tag des Triumphes an das Leben einer normalen Frau führen sollte. Nicht der Tod drohte ihr, sondern ein bescheidenes Leben mit Ehemann und Kindern irgendwo in Italien. Baile jedenfalls hatte ihr das prophezeit.

Sie war ein »Geschmeiß«, damit konnte sie leben. Aber mit der zunehmenden Leere in ihr war sie Tag für Tag etwas mehr gestorben. Und nun, hier oben auf der Plattform, war sie bereits tot, war sie Teil des Nichts. Sie war im Nichts angekommen. In Ägypten zurückgeblieben waren ihre hellsichtigen Träume, die Lustgefühle beim Spiel mit Psens Körper, das flirrende Licht, der Lapislazuli-Himmel und die tausend Düfte und Versprechungen ihres Landes.

Ihre Geschwister würden ohne sie zurechtkommen. Sie begriffen noch nicht, was sie verloren hatten. Sie waren jünger und mit jedem fehlenden Jahr weniger mit Ägypten verbunden.

Berenike musste plötzlich an Baile denken und wusste nicht, warum es weh tat. Baile wird nach Gallien gehen. Besser, er hat mich nicht mehr. Das wird es ihm leichter machen.

Sie blickte über die Brüstung der Ziegelmauer hinab. Der Felsen war schroff und nackt. Es kam darauf an, es richtig zu tun. So wie ihre Mutter mit der Kobra. Sie wollte keine Stümperin sein. Sie hatte beschlossen, kopfüber zu springen. Sie musste mutig sein. Es gehörte nicht viel dazu, ein einziges Mal kurze Zeit mutig zu sein. Es würde dieses eine Mal sein, und ihre Schmerzen wären für immer vorbei. Es war einfacher, als weiterzuleben.

»Erhabene Sachmet«, betete sie, »hilf mir, dass es gelingt.«

Sie schloss kurz die Augen, um das Bild der Göttin heraufzubeschwören, das der besänftigten und das der zornigen Sachmet. Doch es gelang ihr nicht. Ägyptens Götter hatten sie verlassen.

Berenike setzte den rechten Fuß auf die Brüstung der Umfriedung, zog sich ganz hoch, saß einen Augenblick lang zitternd in der Hocke, ohne hinabzusehen, erhob sich langsam und sprang.

TRIUMPHUS

Rom, 15. August 29 v. Chr.

»Heul und schrei, so viel du kannst, Junge. Heul dir die Seele aus dem Leib. Heulen ist das Beste, was du tun kannst.«

Dion wischte Alexandros' Gesicht mit einem Tuch trocken. Seine Ermahnungen waren überflüssig. Winselnd vor Angst und Verzweiflung, kauerten der dickliche Alexandros, Selene und der selbst im Schmerz noch niedliche Phila mit ihren Erziehern Nikolaos und Dion auf dem Festwagen zu Füßen ihrer Mutter Kleopatra. Die ägyptische Königin, eine billige Schnellanfertigung, ruhte als hölzerne Liegestatue auf einem Sofa. Die Figur war in schreienden Farben bemalt. Es zeigte die Herrscherin mit entblößten Brüsten, während sie sich mit der züngelnden Kobra den Tod gab.

»Fleht das römische Volk um Gnade an! Es geht um euer Leben«, erklärte Dion. Berenike hätte ihn am liebsten geohrfeigt für jedes seiner Worte. Nie hatte sie ihn so gehasst wie jetzt. In diesem Moment bemerkte sie den Rubin an seinem Hals. Er hing an der goldenen Kette neben dem Amethyst, den er immer getragen hatte, Antyllus' Rubin. Berenike begriff, dass er ihn gestohlen hatte. Sie öffnete den Mund vor Empörung und schwieg. Es kam nicht mehr darauf an.

Ihre Füße waren gefesselt, weit genug, damit sie bequem gehen konnte. Ein römischer Staatssklave hielt die Eisenkette. Sie trug ein königliches Gewand aus purpurfarbener Seide. Es war nichts als Verkleidung. Die Zuschauer des Spektakels sollten sie als ägyptische Prinzessin erkennen. Nur deshalb hatte man ihr auch die Geierkrone aufgesetzt, die quälend drückte und ihr nie zugestanden hatte. Nur ihre Mutter hatte sie tragen dürfen. Neben ihr ging Baile mit verschränkten Armen und gesenktem Kopf, ein freier Mann. Berenike vermied es, in die angsterfüllten Augen ihrer Geschwister auf dem Wagen zu schauen.

Der Mann auf dem Triumphwagen war ihr römischer Bruder Turinus. Berenike konnte den Blick nicht von ihm wenden. Ja, er war noch erschreckender als an dem Tag in Memphis, als er Caesarions Tod befohlen hatte. Sein Gesicht war in Furcht erregendem Zinnoberrot angemalt, er trug das vor Gold starrende Zeremonialgewand. Für einen Tag war er der siegreiche römische Triumphator, die Verkörperung Jupiters auf Erden.

Berenike war an solche Aufzüge der Mensch gewordenen Götter Ägyptens zu sehr gewöhnt, um das Außergewöhnliche dieser Erscheinung in Rom zu ermessen. Dieser Mann hatte zerstört und geraubt, was ihr lieb und wertvoll gewesen war. Für sie verkörperte er nur die abschreckende Seite Roms, so wie aus ihrer Sicht ihr Vater Julius Caesar alles Gute an Rom in sich trug. Niemals hätte er Ägypten zur römischen Provinz gemacht.

Die Römer allerdings konnte sie nicht einmal an diesem Tag hassen. Sie war doch selbst zur Hälfte Römerin, mochten die Römer in ihr und ihren Geschwistern auch nur ägyptische Barbaren sehen.

So schlecht sie sich auch fühlte, sie bemühte sich um einen würdigen königlichen Gesichtsausdruck.

»Es geht vorbei, Dalta. Alles geht vorbei«, murmelte Baile eindringlich. »Weine nur, wenn dir danach ist!«

Jeder Knochen tat ihm weh, und er war so erschöpft und zerschlagen von ihrem gemeinsamen Sturz, dass ihn der Triumphzug ziemlich kalt ließ. Er war immer noch aufgewühlt von dem, was sie gestern hatte tun wollen. Als er sie endlich entdeckt hatte, stand sie schon auf der Mauer. Er hatte alle gallischen Götter angerufen, während er die Treppen im Turm hinaufhechtete, hatte sie am Arm zu fassen bekommen, sich selbst festklammern können, aber dann doch das Gleichgewicht verloren, und sie waren beide zusammen hinuntergestürzt. Sie, diese Katze, hatte fast keine Verletzungen davongetragen, kein Wunder, Leichtgewicht, das sie war. Er dagegen hatte eine abscheulich schmerzende Schulter behalten.

»Bring den alten Baile nur um das bisschen Leben, das er noch vor sich hat«, hatte er gesagt, als der Wagen sie in der Nacht nach Rom brachte. Zum ersten Mal hatte er kein Mitleid mit ihr gespürt, sondern Verärgerung.

Mädchen in Berenikes Alter sind unberechenbar und denken nur an sich. Irgendwann, dachte er, braucht sie mich nicht mehr. Wenn es so weit ist, fängt mein eigenes Leben an. Langsam wird es Zeit dafür. Ich werde nach Gallien gehen und mir eine Villa bauen, vielleicht Pferde züchten oder Weizen anbauen. Dann ist die Zeit für Frau und Kinder gekommen.

Er mochte Kinder. Er hatte einige, von denen er wusste, denen er Geld schickte und Briefe. Sie waren über Gallien, Hispania und Italien verstreut, wie es bei Soldatenkindern nun einmal üblich war. Aber manchmal malte er sich aus, seine Nachkommen heranwachsen zu sehen und seiner Frau bei der Erziehung behilflich zu sein. Er würde ihnen einen Hund kaufen und einen Hasen zum Spielen. Er würde seinen Sohn in Rechnen und Schreiben unterrichten lassen und darauf achten, dass er korrektes Latein lernte. Baile lächelte in sich hinein.

Mamme, Pater, dachte Berenike, ihr könnt mich sehen. Ich werde euch keine Schande machen.

Die strahlend weißen Pferde vor dem Triumphwagen kannte sie mit Namen. Sie stammten aus den königlichen Reitställen am Mareotissee. Berenike überlegte, wer der blasse Junge auf dem Apfelschimmel neben dem Triumphgespann sein mochte. Krank sieht er aus, dachte sie. Mehr noch, er hat ein Geheimnis. Für einen Moment trafen sich ihre Blicke. Er trug ein goldbesticktes weißes Gewand und die Bulla um den Hals. Ein Römer, der noch nicht in die Liste der erwachsenen Bürger eingetragen war. Trotz seiner Jugend wirkte er ernst und älter, als er körperlich war. Ein Mann, der die Goldkugel der Kinder am Hals trug.

Berenike wurde verlegen. Das war ihr noch nie gegenüber einem jüngeren Knaben passiert. Ihre Augen suchten Baile. Er war irgendwo im Getümmel des Zugs und der Zuschauer verschwunden.

Der Lärm war ohrenbetäubend.

Endlich hörte sie Bailes vertraute Stimme. Erleichtert drehte sie sich zu ihm um.

»Der Junge da drüben ...«

Sie war aufgewühlt und nicht mehr so niedergeschlagen wie gestern. Als habe ihr Sprung sie überwach gemacht. Sie nahm jedes Geräusch wahr, die Rufe der Menschen am Straßenrand, das Pferdegetrappel und Rattern der Wagen; sie hatte die Gerüche nach Pferdemist und Ochsendung in der Nase und spürte die Hitze der Sonne. Heute fühlte sie jeden Muskel, als sei sie lebendiger denn je. Es erfüllte sie mit Schmerz, die Schönheit des Jungen wahrzunehmen, Schmerz gekoppelt mit Lust. Sie überlegte, wie er nackt aussehen mochte.

»Welchen meinst du, den rechten oder den linken?«

»Den rechts.«

»Gefällt er dir?«

So sehr gefiel er ihr, dass sie nicht antworten konnte.

»Er ist Turinus' Neffe, der Sohn seiner Schwester Octavia«, erklärte Baile. »Er heißt Marcellus wie sein Vater, mit dem Octavia verheiratet war, bevor sie die Ehe mit Antonius schloss. Der Junge auf dem linken Zügelpferd ist Tiberius, Turinus' Stiefsohn.«

Berenike sah nur flüchtig hin. Der Stiefsohn interessierte sie nicht.

»Du weißt alles über die Familie meines Vaters. Marcellus ist also mein Cousin.«

»Nicht ganz. Octavia und Turinus sind Großnichte und Großneffe deines Vaters Julius Caesar. So gesehen bist du Marcellus' Tante.«

»Ich will mit ihm sprechen, bevor ich getötet werde. Also noch heute.«

»Du wirst nicht getötet, Entchen. Und du kannst nicht mit Marcellus sprechen.«

»Doch, Baile, dieses Schwein will mich töten. Ich habe den Hass in seinen Augen gesehen. Ich bin die Tochter meines Vaters. Das verzeiht Turinus mir nicht.«

»Halt den Mund, Entchen! Du redest dummes Zeug.«

»Ich will mit Marcellus sprechen. Ein einziges Mal, ehe sie mich töten.«

Sein Blick verriet, was er dachte. Es ging jetzt nicht darum, Marcellus zu sprechen.

»Hab keine Angst. Dir wird kein Haar gekrümmt. Kümmere dich um deine Geschwister. Sie sollen ruhig weinen. Tränen königlicher Kinder rühren das römische Volk. Prinz Juba von Mauretanien und Königin Arsinoë sind von Caesar im Triumphzug den Römern vorgeführt worden. Sie wurden nicht getötet, sondern ehrenvoll als hochrangige Gäste des römischen Volkes behandelt. Glaub mir, so wird es dir und deinen Geschwistern ebenfalls ergehen. Das ist die römische Clementia, die Milde der Römer, denen gegenüber, die ihnen nicht mehr schaden können.«

»Ich will mit Marcellus sprechen«, beharrte Berenike.

»Es lässt sich schlecht arrangieren. Nachher vielleicht. Ich werde es versuchen.«

Berenike sah Baile dankbar an. Dann war es auch schon vorbei. Es war nichts als eine überdrehte Idee gewesen, sie musste weinen.

»Weiter!«, schrie der Staatsdiener und schlug die Kette rasselnd auf den Boden auf. »Nicht stehen bleiben. Immer weitergehen. Tu, was ich dir sage, dummes Ding!«

In ihrem ganzen fünfzehnjährigen Leben hatte sie noch kein Mensch so angeherrscht.

»Wage nur nicht, sie zu schlagen!«, fuhr Baile ihn an.

»Wenn es sein muss, muss es sein«, erwiderte der Römer grinsend und hob die Hand.

»Willst du sterben?«

Der Mann taumelte unter Bailes Schlag, raffte sich zusammen und ging fluchend weiter.

»Einmal Sklave, immer Sklave. Als Sklave geboren mit den Manieren eines Sklaven, bei Taranis und Dis Pater, er ist meine Spucke nicht wert.«

Baile spuckte dennoch aus. Der Schmerz in der Schulter hatte sich verstärkt. Er überlegte, wie er den Weg bis zum Aufgang zum kapitolinischen Tempel überstehen sollte. Selbstmitleid befiel ihn. Doch er hatte schon so viel ausgehalten in seinem Leben, dass es auf dieses Stechen für ein oder zwei Stunden nicht ankam.

Berenikes Wachheit verflog. Ihr Mund war trocken. Sie war im Begriff, in ein graues Nichts einzugehen. Heute wurde sie von den Menschen gehasst als Kleopatras Tochter. Ab morgen würde sie endgültig von Gleichgültigkeit umgeben sein.

Blind vor Tränen, nahm Berenike nichts von Rom wahr, durch dessen Straßen sie neben Baile ging. Manchmal riefen die Zuschauer ihr etwas zu, was sie nicht verstand. Sie nahm keinen Kontakt mit ihnen auf, sie war voller Scham. Hinter ihr trotteten die Elefanten aus Alexandria und eine Giraffe, die Turinus an seinem Triumphtag dem römischen Volk vorführte. Auch Krokodile und sogar ein Nilpferd in vergitterten

Käfigen wurden auf Schauwagen vorbeigefahren. Der Höhepunkt all dieser Darbietungen waren sie und ihre Geschwister.

»Es ist nur das eine Mal«, sagte Baile beschwörend. »Nicht mehr lange, und es ist vorbei.« Am liebsten hätte sie seine Hand genommen. Aber es hätte so ausgesehen, als sei sie schwach und verzweifelt.

»Es gibt Tage, die muss man überleben und sonst nichts, Dalta. Denk daran, morgen«, er ergriff ihre Hand, »morgen fängt dein Leben neu an.«

Ihr Ehrgeiz verlangte mehr von ihr. Sie wollte nicht nur überleben, sie wollte eine würdige Tochter ihrer Eltern sein und auch im Unglück nobel und königlich aussehen. Doch ihre Versuche, beherrscht und unbeteiligt zu wirken, mündeten in Schluchzen. Noch nie hatte jemand versucht, sie zu schlagen. Noch nie war sie in Ketten gegangen.

»Die Besiegten sehen nicht mehr gut aus.« Baile winkte jemand am Straßenrand zu, den er kannte. »Damals nach Avaricum, als Dumnoit und ich überlebt hatten, konnten wir uns keine Zukunft vorstellen. Nicht einmal den nächsten Tag. Dumnoit hatte einen vereiterten Fuß und ich –«

»Was war mit dir?«

»Ich sah zu gut aus«, sagte Baile leise. »Wir waren verdreckt und verlaust und trugen schmutzige Lumpen am Körper. Aber ich war wohlgenährt. Ich war –«

Seine alten gallischen Geschichten interessierten sie nicht. »Das ist längst vorbei. Hör auf damit. Ich will mit Marcellus sprechen«, beharrte Berenike. »Es ist alles so ungerecht.«

»Hab Geduld, Dalta, die große Brigid hat Mitleid mit den Geduldigen«, murmelte Baile.

MERIT

Sie war zu benommen und verweint, um die Pracht des römischen Hauses wahrzunehmen, in das Baile sie geführt hatte. Eine Sklavin hatte sie ins Bad gebracht und ihr beim Baden geholfen. Es gibt kein Problem, das sich nicht in einem heißen Bad lösen ließe, hatte Kleopatra immer wieder lachend gesagt. Die Duftöle, die danach in ihren Körper einmassiert wurden, belebten Berenike wieder. Als die Sklavin ihr Sandalen und frische Kleider angezogen und ihr das Haar zurechtgesteckt hatte, begriff Berenike, dass Bailes Voraussage eingetroffen war. Das Schlimmste war ausgestanden.

»Herrin, ich bin es. Erkennst du mich nicht?« Merits Stimme zitterte.

»D-du hast dich verändert. Wo kommst du her?« Berenike schämte sich, weil sie die kraushaarige Kleine aus dem Palast der Sphinx nicht wiedererkannt hatte.

»Ich bin mit einem anderen Schiff gekommen und gleich hierher gebracht worden, Herrin. Octavia ist eine gute Frau.«

»Ist Athenais auch in Rom?«

»Sie ist in Alexandria zurückgeblieben. Sie lässt dich grüßen.«

Kleopatras Paläste mussten inzwischen leer geräumt sein. Die Tiere des Tiergartens waren nach Italien verschifft worden, ebenso unzählige Eunuchen und Sklaven sowie all die Kostbarkeiten der Schatzkammer und Teile der Bibliothek und des Museion.

»Die Römer können alles gebrauchen«, sagte Merit, als habe sie Berenikes Gedanken erraten. »Die Reise hat viele Tage gedauert. Ich habe gesehen, was auf unserem Schiff mitgeführt wurde. Goldgefäße, Stoffe, Gewänder, Amphoren mit Wein, sogar die Ungeheuerknochen aus dem Museion, du kennst sie sicher.«

Berenike zog Merit zärtlich am Ohrläppchen.

»Herrin, es wird alles gut«, flüsterte das Mädchen. »Ich soll deine *habra* sein, haben sie gesagt. Bist du einverstanden?«

Sie war rot geworden vor Aufregung. Im Palast der Sphinx hatte sie zu den niedrig gestellten Dienerinnen gehört. Habra zu sein war der höchstmögliche Aufstieg für eine Sklavin in ihrem Alter.

»Bist du einverstanden?«, fragte Merit ein zweites Mal. Der Blick ihrer hellen grauen Augen war unterwürfig und doch fordernd. In der Zeit, als Berenike nicht einmal ihren Namen wusste, hatte sie sie oft ärgerlich mit einer Haarnadel gestochen. Einmal hatte sie sogar mit der Kopfstütze nach ihr geworfen, und Merit war in Tränen ausgebrochen.

»Genestho«, sagte Berenike, die Befehlsformel aus Alexandria, mit der ihre königliche Mutter ihre Dokumente zu unterschreiben pflegte. So soll es sein. Es war gut, endlich einmal über etwas zu entscheiden.

»W-wo sind wir?«, fragte sie Baile, der mit Bubastis im Korb auf sie gewartet hatte. Sie standen in der Vorhalle eines aufwändigen Stadthauses und konnten in den Innenhof sehen, in dem Palmen um einen marmornen Brunnen gepflanzt waren.

»Bei deinen Verwandten«, flüsterte er. »Im Haus des Antonius. Setz dich hierhin, ich gehe ein bisschen weg, um euch nicht zu stören. Die Schwester des Turinus kommt gleich, um dich zu begrüßen. Deine Geschwister sind schon da.«

•

MATER OCTAVIA

»Wie alt bist du?«, fragte die Frau mit dem altmodischen Haarknoten und dem irgendwie vertrauten Gesicht. Sie sprach in einem angenehm fließenden Griechisch.

Berenike war unbegreiflich, dass eine Frau vom gesellschaftlichen Rang Octavias ein schlichtes Gewand aus rauer Wolle trug und keinerlei Schmuck. Dabei war sie hübsch. Ihr fein geschnittenes, ungeschminktes Gesicht strahlte Freundlichkeit und Wohlwollen aus. Die Freundlichkeit einer einfachen Frau vom Land, schoss es Berenike durch den Kopf. Menschen mit einer höheren Erziehung und Reichtum sind nicht so.

»Fünfzehn«, stammelte sie. Sie hatte sich in einem vergoldeten Korbsessel niedergelassen und verkrampfte die Hände ineinander. Ihre Fingernägel waren abgekaut und unansehnlich, nicht die einer ägyptischen Prinzessin. O Mamme, dachte sie verlegen, jetzt schämst du dich sicher für deine Tochter. Sie ertappte sich dabei, sogar in Gedanken zu stottern.

»Wo sind die anderen Katzen?«, fragte Octavia, bequem im Sessel zurückgelehnt, und sah sie dabei nicht an. Bubastis lag auf ihrem Schoß, alle viere von sich gestreckt, und ließ sich die Kehle kraulen.

In einer Wandnische hinter ihr erkannte Berenike die Marmorbüste von Antyllus.

»W-woher w-weißt du von den anderen? S-sie sind in Ägypten g-geblieben. Ich habe nur noch B-Bubastis. Ich bin keine Priesterin mehr.«

Sanft strichen Octavias Finger über das schwarzbraun geflammte Katzenfell. Berenike schluckte tapfer die Tränen hinunter, die sie gerne geweint hätte.

»Ich b-bin niemand mehr«, flüsterte sie. »Oudeis eimi.«

»Du sollst dich wohl bei uns fühlen. Du bist jetzt hier zu

Hause. Die Katzen werden mit dem nächsten Schiff kommen. Wozu gibt es schließlich Schiffe und Häfen?«

»T-turinus wird es nicht erlauben«, schluchzte Berenike.

»Glaubst du im Ernst, meinen Bruder interessieren die Katzen einer ägyptischen Priesterin? Glaubst du, er möchte jemand wie dich unglücklich machen?«

Genau das. Turinus hatte Antyllus und Caesarion abgeschlachtet wie der Opferdiener zwei Böcke. Berenike presste die Lippen zusammen.

»Er hat ein großes Herz.«

Octavia meinte Turinus. Berenike hätte am liebsten aufgeschrien: Antyllus hatte ein großes Herz! Sie sah ihn wieder vor sich, wie er die altehrwürdigen Goldbecher verschenkte. Wie konnte einer tot sein, der so lebendig gewesen war? Warum musste er sterben, der so gerne gelebt hatte? Es gab kein gerechtes Töten. Das Leben war gut und richtig. Verflucht waren sie, die blutrünstigen Kriegsgötter Roms, Ägyptens und Galliens, die zu Krieg, Mord und Totschlag auffordern. Frieden war um so viel besser, nur in seinem Schutz konnten Menschen, Städte und Herden gedeihen. Warum herrschte an keinem Ort des Erdkreises dauerhaft Frieden? Berenike hörte kaum noch zu, als Octavia weitersprach.

»Baile bleibt bei dir und deinen Geschwistern und Dion auch.«

»Dion nicht. Ich will ihn nicht mehr sehen.« Dion zu sehen war zu schmerzhaft. Dion hätte Caesarions Tod verhindern können. Er war nicht nur schwach, er hatte sich auch Antyllus' Rubin angeeignet.

»Er ist ein Dieb«, sagte sie. »Ich hasse ihn.«

Octavia überhörte Berenikes Einwand. Alle hatten sie sich in und an Ägypten bereichert, Turinus und Agrippa zuerst, nach ihnen jeder einzelne Soldat, dann das römische Volk.

»Er bleibt in Rom, hier in der Nähe. Aber du musst ihn nicht sehen, wenn du nicht willst. Komm«, sagte Octavia.

»Such dir eins von den Zimmern aus. Möchtest du mit deiner Schwester zusammen sein? Oder ist dir ein eigener Raum lieber?«

»L-lieber will ich mit S-Selene zusammen sein.« Vor Anstrengung begann sie zu schwitzen. Jedenfalls war es gut, Griechisch zu sprechen.

»Nikolaos wird morgen da sein und euch Unterricht geben. Ist dir das recht, oder möchtest du lieber noch ein paar Tage ausruhen?«

»Unser Nikolaos?« Sie war so fassungslos, dass sie die Worte herausbrachte, ohne zu stottern.

»Möchtest du lieber einen anderen Lehrer haben?«

»N-nein, n-nein. N-natürlich am liebsten Nikolaos. D-darf ich Griechisch sprechen?«

»Ja, das darfst du. Die meisten Diener hier sprechen auch etwas Griechisch, jedenfalls genug, um sich mit dir zu verständigen. Es wird eine Zeit lang dauern, bis du alle kennst, die zum Haushalt gehören. Jullus kennst du ja schon –«

»Der Bruder von Antyllus?«

Zu ihrem Erstaunen stellte Berenike fest, dass Octavia plötzlich bedrückt wirkte.

»Antyllus ist tot«, sagte Berenike in die Stille. »Er war mein Bruder.« Nicht im biologischen Sinn, aber gefühlsmäßig war er einer aus der Schar ihrer Geschwister gewesen.

»Für mich war er ein Sohn. Er hatte hier alles, was er brauchte. Antonius bestand darauf, dass er Rom verließ und nach Alexandria kam. Wäre er in Rom geblieben, würde er noch leben. Ich hätte nicht zugelassen, dass ihm ein Haar gekrümmt wird.« Octavia schwieg für einen erdrückenden Moment. Mit wieder fest gewordener Stimme sprach sie weiter. »Aber du wirst von heute an mit Selene in seinem Zimmer wohnen. Die Andenken in der Wandnische sind noch von ihm. Diese kleinen Löwen und der Hercules aus Ton, damit hat er als Junge gespielt. Entfernt sie bitte nicht – du weißt sicher, Hercules und sein Sohn Anton sind die Vorväter des Geschlechts der Antonier.«

»Caesarion ist auch tot«, sagte Berenike stockend. »Turinus ließ sie beide töten, meine beiden großen Brüder. Ich war dabei und konnte nichts für sie tun. Sie hatten keine Chance. Sie hatten sich ins Heiligtum der Sachmet geflüchtet, in den Schutz der Göttin. Antyllus klammerte sich an die Statue meines Vaters und schrie um sein Leben. Sie hatten keinem Menschen etwas Böses getan.«

»Es war nicht Turinus. Er ist völlig unfähig zur Grausamkeit. Er hatte falsche Berater. Er hätte nie auf sie hören dürfen.«

Es war Berenike wichtig, Octavia zu sagen, dass sie beim Tod der beiden dabeigestanden hatte. Sie wollte es genau erklären, Octavia sollte alles wissen, aber Octavia hatte sie an sich gezogen und drückte ihren Kopf an ihren Hals. Sie weinten beide.

Turinus hatte den Unentschlossenen gespielt, aber den Befehl dann doch selbst gegeben. Ein Caesar auf Erden ist genug. Warum wollte Octavia ihr nicht mehr zuhören?

Baile saß an der Wand auf dem Boden und schnitzte das gallische Seeungeheuer mit dem eingerollten Körper. Sein Gesicht blieb reglos. Ja, die beiden mussten sterben, weil sie Männer waren, eingetragen in die Bürgerliste Alexandrias. Damit waren sie Feinde Roms geworden. Der eine, weil er der erwachsene Sohn Caesars, der andere, weil er der erwachsene Sohn des Antonius war. Leise wie ein Gebet murmelte er den gallischen Gefolgschaftseid, den er geschworen hatte, diesen Eid, der schwer zu halten war, doch unbedingt befolgt werden musste.

Ich schwöre bei Lug und Taranis, bei den drei heiligen Müttern, bei der Erde, beim Sonnengott und bei allen Göttern selbst, dass ich dem Caesar und der Kleopatra und ihren Kindern und Enkeln die ganze Zeit meines Lebens in Wort, Werk und Absicht wohlgesinnt sein wer-

de, dass ich die für meine Feinde halte, die sie selbst so beurteilen, dass ich für ihre Interessen weder meinen Leib noch meine Seele, noch mein Leben, noch das meiner Kinder schonen werde, sondern dass ich auf jede Art und Weise jede Gefahr auf mich nehmen werde, soweit es jene betrifft. Dass, wenn ich wahrnehme oder höre, dass etwas Gegenteiliges gesprochen, beraten oder getan wird, ich dies zur Anzeige bringen werde und ich dem Feind sein werde, der etwas Derartiges sagt, rät oder tut. Dass ich diejenigen, die sie als Feinde beurteilen ... Baile seufzte auf ... *dass ich die Tochter des Caesar und der Kleopatra ebenso wie seinen Sohn unter Einsatz meines Lebens schützen werde, auch wenn es den Tod für mich bedeutet, dass ich kein Mittel verschmähen werde, wenn es darum geht, ihr Leben zu retten ... dass ich die Tochter des Caesar nicht berühren und niemals mit ihr schlafen werde, bis zu dem Tag, an dem drei Hindinnen, drei Wildschweine und drei Hasen hintereinander, keines mehr, keines weniger, an mir vorbeilaufen werden. Falls ich diesen Schwur breche, so werde ich mich selbst verfluchen, meinen Leib, meine Seele, mein Leben und das meiner Kinder und das meines ganzen Geschlechts; es soll meiner und meiner Kinder Nachkommenschaft den völligen Untergang bringen, und die Erde oder das Meer werden weder meine Gebeine noch die meiner Kinder aufnehmen, noch sollen sie ihnen Früchte bringen.*

Noch war Berenike nicht in Sicherheit. Noch war sie von Gefahren umgeben. Baile fühlte sich, als sei er nach Hause gekommen. Aber andererseits war er sich nur allzu gut bewusst, wie es um Berenike stand. Das ABC der Macht war ihm bekannt, zu oft hatte sein erster Herr, Julius Caesar, davon geredet. Keine freundlichen Reden konnten Baile einlullen. Wachsam zu sein war der Auftrag seines Lebens. Er äugte hinüber zu seinem Schützling, seiner Dalta. Gut, dass sein Schlaf so leicht, seine Augen so scharf und seine Ohren so gut waren.

DER EMPFANG

Berenike trank ihren Becher mit warmer Milch hastig leer. In Rom war es nicht üblich, schon am Morgen größere Mengen zu verzehren. Man trank etwas und aß eine Kleinigkeit dazu.

Nach dem Morgenbad frühstückte sie mit ihren Geschwistern und den Kindern des Hauses an einem einfachen Eichentisch in einem Raum neben der Küche, auf dem die Reste der *cena* des Vorabends aufgebaut waren. Alexandros und Phila verschlangen gierig dunkelrosa Scheiben von geräuchertem Wildschweinschinken mit gekräuterter Kruste, den es in Ägypten nicht gegeben hatte.

»Sie sind Krokodile«, sagte Antonia Minor und sah in die Runde, Beifall heischend für ihre witzige Bemerkung. Die beiden Antonias sahen sich sehr ähnlich. Sie trugen die Haare zurückgekämmt mit einem kessen kleinen Pferdeschwanz. Wenn Antonia Minor etwas sagte, schrak Berenike zusammen. Sie hatte eine eigenartig schrille Stimme, es war jedes Mal, als fiele ein Teller auf den Steinboden.

»Es ist noch eine Menge Braten in der Küche. Mögt ihr?«, fragte Marcella, die Älteste am Tisch. Sie war hoch aufgeschossen, etwas älter als Berenike, mit schwarzem, lockigem Haar, das sie zu einem strengen Pferdeschwanz zusammengebunden trug. Das Essen in den Schälchen und die Tabletts vor ihr interessierten sie nicht. Sie hatte einen Scherz machen wollen, aber Kleopatras Söhne stimmten sofort zu. Die beiden Antonias kicherten, nippten an ihrem Würzhoniggetränk und kauten ein Stück Brot. Ihre Halbbrüder erschienen ihnen als kleine ägyptische Monster mit merkwürdiger Aussprache und komischem Benehmen.

»Am Hof in Alexandria«, erklärte Berenike, »muss beim Essen im Sitzen immer eine Hand auf dem Knie liegen bleiben.

Sogar die Barbaren halten es so, wenn sie bei der Königin eingeladen sind. Natürlich ist es anders, wenn man auf der Speisekline liegt –«

Berenike warf Alexandros einen drohenden Blick zu, als er dem Puer eifrig zunickte, der die Platte mit dem Braten brachte.

»Die Königin ist tot«, erklärte Marcella in die Stille.

Im Innenhof des Hauses waren die Geräusche einer Menschenmenge zu hören, Schritte, halblautes Reden, das Rascheln von Gewändern, das Rücken von Stühlen.

»Komm mit, ich zeige dir die Leute, die du noch nicht kennst«, sagte Baile, der schon eine Weile in der Tür gestanden und seinen Schützling beobachtet hatte, und ergriff Berenikes Hand.

»W-warum sind so viele hierher gekommen?«, fragte Berenike.

»Die Klienten und Freunde des Hauses kommen jeden Morgen und machen der Domina ihre Aufwartung. In allen großen römischen Häusern ist das so.«

Sie gingen die Treppe hoch zum ersten Stock. Vom Säulengang vor den Zimmern hatte man einen guten Blick auf alles, was im Innenhof geschah. Baile führte sie an die Brüstung des Umgangs und zog den Vorhang auf, sodass sie die Vorgänge um den Brunnen beobachten konnte.

»Pyramus kennst du schon, Octavias Oberhofmeister. Er ist der Chef der Sklaven. Morgens legt er selbst mit Hand an. Pyramus hat sich von ganz unten an die Spitze des Haushalts gearbeitet. Du wirst erleben, dass er sich selbst die Sandalen anzieht oder mit dem Besen Abfall zusammenkehrt.«

Berenike überlegte, ob der rundliche, glatzköpfige Pyramus ein Mann oder ein Eunuch war. Er trug Ringe an den Fingern und eine bestickte Tunika, nicht die weiße Toga des römischen Bürgers, sodass nicht erkennbar war, ob es sich um einen Sklaven oder einen Freigelassenen handelte.

»Wer ist die kleine Hübsche?« Berenike interessierte sich für das Mädchen in ihrem Alter.

»Sie ist Phoebe, Julias Habra, die ranghöchste Sklavin in einem römischen Haus. Die quirlige Kleine neben Phoebe ist Julia, die Tochter des Princeps, die Octavia gerade küsst.«

»Der da neben Octavia? Kennst du den auch?«

»Das ist Jullus Antonius. Er sieht nicht aus wie die Antonier. Schau dir die Ahnenbilder an. Die Antonier hatten alle breite Gesichter und einen großen Mund.« Baile deutete auf die Ahnenporträts hinter Octavia an der Wand.

»Römische Soldatengesichter«, sagte Berenike.

»Die Antonier haben alle eine gewisse Ähnlichkeit mit ihrem Ahnherrn Hercules. Sie sind groß, breitschultrig und kräftig.«

»Diese beiden älteren Herren sind zweifellos keine Antonier«, murmelte Berenike und wies auf zwei Glatzköpfe, die im Gleichschritt auf ein Tischchen mit Erfrischungen zuhielten.

»Sie sind Freigelassene des Hauses, Antonius Musa und Antonius Euphorbos, angesehene Ärzte, die Octavias Familie und die des Turinus betreuen«, flüsterte Baile. »Es wird gesagt, dass Musa schon Tote wieder zum Leben erweckt hat. Alle fünf Tage halten sie Behandlungsstunden hier im Haus ab für die Mitglieder des Haushalts. Auch Klienten können kommen und sich ärztlichen Rat holen.«

»Hör auf mit dem Altweibergeschwätz«, sagte Berenike und konnte den Blick nicht von den Brüdern wenden. Tot war tot. Keine Zauberei und kein ägyptischer Arzt konnte gegen den Tod an. »Ich möchte sie kennen lernen. Ich könnte ihnen bei ihrer Behandlungsarbeit helfen.«

»Schlag dir das aus dem Kopf! Solche Arbeiten werden von Sklaven und Freigelassenen verrichtet. Du bist eine Prinzessin aus höchstem Haus.«

Berenike runzelte die Stirn. Das Leben vornehmer Frauen

in Rom bot wenig Abwechslung. Als Ägypterin hatte sie nicht einmal die Gelegenheit, an den verschiedenen Opferhandlungen zu Ehren der römischen Götter und an Festen teilzunehmen. Sie sehnte sich nach den einfachen Menschen, die morgens vor dem Tempel in Memphis Schlange gestanden hatten. Vielleicht gab es doch einen Weg, ihre Arbeit fortzuführen, die sie im Sachmet-Tempel begonnen hatte.

»Und der da?«

»Dich interessieren vor allem die gut aussehenden jungen Herrschaften. Das ist Quintus Labienus aus der Familie des berühmten Legaten, ich glaube, der Enkel. Er spricht mit Alexis Triumphator, dem berühmten Kämpfer. Sieben Mal hat er die Siegeskrone bei einem Gladiatorenspiel errungen –«

Berenike fand den Muskelmann neben Labienus weniger interessant.

»Labienus war der Feldherr in Gallien, der vor Alesia an der Seite meines Vaters gekämpft hat. Lebt er noch? Wo ist er jetzt? Verwaltet er eine Provinz?«

Baile überhörte die Frage. Der junge Labienus mit den fein geschnittenen Zügen, dem krausen schwarzen Haar und dem kleinen Backenbart in der weißen Toga war zweifellos einer der schönsten Männer Roms.

»Die Labieni standen alle auf der Seite des Pompeius, und sie sind nie auf die Seite von Caesars Sohn übergewechselt. Gewiss, sie lassen sich ab und an auf den Morgenempfängen sehen, aber das bedeutet nicht viel. Auch wenn es nicht ausgesprochen wird, sie glauben immer noch an die Republik. Nun ja, das befördert in den heutigen Zeiten keine Karriere. Sie werden in Armut versinken. Alexis wird auch demnächst bei den Spielen mitkämpfen, die Tiberius auf dem Forum geben wird.«

Dann zeigte er ihr die junge Sempronia an der Seite ihres Mannes Pedius Fuscus. Auch sie trug, der neuesten Mode entsprechend, eine kunstvolle Löckchenfrisur. Ihre Arme schmückten erlesene Goldarmringe. »Sie sind ganz nahe mit Turinus verwandt«, flüsterte Baile. »Sie haben einen kranken Sohn.« Es waren zu viele Gesichter, zu viele Namen, die Baile wie ein guter Nomenklator alle kannte.

Berenike sah sich fest an einem hoch gewachsenen Afrikaner, der einen zahmen Affen auf der Schulter sitzen hatte. Neben ihm stand eine ältere Frau in der vornehmen Tracht einer reichen römischen Matrone. Ihre Stola war kunstvoll gefältelt.

»Wer ist der dunkelhäutige junge Mann in der römischen Toga?«

»Das ist Juba, der mauretanische Prinz, der Sohn des Königs Juba. Er ist als Geisel hier. Turinus schätzt ihn sehr.«

»W-warum trägt er die weiße Toga?«

»Der Senat hat ihm das römische Bürgerrecht verliehen und die drei Namen, offiziell heißt er jetzt Gaius Julius Juba. In ein paar Jahren wird man es mit deinen Brüdern genauso machen.«

»Und die Alte?«

»Sie ist Alfidia, die Mutter von Livia. Nimm dich vor ihr in Acht. Sie ist überall, sie lässt sich alles berichten und mischt sich in alles ein, was sie nichts angeht.«

Berenike war zusammengezuckt. Vielleicht war auch Livia hier. Livia und Turinus waren die Menschen, die sie am meisten fürchtete. Sie konnte den Blick nicht von Alfidia wenden.

Alfidia zerrte jetzt an Julias Handgelenk. »Püppchen, du bleibst bei mir«, herrschte sie das zappelnde Mädchen an. »Auch du musst Manieren lernen, und Alfidia wird sie dir beibringen.«

»Außerdem ist sie verrückt«, murmelte Baile. »Sie sagt Dinge, die kein römischer Senator auszusprechen wagt. Manche sagen, die alte Alfidia bestimme die Geschicke Roms.«

»Julius und Julia«, murmelte Berenike, »das sind die römischen Entsprechungen von Ptolemaios und Kleopatra.«

»Mach dich nur lustig. Ich jedenfalls hoffe fest darauf, eines

Tages Gaius Julius Baile zu heißen«, sagte Baile selbstgefällig. »Und mein zukünftiger Sohn wird Gaius Julius Biturix sein.«

Berenike fand es immer ärgerlich, wenn er auf seine Zukunft in Gallien zu sprechen kam. Darin hatte sie keinen Platz, und das war ihr unangenehm.

Plötzlich sah die Alte zu ihnen hoch. Ihr Blick ging Berenike durch Mark und Bein, so als durchschaue sie alles und jeden.

»Gallier!«, rief sie zu Baile hinauf. »Komm in mein Haus am Platz des Hercules Defensor, du weißt, wo es ist. Ich will dich sprechen.«

Baile beugte sich über die Brüstung und antwortete ihr Lateinisch. Berenike überlegte fieberhaft, wozu es gut sein sollte, wenn Baile zu Livias Mutter ging.

»Es ist so üblich in Rom«, erklärte er ihr. »Jeder geht zu jedem, trifft dort die Klienten und Freunde des Hauses. Man kann Geschäfte dabei machen, man erfährt Neuigkeiten. Wenn du möchtest, kannst du mitkommen.«

»Zu dieser Hexe?« Nie im Leben. Sie würde ihr aus dem Weg gehen und versuchen, ihr nicht wieder zu begegnen.

»Sei nett zu ihr«, riet Baile. »Man muss auf der Hut sein, wenn man mit ihr spricht, und darf ihr kein Geheimnis anvertrauen. Aber sie besitzt großen Einfluss.«

Sie würde die Namen der Leute, die sie gesehen hatte, sofort wieder vergessen. Nein, nicht alle. Nicht die der Arztbrüder Musa und Euphorbos. Nicht den von Juba. Und das Gesicht des jungen Labienus wohl auch nicht. In aller Verschiedenheit gehörten sie zu Rom und der Familie des Turinus.

»G-glaubst d-du, ich werde auch die Bekanntschaft von Livia machen?«

»Eines Tages wirst du sie sehen«, sagte Baile.

»G-glaubst du, Marcellus kommt bald zurück?«

»Ich weiß es nicht. Es kann Monate dauern, bis er wieder hier ist.«

REGEN

Die tönernen Webgewichte schlugen leicht gegeneinander, wenn Marcella das Schiffchen durch die Reihen der Kettfäden zog und mit dem Kamm den Faden festzurrte. Mit zusammengepressten Lippen und gekrauster Stirn webte Marcella, als hinge ihr Leben davon ab.

Draußen regnete es. Die Palmen im Innenhof troffen vor Nässe. Bubastis lag unweit des Kohlebeckens auf einem der Korbsessel und döste vor sich hin. Berenike hatte einen ihr unbekannten Zustand kennen gelernt: die Langeweile. Sie gehörte zum wolkenschweren römischen Winterhimmel und den Wollknäueln, die sie mit den Antonias gemeinsam auf die Weberschiffchen wand. Marcella stand vor ihrem Webstuhl und arbeitete an einem hellen Wollstoff.

»Marcellus kommt morgen zurück«, verkündete Antonia Minor mit ihrer klirrenden, girrenden Stimme, die das einzig Aufreizende an ihr war.

»Und warum?«, fragte Marcella irritiert.

»Sein Husten ist wieder schlimmer geworden.«

»Woher weißt du das?«

»Von Pyramus.«

»Und die anderen?«

»Tiberius ist nie krank. Er bleibt noch bei den Truppen.«

Berenikes Blick fiel auf Selene. Sie hatte neuerdings die gleiche Frisur wie ihre Halbschwestern, trug aber noch ihre ägyptischen Kleider mit farbigen Mustern oder Gewänder aus pastellfarbenen serischen Stoffen, während Octavias Töchter weiße Wollstoffe bevorzugten. »Du hast schon besser ausgesehen«, sagte sie.

»Wir sind jetzt in Rom. Hier trägt man die Haare anders.« Selene hatte sich auf die andere Seite geschlagen und beschlossen, die dritte Antonia im Hause zu sein.

Berenike richtete sich auf und warf Knäuel und Holzschiffchen zurück in den Korb.

»Habt ihr nicht genug Sklavinnen im Haus?«

»Ein Tag ist lang, und Frauen sollten immer beschäftigt sein, sagt mein Onkel.« Marcella sah sie vorwurfsvoll an.

»Du meinst Turinus? Unsere Mutter hat nie gewebt.« Berenike hoffte jetzt auf die Unterstützung Selenes, die aber nur mit gesenktem Kopf weiter Fäden abspulte.

»Vielleicht hätte sie besser Wollarbeiten ausgeführt, als den Krieg gegen Rom angefangen«, sagte Marcella spitz.

Auch diesmal schwieg Selene. Die Webgewichte klapperten leise hinter ihr, als Berenike den Raum verließ. Baile war nirgendwo zu sehen. Die Sklaven des Hauses waren damit beschäftigt, Spinnweben aus den Ecken zu entfernen und die Wandbilder im Empfangsraum abzustauben.

Berenike zögerte einen Moment. Dann ging sie dahin, wo sich eine Schlange von Menschen gebildet hatte, und stellte sich ebenfalls an. Vor ihr stand ein zittriger alter Sklave auf seinen Stock gelehnt. Kinder quengelten, Frauen unterhielten sich miteinander. Die meisten trugen Körbe mit Wegzehrung, einige hatten sogar lebende Hühner und Tauben dabei.

»Euphorbos hat mir immer geholfen. Ich brauche die Salbe für die Augen«, sagte der Alte zu Berenike. »Es wird immer schlechter mit dem Sehen.«

»Augensalbe kann man in Rom überall kaufen.«

»Keine hilft so gut wie die des Euphorbos.«

»Hör zu«, sagte Berenike ungeduldig. »Augensalben können Entzündungen heilen. Dazu braucht es keine besondere Rezeptur, sondern nur das, was alle Ärzte wissen. Wenn du nichts mehr siehst, ist es wahrscheinlich der Altersstar. Dagegen hilft keine Salbe, sondern nur eine Operation, auf die sich sehr wenige Augenärzte verstehen.«

»Genau das sagte Euphorbos bei meinem letzten Besuch zu mir. Bist du Ärztin, Tochter?«

»Ja«, sagte Berenike ohne ein Zögern, »das bin ich.«

Musa und Euphorbos saßen auf Korbstühlen in dem großen Empfangsraum, in dem Octavia an kühlen Tagen ihren Morgenempfang vornahm. Jeder hatte einen Holztisch vor sich, auf dem neben den Schreibtäfelchen das Ärztebesteck, bronzene Schröpfkellen, Schalen, Verbandszeug und mehrere Tiegel mit Salben, Ölen und Tinkturen aufgebaut waren. Hinter zwei Wandschirmen befanden sich Untersuchungsliegen.

»Nun, was fehlt dir?«, fragte Musa geschäftsmäßig, als Berenike vor ihn getreten war. Er hatte die gleiche Augenfarbe von dunkelbraunem Bernstein wie sein Bruder.

»Ich bin Berenike aus Ägypten. Wir haben uns noch nicht kennen gelernt, aber ich habe viel von dir gehört.«

»Beim Hercules, doch nicht Berenike, die Tochter Kleopatras?« Ein Schreibtäfelchen fiel zu Boden. Der alte Herr war tatsächlich aufgeregt angesichts seines hohen Besuchs.

»Die Tochter des göttlichen Julius und der ägyptischen Königin.«

»Nimm Platz!«, sagte Musa und betrachtete sie mit freundlicher Neugier.

Berenike griff nach einer blauen Glasflasche und setzte sich. »Das ist Lykion«, sagte sie und strahlte den Arzt an.

»Richtig, dein Leibwächter war schon da.«

»Baile?«

»Ja.«

»Was wollte er von dir?«

»Du weißt doch, ein Arzt darf nicht über die Leiden seiner Patienten vor anderen sprechen.«

Berenike fand, sie habe ein Recht darauf, alles von Baile zu wissen. Außerdem hätte er sich von ihr ärztlichen Rat holen sollen. Und überhaupt, warum sprach Musa von Leiden? Baile hatte kein Leiden. Ihr jedenfalls war nichts davon bekannt. Berenike versuchte ihren Ärger zu unterdrücken.

»Geht es um dich?« Musa schichtete seine Wachstäfelchen um.

»Ich w-war Oberpriesterin am Tempel der Sachmet in Memphis«, brachte Berenike mühsam hervor und kämpfte mit den Tränen. »Dort habe ich viele Kranke behandelt. Ich habe Angst, dass ich in Rom alles wieder verlerne.«

Musa lehnte sich zurück und betrachtete sie wie ein Arzt eine Kranke.

»Ich muss jeden Tag Wolle aufspulen.« Berenikes Stimme bebte vor Zorn. »Ich kenne mich mit Heilpflanzen aus. Ich kann Brüche schienen und Wunden auswaschen. Ich würde dir gerne helfen.«

Musa spielte mit dem silbernen Schreibgriffel.

»Ich habe nichts dagegen. Du könntest Salbenverbände auflegen und kleinere Hilfsdienste erledigen, wenn ich hier im Hause bin. Euphorbos braucht eine Gehilfin. Er wird dich anleiten. Doch dazu bedarf es der Erlaubnis des Princeps.«

Plötzlich sah er an ihr vorbei, und Berenike drehte sich unwillkürlich um. Ein heißer Schrecken durchfuhr sie. Sie griff nach dem blauen Glas mit Lykion und fühlte sich sicherer, als sie es in der Hand hielt.

Vor ihr standen Pyramus und Marcellus.

DIE WÖLFIN

Baile schlug den schweren bronzenen Klopfring gegen die Eingangstür des ockerbraun gestrichenen Hauses. Schlurfende Schritte näherten sich. Der Pförtner war ein triefäugiger Sklave mit schmutzigem Hals und schmuddeligem Gewand.

»Du bist reichlich spät, Gallier«, knurrte er mürrisch, ehe Baile seinen Namen nennen konnte.

»Die Domina wollte mich sprechen. Hier bin ich.« Baile sah keinen Grund, sich zu entschuldigen, und nahm auf der Steinbank Platz, die in die Wand des Empfangsraums eingelassen war. Die Wand in seinem Rücken war feucht und kühl.

»Niemand kommt gern zu Alfidia. Aber jeder, der einmal da war, drängt danach, sie ein weiteres Mal zu besuchen.« Der Pförtner stand noch immer neugierig da und betrachtete den Gast mit lauerndem Blick.

Baile zog es vor zu schweigen. Auf den Wink seines Gegenübers tauchte jetzt ein hübscher Puer auf und reichte ihm ein Tablett mit verdünntem Wein, Brotstückchen und einem Schälchen voll mit einer undefinierbaren grauen Soße. Es wäre unhöflich gewesen, alles zurückzuweisen, deshalb hielt Baile sich an das Brot und den Wein.

»Im Hause gebacken«, sagte der Pförtner nicht ohne Stolz und wich immer noch nicht in sein Zimmerchen im Eingangsbereich zurück. Es war kein ordentlicher Haushalt. Baile beschloss, in der Villa in Gallien strengere Benimmregeln für die Bediensteten einzuführen.

»Ah, da ist sie.« Lautlos verschwand der Sklave.

Das Erste, was Baile wahrnahm, waren die stechenden gelben Augen des Tiers. Alfidias ringgeschmückte Hand lag auf dem Rücken einer Wölfin, als sie eintrat. Der lockenköpfige griechische Puer von eben schleppte einen geschmückten Sessel hinter seiner Herrin in den Raum. Alfidia ließ sich darin nieder und richtete ihre Stola, die sie bis zu den Füßen einhüllte, was sie wie eine Mumie aussehen ließ. Die Wölfin rollte sich vor Alfidias Füßen ein und legte den spitzen Kopf auf die Pfoten.

»Sie ist gut abgerichtet«, stellte Baile fest.

»Niemand in Rom darf einen Wolf halten. Nur der Mutter

Livias ist es erlaubt«, sagte Alfidia in einem hohen, übertriebenen Ton wie eine Schauspielerin, die einen Text deklamiert. »Meine Enkel sind mit ihr aufgewachsen.«

Baile überlegte, wen sie damit meinte. Doch ihm fielen nur die Kinder Livias ein, Tiberius und Drusus, die Stiefsöhne des Turinus.

»Sie werden dem Staat die gestohlene Freiheit wiedergeben«, sagte Alfidia in die Stille des Raums hinein. Nur das leise Hecheln der Wölfin war zu hören.

»Marcus Livius Claudianus kämpfte gegen die Erben Caesars bei Philippi und nahm sich nach der Niederlage das Leben. Die Republik ist tot, schrieb er mir in seinem letzten Brief. Ich will sie nicht überleben.«

»Wer war Marcus Livius Claudianus?«

Die zierlichen Hände mit den hervortretenden blauen Adern streichelten den Kopf der Wölfin. »Mein Mann, der Vater Livias.«

In Baile wuchs die Spannung zu hören, was die Alte von ihm wollte.

Alfidia beugte sich vor und fixierte ihn.

»Du bist der Wächter der kleinen Ptolemäerin«, sagte sie nach einer langen Pause. Es klang hämisch. In ihrer Stimme lag bei jedem Satz etwas Anmaßendes, Übertriebenes. »Sie mischt Kräuter bei Antonius Musa, hat man mir erzählt.«

»So ist es.«

»Du hütest sie gut, Gallier.«

»Die Götter Galliens sind stark. Sie helfen mir. Ich allein wäre zu schwach.«

Alfidia ließ ein zittriges Lachen hören. »Du untertreibst. Soviel ich erfahren habe, warst du der beste Schwertkämpfer der gallischen Abteilung.«

Baile machte eine abwehrende Handbewegung. »Das liegt lange zurück.«

»Ich möchte«, sagte Alfidia, »dass du meine Enkel Tiberius und Drusus im Nahkampf mit dem Kurzschwert ausbildest. Es soll dein Schaden nicht sein.«

Der Auftrag war schmeichelhaft. In Baile arbeitete es. Zweifellos standen Turinus und Livia selbst dahinter. Es wäre unhöflich gewesen abzulehnen.

»Wo soll der Unterricht stattfinden?«

»Bei mir. Es gibt draußen einen kleinen Sandplatz.«

»Gut, aber ich habe nicht viel Zeit. Mehr als viermal in einem Monat kann ich nicht kommen.«

»Achtmal muss es mindestens sein«, beharrte Alfidia.

Baile ließ sich die Sache durch den Kopf gehen. Der Puer trat wieder ein, diesmal trug er einen kleinen Rechentisch herein, den er vor Baile absetzte. Ein Freigelassener eilte mit geschäftigem Gesichtsausdruck herbei; dem krausen Haar und den fleischigen Lippen nach zu urteilen, ein Ägypter. Er setzte einen schweren Lederbeutel auf den Tisch, aus dem er unverzüglich Denare hervorzog und flüsternd vor Baile abzählte.

»Erst, wenn zwei Monate vorbei sind«, wehrte Baile ab. »Wir Gallier nehmen kein Geld im Voraus.«

»Ach, ihr Gallier!« Alfidia schüttelte sich vor Lachen. »Ich habe gehört, ihr verleiht untereinander Geld und wollt es erst im Sid wieder zurückhaben.«

Sie erzählte noch, dass Tiberius und Drusus unterwegs zu einem Truppenkontingent seien, dem sie vorgestellt werden sollten. Nach ihrer Rückkehr solle der Unterricht unverzüglich beginnen.

Als Alfidia sich erhob und die Wölfin ihr folgte, ein Tier der Dämmerung oder des Morgengrauens, ein unauffälliger grauer Schatten, bemerkte Baile eine Verletzung am rechten Hinterlauf. Das Hinken fiel kaum auf, aber in den Wäldern wäre das Tier verloren gewesen.

»Sie ist als Jungtier in eine Falle geraten«, erklärte der Puer, der Bailes Blick aufgefangen hatte. »Sie stammt aus den Wäldern bei Marruvium, Alfidias Heimatort, wo auch Livia geboren wurde.«

DAS ORAKEL

»Die Unnahbare« nannten die Männer Centilla, sobald die Rede auf sie kam, und schnippten lachend mit den Fingern. Bailes Augen funkelten vor Ärger, wenn seine gallischen Freunde ihre derben Witze über die Priesterin des Brigid-Heiligtums rissen. Priesterinnen, die ihren Verpflichtungen nachkamen, mussten sein wie Centilla, die nach Rom verschleppte Gallierin. Die wenigsten kannten die ganze Geschichte ihres knapp zwanzigjährigen Lebens, und es war vielleicht besser so. Baile jedenfalls tat nichts, um seine alten Kampfgefährten einzuweihen, so wenig wie er über seine Schwestern und seine Brüder mit ihnen gesprochen hätte. Er kannte die Einzelheiten vom Tod ihrer Mutter, die von den eigenen Stammesleuten als Verräterin in einem Strohkäfig verbrannt worden war. Ohne es je auszusprechen, fühlte Baile sich Centilla verbunden.

Sooft es sich einrichten ließ – seine Verpflichtungen nahmen zu, seit er in Rom war –, suchte er das Heiligtum der Brigid auf, das in einem schäbigen Hinterhof lag.

Die kalte Jahreszeit in Rom versetzte ihn in einen eigenartigen Zustand von schlechter Laune und körperlichem Leiden. Auch an diesem Tag half es Baile nicht, heilige Tiere und die Drei Gallischen Mütter in Holz zu schnitzen. Baile spürte eine große Unruhe in sich. Während die Winterstürme über die Dächer der Stadt bliesen, rissen und schmerzten ihn die Wunden der frühen Kämpfe. Berenikes Salben halfen nicht dagegen. Wie ein krankes Tier schlich Baile durch die vor

Schmutz starrenden Straßen der Subura. Er hatte nichts bei sich als eine kleine Statuette des Hirschgottes, die er diesmal mit goldener Farbe verziert hatte.

»Es geht dir erkennbar schlecht, Baile, Sohn des Buan«, begrüßte Centilla ihn. Sie war damit beschäftigt, ein Feuer in der Hütte des Innenhofs eines Karrees von Mietskasernen zu entfachen. Neben der Hütte stand ein hoher Baum mit immergrünen Blättern und darunter, umwachsen vom Grün, die lebensgroße Holzstatue der langhaarigen Göttin. Die beiden Eichhörnchen, die die Priesterin immer begleiteten, hüpften vor der Hütte herum und spielten mit Tannenzapfen.

Baile überkam etwas wie Rührung darüber, dass Centilla ihn so gut verstand. Mit einem Brummen überreichte er ihr den Hirschgott. Sie kam ganz aus der Hütte heraus und strich bewundernd über das glatt polierte Holz und das vergoldete Geweih.

»Hast du es gekauft?«

»Ich habe es selbst gemacht.« Er schwieg, weil er nicht wusste, wie er auf sein Anliegen kommen sollte, dann brach es aus ihm heraus. »Es geht um mein Schutzkind. Ich mache mir Sorgen um Berenike.«

Berenike hatte sich in Marcellus verliebt, und Octavia sprach mit ihren Beratern darüber, wen man mit Kleopatras älterer Tochter verheiraten könne. Es waren verschiedene Namen in Umlauf, aber Turinus und Agrippa hatten entschieden, noch zu warten.

Im Baum gurrten Tauben. Baile betrachtete die Statue der Göttin mit ihren ausgebreiteten Armen, und ihn überkam ein Gefühl der Ruhe, wie er es seit Tagen nicht mehr empfunden hatte.

»Brigid webt alles Angefangene zu Ende«, sagte Centilla. »Was soll ich für dich tun?«

»Wirf die Haselstäbchen für Berenike aus, und lass die Göttin antworten. Ich muss wissen, was aus ihr wird.«

Centilla zog die Augenbrauen hoch. Seine Ungeduld missfiel ihr.

»Sie ist alles, was ich habe«, sagte Baile. »Hoffentlich heiratet sie bald. Versteh mich doch, Centilla. Ich wäre dann frei und von meinem Eid entbunden. Ich könnte hingehen, wohin ich will.«

»Wohin willst du denn?«

Vielleicht nach Ägypten zu Nefertari oder doch lieber in die alte Heimat, ins Land der Bituriger. Fort von Rom und fort von Berenike, das war sicher.

»Ich weiß es nicht«, sagte er.

»Du hasst Berenike, weil sie dich zwingt, bei ihr zu bleiben.«

Baile sah gequält zu ihr auf. Centilla war für eine Frau ungewöhnlich groß und breitschultrig. Er wollte jetzt nicht weiter mit ihr über Berenike sprechen. Nach einer langen Diskussion mit Octavia hatte Berenike die Erlaubnis erhalten, ab und zu bei Antonius Musa als Gehilfin zu arbeiten. Octavia hatte in diesem Zusammenhang erwähnt, dass man auf der Suche nach einem Ehemann für sie sei und dass Berenike, sobald sie verheiratet sei, mit dieser Tätigkeit, die ihrem hohen Rang nicht entsprach, unbedingt aufhören müsse. Baile kannte Berenikes unbeugsamen Willen. Nichts und niemand würde seinen Schützling aus dem Umfeld von Musa entfernen können. Für eine Heirat war es noch zu früh. Berenike war kein römisches Mädchen, das sich geduldig fügte, sobald die Eltern ihm einen Ehemann zuwiesen. Baile brach der Schweiß aus, wenn er daran dachte, dass Octavia eines Tages einen Ehemann für sein Schutzkind präsentieren würde. Natürlich dachte sie gar nicht erst daran, ihn nach einem geeigneten Kandidaten zu fragen. Dabei war er doch derjenige, der Berenike am besten kannte.

»Wirf die Haselstäbchen, Priesterin. Ich bitte dich darum. Ich brauche Gewissheit.«

Centilla erklärte kurz, dass sie für derart ausführliche Auskünfte auch das Rauchorakel heranziehen müsse.

»Und wenn es drei Tage und dreihundert Tauben kostet, tu es, und lass nichts aus. Sprich auch alle erforderlichen Gebete.«

Centilla zog sich in den Holzverschlag hinter dem Bild der Göttin zurück. Baile setzte sich zum Warten auf eine Bank, die nur drei Beine hatte, und trank lauwarmes gallisches Bier aus dem Krug, der für die Wartenden bereitstand. Ein feiner Nieselregen setzte ein.

Endlich stieg eine kleine bläuliche Rauchfahne über der Hütte auf. Baile fühlte sich leer und traurig. Er hoffte wie ein Kind, dass Centilla ihm die großen Rätsel seines Lebens lösen würde.

Es dauerte, bis Centilla aus der Hütte trat. Sie erschien ihm jetzt abweisend und fremd. So war sie immer, wenn sie ihre Orakel deutete.

»Ich habe eine uralte Wölfin gesehen«, begann sie. Ihre Stimme war anders als vorher, tiefer, kehliger. »Sie ist verletzt. Niemand kann sie von ihrem Leiden heilen.«

Alfidias Wölfin. Baile wollte Centilla unterbrechen, doch sie wehrte unwirsch ab.

»Berenike gerät in die Fänge der Wölfin. Blut wird fließen, rotes, lebendiges Blut. Deine Aufgabe wird es sein, Berenike vor der Wölfin zu retten. Dazu bedarf es all deiner Kraft. Es wird ein tödlicher Kampf sein. Noch ist nicht sicher, wie er ausgeht. Solltest du ihn bestehen, führt euch das Leben getrennte Wege, dich nach Norden, Berenike nach Süden.«

Centilla sprach mit geschlossenen Augen. Ihr schön geschnittenes Gesicht war vor Anstrengung verzerrt. Wieder verspürte Baile das Bedürfnis, sie zu unterbrechen.

»So wird es sein«, sagte Centilla. »Sie geht nach Süden und du nach Norden. Nichts kann euch aufhalten. Aber auf dieser Reise werdet ihr euch begegnen.« Sie war fertig.

»Hör mir zu«, stammelte Baile nach einer verblüfften Pause. »Was du gesagt hast, ergibt keinen Sinn.«

Centilla schaute an ihm vorbei, als sei er ein Wesen aus Luft. »Bring mir zwanzig Tauben als Dank für die Göttin!«, befahl sie. Ihre Stimme war wieder die alte. Sie wandte sich um und ging in das Mietshaus zurück.

Baile rannte hinter ihr her und bekam ihren Arm zu fassen. »Wird sie einen Römer heiraten?«

»Ja und nein«, sagte Centilla, als wolle sie ihn verspotten.

»Kennt sie ihn schon?«, fragte Baile und wusste nicht, warum seine Stimme bebte.

»Ja, so ist es.« Zu mehr Auskünften war die Priesterin nicht bereit.

Ein Windstoß fegte durch den Hof. Baile griff sich an die Brust. Berenike würde ein Leben ohne ihn führen. »Mach dich auf ins Biturigerland, bevor es zu spät ist, alter Hund«, murmelte er.

HERRIN DER KATZEN

Frühjahr 28 v. Chr.

Ein heftiger Frühlingsregen hatte die Straßen Roms in Sturzbäche verwandelt. Rinnsale flossen an verschiedenen Stellen in Octavias Haus. In silbrigen Fäden troff der Regen vom Dach in den Innenhof. Bubastis lag in der Nähe des Kohlefeuers und hatte aufgehört zu schnurren.

Wie ein Blitz schoss ein getigertes Wesen durch den Raum, ein zweites, dunkles folgte ebenso schnell.

»Ramses!«, schrie Berenike. »Semsa!« Sie hatte Schus Kinder sofort erkannt. Da waren sie wieder, die Katzen, deren Herrin sie einmal gewesen war. Zwar nicht alle, aber immerhin der stolze Ramses und die anschmiegsame Semsa.

»Ich habe sie dir mitgebracht«, sagte der vom Regen durchweichte Mann, und die Stimme war gütig und freundlich. Er hatte klatschnasses Haar und eine ziemlich spitze Nase, ein schmales, angestrengtes Gesicht.

Berenike begriff nicht gleich, wen sie vor sich hatte. Nur langsam erkannte sie den Mann wieder. Er hatte sich verändert. Er sah kleiner aus als damals in Memphis, kleiner und menschlicher. Er hatte auch nichts gemeinsam mit dem rotgesichtigen Feldherrn im goldbestickten Triumphalgewand. Vor ihr stand ein Bürger Roms in der weißen Toga und mit dem breiten purpurnen Senatorenstreifen auf der Tunika darunter. Damals in Alexandria war er ein römischer Feldherr gewesen, der ihre Mutter und ihren Vater zu Grunde gerichtet hatte. Er hatte den römischen Panzer mit den ledernen Schulterklappen getragen, den sie von ihrem Stiefvater Antonius kannte.

Die hohen Senatorenschuhe aus rotem Leder mit den hochgeschnürten schwarzen Riemen ließen ihn größer erscheinen, als er war. Sie waren nass und schmutzig, weil er zu Fuß gekommen war. Hier in Rom gingen selbst die reichsten Männer zu Fuß durch die Stadt. In Alexandria hatten sich die besseren Kreise nur in Sänften bewegt. Zu Fuß unterwegs waren nur Kinder, Jugendliche, Sklaven und das Heer der Armen.

Sie starrte ihr Gegenüber an, obwohl es unhöflich war. Natürlich wusste sie, wer er war. Das Gesicht passt nicht zu ihm, dachte sie. Es müsste hässlich sein, pickelig, abstoßend, mit einer gewalttätigen Nase oder einem gemeinen Mund. Aber der Mann, der sowohl ihr Bruder wie der Mörder ihrer Brüder war, hatte ein liebenswürdiges Gesicht, einen gewinnenden Mund, und in seinen Augen las sie Wohlwollen. Er lächelte sie an.

Ein Lichtstrahl fiel durch das Fenster auf den Boden. Der Regen hatte schlagartig aufgehört. Ramses und Semsa rieben die Köpfe an ihren Beinen und schnurrten. Berenike dachte, dass es der Moment war, in dem sie wieder anfing, Priesterin der Katzen zu sein. Sofort fühlte sie sich stärker und älter. Bubastis, Ramses und Semsa. Sie war jetzt wieder Berenike aus dem Hause der Ptolemäer. Lange Zeit war sie es nicht gewesen. Sie würde nie wieder aufhören, es zu sein.

»Das ist mein Bruder Turinus«, sagte Octavia und schien verlegen und aufgeregt. »Setz dich zu uns, Berenike! Mein Bruder ist gekommen, um zu sehen, wie es euch geht. Und weil er dir die Katzen persönlich bringen wollte. Du warst lange nicht mehr hier, Turinus.«

Phila und Alexandros lagen im Innenhof bäuchlings auf dem Plattenboden, um zu untersuchen, wie die Schafsknöchelchen gefallen waren. Selene drückte sich bei den Küchensklaven herum, während Nikolaos nirgendwo zu sehen war.

Octavia rückte drei Stühle zurecht. Eine Dienerin trug einen Metalltisch herbei mit einer Silberschale voller Nüsse, während eine andere Honigwein kredenzte.

»S-so«, sagte Turinus. »D-du bist Berenike.«

Berenike starrte den Sieger von Actium fasziniert an. Er hatte die Tricks gut gelernt. Irgendein Rhetoriklehrer hatte es offenbar geschafft, ihm sein Stottern fast abzugewöhnen.

Phila heulte durchdringend und schrill los. So wie es sich anhörte, hatte er das Spiel verloren.

»He, was ist los, ihr beiden?«, rief Turinus zu ihnen herüber.

»Alexandros hat mir mit dem Stock auf den Kopf gehauen!«, kreischte Phila.

»Entschuldigung, ich wusste doch nicht, dass der so hart ist«, murmelte Alexandros.

Turinus nickte ihm zu. »Dein Zögling steht gut im Futter, Schwester. Er sollte vielleicht mehr reiten und fechten.«

Turinus mit dem sanften, freundlichen Lächeln würde bei nächster Gelegenheit Alexandros vergiften lassen, bald darauf den kleinen Phila. Und sie, zuerst sie. So einfach waren die Gesetze der Macht. Berenike beschloss zu schweigen. Irgendwie wäre es taktlos gewesen, einen Begrüßungssatz zu stottern.

»S-sie, sie sieht aus wie ihre Mutter«, sagte Turinus über ihren Kopf hinweg.

»Sie wird schöner als ihre Mutter werden«, sagte Octavia. »Sie hat ein kleines Sprachproblem wie du.«

»Ach ja?«, fragte er interessiert. »Ist es schlimm, Berenike?«

»W-wenn ich Lateinisch spreche, ist es b-besonders schlimm.«

»Wir sind miteinander verwandt. Irgendein römischer Urgroßvater soll sehr stark gestottert haben, daher kommt es wahrscheinlich.«

»Der Bruder meines ägyptischen Großvaters hieß Ptolemaios der Stotterer. Er war auch ein starker Stotterer.«

»Aber es gibt Rhetoriklehrer, die ihr Geld damit verdienen, dass sie dir dein Problem wegtrainieren. Man kann alles lernen. Ich habe ein paar Jahre gebraucht, und jetzt ist es so gut wie behoben.«

Berenike rutschte unruhig auf ihrem Stuhl hin und her. Turinus hatte das Leben ihrer Familie zerstört. Sie durfte nicht nachlassen, ihn zu hassen. Sie durfte nie vergessen, was er getan hatte.

»Komisch«, sagte Turinus plötzlich an seine Schwester gewandt. »Sie sabbert gar nicht.«

Octavia lachte. »Baile hat es nur so gesagt, um sie zu retten.«

»Es hat geholfen«, sagte Turinus. »Manchmal ist es nur eine Kleinigkeit, die zwischen Leben und Tod steht.«

»W-warum hast d-du mich l-leben lassen?«, fragte Berenike in die Stille.

Turinus wich ihrem Blick nicht aus. Er erwiderte ihn aus freundlichen grauen Augen. »Du bist ein kluges Mädchen. Wenn du erwachsen bist, werde ich deine Frage beantworten. Jetzt bist du noch zu jung, um zu verstehen, warum Caesarion und Antyllus sterben mussten.«

Alles in ihr empörte sich. »Sie m-mussten nicht sterben. Sie hätten gerne noch w-weiterge-gelebt.«

»Moriendum erat«, erwiderte er in seiner Muttersprache. »Sie mussten sterben.«

Sie starrte ihn mit offenem Mund an. Eben waren seine Augen noch freundlich gewesen, jetzt funkelten sie kalt und grausam.

»Deine kleinen Brüder«, sagte er, »können bestimmt nicht auf die römische Art würfeln, oder?«

»D-doch, k-k-önnen sie sogar ziemlich gut. Baile hat es uns beigebracht. Mein großer Bruder Caesarion war am besten dabei.«

Er überhörte ihren letzten Satz. »Kennt ihr auch das Paar-Unpaar-Spiel?«

»Ja, wir haben es mit Baile auf dem Schiff gespielt.« Sie sprang hastig auf – der Stuhl fiel fast um von ihrer abrupten Bewegung – und lief hinaus. Turinus war der größte Lügner, der größte Heuchler, dem sie je begegnet war.

MARCUS DAS WALDTIER

»Die Römer haben Ägypten erobert und die Provinzen, die Marcus Antonius gehörten«, begann Berenike. »Ihr habt uns angegriffen und unsere Länder geraubt. Das war ungerecht.«

Es würde noch ewig dauern bis zum Geburtstagsfestmahl. Marcellus hatte in der Küche zwei gefüllte Hühnerbrüstchen und Brot besorgt, die sie jetzt hinter dem Vorhang hastig in sich hineinstopften. Alexandros mampfte Wildschweinpastete.

»Nein«, sagte Marcellus. »Es war anders. Marcus Antonius hat die Verträge mit Rom gebrochen. Er hat römische Provinzen an die ägyptische Königin verschenkt. Er wollte Alexandria zur Hauptstadt des römischen Reiches machen –«

»Lüge!«, schrie Alexandros.

»Nicht so laut!«, zischte Berenike. Mit Marcellus hatte sie inzwischen viele Streitgespräche geführt. Sie stritten jeden Tag, aber das änderte nichts an ihrer gegenseitigen Zuneigung. Manchmal mischte sich Alexandros ein und regte sich so auf, dass sie ihn fortschicken mussten. Er war zu jung für diese Art von Auseinandersetzung. Er nahm alles persönlich. Dabei war es wunderbar, sich mit Marcellus über gegensätzliche Standpunkte auszutauschen. Wenn Berenike mit ihm stritt, stotterte sie nicht mehr im Eifer des Argumentierens. Die Rhetoriklehrer hatten sie von frühester Kindheit an gelehrt, die verschiedenen Seiten jeder Angelegenheit wie ein Mann zu durchdenken. Oft hatte sie Gerichtsreden schreiben und sie dann vor Nikolaos und den anderen Schülern halten müssen.

Marcellus ließ sich nicht beirren. »Der Beweis, dass er es vorhatte, ist sein Testament. Darin hat er verfügt, man möge ihn in Alexandria beerdigen. Ja, wäre mein Onkel ihm nicht zuvorgekommen, hätten Kleopatra und er Italien, Rom und die westlichen Provinzen erobert und die Hauptstadt nach Ägypten verlegt. Kleopatra hätte die Römer zu ihren Knechten gemacht. So hatte sie es geplant.«

»Nie und nimmer. Antonius und Kleopatra waren zufrieden damit, den Osten der Welt zu regieren und sich das römische Imperium mit Turinus zu teilen.«

»Du weißt es nicht besser.« In Marcellus' Stimme lag Herablassung. »Als Antonius sich von meiner Mutter scheiden ließ und deine Mutter heiratete, als er uns alle aus unserem Haus jagen ließ, war klar, dass er mit deiner Mutter hierher zurückkommen würde. Warum sonst hat er sein Haus von ihr zurückgefordert?«

»Hat er euch wirklich aus dem Haus gejagt?«

»Ja. Wir mussten es von einem Tag auf den anderen verlassen. Und Jullus wollte er zwingen, zu ihm nach Ägypten zu reisen. Der weinte und klammerte sich an uns, an mich, Marcella, die beiden Antonias und an unsere Mutter.«

»Was für ein Haus war es?«

»Dieses hier im Stadtteil Carinae«, sagte Marcellus. »Nach der Schlacht bei Actium hat mein Onkel Turinus bestimmt, dass wir wieder zurückziehen sollten. Jetzt gehört es ohnedies Jullus und den beiden Antonias.«

»Ich geh noch mal in die Küche. Soll ich euch auch etwas mitbringen?«, fragte Alexandros und zog los.

»Siehst du ihn?« Marcellus ergriff Berenikes Arm. Alexandros war nicht zurückgekommen. Sie standen eng aneinander gedrückt hinter einem Vorhang zwischen zwei Säulen und beobachteten den Morgenempfang, den Octavia für ihre Klienten anlässlich ihres Geburtstages gab.

»Den da mit den Pflanzen im Arm. Das ist Marcus das Waldtier, so nennen wir ihn.«

»W-Warum W-Waldtier?«

Pyramus reichte dem vierschrötigen, knochigen Senator mit dem roten Gesicht einen Silberbecher voll Wein. Marcus erhob ihn, murmelte einen Trinkspruch und hatte den Wein auch schon über Octavias Gewand verschüttet. Octavia quietschte auf, Pyramus sprang zur Seite, und die Umstehenden lachten.

»So ist er immer. Du kannst dich auf ihn verlassen.«

Marcus ließ sich durch den Zwischenfall keineswegs aus der Ruhe bringen, er lachte ein dröhnendes Lachen und schlug Octavia auf die Schulter. »Das bringt Glück, Base!«

»Natürlich ist sie nicht seine Base. Er nennt sie nur aus Verlegenheit so. Er kann sich nicht benehmen«, flüsterte Marcellus.

Plötzlich erkannte sie Marcus. Er war der General, der neben Turinus in den Sachmet-Tempel eingeritten war. Er war gekommen, um sie und Caesarion zu töten.

»Bei Isis, es ist Marcus Agrippa. Halt mich fest.«

»Du brauchst keine Angst vor ihm zu haben. Er wird gleich wieder gehen. Weißt du, warum?«

Berenike konnte die Augen nicht von Agrippa wenden. Er tat ganz vertraut mit Octavia. Sie gingen miteinander um wie Geschwister.

»Ich hab gedacht, am besten bringst du ihr Rosensträucher mit, davon hat sie mehr als von Wein oder Silbergeschirr. Sie sind aus Asien, ich hab sie für dich kommen lassen. Lass sie gleich einpflanzen. Wenn du willst, tu ich es für dich. Pyramus soll mir einen Spaten geben.« Agrippa redete mit dröhnender Stimme auf Octavia ein, gab ihr Küsschen auf beide Wangen, küsste ihr höflich die Hände und ließ die Rosenballen schließlich stehen, als er sich verabschiedete.

»Er hat heute nämlich auch Geburtstag und muss zurück in sein Haus. Er ist zwei Jahre jünger als sie, aber unter dem gleichen Sternzeichen geboren«, erklärte Marcellus. »Beim Zeus, du hast eiskalte Hände. Marcus das Waldtier ist völlig harmlos, und so schnell wirst du ihn nicht wiedersehen.«

Berenike zitterte am ganzen Körper. Plötzlich war alles wieder da. Das Blut, Caesarions Schrei. Sie empfand weder Hass noch Wut, nur die Ohnmacht von damals.

Marcellus rieb ihre Hände, sie nahm es kaum wahr.

»Der Krieg ist vorbei«, flüsterte er.

»Nein, niemals«, hauchte sie.

Er küsste sie auf die Lippen, vorsichtig, es war wie ein Versuch.

»Oudeis eimi«, murmelte sie, »ich bin tot.« Tränen rannen über ihr Gesicht.

»Du bist Berenike«, sagte er eindringlich. »Du hast es überlebt. Alle in Rom kennen dich.«

»Irgendwann wird Marcus Agrippa kommen, mit dem Finger auf mich zeigen und sagen: ›Die auch.‹«

Marcellus' zweiter Kuss war entschiedener, fordernder. »Nein«, sagte er, »nicht, solange ich lebe.«

MARCELLUS

Ein Tag floss in den anderen hinüber. Agrippas Rosenstöcke hatten die ersten Blüten angesetzt, kleine gelbe, die stark dufteten und schnell welkten.

»Die Kämpfe sind vorbei, Dalta«, sagte Baile. »Kommen die schlimmen Träume noch?«

»Nicht mehr so oft.«

Möglicherweise würde sie auch nie wieder die Zukunft träumen. Etwas in ihr krampfte sich zusammen. Eines Tages wollte sie wieder als Priesterin in Memphis sein und den Morgenhymnus mit den Opferdienerinnen beten, die heiligen Schriften studieren, Kranke und Verletzte behandeln. Marcellus durfte sie nicht von dieser Absicht abbringen. Es gab nichts Wichtigeres als diese Arbeit im Tempel. Ägypten war erst dann für sie verloren, wenn sie selbst sich damit abgefunden hatte, in Italien zu bleiben.

Baile grinste süffisant. Ihm war nicht entgangen, dass sie sich heimlich mit Marcellus traf. Er hatte auch nichts dagegen einzuwenden. Marcellus war genau richtig für sein Schutzkind. Aber da er sich in Rom auskannte und mit vielen Leuten sprach, keineswegs nur mit seinen gallischen Bekannten, wusste er so ungefähr, wie die Wetten in Bezug auf den möglichen Gatten Julias, der Tochter des Princeps, standen. Die einen tippten auf Tiberius, Livias Sohn, die anderen auf Marcellus, noch andere sagten: Er wird nicht an Agrippa vorbeikönnen. Drusus, im gleichen Jahr wie Julia geboren, Livias jüngerer Sohn und Turinus' erklärter Liebling, kam nicht in Frage, da man ihn allgemein für den Sohn des Princeps hielt, auch wenn er offiziell der claudischen Familie angehörte. Die Heirat unter Geschwistern aber war verboten und sah zudem noch aus, als sei man im götter- und sittenlosen Ägypten. Auf Dauer durfte das mit Marcellus nicht so weitergehen. Was, wenn Berenike und Marcellus miteinander schliefen? Baile war nicht sicher, ob sie es bereits taten. Er hätte fragen können, wahrscheinlich hätte sie ihm ehrlich geantwortet. Aber er hätte die Worte nicht über die Lippen gebracht.

Berenike setzte sich einen Moment zu Baile auf den Boden und betrachtete sein Schnitzwerk.

»Wie geht es mit Marcellus?«

Berenike antwortete nicht, und Baile überlegte, wie er es ihr am besten beibringen sollte.

»Turinus hat viel mit ihm vor«, hob er an. »Das hat nichts mit dir zu tun. In Rom ist es in den vornehmen Familien so üblich, dass Cousin und Cousine einander heiraten. So bleibt das Vermögen beieinander. Unser Princeps hat nur die eine Tochter – und bei ihm geht es um mehr als um Häuser und Geld. In Gallien haben die Kinder der Häuptlingsfamilien auch untereinander geheiratet.« Bailes Stimme nahm einen verschwörerischen Ton an.

»Man kann doch nicht Menschen miteinander verheiraten, die sich völlig gleichgültig sind«, sagte Berenike vorwurfsvoll.

Julia war ohnehin noch ein Kind, gerade mal vierzehn. Sie mochte den älteren Tiberius, der sie manchmal an ihrem Zopf zog und neckte. Ansonsten interessierte sie sich nicht für Jungen. Sie steckte lieber mit ihrer Freundin Vipsania zusammen. Die beiden fielen durch ihr wildes Temperament auf. Allzu mädchenhaft wirkten sie nicht. Vipsania, die einzige Tochter Agrippas, war groß und mager, und wenn man nicht genau hinsah, konnte man sie für einen Jungen halten.

»Turinus kann alles. Du darfst dich nicht zu sehr in deine Verliebtheit hineinsteigern, sonst tut es zu weh.« Baile ärgerte sich über sich selbst, dass er Berenike solche Dinge sagen musste. Seiner Meinung nach stand ihr einer wie Marcellus durchaus zu. Er fand es ungerecht, wie sein Schützling behandelt wurde, und ärgerte sich darüber, wie ein Vater sich über die Zurücksetzung der Tochter geärgert hätte.

»Schlimmstenfalls heiratet Marcellus irgendeine Römerin. Dann bleibe ich seine Geliebte. Wo ist das Problem?« Irgendwann würde sie sowieso ein Schiff nach Alexandria besteigen.

»Geliebte«, hatte sie gesagt. Also ja. Jetzt wäre es seine Aufgabe, sie zu warnen: Sieh zu, dass du nicht schwanger wirst. Während er es dachte, begriff Baile, dass er diesen Satz nicht aussprechen konnte.

»Du solltest der großen Brigid ab und an ein Opfer bringen. Sie kümmert sich um die Probleme der Frauen.« Er hatte das Gefühl, sie brauche jetzt Hilfe und Rat, die er als Mann ihr nicht geben konnte.

»Ich halte mich an Isis und Sachmet.«

Baile riet ihr nicht davon ab, fand aber, Brigid sei jetzt die richtige Gottheit für Berenike. Immer wenn es ernst wurde, betete er zu den gallischen Göttern. Er hatte im Laufe der Jahre den Eindruck gewonnen, dass sie ihm beistanden, wenn er sie nur inständig genug darum bat. Fast alles, worum er in letzter Zeit gebeten hatte, hatten sie ihm gewährt.

»Du musst nicht viel machen. Es genügt schon, zwei Tauben zum Heiligtum zu bringen. Die Priesterin wirft dann für dich die Haselstäbchen. Es gibt einen Tempel nicht weit von hier.«

»Es ist ohnehin gleichgültig, zu welcher Gottheit du betest. Es sind immer die gleichen unter anderen Namen. Die Göttin der Frauen ist Isis, ganz gleich, welchen Namen ihr die Völker geben.« An den Schulvormittagen im Apollo-Tempel hatte Berenike inzwischen einiges über Philosophie gehört. Von derlei Dingen hatte Baile keine Ahnung, sie interessierten ihn auch nicht, sondern ängstigten ihn vielmehr, weil sie Berenike ganz offensichtlich dazu brachten, nachlässig über die Götter zu denken.

»Man will aber auch nichts falsch machen«, gab er zu bedenken. »An deiner Stelle würde ich Venus, Juno, Isis und Brigid die Opfer bringen. Dann hast du auch keine von ihnen verärgert.«

Berenike liebte den Weg hinauf zum Apollo-Tempel auf dem Palatin, wo im Sommer der Unterricht im Säulengang stattfand. Am Ende des Forums machte der Weg eine scharfe Kehre den Hügel hinauf und führte zunächst am Gelände eines Händlers für Gartenkunst vorbei. Hinter dem Zaun standen unter duftenden Schirmpinien Terrakottakübel, Marmorstatuen und Brunnenschalen für die Gärten der Reichen.

Marcellus und sie blieben hier kurz stehen, während Selene, Jullus und die anderen aus dem Haushalt in Begleitung von Baile und einem Pädagogen schon vorangingen, damit Nikolaos nicht warten musste.

»Das Mädchen mit den Astragalen kommt in den Innenhof, was meinst du?«

»Hm«, sagte sie und ärgerte sich. »Der Herakliskos mit den Schlangen passt besser hinein.«

»Also ich möchte schon die Astragalwerferin. Wir sehen sie schließlich jeden Tag. Ich will etwas Qualitätvolles. Der Herakliskos ist eine schlechtere Arbeit, und außerdem ist er albern.«

»Herakles der Schlangenwürger ist witzig. Ich bin nun mal mehr für etwas Witziges.«

»Du weißt, wie sehr ich dich mag«, sagte Marcellus. »Aber ich muss auf der Astragalwerferin bestehen. Ich finde, wir dürfen bei der Einrichtung keine Kompromisse machen. Man wird uns danach beurteilen, wie es bei uns aussieht.«

»Gut, meinetwegen. Aber die Ausstattung unserer Landvilla darf ich dann aussuchen. Da sollen auch ein paar ägyptische Sachen hinein.«

»Bei der Landvilla kannst du machen, was du willst«, sagte er großzügig. »Im Stadthaus müssen die besseren Kunstwerke stehen.«

Marcellus war im letzten Jahr in die Höhe geschossen. Aus einem gut proportionierten Halbwüchsigen hatte er sich in einen schlaksigen Jugendlichen verwandelt. Mit seinen fast schwarzen Locken war er eine eindrucksvolle Erscheinung geworden. In der versilberten Reiterrüstung, in der er manchmal mit den jugendlichen Equites zu Übungen ritt, sah er aus wie ein vom Olymp herabgestiegener junger Gott. Octavia hing in banger Liebe an ihm.

Auf Octavia vertraute Berenike hinsichtlich ihrer Zukunftspläne, von denen sie gleich zwei hatte: Sie wollte sobald wie möglich nach Ägypten zurückkehren, und sie wollte Marcellus heiraten. Das eine war nicht mit dem anderen zu vereinbaren, was Berenike aber nicht auffiel. Sie drückte sich vor den gemeinsamen Wollarbeiten mit Marcella, den Antonias und Selene. Mittlerweile hatte Octavia ihr erlaubt, sich in Bailes Begleitung in Musas Stadtpraxis aufzuhalten, wo er die Patienten mit Wasserkuren behandelte.

Marcella konnte es nicht gutheißen, dass Berenike so unweibliche Interessen hatte. »Dein Unglück ist, dass du nicht als Mann geboren wurdest«, sagte sie einmal ernsthaft. Sowohl sie wie ihr Bruder waren ziemlich humorlos. Es kam selten vor, dass einer der beiden laut lachte oder etwas Lustiges erzählte.

»Dann wäre ich so tot wie Caesarion«, gab Berenike zurück und fühlte sich einen Moment lang elend. Nur als Frau war sie in Rom geduldet.

Anders als sonst war Baile stehen geblieben und hatte auf sie gewartet. Berenike empfand seine Anwesenheit nicht als störend. Eine Eidechse huschte über den Weg.

»Eines Tages, wenn wir im Sid sind, Baile ...«

Baile freute sich immer, wenn sie die gallischen Ausdrücke benutzte und Einzelheiten dazu wissen wollte.

»Ich glaube, wir werden dann nicht mehr genau das sein, was wir jetzt sind. Nicht mehr Mann und Frau und auch nicht mehr Römer oder Gallier, sondern nur noch das Wesen, das wir eigentlich sind.«

»Und was sollte das ein?« Baile war die Vorstellung unangenehm.

»Wir werden kraftlose Schatten in der Unterwelt sein«,

mischte sich Marcellus ein, »die darauf warten, von den Lebenden an den Gedenktagen mit Wein und Essensspenden versorgt zu werden.«

Die Römer hatten andere Vorstellungen vom Leben der Seelen nach dem Tod als die Griechen und die Gallier.

»Die Seele ist kein bloßer Schatten«, versuchte Berenike zu erklären. »Sie stammt aus der Welt der oberen Götter und kehrt zu ihnen zurück, wenn sie sich gottgemäß verhält. Sie besteht aus der Substanz der göttlichen Gestirne und steigt nach dem Tod in deren Zone auf. Es lässt sich beweisen: Nach dem Tod meines Vaters tauchte der Stern Julius am Himmel auf.«

»Es ist anders. Nach dem Tod, der kein wirklicher Tod ist, geht die Seele der Menschen hinüber ins Sid, ein Land, das nicht weit entfernt ist, sondern gleich neben uns liegt. Die Seelen der Toten werden manchmal gesehen, wenn sie sich in unser Leben mischen. Sie begleiten uns durch unser Leben. Manchmal sprechen sie zu uns. Jeder von uns begegnet ihnen im Traum.«

Marcellus lachte. »Gallier, ich schlage vor, derjenige von uns, der zuerst stirbt, erscheint den anderen im Traum und erklärt ihnen, wie es sich verhält. Abgemacht?«

Sie reichten sich die Hände, und Baile ging eilig voran.

»Heute Mittag kaufe ich beide Statuen«, verkündete Marcellus mit blitzenden Augen. »Pyramus gibt mir das Geld.«

»Den Herakliskos kannst du von meinen Aurei bezahlen. Du musst nur einen Sklaven bei Dion vorbeischicken. Er verwaltet unsere Kasse.«

»Den Herakliskos werde ich dir schenken.«

»Ich will ihn nicht geschenkt haben, du schnöseliger Romanus.« Dann fiel ihr ein, wie die Sachlage schließlich war. »Kauf ihn meinetwegen. Es ist sowieso alles Ptolemäergeld. Sieh dich um in Rom. Die ganze Stadt wird aus dem ägyptischen Goldschatz verschönert.«

»Ich habe nur Zugriff auf das Geld der Marcelli. Die Marcelli haben nichts abbekommen vom Ptolemäerschatz, wie du genau weißt, stolze Prinzessin.«

Sie küssten sich. Sie dachte dabei, dass es zutraf. Marcellus hatte nichts zu Ägyptens Niederlage beigetragen. Er war unschuldig. Ihn durfte sie lieben.

DAS HAUS DER VORFAHREN

Marcella war sich der Würde ihres Hauses und ihrer Vorfahren bewusst. Sie tat nichts, was unrömisch oder vulgär gewesen wäre. Nie verließ sie das Bad, ohne korrekt gekämmt und frisiert zu sein. Ihre Kleidung war immer vollendet zusammengesteckt, jede Falte fiel an der richtigen Stelle. Berenike konnte nicht anders, als sie bewundern. Sie selbst war nachlässiger und kaute immer noch manchmal die Fingernägel ab.

Die Mädchen hatten ihre Zimmer alle im ersten Stock, wo auch Marcellus wohnte, der allerdings häufig mit Turinus unterwegs war.

Einmal traf Berenike, als sie aus ihrem Zimmer kam, im Gang auf den Gladiator Alexis.

»Was machst du hier?«, fragte sie verblüfft. »Suchst du Baile? Er wohnt ganz oben bei den Bediensteten.«

»Danke, Berenike.« Alexis lächelte. »Ich habe mich verlaufen. Das Haus ist so groß.« Er eilte zur Treppe, die in den zweiten Stock führte.

Berenike kam ein Gedanke. »Merit!«, schrie sie wütend.

Merit trat sofort aus dem einstigen Zimmer von Antyllus, wo sie Kleidung geordnet hatte.

»Hast du etwas mit Alexis?«, herrschte Berenike sie an.

»Aber nein.« Es klang fast entrüstet. »Nicht mit Alexis. Alexis ist doch ...« Merit senkte den Blick und schwieg.

»Nimm dich in Acht vor ihm. Ich glaube, er ist hinter dir her.« Merit war sehr hübsch geworden, sie hatte fast frauliche Rundungen bekommen. »Und wenn du mal irgendwann einen Geliebten hast, dann sagst du mir Bescheid.«

»Ja, Herrin. Aber Alexis wird es nicht sein.«

Berenike vergaß die Begegnung nicht, weil es der Tag war, an dem Marcellus sie zum ersten Mal in das Haus seines Vaters führte.

»Wohin willst du?«, fragte er, als Berenike die Treppe heruntergestürmt kam.

Sie war überrascht, ihn zu sehen, weil er nur unregelmäßig im Hause auftauchte. Tagelang war er mit Drusus und Tiberius bei seinen Reit- und Fechtübungen oder ritt auf dem Marsfeld mit den jungen Rittersöhnen seines Jahrgangs aus, durchweg verpickelten, vorlauten Halbstarken, die allesamt kräftiger und gesünder wirkten als Marcellus, Berenike aber um vieles unreifer und jugendlicher zu sein schienen. Marcellus' zartgliedriger Fuchs stammte aus den Pferdeställen Kleopatras, aber Berenike gönnte ihm dieses Pferd von ganzem Herzen. Es war wie er. Aristokratisch-edel stach es ab von den ländlichen Gäulen der anderen Jungen.

»Z-zum Unterricht.« Sie stotterte, diesmal vor Freude, ihn zu sehen.

»Heute zeige ich dir unser Stadthaus«, sagte er, hakte sie unter und rief nach Pyramus, der ihm ein silbernes Kästchen übergab. Dann führte er sie durch die Stadt an den Fuß des Aventin. Baile hatte Mühe nachzukommen, so schnell gingen sie.

Es war ein älteres Haus mit dunklem Putz. Marcellus schloss die Tür auf. Innen war es kühl wie in einem Keller.

»Es ist nicht bewohnt«, erklärte Marcellus. »Erschrick nicht darüber. Man muss nur ein paar neue Möbel hineinstellen und den Staub beseitigen lassen, dann ist es wie früher.«

Durch die kleine Eingangshalle traten sie in das Atrium, das über dem Wasserbecken in der Mitte eine Öffnung im Dach hatte.

»Es ist alles republikanisch einfach, obwohl die Marcelli Konsuln und Feldherrn waren. Ich habe etwas Weihrauch für die Hausgötter mitgebracht.«

Unter den Ahnenporträts aus Stein und Wachs im Wandregal befand sich der Hausaltar mit den Götterfiguren. Berenike erkannte den Genius mit seinem Lendenschurz und dem Füllhorn im Arm, eine Marsstatuette, die geflügelte Siegesgöttin und Fortuna.

»Die Marcelli haben ja andere Hausgötter als die Antonii«, stellte sie fest.

»Jede Familie hat eigene Gottheiten. Jetzt müssen wir schweigen.«

Marcellus zog sich die Toga über den Kopf, und Berenike verhüllte sich mit ihrer Stola. Dann kniete Marcellus nieder und begann Feuer auf dem Altar anzuzünden, was ein mühsamer Vorgang war. Das Holz hatte am Boden gelegen und war feucht. Schließlich züngelten bläuliche Flämmchen an den kleinen Ästen. Berenike öffnete den Deckel des silbernen Kästchens und bröselte Myrrhestückchen und Weihrauchkrümel ins Feuer. Eine grünliche Flamme leckte empor, kleine Funken versprühten zischend, dann erlosch sie.

Marcellus murmelte die Gebete.

Berenike fröstelte. Am Fuß des Steinbeckens für das Regenwasser wucherte Unkraut. Die Innenwände waren ungepflegt und mit Algen bewachsen.

»Man kann es schnell wieder reinigen.« Marcellus hatte ihren zweifelnden Blick aufgefangen. »Hier werden wir wohnen, wenn es so weit ist.«

»Turinus wird es nicht erlauben. Du wirst eine Römerin heiraten müssen.«

»Ja.«

Sie hatte sein »Ja« nicht erwartet und sah ihn fassungslos an. »Du musst dich wehren!«

»Ich bin schon dabei. Du wirst noch staunen. Komm, wir gehen ins Tablinum.« Er zog sie mit sich zu einem Raum, der mit Holzläden abgesperrt war. Knarrend öffneten sie sich, als Marcellus die Riegel zurückschob. Er ließ die Türen weit offen. Der Empfangsraum der Marcelli hatte einen einfachen Steinplattenboden, Regale an den Wänden mit weiteren Ahnenbildern und bronzene Sitzmöbel mit angeschimmelten Polstern. Die Türen zum Säulenhof waren geöffnet. Auch der Säulenhof war ungepflegt.

»Willst du dich nicht setzen?«

»Wohin?« Berenike hatte keine Lust, auf dem Sessel mit dem stockigen Bezug Platz zu nehmen. »Warum lässt du nicht einen Verwalter und ein paar Sklaven hier wohnen, die nach dem Rechten sehen?«

Er antwortete nicht.

»Jetzt, nachdem du die Männertoga trägst und in die Bürgerliste eingetragen bist, bist du der Haushaltsvorstand. Es ist dein Haus. Du bist der Einzige, der hier wohnen kann.«

»Du meinst, ich soll hier meinen eigenen Morgenempfang abhalten?«

»Irgendwann wirst du es tun.«

Er setzte sich auf ein Sofa mit zierlichen Bronzelöwen als Armlehnen, das ziemlich verlassen mitten im zugigen Raum stand, und zog eine Quitte aus seinem Gewand hervor. Eine runzlige Kydonia vom letzten Vorjahr, und Berenike überlegte, warum er sie mitgebracht hatte.

»Erwartest du das von mir?«, fragte er. »Dass ich anfange, das Haus meiner Vorfahren in Ordnung zu bringen?«

»Es wird dir nichts anderes übrig bleiben.« Sie stand immer noch vor ihm.

»Du sprichst mit mir wie Onkel Turinus und meine Mutter.

Du glaubst nicht, was ich alles tun soll.« Marcellus versuchte ein Lachen. »Dabei will ich nur eins.«

Berenike setzte sich neben ihn und legte den Arm um ihn.

»Ich möchte mir selbst gehören. Mir allein, nicht der Res publica und der ewigen Roma.« Er biss in die Quitte und reichte sie ihr. Sie schlug ihre Zähne hinein. Die Quitte schmeckte süß-säuerlich, eine durch die Lagerung gereifte Frucht.

Er küsste sie, und fast hätte sie sich verschluckt.

»Ist dir klar, was wir getan haben?«, fragte er. Seine Augen blitzten mutwillig fröhlich.

»Vor dem Betreten des Brautgemachs müssen die Vermählten gemeinsam eine Kydonia essen, so hat es Solon in seinen Gesetzen bestimmt, und seitdem ist es ein griechischer Brauch.« Sie sah ihn fragend an.

»Ja, so habe ich es gemeint.«

»Talassio!«, sagte Baile. Sie hatten ihn fast vergessen. »Ich bin der Trauzeuge. Wenn du mir vorher Bescheid gesagt hättest, hätte ich Wein mitgenommen.«

»Fehlen nur noch die Hochzeitsgäste«, sagte Berenike.

»Sieh dich um!« Marcellus wies auf die Regale mit den Ahnenköpfen. »Sie sind alle da, Generationen von Marcelli und ihre Frauen.«

»Den orangefarbenen Schleier wird dann deine *römische* Braut tragen.« Sie sah Baile an.

»Was ist?«, fragte er.

»Lauf in die Stadt, und besorg mir einen orangefarbenen Brautschleier«, schrie sie ihn an, am ganzen Körper zitternd. Sie musste ihn haben. Es war ihre Hochzeit.

Marcellus erhob sich. »Ich schwöre bei den Manen der Marcelli, bei den Manen von Gaius Claudius Marcellus, meinem Vater, bei Jupiter und bei Juno, dass ich sie niemals berühren werde, die Römerin.«

Berenike überkam das deutliche Gefühl, sie müsste ihn von diesem Schwur abhalten, aber es war schon zu spät.

»Sieh dich um«, wiederholte er leise. »Hier war es. Ich war ein oder zwei Jahre alt und lief auf Gaius Marcellus zu. Es ist so deutlich wie ein Münzbild, Berenike. Er breitete die Arme aus und hob mich hoch. ›Du wirst Marcellus sein‹, sagte er. Ein paar Wochen später war er tot. Es ist die einzige Erinnerung, die ich an meinen Vater habe.«

Berenike kaute auf dem letzten Rest der Quitte.

»Wenn Turinus mir meine Berenike nimmt, werde ich sterben. Hört mir zu, meine Vorfahren.«

Berenike erschrak über seine harte, männliche Stimme.

»Er ist der Einzige, dem ich etwas schulde, Gaius Marcellus, meinem Vater. Ich weiß genau, er würde sagen: ›Tu es, Sohn.‹«

»Mag sein.« Sie wunderte sich über die Kälte, mit der sie es sagte. »Aber dein Vater ist tot.«

Die Tauben flatterten und gurrten unter dem Tuch im Käfig, den Baile trug. Mit ausholenden Schritten ging er durch das quirlige Sträßchen der Subura, während Berenike Mühe hatte, ihm zu folgen. In den Kneipen und Imbisshöhlen würden illegale Geschäfte getätigt, hatte Baile ihr erzählt. Berenike schlug die Augen nieder beim Anblick der grell geschminkten Kinäden an den Mauerwänden, die ihr Kusshände zuwarfen.

Vor einem mehrstöckigen Mietshaus blieb der Gallier stehen und stieß die Tür auf. Es war eines der Häuser, in denen Syrer und Gallier wohnten. Im Hausflur roch es nach scharf gewürzten Zwiebelgerichten, nach Kreuzkümmel und Kichererbseneintopf. Kinder schrien und heulten, Türen schlugen. Im obersten Stockwerk sang eine kehlige Männerstimme ein herzzerreißendes keltisches Lied, und Berenike lauschte angestrengt, weil es ihr gefiel. Sie kannte es von Baile, aber sein Landsmann sang es ausdrucksvoller.

Im Innenhof stand unter einem fremdartigen Baum die Statue einer langhaarigen Göttin. Zu ihren Füßen hockten zwei Eichhörnchen und knabberten Kerne. Sie liefen nicht fort, als Berenike und Baile sich näherten, sondern hoben nur die Köpfe und starrten die Ankömmlinge aus dunklen Augen an.

Baile drehte sich zur Hauswand um, formte die Hände vor seinem Mund zu einem Sprachrohr und rief hinauf. Eine Männerstimme antwortete.

»Hm«, brummte Baile. »Sie ist weg.«

»Wer?«

»Die Priesterin. Centilla. Sie ist nach Gallien zurückgereist. Tut mir Leid, das wusste ich nicht.«

»Was machen wir mit den Tauben? Wie können wir sie opfern ohne die Priesterin?«

»Es ist anders als bei einem römischen Opfer. Sie werden nicht getötet, sie sind ein Geschenk an die Göttin.«

Baile setzte den Käfig mit den weißen Tauben vor der Statue nieder.

»Sprich dein Gebet dreimal hintereinander.«

»Auf Griechisch? Oder Latein?«

»Sie versteht Griechisch«, flüsterte Baile. »Griechisch ist richtig.«

Berenike breitete die Arme aus. »Erhabene Göttin, große Brigid, schick mich zurück in den Tempel der Sachmet nach Memphis. Jeder Mensch hat den Platz, auf den ihn die Götter gestellt haben. Gewähre mir die Rückkehr nach Ägypten.«

Auf dem Heimweg druckste Baile ein wenig herum. »Warum hast du nichts für Marcellus und dich erbeten?«, fragte er schließlich.

»Ich hab es vergessen. Ich musste unbedingt für Ägypten beten, es ist so über mich gekommen.«

»Brigid ist stark«, sagte Baile selbstzufrieden. »Du wirst schon sehen.«

DIE MACHT DER LIEBE

In ihrem zweiten Jahr in Rom entdeckte Berenike, dass Octavia zart errötete, wenn Agrippa, Turinus' engster Vertrauter, auftauchte, und damit erschien er auch Berenike in einem anderen Licht. Agrippa war weder »das Waldtier«, wie Marcellus ihn weiterhin bezeichnete, noch der brutale Henker, den sie lange Zeit in ihm gefürchtet hatte, sondern ein vom Militär geprägter Mensch einfacher Herkunft, der sich freute, ein so geschickter Feldherr zu sein.

Immer wieder einmal geschah es, dass Agrippa in der Vorhalle neben Octavia saß und ihr, unterbrochen von dröhnendem Lachen, von seinen Plänen berichtete.

»Sie nennen deinen Bruder jetzt Imperator Caesar Augustus, den Erhabenen, der für die Tempel und die alten Sitten zuständig ist. Base, sag mir, welchen Ehrentitel wird der Senat wohl mir verleihen, dem Mann, der sich um die Scheiße Roms kümmert? Imperator Agrippa Latrinarius? Kein Witz, Base, ich wäre stolz darauf.«

»Agrippa, ich mag nicht, dass du dich immer kleiner machst, als du bist.« Octavia streckte die Hand aus, und fast hätte sie ihn berührt, Marcus, den einzigen Menschen in Rom, von dem sie sich verstanden fühlte und den sie liebte wie ihren Bruder. Sie redete ihn mit Agrippa an, als ob es sein Vorname sei. Für sie war Agrippa der schönste Name in ganz Italien. Ein männlicher Name, wohlklingend, beinahe so schön wie Antonius.

»Die Menschen brauchen nicht nur Kunstwerke und Bibliotheken. Da gehen ohnehin nur die Schöngeister hinein. Die Römer brauchen Abwässerkanäle und Badehäuser. In dieser Stadt soll keiner stinken. Dazu muss Frischwasser her. Wasser ist das Wichtigste für eine große Stadt wie Rom. Sauberkeit schützt vor Epidemien.« Unvermittelt ging er zu Vipsania über. »Ist das normal, dass ein Mädchen in dem Alter überhaupt nichts mehr isst? Sie will dünn sein. Dünn und knabenhaft.«

»In dem Alter sind sie alle schwierig. Meine Marcella schließt sich ständig in ihrem Zimmer ein und weint. Ich kann ihr nicht helfen. Sie ist wahrscheinlich verliebt.«

»In den Falschen, haha!«

»Mädchen zwischen zwölf und fünfzehn sind immer in den Falschen verliebt. Es gibt nichts Lüsterneres als eine in diesem Alter. Deswegen soll man seine Töchter früh verheiraten.«

»Jemanden, der so abgemagert ist wie Vipsania, kann man nicht verheiraten. Hat einfach keinen Hunger. Sitzt vor dem Essen und verzieht das Gesicht. Kannst du nicht mal mit ihr reden?«

»Was meint Caecilia dazu?«

»Hör mir auf mit meiner angetrauten Gattin. Die redet nur mit ihrem Sekretär über Bücheranschaffungen. Nein, Caecilia sieht nicht, dass mit dem Mädchen etwas nicht stimmt. Du weißt doch, wie Caecilia ist. Schläft nur alle paar Monate einmal mit mir, hahaha.«

Octavia war noch keine vierzig Jahre alt, und Berenike wünschte sich insgeheim, dass sie und Agrippa ein Liebespaar würden.

»Warum schminkst du dich nicht, Mater?«, konnte sie sich nicht enthalten zu fragen. »Warum trägst du nie Schmuck? Ohrringe würden dir gut stehen.«

»Ich bin nicht wie du, kleiner Goldfasan.« Sie blickte auf Berenikes feine bräunliche Hände, die an jedem Finger mit einem Goldring geschmückt waren. Berenike liebte Goldschmuck und den dunkelblauen gallischen Glasarmreif, den Baile ihr einmal geschenkt hatte. Blau und Gold waren ihre Lieblingsfarben. Aus ihnen bestand auch der Lapislazuli-Falke, den sie immer sichtbar am Hals trug. Es waren die Farben Ägyptens, seiner Sonne, seines Himmels.

»Außerdem trage ich Trauer um Antonius. Wenn ein Mann trauert, lässt er sich einen Trauerbart stehen, Frauen legen ihren Schmuck ab.«

»Das Trauerjahr ist längst vorbei. Andere Frauen heiraten nach einem Jahr wieder.«

»Ich werde keine Heirat mehr eingehen. Bestimmte Dinge in meinem Leben sind vorbei. Die Marcellas, die Antonias, Selene und du – ihr seid an der Reihe. Ich kann mich zurückhalten. Ich komme jetzt in das Alter einer Matrone«

Wenn Berenike nicht bei Musa und Euphorbos oder in der Schule im Apollo-Tempel war, in dem Nikolaos und andere griechische Lehrer Drusus, Tiberius, Octavias Kindern, eine größere Zahl von Senatorenkindern sowie die barbarischen Fürstenkinder unterrichteten, hielt sie sich in der Nähe von Octavia auf. Sie heftete sich an ihre Fersen und begleitete sie bei ihren täglichen Ausflügen. Octavia genoss die Gesellschaft von Berenike. Sie sprachen über Marcellus und wo er wohl gerade sein mochte. Manchmal erzählte Berenike auch Anekdoten von Marcus Antonius und Antyllus, wobei sie sich Mühe gab, Kleopatra nicht zu erwähnen.

»Wirklich, den silbernen Prunkhelm hat er getragen?«, fragte Octavia mit leuchtenden Augen.

Berenike bejahte.

Octavia war glücklich. Sie hatte Antonius den Helm zu einem seiner Geburtstage geschickt, als er bereits mit Kleopatra in Alexandria zusammenlebte.

Am meisten schätzte Berenike es, Agrippa und Caecilia in ihrem flamingofarben getünchten Palast zu besuchen, über dessen Eingangstür das blaue Vexillum flatterte. Schon der Weg zum Marsfeld war ein Hochgenuss. Das letzte Stück führte durch einen Park mit geschlängelten weißen Kiespfaden zwischen Buchsbaumhecken und Sportanlagen. Hier war alles dreimal so groß wie in den bescheideneren republikanischen Häusern auf dem Palatin. Agrippas Wohnsitz war vergleichbar mit dem des Antonius, aber größer und kühner entworfen, geschmückt mit glänzenden rosafarbenen Säulen und Marmorkunstbildern, Faunen und Satyrn und den Porträts griechischer Dichter und Denker. Die Böden waren mit glitzernden Mosaiken in bunten Farben ausgelegt, an denen man sich festsehen konnte. Kleine Brunnen plätscherten angenehm kühl in der Mittagshitze.

Agrippa liebte die Baukunst und hatte alles nach den neuesten Standards eingerichtet. Und ganz offensichtlich fühlte er sich wie der eigentliche Herr Roms.

Manchmal lud Caecilia die beiden Besucherinnen ein, mit ihr ein Bad zu nehmen. Das Bad mit seinen Marmorwannen und Mosaikböden, den lautlos hin und her huschenden Bediensteten, die ihr die Füße mit teuer duftendem Salböl einrieben und sie in warme Tücher hüllten, erinnerte Berenike an das Bad im Palast der Sphinx über den Felsen vor Alexandria. Auf alle Fälle war es luxuriöser und komfortabler als die veraltete Badeanlage in Octavias Haus mit der schlecht funktionierenden Fußbodenheizung und dem ewig zu kalten Wasser.

Berenike kam der Gedanke, dass auch Octavia den ein oder anderen Charaktermangel hatte. Der hervorstechendste war ihr Geiz. Statt neue Decken für die Liegebetten anzuschaffen, ließ sie die alten lieber stopfen. Für die Cena ließ sie den billigsten Fisch auf dem Forum kaufen, und das Brot wurde im Haus selbst gebacken. So unternahm Octavia auch nichts, um ihre Badeanlage zu modernisieren. Ohnehin zog sie das Warmbad in der Dureta vor, einem altmodischen Holzbottich. Die Sklavinnen erzählten, dass auch Turinus die Dureta ausgedehnten heißen Bädern nach griechischer Art vorzog, die er für eine Modeerscheinung für Weichlinge hielt. Die alten Römer, seine Vorväter, hatten nicht oft gebadet. Sie wollten lieber nach Schweiß und Tapferkeit stinken. Turinus betonte immer wieder, es sei seine Aufgabe, die alten Sitten zu pflegen. Manchmal ertappte sich Berenike dabei, dass sie über die Geschichten nachdachte, die über Turinus' Liebesleben verbreitet wurden. Sie hielt es für unwahrscheinlich, dass jemand, der so uneitel war, jungen Mädchen und den Frauen seiner Freunde nachstellte.

Nach dem erholsamen Bad im Hause Agrippas las Epirota, der schlaksige Sekretär Caecilias, ihnen mit einem leichten Lispeln aus einem neu erschienenen Buch vor. Er hatte eine angenehm melodiöse Stimme. Während er las, schloss Caecilia die Augen und lächelte in sich hinein. Für einen Sekretär, einen Mann der Papyrusrollen und Galläpfeltinte, war er zu jung und zu schön. Mutwillig wellten sich seine kräftigen dunkelbraunen Haare, die er zu lang trug.

Caecilia war liebenswürdig und wohlerzogen, ein höheres Wesen aus einer besseren Welt. Vornehm sah sie aus in ihren raschelnden Gewändern aus serischer Seide. Wollgewänder an ihrem zarten Körper wären undenkbar gewesen. Ihre Augen waren geschminkt wie die mancher Ägypterinnen, ihre dunkelbraunen Löckchen zu einer raffinierten Frisur aufgesteckt. Dagegen wirkte Octavia mit ihrem Knoten im Nacken und dem Haarwulst in der Stirn alt und hausbacken. Wenn Caecilia Lateinisch redete, sprach sie geziert mit seltenen, altertümlichen Ausdrücken, die Octavia Berenike erklären musste. Caecilias Griechisch jedoch verschlug Berenike fast den Atem. Es war ein makelloses, reines Attisch, das die Lehrer in Alexandria Berenike stets einzutrichtern versuchten. Aber weder sie noch ihre Geschwister hatten diese reine Klangfärbung je erreicht. Sie sprachen das Griechisch der gebildeten Ägypter, die ihre Herkunft nicht verleugnen konnten. Aber damit nicht genug: Es gab keinen römischen oder griechischen Dichter, über den Caecilia nicht genau Bescheid wusste.

»Für eine Frau weiß sie viel«, murmelte Berenike ehrfürchtig, als sie vor dem Palast wieder in ihre Sänfte gestiegen waren und Baile, der im Schatten des Säulenumgangs auf sie gewartet hatte, die Vorhänge schloss, um sie den neugierigen Blicken der Menge zu entziehen.

»Sie ist die Tochter von Atticus, dem Freund Ciceros. Er war der reichste Mann der römischen Welt und ließ von seinen Schreibsklaven viele alte Schriften kopieren. Seine Bibliothek war größer als die des Apollo-Tempels auf dem Palatin«, erklärte Octavia. »Er hat die meiste Zeit seines Lebens in Athen verbracht. Dort habe ich ihn selbst kennen gelernt, damals als ich mit dem Triumvir verheiratet war.«

»Und wahrscheinlich hast du die Ehe zwischen Agrippa und der Tochter des Atticus vermittelt«, folgerte Berenike.

»Sie war gerade vierzehn. Kein schlechtes Alter für eine Heirat«, erinnerte sich Octavia. »Antonius hatte die Idee, die beiden zu verheiraten. Caecilia war verliebt in Agrippa. Sie himmelte ihn an. Damals lebten wir alle in Athen, es gab jeden Abend Chor- oder Theateraufführungen, und die Athener jubelten uns zu –« Sie brach ab. Die Zeit mit Antonius in Athen war die glücklichste ihres Lebens gewesen. Ihre Augen wurden feucht.

»Weißt du was? Ich glaube, sie ist in Epirota verliebt, obwohl er nur ein Eunuch ist.« Berenike versuchte, sie in die Gegenwart zurückzuholen.

»Pst, pst!« Octavia schien erschrocken. »Sprich nicht darüber. Er ist ein Sklave, ein Mensch von ganz geringer Herkunft. Du tust ihr unrecht.«

Es gab kein schlimmeres Vergehen für eine vornehme römische Frau, als sich mit Männern »niederer Herkunft« einzulassen. Sich in einen Sklaven zu verlieben überstieg Octavias Vorstellungskraft. Sie fügte noch hinzu, Epirota sei kein Eunuch, weil in Rom die Sitte, Eunuchen zu beschäftigen, im Gegensatz zu Ägypten kaum verbreitet sei.

Die Macht der Liebe. Berenike sah Marcellus vor sich, wie er ihr die Quitte reichte und seine Vorfahren beschwor. Venus war durch den göttlichen Julius ihre eigene Vorfahrin. Venus' kleiner Sohn Amor hatte Flügel, mit denen er jegliches Hindernis überwinden konnte.

Auch sie und Marcellus trennte ihre Herkunft, so wie sie ihren Vater und ihre Mutter in den Augen der Römer getrennt haben mochte.

»Nur die Götter können Liebende trennen«, sagte sie.

Octavia presste die Lippen zusammen und lehnte sich zurück.

In diesem Moment stand es Berenike klar und deutlich vor Augen, wie Caecilia und Epirota sich in den Armen lagen, einander küssten und leidenschaftlich umschlangen. War es die Wahrheit oder nur eine Vorstellung? Sie wünschte sich, dass es die Wahrheit war. Sie wünschte es für Octavia.

DER FALKE AM HIMMEL

Später war Baile klar, dass es ein Zeichen war. Auf dem Rückweg von Alfidias Enkeln, die im Fechten jetzt die wichtigsten Kniffe kannten, war er einen Moment stehen geblieben, um auszuruhen. Sein Rücken schmerzte, die alte Geschichte. Die jungen Racker waren anstrengend gewesen, keine Spur von Müdigkeit hatten sie gezeigt. Eine Attacke war der anderen gefolgt. Der jüngere, Drusus, war begabter als Tiberius, schneller. Er hatte seinem Lehrer einen unangenehmen Hieb mit dem Holzschwert verpasst. Ich werde langsam alt, dachte Baile. Ich hätte den Streich abfangen müssen. Der Kleine würde ein unbesiegbarer Schwertkämpfer werden, das wusste er jetzt schon.

Bailes Sympathien gehörten seinem älteren Schüler, Tiberius, der sich schwer tat gegenüber seinem liebenswürdigen Bruder. Tiberius sagte immer das Falsche, meistens irgendeine unangenehme Wahrheit. Oma, warum hast du falsche Zähne mit Golddraht im Mund? Mater, warum will Oma, dass Drusus und ich die Res publica retten? Allmählich war er schon zu alt, um solche Taktlosigkeiten von sich zu geben. Sein Stiefvater Turinus hielt ihn für ziemlich blöd, aber Baile mochte ihn, weil er ehrlich war und jedes Versprechen hielt. Manche Jungen entwickelten sich eben langsamer. Noch ein, zwei Jahre, dachte Baile, dann ist auch Tiberius erwachsen.

Er setzte sich in den Schatten eines Feigenbaums auf einen Mauervorsprung, und irgendetwas zwang ihn hochzusehen. Da sah er den Falken, einen kleinen rötlich grauen, direkt über seinem Kopf in einiger Höhe rüttelnd. Vermutlich hatte er eine Maus oder eine Eidechse erspäht.

Rücken und Arm hörten nicht auf zu schmerzen. Es brachte nichts, noch länger hier herumzusitzen. Schwerfällig erhob sich Baile und bog um die Ecke.

Und dann traf ihn der Blitz. Noch ehe sein Geist erfasst hatte, dass auf dem Holzpodest eine Sklavenauktion stattfand, noch ehe er wirklich die Sklaven in ihren kurzen Kitteln mit den kreidegeweißten Beinen von den beiden Auktionatoren unterschieden hatte, hatten seine Augen sich in andere Augen versenkt.

Da stand er und hatte nur auf ihn gewartet, den Mund leicht geöffnet, die Augen abwesend in die Ferne gerichtet, als ginge ihn das alles nichts an. Er hatte schwarzes, leicht welliges, halblanges Haar. Noch nie hatte Baile einen Knaben von solcher Schönheit gesehen.

Plötzlich wusste Baile, was der Falke ihm hatte sagen wollen und warum Alfidia ihm den Beutel mit den Goldstücken heute aufgedrängt hatte. »Nimm, Gallier.«

Deshalb hatte er nie versucht, Nefertari nach Rom nachzuholen, und keine ernsthafte Beziehung zu einer römischen Frau begonnen. Die Götter wollten ihm diesen Knaben zuführen. Alles, was er getan hatte, war im Hinblick auf diesen Glückstag ihrer ersten Begegnung geschehen.

Baile drängte sich durch die Umstehenden, die mehr gaffen als kaufen wollten, erklomm das Podest und ergriff die Hand des Knaben.

Die Knie zitterten ihm.

»Da bin ich«, stammelte Baile. »Welche Sprache verstehst du, wo kommst du her?«

DIE KRANKE

Berenike schichtete die Wachstäfelchen um, auf denen Euphorbos die Leiden seiner Patienten geschildert hatte. Sie legte die der Frauen auf einen Stapel und die der Männer auf den anderen. Für einige Patientinnen war sie zuständig. Es waren die kinderlosen Frauen, die Musa und Euphorbos mit Wasserkuren zu heilen versuchten. Manchmal, wenn sie eine der Damen zu den Badewannen begleitete, wurde sie gefragt, ob sie nicht ein ägyptisches Wundermittel kenne, das sich anzuwenden lohne, und Berenike hatte sich fest vorgenommen, demnächst bei Euphorbos die Erlaubnis zu erbitten, das ägyptische Dampfbad anzuwenden. Sie kannte zwei Rezepte und hatte gelesen, dass es ägyptischen Frauen schon vor Jahrhunderten zu reichem Kindersegen verholfen hatte. Da war Cosconia Gallitta, die aus Volsinii nach Rom gekommen war und sich bei Freunden der Familie einquartiert hatte. Seit Monaten war sie schon da, um die Badekur zu machen. Jeden Morgen erschien sie pünktlich. Sie hatte bereits Unsummen für die Behandlung bezahlt. Über dreißig war sie inzwischen und hatte in ihrer langjährigen Ehe noch kein Kind geboren. Es rührte Berenike, wenn Cosconia, den Tränen nahe, ihre Befürchtung mitteilte, ihr Mann werde sich bald von ihr scheiden lassen.

»Es wäre nicht gut, wenn du mit dem Wissen, das du bei uns erworben hast, eine eigene Praxis in Rom aufmachst«, ließ sich Musa vernehmen, als habe er Berenikes Gedanken gelesen.

»Ich bin dankbar, dass ich hier sein darf.«

»Später, wenn du noch mehr Erfahrungen gesammelt hast, könntest du vielleicht dein eigenes Behandlungszimmer im Haus erhalten. Wir müssen Octavia und Turinus davon überzeugen, aber das wird uns gelingen.«

Musa zwinkerte ihr zu. Er saß in der Ecke des großen Behandlungsraums und zerrieb in einem kleinen Marmortiegel mit dem Mörser Kräuter und Pflanzensamen zu einer Spezialmedizin. Musa war entgegenkommender und offener als sein Bruder, der wenig sprach, fast zu wenig für einen erfolgreichen Arzt. Die beiden ergänzten sich gut. Es gab Leute, die es vorzogen, von Musa behandelt zu werden, andere konsultierten lieber Euphorbos.

Berenike konnte sich nicht von den Schreibtäfelchen losreißen. Sie suchte nach Marcellus' Leiden. Immer, wenn von Husten die Rede war, hielt sie inne und las. Euphorbos hatte zuoberst den Namen seiner Patienten festgehalten, darunter war das Datum des ersten Besuchs vermerkt. Es folgten die Angaben zu dem, was er bei der Erstuntersuchung festgestellt hatte, dann kam die Beschreibung der Therapie, der angewandten Mittel und Medikamente.

Manche Menschen lästerten darüber, dass Euphorbos und Musa nicht wie andere Ärzte Krankheiten durch eine schnelle Operation oder ein Medikament beseitigen könnten. Stattdessen würden sie sich in das Leben der Patienten einmischen, ihnen Diätvorschriften machen und zu Sport und kalten oder warmen Bädern raten. Aber die meisten waren glücklich über die strengen Verhaltensregeln, die für jeden Einzelnen ausgearbeitet wurden, denn im Verlauf dieser Behandlung trat bei vielen eine Verbesserung ihres Zustandes ein. Patienten mit Augen- oder Zahnproblemen wurden schon an der Tür abgewiesen und zu den entsprechenden Spezialisten geschickt.

Augenoperationen und Zahnbehandlungen seien eine Wissenschaft für sich, erklärten die Brüder übereinstimmend, zudem ein Handwerk, in dem man sich jeden Tag üben müsse, um es zum Wohl der Kranken auszuführen.

Berenike hatte beschlossen, ihr Wissen zunächst für sich zu behalten, um nicht vorlaut und altklug zu erscheinen. Es war die Zeit des Zuhörens und Beobachtens. Sie sammelte neue Erkenntnisse.

Berenike versuchte selbst mit dem wortkargen Euphorbos Gespräche zu führen, doch nur abends, wenn er Wein getrunken hatte, wurde er gesprächig. Dass die Zeit in jedem Krankheitsgeschehen eine große Rolle spielte, erklärte er ihr einmal an der Haustür, als sie sich schon verabschiedet hatte.

Sobald sie die Schwelle dieses Hauses übertreten und in die weiße Tunika der Helferin geschlüpft war, vergaß Berenike Octavia, die drei Antonias – Selene rechnete sie inzwischen zu der geschwisterlichen Riege dazu –, Marcella und beinahe auch sich selbst. Im Haus von Musa und Euphorbos war sie wieder Berenike aus Memphis, die Priesterin der Sachmet, die Ärztin.

Das Stadthaus der beiden Ärzte war von schlichter Eleganz, technisch aber auf dem neuesten Stand. Sogar in den beiden Behandlungszimmern ragten Wasserhähne aus der Wand. Sklaven und Gehilfen der beiden huschten lautlos umher und führten die Patienten zu den Becken, wo Musa oder Euphorbos Aderlässe und Schröpfungen vornahmen. Manchmal war eine Schulter wieder einzurenken. Darauf verstand sich Berenike gut. Sie brauchte dazu entweder eine Tür oder eine Stuhllehne.

»Ah, Berenike. Gut, dass du da bist. Wir müssen zu einer wichtigen Patientin.« Euphorbos griff schon nach dem Holzkasten mit seinen Instrumenten.

»W-weißt du, was ihr fehlt?«

»Wohl ein Herzanfall.«

Berenike nahm den metallenen Köcher, in dem sie ihre Sonden und Spatel aufbewahrte, und einen Korb mit Verbandszeug und Salben. Draußen stand die Sänfte schon bereit. Sie stiegen ein. Hastig setzten sich die Träger in Bewegung.

Vor einer ockerfarbenen Hausfront hielten sie an und stellten die Sänfte auf den Boden. In der geöffneten Tür wartete ein unreinlich gekleideter, triefäugiger Sklave, der sie zum Tablinum führte, wo seine Herrin mit hochgebettetem, halb entblößtem Oberkörper auf einer Kline lag. Ihr Gesicht war aschfahl, die Hände zitterten stark. Ein bildhübscher Puer stand neben ihr und fächelte ihr Kühlung zu. Aus weit aufgerissenen Augen starrte die Kranke einen lebensgroßen Marmorkopf auf einem kleinen Dreieckstisch an.

Euphorbos hielt sich nicht mit Höflichkeiten auf. Er kniete nieder und fühlte den Puls der Patientin. Am Boden vor ihr saß auf einem Polster ein Junge, den Berenike erst erkannte, als er sich zu ihr umdrehte.

»Was machst du hier, Tiberius?«

»Ich stehe ihr bei.« Seine Stimme klang mühsam beherrscht. »Hoffentlich kommt meine Mutter bald.« Seine Augen waren verweint. »Ihr müsst meiner Großmutter helfen«, sagte er leise.

Berenike strich ihm über das widerspenstige Haar. »Wir sind dabei.«

In Euphorbos' Augen versuchte sie zu lesen, wie es um die Kranke stand. Er kritzelte etwas auf sein Wachstäfelchen und griff nach einer dunkelblauen Phiole in seinem Kasten.

»Bathyllus will ich Maecenas schenken, hast du gehört, Tiberius? Es steht nicht in meinem Testament. Maecenas wollte ihn immer haben.«

Berenike erkannte Alfidia an der Stimme. Dann stieß sie einen Schrei aus. Die Wölfin lag unter der Kline und hatte ihr die Füße geleckt.

»Sie ist zahm«, sagte Euphorbos kurz, der das Tier offenbar kannte.

»Schwör mir«, keuchte Alfidia und griff nach der Hand ihres Enkels.

»Alles, was du willst«, antwortete Tiberius.

»Schwör mir, dass du die Republik wiederherstellen wirst.«

»Oma, wie soll ich das tun? Ich bin nur ein Junge.«

»Dann schwöre ich es«, erklärte Drusus, der aus dem Hintergrund hervorgeschossen war. Das Gesicht des Zwölfjährigen war schmaler als das bäuerliche seines Bruders.

»Beim Genius des Claudianus, meines Großvaters, und bei den Laren dieses Hauses, bei Jupiter und Juno, schwöre ich, dass ich alles tun werde, um die Res publica wiederherzustellen wie zu den Zeiten der Vorfahren.«

»Guter Junge«, keuchte Alfidia.

»Trink einen Schluck, Herrin.« Euphorbos hielt Alfidia eine Schale mit Wasser hin, in die er Tropfen aus der Phiole geschüttet hatte.

»Es ist zu spät, Medicus«, sagte sie, als deklamiere sie den Text einer Tragödie. »Zu spät für Alfidia.«

Euphorbos beugte sich über sie und träufelte ihr, leise die Tropfen zählend, eine dunkle Flüssigkeit aus der blauen Phiole auf die Zunge.

»Du wirst leben, Alfidia, glaube mir.«

Alfidia sank zurück und atmete heftig. Unter dem Bett hechelte die Wölfin.

»Es lebe die Res publica!«, schrie Drusus. »Hörst du mich, Oma?«

Tiberius warf dem jüngeren Bruder einen gequälten Blick zu. Der Kleine hatte die theatralische Begabung seiner Großmutter. Er selbst konnte dabei nicht mithalten, nüchtern, wie er war.

Unwillkürlich drehte Berenike den Kopf zur Tür; auch Euphorbos und der Puer wandten sich um.

Turinus war eingetreten, in eine weiße Toga gekleidet. Er stützte eine Frau, die etwas kleiner war als er. Ihr Gesicht besaß die klare Schönheit einer Göttin, ihre Frisur war schlicht und eben dadurch raffiniert. Monatelang hatte Berenike sich vor dem Zusammentreffen mit Livia gefürchtet, und jetzt war alles ganz anders, als sie es sich in ihrer Vorstellung ausgemalt hatte. Livia war nicht die heimliche Herrscherin Roms, sondern die verängstigte Tochter einer Mutter, die mit dem Tod rang.

Euphorbos und Berenike wichen zurück, als sie an Alfidias Bett trat.

»Mater«, flüsterte sie, »stirb nicht. Du wirst noch gebraucht.«

»Könnt ihr sie retten?« Turinus hatte Berenikes Arm ergriffen und sah sie an, als hinge alles von ihr ab.

»Ja«, sagte Berenike plötzlich. »Sie wird leben.«

»Danke. Danke, Berenike«, stammelte Turinus. »Es ist so wichtig für meine Livia.«

Euphorbos warf Berenike einen ärgerlichen Blick zu. Sie hielt ihm stand.

Mit schrägem Blick schlich Bubastis an Octavia und Berenike vorbei. Im Maul hielt sie einen großen Vogel, eine Amsel oder sogar eine Taube.

»Sie fühlt sich hier wie in Alexandria.« Octavia hob den Blick nicht von ihrem Webrahmen, während sie das Schiffchen mit der feinen hellen Schafswolle durch die Kettfäden fuhr.

»Weben war in Ägypten Sklavenarbeit«, sagte Berenike vorsichtig. Ganz zu schweigen davon, dass man in Ägypten solche Kleidung überhaupt nie getragen hätte. Nur die Nomaden in der Wüste hüllten sich in wollene Stoffe. Sie überlegte, wo Marcella wieder sein mochte. Das Mädchen war noch schmaler geworden, aß kaum noch etwas und schloss sich stundenlang in ihrem Zimmer ein. Manchmal hörte man sie laut singen, dann wieder war es totenstill.

Octavia machte sich um ihre Älteste keinerlei Sorgen. Angesprochen auf ihren Zustand, lachte sie allenfalls und sagte, Mädchen im schwierigen Alter seien eben so.

»Es ist eine schöne Arbeit. Auch Livia webt die Stoffe für die Gewänder meines Bruders und ihrer Söhne.«

»Auch Livia? Sie ist doch Königin.« Berenike hatte plötzlich das dringende Bedürfnis, ausführlich über Livia zu sprechen. Livia, das hatte sie begriffen, besaß einen anderen Charakter als Kleopatra und war auch nicht zu vergleichen mit Octavia, die nun schon so lange ihr eigenes Haus führte ohne die Aufsicht eines männlichen Haushaltsvorstands.

Octavia lächelte geduldig. »Nein, sie ist keine Königin. In Rom gibt es keine Könige mehr. Sie ist die Ehefrau des ersten Bürgers der Res publica.«

»Das ist doch albernes G-G-etue.«

»Nein, es ist kein albernes Getue. Deswegen webt sie auch ihre Stoffe selbst. Und schau dir meinen Bruder an –«

»T-Turinus«, sagte Berenike und seufzte tief. »Er trägt kein D-Diadem, aber trotzdem ist er K-König. Alle fürchten ihn.«

»Er ist der Princeps und der Sohn des göttlichen Julius, nicht *rex*«, begann Octavia zu erklären. »Er hat die Bürgerkriege beendet und das Leben römischer Bürger geschont. Er will gerade kein Rex in der Art der frühen römischen Könige sein. Deswegen wird er geliebt und vom Senat geehrt. Viele Priesterämter sind ihm übertragen worden, und er ordnet die Dinge in den römischen Tempeln neu – nach den alten Regeln. In den Bürgerkriegen sind die Tempel Roms verfallen. Jetzt werden sie wieder hergerichtet.«

Berenike verstand immer noch nicht, worin der Unterschied zwischen dem altrömischen Rex und dem Princeps bestehen sollte. In ihren Augen war Turinus König von Rom. Er benahm sich wie ein solcher, und die Menschen, die sie gesehen hatte, behandelten ihn entsprechend. Wo lag da der Unterschied?

»Übrigens ...« Octavia zögerte einen Moment. »Turinus glaubt, du hättest Alfidias Leben gerettet.«

»Euphorbos hat mir keine Gelegenheit dazu gegeben.«

»Livia sagte, es sei deine Anwesenheit gewesen. Die Sicherheit, mit der du sagtest, sie werde den Herzanfall überleben. Immer wenn ich sie sehe, fragt sie nach dir. Wahrscheinlich wird Livia dich zu einem ihrer Frauenessen einladen.«

Berenike war der Gedanke unangenehm, mit Livia zusammenzutreffen. So lange waren sie sich aus dem Weg gegangen, und nun mussten sie sich ausgerechnet an Alfidias Krankenbett begegnen. Alfidia war noch während des Arztbesuchs eingeschlafen und hatte sich erholt.

Euphorbos hatte geraten, sie solle die herzstärkenden Tropfen immer bei sich tragen und körperliche Anstrengungen vermeiden. Mehr, so hatte er Berenike erklärt, könne er in diesem Fall nicht tun.

Octavia führte den beinernen Kamm gegen das soeben gewebte Stück. Es war makellos. Berenike strich mit dem Finger über den Stoff. Er fühlte sich rau, aber gut an.

»Erst wenn er viele Male gewaschen worden ist, trägt er sich wirklich angenehm am Körper«, erklärte Octavia. »Versuch es doch auch einmal mit dem Weben.«

»J-Ja, vielleicht.« Berenike wusste nicht, ob sie das wirklich wollte. War sie eine Magd, eine Sklavin? »Es ist unköniglich. M-Meine M-Mutter würde aufschreien, wenn sie mich dabei sähe.«

Was war nur in diese Frauen gefahren, Livia und Octavia? Allen Ernstes setzten sie sich Morgen für Morgen vor den Webstuhl, webten ihr Stück Wollgewand und bekamen raue Finger und abgebrochene Fingernägel von dieser Arbeit. Dabei hatten sie viel zu tun. Jeden Tag in aller Frühe empfingen sie ihre Klienten und Freigelassenen. Danach musste die Arbeit an die Hausverwalterin und den Sekretär vergeben werden. Beide Frauen führten eine umfangreiche Korrespondenz. Viele Menschen schrieben ihnen Bittgesuche wegen der unterschiedlichsten Probleme, die zu heikel waren, um sie dem Princeps persönlich vorzutragen. Die beiden mächtigsten und einflussreichsten Damen der römischen Gesellschaft spielten Bäuerin. Für sie, Berenike, gehörte es sich, serische Seide zu tragen. Auch in der größten Hitze des Sommers kühlten die Kleider aus serischem Stoff. Sie würde die römischen Gewänder aus groben Wollstoffen niemals tragen. Und Octavia hatte sie auch nie dazu gezwungen. Selene dagegen, »die dritte Antonia«, wie alle sie scherzhaft nannten, trug inzwischen Tag für Tag ihr römisches Wollgewand.

»D-diese Kleider kratzen bestimmt. Nicht einmal unsere Sklaven hätten sie getragen. Davon bekommt man Ausschlag. Und Läuse und Flöhe.«

Wie immer, wenn sie ihr nicht zustimmte, lächelte Octavia nur stumm.

»Dein Vater hat die wollenen Gewänder auch nur ungern getragen. Er hat die leichteren griechischen Stoffe bevorzugt«, erklärte sie plötzlich. »Ja, er war schon sonderbar. Weißt du, was er immer gesagt hat?«

Berenike sah sie mit offenem Mund an.

»Er sagte, von wollenen Gewändern bekomme ich Kopfschmerzen.«

Ihr Vater, der göttliche Julius. Auch er hatte die wollenen Kleider nicht ausstehen können. In Berenike stieg das alte Glücksgefühl auf. Pater, o Pater, dachte sie. Wieder etwas, was mich mit dir verbindet. Ihren Vater liebte man in Rom, alle kannten ihn. Octavia und Turinus kannten ihn besser als alle anderen Menschen. Sie sprudelte los und artikulierte jedes Wort klar. »Octavia, du hast ihn sicher gut gekannt. Er war dein Onkel. War er oft bei euch im Haus?«

»Wenn er in Rom war, hat er uns immer besucht. Wir waren seine nächsten Verwandten, nachdem seine einzige Tochter gestorben war.«

»Seine einzige römische«, verbesserte Berenike.

»Ja, du kleiner Goldfasan«, sagte Octavia und drückte sie kurz an sich. »Ich weiß doch, dass du die Tochter des göttlichen Julius bist.«

Seine einzige lebende Tochter, dachte Berenike, sein einziges Kind, das überlebt hatte, nachdem Caesarion und Julia tot sind.

DER DELICATUS

Als Geryas an Bailes Arm die Treppe hinabtänzelte, begriff Berenike, dass sie Bailes Lustknaben vor sich hatte. Sie schnappte nach Luft. Sie hatte ihn schon vorher gesehen, aber ohne zu wissen, dass er der Sklave war, den Baile am Platz des Hercules Defensor gekauft hatte. Geryas lungerte ständig faul herum, da es ihm an Beschäftigung fehlte, und tat sich dadurch hervor, dass er bald alle Neuigkeiten wusste. Baile, völlig vernarrt in seine Neuerwerbung, stattete ihn mit allem nur möglichen Sportzeug aus, das der Junge haben wollte, behängte ihn mit goldenen Kettchen und bat Berenike, sich um den Hautausschlag seines Geliebten zu kümmern.

Geryas stammte aus dem syrischen Antiochia. Sein Griechisch hatte die harte Färbung der Syrer, die außerdem Aramäisch sprachen. Er kam aus der größeren Haushaltsauflösung eines verstorbenen reichen Antiocheners, dessen Erbe in Rom wohnte und der Sklaven und Möbelstücke, die er nicht brauchte, auf einer Auktion versteigert hatte.

»Er badet zu viel«, stellte Berenike nach der Untersuchung

fest. Geryas hatte den Raum wieder verlassen, es langweilte ihn sichtlich, Berenike zuzuhören. »Auch scheint seine Haut das antiochenische Salböl nicht zu vertragen.«

»Könntest du nicht etwas freundlicher zu ihm sein? Geryas hat Angst vor dir.«

»Kauf dir einen anderen!«, fuhr Berenike auf. »Geryas ist dumm.«

»Warum sagst du so etwas? Ich liebe ihn.«

Berenike warf Baile einen gequälten Blick zu. Er sollte sie in Frieden lassen mit seinen Liebesangelegenheiten. Sie konnte Geryas nicht ausstehen. Er war überflüssig. Baile war zu alt für einen Lustknaben.

Geryas war nicht dumm, er wirkte nur so, wenn er mit weltabgewandtem Blick und halb offenem Mund durch die Gänge des Hauses strich, immer auf der Suche nach jemanden, der ihm etwas erzählte. Er hatte eine eigenartig gebogene Nase, die seinem Gesicht etwas Raubvogelartiges verlieh. Obwohl er ein *delicatus* war, hatte Berenike das Gefühl, dass nicht Sexualität ihn in erster Linie interessierte, sondern die Geschichten, die er den Ammen, Sklaven und Freigelassenen der Villa Antonia entlockte. So fand sie auch nichts Erstaunliches daran, dass er oft mit dem Gladiator Alexis am Fuß der Treppe hockte und mit ihm Griechisch sprach. Sie passten zusammen. Berenike konnte beide nicht leiden.

Eines Tages, es war die Zeit der Sprechstunde im Haus der Antonii, standen beide vor ihr, Alexis und Geryas. Geryas trug ein leichtes blassgrünes Hemdchen, hatte wie immer diesen leicht nach oben gewandten Blick und klimperte mit seinen Armbändern. Auch seine Sprechweise war schleppend und langsam. Berenike saß vertretungsweise auf Euphorbos' Platz und sah mit mühsam gebändigtem Zorn von ihrem Stapel Schreibtäfelchen zu den beiden auf.

»Sei gegrüßt, *kyria.*« Geryas versäumte nie, sie »Kyria« zu nennen.

»Wir möchten dich sprechen, es ist aber notwendig, dass die Tür geschlossen wird und die Sklavin hinausgeht«, setzte Alexis an.

»Lass uns einen Moment allein, Merit«, bat Berenike missmutig.

»Hör zu, Kyria«, Alexis beugte sich vor und stemmte die muskulösen Arme auf die Tischplatte. »Jemand muss Marcella untersuchen.«

Berenike begriff nicht gleich, worauf er hinauswollte.

Alexis redete und redete, und Geryas gab ab und zu einen Brummlaut von sich. Berenike verstand immer noch nicht, warum Alexis ihn mitgebracht hatte. Schließlich konnte sie ihre Wut nicht mehr beherrschen.

»Verschwinde, Delicatus, und sag Merit, sie soll sofort hereinkommen. Warum hast du mich aufgesucht, Alexis, und nicht Musa oder Euphorbos?«

»Kyria, du bist eine Frau. Dir wird Marcella eher vertrauen.«

»Warum ist Marcella nicht selbst gekommen?«

»Bei Jupiter, sie weiß noch nicht einmal, dass ich bei dir bin. Baile meinte, ich sollte mit dir sprechen.«

»Ach ja, Baile.« Warum hatte Baile die beiden vorgeschickt? Berenike begann, an den Fingernägeln zu kauen. Sie sah ihn gar nicht mehr in letzter Zeit. Kaum, dass sie noch miteinander sprachen. Daran war nur Geryas schuld.

Alexis stand immer noch vor ihr mit unglücklichem Gesicht. Er mochte ein guter Gladiator sein, hinter dem die Frauen Roms her waren, als Mensch machte er eine schlechte Figur. Er nuschelte verlegen und gebrauchte falsche Ausdrücke, wie jemand, der sich angestrengt bemüht, gehoben zu sprechen. Er duftete nach teuren Salbölen, trug Sandalen aus feinstem Kalbleder und hatte die Seele eines Kindes.

»Ich habe Angst um sie«, sagte er hilflos. »Aber, Kyria, du hast das Vertrauen von Domina Octavia.«

»Wenn ich dir einen Rat geben darf, dann den: Verschwinde für eine gewisse Zeit aus Rom. Ich weiß nicht, was passiert, wenn sich herausstellt, dass du die Nichte des Princeps verführt hast.«

»Ich werde Marcella nicht allein lassen«, sagte Alexis. »Ich bin keiner, der sich aus dem Staub macht.«

Berenike überdachte noch einmal alles.

»Werden sie sie prügeln?«, fragte Alexis ängstlich.

Berenike warf ihm einen zornigen Blick zu. Idiotische Vorstellung, dass Octavia eine ihrer Töchter schlagen würde. So hatten sie es wahrscheinlich in Alexis' Familie gehalten. Was fand Marcella an diesem ungehobelten Gesellen mit dem hübschen Gesicht und dem athletischen Körper nur so anziehend?

»Gut, warten wir ab«, sagte sie. »Die Untersuchungen brauchen drei Tage, dann kann ich sagen, wie es steht.«

Alexis ergriff ihre Hände und küsste sie ehrfurchtsvoll.

»Kyria«, sagte er, »wenn du dich um sie kümmerst, wird alles gut werden.«

»Untersteh dich, Geryas noch einmal mitzubringen.«

Merit trat wieder herein. Berenike sah ihrem Gesicht an, dass sie längst über die Angelegenheit Bescheid wusste. Alexis schlich davon wie ein geprügelter Hund.

Berenike nahm ihre Dienerin in den Arm, was sie sonst nie tat. Sie hielt nichts von Gefühlsausbrüchen.

»Merit«, sagte sie, »ich weiß nicht, wie diese Sache gut ausgehen kann.«

»Ich auch nicht«, sagte Merit. »Herrin, sie sind so schön, die beiden, und so berühmte Leute.«

»Genau das ist ja das Dilemma.«

»Du musst mit Octavia sprechen und mit Marcellus. Nur du kannst es.«

Die Kleine war klug. Berenike verdrehte die Augen vor Verzweiflung.

»Was machst du da, Berenike?« Marcellus war leise eingetreten und beobachtete, wie sie gelbe Flüssigkeit über Getreidekörner goss. Um ungestört zu sein, hatte sie sich in ihr Zimmer, das einstige Antyllus-Zimmer, zurückgezogen.

»Es ist eine Untersuchung, um festzustellen, ob eine meiner Patientinnen schwanger ist«, sagte sie missgelaunt.

Er umarmte sie.

»Gewollt oder ungewollt?« Marcellus kicherte. »Was für eine Flüssigkeit ist das?«

»Urin, morgens gesammelt. Es ist ein in Ägypten entwickeltes Verfahren. Wenn die Körner keimen, ist die Frau schwanger, obwohl sie es noch nicht wissen kann.«

»Ein ägyptischer Aberglaube, willst du wohl sagen. Gibt es eigentlich auch ein römisches Mittel, um zu erfahren, ob eine Frau empfangen hat?«

Berenike wies auf den Topf mit der Grünpflanze. »Das ist eine Malve. Jetzt sind ihre Blätter grün. Ich übergieße sie mit Urin, und wenn sie in drei Tagen nicht verdorrt sind, sondern immer noch grün, ist die Frau schwanger. Zur Sicherheit führe ich beide Untersuchungen durch.«

»Kenne ich die Schwangere? Heißt sie vielleicht Berenike?«

»Es gibt Frauen in meinem Alter, die Großmütter sind«, sagte Gallitta leise. Es klang wie ein Vorwurf. Sie ließ sich in die Wanne gleiten, aus der Dämpfe hochstiegen. »Mein Seius wünscht sich einen Sohn. Ich habe keine Hoffnung mehr.«

Cosconia Gallitta hatte einen ebenmäßigen Körper und Brüste, die weder zu groß noch zu klein waren.

»Warum adoptiert ihr nicht jemand aus der Verwandtschaft? So ist es doch bei den Römern üblich.« Wie taktlos die Bemerkung war, merkte Berenike, als sie die Tränen in Gallittas blauen Augen aufsteigen sah. Verlegen senkte sie den Blick.

»Erst, wenn wir alles versucht haben – und ich weiß nicht, wie Seius es meint. Vielleicht denkt er schon darüber nach, eine andere Frau zu nehmen.«

»Ich kenne Frauen, die sogar mit vierzig noch Mutter geworden sind.«

»Er hat eine Freigelassene, mit der er sich heimlich trifft«, flüsterte Gallitta kaum hörbar. »Er glaubt, dass ich das nicht weiß, aber ich habe sie beobachtet.«

»Schlaft ihr noch miteinander, du und dein Mann?«

»Ja, manchmal«, schluchzte Gallitta und schlug die Hände vors Gesicht.

»Liebt er dich?«

»Ich weiß es nicht. Aber meine Familie ist sehr einflussreich, verstehst du. Von einer Frau wie mir lässt sich kein Mann einfach so scheiden – es sei denn ...«

Es sei denn, er erhoffte sich Nachwuchs von einer anderen Frau. Berenike seufzte. Sie glaubte nicht an die Wirkung der Wasserkur im Fall von Kinderlosigkeit. Auch Livia wollte unbedingt noch einmal schwanger werden. Sie kam nicht in die Praxis, aber Berenike kannte das Geheimnis von den Schreibtäfelchen mit den Namen der Patienten. Obwohl sie in ihrer ersten Ehe zwei Jungen geboren hatte, war die Verbindung mit Turinus kinderlos geblieben. Auch Livia badete seit Jahren in den von Musa angeordneten Kräuterbädern.

Eine verkehrte Welt, in der die einen zu viele Kinder haben und die anderen zu wenige oder gar keine.

VERGILIUS

Es war ein besonderes Jahr. Spannungen lagen in der Luft. Es ging um Dinge, die Berenike, inzwischen siebzehn Jahre alt, nur langsam begriff, die sich wie die Steinchen eines Mosaiks auch nur allmählich zu einem Bild zusammensetzen ließen. Baile erzählte ihr mit aufgeregter Stimme, ein Volkstribun habe sich im Senat vor dem Princeps niedergeworfen und ihm nach hispanischer Sitte sein Leben geweiht. *Devotio* nenne man einen solchen Akt.

»Was hat d-das zu bedeuten?«, fragte Berenike.

»Die Stimmung ist schlecht. Es wird mit Gewalttaten gerechnet«, murmelte Baile. »Der Sold der Praetorianer ist verdoppelt worden, um ihre Einsatzbereitschaft zu erhöhen.«

Es gab die mächtigen Adelsfamilien, die Turinus seine Machtstellung vorwarfen, Feldherren, die sich für tüchtiger hielten als ihn. Es wurde viel von der alten Republik geredet, in der immer zwei Konsuln an der Spitze des Staates gestanden hatten. Die beiden Konsuln gab es auch jetzt, über ihnen aber befand sich der Princeps mit einer Machtfülle, wie sie nur der göttliche Julius Caesar innegehabt hatte. Ein Monarch sei er in Wirklichkeit, und bald werde er sich ein Diadem aufsetzen, wurde gemunkelt. Und ob es nicht recht und billig sei, einen Tyrannen zu beseitigen, so wie Brutus Caesar getötet hatte, wurde in Papyrusblättern gefragt, die morgens vor den Tempeln lagen und von der städtischen Aufsicht schnell eingesammelt wurden.

Eines Abends erschien eine verhüllte Frau im Haus der Antonii. Sie kam ohne Begleitung, was ungewöhnlich war. Ohne Berenike und Selene zu begrüßen, ließ sie sich in Octavias hinteres Zimmer führen. Dort blieben die beiden Frauen lange Zeit und unterhielten sich flüsternd. Berenike konnte nicht feststellen, dass die Besucherin das Zimmer wieder verließ. Als Berenike am anderen Morgen Octavia begegnete, war die Schwester des Princeps ernster und schweigsamer als sonst. Nicht einmal mit den Antonias wollte sie sprechen.

»Wer war die Frau, die zu dir gekommen ist?«, fragte Jullus. Er war jetzt an die zwanzig und immer noch nicht verheiratet. Da es sein Haus war und groß genug für sie alle, lebte er die meiste Zeit des Jahres weiterhin mit Octavia und der Schar von Halbgeschwistern und Berenike zusammen.

»Frag nicht danach. Ich möchte es dir nicht sagen«, antwortete Octavia schroffer, als es ihre Art war.

»Unsere Mutter verschwört sich gerade gegen den Princeps«, witzelte Marcellus. »Ich bin sicher, du hast eine Verschwörerin in deinem Haus aufgenommen. Ich glaube nicht, dass dein Bruder dir das verzeihen wird. Habt ihr beschlossen, die Republik zu errichten mit dir als Lenkerin des Staates? Wollt ihr vor den Senat treten? Oder verhandelt ihr noch mit den Praetorianern?«

»Mutter kann es. Sie hat den Status der Sacrosanctitas. Was auch immer sie tut, sie darf nicht zum Tode verurteilt werden«, sagte Jullus. »Wer sich in ihren Schutz begibt, darf nicht verfolgt und bestraft werden.« Er war sich dessen bewusst, dass er vermutlich nur durch Octavias Fürsprache noch am Leben war und sogar das Wohlwollen des Princeps genoss. Keiner verlor daraufhin mehr ein Wort über die geheimnisvolle Fremde.

Doch Berenike bemerkte einen dunkelblauen Mantel aus feinster griechischer Wolle, der über der Truhe im Gang ausgebreitet war, und beugte sich unwillkürlich darüber. Es war der Duft von Caecilias asiatischem Öl, den sie erschnüffelte, und sie zweifelte nicht mehr daran, dass ihre Vermutung richtig war.

Die Getreidekörner hatten ausgetrieben, und die Malvenblätter waren immer noch grün.

»Heilige Mutter Isis, erhabene Sachmet«, betete Berenike. »Marcella ist schwanger von Alexis, und ich bin zu feige, das zu tun, was von mir erwartet wird. Gebt mir einen Ratschlag. Ich weiß nicht, was ich tun und an wen ich mich wenden soll.«

Vom Stadtteil Carinae war es nicht weit zum Haus des Maecenas. Octavia hatte sich mit ihren Töchtern und den Kindern Kleopatras zu Fuß dorthin aufgemacht. Im Park auf dem Esquilin sangen die Vögel in den Büschen. Das Haus des Maecenas war vergleichbar mit einem der Prinzenpaläste in Alexandria. Die Türen waren höher als in den älteren Bauten normaler Senatoren, die Säulen aus kostbarem Marmor schimmerten bläulich oder rosig, die Mosaiken auf den Böden stammten von griechischen Meistern.

Berenike genoss es, hier zu sein, obwohl ihr die Zusammentreffen mit der Familie des Princeps immer etwas unangenehm waren. Es ärgerte sie, wenn Drusus und Tiberius vertrauensvoll auf Baile zusprangen und ihn begrüßten, als sei er ein Verwandter. Jedes Mal, wenn sie Turinus sah, krampfte sich Berenikes Herz zusammen, und bei Livias Anblick wurde Berenike abwechselnd rot und blass.

Heute würde der Dichter Vergilius Maro aus seinem neuen Werk über den altrömischen Helden Aeneas lesen. Maecenas, kleinwüchsig und quirlig, mit einem schönen, scharf geschnittenen Profil, führte den Poeten in den Raum. Er wirkte verlegen und bat um einen Becher Rotwein, ehe er begann. Baile ließ sich am Rand der Sitzrunde nieder. Drusus warf einen Stuhl um, als er auf ihn zueilte.

»Ich habe zwei Narben«, schrie er lauthals. Livia war es sichtlich peinlich, und Alfidia zerrte ihren Enkel zurück.

Vergilius hatte die kräftigen Arme und das breite Gesicht eines Landbewohners. Auch sein wettergegerbtes Gesicht zeigte, dass er gewohnt war, sich im Freien aufzuhalten.

Livia, schön wie die Göttin Juno, hatte sich neben Octavia gesetzt. Turinus war nur kurz aufgetaucht und schnell wieder gegangen. Er hatte ein paar Witze mit seinem Freund Maecenas gemacht, ihn gedrückt und »Salve, du mein parfümiertes Hurenkissen« gerufen, eine kurze einleitende Rede zu Vergilius' Lesung gehalten und sich dann mit dringenden Staatsgeschäften entschuldigt.

Das passte zu ihm, so bescheiden war er. Denn während der Poet las, begriff Berenike, dass Aeneas, der Held seines Buches, viele Gemeinsamkeiten mit dem Princeps hatte. Octavia war sichtlich ergriffen von den Worten, mit denen Vergilius das Schicksal des Aeneas schilderte. Aeneas hatte sein Söhnchen und seinen alten Vater aus dem brennenden Troja gerettet und war mit ihnen aufgebrochen, um irgendwo im Westen ein neues Troja zu gründen, das zukünftige Rom. Die unsterblichen Götter hatten ihn als den erkoren, dem diese Aufgabe zukam. Unter Aufopferung seines persönlichen Glücks sollte er auf unendlich mühsame und schmerzliche Weise die Ewige Stadt errichten. Durch blutigen Staub und über Leichen musste er sich kämpfen und jahrelang leiden. Vergilius war ein begabter Dichter, der ein Epos schaffen wollte, wie es Homer mit der »Odyssee« und der »Ilias« getan hatte. Turinus bezahlte ihn für dieses Werk, das seine Leistungen verherrlichen sollte.

»Es wird zehn Jahre dauern, bis es fertig ist«, wehrte der Dichter verlegen ab, als die Anwesenden ihn beglückwünschten. »Zehn Jahre, und man weiß nicht, was dabei herauskommt.«

Vielleicht war es ihm auch peinlich, zehn Jahre lang einen Lobgesang auf den Princeps anzustimmen.

Vergilius knetete die Hände und trat von einem Fuß auf den anderen. Es war ihm anzumerken, dass ihm die Gesellschaft so vieler Zuhörer unangenehm war. Jullus hatte einige eigene Gedichte mitgebracht, die er neuerdings in seinen Mußestunden verfasste, und wollte Vergilius nötigen, sie gleich durchzulesen und ein Urteil abzugeben.

»Ich werde sie lieber mitnehmen und sorgfältig durchlesen, ehe ich mich dazu äußere.«

»Alle, denen ich sie vorgelesen habe, waren begeistert«, versicherte Jullus. »Sie sind wie die von Pindar. Mater sagt auch, sie hören sich so großartig an wie Pindars.«

»Sie sind wunderbar. Der Junge ist zweifellos auch als Dichter begabt«, pflichtete Octavia bei. »Sein Vater hat manchmal auch Verse geschrieben. Es gehört gar nicht viel dazu, sagte er immer. Leider hatte er nicht genug Zeit dazu.«

Vergilius warf ihr einen gequälten Blick zu und fragte, ob sie ebenfalls dichte. Octavia verneinte.

»In jedem Menschen ist mindestens ein Gedicht begraben, das sich eines Tages seinen Weg bahnt«, sagte Vergilius lächelnd. »Dichtest du auch?«, wandte er sich an Juba, der mit finsterem Gesichtsausdruck nur zugehört hatte.

»Ich kann nur Prosa schreiben. Mich interessiert die Vergangenheit. Das, was war, was ist und was immer sein wird. Ich liebe die Klarheit und die Wissenschaft.«

Berenike wunderte sich über die Leidenschaft, mit der er sprach.

Octavia hatte bei der Lesung die Tränen kaum zurückhalten können, während die Jugend ungeduldig auf den Sitzen hin und her gerutscht war.

Hinterher gab es Wein und Gebäck, und man sprach über Ägypten.

Sie waren zurück in Carinae. Marcella hatte sich ohne ein Wort wieder vor den Webstuhl gestellt.

»Sie beleidigen unsere Mutter, Octavia. Immer wenn die

Rede auf Ägypten und Kleopatra kommt, wird unsere Mutter Hure genannt.« Selene führte Berenikes Gedankengang fließend fort. Sie war inzwischen dreizehn, hatte weibliche Rundungen angenommen und weinte schnell, wenn sie sich ärgerte oder aufregte. Wie ihr Zwilling Alexandros aß sie gerne Süßes und große Mengen von allen Speisen, aber es setzte bei ihr nicht so stark an wie bei ihm.

»Wenn man in Rom seinen politischen Gegner beschimpfen will, sagt man, er habe sich in seiner Jugend gegen Geld älteren Männern hingegeben. Seit Jahrhunderten beleidigen sich Römer auf diese Weise. Jeder weiß, dass es nur üble Nachrede ist, die nicht viel zu bedeuten hat. Ihr dürft so etwas nicht wörtlich nehmen«, erklärte Octavia. »Kleopatra war eine gute Königin für Ägypten. Sie ist für ihr Land gestorben, so heldenhaft wie eine Römerin aus der Vorzeit. Aber sie war eine Feindin Roms. Immer wieder sagte sie, der Tag werde kommen, an dem sie, eine Frau, in Rom auf dem Kapitol sitzen und Gericht sprechen werde. Sie wollte Alexandria zur Hauptstadt des Römischen Reiches machen. Sie und Antonius wollten Herrscher, Könige, über dieses Reich sein. In Rom wird man niemals Könige dulden. Rom war immer eine Res publica. Und unter Turinus wird es zu einer besseren Res publica, einer geordneten, friedlichen, ohne Bürgerkrieg und Zwietracht. Mein Bruder hat wieder Eintracht geschaffen, das ist sein größtes Verdienst. Er hat die Res publica wiederhergestellt. Deshalb hat ihm der Senat den Eichenkranz für die Rettung von römischen Bürgern verliehen und das Recht, die Haustür mit zwei Lorbeerzweigen zu schmücken.«

Es hörte sich gut und sachlich an. Berenike wurde es leichter ums Herz.

»Die Res publica hat immer zwei Konsuln an ihrer Spitze gehabt, zwei, die sie gemeinschaftlich leiteten. Manchmal gab es für eine beschränkte Zeit einen Diktator. Immer wurde im

Senat von Hunderten von Senatoren über die Gesetze abgestimmt. Immer wurden die Gesetze der Alten eingehalten.«

»Der zweite Mann in Rom, der zweite König, ist Agrippa«, sagte Berenike.

Octavia sah erstaunt auf, als müsste sie erst darüber nachdenken.

»Ja«, sagte sie dann. »Agrippa ist der zweite Mann in Rom. Aber vergiss nicht, Rom ist eine Res publica, eine öffentliche Sache, keine Tyrannis und kein Königreich, wie es sie im griechischen Osten und in Ägypten gab und noch immer gibt. Zwei Männer an der Spitze des Staates bedeuten das Gegenteil von Tyrannis.«

Ihr Blick wanderte zu Marcellus, der mit Alexandros Ball spielte. So männlich er als Reiter wirkte, beim Ballspiel machte er keine gute Figur. Er war ein ungeschickter Spieler im Vergleich mit Berenikes etwas zu dick geratenem Bruder, den ein unsichtbares Band mit der Pelota zu verbinden schien.

Aber für Berenike war Marcus Claudius Marcellus jetzt mehr als der geheimnisvolle blasse Junge auf dem Pferd, der den Triumphator Turinus begleiten durfte. Seit dem Tag, an dem sie im Haus der Marcelli gemeinsam die Quitte gegessen hatten, gab es nichts mehr, was sie voneinander trennen konnte. Sie war stolz auf ihn, sie liebte ihn aus ganzer Seele, und sie dachte jeden Tag darüber nach, warum Octavia sie noch nicht darauf angesprochen hatte, da sie doch sonst alles bemerkte, was in ihrem Haus vorging.

Marcellus blieb stehen, griff sich an die Seite und hustete.

»Er wird den Husten nicht los«, murmelte Octavia.

»Wenn er in Ägypten groß geworden wäre, hätte er keinen Husten«, sagte Berenike im Brustton der Überzeugung. Sie hatte mit Musa über die Lungenkrankheit gesprochen. In trockenem, heißem Klima kam sie ganz selten vor.

Marcellus kam zu ihnen herüber. Er hatte gehört, was Berenike gesagt hatte.

»Ja, gehen wir nach Ägypten, du und ich«, sagte er und ergriff Berenikes Hand. »Musa hat gesagt, gegen meine Krankheit hilft eine Seereise nach Ägypten.«

»Ich zeige dir dort den Sachmet-Tempel und die heiligen Katzen«, rief sie aufgeregt und verspürte wieder das Prickeln. Zugleich schämte sie sich etwas, weil er jünger war als sie.

»Du kannst nicht nach Ägypten reisen. Turinus hat es verboten«, sagte Octavia.

»Ich werde meinen Onkel fragen, ob er gestattet, dass ich dich heirate«, sagte Marcellus ernsthaft. »Ich bin jetzt erwachsen, ich kann es tun. Du sollst den orangefarbenen Schleier tragen, nur du, und alle in Rom sollen dich sehen.« In der letzten Zeit grenzte seine Verliebtheit an Fanatismus.

Octavia hatte plötzlich einen harten Zug um den Mund. »Frag ihn niemals. Es hat keinen Sinn. Er will es nicht. Du bist mit Julia verlobt.«

»Ich werde Julia nicht heiraten, ich habe mich für Berenike entschieden.«

Julia war anders als Marcellus, lebhaft, stürmisch, ein Mädchen, das mit der Behändigkeit eines Eichhörnchens die Pinien auf dem Palatin erkletterte. Wollte sie etwas, dann nahm sie es sich. Wollte sie etwas sagen, sagte sie es. Sie war so ungestüm wie ein junges Pferd. Niemand passte weniger zu Marcellus als Julia mit den zerkratzten Knien und dem zerzausten Haar.

Octavia sah irritiert auf und erwartete Beistand. »Widersprich ihm bitte, Berenike. Du weißt, dass er Unsinn redet.«

»Ich bin ein Mann! Ich bin erwachsen. Ich bestimme über mich!« Marcellus nahm eine bronzene Griffschale, die zum Händewaschen bereitstand, und warf sie auf den Boden vor die Füße seiner Mutter. Scheppernd rollte sie zur Seite.

»Du bist ein Römer, ein Marcellus. Du gehörst dem Staat«, sagte Octavia unbeeindruckt.

Berenike schwieg beharrlich.

»Eine Ehe ist etwas anderes als die Verliebtheit unter Kindern. Marcellus, du weißt, dass dein Onkel es wünscht. Es ist eine große Ehre für dich, die einzige Tochter des Princeps zu heiraten.«

»Aber ich wünsche es nicht«, sagte Marcellus und hustete wieder. »Mein Onkel will ständig Dinge von mir, zu denen ich keine Lust habe. Ich bin krank, Mama. Ich bin nicht stark genug für das Reiterspiel am Trojatag.«

»Dein Onkel verlangt nichts Unmögliches.« Octavia meinte das Reiterspiel. »Du wirst es auf alle Fälle versuchen. Das schuldest du deiner Familie. Außerdem – du hast die besten Ärzte Roms zur Verfügung. Aber du nimmst die Medizin nicht und hältst dich nicht an Musas Diätvorschläge.«

»Ich bin krank, Mama«, schrie Marcellus wütend. »Musa bringt mich um mit seinen Kaltwasserbädern! Für mich sind sie schädlich. Ich kann nicht *princeps iuventutis* sein, wie ihr es euch vorstellt. Ich habe keine Lust, bei der Ritterparade vorneweg zu reiten.«

»Denk an das, was Vergilius über Aeneas vorgetragen hat. Jeder von uns wird vom Fatum geleitet. Denk an deine Vorfahren. An die Octavii und die Marcelli. Du bist der letzte Marcellus, und du wirst als Princeps Iuventutis voranreiten«, sagte Octavia wieder eindringlich und fordernd.

»Der letzte Marcellus. Das hast du sehr richtig erkannt. Ich wollte, ich wäre tot«, seufzte Marcellus. »Ein toter Mann kann gar nichts mehr.«

Sein zorniger Ernst erschreckte Berenike.

DIE MÜTTER

Sosehr Berenike auch gebetet hatte, die ägyptischen Göttinnen gaben ihr nicht den ersehnten Ratschlag. Kein Traum deutete eine Lösung an. Sie hatte zwei kleine Alabasterstatuetten von Sachmet und Isis, die sie ständig bei sich trug und sogar in die Buchrollen steckte, wenn sie las. Und doch, die beiden hatten sich von ihr entfernt, so als nähmen sie ihr übel, dass sie jetzt in Rom dem Aesculapius und der Salus opferte.

Früh am Morgen versammelten sich alle Mitarbeiter der Praxis vor dem Altar der Salus und des Aesculapius, einer hübschen griechischen Marmorarbeit an der Hauptseite des Atriums. Gemeinsam sangen sie dann den berühmten Hymnus des Ariphron an die Göttin der Gesundheit.

Salus, meistgeehrte der Seligen,
wohnte ich doch bei dir mein Leben lang,
bliebest du mir doch gnädig gesinnt.
Denn ob nun Reichtum oder ob Kinder erfreuen
oder was die Menschen den Göttern gleich macht:
die Königsgewalt oder die Lust,
die in verborgenen Gehegen
der Venus man erjagt,
oder ob sonst, gottgesandt,
Menschenvergnügen oder
nach Mühen Aufatmen sich zeigt:
Salus, du Selige, nur mit dir
erblüht dann, glänzt,
womit die Chariten erfreu'n.
Keinen gibt's, der ohne dich
glücklich wird.

Seit drei Tagen war Berenike sicher, dass Marcella schwanger war. Sie hatte die junge Frau darauf angesprochen und sie gebeten, sie untersuchen zu dürfen. Aus verschiedenen Anzeichen schloss sie, dass die Schwangerschaft schon fortgeschritten war.

»Kann man nichts mehr dagegen tun?«, fragte Marcella. »Hast du keinen ägyptischen Zauber oder ein Kraut?«

»Es ist zu spät«, sagte Berenike ehrlich. »Die Gefahr ist jetzt zu groß, dass du mit einem abtreibenden Mittel das Kind schädigst.«

»Dann muss ich fliehen.« Marcella war erstaunlich nüchtern.

»Man wird dich überall suchen. Überall sind Truppen stationiert. In ganz Rom weiß man, wie du aussiehst. Du bist fast so bekannt wie Marcellus.«

»Die Verwandtschaft mit dem Princeps hat mir und meinem Bruder nur Unglück gebracht. Onkel Turinus schiebt uns hin und her wie Figuren in dem persischen Spiel; ich weiß nicht, ob du es kennst ...«

Berenike kannte es. Musa und Euphorbos spielten es an manchen Abenden und tranken Wein dabei.

»Wir sind reich und gehören einer der ältesten Familien Roms an. Die Marcelli sind viel bedeutender als die Octavii – aber wir können über nichts entscheiden, am wenigsten über uns selbst.«

Marcella setzte sich auf einen zierlichen bronzenen Klappstuhl, dessen Füße in Löwenköpfen endeten. »Turinus fühlt sich wie Jupiter höchstpersönlich. Überall wird sein Lob gesungen, weil er den Frieden wiederhergestellt hat. Niemand fragt mehr nach der Freiheit.«

»Alexis war keine gute Entscheidung«, sagte Berenike; sie hatte keine Lust jetzt über Turinus und die Freiheit zu sprechen. »Auch wenn du die Tochter eines normalen Senators wärst, hättest du mit ihm ein Problem.«

»Alexis taugt mehr als die Schönredner aus meinen Kreisen. Er ist treu und ehrlich. Er würde mich nie im Stich lassen. Er ist kein Mann, der sich scheiden lässt, sobald ihm eine bessere Partie winkt.«

»Marcella, du darfst nicht mit ihm fliehen. Bitte tu es nicht.«

»Mater wird mich ungerührt mit einem Tattergreis aus bester Familie verheiraten. Soll ich darauf warten?«, schrie Marcella. »Sie spielt die Magna Mater, in Wirklichkeit ist sie eiskalt. Sie liebt nicht einmal ihre eigenen Kinder.«

»Nimm Verstand an. Jeder kennt Alexis, nicht nur in Rom, auch in den Städten Italiens. Er ist fast so bekannt wie Turinus.«

»Ist das etwa nichts? Alles, was er ist, verdankt er der eigenen Tüchtigkeit. Er hatte keinen betuchten Onkel, der ihm seinen Namen vererbt hat. Alexis ist nur Alexis!«

Marcella umarmte Berenike und bat sie inständig, sie nicht an Octavia zu verraten und auch Marcellus nichts zu sagen. »Als *pater familias* hat er das Recht, mein Kind auszusetzen.«

»Das würde er nie tun.«

»Du kennst ihn nicht. Vergiss nie, er ist Turinus' Neffe. Er kann so hart sein wie sein Onkel, wenn es um das ewige Rom geht.«

Mit schlechtem Gewissen gelobte Berenike, nichts zu verraten.

»Marcellus wird nicht zu dir halten. Er hält seinen Zorn auf Mater und Turinus nicht durch. Er will der liebe Sohn, der liebe Neffe sein.«

Es gab Berenike einen Stich. Marcellus hatte ein aufbrausendes Temperament und konnte stur sein, doch zwei Tage später war alles vergessen, und er umarmte Octavia. Berenike schluckte, unfähig, etwas zu erwidern.

Marcella hatte sich wieder gefasst. »Eines Tages werde ich

in der Lage sein, dir zu helfen. Jetzt geht es mir schlecht, aber die Götter werfen die Würfel immer wieder neu –«

»Ich weiß«, antwortete Berenike und verließ den Raum.

»Warum siehst du mich so an, Ägypterin?«, fragte Musa. Berenike hatte ihn in seinem Behandlungszimmer aufgesucht. »Gibt es etwas, was du mir erzählen willst?«

Berenike hatte überlegt, an wen sie sich wenden sollte, an ihn oder seinen Bruder. Sie seufzte. Todesfälle und Schwangerschaften waren die Dinge, die man nicht geheim halten konnte.

»Ich möchte draußen im Garten mit dir sprechen.«

»Wer ist schwanger?«, fragte Musa und grinste. »Doch nicht etwa du?«

Neben dem Springbrunnen im Peristylhof erzählte sie ihm alles. Musa war ernst geworden.

»Merk dir eins, Berenike«, sagte er, »Ärzte sind zur Verschwiegenheit verpflichtet. Die Wahrheit ist allerdings, dass die meisten Ärzte nicht verschwiegen sind. Aber wir müssen es sein, vor allem du. Hast du Marcellus davon erzählt?«

»Nein. Marcella meinte, man könne ihm nicht trauen.«

»Marcellus ist ein Blatt im Wind. Der Wind ist stärker als er, und er lässt sich treiben, wohin das Fatum ihn haben will. Er ist nicht so stark, wie du glaubst.«

»Ich weiß«, murmelte Berenike.

»Aesculapius wird uns einen Weg zeigen«, sagte Musa. »Einen guten, der uns allen hilft.«

AGRIPPAS SCHMACH

Zur Badezeit war Turinus unvermutet in Octavias Haus aufgetaucht und hatte barsch nach seiner Schwester verlangt. Die Sklaven des Hauses hatten ihm sofort die Füße gewaschen und die üblichen Erfrischungen angeboten. Turinus lehnte unwirsch ab. Er vertrug das ölige, salzige Zeug nicht, und von Fisch wurde ihm ohnehin schlecht, wenn er ihn nur roch, das hätten sie eigentlich wissen müssen. Octavia brauchte etwas Zeit, bis sie sich angezogen und ihren Haarknoten gerichtet hatte.

»Du hattest sie in deinem Haus versteckt!«, schrie Turinus ihr aufgeregt entgegen, ohne Rücksicht auf die Zuhörer.

So wütend hatte Berenike ihn noch nie gesehen. Hinter den Säulen standen Sklaven und Freigelassene. Jeder hatte Putzeimer oder Kochlöffel fallen gelassen, bemüht zu hören, um was es ging. Jullus, die Antonias und Berenike trauten sich in den Vorraum. Sie mussten Octavia beistehen. Turinus war so außer sich, dass er ihre Anwesenheit gar nicht bemerkte.

»In deinem Haus, das Sacrosanctitas genießt!«

»Ja, Bruder«, sagte Octavia. »Deswegen war Caecilia hier sicher.«

»Agrippa hat also richtig vermutet.«

»Warum ist er nicht selbst zu uns gekommen? Ich habe auf ihn gewartet.«

»Warum er nicht gekommen ist? Das fragst du? Du kennst ihn doch. Er sitzt in seinem Haus, heult wie ein Weib und weiß nicht, wie er die Schande überleben soll. Wo ist sie jetzt?«

»Ich weiß es nicht. Und wenn, würde ich es dir nicht sagen. Warum willst du es überhaupt wissen? Agrippa verfügt über alle Reichtümer, die sie in die Ehe gebracht hat. Warum verfolgt ihr beide sie mit eurem Hass? Er soll kommen, ich werde ihm alles erklären.«

»Dieses Sklavenliebchen hat sich mit Epirota eingelassen«, keuchte er. »Wie soll Agrippa das überleben? In keiner Schlacht wurde er besiegt. Vor seinem Haus weht das blaue Vexillum. Und dann das! Die Frau des zweithöchsten Mannes im Staat gibt sich einem Sklaven hin. Das ist das Ende von Rom.«

»Wenn einer es verstehen kann, dann Marcus Agrippa. Er hat nicht den Dünkel der übrigen Senatoren. Er ist ein Mensch, er wird –«

»Gerade weil er so ist, ist es so demütigend für ihn. Weißt du überhaupt, wie diese Zicke ihn mit Epirota genannt hat? Marcus das Waldtier! Sie haben ihn verhöhnt in den Briefen, die sie sich geschrieben haben. Wenn Epirota auftauchen sollte, werde ich ihn auspeitschen und kreuzigen lassen, diesen parfümierten Hurenbock. Wir sind in Rom, nicht in Athen, und hier gelten nun einmal die Sitten der Väter, *mos maiorum.*«

In Berenike regte sich Widerspruch.

»Wo ist dein Verstand?«, fragte Octavia. »Glaubst du, Caecilia ist die einzige Römerin, die eine Liebschaft mit einem Freigelassenen oder einem Sklaven hat? Und wie sieht es bei euch Männern aus? Ihr treibt es mit Sklavenjungen und Sklavenmädchen – Senatoren, Ritter, Konsuln, Konsulare, verheiratet oder ledig, abends, morgens, nachts. Hör also auf mit Caecilias Tugend. Sie ist ein Mensch wie du und ich.«

Berenike zog sich unwillkürlich zusammen. Caecilia war vielleicht hochmütig und raffiniert, aber sie hatte im Unterschied zu Turinus sicher kein Menschenleben auf dem Gewissen. Berenike begriff nicht, was ihn eigentlich so aufwühlte.

»Diese Hure, diese raffinierte Hure. Sie benimmt sich, als sei sie etwas Besseres.« Octavias Bruder konnte sich nicht beruhigen. »Richte ihr aus, sie soll sich einen Strick nehmen. Oder meinetwegen Gift. Es gibt keinen Ort im Imperium, wo ich ihr erlauben werde, auszuruhen und ihr Lotterleben fortzusetzen.«

»Du übertreibst. Weiß man etwas von Epirota?«, fragte Octavia.

»Nur Gerüchte. Die einen sagen, er sei zu den Parthern geflüchtet, die andern sind überzeugt, dass er ein Schiff nach Ägypten genommen hat und zu seinem Freund Gallus gereist ist. Ich muss sagen, was ich über Cornelius Gallus gehört habe, gefällt mir nicht. Ägypten macht jeden verrückt, der dort länger im Ptolemäerpalast regiert. Schwester, begreif doch endlich: Caecilias Benehmen ist nicht harmlos. Sie schadet mir und Rom. Das alles wird in einen offenen Aufstand münden.«

»Turinus, es ist eine ganz private Angelegenheit.«

»Nicht, wenn Epirota zu Gallus nach Ägypten flieht.«

»Gallus ist doch auch nur einer von den Dichterlingen. Mach ihn nicht bedeutsamer, als er ist.«

»Gallus will mehr. Ägypten ist ihm zu Kopf gestiegen. Er hat einen siegreichen Feldzug gegen die Stämme im Süden des Landes unternommen, ohne unseren Auftrag abzuwarten. Wenn er jetzt Epirota unterstützt, wenn er ihn nicht unverzüglich festnimmt, dann wendet er sich gegen Rom.«

»Die Entfernung ist zu groß, um jedes Mal eure Antwort abzuwarten«, gab Octavia zu bedenken.

»Ich will keine neuen Bürgerkriege«, sagte Turinus, schon um einiges matter geworden. »Nicht noch einmal diese Ströme von Blut. Täglich abgeschlagene Köpfe. Ich war nie so krank wie in dieser Zeit.«

»Es ist vorbei.«

»Sie leben doch alle noch, die Nachkommen derer, die für Pompeius und Antonius gekämpft haben. Es gibt mehr als einen Labienus unter uns. All diese Leute warten nur darauf, dass Agrippa und ich ein Zeichen von Schwäche zeigen. Wenn es so weit ist, werden sie den Dolch ziehen, diese sauberen Herren. Begreif doch, es geht um sehr viel. Unsere *auctoritas* ist in Gefahr, die Würde unseres Hauses. Ein paar Kleinigkeiten, und wir verlieren die Kontrolle über die Stadt.«

Er sah fahrig um sich. »Es gibt zu viele Abschriften von Cicero in Rom. Zu viele, die ihn immer noch lesen. Selbst du lässt ihn dir abends vorlesen, Schwester.«

Jeder dachte in diesem Moment an die Schwiegermutter des Princeps und seine Stiefsöhne. Niemand glaubte mehr an die Republik und ihre Ideale als die alte Alfidia. Niemand verehrte Brutus mehr als Drusus, der Liebling von Turinus. Die Republik war nicht tot. Sie war ein Feuer, das unter der Asche züngelte. In den langen Winternächten ging Drusus Claudianus immer noch um und klopfte an die Türen der Senatoren mit knochiger Hand, ein hartnäckiger Ankläger. Die Toten der Bürgerkriege waren nicht tot genug, das war es.

»Schluss jetzt!«, befahl Octavia und zog ihn an sich. »Pompeius und Cicero sind tot.«

»Weißt du, dass ich ein Kettenhemd unter der Toga trage, wenn ich in den Senat gehe?«

»Gut, dass du vorsichtig bist. Aber das hier mit Epirota und Caecilia ist kein Aufstand, ist keine Verschwörung, nur eine dumme Liebesgeschichte. Sei froh, dass es nicht mehr ist. Schick Marcus Agrippa zu mir. Dann sprechen wir zu dritt über die Scheidung. Er braucht eine neue Frau, darum geht es. Eine, der er vertrauen kann.«

»Eine Julierin«, stieß Turinus hervor. »Eine aus unserer Familie würde sich nie so gehen lassen. Wo steckt eigentlich Marcella?«

»Sie ist auf Musas Landgut. Er probiert eine neue Behandlung gegen ihre Melancholie aus. Sie soll eine Zeit lang niemanden sehen. Sie hat zu viel schwarze Galle in sich.«

»Es sind Spottlieder über sie im Umlauf. Die süße kleine Marcella himmelt Alexis Triumphator an, heißt es. Man kann nichts tun gegen diese Verleumdungen.«

»Lass das Volk singen. Besser sie treiben ihre Scherze mit Marcella als mit dir und Livia. Ich will zufrieden sein, wenn ich sie wieder lachen sehe.«

Pyramus erschien höchstpersönlich mit dem Tisch voller Getränke und Vorspeisen. Er kannte die einfachen Vorlieben des Princeps und hatte ein paar Brocken Schwarzbrot, Melone, Salatblätter und Landkäse auf einem Silberteller drapiert.

Während Turinus ein Stück Wassermelone kaute, beruhigte er sich allmählich. »Epirota kann man nur kreuzigen für das, was er Agrippa angetan hat.«

Pyramus äugte durch den Raum, runzelte missbilligend die Stirn in Richtung Berenike, Jullus und der Antonias und verschwand, um die Dienerschaft hinter den Vorhängen wieder an ihre Arbeit zu scheuchen. Baile blieb an der Säule stehen, von der aus er einen guten Überblick über alles hatte. Ihm hatte Pyramus keine Befehle zu erteilen.

»Ihr müsst ihn erst haben. Das Imperium ist ausgedehnt«, sagte Octavia. »Ich gebe dir Recht. Sie hätten Agrippa nicht so verletzen dürfen.«

»Was ist mit dir?«, fragte Turinus.

Octavia verstand nicht gleich.

»Ihr mögt euch doch. Ist er dir zu provinziell, um ihn zu heiraten?«

Octavia wurde über und über rot, was Turinus allerdings entging, da er neben ihr saß.

»Auf keinen Fall«, wehrte sie ab. »Kommt nicht in Frage. Ich bin zu alt. Agrippa braucht eine junge Frau.«

»Habt ihr nicht sogar an einem Tag Geburtstag?«

Octavia wurde noch röter und lachte verlegen.

»Das ist doch ein Omen. Du würdest ihn immer mit Achtung behandeln.«

»Agrippa ist zwei Jahre jünger als ich. Er und ich, wir sind gute Freunde, nicht mehr.« Sie seufzte. »Bruder, es müssen Nachkommen her«, sagte sie. »Denk an die Worte des Vergilius. Wir müssen die Interessen Roms bedenken und uns selbst ein klein wenig zurückstellen.«

»Mal ehrlich, du magst ihn. Livia hat mich darauf aufmerksam gemacht.«

»Ich trage Trauer um Antonius. Ich möchte nicht auf meine alten Tage noch einmal heiraten. Auch nicht Marcus Agrippa, sosehr ich ihn schätze und achte.«

»Um Antonius muss niemand in Rom trauern. Du am allerwenigsten. Schwester, du hast ein schweres Leben gehabt. Mit Agrippa könntest du zusammen alt werden. Er kann sehr lustig sein. Er ist keiner aus einer adeligen Familie mit Fischteichen seit drei Generationen und Konsuln in der Ahnengalerie, das nicht, aber ein anständiger Kerl. Seine Nachkommen sind nicht so wichtig für die ewige Roma. Julia und Marcellus werden die Kinder aus julischem Blut hervorbringen. Wir müssen uns nicht mehr anstrengen.«

Aber Octavia hatte sich entschieden. Berenike, die sie am besten kannte, tat es weh, als sie sagte: »Bruder, gib ihm Marcella. Sie wird ihm eine gute Ehefrau sein.«

Turinus nahm plötzlich Berenike wahr, die Semsa und Ramses kraulte. Sein Blick hatte nichts väterlich Mildes. Es lag eine angespannte Gereiztheit darin.

»Du behandelst sie wie dein eigenes Kind«, sagte er halblaut und starrte Berenike immer noch unverwandt an.

Sie schlug verlegen die Augen nieder.

»Ich kann es verstehen, das Mädchen ist erstaunlich hübsch geworden«, wandte er sich an seine Schwester. »Diese ganze Sache mit Marcellus dürfen wir nicht mehr dulden. Er wird demnächst Julias Mann sein. Das mit Berenike muss ein Ende haben.«

»Soll Berenike auch gekreuzigt oder ausgepeitscht werden, weil Marcellus und sie sich lieben?«, fragte Octavia und lächelte Berenike an.

»Es muss aufhören. Marcellus wird ohnehin zur Reiterei

nach Kantabrien gehen. Ihr könnt euch Briefe schreiben, aber ihr solltet euch nicht mehr sehen. Ich verbiete es ausdrücklich. Keine Berührungen mehr, keine Liebkosungen. Das Wort des Princeps hat Gültigkeit. Auch Marcellus wird es begreifen müssen. Wir leben nicht für unser eigenes Vergnügen. Wir tun einen Dienst an der Res publica. Sie ist größer als wir und unsere kleinen menschlichen Belange. Nehmt euch ein Beispiel an Tiberius, der trotz seiner Jugend schon im Feld gestanden hat. Livia weint jedes Mal, wenn er im Feldherrnmantel aus der Stadt zieht. Aber die *virtus* fordert ihren Tribut von jedem römischen Mann. Auch ich habe Dinge getan, die ich als Knabe niemals für möglich gehalten hätte.«

»Ja, Bruder«, sagte Octavia mit glänzenden Augen.

»Leichen riechen nicht gut«, murmelte er. »Und abgeschlagene Köpfe sind grausig. Niemand versteht mich so wie du. Niemand«, sagte er dann und küsste seine Schwester zum Abschied.

Als er das Haus verlassen hatte, zog Octavia sich in das Gästezimmer zurück, das Caecilia bezogen hatte. Ihr Gast konnte nicht länger bleiben. Es musste ein Weg gefunden werden, Caecilia diskret aus der Gefahrenzone zu schaffen. Mit dem schwierigen Auftrag, sie zum Hafen nach Puteoli zu bringen, wurde Baile betraut.

Im Herbst fand die Hochzeit zwischen Marcella und Agrippa statt, ein Fest, über das man in Rom noch lange sprach. So glanzvoll hatte seit langem niemand mehr geheiratet. Als Agrippa die Braut im orangefarbenen Schleier über die Schwelle seines Palastes trug, applaudierte das Volk in großer Rührung. Man drängte sich vor, um die Szene besser sehen zu können, und warf Nüsse. Der gereifte General und seine junge Frau, die weinte, als sie zum Haus mit dem blauen Vexillum geleitet wurde. Agrippa spendierte aus Anlass des Festes säckeweise Getreide und Wagenladungen von Amphoren mit bestem Öl für das Volk. Lustspiele wurden aufgeführt, und Akrobaten und Tanzzwerge traten an verschiedenen Plätzen in der Stadt auf.

Kurz zuvor waren Musa, Euphorbos und Berenike eingeladen worden zur Feier der Namensgebung für den ersten Sohn des Ritters Seius Strabo und seiner Gemahlin Cosconia Gallitta. Der Kleine erhielt die Namen Lucius Seius Strabo wie sein Vater.

»Danke, Berenike«, flüsterte Cosconia und zog Berenike an sich. »Ich habe es gemacht, wie du mir geraten hast, und er trinkt.«

Alle Anwesenden wunderten sich über Cosconia, die entgegen dem römischen Brauch das Kind nicht einer Amme übergeben hatte, sondern es selbst an der Brust nährte.

Berenike lächelte zufrieden darüber, dass es geklappt hatte, so wie sie es von ägyptischen Frauen gehört hatte: Eine Frau, die einen fremden Säugling aufzieht, dessen Mutter ihn verstoßen hat oder verstorben ist, kann dieses Kind an der Brust nähren, auch wenn sie nicht geboren hat, sofern sie es regelmäßig anlegt und im Schlafzimmer neben sich liegen hat, sodass sie sein Schreien hört.

Und sogar Alexis hatte sich einverstanden erklärt, denn die Familie des Seius und der Cosconia hatte Konsuln und hohe Beamte in ihrer Ahnenreihe.

»Wenn Marcella verheiratet ist, kannst du ihr Liebhaber sein, und niemand wird sich darüber aufregen«, hatte Berenike ihn zu trösten versucht. Sie verstand ihn sehr gut, nachdem Marcellus aus ihrem Leben verschwunden war. Er war jetzt in Hispania und schrieb selten. Berenike ahnte, dass er sie vergessen würde, wenn er nur lange genug fort war.

»Ist es normal, dass mir das Herz in der Brust dauernd sticht, Kyria?« Alexis zeigte auf die Stelle. »Kleine, spitze Stiche, wie mit einem Küchenmesser, ganz tief. Muss ich sterben?«

»Das geht vorüber, Alexis.« Berenike fand ihn nicht mehr dumm, schlecht erzogen und ungebildet. »Wir tun es für die ewige Roma, vergiss das nicht.«

»Die ewige Roma. Nachts, wenn mich keiner sieht, werde ich mich manchmal vor das Haus von Seius Strabo stellen. Wenn er älter wird, sehe ich ihn vielleicht mal auf der Straße. Und Marcella werde ich auch begegnen. Wenn sie zum Theater geht oder Fechterspiele ansieht, wird sie immer auf den besten Plätzen sitzen, ganz vorn.«

»Es ist das Fatum«, sagte Berenike und fühlte sich elend, dass sie keinen besseren Trost bieten konnte.

Seius Strabo konnte sein Glück immer noch nicht fassen. Eigenhändig goss er über das silberne Sieb Wein in die Schalen seiner Gäste.

»Möge dein Sohn lange leben und die höchsten Ämter erreichen«, sagte Berenike zu dem stolzen Vater.

»Ich bete, dass Spes und Fortuna ihn sicher leiten«, flüsterte Cosconia. »Besuch uns in Volsinii, wann immer du möchtest. Du wirst uns immer willkommen sein und jeder aus deiner Familie ebenfalls.«

»Es gibt keine Sicherheit auf dieser Erde«, scherzte Musa.

»Das alles verdanken wir dir, Musa, und dir, Euphorbos!«, sagte Seius.

Die eigene Schwangerschaft entdeckte Berenike in einem noch späteren Stadium als die von Marcella. Sie starrte auf die Getreidekörner, die in der Tonschale am Fenster heftig austrieben, und empfand weder Freude noch Schrecken. Sie machte kein Geheimnis daraus, was auch schlecht möglich gewesen wäre.

Octavia war gerührt. »Mein kleiner Goldfasan«, sagte sie,

»es ist so schön, aber, versteh mich bitte nicht falsch, Marcellus darf es nie erfahren. Es geht ihm gerade etwas besser. Jede Aufregung würde ihn nur dazu bringen, sich mit Turinus zu streiten –«

»Hab keine Angst. Ich weiß, was ich der ewigen Roma schuldig bin«, sagte Berenike.

Octavia nahm den Satz ernst.

»Mein Eid gilt für dein Kind genauso wie für dich«, versicherte Baile, dem nicht anzumerken war, was er dachte. »Mach dir keine Sorgen. Was ich tun kann, werde ich tun.«

»Ich werde deinen *pupulus* im Garten herumtragen«, bot Geryas an.

Zum ersten Mal, seit sie in Rom war, fühlte Berenike sich einsam. Baile war ständig mit Geryas beschäftigt. Octavia lebte mehr denn je für Rom und die Wünsche ihres Bruders. Selene flirtete mit dem Mauretanierprinzen Juba, mit dem sie inzwischen verlobt war. Marcella lebte im Palast auf dem Marsfeld, und in der Praxis bei Musa und Euphorbos fanden es alle peinlich, dass Berenike schwanger war und keinen Ehemann vorzuweisen hatte.

DIE NEUE ÄRA

27 v. Chr.

Im Januar hatte Turinus vor dem Senat feierlich seine Sondervollmachten zurückgegeben und damit den ursprünglichen Zustand der Res publica wiederhergestellt. Für dieses Verdienst erhielt er auf Senatsbeschluss den Ehrennamen Augustus, der Erhabene. Weitere Ehrungen schlossen sich an. Im Sitzungssaal des Senats, der Curia Julia, wurde ein goldener Ehrenschild für ihn aufgehängt. Die Inschrift lobte seine Tapferkeit, Milde, Gerechtigkeit und *pietas*. Die Türpfosten seines

Hauses auf dem Palatin wurden mit Lorbeerbäumchen geschmückt, ein Kranz aus Eichenlaub hing von nun an über dem Eingang. Octavia stellte eine Bronzestatue ihres Bruders im Peristylgarten auf.

»Gravis et sanctus«, flüsterte sie ergriffen. Ja, so sah Caesar Augustus aus, würdevoll und heilig. Viele Reiche stellten Kopien dieser Statue bei sich in den Wohnräumen auf.

Berenike war gefasst, als die Wehen einsetzten. Sie hatte bei zwei oder drei Geburten zugesehen und mit einigen Ärzten und Hebammen gesprochen, um sich über den Verlauf im Klaren zu sein. Geburten brauchten ihre Zeit, besonders wenn es sich um die erste handelte.

Doch es war schwerer, als Berenike es sich vorgestellt hatte. Merit saß bei ihr und hielt ihre Hand. Eine ägyptische Hebamme war gekommen, verbrannte Weihrauch in einem Dreifußbecken und murmelte Gebete an Bes, Toeris und Hathor, sie möchten Berenike und ihr Kind vor bösen Geistern schützen und die Wehen erleichtern.

Berenike hatte nicht befürchtet, dass sie selbst so leiden würde wie einfache Frauen vom Land, die wenig medizinische Hilfe hatten und nichts über den Geburtsverlauf wussten. Eine Schmerzwelle nach der anderen überrollte sie, ohne Täler der Entspannung. Es war wie Ertrinken. Berenike verstand nicht mehr, was die Hebamme sagte, und klammerte sich an Merits Hand. Die Palmzweige im Fenstergitter blieben für Augenblicke bewegungslos. Tauben wurden schreiend durch die Luft geschleudert. Ein Dachziegel fiel klappernd im Innenhof nieder. Ein Frühlingssturm tobte um das Haus. Die Buchrolle, in der Berenike anfangs noch gelesen hatte, lag auf dem Steinboden. Octavia saß an der Bettkante und bewegte die Lippen, ohne dass Berenike die Worte verstand.

Ein zusammenhängender Schmerz nahm ihr den Atem, trübte ihr die Sicht und riss sie auseinander, bevor er verebbte.

Sie befand sich am Strand von Alexandria, vor einer der Dünen, und bohrte die Füße in den feinen weißen Sand. Psen und Caesarion standen neben ihr und erzählten etwas. Sie schlug ihnen vor, ein Schiff zu nehmen und nach Rom zu reisen. Dort besuchen wir Turinus, sagte sie. Er wird uns nicht erkennen, sagte Caesarion. Ihr war ganz leicht zumute, sie fühlte sich befreit.

Merit oder die Hebamme oder Octavia tätschelte ihre Wange. Baile stand in der Tür.

»Sieh sie nur an!« Merit hielt ein strampelndes, blutverschmiertes Wesen und legte es ihrer Herrin in den Arm.

Berenike klapperte mit den Zähnen und zitterte so stark, dass sie Angst hatte, das Kind könne zu Boden fallen.

Merit nahm den Säugling wieder an sich und legte ihn behutsam auf den Boden. So benommen sie auch war, Berenike wusste, was es zu bedeuten hatte. Jetzt entschied der Haushaltsvorstand darüber, ob das Kind aufgezogen oder hinausgetragen werden sollte. Sie versuchte sich aufzurichten. Bei Isis, sie war viel zu schwach, um ihre Tochter zu verteidigen. Berenike sank zurück.

Da bückte Octavia sich, hob das wimmernde kleine Wesen in die Höhe, als wollte sie es ganz Rom zeigen, und sagte: »Sie soll Marcellina heißen.«

DER PRINCEPS

Die Landvilla, in der Marcella mit Agrippa für viele Monate im Jahr außerhalb von Rom lebte, lag bei Tibur. Das protzige Anwesen erhob sich auf einem vorspringenden Geländesporn. Von zwei Seiten aus konnte man den Blick über die Campagna genießen, von der dritten den auf die berühmten Wasserfälle. Am Ende des Hügels erstreckten sich die Aussichtspavillons mit dem Speisesaal. Jeden Sommer reiste Octavia mit den jüngeren Kindern und den wichtigsten Sklaven für ihre persönliche Bedienung hierher, um der drückenden Hitze der Hauptstadt zu entgehen. So hatte sie es schon zu Caecilias Zeiten gehalten. Doch nun war ihre eigene Tochter Hausherrin, und sie fühlte sich behaglicher denn je in Agrippas Sommersitz. Auf der untersten Terrasse befand sich ein riesiges Wasserbecken. Berenike liebte es, hier zu schwimmen.

Die Innenräume und der Säulengang um das Atrium waren mit den neuesten Architekturmalereien geschmückt. Um das lang gestreckte Becken standen Hermen mit den Bildnissen bedeutender Philosophen aus weißem Marmor. Die Zwischenräume waren mit weiß blühenden Margeriten und duftenden blassroten Rosen bepflanzt. In den heißen Sommermonaten verbrachten auch Julia und Turinus mit Livia und ihren Söhnen manchmal ein paar Tage hier. Meistens blieben Julia und Turinus noch, wenn Livia mit dem liebenswürdigen Drusus und dem schwierigen Tiberius schon abgereist war.

Tiberius trug inzwischen die Männertoga, und Berenike erinnerte sich nicht, ihn jemals lachen gesehen zu haben. Julia, elfjährig, im gleichen Jahr wie Drusus geboren, hatte sich zu einem etwas vorlauten, sehr hübschen Mädchen entwickelt. Beim Essen hockte sie, die Beine schlenkernd, auf der Lehne des Liegesofas ihres Vaters, auf der auch Drusus und Tiberius ihren Platz hatten. In Livias Abwesenheit waren die Abendessen im Triclinium bei weitem entspannter und lustiger. Weder Octavia noch Julia hatten ein gutes Verhältnis zu Livia. Turinus riss in ihrer Anwesenheit keine derben Witze und hielt sich beim Würfelspiel zurück, größere Summen zu verspielen.

In diesem Sommer lag Abschiedsstimmung über dem Treffen von Turinus mit der Familie seiner Schwester. Der Aufbruch nach Hispania stand unmittelbar bevor. Marcellus war längst abgereist, um ein Kommando gegen die aufständischen Kantabrer zu übernehmen.

Jullus Antonius versuchte freundlich zu sein, aber es gelang ihm nicht, sich zu verstellen. Er war verärgert darüber, dass er, der Sohn und Enkel so bedeutender Feldherren Roms, nicht zu den Truppen mitziehen durfte. Octavia schwankte, ob sie sich darüber freuen sollte, dass ihr Ziehsohn keiner Gefahr ausgesetzt wurde, oder ob sie sich mit ihm darüber ärgern sollte, dass er sich nicht im Krieg auszeichnen durfte. Turinus hatte gedrängt, dass Jullus den *cursus honorum,* die zivile Ämterkarriere eines vornehmen Römers, antrat und sich in Rom beliebt und bekannt machte, doch einstweilen schreckte er davor zurück, Jullus an eine der Fronten des Römischen Imperiums zu schicken. Er mochte Jullus und sein freundliches, offenes Wesen, wozu vielleicht nicht viel gehörte, schließlich hatte ihn jeder gern. Immer wenn er ihn sah, zupfte er ihn am Ohrläppchen. Das tat er sonst nur noch mit seinem Stiefsohn Drusus und natürlich mit Marcellus. Jullus rangierte auf Platz drei, gleich nach Drusus, weit vor dem Unglücksraben Tiberius. Tiberius war Livias Liebling, was allein schon genügte, um ihn Turinus missliebig zu machen. Turinus hatte ihn von Anfang an nicht gemocht. Wann immer er einen Streit mit Livia gehabt hatte, war es fast immer um Tiberius gegangen.

»Jullus, du wirst deinem Vater jeden Tag ähnlicher. Pass auf, dass du keinen Bauch bekommst wie er. Am Ende seines Lebens war er zu fett.«

»Pater, als Soldat in Hispania würde ich keinen Speck ansetzen.«

Diese ehrenvolle Anrede passte nicht wirklich zur Jugendlichkeit des Princeps. Turinus lächelte Jullus an, ohne eine Antwort zu geben. Er traute ihm nicht, Berenike spürte es. Es war zu riskant, ihn zum großen Feldherrn werden zu lassen. Er sollte kein zweiter Antonius werden. So lebendig war Marcus Antonius noch immer für ihn, vier Jahre nach Actium. Die Geister der Vergangenheit gingen um und waren gefährlich. Und sie, Berenike, war für Turinus einer der größten Schrecken dieser Vergangenheit.

Berenike starrte auf den Kasten mit dem Tau-Spiel auf der einen und dem Senet auf der anderen Seite. Es war nicht das Spiel aus dem Tempel von Memphis, sondern irgendein anderes aus dem Palast der Sphinx. Aber sie war sicher, dass Antyllus die Figuren in der Hand gehalten hatte. Sie senkte den Blick. Ob Jullus manchmal an Antyllus dachte? Ob er ihn vermisste? In Turinus' Anwesenheit wäre es unschicklich, den Namen auch nur zu erwähnen. Es gibt vieles, an das man in seiner Anwesenheit nicht rühren darf, dachte Berenike. Manche Namen, darunter der des Marcellus, wollte Turinus nicht hören, sofern Berenike zugegen war.

Die kleine Marcellina war bei ihrer Amme. Octavia mochte es nicht, wenn Berenike die Kleine im Arm hielt. »Wie ungeschickt du das Kind hältst«, sagte sie dann vorwurfsvoll. »Sie bekommt Bauchweh, wenn man sie so anfasst. Lass sie doch bei ihrer Amme, oder gib sie mir. Ich habe sechs Kinder geboren, ich weiß alles über kleine Kinder.« Sie zählte die verstorbenen mit, und Berenike fühlte sich schlecht in diesen Momenten.

Octavia behauptete, dass die Kleine Marcellus mit jedem Tag ähnlicher werde. Doch da irrte Octavia. Marcellina hatte eindeutig das Näschen ihrer königlichen Großmutter Kleopatra und auch den eindringlichen Blick ihrer Augen.

Turinus riss Berenike aus ihren Gedanken. »Hör zu, Jullus«, sagte er, »wenn du ein alter Mann bist, wirst du mich besser verstehen.«

»Und ich?«, fragte Berenike, halb im Scherz. »Warum darf ich nicht mit nach Hispania?«

Seit seinem Verbot, Marcellus zu treffen, war er ihr gegenüber anders geworden.

»Wirst du mich vermissen?«, fragte er. Er trat näher an sie heran, sie wagte nicht, einen Schritt zurückzutreten. Seine Nähe machte sie beklommen. Sie vermisste Marcellus, Turinus würde sie nicht vermissen.

»Du bist froh, wenn ich weg bin«, sagte Turinus und lachte laut.

Sie hätte gern ja gesagt, natürlich tat sie es nicht. Sie hasste ihn manchmal dafür, dass er sich in das Leben all derer, die sie kannte, einmischte.

Da es schon spät war, verabschiedete sie sich. Die anderen – ihre Brüder, Baile und Geryas hielten immer bis zuletzt aus – würden noch bis tief in die Nacht beim Schein der Öllampen würfeln. Turinus hatte hohe Preise ausgesetzt und jedem Teilnehmer der Runde zweihundert Denare vorgestreckt. Die fanatischste Spielerin war Selene. Turinus warf Berenike einen Blick zu, den sie nicht zu deuten wusste. Verlegen lächelte sie ihn an.

Berenike kämpfte gegen den Wunsch an, bei Marcellina vorbeizuschauen. Die Amme wurde immer ärgerlich, wenn sie erschien, und behauptete dann, sie habe das Kind geweckt. So verharrte Berenike, die Stirn gegen die Holzfüllung gelehnt, nur vor der Tür, hinter der ihre Tochter bei der germanischen Amme schlief. Von innen war kein Laut zu hören.

Ein schräger weißer Halbmond stand über Tibur. Fledermäuse schossen über die Hecken hin. Als sie durch den Säulengang zu ihrem Zimmer gehen wollte, hörte sie Schritte hinter sich. Sie drehte sich um und blieb stehen, weil sie dachte, es sei Baile. Aber es war Turinus. Er war ihr gefolgt, und sie verstand nicht, warum. Erstaunt sah sie ihn an. Er sagte nichts. Ihr Herz klopfte. Sie hatte Angst vor etwas Schrecklichem, das sie nicht benennen konnte. Jetzt war er wieder der Reiter, der mit seinen Soldaten in den staubigen Hof des Tempels gesprengt kam, respektlos vor ihrer Göttin, gnadenlos mit dem unbewegten Gesicht Apollos. Er hatte die Schönheit des griechischen Bogenschützen, als er sich zu ihr beugte. »Schrei nicht!«, flüsterte er. »Sonst hören sie dich.«

Antyllus' und Caesarions Gesichter tauchten vor Berenikes innerem Auge auf. Seltsamerweise fiel ihr plötzlich auch der junge Labienus ein. Aber sie wehrte sich nicht.

Es ist so weit, dachte sie, als er die Hände an ihren Hals legte. Ihr war unbegreiflich, warum er sie streichelte. Aber er tat es.

»Du bist erwachsen geworden«, sagte er. »Es ging schnell.«

Als er sie küsste, war ihr einen Moment lang bewusst, dass es nicht sein durfte. Ihre Mutter würde sie aus dem Grab verfluchen, Caesarion und Antyllus, auch Octavia konnten es nicht billigen. Und sie selbst – sie selbst musste ihn hassen. Warum hasste sie ihn nicht?

Er küsste sie, lang und gierig, und sie nahm es hin, und zu ihrer Verwunderung streichelte sie ihn, erwiderte seine Küsse und zerwühlte sein Haar. Es war ohnedies sinnlos, ihn zu hassen. Man konnte ihn nicht hassen. In ganz Rom gab es nicht einen Menschen, der Turinus gehasst hätte. Auch die Befürworter der alten Res publica hassten ihn nicht wirklich. Ein geheimnisvoller Zauber war an ihm, etwas, das ihm die Götter gegeben hatten.

Berenike trat einen Schritt zurück, ordnete ihr Haar und wischte sich die Tränen aus den Augen.

»Warum weinst du?«, fragte Turinus und streichelte sie nun besonders sanft.

»Niemand hasst dich«, stieß sie hervor. »Nicht einmal Selene und Alexandros. Juba auch nicht. All die germanischen und gallischen Geiseln. Alle mögen dich.«

»Und?«

»Ich bin die Einzige, die es durchhalten muss«, sagte sie. »Ich bin die Älteste. Meine Mutter erwartet es von mir.«

»Gut. Bis heute hast du mich gehasst.« Er lachte kurz auf. »Nein, das ist nicht wahr. Was ist mit deinem Vater? Unserem Vater? Was erwartet er von dir?«

»Ich muss dir eine Geschichte erzählen«, sagte sie und schniefte noch einmal vor Verzweiflung.

»Nicht hier.«

Er klinkte die nächste Tür auf, es war die von Selenes Zimmer, und Berenike kämpfte mit einem Lachanfall, so komisch erschien ihr die Situation plötzlich. Selene würde gewinnen und verlieren, bis sie bei den anderen mit den Würfeln in der Hand auf dem Sofa einschlief. So bieder sie sonst auf allen Gebieten war, sobald etwas zu gewinnen war, spielte niemand verbissener als Kleopatras jüngere Tochter.

In Selenes Zimmer lag alles ordentlich an seinem Platz. Kleidungsstücke stapelten sich sorgfältig gefaltet auf der Truhe vor dem Fenster. Auf dem Tischchen neben dem Bett stand ein Modell des Leuchtturms von Alexandria. Ein Gazellenfell bedeckte den Boden.

Sie setzten sich nebeneinander auf das Bett, zogen die Sandalen aus, das Fell kitzelte ihre Fußsohlen, und Berenike erzählte die Geschichte des gallischen Kriegers, die sie von Baile gehört hatte.

»Er hatte den Auftrag, dich zu töten, und war gekommen, es zu tun. Am Abhang der Schlucht kauerte er mit seinem Speer unter einem Strauch und wartete auf dich und den Militärtrupp wie auf eine Beute. Dann hörte er die Soldaten und schaute hinab, um sich zu vergewissern, dass du dabei warst. Du gingst zu Fuß voran und lächeltest vor dich hin. Er hatte den Arm schon erhoben und hätte den Speer werfen können. Aber ...«

»Aber?«

»Er konnte ihn nicht werfen. Er wollte es nicht mehr. Er fand, einen so freundlichen Menschen könne er nicht töten. Er wartete, bis ihr vorüber wart, und ritt zurück.«

»War es schön mit Marcellus?«, fragte Turinus, nachdem er eine Zeit lang geschwiegen hatte.

»Ja.«

»War er dein erster Mann?«

Sie schwieg trotzig. Sollte er denken, was er wollte.

»Es tut mir L-Leid«, sagte er. »Du kannst ihn nicht vergessen.« Ihr fiel sofort auf, dass er stotterte, was er sonst fast völlig überwunden hatte.

»Ich kann vieles nicht vergessen«, sagte sie.

Eigentlich müsste ich ihn töten, dachte sie. Vielleicht ergibt sich eine Gelegenheit. Wieder sah sie das scharf geschnittene Profil von Quintus Labienus vor sich. Aber sie war keine altrömische Heldin, nicht eine Frau mit dem Mut der Lucretia. Eigentlich wollte sie niemanden töten oder auch nur verletzen. Sie hatte zu viele Tote und Verletzte gesehen. Sie wusste zu genau, was ein Messer, eine Lanze oder auch nur ein Holzsplitter anrichten konnte.

»Deine Vergangenheit in Ägypten?«, fragte er.

Sie antwortete nicht.

»Wenn du w-willst«, begann er behutsam und griff nach ihrer Hand, »kannst du außerhalb der Stadtgrenzen auf dem Land einen Sachmet-Tempel einrichten, mit zwei bis drei Priesterinnen, den Katzen und allem, was dazu gehört. Ich habe mit Octavia darüber gesprochen, sie wird dir behilflich sein.«

»D-darf ich auch Kranke und Verletzte behandeln?«

»Muss das unbedingt sein?«

»Es gehört zum Dienst an der Erhabenen. Ich habe die Schriften von Krateuas und Nikandros gelesen. Ich weiß jetzt noch mehr als damals in Memphis. Bei Euphorbos und Musa habe ich viel gelernt. Ich möchte einiges davon ausprobieren.« Die Aussicht, wieder Priesterin zu sein, war überwältigend.

»Ich habe davon gehört, dass du die medizinischen Schriften in der Bibliothek des Apollo-Tempels liest. Ist sie besser als die in Alexandria?«

»Ich war nicht oft in der Bibliothek in Alexandria«, sagte sie. »Damals war ich noch zu jung und habe mich für andere Dinge interessiert.« Sie dachte über seine Erlaubnis nach, einen Sachmet-Tempel einzurichten. »Ich werde Lykion, Weihrauch und Balsam brauchen.«

»Man kann es in Rom bekommen.«

»Dieses Buch von Krateuas mit den farbigen Abbildungen«, setzte sie nochmals an. »Glaubst du, jemand könnte es für mich kopieren?«

Er küsste sie. »Wenn du es unbedingt brauchst, soll einer von Maecenas' Schreibsklaven eine Kopie anfertigen. Aber ich sage dir ganz aufrichtig, es wäre viel weiblicher, wenn du dich an den Webstuhl setzen würdest wie die anderen Frauen aus unserem Haus. Ich habe Octavia um ein Gewand gebeten, dessen Stoff du gewebt hast.«

Berenike konnte sich nicht entsinnen, längere Zeit Stoff gewebt zu haben. Für diese Tätigkeit fehlte ihr die Geduld.

»Sie hat es mir zugesagt«, flüsterte er. »Ich werde es tragen und an dich denken.«

Danke, Octavia, dachte Berenike. Sie sah sich auf dem Forum, über die Auslagen der Gewürz- und Heilkräuterhändler gebeugt. Augensalbe, beschloss sie, während sie Turinus streichelte, zwei Töpfchen Lykion. Sie würde sich auf einer Schreibtafel notieren, was sie einkaufen wollte. Einige Salben würde sie selbst herstellen.

Durch das kleine Fenster drang nur ein schwacher Lichtschein zu ihnen.

Er flüsterte kaum hörbar und knetete dabei ihre Ohrläppchen. »In ein p-paar T-Tagen werde ich in den Krieg ziehen.«

Sie überlegte, ob Baile nach ihr suchte.

»W-wir müssen leise sein«, flüsterte sie, »damit Baile uns nicht hört.«

Dann kam der Moment, in dem es ihr gleichgültig war, dass er Caesarion und Antyllus getötet, gleichgültig, dass er ihr Marcellus verboten hatte. Er saß reglos im Dunkeln neben ihr, und jetzt war sie es, die nach ihm griff. Sie streckte ihn sanft auf dem Bett aus, streifte ihm die Tunika über den Kopf, legte sich neben ihn und dachte nicht daran, ihr Gewand auszuziehen, während sie seinen nackten Körper ertastete und erschmeckte.

»Hast du schon einmal darüber nachgedacht, dass du mein Bruder bist?«, fragte sie und schob sich unter ihn.

»In Ägypten habt ihr das doch immer gemacht, ihr Ptolemäer.« Er war damit beschäftigt, ihr Kleid auszuziehen. »Warum zünden wir eigentlich kein Lämpchen an? Ich möchte dich anschauen.«

»Es geht besser im Dunklen«, sagte sie ehrlich. Sie schämte sich vor Marcellus und zugleich vor Selene, deren jungfräuliches Bett sie entweihte, vor Octavia und vor Baile, der ihr in Memphis das Leben gerettet hatte.

»Wir Ptolemäerkönige sind fleischfressende Tiere«, murmelte sie und küsste ihn. Was sie dabei empfand, erschreckte sie. Es war anders als mit Marcellus und Psen, es war eine Steigerung, ohne dass sie verstand, warum.

Draußen rief Baile nach ihr.

»Er wird uns entdecken«, flüsterte Berenike.

»Warum denn?«

»Er bekommt immer heraus, wo ich bin. Die Gallier sind so. Es ist wie bei Hunden.«

»Er bekommt es nicht heraus«, sagte er und stöhnte gepresst.

»Wir sind in Selenes Zimmer, nicht in meinem.«

Er glitt in sie; und während sie sich seinem Rhythmus anpasste, empfand sie eine ungeheure Wut, gekoppelt mit ebenso starker Lust auf ihn, der sich soeben den Rest von Ägypten nahm.

»Du wirst nicht nach Hispania gehen«, keuchte sie. »So schnell nicht, du wirst hier bei mir bleiben.«

Dann brach alles aus ihr hervor, von dem sie nicht gewusst hatte, dass es noch in ihr war. Der Nil, breit und silbrig unter dem lapislazuliblauen Himmel, wippende Dattelpalmen, die Boote mit den hohen hellen Segeln. Die Boote wurden schneller, ebenso die Strömung. Sie hörte zugleich das Stimmengewirr aus Alexandria. Sie war wieder im Palast der Sphinx. Klatschend schlug die Brandung gegen die Felsen. Möwen schrien im Wind. Im Raum wurde es heller. Der Leuchtturm am Hafen stand deutlich vor ihr.

Baile leuchtete mit einer Fackel in den Raum hinein. Er murmelte eine Entschuldigung, steckte die Fackel in den Halter an der Wand und schlug die Tür sofort wieder zu.

Noch benommen setzten sie sich beide auf. Turinus bückte sich und hob etwas vom Boden hoch.

»Es gehört dir, glaube ich.«

Psens Kettchen mit dem blaugoldenen Horusfalken war zerrissen. Berenike erschrak.

DAS NEUE LEBEN

Wenn es eine Vertraute in Berenikes Leben gab, eine, die klug und verschwiegen war, so war es Marcella, mit der Berenike seit der heimlichen Geburt des kleinen Lucius Seius in Musas Landvilla viel verband. Merit, so gutwillig sie war, war zu jung und zu offenherzig, als dass Berenike sich ihr anvertraut hätte. Die erste Frage, die Marcella ihr hastig stellte, wann immer sie sich begegneten, galt immer Klein Seius' Befinden. Dann erzählte Berenike ihr, was sie wusste, verschwieg aber, dass der Junge gerade mit den Masern kämpfte und fast daran gestorben wäre.

Berenike wagte nicht, mit irgendeinem Menschen über ihr Erlebnis zu sprechen, nicht einmal mit Marcella. Sie traute Octavia nicht, fürchtete sogar, sie könne ihr Vorwürfe machen. Selene hatte nichts anderes im Kopf als ihren Juba. Die beiden Antonias waren nach wie vor unzertrennlich und interessierten sich nicht für den Rest der Welt. Auf Bailes Verschwiegenheit war Verlass, von ihm hatte sie nichts zu befürchten. Er hatte ihr geholfen, Selenes Zimmer wieder in Ordnung zu bringen.

Turinus war noch in der Nacht nach Rom abgereist. Er reiste in der warmen Jahreszeit immer nachts, weil er die Sonne nicht vertrug. Octavia war ein paar Tage später ebenfalls nach Rom zurückgekehrt, weil sie für die verbleibende kurze Zeit, ehe der Feldzug begann, in der Nähe ihres Bruders sein wollte. Berenike hatte sie in diesen Tagen auf den Sachmet-Tempel außerhalb der Stadtgrenze angesprochen, was unverfänglich war. Octavia nahm lebhaften Anteil an Berenikes Plan, und noch ehe sie die Stelle für den kleinen Tempel ausfindig gemacht hatten, waren sie zusammen auf dem Forum gewesen, um Salben, Lykion und allerlei Kräuter und Weihrauchbrocken einzukaufen. Sie ließen es sich nicht nehmen, ihre Einkäufe selbst nach Hause zu tragen.

Musa und Euphorbos dagegen konnten sich über Berenikes Pläne nicht freuen.

»Ich wusste, dass es so kommen würde«, sagte Musa und schien traurig zu sein.

»Mach dir keine Sorgen. Ich werde keine Wasserkuren verordnen«, versicherte Berenike. »Zum Tempel der Sachmet werden die Armen kommen und die Ägypter.«

»Wir sollten uns nichts vormachen, es wird sich herumsprechen.« Musa sah sie skeptisch an. »Und dann werden auch Patienten aus unserer Praxis den Weg zu dir finden.«

»Ich werde sie nicht behandeln«, versprach Berenike ihrem Lehrmeister.

Eines Morgens, sie kam gerade vom Bad, stand Baile im Gang und sagte mit gedämpfter Stimme, sie solle in die Sänfte vor dem Haus steigen und sich zum Haus des Maecenas bringen lassen.

»Und du?«, fragte Berenike irritiert.

»Ich komme nach. Zu Fuß.«

»W-was s-soll ich im Haus des Maecenas?«

Baile senkte die Stimme noch einmal. »Turinus will dich sehen.«

»Bei Isis und der erhabenen Sachmet«, stammelte Berenike.

»Sei vorsichtig mit allem, was dir zu essen angeboten wird. Lass erst Turinus davon kosten«, riet Baile noch, ehe er sie in die Sänfte schob.

Während die Sänftenträger durch die Stadt keuchten, versuchte Berenike zu begreifen, was in Turinus vorging, der angetreten war, die römische Familie und die ehrwürdigen Sitten der alten Römer neu zu beleben. Es gab allerlei Gerüchte über ihn. Die einen wollten von schönen Sklaven wissen, mit denen er sich in der Maecenasvilla heimlich traf, andere tuschelten über bildhübsche junge Mädchen, auf die Turinus versessen sei und die Livia höchstpersönlich für ihn aussuche.

Einer Sache war sich Berenike gewiss: Weder Livia noch Octavia hatten sie, Berenike, für Turinus ausgesucht. Was auch immer sich in Zukunft zwischen ihr und ihm abspielen würde, es war von Turinus geplant. Berenikes Mund war trocken, und ihre Hände zitterten. Hilf mir, Mater, hilf mir, Pater, dachte sie. In Rom kommt immer alles heraus. Einer wie Turinus kann keine heimliche Liebschaft haben. Pyramus wird dumm grinsen, wenn er mich sieht. Alle werden es wissen. Octavia wird mir eine Moralpredigt halten, und am Ende wird noch Livia auftauchen, stolz und schön wie die Göttin Juno mit ihrer Löckchenfrisur und dem kunstvoll geschminkten Gesicht. Beide Frauen werden mich höhnisch ansehen wie Mutter. Nichts als eine Hure.

Zugleich war Berenike jedoch hochzufrieden. Sie mussten sich wiedersehen. Es konnte nicht schon vorbei sein, nachdem es eben erst begonnen hatte. Aber sie hatte Angst. Vielleicht hatte Turinus sie auch nur bestellt, um ihr Vorwürfe zu machen. Erst hast du Marcellus verführt und dann den Princeps Roms. Ist dir klar, dass ich der ewigen Roma diene und nur ihr?

Und Baile? Was dachte Baile eigentlich von ihr? Er hatte kein Wort mehr darüber verloren, aber immerhin hatte er sie mit ihrem Todfeind im Bett überrascht. Vielleicht verachtete er sie jetzt.

Baile war schon da, als die Sänfte hielt. Berenike kletterte hinaus. Ihr war schwindlig vom Schaukeln, schwindlig vor Angst.

»Es tut mir Leid«, stammelte sie, während sie neben Baile herging.

»Vielleicht kannst du ihn fragen, ob er dich zurück nach Ägypten schickt«, schlug er vor. »Man muss die guten Gelegenheiten nutzen. Weißt du, wovor ich Angst habe?«

Es war das erste Mal überhaupt, dass Baile von Angst in Bezug auf seine Person sprach.

»Davor, dass er dich nach Hispania mitnimmt. Das wäre nicht gut.«

»Baile?« Berenike blieb stehen und zog ihn am Arm. »Sag ehrlich – was will er von mir?«

Sie setzte sich auf eine Steinbank in der großen Vorhalle und atmete tief durch. Baile ließ sich ebenfalls nieder, und einen Moment lang durchströmte sie beide die gleiche Dankbarkeit für den kleinen Aufschub. Berenike kämpfte mit sich. Sie fürchtete sich davor, Turinus wiederzusehen, und gleichzeitig wünschte sie sich nichts sehnlicher. Sie versuchte in Bailes Gesicht zu lesen.

Baile schwieg. Bis vor kurzem hatte er Turinus als den Princeps akzeptiert und ihn sogar bewundert, weil er es verstand, das Militär, den Senat, das Volk von Rom und die reichen Adligen mit Geschick zu behandeln und nebenher noch zahlreiche Liebschaften zu unterhalten, ohne seine rechtmäßige Ehefrau zu beleidigen. Das alles war nur einem möglich, den die Götter liebten. Dass dieser unbesiegbare, mächtige Princeps die Hand nach seinem Schutzkind ausgestreckt hatte, missfiel Baile. Berenike sollte nicht eine dieser zufälligen kurzen Liebschaften werden, dazu war sie zu kostbar. Baile schnaufte wütend.

»Besiegt zu sein«, murmelte Berenike, »ist das Schlimmste, was es gibt.«

»Hat er dich vergewaltigt, damals in der Villa in Tibur? Du brauchst dich nicht zu schämen.«

»Es war eine Mischung«, sagte sie. »Er hat angefangen. Und mir hat es gefallen. Aber wenn er nicht angefangen hätte, wäre es nie passiert.«

Er konnte nichts daran ändern. Er konnte ihr nur wenig Beistand leisten. Bei Taranis, es war so wenig, was er tun konnte.

»Er ist der Herr der Welt«, sagte Baile. »Sieh es von der Seite. Die meisten Frauen in Rom würden dich beneiden. Er sieht gut aus und hat ein freundliches Wesen.«

Da gab es ja noch die alte Sache mit Caesars Testament, in dem die künftige Tochter mit Turinus verlobt werden sollte. In gewisser Weise erfüllte es sich jetzt. Was seinen Gefolgschaftseid anging, so lag kein Grund vor, einzugreifen. Und doch war in Baile ein Widerstand, sogar Wut auf Turinus, der sich jede Frau nahm, auf die er Lust hatte.

»Ich weiß nicht, was ich tun soll.« Berenike blickte ratlos zu ihm auf.

»Er ist in dich verliebt. Er wird alles tun, um dich zu gewinnen.« Dann schwieg Baile wieder und sah so grimmig aus, dass es Berenike schon wieder flau im Magen wurde.

»Könnten w-wir nicht einfach umkehren?«

»Dazu ist es zu spät.«

Sie starrten auf das Mosaikbild zu ihren Füßen. Zeus' Adler entführte den Knaben Ganymedes himmelwärts. Maecenas liebte erotische Szenen und schätzte schöne Knaben.

»Geh diesen Gang entlang. Am Ende ist ein purpurfarbener Vorhang. Du musst ihn aufziehen und die Treppe dahinter hochsteigen«, sagte Baile.

»Und dann?«

»Dann bist du in Syrakus.« Baile versuchte zu lachen.

SYRACUSANUM

Warum ließ sie ihn warten? Sie hätte längst da sein können. Schlecht gelaunt griff der Princeps nach dem silbernen Handspiegel und betrachtete sein Gesicht in dem schimmernden Metall. Er hatte nicht die kantig männlichen Gesichtszüge eines Soldaten oder Athleten und auch nicht die äußere Erscheinung eines durchtrainierten Sportlers. Er seufzte. Als Augustus mühte er sich auch nicht mehr mit den anstrengenden Fecht- und Speerschleuderübungen ab, wie er es früher getan hatte. Sport hatte ihn immer gelangweilt.

Das nur über eine verborgene Treppe zugängliche, hoch gelegene Stockwerk in der Villa des Maecenas war der Ort, an den er sich zurückzog, wenn er für die Geschäfte des Alltags nicht mehr ansprechbar sein wollte. Es musste ihr hier gefallen. Die drei verbundenen Räume waren einfach, aber geschmackvoll möbliert. Von der Decke hingen korinthische Lampen herab. In jedem Raum standen ein Liegesofa und kleine Klappstühle, im Hauptraum mit dem gebänderten Dichtermosaik außerdem ein Schreibtisch mit einem bequemen Korbsessel, eine Kleidertruhe und ein abschließbares, schweres Armarium, in dem er Akten und Schriftrollen und die Briefe Rufillas und Terentias verwahrte. Seitlich befanden sich ein bescheidenes Bad und ein einfacher Küchenraum, wo Wein und Gebäck bereitstanden. Manchmal hielt er sich hier tagelang auf, ohne von den übrigen Bewohnern des Hauses bemerkt zu werden. Es war sein kleines Syrakus, sein Syracusanum, der Ort, von dem er wusste, dass er nach seinem Tod als bleicher Schatten dorthin zurückkehren würde, um sich an die hier verbrachten glücklichen Stunden zu erinnern.

Hatte Berenike am Ende beschlossen, ihn, der ihre Familie zerstört hatte, nie wiederzusehen? Diese jungen Mädchen spielten mit den Männern, sie nahmen sie nicht wirklich ernst. Dignitas, Auctoritas, sein hoher Rang, all das beeindruckte so ein junges Ding nur kurze Zeit. So war es doch auch bei Marcella gewesen, seiner unwürdigen Nichte. Wie viel Kraft ihn das gekostet hatte, allen vorzuspielen, er wisse nicht, was geschehen war. Berenike musste ihn für einfältig halten. Obwohl sie die Tochter des göttlichen Julius und der Kleopatra war, verstand sie nichts von Politik und der Geisteshaltung, die man braucht, um in dieser höchsten Kunst der Menschenführung erfolgreich zu sein. Man musste Informationen sammeln, mehr als die anderen wissen und immer wieder tun, als sei man überrascht. In dieser Hinsicht war Livia wie er. Auch sie hatte ihre Spitzel, die Briefe abfingen und Leute beobachteten. Das Ärgerliche war, dass er die wenigsten dieser Späher kannte. Einige, gewiss die meisten, spionierten für Geld, andere taten es, um eine höhere Position in Livias Haushalt zu erlangen. Am schwierigsten war es bei den Sklavenmädchen, die Livia ihm manchmal schickte. Bei ihnen musste er vorsichtig sein. Livia würde sie aushorchen. Nur aus Höflichkeit Livia gegenüber schlief er mit ihnen. Geschenke durfte man nicht ausschlagen. Es war kein wirkliches Vergnügen. Jeder Jäger will seine Beute selbst aussuchen.

Sie ließ ihn zu lange warten. Welch raffinierte Folter! Wie

lange sollte er noch hier stehen, zu aufgewühlt, um es sich bequem zu machen?

Junge Frauen wie Berenike verlangten nach jungen Männern, nach einem Alexis mit seinem strammen Athletenhintern, seinen obszön muskulösen Armen, nach dummen, unüberlegten Liebesschwüren, wie Marcellus sie von sich gegeben hatte.

Er war gut unterrichtet. Er hatte die Briefe der beiden gelesen, und ihm war dabei heiß vor Sehnsucht geworden. Als Princeps musste er schließlich wissen, was um ihn herum geschah. Ohne seine pflichtbewussten Spitzel, die die Siegel der Briefrollen zu lösen verstanden, wäre er längst nicht mehr am Leben.

»Thyrsos!«

Der Sekretär hörte auf zu schreiben.

»Bitte geh in die Eingangshalle und schau, ob sie schon da sind. Es gibt überhaupt keinen Grund, so lange für den kurzen Weg von Carinae hierher zu brauchen.«

»Der Gallier wird es hintertreiben«, gab Thyrsos zur Antwort.

»Glaubst du, sie wird mich lieben?«

»Es muss sie reizen, mit dir zu schlafen. Jedes Mädchen, nach dem du geschickt hast, war beglückt, dass der mächtigste Mann der Welt sie begehrt.«

War ihr eigentlich klar, wie knapp bemessen seine Zeit war? Er sah hinüber zur Wasseruhr.

Lautlos hatte sich Thyrsos entfernt. Turinus stellte fest, dass seine Hände nass vor Aufregung waren. Berenike war nicht wie andere Frauen. Das hatte er schon ihren Briefen angemerkt, die sie Marcellus geschrieben hatte. Keine Liebesschwüre, nur die Beschreibung von dem, was war und gewesen war und, wütend dachte er es, nie mehr sein würde. Berenike war nicht bestechlich. Als Tochter Kleopatras hatte sie bereits alles, den hohen Rang, die hohe Geburt, Reichtum,

Bildung, Schmuck – vermutlich so viel sie wollte. Menschen, die sie anstaunten und aus der Ferne neugierig begafften. Dass er der Princeps war, Caesar Augustus, über dessen Haustür der Senat den Eichenkranz hatte anbringen lassen, ob *cives servatos,* weil er die Bürger Roms gerettet hatte, all das war nichts, womit er sie in Staunen versetzen konnte.

Richtig, sie hasste ihn sogar. Sie hatte ihn immer gehasst. Hatte sie das nicht in Tibur sogar ausgesprochen?

Hatte er sie vergewaltigt, oder war nicht doch auch bei ihr der Wille gewesen, ihn zu lieben? Er war nicht mehr sicher. Zu ungeduldig war er gewesen. Sogar ihr Goldkettchen hatte er zerrissen, ohne es zu wollen. Der erste Bürger Roms vergewaltigte eine junge Frau, die unter dem Schutz seiner Schwester stand. Was, wenn sie sich Octavia anvertraut hatte? Er ging auf und ab. Vor dem Schreibtisch blieb er stehen und nahm die kleine Alabastersphinx in die Hand. Sie fühlte sich kalt und glatt an. Die Sphinx war das Zeichen, mit dem er siegelte. Auch auf seinem Ringstein, einem roten Karneol, war sie eingraviert.

Die Katzen und der Sachmet-Tempel, das Tempelchen genauer gesagt, denn mehr als einen bescheidenen Holzbau durfte er ihr nicht zugestehen, das waren die Funken, die er hatte sprühen lassen, um das Feuer zu entzünden. War es genug gewesen?

Warum regte sie ihn so auf? Was hatte sie getan, um ihn in diesen Zustand zu versetzen? Er hatte sie doch nur selten gesehen. Sie war keine Schönheit, nein, sie stotterte leicht, aber sie hatte etwas, was ihn anzog, etwas Göttliches.

Er musste sich bei ihr entschuldigen für das, was in Tibur geschehen war. Heute würde er sie nur auf die Stirn küssen, so schwer es ihm auch fallen mochte.

Sanft stellte er die kleine Sphinx zurück. Sie war ein Geschenk, das Dion ihm noch in Ägypten gemacht hatte. Von Anfang an hatte der kahlköpfige Eunuch versucht, sein Wohlwollen zu erringen. Er hatte ihm wertvolle Hinweise auf versteckte Schätze der Königin gegeben, ihm verschlossene Archive in Alexandria geöffnet und ihn in die Gruft zur einbalsamierten Leiche des göttlichen Alexandros geführt. Gemeinsam hatten sie den Kristalldeckel abgehoben. In einer Erregung ohnegleichen hatte Turinus den Körper des sagenhaften Makedonenkönigs berührt, mit dem Finger über die Gesichtszüge gestrichen. Entsetzt hatte Dion ihn angestarrt. Der römische Imperator hatte die Nase des göttlichen Makedonen abgebrochen. Niemand wusste davon, nur der Eunuch und er. Dion hatte das Nasenstück wieder behutsam aufgesetzt. Anschließend hatten sie den Deckel über die Leiche gewuchtet und waren ohne ein Wort gegangen.

Ich war ein Rohling, würde er sagen, verzeih.

Die Marmorbüste des göttlichen Julius auf einem Podest in der Ecke des Raums lächelte kühl über ihn hinweg.

Er würde ihr die Hände küssen, auch das würde sie nicht erschrecken. Aber was, bei allen Göttern, was bedeutete es, dass sie immer noch nicht da war?

DER MONAT DES AUGUSTUS

Es war drückend heiß. Die Ziegelmauern der Häuser speicherten die Hitze der Mittagssonne und gaben sie in der Nacht, die kaum Kühlung brachte, nicht ab. Selbst hier im Stadtteil Carinae am Fuß des Mons Oppius ging kein Lüftchen.

Das kleine Mädchen, das Geryas mit wiegenden Schritten durch den Innenhof trug, wimmerte leise vor sich hin.

»Es sind die Zähne«, sagte die Germanin, die mit entblößten weißen Brüsten im Schatten auf einem Polsterstuhl saß. Jitta war unglaublich dick, was kein Wunder war bei dem Appetit, mit dem sie von morgens bis abends heiße Milch und Süßspeisen hinunterschlang. Ihre zu kleinen Füße steckten in bequemen Pantoffeln. Sie hatte wasserblaue Augen und mittelblondes, strähniges Haar. »Das müssen die Zähne sein. Sie fängt früh damit an.«

Baile hörte nicht zu. Marcellina entwickelte sich normal und war bei Jitta bestens versorgt, nach dem Umfang der Brüste zu schließen.

»Gallus hat sich erhängt«, sagte Baile leise zu Berenike, die neben dem Brunnen des Innenhofs einen kurzen Mittagschlaf gehalten hatte. Eine Taube flog auf.

»W-was sagst du da?«

»Habt ihr nicht darüber gesprochen?«

»Misch dich nicht ein, es geht dich nichts an, was ich mit Turinus bespreche. Du hast keine Ahnung, worum es geht ...«

Berenike schloss die Augen. Das Imperium war in höchster Gefahr gewesen. Es ging um viel mehr als um Rom. Turinus durfte nicht dulden, dass einer zum Aufstand aufrief. Kein Land war so befähigt, sich für immer von Rom loszusagen, wie Ägypten. Ägypten brauchte Rom nicht. Rom brauchte Ägypten. Berenike dachte an den Abend mit Turinus im Hause des Maecenas. Zitternd war sie die Treppe emporgestiegen, unsicher, was sie dort erwartete. Sie hatte den Vorhang aufgezogen. Die Holztür war halb geöffnet gewesen. Und da stand er, nicht Caesar Augustus in Panzer und Feldherrnmantel, sondern Turinus, der in Tibur Psens Goldkettchen zerrissen hatte. Er trug Sandalen und ein schlichtes naturfarbenes Gewand. Er war nicht groß, sein Äußeres hatte nichts Gewalttätiges, Furchteinflößendes. Seine grauen Augen glänzten.

»Du brauchst mich nicht, Berenike. Du lässt mich warten. Ist es so?«

»Ja, ich brauche dich nicht, Turinus«, hatte sie geantwortet. Alles in ihr jubelte. Heute war der Tag ihres Triumphes über ihn.

Er bedeute Thyrsos, sich zu entfernen.

Wie Statuen aus Stein hatten sie voreinander gestanden, als sie allein waren.

»Wen liebst du?«, hatte er nach langem Schweigen herausgebracht.

»Baile«, hatte sie zum Spaß gesagt. Mit flinken Blicken hatte sie die Räumlichkeiten inspiziert. Von draußen war griechische Musik zu hören. Plötzlich brach ein Lächeln aus ihrem Gesicht hervor. Es verriet, was sie nicht gesagt hatte: dich natürlich, Dummkopf.

Er lachte befreit auf. Es ist die falsche Tageszeit, überlegte er. Der Abend wäre besser gewesen.

»Thyrsos hat Wasserwein und etwas zum Knabbern für uns hingestellt. Willst du dich nicht setzen?«

Sie setzte sich auf die Kante des Sofas und warf einen misstrauischen Blick auf die Silberbecher, luxuriöse Stücke aus dem Haushalt des Maecenas.

Turinus kratzte es im Hals. Hastig trank er ein paar Schlucke. Thyrsos hatte ihm reines Quellwasser eingegossen, wie er gebeten hatte.

»Du verstehst nichts von Wein«, sagte sie, als sie getrunken hatte, und verzog das Gesicht.

Er ärgerte sich über Thyrsos.

»Mach dir nichts daraus. Tagsüber trinke ich nur Wasser. Ich bin so dünn, dass ich den Wein nur zur Cena vertrage.«

Er lächelte dankbar.

»Was ist aus Caecilia geworden?«, wollte Berenike wissen.

»Du weißt doch, Agrippa hat ihr den Scheidebrief geschickt –« Er brach ab, weil es ihm weh tat. Caecilia hatte Gift genommen, noch vor der Scheidung, was für Agrippa unbedingt von Vorteil war, da er in ihrem Testament als ihr Alleinerbe genannt war.

»Hör auf, mich zu belügen!«, sagte Berenike scharf und klar. »Ich sehe dir an, wenn du lügst.«

»Es wird erzählt, einer von Agrippas Leuten habe ihr das Gift verabreicht. Ich schwöre dir, Agrippa hätte es nie veranlasst. Er hat sie geliebt.«

»Schöne Aussichten für Marcella.«

Sie sahen sich an und lachten beide.

»Agrippa hat es doch die ganze Zeit über gewusst.«

»Was?«, tastete Berenike sich vor.

»Mit dem untergeschobenen Sohn des Seius.«

Berenike griff nach seinem nackten Arm und zog ihn an sich.

»Wichtig ist, dass alle gut dastehen«, sagte er. »Die Einzigen, die wirklich nichts wissen, sind meine Schwester und der gute alte Seius Strabo. Octavia hätte es nicht überlebt, dass ihre Älteste sich dem feisten Alexis hingibt.«

»Und Agrippa macht es nichts aus?«

»Agrippa ist keiner von den vornehmen Korinthenkackern, das weißt du doch.«

Sie wusste es. Marcus das Waldtier. Alles in ihr schrie auf. Sie durfte diesen Mann nicht unterschätzen. Marcus das Waldtier hatte Caecilia töten lassen. Sie musste Marcella warnen. Dein Mann ist nicht nett und harmlos, würde sie ihr sagen. Er ist ein kampferprobter Soldat. Sein Geschäft ist der Tod.

»Turinus«, sagte Berenike, »versprich mir, dass du niemals so wirst wie Agrippa.«

Berenike sah hinüber zu ihrer Tochter. Sie war ein unruhiges, lebhaftes Kind. Das Greinen störte sie plötzlich. Sie hatte keine Möglichkeit, sich selbst um Marcellina zu kümmern. Wenn Jitta sie nicht auf dem Arm hielt, kam Octavia und schleppte sie herum wie ein Schoßhündchen.

»Jitta, geh mit dem Kind woanders hin«, sagte sie barsch. »Ich will mich mit Baile unterhalten.«

Diensteifrig zog Geryas den Polsterstuhl fort in Richtung Peristylgarten. Missmutig schlurfte Jitta hinter ihm her.

Cornelius Gallus, der Präfekt von Ägypten, war in Ungnade gefallen trotz seiner früheren Freundschaft mit Turinus. Nicht nur, dass er Caecilias Geliebten, Epirota, bei sich aufgenommen hatte, er hatte Statuen seiner eigenen Person überall in Ägypten aufstellen lassen und ein Verhältnis mit Lykoris begonnen, die entfernt mit dem Königshaus der Ptolemäer verwandt war. Seine ägyptischen Untertanen hingen an ihm und hatten ihm göttliche Ehren zuteil werden lassen. Turinus war das zu Ohren gekommen. Deshalb hatte er den Freund aller Ämter enthoben und ihn in die Verbannung geschickt. Es war klar, dass Gallus in Ägypten zu selbstbewusst aufgetreten war. Mit diesem Verhalten hatte er den Princeps gereizt, und nun war er tot. Und es war nicht Agrippa, der seinen Tod gefordert hatte. Alle nannten Turinus als den Verantwortlichen.

»Es kann nur einen Caesar geben«, sagte Baile trocken. »Gallus hätte es wissen müssen.«

»Wer wird der Nächste sein?«, fragte Berenike.

»Vielleicht Agrippa«, flüsterte Baile.

Turinus gab sich im Senat untröstlich. Den Tod des Gallus habe er nie gewollt. Als Princeps sei er zur Einsamkeit verdammt, wenn er nicht einmal mehr seinen Freunden vertrauen dürfe.

In Rom wurde viel über Ägypten gesprochen. Es wurde gemunkelt, Gallus habe sich zum König des Landes ausrufen lassen wollen und sei in Verhandlungen mit auswärtigen Königen getreten. Da sei noch mehr gewesen als das, was bekannt geworden war.

»Ägypten ist meine Provinz«, sagte Turinus, als Berenike ihn nach Gallus fragte. »Ägypten ist die wichtigste Provinz des Imperiums. Die Getreideernten aus diesem Land ernähren zur Not das gesamte Imperium. Wer Ägypten hat, hat das Imperium. Deshalb darf nie wieder ein verantwortungsloser

Narr wie Gallus im eigenen Namen Statuen dort errichten und sich huldigen lassen.«

Aber die Politik interessierte Berenike in diesen Tagen nicht sehr. Sogar die Sache mit Gallus vergaß sie schnell. Als Baile noch einmal davon anfing, fiel sie ihm scharf ins Wort. Sie wollte nichts mehr davon hören. Es stand ihr nicht zu, Turinus Vorwürfe zu machen. Gallus hatte unverzeihliche Fehler gemacht, hatte sich als undankbar erwiesen. Mehr war dazu nicht zu sagen.

Sie war damit beschäftigt, sich und Turinus zu begreifen, und versuchte zu verstehen, warum ihr inneres Ägypten wiederkam, wenn sie mit ihm schlief. Ihre Ängste und Bedenken waren kleinlich gewesen. Bald zählte sie die Stunden bis zum nächsten Treffen mit ihm. Sie liebte ihn auf eine ganz andere Weise als Marcellus. Marcellus war ein Junge gewesen, Turinus ein Mann. Sie ertappte sich dabei, dass sie Marcellus' Briefe, die aus Nordhispania eintrafen, erst Tage später beantwortete.

Turinus und Livia hatten ursprünglich am Forum Romanum, oberhalb der Stiegengasse der Ringschmiede, gewohnt, in einem Haus, das früher dem Redner Calvus gehört hatte. Später waren sie auf den Palatin gezogen. Dort hatten sie das bescheidene Haus des Redners Hortensius erworben. Im Gegensatz zu den Wohnsitzen gut gestellter Senatoren hatte es nur kurze Säulenhallen von albanischem Peperin und schlichte Zimmer ohne Mosaikfußböden und ohne Marmor. Seit Jahren bewohnte er darin sommers wie winters das gleiche Schlafzimmer. Die Möbel waren altertümlich schlicht. Es gab auch keine griechischen Kunstgegenstände, weder korinthische Leuchter noch nackte Knaben aus Erz. Turinus hielt nicht viel von Statuen und Gemälden, lieber war ihm seine Sammlung von Gigantenknochen, die er aus dem Museion von Alexandria auf den Palatin hatte schaffen lassen. An diesen gewaltigen Knochen von Drachen und Ungeheuern entzündete sich seine Fantasie. Sie waren sein größter Stolz. Nur zu gerne zeigte er sie seinen Freunden und Besuchern.

Man hatte ihm auch aus dem Inneren von Sizilien die Abdrücke gigantischer Fische auf Steinplatten geschickt, die er der Sammlung zugefügt hatte.

Wenn Turinus Bequemlichkeit brauchte oder eine größere Zahl von Freunden einlud, ging er zu diesem Zweck in das Haus seines Freundes Maecenas auf dem Esquilin. Hierhin ließ er auch Berenike kommen.

Maecenas' weitläufiges Haus war eine Art Taubenschlag. Zahlreiche Sänger, Poeten und Schriftsteller trafen sich hier tagtäglich, um die Bibliothek zu benutzen, ein Schwätzchen zu halten oder in einem der Gästezimmer für die Zeit ihres Aufenthalts in Rom zu wohnen. So kam es, dass Berenike hier so wenig auffiel wie Turinus. Livia ließ sich niemals hier sehen, außer wenn sie offiziell zu einer Dichterlesung oder der Aufführung eines neuen Schauspiels im Gartentheater geladen war.

Innerhalb kurzer Zeit lernte Berenike Rom und seinen Princeps von einer ihr unbekannten Seite kennen. Wenn sie in das Syracusanum kam, in dem er auf sie wartete, war er immer beschäftigt. Zwei oder drei Friseure standen um ihn herum und schnitten ihm das Haar, während er dem Schreibsklaven einen Brief diktierte.

Mit Verwunderung stellte sie fest, dass die Götter den Menschen auf verwinkelte Wege führen, die ihn ebenso gut zum Ziel bringen wie eine gerade Straße.

DAS GEWITTER

»Baile«, sagte Berenike eines Morgens. »Wir könnten heute zum Brigid-Tempel gehen. Unterwegs müssen wir zwei Tauben kaufen.«

Er war sofort einverstanden. Von Anfang an hatte Baile versucht, keine neugierigen Fragen zu stellen. Dabei gab es viel, was er gerne erfahren hätte. Aber schon die Liebesgeschichte mit Marcellus war ihm peinlich gewesen, und er hatte kaum mit Berenike darüber sprechen können. Jetzt war alles noch schwieriger.

In letzter Zeit stritt er sich oft mit Geryas. Geryas hatte sich verändert. Neuerdings gab er freche Antworten und bestand darauf, sich mit römischen Freunden, die er Baile nicht vorstellen wollte, auf dem Marsfeld zu treffen. Baile war viel allein. Unkonzentriert schnitzte er Holzstücke, die Geryas ihm gebracht hatte, schnitt sich dabei in den Finger und betrachtete kopfschüttelnd die Figuren der Drei Heiligen Mütter, die er fast fertig hatte. Sie waren diesmal nicht gelungen. Er würde sie mit Goldfarbe überziehen, dann fiel die lieblose Schnitzarbeit nicht mehr so auf.

Er dachte jetzt wieder öfter daran, dass er nach Gallien wollte. Aber er musste abwarten, was in Rom geschah. Berenike hatte an der neuen Situation Gefallen gefunden, sie genoss es, dass der Princeps Romanorum vernarrt in sie war, was Baile gut verstehen konnte. Aber natürlich gab es schon wieder zu viele, die davon wussten, Neider, auch Frauen, die dem Princeps selbst noch vor kurzem nahe gestanden hatten. Baile seufzte.

Plötzlich waren die ärgerlichen Rufe von Trägern zu vernehmen, die eine vornehme Sänfte durch die Straße trugen. Baile und Berenike wichen aus in den Schatten der Hausmauer.

Die Träger blieben stehen, aus der Sänfte reckte sich ein hageres Altfrauengesicht. Lebhafte dunkle Augen musterten Berenike und Baile wie zwei auf frischer Tat Ertappte.

»Ich weiß, wo du herkommst, Kleine«, rief Alfidia und warf ihr eine Kusshand zu. »Ich weiß alles von dir, du kleiner Goldfasan.«

Berenike griff nach Bailes Hand.

Alfidia strahlte. »Nimm dich in Acht vor Livias Zorn!«, rief sie. »Livia vergisst nicht, was ihr angetan wird. Alfidia meint es gut mit dir. Aber sie warnt dich. Sei vorsichtig!«

»Fort!« Baile zerrte Berenike um die Ecke. »Die Alte ist bösartig. Sie hat den bösen Blick.«

»Fang doch lieber etwas mit dem Gallier an!«, schrie Alfidia hinter ihnen her. »Der bringt dir Glück. Turinus reißt dich nur in den Abgrund!«

»Sie kann es unmöglich wissen«, stammelte Berenike. »Nicht einmal Livia weiß es.«

»Alfidia weiß es. Also ist auch Livia im Bilde. Dalta, ich habe Angst um dich.«

Sie brach in Tränen aus und vergrub ihr Gesicht in den Händen. Ihre Schultern bebten. Ihr Leben war zu kompliziert geworden. Die Beziehung zu Turinus war das, was sie am wenigsten gewollt hatte.

»Dalta«, fragte Baile, »gib mir eine ehrliche Antwort. Bist du glücklich mit ihm?«

»Ja.« Sie stampfte mit dem Fuß auf vor Wut. »Und jetzt will ich endlich meine Tauben opfern.«

»Vergiss Alfidia. Sie ist bösartig. Sie mag nicht einmal ihre eigene Tochter. Sie sagt über niemanden etwas Gutes. Sie hasst alle.«

»Geh zurück nach Ägypten, Berenike, wo du hergekommen bist, und friss jeden Tag Krokodilköpfe!«, schrie jemand aus einer Fensteröffnung über ihnen.

Berenike zitterte am ganzen Körper.

»In Rom weiß jeder alles. So einfach ist das.« Baile war erschrocken darüber, dass es so weit gekommen war. Dass es Menschen gab, die sein Schutzkind hassten, weil sie Ägypterin war. Weil der Princeps eine Ausländerin liebte.

Berenike griff nach Bailes Arm. Er ließ es geschehen.

O Taranis, o Brigid, dachte er, könnte ich doch auf der Stelle mit ihr ins Biturigerland verschwinden, wo uns keiner kennt!

»Ohne dich wäre ich verloren«, murmelte sie. Er hatte es gehört, und es tat ihm gut.

An einem der Nachmittage in der Stadtvilla des Maecenas geschah es. Es war ein schwüler Tag. Vor den Albanerbergen stauten sich schwarze Wolkenberge.

»An manchen Tagen ist Rom unerträglich«, meinte Turinus. Er sah gequält aus, über die nackte Schulter hatte er ein Seehundfell gelegt. »Hörst du den Donner?«

»Es wird ein Gewitter geben«, sagte Berenike.

»Ich spüre es bereits lange vor dem Donnern und den Blitzen«, sagte er. »Jupiter will mit mir sprechen. Es ist immer sehr anstrengend. Er verlangt zu viel von mir.«

Berenike hatte ihn noch nie so angespannt erlebt.

»Er hat immer das Äußerste von mir verlangt, mehr als ich konnte. Sieh dir Agrippa an. Er kann es. Er war immer gerne Soldat, er verträgt jede Strapaze, er ist stark und selbstbewusst. Ich musste immer kämpfen. Ich konnte noch nicht einmal richtig sprechen als Junge.«

»Das merkt dir keiner mehr an.« Sie dachte, dass auch sie das Stottern überwunden hatte.

»Ich kann kaum Wein trinken und habe ständig Magenschmerzen. Ohne die Kunst von Musa und Euphorbos wäre ich längst tot.«

In der Ferne donnerte es leise.

»Es gibt Tage, an denen ich mich am liebsten verkriechen möchte«, murmelte er. »Ich bin zu krank, um Princeps zu sein.«

Sie schwieg.

»Heute Nacht«, sagte er leise und verstummte.

»Was war heute Nacht?«

»Ich konnte nicht einschlafen. Ich habe nach Thyrsos gerufen, aber er war nicht da. Schließlich ist Epaphroditos gekommen und hat mir vorgelesen. Er wollte mir etwas Gutes tun. Er las aus einem griechischen Liebesroman, aus ›Die schöne Chariklea‹.«

»Die Geschichte spielt in Ägypten.«

»Ich wollte nichts von Ägypten hören. Nachts, wenn die schlimmen Träume kommen, will ich nichts davon hören. Ich habe ihn weggeschickt, ich war beinahe grob. Heute Morgen habe ich mich bei ihm entschuldigt.«

Nur das Plätschern des Brunnens und das Gurren der Tauben waren von draußen zu hören. Plötzlich zerriss ein greller Blitz das Halbdunkel des Raums, und ein Donnerschlag folgte fast unmittelbar.

Turinus warf sich auf den Boden und blieb zitternd liegen. Sie kniete neben ihm nieder und streichelte ihn.

»Es sind zu viele für den Frieden gestorben. Ich hatte keine Wahl. Der göttliche Julius musste gerächt werden. Die Götter haben es von mir verlangt, und ich war damit einverstanden. Für den ewigen Frieden musste so viel Blut fließen. Aber einige dieser Toten bevölkern nachts meine Träume und reden zu mir. Manchen sage ich, dass es sein musste, und sie verstehen es.« Er sprach, ohne sie anzusehen, wie mit sich selbst. »Damals dachte ich, die Toten sind tot. Alles würde neu anfangen und besser werden. Aber das war ein Irrtum.«

Er setzte sich mühsam auf. »Antyllus kommt immer wieder. Er macht mir Vorwürfe und droht mir. Heute Nacht war es besonders furchtbar. Ich weiß nicht, was er von mir will. Versteh mich, sein Tod ist nur einer von Tausenden. Warum lässt er mich nicht in Frieden?«

»W-was hat Antyllus g-gesagt?« Berenike klapperten die Zähne vor Entsetzen, aber sie wollte alles wissen.

»Dieser Kopfschmerz ist entsetzlich. Musa hat versprochen, mir ein stärkeres Mittel zu mischen. Für die kommende Nacht möchte ich ein starkes Schlafmittel haben. Eins, das keinen Traum zulässt.«

Berenike wusste, dass es solche Mittel nicht gab.

»Was wollte Antyllus von dir?«

»Er sah mich vorwurfsvoll an und sagte: Eines Tages wirst du auch meinen Bruder töten.«

»Nein«, sagte Berenike mehr zu sich selbst als zu Turinus.

»Ich habe Jullus sehr gern. Es würde Octavia das Herz brechen, wenn ihm etwas zustieße. Sie würde seinen Tod nicht überleben. Manchmal glaube ich, er bedeutet ihr noch mehr als Marcellus.«

Er sah sie an. »Berenike, ich schwöre dir beim Leben Octavias, dass ich Jullus Antonius niemals töten lasse, was auch geschieht. Du bist meine Zeugin. Nimm meine Hand.«

Sie nahm sie. Blitze zuckten in der Ferne, der Donner rollte immer noch vor den Grenzen der Stadt.

»Das Schlimmste in diesem Traum war –«, begann er und brach ab.

»Sag es!«, flüsterte sie.

»Ich kann es nicht.«

»Turinus«, murmelte sie und strich über sein verschwitztes graues Haar. »Mein Turinus.«

»Hör zu«, sagte er, »ich wusste mit Gewissheit, dass er die Wahrheit sagte und ich es tun würde.«

»Turinus, es war nichts als ein Traum. Nicht alles, was die Götter in Träumen ankündigen, erfüllt sich. Jetzt kannst du Jullus nicht mehr töten. Denn du hast es geschworen. Du bist gebunden vor den Göttern.«

»Was rätst du mir? Es sind die Nerven.«

»Seesalzbäder in der Dureta oder Bäder in den albulischen Schwefelquellen. Lass dich in der Nacht in der Sänfte hinübertragen.«

»Ich wollte, ich wäre nie Caesar geworden. Ich wollte, ich wäre immer Octavius Turinus geblieben, der Mann, der ich nach dem Willen meines Vaters sein sollte.«

»Dann würdest du ruhiger schlafen und Antonius wäre Herrscher der Welt mitsamt Kleopatra. Oder Caesarion und Kleopatra.«

Sie zog ihn aufs Bett. Er drückte das Seehundfell an sich wie ein Kind seine Stoffpuppe. Wie Meeresbrandung brach ein nicht endender Donner über das Haus hinweg.

»Italien und die Provinzen brauchen einen langen Frieden. Fünfzig Jahre lang haben Bürgerkriege getobt. Jede Familie hat auf die eine oder andere Weise darunter zu leiden gehabt. Es muss Schluss sein mit ewig neuen Kriegsanleihen, Aushebungen und verwüsteten Feldern. Das Imperium muss sich erholen wie nach einer langen Krankheit.« Seine Stimme klang jetzt wieder normal.

»All das musst du Antyllus erklären, wenn er wiederkommt«, schlug Berenike vor. »Sag, dass es dir Leid tut, aber dass du keine andere Wahl hattest.«

»Marcus Antonius Antyllus war gefährlicher als Caesarion«, flüsterte er. »Wenn er jemals zurück nach Rom gekommen wäre, hätte er seinen Vater gerächt. Viele Anhänger der Antonier in Rom und Italien hätten sich ihm angeschlossen. Glaub mir, ich musste es tun.«

Der Gedanke durchschoss sie, dass all das auch für Jullus galt, den Octavia immer beschützt hatte, doch sie sprach ihn nicht aus. Sie küsste ihn und versuchte, nicht an Caesarion zu denken.

DAS VERMÄCHTNIS DER CLAUDII

Die Wölfin hatte sich im Schatten auf die Bodenplatten des Atriums niedergelegt, den Kopf auf den Pfoten, den Blick lauernd auf Alfidia gerichtet. Die beiden Frauen, die eine im Sessel im Schatten, die andere, jüngere, in der Sonne, saßen nebeneinander. Von Zeit zu Zeit rückte Livia ihren Sitz wieder in die Sonnenzone des Atriums. Sie liebte es, ihr Gesicht von der Sonne bescheinen zu lassen. Die Wärme belebte sie bis in ihr Inneres.

»Es ist nicht gut, wenn du nach Hispania reist, Tochter«, sagte Alfidia. »Er wird sie mitnehmen.«

Livia schwieg. Das Herzleiden ihrer Mutter war schlimmer geworden. Die Anfälle kamen immer häufiger.

»Damals, als er mit Terentia in Hispania war, warst du auch in Rom.«

»Mater, ich bin seine Ehefrau. Seine Geliebten haben mich nie interessiert, ich wollte nicht einmal ihre Namen wissen. Es gibt viele Dinge, die ich jeden Tag tun muss. Ich bin Livia Drusilla, die Frau des ersten Bürgers dieser Stadt, die sich untadelig verhält.«

»Ja, ja«, unterbrach Alfidia sie und verdrehte die Augen. »Tochter, du solltest dich dafür interessieren, was die kleine Ägypterin tagtäglich treibt. Sie ist nicht irgendeine Geliebte. Octavia hätte sie längst verheiraten sollen. Lass dich unterrichten über das, was zwischen Berenike und Turinus vorgeht.«

»Ich dachte, das tust du.« Livia erhob sich, trat an das Wasserbecken in der Mitte des Atriums und hielt ihre Hände ins Wasser. »Ich bin nicht mehr fünfzehn, Mater. Wegen Tiberius Nero habe ich oft geweint. Jetzt bin ich doppelt so alt.«

»Dabei war Tiberius Nero ein hervorragender Ehemann.«

Livia drehte sich mit dem Rücken zum Wasserbecken. In ihrer knöchellangen weißen Tunika sah sie aus wie eine Römerin aus der Vorzeit. »Es muss einen Menschen geben, der ihn wieder zu Verstand bringt. Berenike wird ihn in den Abgrund stürzen. Die Res publica ist durch sie gefährdet, was sie nicht mit Terentia oder Rufilla war oder irgendeinem Mädchen, in das er sich für zwei Tage verguckt hatte.«

»Es war richtig, dass ich dich damals mit deinem Onkel verheiratet habe. Ich sage noch heute, du hättest Tiberius Nero nicht verlassen sollen.« Alfidia schnippte mit den Fingern. »Dein Vater starb auf der Seite der Caesarmörder für die Sache der *libertas*. Tiberius Nero dachte wie er.«

»Mater, ich habe ihn nicht verlassen. Er war schon todkrank. Er selbst hat zu mir gesagt: ›Verlass die untergehende Sonne, halte dich an die aufsteigende. Du bist neunzehn Jahre alt. Geh jetzt zu seinen Penaten.‹« Livia brach ab.

Sie hatte immer getan, was er angeordnet hatte. Auch als Kranker war Tiberius Nero noch schön gewesen. Er trug die grau gewordenen Haare nach Art der Claudier im Nacken lang und gewellt, was ihm die Würde eines Weisen oder eines Priesters verlieh. Nero war damals im alexandrinischen Krieg unter Julius Caesar Flottenpräfekt und am Sieg der römischen Schiffe wesentlich beteiligt gewesen. Dennoch hatte er sich so wie Titus Labienus und viele andere schließlich von Caesar abgewandt, als er erkannte, dass der Diktator sich täglich mehr zum Monarchen Roms entwickelte. Er hatte seine vierzehnjährige Nichte Livia Drusilla geheiratet. Sie war damals pummelig und kurzsichtig, noch nicht die Schönheit, die sie fünf Jahre später sein würde. Ihm gefiel ihr freundliches Wesen und die Art, wie sie ihn immer erstaunt und bewundernd ansah. Für sie war er der große Feldherr aus Caesars Umgebung, der ihr die Welt erklärte. Doch die Zeiten waren ungünstig. Tiberius Nero hatte sich zum Widerstand gegen den Caesarsohn entschlossen und verbündete sich mit den Gegnern. Kurz nach der Geburt des ersten Sohnes Tiberius waren Livia und ihr Mann schon auf der Flucht.

»Livilla, geh zu seinen Penaten und werde seine Gattin.«

»Und du, Tiberius Nero?«

»Meine Zeit ist vorbei. Das Wasser in meinem Körper steigt jeden Tag höher. Du weißt, was das bedeutet.« Schwerfällig hatte er sich zu der kleinen Statue des Kairós inmitten der Hausgötter der Claudii begeben und hatte sie ihr in die Hand gedrückt. »Sieh, er ist kahlköpfig bis auf diesen Haarschopf am Hinterkopf.«

»Ich bin schwanger. Es schickt sich nicht. Es ist der denkbar ungünstigste Moment. Und du bist schwer krank.«

»Der Kairós, der rechte Augenblick für die glücklichen Dinge, kommt nur einmal im Leben. Das weißt du doch selbst. Greif zu, und halt ihn fest. Ist er vorbeigegangen, kommt er nie wieder.«

Alfidias Theaterstimme riss Livilla aus ihren Erinnerungen. »Keiner war besser als Tiberius Nero.«

»Ja. Das wussten wir beide. Aber Turinus war genauso aufregend wie er. Turinus war lebendig und Nero schon halb verfault.«

»Dass er dann noch den Brautführer gemacht hat, war übertrieben.«

»Er wollte es mir leichter machen. Es war der schwerste Tag meines Lebens.«

»Livia, wir wollen es nicht beschönigen. Du warst neunzehn, hattest Turinus zum ersten Mal gesehen, und dein Herz ist ihm zugeflogen. Er sah aus wie ein Gott, Rom lag ihm zu Füßen, und du wolltest immer eine Göttin sein.«

Eine Taube ließ sich auf dem Steinrand des Compluviums nieder.

Weinend war sie ihrem ersten Mann in die Arme gefallen, als ihre Truhen schon gepackt waren und die Träger sie auf den Wagen hievten, der zum Haus des Turinus fahren sollte.

»Ich kann es nicht tun, Tiberius.«

»Weißt du, warum du es tun musst?«, hatte er eindringlich gefragt. »Du wirst ihn mit den alten Familien der Republik versöhnen. Du wirst verhindern, dass er die Claudii, die Pompeii, die Antonii, die Sallustii, die Aemilii weiterhin ausräubert und vertreibt. Eure Hochzeit ist die Versöhnung.«

Sie hatte nicht verstanden, was er meinte.

»Livilla, du und ich, wir waren vier Jahre auf der Flucht. Du weißt doch, von Schiff zu Schiff, über Landwege und durch Sümpfe, immer voller Angst, man könne uns verraten. Denk an die Zeit in Hispania und in Sizilien. Es ist vielen noch schlimmer ergangen als uns. Sie haben ihre Gesundheit, ihr Leben oder ihre Kinder verloren. Das war der Bürgerkrieg. Er ist endlich vorbei. Damit der Frieden sich entfalten kann, muss vorher eine Aussöhnung stattfinden. Nicht mehr Racheschwüre und Attentate bestimmen dann das Dasein, sondern Hochzeiten, Geburten, Adoptionen.«

Livia lächelte in sich hinein.

»Vergiss uns nicht, deinen Vater Claudianus und deinen ersten Ehemann Tiberius Nero«, hatte er noch gesagt.

Der kleine Tiberius war im Haus seines Vaters geblieben, und auch den neugeborenen Drusus hatte sie drei Monate nach der Hochzeit seinem Vater überbringen lassen. Als Tiberius Nero bald darauf nach schwerem Leiden gestorben war, hatte er im Testament Turinus zum Vormund der beiden Jungen ernannt und die Kinder zu ihr und Turinus auf den Palatin geschickt. Wenn sie an ihn dachte, empfand sie Dankbarkeit.

Turinus würde sie immer lieben und nie verlassen. Es würden noch viele Frauen kommen und gehen. Sie würde auf ihn warten und sich hüten, ihm Vorwürfe zu machen. Er war stets zu ihr zurückgekommen. Sie sah hinüber zu den Köpfen der

Vorfahren, all den Livii, Drusi und Claudii, den Livillas, Drusillas und Claudillas, deren Geister hier so nahe waren, dass man sie ansprechen konnte. Auch er, Tiberius Nero, der sie immer verstanden hatte, war da und wachte über sie und die Söhne. Weil sie sich dessen bewusst war, fühlte sie sich sicher und geborgen.

DIE TRENNUNG

Es ging dem Princeps nicht gut am Tag der Abreise, als er an der Spitze der Truppen nach Hispania aufbrach. Die Römer waren herbeigeeilt, um die Profectio zu bejubeln, die vor der Stadt begann.

Die Soldaten schlugen an die Schilde und setzten sich in Bewegung Richtung Puteoli. Dort würden sie zu Schiff nach Hispania übersetzen und von der Küste aus entlang der Pyrenäen nach Kantabrien marschieren, wo Marcellus bereits erste Kämpfe bestanden hatte.

Octavias Familie war mit allen Sklaven und Freigelassenen versammelt. Jitta stand breitbeinig hinter Octavia und hielt die kleine Marcellina. Ihrem Rang entsprechend, hatten sich die Mitglieder des Haushalts am Straßenrand aufgestellt, alle in sauberen Festtagsgewändern, und schwenkten Palmzweige.

»Ist jetzt alles vorbei?«, fragte Berenike Baile. »Oder glaubst du, dass er bald zurückkommt?«

»Es wird ein paar Jahre dauern«, sagte Baile. »Die Kantabrer sind die wildesten Kelten.«

»Ich wusste gar nicht, dass auch in Hispania Kelten leben.«

»Sie nennen sich Iberer, sprechen aber fast so wie die Bituriger.«

»Bist du auf ihrer Seite?«, fragte Berenike.

»Es sind die letzten freien Gallier. Deine Mutter hat ihnen

damals nach der verlorenen Schlacht von Actium Briefe geschickt und gefragt, ob sie bei ihnen Asyl nehmen könne.« Baile seufzte schwer.

Berenikes Blick fiel auf Dion, der in seiner bestickten griechischen Tunika vor dem Apfelschimmel des Turinus stand, mit Schreibtäfelchen in der Hand, von zwei Sklaven begleitet, die Rollen trugen. Dion war etwas weniger dick als damals vor Actium. Ein Sklave hielt das braunweiß gefleckte Hündchen, das ihn immer begleitete.

»W-was macht Dion bei Turinus?«

»Hat Turinus dir nichts davon gesagt? Er ist der neue Sekretär für die östlichen Angelegenheiten. Neben Thallus der wichtigste Freigelassene auf dem Palatin.«

»W-wieso? Thallus ist der Privatsekretär. Seit wann gibt es noch einen?«

»Die Aufgaben sind zu umfangreich geworden«, erklärte Baile. »Niemand kennt den Osten mit Ägypten so gut wie Dion. Thallus hat ihn immer öfter heranziehen müssen und schließlich selbst den Vorschlag gemacht, das Amt zu teilen.«

»Dion ist schuld«, fing Berenike an.

»Es ist lange vorbei. Ihn trifft keine Schuld. Wer weiß, ob die Flucht überhaupt gelungen wäre, ob nicht am Hafen am Roten Meer bereits römische Legionäre postiert waren, die uns abgefangen hätten. Es war Caesarions eigener Entschluss, mit Turinus zu verhandeln. Die Götter wollten es so.«

Berenike war der Ansicht, dass Dion nicht das Recht hatte, sich in die Dienste des römischen Princeps zu begeben, so wie er früher Kleopatra gedient hatte. In ihren Augen war es Verrat. Sie wich seinem Blick aus.

Baile bemerkte es. »Warum verübelst du es ihm? Wäre es dir lieber, wenn er als Privatmann lebte? Und außerdem – sogar du hast dich mit Turinus ausgesöhnt.«

»Das ist etwas anderes.« Dion ist älter als ich, er hätte sich zurückziehen können, dachte sie. Stattdessen hatte er die Nähe des neuen Herrschers gesucht und sich ihm unentbehrlich gemacht.

»Du bist eifersüchtig«, stellte Baile fest.

»Offensichtlich begleitet Dion Turinus nicht nach Hispania.«

»Thallus geht mit. Thyrsos und Dion bleiben hier. Bittschriften und Eingaben an den Princeps müssen schließlich bearbeitet werden.« Wie immer war Baile bestens informiert.

»Und Livia?«

»Livia reist morgen mit ihren Dienerinnen und dem Gepäck hinterher.« Es hätte einen Weg gegeben, Berenike mitzunehmen. Wenn er es wirklich gewollt hätte, wäre es möglich gewesen.

»Es ist ungerecht«, stieß sie hervor und umklammerte Bailes Hand.

»Die Zeit lässt die Liebe vergehen«, sagte Baile. »Das ist ein gallisches Sprichwort, mit dem ich mich immer getröstet habe.«

Wenige Tage nach Turinus' Aufbruch überbrachte ein Bote Berenike einen Brief aus Ägypten. Der Katzenkopf auf dem Siegel zeigte an, dass er aus dem Sachmet-Tempel in Memphis kam. Baile trat neugierig näher. Mit zitternden Händen brach Berenike das Siegel auf. Nefertari hatte ein längeres Papyrusblatt eng beschrieben. Schu sei nach kurzer Krankheit verstorben und habe ein prachtvolles Begräbnis erhalten. Beiläufig erwähnte sie die kleine Tochter Nenufer, die sie vor einiger Zeit geboren hatte, und fragte bei Berenike an, ob sie die Kleine für den Tempeldienst erziehen dürfe.

»Lies das noch einmal vor, das von der Tochter«, verlangte Baile.

»Warum fragt sie mich überhaupt wegen des Tempeldienstes für ihr Kind?«

»Weil du immer noch die Oberpriesterin des Sachmet-Tempels in Memphis bist, kleiner Goldfasan«, erklärte Octavia.

»Bist du sicher?« Turinus hatte gelegentlich davon gesprochen, aber Berenike hatte es nicht wirklich geglaubt, da er innerhalb der Stadt die ägyptischen Kulte streng verboten hatte und sogar den Anhängern der Isis religiöse Feiern in Rom verboten hatte.

Octavia versicherte ihr, dass Turinus es so verfügt habe und das aktenkundig sei.

Berenike ließ sich nun wieder öfter in ihrer Sänfte zu dem kleinen Sachmet-Heiligtum außerhalb der Stadtmauern bringen. In Rom und der näheren Umgebung hatten sich zahlreiche Ägypter niedergelassen: Sklaven und Freigelassene, Kurtisanen und Händler. Eine große Zahl von Eunuchen des ptolemäischen Hofstaates hatte sich ebenfalls in Rom angesiedelt. Sie alle kamen zum Tempel, um Sachmet Opfer darzubringen, Nachrichten untereinander auszutauschen und sich von den Priesterinnen medizinisch behandeln zu lassen. Doch es erschienen dort ebenso griechische und kleinasiatische Freigelassene, Sklavinnen, Seeleute und Hetären und selbst arme Römer, wie Berenike feststellte. Diese Leute verehrten auch Isis und Osiris, ließen sich im Isis-Tempel in Ostia einweihen und nahmen an den Prozessionen teil.

Die ägyptischen Kulte zogen offensichtlich gerade die ärmeren Schichten an und verdrängten in gewisser Weise die strengen altrömischen Gottheiten. Isis war die große Mutter, zuständig für den Schutz der Kinder und der Seeleute. Sie besaß Zauberkräfte und versprach den Eingeweihten ewige Erlösung. Der Kult der Isis war in Rom durch zugewanderte Ägypter eingeführt worden. Schon zu Sullas Zeiten hatte sie in Rom Kultstätten, doch immer wieder hatte der Senat angeordnet, sie zu zerstören. Jedes Mal waren neue Heiligtümer entstanden, und die Gemeinde der Anhänger wuchs stetig.

Es gab auch zahlreiche Katzen in den Straßen Roms. Einige von ihnen siedelte Berenike in ihrem neu gegründeten Tempel an. Diese Tiere freundeten sich nach einer Phase misstrauischen Kennenlernens mit den Nachkommen der alten Schu an. Bald hatte jedes seinen Platz eingenommen. Berenike schmückte sie mit goldenen Halsbändern und Glöckchen und gewöhnte sie daran, nach dem Morgenhymnus über ihre Mäusemahlzeiten hinaus Leckerbissen aus silbernen Schälchen zu verzehren.

Wenn Berenike ihren kleinen Holzkoffer mit den Metallinstrumenten für die medizinische Behandlung auspackte und Kräuter im Mörser zerrieb, um die spezielle Augensalbe zuzubereiten, vermisste sie Turinus nicht mehr; in manchen Momenten hatte sie ihn sogar vergessen. Gemeinsam mit Selene sang sie jeden Morgen den Katzenhymnus. Zwei ägyptische Hetären halfen ihnen bei den Aufräumarbeiten. Baile verwaltete die Kasse des Heiligtums.

Eines Tages dröhnte die Glocke am Eingang des Tors. Eine wohlbekannte Stimme fragte, ob die Oberpriesterin zu sprechen sei. Es war Miutep mit breitem Reisehut und langem Mantel, der die beschwerliche Überfahrt von Alexandria nach Italien auf sich genommen hatte.

Er hatte einige ägyptische Schriftrollen mitgebracht und Nachrichten von Nefertari. Baile überreichte er eine bemalte Holztafel mit Porträts von Nefertari und ihrer Tochter Nenufer.

Baile zeigte die Bilder stolz herum.

Es gab Berenike einen kleinen Stich zu sehen, wie ähnlich Nenufer ihm sah. »Alle Frauen haben Kinder«, sagte sie seufzend. »Mein Kind hat Octavia, und wenn ich es sehen will, werde ich weggeschickt.«

»Es ist gut bei ihr aufgehoben«, sagte Baile ernst. »Dalta, aber es wäre schlecht, wenn du ein Kind von Turinus hättest. Livia hasst dich ohnedies. Das Leben in Rom ist schwierig genug für dich.«

»Sie braucht mich nicht zu hassen.« Aus Berenike brach der Schmerz hervor. »Sie hat ihren Turinus ja wieder. Mich hat er längst vergessen.«

»Brigid hilft dir. Hab nur Geduld!« Baile schnäuzte sich und warf noch einmal einen liebevollen Blick auf Nefertari und das rotlockige kleine Mädchen. »Glaub mir, wenn ich dir sage, Gebirge und Meere können Menschen, die sich lieben, nicht trennen.«

»Zwischen mir und Turinus liegen zu viele Gebirge, und neben Turinus liegt Livia.«

»Vielleicht wollte er verhindern, dass du Marcellus wieder begegnest«, warf Baile ein.

»Er geht immer wieder zurück zu Livia. Er liebt sie mehr als alle anderen.«

Semsa rieb ihren Kopf an Berenikes Knie. Miutep hatte Mantel und Hut abgelegt und unterhielt sich mit den Katzen im Innenhof. Berenike überlegte, ob er wohl länger bleiben wollte.

»Ich wünschte, du hättest Recht«, sagte Baile. »Aber so einfach wird es nicht werden.«

DER GESANDTE

26 v. Chr.

Dion hatte sich in einer Sänfte zum Haus der Octavia bringen lassen. Die bestickte griechische Tunika spannte über seinem Bauch. An einer goldenen Kette trug er einen geschliffenen Amethyst um den Hals, dessen Farbe der seiner Augen entsprach. Jeden seiner Finger zierte ein kostbarer Ring. Er kam außerhalb der üblichen morgendlichen Empfangszeit, was auf ein außergewöhnliches Anliegen schließen ließ. Er begrüßte zuerst Octavia, küsste dann Alexandros und Phila und überreichte ihnen mit Federn gestopfte Lederbälle für ihre Übungen auf dem Marsfeld, verneigte sich höflich vor Pyramus und bat zum Erstaunen aller Umstehenden darum, Berenike allein zu sprechen.

Berenike ärgerte sich über seinen Anblick und rief nach Baile, obwohl dessen Anwesenheit nicht erforderlich war. Es war mehr der Versuch, sich Dion gegenüber zu verstärken.

Er begrüßte sie mit den üblichen Höflichkeiten, versicherte ihr, dass sie jeden Tag hübscher werde, und übergab ihr lächelnd zwei Papyrusabschriften mit medizinischen Texten, die er für sie in der Kanzlei des Princeps hatte herstellen lassen.

»Caesar Augustus«, sagte er, als er sich keuchend in dem vergoldeten Korbsessel des Empfangszimmers niedergelassen hatte, »entbietet dir alle guten Wünsche und Grüße.«

Er sei soeben aus dem hispanischen Tarraco zurückgekehrt, berichtete er, und weile deshalb kurz in Rom, weil er den Auftrag des Princeps habe, Berenike nach Hispania zu geleiten. In Tarraco gebe es um den Hafen herum eine kleine ägyptische Gemeinde, und Berenikes Anwesenheit dort sei nötig, damit ein Sachmet-Heiligtum errichtet werden könne. Die Angelegenheiten in Hispania zögen sich hin. An eine Rückkehr des Princeps sei vorläufig nicht zu denken. Auch er, Dion, müsse immer wieder nach Tarraco reisen, um Bericht über die Lage in Rom zu erstatten.

»Ich hasse Schiffsreisen. Auf einem Schiff bist du ständig in Lebensgefahr, es ist gefährlicher als Krieg. Im Krieg gibt es Erbarmen ...« Dion rang die Hände.

»Caesar Augustus will ein ägyptisches Heiligtum in der Stadt erbauen lassen?«

»Nicht in der Stadt selbst. Du weißt, der Princeps hält die ägyptischen Kultstätten außerhalb der Stadtmauern.«

Berenike erkundigte sich, ob es dort Katzen gebe, was Dion bejahte, entschied aber dann doch, die trächtige Semsa mitzunehmen. Semsa mit ihrem tiefschwarzen Fell war der alten Schu auch äußerlich ähnlich.

Dion beäugte Berenike intensiv, dann grinste er. »Wenn du mich fragst, Berenike, das Sachmet-Heiligtum lässt den Princeps völlig kalt. Es ist ein Vorwand.«

»Was hat er gesagt?«

»Dass er mich foltern wird, wenn ich dich nicht überrede, nach Tarraco zu kommen.«

»Es ist gefährlich für Berenike, nach Hispania zu reisen. Livia wird es nicht hinnehmen«, warf Baile ein.

»Sie wird nichts davon merken«, versicherte Dion.

»Livia weiß schon immer alles im Voraus. Und was sie noch nicht weiß, hat Alfidia längst herausbekommen.«

»Livia ist eine kluge Ehefrau. Über die Liebschaften des Princeps hat sie nie ein Wort verloren. Sie ist erhaben über solche Dinge.«

Berenike ärgerte sich über Dions Überzeugung, Livia sei unangreifbar und werde bis ans Ende ihres Lebens die Ehefrau des Turinus sein.

»In den zwölf Jahren ihrer Ehe hat sie kein Kind geboren. Turinus hat nur die beiden Stiefsöhne.«

Baile warf ihr einen missbilligenden Blick zu. »Wir werden darüber nachdenken, ob Berenike nach Hispania reist«, wehrte er vorsichtig ab.

TARRACO

Der Wind schlug ihnen ins Gesicht, als sie von Bord des Schiffes gingen. Zwei weiße Reiher flogen über ihren Köpfen landeinwärts.

»Hast du Aphrodites Vögel gesehen?«, fragte Dion. »Sie bedeuten Glück für dich.«

Berenike warf einen kurzen Blick hinüber zur Stadt Tarraco, die sich gleich hinter dem Hafen auf einer Anhöhe erhob. Eine klobige Stadtmauer aus alter Zeit umgab sie. Zuoberst ragte der Giebel des neu erbauten Tempel des Jupiter Capitolinus über die Ziegeldächer. Die Hafenarbeiter sprachen einen keltischen Dialekt.

Berenike stieg in eine Sänfte ein, die bereitstand, und Dion nahm neben ihr Platz.

»Wie geht es Livia?«

»Sie ist immer in der Stadt, während Caesar Augustus das Land bereist und gegen feindliche Stämme vorgeht. Aber mach dir keine Sorgen! Die Villa am Meer, in der du wohnen wirst, ist sicher. Nicht mehr lange, dann herrscht auch hier die Pax Romana. Hier an der Küste sind die Menschen zivilisierter und gesitteter als die wilden Stämme in den Bergen landeinwärts.«

Praktischerweise stand die ihr zugedachte Bleibe gleich neben dem ägyptischen Tempelbezirk. Ein Gebäude diente dem Isis-Kult, ein anderes war für die Göttin Sachmet gedacht. Magere Katzen strichen umher.

»Die Isis-Priester kommen morgen, nehme ich an. Sie wohnen nicht beim Tempel, sondern in der Stadt«, erklärte Dion.

Die ägyptischen Sachmet-Priesterinnen jedoch, Myrike und Anch-ari, hatten ein Festmahl vorbereitet. Berenike war gerührt über die Leckerbissen ihrer Heimat, Lotosgemüse und Linsenbrei, außerdem geröstete Entenschenkel mit den scharfen Gewürzen, die sie zuletzt in Memphis zu sich genommen hatte. Auch Baile genoss das Essen, und Myrike mit ihrer kapriziösen Löckchenfrisur warf ihm verlangende Blicke zu.

»Wir sind hier nur zu zweit«, sagte Anch-ari, die ältere der beiden. »Wir haben zwei Sklaven zum Säubern und zur Bewachung des Tempels. Die Behandlung der Kranken und die Feiern für die erhabene Herrin sind jedoch unsere Aufgaben.«

»Leben viele Ägypter in der Umgebung?«

»Nicht mehr als vielleicht fünfzig«, sagte Anch-ari. »Aber es kommen auch Leute, die keine Ägypter sind, um von uns behandelt zu werden, Sklaven und Freigelassene, auch Einheimische. Sie lassen dann Opfergaben für die heiligen Katzen da.«

Der Tempelbezirk auf dem Felsen über dem Meer bestand aus hölzernen Pylonen, dem Innenhof und dem Haupttempel mit den Nebengebäuden zur Krankenversorgung. In den Kellerbauten lagerten im Boden eingegrabene Amphoren mit Sachmet-Bier, das auf diese Weise kühl blieb. Es roch überall nach Katzenpisse. Ein Bad, erklärte Myrike, gebe es nicht. Aber sie könne im Holzbottich baden. Berenike zog es vor, im Meer zu schwimmen. Eine in den Felsen geschlagene Treppe führte zu einer sandigen Bucht hinab. Berenike zog sich ihr serisches Gewand über den Kopf und watete in das flache Wasser hinein. Kein Schiff war am Horizont zu sehen. In der Ferne am Ende der lang geschwungenen Bucht leuchtete das Signalfeuer eines Leuchtturms. Möwen schrien im Wind. Berenike tauchte unter und schwamm. Es war gut, nicht mehr in Rom zu sein. Es war gut, nicht mehr von so vielen Menschen behütet und bewacht zu sein. Octavia, Pyramus, die Antonias, eine Zeit lang waren sie wichtig für sie gewesen. Der einzige Mensch, den sie vermisste, war die zappelige kleine Marcellina. Octavia hatte dringend darum gebeten, sie in Rom behalten zu dürfen. Die Seereise sei für ein so kleines Kind nicht gut, und so war sie mit Jitta im Haus der Antonii in Carinae zurückgeblieben. Unwahrscheinlich, dass Marcellina Berenike vermisste.

Berenike sah hinüber zur Treppe, auf deren unterster Stufe Baile stand, wachsam wie immer. Gleich würde er rufen, dass es zu dunkel sei, um zu baden, und dass sie zurückschwimmen solle. Er hielt schon ein Handtuch bereit.

Eigentlich wäre Baile lieber bei Myrike geblieben. Es wäre reizvoll gewesen, sich mit ihr zu unterhalten. Sie hatte eine süße, zaghafte Stimme. Nach jedem Satz schaute sie ihn fragend an, um zu erkunden, ob er einverstanden sei mit dem, was sie gesagt hatte. So etwas konnte einen schon verrückt machen. Er wollte ihr beim Füttern der Katzen helfen. Aber Berenike hatte sich in den Kopf gesetzt, in der Dämmerung noch im Meer zu baden, und natürlich musste er ihr folgen.

Als Berenike aus dem Wasser stieg, betrachtete Baile ihren nackten Körper so nüchtern, wie es ihm möglich war, und maß ihn an dem von Myrike, den er noch nicht nackt kannte. Er redete sich ein, dass Berenikes nackter Körper ihm gleichgültig sei. Er kannte ihn schließlich. Er erschien ihm nicht reizvoll.

Baile hatte schlechte Laune. Irgendwann musste es doch anfangen, sein eigenes Leben, das erst möglich werden würde, wenn er nicht mehr in ihrem Dienst stand. Schließlich hatte jeder Mensch ein Recht darauf, Frau und Kinder zu haben. Er dachte an Nefertari und daran, wie ungern er sie in Ägypten zurückgelassen hatte. An Geryas erinnerte er sich lieber nicht. Geryas hatte ihn in Rom eines Tages weinend angefleht, er möge ihn zu seinen Freunden ziehen lassen. Erst nach einigem Hin und Her und verlegenem Gedruckse hatte sich herausgestellt, dass die beiden Kerle, die er kennen gelernt hatte, eine Tischlerwerkstatt hatten. Geryas sagte schluchzend, er wolle dort arbeiten und ... ja, es gebe ein

Mädchen, nach dem er verrückt sei. Baile konnte den Freund nur noch hassen, als dieser mit verzücktem, himmelwärts gerichtetem Blick von dem Mädchen erzählte. Am nächsten Tag hatte Baile gesagt, dass er Geryas' Freilassung in die Wege leiten und ihm helfen und immer für ihn da sein werde, sollte er Ärger bekommen.

Aber so einfach war es nicht, er hatte sich zu sehr an Geryas und dessen Launen gewöhnt. Er vermisste den Freund und fand einen gewissen Trost darin, ihm Briefe zu schreiben, die er Reisenden nach Italien mitgab.

Das ganze Leben nichts als Katzenkacke, wohin man auch trat. An diesem Abend war er nur scharf auf Myrike. Er hatte ihre kleinen, harten Brüste gesehen und war fast sicher, dass er Chancen bei ihr hatte. Zu ihr wollte er, aber Berenike ließ ihn nicht. Sie wollte an diesem Abend mit aller Macht verhindern, dass er zu Myrike ging. Sie war eifersüchtig wie ein Kind. Er sollte ihr Geschöpf sein, von ihr abhängig, ihr hörig. Sie wollte ihn kontrollieren. Er durchschaute sie.

MEA LIVIA

Es lag an dem starken Wind, der Livia entgegenschlug, wann immer sie in den Säulengang vor dem Haus trat. Obwohl Turinus in ihrer Nähe war, brach sie ständig in Tränen aus. In Rom war sie eine andere Frau. Hier in Tarraco war nichts voraussehbar. Niemand hielt sich an die Regeln, die in Rom galten. Nicht einmal Doras, ihre Ankleidesklavin, noch Dion, der ihr die Botschaften ihres Mannes entweder mündlich überbrachte oder als kleine Papyrusnachrichten. Wichtige Überlegungen hielt Turinus immer schriftlich fest. Seine Briefe bewahrte sie seit Jahren in einem kostbaren kleinen Holzschrank auf, den sie auch auf Reisen immer mit sich führte.

Das Feuer im Herd ging ständig aus, was ein schlechtes Zeichen war, die Hühner fraßen nicht, ebenfalls ein böses Omen, und Musas Briefe aus Rom waren besorgniserregend. Alfidias Nachrichten an ihre Tochter waren nicht von ihrer eigenen Hand geschrieben, sondern von der des Sekretärs.

Livia hatte die Stola um den Körper geschlungen und sah aus kurzsichtigen Augen hinaus auf den Platz, wo die Legionäre mit den Hilfstruppen die tägliche Parade abhielten. In Rom gab es keine Militäraufmärsche in der Stadt, da die Soldaten sich außerhalb der Mauern aufhalten mussten. Kamen sie dennoch nach Rom, dann in Zivilkleidung als Bürger, nicht als Kämpfer, so war es seit alters her guter republikanischer Brauch. Hier jedoch, unweit der feindlichen Stellungen, gehörten die Soldaten zum Stadtbild. Livia hatte sich damit abgefunden. Manchmal glaubte sie, Turinus auf seinem Pferd zu sehen, doch jedes Mal hatte sie sich geirrt und es war ein anderer, dem sie beinahe zugewinkt hätte.

Der Signifer schwitzte unter seinem Bärenfell über dem Kopf und verschwand im Fahnenheiligtum, wo die Zeremonie stattfand.

Gesang und Gebete der Soldaten drangen schwach zu Livia herüber.

Am Rand des Paradeplatzes stand Dion in der gestickten Tunika des Hofbeamten. Sein kleiner Hund, inzwischen etwas verfettet, zerrte an der Leine.

Wieder stiegen Livia die Tränen hoch. Alle hatten sie etwas bei sich, das sie lieben und hätscheln konnten. Berenike ihre Katzen, Dion seine Anch-u-na, die Frauen ihre kleinen Kinder. Ihre eigenen Kinder waren erwachsen. Drusus und Tiberius taten Dienst an der Grenze des Imperiums im Norden, so weit weg, dass Livia Mühe hatte, sich dieses Land vorzustellen. Dea Roma war eine grausame Göttin, die sich nicht mit dem einen oder anderen Opfer zufrieden gab, nein, sie verlangte das Teuerste, das Kostbarste, das Innerste. Sie verlangte

Turinus. Livia fühlte, dass sie ihn nicht der Göttin opfern konnte. Turinus war Ziel und Ende ihrer eigenen Existenz. Nichts würde seinen Verlust rechtfertigen. Sie rieb sich die Augen. Je mehr sie weinte, desto kränker wurden ihre Augen. Verschleiert wie ihr Blick war, sah sie ihn zunächst nicht, doch sie erkannte ihn an seinem Schritt.

Turinus sprang die Treppe zum Säulengang hoch, ungeduldig wie ein Junge, und umarmte sie. Sofort ging es ihr gut.

»Heute bin ich zu meiner Livia gekommen. Ich weiß ja, wie allein du hier bist.« Turinus trug den Lederpanzer des Oberbefehlshabers und den purpurnen Feldherrnmantel.

Livia lächelte verlegen. Er war in seinem Element. Wo er erschien, jubelte ihm die Bevölkerung zu. Die Soldaten wiederum waren glücklich, unter dem Kommando des Caesar Augustus zu marschieren.

Seit Tagen hatte er zu Pferde die Truppen inspiziert. Abends hatte er mit den Legaten und Tribunen die Cena eingenommen. Livia wiederum hatte die Frauen der Militärkommandanten oder auch der Decurionen von Tarraco zur Cena geladen und sich ihre Sorgen angehört.

»Macht dir das Klima zu schaffen, Livia?« Er legte den Arm um sie. »Du hast Kopfschmerzen, ich seh's dir an.«

»Ich sorge mich um meine Mutter. Das ist alles.«

»Ich teile deine Sorgen, das weißt du doch.«

Es war nur eine nette Bemerkung, denn Alfidia und er hassten sich. Alfidia behandelte ihren zweiten Schwiegersohn, als habe er damals bei Philippi Livias Vater Claudianus persönlich erstochen.

»Sie hat nur mich«, murmelte Livia. Es war eine Last, das einzige Kind zu sein. Für Glück und Unglück ihrer Mutter war nur sie zuständig.

»Deine Cousine kümmert sich rührend um sie, schreibt Musa. Und doch ruft Alfidia bei jedem Anfall nach ihrer Tochter.«

»Ja, sie ist nicht allein. Livia Ocilla leistet ihr von morgens bis abends Gesellschaft. Die Bediensteten umsorgen sie.«

»Sie kann jeden Tag sterben«, sagte Turinus sanft. »Ich nehme es dir nicht übel, wenn du nach Rom reist. Du musst nicht hier in Tarraco ausharren. Ich weiß, du tust es meinetwegen.«

»Turinus«, sagte Livia klar und scharf. »Ich bin deine Gattin. Mein Platz ist da, wo du bist. Meine Mutter ist nachgeordnet.«

»Nein«, widersprach er, »du bist zuerst die Tochter deiner gebrechlichen Mutter. Bei allen Göttern Roms, deine Pflicht ist, ihr beizustehen, wenn sie stirbt.«

»Es ist nur natürlich, wenn sie stirbt. Sie hängt nicht am Leben. Sie möchte da sein, wo mein Vater Claudianus ist.«

»Livia, es ist deine Pflicht, nach Rom zu reisen.«

»Nein, Turinus«, entgegnete sie und klammerte sich an ihn wie eine Ertrinkende. »Schick mich nicht fort! Ich weiß alles. Du willst mit Berenike allein sein.«

Es war das erste Mal, dass sie ihm gegenüber den Namen einer Geliebten aussprach.

»Livia«, flüsterte er. Seine Arme, die sie hielten, zitterten.

»Soll meine Mutter doch sterben. Ich will nicht auch noch dich verlieren, Turinus.«

»Wie kannst du so etwas sagen?« Sein Gesicht war gequält. »Du wirst mich nie verlieren, das weißt du doch.«

»Bleib heute Nacht bei mir.« Noch immer hielt sie ihn fest. »Geh nicht zu ihr.«

»Livia, du weißt doch, es gibt nur eine Ehefrau in meinem Leben. Was immer sonst noch war, es betrifft dich nicht«, stammelte er. Er setzte sich neben sie in den Klappstuhl ihrer Vorleserin und hielt ihre Hand fest umschlossen. Die Wärme seines Körpers strömte in sie über.

»Es wird immer wieder andere Frauen geben«, sagte er leise. »Männer sind so, das weißt du doch.«

»Ja, Turinus.« Sie lehnte sich an ihn, entschlossen, ihm zu glauben.

»Berenike«, flüsterte er, »ist nichts als eine kleine Hure, die Tochter ihrer Mutter.«

Schon wieder musste sie weinen.

»Sie trägt durchsichtige Gewänder aus serischer Seide wie eine Tänzerin, und glaub mir, sie benimmt sich auch so. Nie würde ich sie gegen dich eintauschen wollen.«

»Aber du fühlst dich zu ihr hingezogen«, sagte sie, ohne seine Hand loszulassen.

»Ja.«

HEIMWEH

Baile grüßt seinen Geryas. Ich hoffe, ihr habt die Sendung Pinienholz aus den Albanerbergen inzwischen bekommen. Arbeite nicht so viel, mein Junge, du ruinierst dir deine hübschen Hände. Mein Dienst hier in Hispania ist wieder anstrengend geworden, weil jeden Tag alles passieren kann. Du denkst jetzt sicher, ich übertreibe. Es gibt nicht allzu viel Abwechslung. Keine wirklich guten Theateraufführungen. Allerdings sollen die Gladiatorenspiele gut sein, ich war aber noch nicht da.

Dieser Tage stand abends sehr hoher Besuch vor dem Katzentempel. Er war allein gekommen und unter dem breitkrempigen Hut in seinem schlichten Reisemantel nicht zu erkennen. Nur ich und Berenike wussten sofort, wen wir vor uns hatten. Ging ja sonst auch niemand etwas an. C. A. sah sich im Tempel der ägyptischen Göttin Sachmet um, kraulte die heiligen Katzen und nötigte mich, Sklaven und Priesterinnen fortzuschicken. Er hatte Eintrittsmarken für ein Theaterstück mitgebracht. Nach der Vorstellung, sagte er, sollten wir in der Taverne Zum hispanischen Hercules *einkehren. Dort sei ein Festmahl für uns vorbereitet. So zogen wir los. Berenike und er blieben allein zurück. Ich hatte meine Myrike, von der ich dir schon geschrieben habe, ganz für mich. Während der Aufführung sah ich nur sie und bekam fast nichts mit von dem, was die Schauspieler sprachen.*

Ich hoffe, du denkst ab und zu an deinen alten Baile. Ich weiß, Jungen wie du sind nicht treu. So war es auch mit Lygdamis in Alexandria. Aber schreib mir bitte, wie es in Rom geht. Besonders, ob wichtige Personen wieder aus Hispania zurückgekehrt sind.

Geh bitte auch einmal im Haus in Carinae vorbei. Irgendein guter Vorwand wird dir sicher einfallen. Wäre nett, wenn du mit Jitta ins Gespräch kommen und mir Nachrichten über Berenikes Tochter zukommen lassen könntest. Im Briefeschreiben bist du doch viel begabter als der alte Baile, immerhin hast du deinen Schulunterricht ja in Antiochia gehabt.

Ich lege etwas Geld bei und bitte dich, Domina Alfidia ein Hähnchen vorbeizubringen mit allen guten Wünschen von mir. Sie wird sich gewiss etwas mit dir unterhalten. Lass dir Zeit. Sie hat ja immer viel zu erzählen.

Für deine Bemühungen danke ich dir schon jetzt.

Lass mich alles wissen, und vor allem: Halt dich munter!

Baile war erstaunt darüber, mit welchem Vergnügen er die Papyrusblätter an Geryas beschriftete. Gewiss, es ging langsam, er war nicht geübt darin, aber er zog es doch vor, eigenhändig zu schreiben. So wie er den Brief anschließend auch selbst einrollte, in die metallene Kapsel steckte und sie versiegelte, bevor er sie dem Soldaten übergab, der den Brief gegen ein kleines Entgelt zu seinem Empfänger in Rom bringen würde. Baile drückte einen Kuss auf das Metall der Umhüllung.

»Ist Geryas ein Mann oder eine Frau?«, fragte der Soldat und grinste.

»Warte es ab. Wenn du Geryas siehst, wirst du alles verstehen.«

SCHATTEN DER VERGANGENHEIT

Der Apfelschimmel wieherte, als sein Reiter ihn am Pfosten vor dem Sachmet-Tempel festband. Turinus drückte den Reisehut tiefer ins Gesicht und trat, ohne den Türklopfer zu betätigen, durch die angelehnte Haustür in die kleine Steinvilla. Eine Hecke trennte sie von den ägyptischen Holztempeln am felsigen Meeresufer.

Berenike kniete neben dem Altar der Sachmet im Innenhof. Leise trat der Princeps zu ihr hin, um zu sehen, womit sie beschäftigt war. Er blickte über ihre Schulter auf eine Holzkiste, in der auf einem Tuch Semsa ausgebreitet lag. An ihrem Bauch lag ein winziges Jungtier mit geschlossenen Augen und saugte.

»Baile?« Berenike drehte sich um und erschrak.

»Die Tür stand auf. Du solltest etwas vorsichtiger sein. Hier draußen gibt es Räuber und Diebe.«

»Du hast doch sicher ein paar Soldaten mitgebracht.«

Turinus lächelte verlegen.

»Nur zwei. Sie stehen an der Straße.«

»Diesmal hat sie ein einziges Junges geworfen. Es ist besonders groß.«

»Bist du allein?«

»Merit ist da. Außerdem Myrike und Baile. Du darfst Semsas Tochter einen Namen geben.«

»Muss es ein ägyptischer sein?«

»Einen römischen, wenn du willst.«

»Cara«, schlug er vor. Das kleine Tier war schwarzbraun meliert. Die Schwanzspitze leuchtete heller als das übrige Fell, mehr war noch nicht zu erkennen. Er würde sie Livia schenken, sobald man sie von der Mutter trennen konnte.

Vom Innenhof her war Baile zu hören. Er erzählte Myrike von seinen Abenteuern in Gallien und schnitzte dabei ein gallisches Göttertier. Turinus hatte den Vorhang vor das Fenster gezogen. Berenikes Schlaf- und Arbeitszimmer war der hübscheste Raum im Haus. Friese mit viel Rot, wie es modern war, und mit Vögeln, die zwischen Blattranken saßen, zierten die Wände. Vom Bett aus erkannte man auch die Porträts von Berenikes Geschwistern und Eltern; Antonius und Antyllus standen am Rand.

»Kannst du ihn nicht wegschicken?«

»Ich schicke ihn nie weg.«

»Du könntest zwei von meinen Germanen haben. Sie sind jünger und stärker als dein Gallier.«

»Wozu? Baile und ich kennen uns schon so lange.«

»Irgendwann ist er zu alt. Ich finde, er wird allmählich nachlässig. Er hat doch nur Augen für seine Weiber und seine Knaben.«

Berenike reichte ihm einen Krug mit dünnem rötlichem Bier.

»Du weißt doch, tagsüber trinke ich nur Wasser. O bitte, dreh die Büsten zur Wand. Kann man sie umdrehen?« Gequält betrachtete er die Marmorporträts von Antyllus und Caesarion in der Wandnische.

Berenike nahm die beiden Köpfe und legte sie in ihre Kleidertruhe.

»Ich finde ihn zu eitel und zu selbstbewusst.« Turinus trat ans Fenster und lauschte Baile.

Es war all das wert. Selbst den Tod wert. Sie hatte endlich ihre Bestimmung gefunden. Sie hatte keine Angst mehr.

Er blickte sie an und öffnete den Mund.

Sie wusste, was er sagen wollte. »Sei still!«, flüsterte sie. »Sprich es nicht aus.«

Sie schwiegen beide.

Die Brandung schlug gegen den Felsen unter ihnen. Möwen schrien im Sturm.

Ganz deutlich sah sie Caesarion vor sich. Caesarion legte ihre Hand in die von Turinus und lächelte. Der Hass wird Liebe sein. Hass macht dich starr und tot. Alle Götter wollen, dass du liebst. Du wirst leben, Schwester. Der Hass muss ein Ende haben. Mit Hass in der Brust kannst du nicht leben.

Caesarion löste sich auf in den Vogeldarstellungen der Wand, und sie schaute ihm einen Augenblick lang nach, ehe sie sich wieder Turinus zuwandte. Es war mühelos, wie jedes Mal, wenn sie sich liebten. Rom war so weit weg. Hier waren sie sicher.

»Dion«, sagte sie. Es war ihr wieder eingefallen. Sie würde Dion hassen bis zum letzten Atemzug. Hatte sie nicht allen Grund dazu? Wenn sie nur an ihn dachte, bestand sie ganz und gar aus Hass. Sein Verrat war unverzeihlich. Er war nicht zu verstehen. Die einzige Antwort auf das, was er ihr und Caesarion angetan hatte, war Hass.

Turinus blickte sie überrascht an. »Was ist mit Dion? Wie kommst du jetzt auf ihn?«

»Ich kann seinen Anblick nicht ertragen«, begann sie zögernd.

»Ich brauche ihn. Er ist mein ergebenster Mann. Ich verdanke ihm so viel.«

»Doch, Turinus«, sagte sie und versuchte, jene Art Kraft in ihre Stimme zu legen, die bei ihrer Mutter eine angeborene Gabe der Götter gewesen war. »Doch, du wirst ihn entlassen. Du wirst es für mich tun, weil ich dich darum bitte.«

Ungefähr so musste Kleopatra mit Marcus Antonius gesprochen haben, wenn sie etwas von ihm forderte. Sie sagte nicht: Ich beschwöre dich, tu es! Oder: Ich flehe dich an! So hätte eine *basilissa* nie geredet.

Seine Lippen pressten sich aufeinander. Er schien verärgert.

Hilf mir, Mamme, dachte sie, wo auch immer du bist, du bist immer noch stark. Gib mir etwas von deiner Stärke. Hilf mir, Pater, du bist ein Gott und warst es schon zu Lebzeiten. Was du angestrebt hast, ist dir gelungen. Du hast mich nie gesehen, hilf mir wenigstens jetzt, dieses eine Mal.

STREITGESPRÄCHE

Sie hätte es verhindern müssen. Aber neuerdings verteidigte sie ihn nicht, unternahm nichts, wenn er beleidigt wurde.

Baile spürte nichts als nackte Wut auf den Konkurrenten, den schweinchenfarbenen Germanen mit dem Sonnenbrand am ganzen Körper. Chatto, stiernackig, mit rotem Gesicht und schulterlangem weizenblondem Haar, saß auf den Steinstufen vor der Haustür, trank Bier und würfelte gegen sich selbst. Er war schon betrunken, wenn er morgens aufstand. Dieser Mann war nicht als Wächter hier, sondern als Spion. Berenike hätte sich dagegen wehren müssen. Stattdessen war sie geschmeichelt, dass Caesar Augustus einen Kerl aus seiner eigenen Leibwache für sie abkommandiert hatte.

Der Germane hatte es doch tatsächlich gewagt, an Baile mit der Forderung heranzutreten, sich abzusprechen. Abwechselnd sollte immer einer von ihnen wach sein.

»Ich bin auch im Schlaf wach wie ein Hund«, hatte Baile erwidert. »Da ist nichts abzusprechen. Tu, was dir dein Herr befohlen hat. Ich habe meinen eigenen Gefolgschaftseid geschworen.«

Dann hatte Chatto die Frechheit besessen, ihn mit *»commilito«* anzureden, was Baile sich sofort verbeten hatte. Sie hatten nicht zusammen gedient.

»Bitte, beleidige ihn nicht. Er meint es gut.« Berenike ärgerte sich über Bailes Dickköpfigkeit.

»Er ist der größte Dummkopf, den Caesar Augustus unter seinen Leibwächtern hatte. Deswegen hat er ihn hergeschickt.«

»Baile, freu dich doch, dass du nicht mehr allein bist.«

»Dalta, halt dich raus aus meinen Angelegenheiten.«

Die einzige Person, die sich über Chattos Anwesenheit erfreut zeigte, war Merit. Unter mancherlei Vorwänden drückte sie sich draußen herum und verwickelte ihn in Gespräche. Wann immer Baile sie dabei erwischte, schickte er sie ins Haus zurück.

»Es reicht, wenn die Katzen dauernd Junge werfen«, knurrte er.

Er war zu schlecht gelaunt, um zu schnitzen. Stattdessen lief er umher und riss Unkraut aus.

»Was hast du mit der Palme gemacht?«, schrie Berenike ihn an.

»Mit welcher Palme?«

»Mit der kleinen wilden, die neben dem Regenbecken stand?«

»Abgeschnitten und weggeworfen.«

»Baile, du weißt genau, wie Turinus sich darüber gefreut hat. ›Sie ist ein Zeichen, ein göttliches Zeichen!‹«, hat er gerufen.

»Er redet dauernd von glücklichen Vorzeichen. Deswegen können wir doch nicht jedes Unkraut, das sprießt –«

»Baile«, unterbrach Berenike ihn barsch, »hol die Palme zurück, und pflanze sie in einen Kübel. Gib dir Mühe, dass sie gut anwächst!«

Fluchend grub Baile den verbliebenen Wurzelstock neben dem Compluvium aus, setzte ihn in einen Blumentopf und beobachtete, wie Berenike ihn jeden Tag begoss.

Der Princeps war mit einem Teil der Truppen wieder in den

Norden des Landes aufgebrochen, um einen der Bergstämme zu unterwerfen. Vorher hatte er die kleine Cara in einem Korb mit nach Tarraco genommen. Cara hatte sich in zwei Monaten zu einer zarten Jungkatze entwickelt. Die rosafarbene Nase verlieh ihr einen vorwitzigen Ausdruck. Ihre rechte Vorderpfote war sandfarben ebenso wie ihre Schwanzspitze.

Bald würde der Princeps als siegreicher Imperator mit Marcellus nach Tarraco zurückkehren. Baile hatte sich fest vorgenommen, mit Marcellus zu sprechen und ihm zu erzählen, dass er eine Tochter namens Marcellina hatte. Vielleicht würde Marcellus dann seinem Onkel Vorwürfe machen, dass er ihm Berenike genommen hatte. Wenn einer es konnte, dann Marcellus.

DIE KESSENTANERIN

In den ersten Tagen hatte Livia die kleine Cara im Haus eingesperrt aus Angst, sie könnte davonlaufen. Bald schon stellte sich heraus, dass das Kätzchen liebebedürftig und ängstlich war. Es blieb in der Nähe der Herrin, wo immer diese sich hinbegab. Maunzend folgte es ihr wie vorher der Katzenmutter Semsa, die bei Berenike geblieben war.

Die Vorboten des Herbstes minderten die Hitze des Hochsommers. Der Wind vom Meer war belebend.

Livia starrte den Gecko in der Ecke des Säulengangs an. Um diese Zeit wagte er sich immer aus seinem Versteck, kletterte die Mauer hoch und vertilgte Insekten. Cara spielte mit einem Wollknäuel zu ihren Füßen. Das Licht des Öllämpchens war zu schwach, als dass Livia noch Wollarbeiten hätte erledigen können. Sie saß ausgestreckt in ihrem Korbsessel und genoss die abendliche Kühle.

Mit der Hand umschloss sie die kleine Silberstatue der

Wölfin, die die Zwillinge Romulus und Remus säugte, ein Geschenk ihrer Mutter, die es wiederum von Claudianus erhalten hatte. So viele Claudii hatten zum Wohl des römischen Staates als Konsuln, Feldherren und Praetoren gewirkt. Die Frauen ihrer Familie wiederum hatten Söhne und Töchter für die Ewige Stadt herangezogen. Alles war schwieriger geworden, weil Rom immer mehr Völker und Länder eroberte. Kriege wurden notwendig, und aus jedem davon erwuchsen neue Kampfhandlungen. Turinus jedoch, ihr Mann, hatte dem Staat den ersehnten Frieden gebracht. Dafür liebten die Menschen ihn. Dafür hatten sie ihn mit dem Namen »Augustus« ausgezeichnet. Das Imperium war so sicher wie lange nicht mehr. Was wollte die Ägypterin nur von Turinus? Warum ließ sie ihn nicht in Ruhe? Alfidia hatte Livia den Vorwurf gemacht, die Angelegenheit viel zu lange vernachlässigt zu haben. Berenike hätte man so schnell wie möglich verheiraten und außer Landes schicken müssen. Jetzt war es zu spät. Das Ansehen des Princeps war durch diese Liebschaft geschädigt. »Er liebt die Ägypterin«, wurde überall erzählt. »Er hat sie sogar nach Hispania kommen lassen. Kleopatras Tochter bestimmt die römische Politik.« Römische Liebschaften mochte er haben, so viel er wollte. Mit Knaben, mit Mädchen, mit verheirateten Frauen, daran nahm niemand Anstoß. Dass er seine Zeit aber mit der Ägypterin verbrachte, sich mit ihr unterhielt und sogar öffentlich sehen ließ ...

»Nein.« Livia richtete sich auf. »Ich werde es nicht dulden.«

Doras goss ihrer Herrin Wasserwein ein und sah sie fragend an.

Livia erschrak.

»Ja«, sagte sie dann. »Die Besucherin kann kommen.«

»Du musst stark sein«, sagte Doras leise und legte die Hand auf ihre Schulter.

»Ich wollte, ich wäre wie du«, murmelte Livia, dankbar für

Doras' Unterstützung, seit sie denken konnte. Doras war ihre Milchschwester, die Tochter ihrer thrakischen Amme.

Als Livia nach der Hochzeit mit ihrem Verwandten Tiberius Nero das erste Mal schwanger war, vierzehn Jahre alt war sie gerade, hatte Doras das Ei aus dem Nest der Henne genommen, das Livia für die Weissagung brauchte. Kichernd hatten sie nebeneinander gestanden und sich das Ei abwechselnd in die Hand gegeben, damit es warm bliebe wie unter dem Bauch der Henne. Und dann, ein unglaublicher Moment, war die Schale geborsten und das Küken geschlüpft. Ein Hähnchen mit etwas auf dem Kopf, das wie eine Barbarenkrone oder ein Kranz aussah.

»Es wird ein Junge, und er wird ein Diktator oder ein Herrscher bei den Barbaren«, hatte die Wahrsagerin erklärt.

Nur Livia und Doras kannten das Geheimnis um Tiberius.

Die Hispanierin vom Stamm der eingeborenen Kessentanii trug kostbare Stoffe, die leise raschelten, als sie ehrerbietig niederkniete und Livias Hände küsste. Doras rückte zwei Klappstühle herbei, auf denen die Fremde und sie sich niederließen.

Seit Turinus sich verabschiedet hatte, ging es Livia besser. Die Tränenausbrüche blieben aus. Es gelangen ihr sogar kleine Scherze, wenn sie abends mit den Frauen bei der Cena lag. Morgens ließ sie sich von den Tribunen begrüßen und stand bei der Militärparade dabei. Sie vertrat den Princeps während seiner Abwesenheit, soweit ihr das als Frau möglich war. Die Soldaten und die Bevölkerung von Tarraco waren ihr dankbar, dass sie, Livia Drusilla, ihre Stadt und die Provinz mit dem Glanz ihrer Anwesenheit ehrte.

»In letzter Zeit sind viele Menschen in den Dörfern an Muschelgerichten gestorben.« Doras übersetzte die Worte der Hispanierin, deren Gesicht von ausdrucksloser Schönheit war. Ihre Augen waren stark geschminkt und schwarz umrandet, in die Stirn hing ihr nach barbarischer Art Goldschmuck. Sie hatte die Art von Leidenschaftslosigkeit, die Livia sicher machte, dass alles gelingen würde. Sie hatte nicht nach dem Namen der Spanierin gefragt und noch nicht einmal nach dem Preis. Das alles hatte Doras erledigt.

»Soll der Gallier auch –«, hob Doras an.

»Nein, keinesfalls. Sie soll den Gallier in Ruhe lassen.« Es würde auffallen, wenn beide starben. Es wäre verdächtig.

»Alles wird gelingen«, sagte die Frau mit dem Goldschmuck.

Livia wunderte sich über das klare Latein, das sie plötzlich sprach. Vielleicht hatte sie die Sätze vorher eingeübt. »Du wirst zufrieden sein mit Aglaia, und vielleicht wirst du sie später noch einmal brauchen.«

Es war Livia unangenehm, den Namen zu hören, so wie sie es auch vorgezogen hätte, der Frau überhaupt nicht zu begegnen. Doch die Kessentanerin hatte darauf bestanden, den Auftrag von Livia persönlich entgegenzunehmen. Es stehe zu viel auf dem Spiel, hatte sie Doras wissen lassen.

Als Aglaia wie ein Schatten in der Dunkelheit verschwunden war, stand Livia auf und reckte die silberne Statuette der Wölfin dem Himmel entgegen. Die unsterblichen Götter waren auf ihrer Seite, sie erwarteten eine große Tat von ihr. Sie gab dem Korb mit den Wollknäueln zu ihren Füßen einen Tritt.

DER FEHLER

Wie ein liebestoller Kater hatte Baile jede Gelegenheit, die sich bot, genutzt. In Myrikes priesterlichem Bett hatte er sich gewälzt und sich von ihr die Ohrläppchen zerbeißen lassen. Außerdem war er in diesen Tagen und Nächten oft betrunken gewesen.

Chatto war ebenfalls betrunken und stellte Merit nach, die

seinem Werben nur zu gern nachgab. Er war einem solchen Wunderwesen wie Merit nie zuvor begegnet. In Germanien hatten sie ihn mit einer jungen Frau aus seinem Stamm verlobt, die irgendwo jenseits des Rhenus treu auf ihn wartete. Germaninnen seien treu, hatte Chatto Baile erzählt, dafür sorgten schon die Leute aus dem Dorf.

Im Nachhinein erkannte Baile es mit Klarheit. Er hatte nichts getan, um Berenike zu schützen. Chatto ist ja auch noch da, hatte er gedacht. Nachlässig war er gewesen, gleichgültig. Er hatte die Gefahr nicht sehen wollen.

Livia und Alfidia wussten alles. Ihre Späher hatten längst gemeldet, was sich allnächtlich im Nebengebäude, in dem die neue Oberpriesterin schlief, abspielte. Ja, sie meldeten auch, dass Baile sich in die schöne Myrike verliebt und nichts mehr im Sinn hatte als ihren verlockenden Körper.

»Baile«, murmelte Berenike, »bring mich zu Octavia zurück. Ich will nicht hier sterben. Ich will –«

»Ja, Dalta«, flüsterte er. Myrike war ihm völlig gleichgültig geworden. Sie suchte nach wie vor seinen Blick, ohne zu begreifen, dass sie ihn verloren hatte. Er war jetzt nur noch für Berenike da. »Ich bringe dich zurück. Keinen Tag länger wirst du hier bleiben.«

Myrike wusch Berenike mit lauwarmem Wasser. Für Momente belebte es die Todkranke. Dann versank sie wieder im Nebel beängstigender Träume.

»Stirb nicht, Dalta!«, flehte Baile. »Ohne dich kann ich nicht leben. Schrei deinen Baile an, wirf Sachen nach ihm, aber öffne endlich die Augen.« Er betete zu Brigid und gelobte, ihr tausend Tauben zu opfern.

Turinus kam nicht in diesen Tagen. Er war noch immer in den Bergen unterwegs, um feindliche Stämme zu unterwerfen.

Baile ballte die Fäuste und zerriss sich das Gewand. Er wusste nun, dass die Muscheln von Livia gekommen waren. Doch es war beinahe zu spät. Ein Junge, den Berenike am Tag zuvor behandelt hatte, hatte sie um die Mittagszeit gebracht, schon fertig gekocht. Seine Mutter habe sie für Berenike zubereitet, hatte er erklärt. Müde von der Arbeit, hatte Berenike im Schatten gesessen und zu essen begonnen.

Alles war ihr gut und richtig erschienen. Dabei galten an diesem Ort in Hispania längst die römischen Sitten und Gesetze. Jede Speise musste vorgekostet werden. Denn vor einem Giftanschlag war die Geliebte des Turinus nirgendwo sicher.

Baile wartete die Rückkehr von Caesar Augustus nicht ab, er verzichtete auch darauf, ihm den Vorfall brieflich mitzuteilen. Dion, der noch in Tarraco weilte, würde ohnedies Erkundigungen einziehen und alles von Myrike und Anch-ari erfahren.

Als Berenike am fünften Tag endlich die Augen aufschlug und um heiße Brühe bat, löste Baile zunächst sein Versprechen an Brigid ein. Er kaufte die Tauben, was ihn ein Vermögen kostete, und da es in der Umgebung weit und breit kein Heiligtum der Brigid gab, ließ er sie einfach frei. Die Göttin würde sein Opfer auch in dieser Form annehmen. Die Tauben verdunkelten das Forum von Tarraco, als sie aufflatterten. Die Umstehenden mussten ihn für einen Wahnsinnigen halten.

Danach ließ er die wenigen Sachen, die sie für die Reise brauchten, zusammenpacken, umarmte Myrike ein letztes Mal und nahm mit der zittrigen Berenike den nächsten Maultierwagen zum Hafen von Tarraco. Merit war dabei. Ohne dass ihn jemand darum gebeten oder ihm die Erlaubnis dazu erteilt hatte, schiffte sich auch Chatto mit ihnen nach Italien ein.

DIE TOCHTER DES PRINCEPS

25 v. Chr.

Turinus schlug in Hispania noch immer die ein oder andere Schlacht, als Marcellus und Agrippa nach Rom zurückkehrten.

Bei der Hochzeit mit ihrem Cousin Marcellus war Julia fünfzehn. Sie war erstaunlich schnell erwachsen geworden. Ihr mageres Gesicht hatte nichts Kindliches mehr, es zeigte eine gespannte Aufmerksamkeit.

Marcellus hustete, während Julia, das Haar entsprechend der römischen Hochzeitsfrisur in sechs Strähnen eng um den Kopf geflochten, unter dem durchsichtigen orangeroten Brautschleier kicherte.

Alle riefen »Talassio« und warfen Getreidekörner und Nüsse auf das Brautpaar. Berenike hielt Marcellina an der Hand und dachte, dass Hochzeitsfeiern zu den Dingen im Leben gehörten, die sie ertragen musste. Marcellus stand seltsam unbeteiligt dabei, als sei es die Zeremonie fremder Leute. Die Brautleute vermieden es, sich anzusehen.

Das Fatum will es so, dachte Berenike. Die Götter haben es bestimmt. So wie sie mir Turinus bestimmt haben, den ich nicht gewollt habe und den ich auf andere Weise liebe als Marcellus.

Marcellina brachte Berenike ein Vertrauen entgegen, das sie nicht erwartet hatte. Berenike hielt die klebrige Hand ihrer kleinen Tochter umschlossen und war stolz auf ihr Kind, das mit den Zöpfen entzückend aussah.

Beim Hochzeitsgelage lag Agrippa neben Octavia. Sein dröhnendes Lachen war überall zu hören. Berenike saß auf der Lehne von Alfidias Liege, die anstelle ihrer abwesenden Tochter Livia gekommen war.

»Es wird nicht gut gehen, wie soll es denn gut gehen?«, lästerte Alfidia, während alle erschreckt aufblickten. Sie war mit teurem Goldschmuck behängt und kräftig geschminkt, was ihr ein lebendiges Aussehen verlieh. Ihr Herzleiden hatte sich weiter verschlechtert. Sie klagte über Wasser in den Beinen und konnte kaum noch Treppen steigen. »Die Kleine schaut zu viel nach den Männern, das ist ihr Problem. Und außerdem hatte sie schon eine Liebschaft mit Vipsania. Die jungen Mädchen von heute sind anders als vor zwanzig Jahren. Meine Livia war keusch, als sie ihre erste Ehe einging. Gar nichts hat sie gewusst, nichts. So war meine Livia. So hatte ich sie erzogen.«

»Isis, Beschützerin«, murmelte Berenike leise, »mach Marcellus glücklich, du allein kannst es, lass ihn nicht leiden, und lass ihn in Gesundheit alt werden, ich bitte dich, er hat es verdient.«

All die Dinge, die Marcellus mit Berenike geplant hatte und derentwegen sie so oft miteinander gestritten hatten, tat er jetzt nicht. Er zog nicht in das Haus seiner Vorfahren, sondern blieb im Haus seiner Mutter in Carinae wohnen, wo er und Julia einige Räume für sich bezogen. Das war alles. Angeblich musste das Haus der Marcelli erst aufwändig hergerichtet werden. Aber Marcellus bestellte keine Handwerker und ließ nicht einmal Pläne zeichnen. Die Astragalspielerin stand eingepackt im Keller ebenso wie das Schlangen würgende Herculeskind. Ab und zu erwähnte Marcellus die Landvilla. Allerdings nahm er sich nie die Zeit, mit Julia hinauszufahren.

Baile brachte es nicht übers Herz, seinen Plan wahr zu machen und ihm zu sagen, wer Marcellina war. Marcellus hielt sie für eines der Spielkinder, die Octavia im Haus zu versammeln pflegte, um sich von ihnen aufheitern zu lassen. Aber er hatte das kleine Mädchen gern. Er ließ sich manchmal zeigen, was sie auf ihre Schreibtafeln mit dem *stylos* gemalt hatte. Einmal lag er auf dem Boden und suchte mit ihr nach einer Puppe, die sie verloren hatte.

Eines Tages tauchte ein junger Mann in einer Toga vor dem kleinen Sachmet-Tempel bei Ostia auf. Unter den Sklaven und Ausländern fiel er auf. Berenike erkannte ihn sofort. Sie hatte ihn einige Male bei Octavias Morgenempfang gesehen.

»Seit wann opferst du den ägyptischen Gottheiten, Quintus Labienus?«, fragte sie, als er vom Opfer an Sachmet und Bastet zurückkam. Er bückte sich nach einer der Katzen und streichelte sie.

»Ich habe eine Verletzung, die nicht heilt«, sagte er knapp. »Ich habe gehört, im Tempel gebe es wirksame Mittel dagegen.«

Sie führte ihn in ihr Behandlungszimmer und bat ihn, seine Wunden zu zeigen. Er streifte seine Kleidung bis zur Hüfte ab und saß auf dem hölzernen Tisch mit entblößtem Oberkörper.

Vorsichtig strich sie über die zahlreichen wunden Stellen. »Du darfst nicht daran kratzen. Wenn du kratzt, entzündet sich die Haut, und der Schmerz wird noch schlimmer.«

Es waren keine Verletzungen, sondern Hautreizungen, gegen die sie ihm einen Tiegel mit einer bewährten ägyptischen Salbe gab. Außerdem riet sie ihm, seinen Körper nur mit Olivenöl zu behandeln, auf Duftsalben zu verzichten und kein Schweinefleisch zu essen.

Er fragte, ob er in den nächsten Tagen wiederkommen könne, und sie antwortete, der Tempel sei offen für alle Besucher.

»Du bist meine ägyptische Göttin«, murmelte er im Hinausgehen, und Berenike war nicht sicher, ob sie richtig gehört hatte.

Labienus kehrte nicht wieder. Nach ein paar Tagen stellte sie fest, dass sie immer wieder an ihn dachte und die Wartenden im Hof musterte.

Auf der Suche nach Pyramus war Berenike in den hinteren Teil des Hauses in Carinae geraten und stieß fast mit Julia zusammen, die gähnend aus Jullus' Schlafzimmer trat.

»Was machst du hier?«, fragte Berenike. Ihr erster Gedanke war, dass Alfidia eben doch die Wahrheit sagte, wenn sie ihre bösen Geschichten erzählte.

»Was wohl?«, fragte Julia schnippisch.

»Du bist Marcellus' Frau.«

»Werd endlich erwachsen«, sagte Julia hochmütig. Auch wenn Turinus sich vielleicht nicht wie ein König des Römischen Reiches fühlte, so hatte Julia doch beschlossen, die Tochter eines Königs zu sein. So benahm sie sich jedenfalls. Die Schönste, die Exklusivste, die Stolzeste. Sie war nicht dumm, sondern besaß den klaren, kühlen Verstand ihres Vaters, sein einnehmendes Wesen und die leidenschaftlichen dunklen Augen ihrer Mutter.

»Du kannst Marcellus nicht so demütigen!«, schrie Berenike.

»Marcellus ist kein Mann. Er ist krank, er wird bald sterben.« Julia sagte es mit unbeteiligter Stimme. Berenike begriff sofort, dass es die Wahrheit war. Julia hatte sie ohne jede Verbitterung ausgesprochen. Sie war ihrem Alter weit voraus. Sie war reifer und mutiger als ihre Mutter. Sie war wie ihr Vater, wie jener Knabe Turinus, der sich, erst neunzehnjährig, entschloss, das Erbe Caesars anzutreten. Und sie sah ihm ähnlich. Die gleiche Liebenswürdigkeit, gepaart mit Unerbittlichkeit, war auch in ihren Gesichtszügen zu erkennen.

»Das darfst du nicht sagen. Vielleicht gelingt es Musa, ihn zu heilen.«

Julia lachte auf. »Mit seinen Wasserkuren? Mit kalten Wassergüssen? Oder mit der Salatkur? Vergiss es! Dem armen Marcellus helfen die Götter nur noch, indem sie ihn sterben lassen.«

»Ich werde es –« Berenike brach ab. Wer war sie schließlich? Turinus war in Hispania und würde so schnell nicht nach Rom kommen. Ihm zu schreiben war gefährlich. Jeder Brief konnte Livia in die Hände geraten, die mit ihm unterwegs war. Und schließlich: Die Liebe war den Göttern heilig. Kein Sterblicher hatte das Recht, Liebende auseinander zu reißen.

»Du willst es meinem Vater sagen? Glaubst du, ich wüsste nicht, dass ihr beide miteinander schlaft? Du willst mir Moral predigen und treibst es selber mit dem Princeps.«

Berenike senkte den Blick.

»Ich weiß noch mehr, alte Heuchlerin. Du willst Livia vergiften.«

Berenike ärgerte sich. Das war eine Verleumdung.

»Hör auf damit!«

»Merk dir eins, Berenike. Die Wände in römischen Häusern haben Ohren.« Julia hielt inne und weidete sich an Berenikes Schrecken.

»Noch etwas – lass die Finger von Livia. Sie ist klüger als du, sie ist ein Odysseus im Frauengewand – das ist das eine. Das zweite ist: Mein Vater liebt sie mehr als dich. Er würde dir ihren Tod nie verzeihen. Du bist nichts weiter als eine Nutte, eine von vielen, die er hat.«

Die Verachtung, die sie traf, verstand Berenike nicht. Sie, Berenike, war schließlich die Einzige, die seiner würdig war. Niemand sollte das besser wissen als Julia.

»Hört auf!«, forderte Baile, der Berenike nachgelaufen war. »Kratzt euch nicht die Augen aus. Das mit Jullus und Julia geht niemanden etwas an. Vergiss es, Entchen!«

»Im Übrigen«, sagte Julia, »hab keine Angst, dass ich euch bei Livia verpetze. Ich hasse sie. Sie hat mein Leben schon vor meiner Geburt zerstört.«

Livia war der Grund gewesen, weshalb der jungverheiratete Turinus seine hochschwangere Frau Scribonia verstieß. Als die kleine Julia geboren war, ließ er sie gewaltsam aus dem

Haus der Mutter holen und übergab das wimmernde Baby in seinem Haus einer gemieteten Amme. Erst Jahre später erlaubte er Scribonia, Kontakt zu ihrer Tochter aufzunehmen.

»Ich habe Marcellus nicht betrogen. Ich bin nicht seine Ehefrau. Er hat noch kein einziges Mal mit mir geschlafen. Er schafft es einfach nicht. Das kann ich beeiden.«

»Warum erzählst du das nicht deinem Vater?«

»Ich stehe ihm nicht so nah wie du. Von mir will er es nicht hören. Sag du es ihm doch, wenn du ihn das nächste Mal triffst.«

Berenike wusste, dass er es ihr nicht glauben würde.

»Wir Frauen müssen uns helfen. Wir haben es schließlich schwerer als die Männer.« Julia lachte ihr raues Lachen, und Berenike dachte, dass sie es zu leicht nahm.

Octavia wand sich sichtlich, aber sie war entschlossen, die Sache zur Sprache zu bringen. »Phoebe hat mir erzählt, dass Marcellus und du nicht mehr beieinander schlaft.« Julias Habra hatte es nicht eigentlich erzählt, es war ihr im Gespräch mit Octavia eher herausgerutscht.

»Das trifft zu, Mater«, antwortete Julia.

»Aber es wäre gut, wenn ihr Kinder bekämt. Gut und wünschenswert.«

»Für den Senat und das römische Volk«, ergänzte Julia in leierndem Ton.

»Auch für dich«, sagte Octavia. »Du bist ein Vorbild für die Frauen Roms. Du bist die einzige Tochter des Princeps.«

»Aber du weißt doch, wie viele Geliebte mein Vater in Rom hat. Soll ich sie dir aufzählen? Was ist mit Terentia, der Frau seines besten Freundes? Was ist mit Be-«

»Still!«, zischte Octavia. »Es geht um dich. Du bist eine Frau. Wir Frauen sind die Hüterinnen des heiligen Feuers.

Unsere Aufgaben sind auf das Haus, auf den inneren Kreis beschränkt. Du sollst Kinder gebären.«

»Mater, dann glaub mir, wenn ich dir sage: Es geht nicht.«

»Bei allen anderen verheirateten Menschen geht es.«

»Nein, Mater. Du denkst, der Princeps befiehlt, und dann ereignet es sich. Aber so ist es nicht.«

»Julia, ihr müsst euch bemühen.«

»Mater, Marcellus und ich, wir sind nicht Kuh und Bulle. Es geht nicht. Wir kennen uns, seit wir Kinder sind. Wenn ich Marcellus nackt sehe ...«

Octavia senkte den Kopf vor Qual.

»Mater, ich will dir die Wahrheit sagen. Jedes Mal, wenn Marcellus versucht hat, mit mir zu schlafen, habe ich einen Lachkrampf bekommen. Und dann war es vorbei. Es ging einfach nicht.«

»Willst du damit sagen, dass du noch Jungfrau bist?«

»Ja. Genau das.«

Berenikes Gesichtsmuskeln zuckten, aber sie lachte nicht.

Julia erklärte, dass Marcellus nachts bei Phoebe schlafe und, wie Phoebe ihr berichtet habe, mit ihr all das tat, was ihm bei Julia nicht gelang. Über ihr eigenes Verhältnis zu Jullus Antonius verlor sie kein Wort. Es hätte Octavia nur in Konflikte gebracht. Möglicherweise wusste Octavia ja auch längst Bescheid.

»Bei Juno und Vesta«, murmelte Octavia. »Ich muss es Turinus beibringen. Das wird nicht leicht.«

»Mutter, du bist die Einzige, die es ihm sagen kann. Mich würde er nur anschreien. Weißt du, was er sagen wird?«

»Ich weiß«, seufzte Octavia. »Du bist so kalt wie deine Mutter Scribonia.«

Ihr Blick fiel auf Berenike, die schweigend dabeigesessen hatte.

»Du könntest versuchen, es ihm zu erklären, kleiner Goldfasan.«

»Er ist in Hispania.«

»Dort wird er nicht mehr lange bleiben. Die Provinz ist befriedet. Im nächsten Jahr will er das Konsulat antreten. Es ist Zeit, dass er sich wieder in Rom sehen lässt.«

WIEDERSEHEN

24 v. Chr.

Im Hochsommer kamen alle zurück, die mit dem Princeps in Hispania den Hofstaat gebildet hatten. Sogar die Münzarbeiter nahmen ihre Tätigkeit im Tempel der Juno Moneta auf dem Kapitol wieder auf und schlugen tagein, tagaus elegante neue Münzen mit dem Porträt des Caesar Augustus im Lorbeerkranz. Auch der Palatin belebte sich wieder. Bittsteller und ausländische Gesandtschaften füllten die Kieswege vor dem Apollo-Tempel und dem Haus des Turinus, vor dem die Lorbeerbäumchen in die Höhe geschossen waren.

Berenike ließ sich in der geschlossenen Sänfte auf den Esquilin zum Haus des Maecenas bringen, wo Turinus auf sie wartete. Der rote Vorhang hing da wie früher. Ohne Herzklopfen stieg sie diesmal die Treppe hoch. Baile begleitete sie. Er schleppte den Kübel mit der Palme, die Berenike in Tarraco gerettet hatte.

Baile begrüßte den Imperator und schob den Pflanzkübel in den Raum, ehe er die beiden allein ließ.

Turinus trug Sandalen und ein naturfarbenes Hausgewand. Er stand auf dem gebänderten Mosaik mit den Dichterporträts vor dem Schreibtisch und streichelte die Alabastersphinx. Er wirkte krank. Sein Gesicht war gelblich, seine Augen trüb.

»Deine Palme«, sagte Berenike, »das Glück verheißende Zeichen. Ich finde, sie gehört zu dir.«

»Wirklich die vom Compluvium des Hauses neben dem Tempel?« Er streichelte die Blätter. »Nicht zu glauben, was daraus geworden ist. Ich werde sie in meiner Villa auf Capri einpflanzen.« Seine Stimme klang schleppend.

Er setzte sich auf das Liegesofa, und Berenike ließ sich neben ihm nieder.

»Hispania bringt mich jedes Mal um«, sagte er verlegen, als er ihren erschreckten Blick bemerkte. »Dion hat mir von den vergifteten Muscheln erzählt. Ich habe dort viele Feinde. Sie wollten mich treffen.« Er machte eine Pause. »Ist es wahr, was von dir und dem jungen Labienus erzählt wird?«

»W-was w-wird erzählt?«

»Du wirst sogar rot.«

»Es war nichts zwischen uns.«

»Aber vielleicht wird etwas sein. Die Labieni sind merkwürdige Vögel.« Er spielte mit dem Lapislazuli-Falken an Berenikes Hals. »Ich glaube, Quintus hat sich nur in dich verliebt, um sich bei mir unmöglich zu machen. Sein Onkel ist der, der immer noch Reden wie ein Pompeianer führt. Sein Vater – ach, lassen wir das. Nimm dich jedenfalls in Acht vor dem Jungen.«

»Turinus.« Ganz plötzlich stieg Wut in ihr auf. Er nahm sich sehr wichtig. »Einer wie Labienus sollte längst mein Ehemann sein.«

Er sah sie an.

»Du hättest mich mit Marcellus verheiraten können. Warum hast du das nicht getan?«

Offenbar fand er die Überlegung erwägenswert. »Du bist älter als er. Das sprach dagegen. Du bist Kleopatras Tochter, du konntest nicht den zweiten Mann in Rom heiraten. Nein, du weißt selbst, dass es unmöglich war. Das römische Volk wäre dagegen gewesen.«

»Er und Julia hassen sich. Sie leben nicht so miteinander wie Verheiratete. Du hast sie beide unglücklich gemacht.«

Sie horchte in die Räume hinein, ob einer der Sekretäre anwesend war, aber offenbar waren sie allein.

»Was willst du damit sagen?«

Berenike zuckte die Achseln. Hätte sie hinzugefügt, dass Marcellus allnächtlich bei Phoebe schlief, hätte Turinus daraus nur den Schluss gezogen, Phoebe müsse unverzüglich aus dem Haushalt seines Neffen und seiner Tochter entfernt werden, weil ihre Anwesenheit sich störend auf das junge Glück auswirke.

»Marcellus ist der einzige Sohn meiner Schwester.«

»Du hast einen Fehler gemacht.«

»Es war die beste Lösung. Ein Mann und eine Frau müssen sich nicht lieben, um Kinder miteinander zu haben. Julia trägt eine große Verantwortung für den römischen Staat. Das weiß sie. Ich werde nicht zulassen, dass sie sich von Marcellus scheiden lässt. Die beiden haben die Aufgabe, eine neue Generation von Juliern heranzuziehen.« Turinus war immer mehr in Zorn geraten.

»Marcellus wird niemanden zeugen, und schon gar nicht mit deiner Tochter. Auch nicht für Rom und die Res publica.« Turinus war doch sonst immer so klug und vorausschauend. Wie konnte er nur so blind sein?

»Versteh doch, Rom braucht Söhne aus julischem Blut.«

Berenike lachte los. »Du sprichst, als wäre dein Name Ptolemaios. Das Blut der Ptolemäer ist unendlich viel vornehmer als das der Julier.« Sie sagte es eher scherzhaft, aber er nahm es ernst.

»Mein Name ist Julius Caesar, das weißt du doch.«

»Heirate mich!«, flüsterte Berenike in sein Ohr. »Ich bin auch eine Julierin und überdies Ptolemäerin. Besseres kannst du Rom nicht bieten. Wer ist denn deine Livia? Eine Römerin aus einem altehrwürdigen Geschlecht. Ich bin das Beste von Rom und von Ägypten.«

Er richtete sich auf. »Genau das habe ich schon einmal gelesen. In dem Brief, den deine Mutter mir nach der Schlacht von Actium durch Dion überbringen ließ.«

»Es ist die Wahrheit. Du willst ein König sein. Nichts anderes hast du seit Actium hier in Rom betrieben. Dann mach es auch richtig. Heirate deine Schwester. So war es immer in Ägypten.«

»Wir haben schon so viel von euch Ptolemäern übernommen. Den Kalender, die Zeitrechnung, eure Gelehrten, eure Bibliothek –«

»Unsere Reichtümer, all unser Gold, unsere ehrwürdigsten Schätze, die Knochen der Giganten aus dem Museion von Alexandria –«

»Eure Eunuchen, eure Sänger, eure Priester –«

»Mich hast du auch genommen. Jetzt tu noch den letzten Schritt.«

»Ich bin Römer. Mein Gott ist Apollo, der Gott der Nüchternheit. Euer Gott im Osten ist Dionysos, der Gott des Rausches und der Umzüge mit Musik und Zimbeln durch die Stadt. Antonius hatte sich ihm ganz ergeben – damals, als er aufhörte, ein Römer zu sein.«

»Dionysos ist der Gott der Ptolemäerkönige. Auch ich opfere ihm und trinke den göttlichen Wein zu seinem Gedächtnis – Dionysos ist der griechische Name für unseren ägyptischen Osiris. Es gibt keinen größeren Gott als ihn. Du solltest ihm opfern und dich berauschen. Es wäre gut für dich.«

Er sah verärgert aus. »Trink nicht zu viel, Berenike. Ich kann es nicht leiden, wenn du kotzt. Es ist ekelhaft.«

Sie wusste, dass er selbst Wein schlecht vertrug. Er konnte bei den öffentlichen Festen immer nur ganz wenig trinken. Jedes Mal, wenn er mehr als einen halben Pokal davon trank, wurde er ernstlich krank. »Ein Leberleiden«, hatte Baile Berenike erklärt. Sie wusste, dass man keinem Menschen seine Krankheiten vorwerfen durfte, und fühlte sich ihm dennoch überlegen. Turinus hatte die kostbaren goldgetriebenen Trinkgefäße und die Mischkrüge des königlichen Haushalts in Alexandria, die Antonius und Kleopatra allabendlich bei ihren Gelagen benutzt hatten, einschmelzen lassen und daraus Goldmünzen mit seinem Bildnis prägen lassen.

»Nur im Rausch des Weins erfahren wir, wer wir wirklich sind. Nur trunken kommen wir den anderen Menschen wirklich nahe ...«

Er sah sie verständnislos an. »Ich möchte den Söhnen von Freigelassenen oder meinen Sklaven nicht nahe kommen, wenn du das meinst. Die Rangordnung der Götter muss eingehalten werden, so wie im Theater, wo jeder auf dem ihm bestimmten Platz in der seinem Rang entsprechenden Reihe sitzt. Ich habe Angst vor den Menschen, die auf Veränderung aus sind, die die bestehende Ordnung umstoßen wollen.«

»Turinus«, sagte sie, »niemand hat die bestehende Ordnung so umgestoßen wie du. Du hast die Res publica zu einer Monarchie gemacht! Du hast so viele alte Dinge durch neue ersetzt wie kein Mensch in dieser Stadt jemals zuvor.«

Er trat ans Fenster und zog die Vorhänge zu. »Der göttliche Julius hat die entscheidende Wendung vollzogen. Er, nicht ich, ist über den Rubicon getreten und auf Rom zumarschiert. Ich hingegen habe die Bürger vor einem weiteren Bürgerkrieg bewahrt und die Res publica endgültig wiederhergestellt. Ich habe dem Erdkreis den römischen Frieden geschenkt. Der Weg dorthin war blutig und schauerlich. Aber es ist für immer vorbei. Nie wieder wird es Bürgerkriege dieser Größenordnung geben. Bist du mit Chatto zufrieden?«

»Er ist furchtbar. Jeder Bissen, den ich zu mir nehmen will, wird von ihm untersucht und vorgekostet.«

»Gut so. Es weiß kaum jemand, aber in letzter Zeit habe ich zwei meiner Germanen verloren. Die Abendmahlzeit war vergiftet. Es gibt Leute in Rom, die mich aus dem Weg räumen wollen.« Er lachte kurz auf. »Vielleicht gelingt es ihnen sogar. Ich habe Feinde und kenne sie nicht einmal, womöglich sind sie ganz nah.«

Obwohl sie sich so lange nicht getroffen hatten, kam keine Wiedersehensfreude zwischen ihnen auf. In Hispania waren auf seinen Befehl Dörfer ausgeräuchert worden, Aufständische getötet, Frauen und Kinder in die Sklaverei verkauft worden. Römische Soldaten waren bei den Kämpfen ums Leben gekommen oder schwer verwundet worden. »Befriedung« einer Provinz nannte man das, wenn man Römer war.

»Wie geht es dir?«, fragte er plötzlich. »Was macht deine Tochter?«

»Ich bin tagsüber im Sachmet-Tempel«, berichtete sie stockend. »Miutep ist immer noch da. Wir behandeln die Kranken.«

»Es kommen immer mehr.«

»Ja. Nicht nur, weil sie krank sind. Die Zahl der Isis-Anhänger wächst ebenfalls.«

»Wir beobachten diese Entwicklung mit Besorgnis«, sagte er, ganz Staatsmann. »Selbst ritterliche Familien haben Altäre von Isis und Sachmet im Atrium aufgestellt. Es ist wie eine Krankheit, die sich ausbreitet. Vielleicht müssen wir Verbote aussprechen.«

Es tat ihr weh, das zu hören.

»Die Göttin Isis bewirkt viel Gutes. Die Menschen brauchen sie und erhalten Hilfe von ihr, deshalb nehmen sie Zuflucht zu ihr.«

»Sklaven, Freigelassene, Leute aus Syrien und Asien mögen ja ruhig kommen. Aber es gefällt mir nicht, dass die einheimischen Göttinnen und Götter durch die auswärtigen Kulte geschädigt werden.«

»Müssen wir jetzt über Politik reden?« Sie versuchte ein Lächeln.

»Ich habe mich noch nie so alt gefühlt wie heute. Berenike – glaubst du, es wird wieder so wie früher zwischen uns?«

»Du wirst immer mehr zur Statue Caesar Augustus. Wie soll man so jemand lieben?« Sie ärgerte sich noch immer darüber, dass er die ägyptischen Kulte verbieten wollte.

»Du denkst an Labienus.«

Nachdem er es gesagt hatte, musste sie tatsächlich an Labienus denken. »Wenn du mich nicht willst, dann lass mich doch Quintus Labienus haben. Ich könnte ihn lieben.«

»Du liebst mich nicht mehr«, sagte er. »Ich bin dir gleichgültig geworden.«

DIE KRANKHEIT

23 v. Chr.

Vor den Tempeln der Hauptstadt brüllten die Opferstiere dumpf auf, und durch die Straßen drängten junge Böcke und blökende Lämmer zu den Schlachtstätten.

In allen Tempeln Roms wurden Bittgebete für die Gesundheit des Princeps abgehalten. Turinus hatte das Konsulat im ersten Monat des neuen Jahres angetreten. Bald darauf war eine Verschwörung in höchsten Senatorenkreisen in letzter Minute entdeckt worden. Ausgerechnet Terentias Bruder, Terentius Varro Murena, Konsul und Schwager des Maecenas, hatte Turinus nach dem Leben getrachtet und floh nach der Aufdeckung des Verschwörungsplans. Terentia, von Maecenas eingeweiht, hatte ihren Bruder gewarnt. Soldaten spürten den Flüchtigen auf. Er wurde nach einem kurzen Prozess hingerichtet. Spottschriften tauchten auf, in denen behauptet wurde, der Princeps habe sich zum Tyrannen entwickelt. Was man früher als »Diktatur« bezeichnet habe, sei jetzt das »Dauerkonsulat« des Turinus, der schon elf Jahre hintereinander Konsul sei.

Damit nicht genug, gab es weitere Spannungen. Agrippa

und Turinus hatten eine wütende Auseinandersetzung wegen der bevorzugten Behandlung des »Jüngelchens«, wie Agrippa höhnte. Seit der Hochzeit mit Julia hieß es in Rom, Marcellus sei nun der heimliche Nachfolger des Augustus. Im Haus in Carinae, wo sie sich mehr zufällig bei Octavia getroffen hatten, ging Agrippa fast mit Fäusten auf Turinus los.

»Das Neffchen hat Befehle an Legionskommandanten gegeben. So weit sind wir!«, schrie Agrippa.

»Nicht mit meinem Einverständnis!«

»Du lügst, Turinus! Dein lächerliches Neffchen respektiert mich nicht mehr!« Er war im Begriff, sich auf Turinus zu stürzen, der noch gelber als sonst im Gesicht war.

Octavia riss ihn zurück. »Marcus Agrippa! Schlagt euch nicht in meinem Haus. Und nenn meinen Sohn nie wieder Neffchen!«

»Base«, sagte Marcus das Waldtier, »er benimmt sich nicht wie dein Sohn. Er bringt das Volk von Rom gegen sich auf. Dein Sohn ist eine Schande für die Res publica.«

»Verlass sofort mein Haus, Marcus Agrippa!«, befahl Octavia schwer atmend. »Und komm nie wieder.«

Berenike stand neben einer Säule im Tablinum und konnte nicht fassen, was sie da hörte. Es stand schlimm um Rom und das Imperium, wenn die unverbrüchlichsten Freunde so miteinander umgingen.

Eine geheimnisvolle Epidemie hatte sich in Italien ausgebreitet, eine Krankheit, die mit schweren Fieberschüben und trockenem Husten einherging. Alte Menschen starben wie die Fliegen, doch auch jüngere kamen langsam und qualvoll zu Tode.

Turinus, der seit seiner Rückkehr aus Hispania nicht mehr bei guter Gesundheit war, brach zusammen und erkrankte schwer.

Seine Sekretäre, Dion und Thallus, schirmten den Kranken vor lästigen Besuchern ab. Außer Octavia und Livia hatten nur die Ärzte Musa und Euphorbos ungehinderten Zutritt zu ihm.

Berenike machte sich dennoch auf den Weg zum Palatin. Immerhin gelang es ihr, Julia zu sprechen.

»Ich will zu ihm«, sagte Berenike. »Warum spielen hier alle verrückt? Nach dem, was du sagst, ist es sein altes Leberleiden. Die Epidemie macht es noch schlimmer, weil sein Körper so angegriffen ist. Sag Musa, er soll ihm jeden Morgen auf nüchternen Magen einen Becher mit in Wasser aufgelöstem Ptolemäerkraut geben.«

»Musa versucht es mit kalten Wassergüssen«, flüsterte Julia.

»Er wird ihn damit umbringen.«

»Kein Mittel hat geholfen. Es ist Musas letzter Versuch.«

»Ich muss zu ihm. Vielleicht kann ich ihn retten.«

»Ich darf auch nicht zu ihm, ich, seine einzige Tochter. Livia sitzt Tag und Nacht neben ihm und hält seine Hand. Ich hasse diese Frau. Mögen die Götter sie strafen.«

Berenike erkannte, dass sie keine Chance besaß, Turinus zu erreichen. Senatoren und ihre Frauen standen in kleinen Gruppen herum und tuschelten aufgeregt miteinander.

»Musa hat gesagt, wir müssen mit seinem Tod rechnen«, sagte Julia.

»Ist er bei Bewusstsein?«, wollte Berenike wissen.

Statt einer Antwort brach Julia in Tränen aus.

»Er d-darf nicht sterben«, stammelte Berenike.

»Dion hat seinen Siegelring in Agrippas Haus gebracht. An seinen Mitkonsul Calpurnius Piso hat er eine Liste der ihm unterstehenden Truppen und ein Verzeichnis der Einkünfte seiner Provinzen geschickt.«

Berenike begriff, dass die Senatoren und fremden Fürsten, die im Atrium und draußen auf dem Kiesweg vor dem Haus warteten, alle wussten, wie schlecht es um das Leben des Princeps stand. Wahrscheinlich wollten sie dabei sein, wenn sein Tod bekannt gegeben wurde.

»Und Marcellus?«

»Wenn mein Vater stirbt, wird Agrippa die Geschäfte Roms führen. Marcellus liegt im Bett und hat Fieber. Musa ist es immer noch nicht gelungen, es zu senken.«

»Fieber allein ist nicht schädlich. Fieber gehört zum Heilungsprozess.«

Julia warf Berenike einen gequälten Blick zu. »Bei Marcellus ist es kein Heilungsprozess, so wenig wie bei meinem Vater. Es ist ein Sterbeprozess. Ist dir schon einmal aufgefallen, dass all deine Heilkünste gegen den Tod nichts ausrichten?«

Berenike ließ sich auch während der Krankheit des Princeps regelmäßig zum Sachmet-Tempel vor den Toren Ostias bringen. Die Arbeit betäubte ihr Gefühl der Ohnmacht. Miutep ging ihr zur Hand, wenn sie die Kranken versorgte. Es kamen inzwischen auch Reiche aus Rom, und fast mit Schrecken bemerkte Berenike eines Morgens in der Schlange der Wartenden Sempronia mit ihrem Sohn Quintus Pedius. Miutep winkte die beiden heran.

»Keiner der Ärzte in der Stadt konnte uns helfen.« Sempronia schob den Jungen vor. Er wirkte nicht krank und warf Berenike einen selbstbewussten Blick zu.

»Er ist stumm geboren«, berichtete Sempronia.

Berenike bat sie, Platz zu nehmen. »Gegen Stummheit gibt es auch bei der erhabenen Sachmet kein Mittel«, sagte sie.

Der Kleine, etwa zehn Jahre alt, ein hübsches Kind mit aufmerksamen dunkelbraunen Augen, griff nach einer Statuette der Gottheit.

»Leg es hin. Das ist kein Spielzeug«, befahl Berenike.

Pedius ignorierte ihre Worte.

»Er kann auch nicht hören«, stellte sie fest.

Seine Mutter begann zu weinen. Berenike dachte, dass sie trotz ihrer preziösen Frisur und Kleidung keine von den reichen Römerinnen war, die die Aufzucht ihrer Kinder den Ammen überließen und sich nur an Feiertagen mit ihnen schmückten. Es musste sie Überwindung gekostet haben, den Weg zum Heiligtum der ägyptischen Göttin anzutreten. Ihre Not war vermutlich groß.

Pedius knurrte, während er mit der Katzenfigur spielte, und zog Grimassen.

Seine Mutter berichtete, dass Pädagogen und sogar seine Amme nicht mit dem ungebärdigen Knaben fertig würden. Er sei wild und schlüge sich noch im Schlaf den Kopf im Bett auf. Das habe er schon als kleines Kind getan. Die Schläge seien durch das ganze Haus zu hören. Keiner wisse Rat. Sie gebe ihm Mohnsaft zu trinken, der ihn wenigstens etwas beruhige.

»Er schläft nur wenig, und tagsüber ist er unruhiger als seine Geschwister, die normal geboren sind.« Am meisten sorge sie sich, dass man ihm keinen Unterricht geben und ihn das Sprechen nicht lehren könne. Nächtelang habe sie seinetwegen geweint.

Pedius griff nach einem der Schreibtäfelchen und einem Stift, hockte sich auf den Boden und begann zu zeichnen. Berenike sah erstaunt zu ihm herab. Der Kleine kritzelte eine sitzende Katze, dann eine, die sich räkelte, wie er sie im Hof draußen beobachtet hatte.

Berenike klopfte ihm auf die Schulter und lachte ihn an. Pedius lachte zurück.

»Dein Sohn braucht eine Ausbildung«, erklärte Berenike.

»Wie soll er jemals ein politisches Amt antreten?«, klagte Sempronia und schlug die beringten Hände vors Gesicht.

»Gebt ihm Lehrer, die ihm die Kunst des Malens und Zeichnens vermitteln. Lasst ihn lernen, wie man Farben reibt und wie man sie aufträgt. Vielleicht kann er sogar Geld damit verdienen, wenn er erst erwachsen ist. Wenn er gar nichts lernt, wird er sein Leben lang ein Barbar bleiben.«

»Er ist der Sohn und Enkel von Senatoren«, stammelte Sempronia. »Sein Vater Pedius Fuscus wird das niemals zulassen. Am Ende steht er wie ein Sklave auf der Leiter und streicht Wohnungen an und malt sie aus.«

»Er ist schon zehn Jahre alt. Es ist höchste Zeit, dass er wie jeder Mensch seinen Anlagen gemäß erzogen wird. Ich bin sicher, dass der Junge ausgeglichener sein wird, wenn auch er einer Beschäftigung nachgeht wie die anderen Kinder seines Alters. Ich werde die Göttin befragen und dir ihren Spruch übermitteln, nachdem du das vorgeschriebene Opfer ausgeführt hast.«

DIE RACHE DER GÖTTER

Marcellus starb Ende des Jahres, als gewiss war, dass sein Onkel die Krankheit überstanden hatte. Im Leichenzug wurden die Ahnenbilder der Marcelli und der Octavii hinter seiner Bahre mitgeführt. Das Volk von Rom, in dunkle Mäntel gehüllt, folgte trauernd. Es war ein endloser Zug, der sich von Octavias Haus in Carinae durch die Stadt über das Forum zur Via Flaminia drängte, die zum Marsfeld vor den Mauern führte.

Bereits vor der Schlacht bei Actium hatte der noch nicht dreißigjährige Turinus angefangen, sein Grab in Rom zu erbauen. Warum er es inmitten der Auseinandersetzung mit Antonius tat, wussten alle. Mochte Antonius sich auf Alexandria und die ägyptische Königin eingeschworen und Rom verraten haben, Turinus wollte nichts als Römer sein und die Interessen seiner Stadt wahren. Sein Mausoleum war das größte, das je in Rom gebaut worden war, es beherrschte den gesamten nördlichen Teil des Marsfeldes. Die weiße Farbe des Travertins der Umfassungsmauern stach ab vom Immergrün der Büsche und Bäume, die die Erdaufschüttungen des Grabhügels bewuchsen. Links und rechts des Eingangs war ein Teil der Ringmauer aus strahlend weißem Marmor zu sehen, ebenso die Vorderseite des oberen Teils der Rundung.

Jetzt, kaum ein Jahrzehnt nach der Vollendung des Bauwerks, musste Turinus in ihm als ersten Toten den Neffen und Schwiegersohn Marcellus bestatten. Die allmächtigen Götter hatten anderes bestimmt, als der Princeps vorgesehen hatte.

Die Bahre wurde auf dem Rasenplatz vor dem Mausoleum auf den Holzstoß gesetzt. In mehreren nebeneinander stehenden Schlangen hatten sich die Menschen davor aufgereiht, um ihre Grabgaben auf den Scheiterhaufen zu legen: Essen, Gefäße, Wein, Möbelstücke, Kleidung und Duftöle. Turinus hielt die Leichenrede, und er war es auch, der schließlich mit abgewandtem Gesicht, wie üblich in der Nähe der Götter, mit einer brennenden Fackel den Scheiterhaufen entfachte.

Beim Anblick der lodernden Flammen war Berenikes erster Gedanke, dass sie jetzt einundzwanzig war. Einundzwanzig, dachte sie trotzig und wehrte sich gegen den Schmerz. Vier Jahre älter als Caesarion bei seinem Tod. Etwas älter als Marcellus mit dem wächsernen Gesicht, der nun verbrannte. Marcellina war jetzt vier, groß und dünn für ihr Alter. Sie war nicht traurig, nur aufgeregt.

Berenike streckte sich, kaum merklich für die anderen, spürte ein leichtes Ziehen in den Brüsten und schaute zu Turinus hinüber, der Octavia schluchzend umarmte. Livia hielt Julia umarmt. Julia war starr und tränenlos, und Berenike wusste, dass diese selbst jetzt in Gedanken bei Jullus Antonius war.

Selene hat es gut, dachte sie. Sie bekommt ihren Juba, wird mit ihm nach Numidien gehen, dort unter Dattelpalmen in der Nähe der Wüste in ihrem Palast am Meer leben und Königin sein. Warum sie und nicht ich? Ich wäre gerettet, wenn ich mit Juba verheiratet worden wäre. Mit Juba wäre ich wieder zu Hause in Afrika. Selene dagegen ist es gleichgültig, wo sie lebt. Selene hat gar keine Seele, so kalt und berechnend ist sie. Selene ist vollständiger als ich, allein schon durch die Existenz ihres Zwillingsbruders Alexandros, mit dem sie so viel verbindet. Oder ich könnte Quintus Labienus heiraten, dachte sie. Aber Turinus wird nie zulassen, dass er und ich ein Paar werden.

Der Rauch des brennenden Holzstoßes trieb Berenike ins Gesicht und reizte ihre Augen.

»Mir ist langweilig. Wann gehen wir nach Hause?« Marcellina hüpfte von einem Bein auf das andere.

Nicht weinen, beschwor Berenike sich selbst. Das schuldest du Caesarion. Es war ein Verbrechen, ihn mit seinen siebzehn Jahren gnadenlos zu töten. Ja, es war ein Verbrechen, das Turinus ohne Not an seinem und meinem Bruder begangen hat. Jetzt endlich haben ihn die Götter für diese ruchlose Tat bestraft. Und doch gibt es einen Unterschied. Marcellus ist bereitwillig gestorben. Sein Leben war zu Ende. Die unsterblichen Götter haben ihn von seinem quälenden Husten, von seiner Atemnot erlöst. Caesarion und Antyllus dagegen wollten leben, sie haben um ihr Leben gebettelt.

Berenikes Blick wanderte hinüber zu Baile, dessen Augen vor Trauer verschleiert waren. Sein Schmerz war viel älter. Er galt seinen eigenen Toten, seinen Schwestern, seinen Brüdern.

Nach Marcellus' Tod verließ Octavia lange Zeit das Haus nicht, ja, kaum einmal ihr Zimmer. Sie ließ sich das Essen von Pyramus bringen und nahm es allein ein. Freunde und Klienten, Freigelassene aus alten Zeiten suchten sie auf und versuchten sie zu trösten. Sogar ihre Rosenstöcke waren ihr gleichgültig geworden. Sie ließ sich nicht mehr vorlesen, und weder Jullus noch die Antonias konnten sie aufheitern. Jullus hatte einen Trauergesang auf den Tod des Marcellus geschrieben, und Turinus hatte sich trotz seiner knappen Zeit hingesetzt und eine Lebensbeschreibung seines Neffen verfasst. Octavia weigerte sich, etwas davon anzuhören. Allerdings ließ sie Agrippa zu sich und fiel ihm weinend um den Hals, als er sich bei ihr entschuldigte, Marcellus »Neffchen« und »Jüngelchen« genannt zu haben.

»Base, glaub mir, ich hatte ihn gern. Turinus hat ihn zu sehr herausgehoben. Dagegen hatte ich Bedenken.«

Octavia drückte ihm schluchzend beide Hände und hielt sie lange fest.

»Damals, nach Caecilias Tod, ist es mir auch so ergangen«, sagte er leise. »Am liebsten hätte ich mich in mein Schwert gestürzt, um bei ihr zu sein. Das Ganze mit Epirota war bedeutungslos geworden.«

Agrippa hatte kein Gedicht zum Tod des Marcellus verfasst, er hatte auch nichts mitgebracht. Mit leiser Stimme erzählte er Octavia, dass er nicht glücklich sei mit Marcella, trotz der Zwillinge, die sie vor kurzem geboren hatte. Er sorge sich um Marcella.

»Weißt du, sie schließt sich in ihrem Zimmer ein wie damals hier in Carinae als junges Mädchen und weint. Sie will weder mich noch die Kinder sehen. Es ist ein Unglück.«

Turinus musste seine Schwester fast zwingen, zur Dichterlesung ins Haus des Maecenas zu kommen. Vergilius hatte nachträglich Verse über Marcellus in sein Epos eingefügt. Wieder nahm die Familie Platz in den für sie bereitgestellten Sesseln, wieder hielt Maecenas eine kurze einleitende Rede, und dann rezitierte Vergilius. Sein Held Aeneas hatte seinen Vater Anchises in der Unterwelt aufgesucht. Anchises zeigte ihm die künftigen Heldengenerationen des kommenden Rom.

Erst wies er ihn auf den republikanischen Feldherrn Marcellus hin.

»... er sah als Geleit zur Seite ihm einen
strahlenden Jüngling gehen in schimmernden Waffen,
doch die Stirn umwölkt und den Blick zu Boden gerichtet –
Vater, wer ist der Begleiter des Helden,
ist es ein Sohn, ein Spross aus dem hohen Geschlechte der Enkel?
Wie der Tross ihn umdrängt, wie steht er fest in sich selber.
Doch sein Haupt umflügelt die Nacht mit trauernden Schatten.
Da sprach Vater Anchises und ging mit Tränen:
Frage mich nicht nach so unsäglichem Leide der Deinen,
Sohn! Er zeigt nach Schicksalsschluss sich der Erde, er zeigt sich nur kurz, um wieder zu gehen ...
Mitleidswürdiger Knabe, ach könntest du an gegen das trübe Verhängnis,
du wirst Marcellus sein. Mit Lilien füllt mir die Hände –«

Berenike hörte erst einen dumpfen Aufschlag, dann sah sie Octavia am Boden liegen.

Vergilius' Papyrusrolle rutschte vom Lesepult. Musa stürzte nach vorn, um Octavia beizustehen. Turinus kniete neben dem Bündel in Stola und Trauerkleidung und hielt die Hand seiner Schwester.

»Ich wusste, dass es zu viel für sie war«, erklärte Musa vorwurfsvoll. »Ihr Herz ist schwach. Sie kann nicht viel ertragen.«

»O Sachmet, o Isis«, flehte Berenike, »lasst sie nicht sterben! Ich brauche sie so.«

»Sie ist Roms guter Geist«, flüsterte Vergilius neben ihr. »Wir brauchen sie alle.«

»Komm mit mir in den Garten.« Julia nahm Berenikes Hand. »Ich muss mit dir reden.«

Mit einer ärgerlichen Handbewegung verscheuchte sie zwei Pueri, die neugierig gafften.

»Ich weiß, warum Marcellus gestorben ist«, sagte Julia. Sie war blass und hatte die Augen nach ägyptischer Art geschminkt.

Sie hatten sich auf die Marmorbank vor den Brunnen des Innenhofs gesetzt.

»Ich konnte nichts mit ihm anfangen. Aber du hast ihn geliebt. Und du hast gedacht, Turinus' Neffe käme dir zu, so war es doch.«

Berenike konnte nicht antworten. Marcellus hatte ihr gefallen, seit sie ihn beim Triumphzug über Ägypten zum ersten Mal gesehen hatte.

Julia sah sie lauernd und interessiert an. »Jeder Mensch hat ein Recht auf seinen Tod«, sagte sie. »Darauf, dass die anderen wissen, wie er gestorben ist.«

»Er war lange Zeit krank. Er ist immer schwächer geworden. Der Militäreinsatz gegen die Kantabrer wird ihm den Rest gegeben haben. Dann kam die Epidemie dazu, die gleiche Krankheit, die Musa bei Turinus heilen konnte. Viele sind in diesem Jahr gestorben.«

»So wird es in die Geschichtsschreibung eingehen«, spöttelte Julia. »So tut es niemandem weh. Ich will, dass alle wissen, was Marcellus widerfahren ist.«

»Und was sollte das gewesen sein?«

»Er wurde vergiftet.«

Berenike wurde fast ärgerlich über Julias dummes Gerede.

»Gibt es Beweise?«

»Ja. Ich habe Aufzeichnungen von Musa darüber gesehen. Er hat über längere Zeit hinweg Marcellus' Urin untersucht und darin Giftrückstände gefunden.«

»Warum hat er uns das nicht vor Marcellus' Tod mitgeteilt?«

»Er hat seine Beobachtungen niemandem mitgeteilt. Ich habe seine Papyri über Marcellus' Krankheit heimlich untersucht. Es gibt keinen Zweifel daran, dass ihm über längere Zeit ein Gift verabreicht wurde, so wie übrigens auch dir.«

»Man kann uns Ptolemäer nicht mit Gift umbringen«, versuchte Berenike zu witzeln. »Der Theriak schützt uns. König Mithridates war so immun gegen alle Gifte, dass er sich am Ende seines Lebens in sein Schwert stürzen musste, um zu sterben.« Sie dachte kurz nach. Sie fühlte sich wohl, sie glaubte nicht an das, was Julia sagte.

»Warum ist Musa nicht zu Turinus gegangen?«

»Das wäre sein Tod gewesen.«

»Turinus hätte alles getan, um Marcellus zu retten.«

»Aber er will nicht wahrhaben, dass Livia ihm jahrelang Gift verabreicht hat.«

»Und wer sollte das für sie getan haben? Livia ist schließlich nicht zu Marcellus gegangen und hat ihm vergiftete Früchte überreicht.«

»Phoebe«, flüsterte Julia.

»Das fällt auf dich zurück. Phoebe war deine Freigelassene.«

»Ich habe sie foltern lassen. Sie hat alles zugegeben. Sie hat Geld von Livia bekommen.«

»Wo ist Phoebe jetzt?«, fragte Berenike vorsichtig.

»Sie hat sich erhängt.«

»Bei Isis, geh zu deinem Vater, zeig ihm Musas Aufzeichnungen, und sag ihm die Wahrheit. Wenn es denn wahr ist.«

»Er wird eher mich anklagen als Livia«, sagte Julia, und Berenike dachte, dass sie ihre Lage richtig einschätzte.

»W-Warum sollte Livia etwas so Irrwitziges getan haben?«

»Für Tiberius und Drusus.«

»Sei vorsichtig, Julia. Du bist zu weit gegangen. Egal, was Musa in Marcellus' Urin gefunden hat, das Geständnis einer gefolterten Freigelassenen ist nicht ernst zu nehmen. Bei der Folter kriegst du immer nur zu hören, was du willst.«

Livia. Berenikes Herz klopfte heftiger. Sie hatte sich immer vor ihr gefürchtet. Nie hatte sie wirklich verstanden, was Livia bewegte. Liebte sie Turinus? War sie ihm die treu ergebene

Gattin, als die sie sich gab? Oder existierte eben doch ein Liebhaber, über den niemand sprach?

Berenike traute Livia vieles zu. Dass sie aber Marcellus vergiftet haben sollte, war eine von Julias Übertreibungen. Zu groß war die Wahrscheinlichkeit, dass die Tat verraten woren wäre. Turinus hing mit solcher Liebe an seinem Neffen. Die Ehefrau, die Turinus liebte, konnte ihm diesen Schmerz nicht angetan haben.

»Selbst wenn du den Beweis bringen könntest, würde ich dir nicht glauben«, erklärte Berenike.

»Phoebe ist tot. Wie viele Beweise brauchst du noch?« Julias Augen flackerten.

Die vor Leben sprühende Phoebe, Julias Habra, ihre erste Vertraute, Marcellus' Geliebte. Berenike brachte die verschiedenen Bilder dieser jungen Frau nicht zusammen. Sie hatte Phoebe so oft gesehen, zu viel mit ihr gesprochen, als dass sie Julia Glauben schenken konnte. Phoebe war nie raffiniert oder berechnend gewesen. Unvorstellbar, dass sie, beauftragt von Livia, Marcellus täglich ein Gift verabreicht haben sollte.

»Sei vorsichtig, Julia!«, mahnte Berenike.

»Ich will, dass du es meinem Vater sagst«, beharrte Julia.

»Das kann ich nicht. Niemand kann es. Und du solltest nie wieder darüber reden.«

FEIERN IN CARINAE

Die Hochzeit zwischen Juba und Selene war eine eher bescheidene Feier. Das entsprach der Natur Jubas, der jeden Prunk ablehnte. Jahrelang war er in Rom in dem Bewusstsein erzogen worden, dass er eines Tages die Herrschaft in Mauretanien antreten werde, aber in den Jahren des Wartens hatte er es sich abgewöhnt, sich wie ein König zu geben.

Nur ungern beteiligte er sich an den wilden Ballspielen der anderen jungen Männer, schätzte auch die Jagd auf Hasen oder Wildschweine nicht und ritt nur ab und zu mit Turinus, Tiberius und Drusus aus. Am liebsten saß er ganz einfach in der großen Bibliothek des Apollo-Tempels, las in alten Schriftrollen und arbeitete mit Bienenfleiß an seiner Untersuchung »Ähnlichkeiten«, in der er den Gemeinsamkeiten von Griechen und Römern nachging. Oder er trieb sich an den Buchständen am Rande des Forums herum und freute sich, wenn er eine seltene Ausgabe erworben hatte.

»Was soll ich dir zur Hochzeit schenken?«, hatte Turinus halb im Scherz Selene gefragt. »Wünsch dir, was du brauchst und was du willst. Der Princeps wird es dir gewähren. Meinst du nicht, ihr könntet ein paar griechische Statuen oder einige von meinen schönen alten Gemälden für eure Residenz in Caesarea gebrauchen?«

»Schenk mir meine Brüder, Phila und Alexandros, und meine Schwester Berenike, Pater. Darüber freue ich mich mehr als über jedes andere Geschenk.«

Die stille kleine Selene mit den königlichen Manieren. War sie selbst auf diese Idee verfallen, oder hatte sie sich mit Octavia abgesprochen? War es nichts als eine List der beiden Frauen?

Selenes Bitte verblüffte Turinus. Selene war entschlossen, ihre Geschwister mit nach Afrika zu nehmen! Sie sollten bei ihr am Hof von Mauretanien leben. Der Princeps war der Meinung, dass es eine schwer zu erfüllende Bitte sei, Ptolemaios Philadelphos und Alexandros Helios, die fast erwachsenen Söhne seiner größten Feinde, sozusagen in die Freiheit zu entlassen. Die Situation erinnerte ihn an das Gespräch, das er vor vielen Jahren nach der Niederlage Ägyptens mit Octavia geführt hatte.

Er ertappte sich dabei, dass er Selene mehr traute als ihrer Schwester Berenike. Trotz ihrer Jugend hatte Selene einen

Zug von fraulicher Biederkeit. Sie strahlte Ruhe und Freundlichkeit aus und zeigte nie die Sprunghaftigkeit Berenikes. Er hätte sich nie in sie verliebt, nie unruhig von ihr geträumt. Sie ist mehr Römerin als Ägypterin, eine wie Octavia und die Antonias, dachte er, die richtige Frau für Juba.

»Selene – Juba und du, ihr seid Freunde und Verbündete des römischen Volkes, und ich vertraue euch, weil ihr wie meine eigenen Kinder bei mir aufgewachsen seid. Ich bin sicher, du wirst mein Vertrauen nicht enttäuschen. Nimm sie mit, und werde glücklich. Deine Brüder sollst du haben, aber Berenike, verzeih mir – Berenike bleibt in Rom.«

Selene hatte nicht wirklich damit gerechnet, dass er ihre Bitte erfüllen würde, und gab sich zufrieden.

»Ich hätte dich so gerne mitgenommen«, erklärte sie Berenike später und brach in Tränen aus. »Wir wären alle wieder vereint gewesen. Und, glaub mir, es wäre wie in Alexandria geworden. Das Klima ist fast so wie in Ägypten. Sonne, Wüste, Palmen. Versprich mir, dass du wenigstens zu Besuch kommst. Das wird Turinus ja wohl erlauben.«

Berenike hatte sich damit abgefunden, in Rom zu bleiben.

»Du könntest mir Aloe schicken und einige Wurzeln, die ich in Rom nicht gut bekommen kann. Vielleicht gibt es dort Heilpflanzen, die hier unbekannt sind.«

»Euphorbos wird sich darum kümmern. Er begleitet uns«, berichtete Juba nicht ohne Stolz. »Der Princeps tut so viel für uns. Ich weiß nicht, wie ich ihm danken soll. Ich darf eine ganze Schiffsladung Buchrollen mit nach Afrika nehmen.«

Und doch, Berenike spürte, welchen Hintergedanken Turinus hegte. Sie war die Geisel für das Wohlverhalten ihrer Geschwister im fernen Afrika. Er behandelte sie und ihre Familie wie alle tributpflichtigen Vasallen Roms außerhalb des Imperiums. Meistens waren es die Söhne oder wenigstens ein Kind, das die Fürsten zur Erziehung und Ausbildung schon im zarten Alter in die Hauptstadt schickten. Sie alle wurden im Haus der Livia oder in dem des Turinus aufgezogen und saßen beim Essen an einem gesonderten Tisch im Raum, während Turinus, seine engen Freunde und Verwandten auf den Liegesofas speisten. Die kleinen Barbaren hatten Unterricht bei den besten Lehrern, waren befreundet mit Drusus und Tiberius und spielten Dreiball mit den Kindern der Senatoren, die im Viertel um den Apollo-Tempel auf dem Palatin wohnten. Es fehlte ihnen an nichts, aber sie hatten ihre germanische, illyrische oder afrikanische Sprache nahezu vergessen über all den Sprach- und Rhetorikübungen in Griechisch und Latein. Sie gewöhnten sich schnell an die römische Lebensart, an die Bäder, Speisen, die Unterhaltung im Amphitheater, an griechische Schauspiele und römische Komödien, kurzum an das Dasein vom Schicksal begünstigter Jugendlicher in der Hauptstadt des Imperiums.

Der Abschied am Hafen von Puteoli kam schnell. Berenike und Selene wussten beide, dass sie sich so bald nicht wiedersehen würden. Sie umarmten sich lange. Selene weinte. Sie neigte nicht zu Überschwänglichkeiten. Sie hatte sich daran gewöhnt, ihre Gedanken für sich zu behalten. Und vor allem hatte sie ihrer älteren Halbschwester nicht mehr getraut, nachdem Turinus ein Auge auf Berenike geworfen hatte. Aber ihr Abschiedsschmerz war echt.

»Irgendwann später kommst du auch nach Mauretanien«, flüsterte sie. »Glaub mir, aus Iol Caesarea werden Juba und ich ein neues Alexandria machen. Wir werden ein Museion bauen und einen wunderbaren Tempel für Augustus und die Dea Roma.«

»Ich werde nach Ägypten zurückkehren. Irgendwann wird Turinus es gestatten«, sagte Berenike mit bebender Stimme. »Mamme erwartet es von mir.«

Lange sah sie dem Schiff nach, das ihre drei Geschwister

und König Juba mitsamt Gefolge und kostbaren Pferden sowie Maultiergespannen nach Nordafrika forttrug. Ein Schiff mit den Bücherrollen und Einrichtungsgegenständen folgte ihm. Das letzte Stück Alexandria flog über das Meer davon.

Wieder flatterten bunte Wollbänder an den gesalbten Türpfosten, um die Geister versöhnlich zu stimmen. Die Hochzeitsfeier zwischen Octavias Tochter Antonia und dem fünfzehnjährigen Drusus führte die Familie erneut zusammen. Es war das erste große Fest nach Marcellus' Tod, an dem Octavia wieder teilnahm.

Der Fackelzug hatte die junge Braut aus dem Haus in Carinae hinüber zum Haus des Drusus auf dem Palatin geleitet, wo der letzte Teil des Festes stattfand.

Berenike blickte verstohlen hinüber zu den Liegesofas, auf denen Turinus, blass und mager geworden, und Livia lagen. Livia lächelte ihr zu.

Verhüllt unter dem feuerfarbenen Schleier, sahen alle Bräute beinahe gleich aus. Sie waren immer sehr jung und ziemlich unerfahren. Manchmal hatten sie Angst wie Marcella, als sie mit Agrippa verheiratet wurde, doch Antonia zeigte freudige Erwartung. Sie kannte Drusus, der fast gleichaltrig war, seit ihrer frühen Kindheit. Sie mochten sich. Ob sie jemals Leidenschaft füreinander empfinden würden?

Missbilligend betrachtete Turinus die Tanzzwerge, die zwischen den Klinen zu ägyptischer Musik umherhüpften. Gequält schloss er die Augen. Zwerge und Verwachsene waren ihm zuwider, sie brachten nur Unglück, aber Octavia teilte diese Ansicht nicht und hatte sich bei der Vorbereitung der Feier an die eigenen Vorlieben und an die der Braut gehalten. Antonia hatte sich ägyptische Musik gewünscht, insgeheim verehrte sie ebenso wie die ältere Antonia ihren Vater Antonius, feierte seinen Geburts- und seinen Todestag und las

Buchrollen über ägyptische Lebensart. Octavia, immer noch in ihrem Schmerz um Marcellus, hatte aufgehört, die Belange ihres Bruders und der Res publica zu bedenken. Oft hörte sie ihm nicht einmal zu, wenn er mit ihr sprach.

»Gefällt es dir?«, fragte Antonia Berenike und glühte vor Aufregung und Stolz.

»Ja. Es ist fast wie eine Hochzeit in Alexandria.«

»Wirklich?« Antonia strahlte.

Alfidias zahme Wölfin strich ruhelos umher. Schließlich legte sie sich unter die Speisekline ihrer Herrin und verfolgte wachsam das Geschehen.

Baile stellte eine Schale mit Brei vor ihr nieder, den sie begierig aufschlappte.

»Sie ist wie ich, sie hat keine Zähne mehr.« Alfidia stand, auf einen Stock gestützt, bei Drusus, ihrem Lieblingsenkel. Drusus hatte den Kopf gesenkt, während ein Chor von Berufssängern den *hymenaeus*, das Hochzeitslied, anstimmte. Bei jedem derben Hinweis des Lieds wurde er blutrot.

»Dem Drusus wird Antonia angetraut – sie gleicht der Venus, die zu dem phrygischen Preisrichter kam – unter gutem Vogelzeichen heiratet die gute Jungfrau.
Sie gleicht auch einer asiatischen Myrte, auf deren Zweigen weiße Blüten leuchten –
Ruf die Herrin in ihr Haus; sie verlangt nach dem jungen Ehemann! Fessle ihr Herz mit Liebe, wie der Efeu in allen Richtungen den Baum umschlingt.
Singt, reine Jungfrauen, singt alle zusammen: O Hymenaeus, Hymen, o Hymen, Hymenaeus!«

»Wetten, Alfidia ermahnt Drusus, dass er die Res publica wiederherstellen soll«, lästerte Baile, unbeeindruckt vom Chorgesang.

Berenike fand es merkwürdig, dass Turinus die Tochter seines größten Feindes Marcus Antonius mit seinem Stiefsohn Drusus verheiratete. Drusus, von dem gemunkelt wurde, er sei Turinus' leiblicher Sohn. Fürchtete er die Anhänger des Antonius so sehr, dass er sie damit besänftige wollte? Berenike rechnete nach: Neun Jahre waren vergangen seit der Schlacht von Actium. Seit sieben Jahren lebte sie jetzt in Rom im Hause Octavias.

Sämtliche Bildnisse und Statuen des Marcus Antonius waren auf höchsten römischen Befehl umgestürzt und zerschlagen worden. Der Name Marcus Antonius war auf allen öffentlichen Inschriften entfernt worden. Man hatte versucht, das Andenken an Antonius für alle Zeit zu löschen. Er war zum Staatsfeind des römischen Volkes erklärt worden. Aber er war nicht vergessen. Im Osten wurden Anekdoten und Geschichten von ihm erzählt, von seiner Großzügigkeit, von seinen Heldentaten. Und in Rom liebten ihn viele Menschen immer noch, so wie die Schwester des Caesar Augustus ihn unbeirrt liebte und seine Porträtbüste stets mit frischen Blumen umkränzte.

Eine Tochter nach der anderen hatte Octavias Haus inzwischen verlassen. Auch Berenike fühlte sich als Octavias Tochter. Aber sie war ein Sonderfall. Sie wurde nicht verheiratet. Turinus gönnt mich keinem Römer und keinem Ägypter, dachte sie mit Bitterkeit. Keine Verlobung, kein Hochzeitsfest für die Tochter Caesars und Kleopatras. Wie lange soll ich noch warten? Ob er es wagen wird, öffentlich zu sagen, dass er mich und nicht Livia liebt? Turinus will sich eben doch an das Testament seines Adoptivvaters halten.

»Bald heiratest auch du«, sagte Vergilius lächelnd, als habe er ihre Gedanken erraten. Er sprach etwas stockend und wirkte unter all den städtischen Gästen mit seiner hoch gewachsenen Gestalt und dem sonnengegerbten Gesicht wie einer vom Land, der nicht bis drei zählen kann.

»Ich will gar nicht«, entgegnete sie schroff. Was ging es ihn eigentlich an?

»Schade, du hättest Vestalin werden und für dreißig Jahre das Keuschheitsgelübde ablegen können.«

»Gerne hätte ich das getan«, sagte Berenike und kicherte in sich hinein. Kein Vater in Rom erklärte sich freiwillig bereit, seine Tochter zur Vestalin zu weihen. Dreißig Jahre Keuschheit hielt kaum eine der Priesterinnen durch, auch nicht, wenn es um das Wohl der ewigen Stadt Rom ging. »Was macht das Epos über Aeneas und die Schlacht bei Actium?«

Vergilius setzte sich auf die Kante eines mit Girlanden geschmückten Liegebettes. »Es kommt nur langsam voran. Aber mein großes Gedicht ist viel umfassender. Es geht um die Geschichte und das Schicksal des römischen Volkes.« Er war eigentlich gehemmt, aber Berenike gegenüber taute er auf, die natürliche Solidarität zweier Menschen mit einem Sprachfehler.

Vergilius schrieb jetzt schon seit Jahren an seinem großen Werk über die Anfänge Roms und die Vorfahren der julischen Familie. Der sensible Dichter stammte aus einer wohlhabenden bäuerlichen Familie aus der Gegend von Mantua. Er hatte eine gediegene Ausbildung genossen und war bald nach der Annahme der Männertoga, er war gerade sechzehn Jahre alt, nach Rom gekommen. In den Bürgerkriegen hatte man sein väterliches Landgut enteignet. Durch Vermittlung seiner Freunde hatte er aber ein neues von Turinus erhalten. Inzwischen war er ein Freund des Maecenas und wurde immer von Titus, seinem Bibliothekar, begleitet, der seine Gedanken auf eine Papyrusrolle notierte.

»Vergiss nicht, wenigstens ein paar Worte über das Schicksal der Barbaren in Ägypten zu schreiben. Wirst du meine Mutter als große Hure vorkommen lassen? So wie damals, als du *Nunc est bibendum, nunc pede libero pulsanda est tellus* gesungen hast?«

»Diese Zeilen hat mein Freund Horatius geschrieben. Aber sie könnten geradeso gut aus meinem Stylos geflossen sein. Es waren wunderbare Tage im Siegestaumel. Wir haben getanzt und uns betrunken. Ganz Rom, ganz Italien hat getanzt.« Vergilius machte eine seiner zu langen Pausen, ehe er stockend weitersprach. »So muss es damals nach dem Sieg unserer Vorfahren über Carthago gewesen sein. Na ja, außerdem kannte ich dich nach dem Seesieg über Actium noch nicht«, sagte er. Unter seiner gebräunten Haut wurde er rot. »Deine Mutter ist gestorben wie eine Königin.«

Berenike mochte diesen Mann, gerade weil er nicht nach Rom passte. Sie und er, sie waren sich ähnlich. Umso mehr schmerzte sie, dass er schlecht über Kleopatra dachte.

»Wie sonst? Sie war die Königin. Danke, dass du ihren Tod würdevoll findest. Ich versichere dir, ihr Leben war viel eindrucksvoller. Sie hat das mächtigste Land dieser Erde regiert. Sie hatte einen Thronrat, tausend Eunuchen, eine Armee, eine Flotte ... Warst du eigentlich jemals in Alexandria?«

»Nein, bis jetzt noch nicht.«

»Dann hast du etwas versäumt. Alexandria ist das, was Rom vielleicht in hundert Jahren einmal sein könnte – eine Stadt voller Marmorpaläste und Tempel. Rom ist ein Dorf im Vergleich zur ägyptischen Hauptstadt.«

»Eher eine Baustelle, würde ich sagen.«

ER

Einen Moment schwiegen sie beide.

»Ich glaube, jetzt treten die ägyptischen Tänzer auf«, rief Vergilius.

»Unsere alte Truppe aus dem Palast der Sphinx. Sicher sind ein paar neue Tänzerinnen dazugekommen. Ich weiß nicht, warum sie sich in Rom aufhalten.«

»Da drüben, ganz links in der Ecke, das ist Lykoris.«

»Die einstige Geliebte von Gallus?«

Die Tänzerinnen, mehr nackt als bekleidet in ihren hauchdünnen Seidentüchern, schwangen Holzklappern. Der Sänger mit der Harfe hatte im Vordergrund Platz genommen und begann sein Lied. Bei den heimatlichen Klängen krampfte sich Berenikes Herz zusammen. Ihr kamen die Tränen, und es war ihr peinlich. Sie, die Tochter der ägyptischen Königin, würde jetzt nicht losflennen. Doch die Stimme des Sängers schnitt Berenike ins Herz. Es war die von Psen. Er sang das Lied der Fischfängerinnen vom Nil in griechischer Sprache. Nur der Refrain war noch ägyptisch.

Lykoris wirbelte unter leuchtend grünen Schleiertüchern über die Bühne, wiegte die Hüften, ließ ihren straffen jugendlichen Bauch zucken und sah kokett ins Publikum hinunter. Unter den schwarz geschminkten Augenbrauen glühten die sinnlichen dunklen Augen einer Ägypterin. Diese Frau, Enkelin eines Mannes namens Ptolemaios und einer Berenike aus Alexandria, war über eine entfernte uneheliche Linie mit der ägyptischen Königsfamilie verbunden. Berenike stellte fest, dass die Tänzerin tatsächlich das längliche Gesicht der Königinnen ihrer Dynastie besaß. So weit war es also gekommen, die Abkömmlinge der Ptolemäerkönige tanzten am Hof ihrer römischen Eroberer, prostituierten sich. Lykoris war ihr, Berenike, Kleopatra und auch Selene ähnlich. Diese Feststellung schmerzte sie ein wenig. Eines Tages würde es keine vornehmen Erben dieser Dynastie mehr geben, nur noch Bastarde, Männer und Frauen mit den Gesichtszügen der Ptolemäerkönige, die nicht mehr genau wussten, von wem sie abstammten. Mit Singen und Tanzen würden sie ein paar Sesterze für ihren Lebensunterhalt verdienen. Irgendwo in einer Mietskaserne in einem schlechten Viertel Roms würden sie ihr Dasein fristen. Und dann musste Berenike wieder an Psen denken. Die Erinnerung an ihn, an seinen jungenhaften Körper von damals, überwältigte sie.

»Er hat eine hübsche Stimme, der Typ«, sagte Vergilius.

»Was willst du, Baile?«, murmelte sie. Baile war mit Marcellina unvermutet aufgetaucht und drückte ihren Arm. Marcellina hatte rote Flecken im Gesicht, wie immer, wenn sie müde war.

»Komm, Entchen, lass uns nach Hause gehen«, drängte er.

»Es hat doch gerade erst angefangen«, wandte sie ein.

Er sah sie hilflos und verzweifelt an.

»Außerdem wäre es unhöflich.«

»Du sollst nur von den Tellern essen, die ich dir bringe«, flüsterte er.

Er war zu misstrauisch. Livia würde sie doch nicht bei der Hochzeitsfeier ihres Sohnes vergiften lassen.

»Beeil dich. Mir knurrt der Magen. Bring mir etwas von der Pastete und vom Fasan, bitte.«

Baile entschwand im Gedränge. Marcellina setzte sich auf Berenikes Schoß und lehnte den Kopf an ihre Schulter.

Der Tanz war zu Ende. Vor dem Haus versammelte sich bereits der Zug der Fackelträger, die die Gäste zurück zum Forum geleiten würden. Der Sänger erhob und verbeugte sich. Es war Psen. Berenike hatte nur noch Augen für ihn. Sie schob ihre Tochter in die Ecke des Liegebettes und breitete eine Purpurdecke über sie.

»Mama!«, schrie Marcellina, aber Berenike hörte ihr dünnes Stimmchen nicht mehr.

»Wo willst du hin, Berenike?«

Berenike ließ Vergilius einfach stehen und schob sich durch die Menschen zur Bühne.

Psen verbeugte sich noch immer, als sie am Rand des Holzpodests angekommen war.

»Psen! Psenamun, was tust du hier?«

Er ließ die Rosen fallen, die ihm irgendjemand gereicht hatte, und beugte sich zu ihr herunter.

»Ich singe in Rom«, sagte er. »Für dich, meine süße kleine Römerin.«

Berenike schluckte.

»Und der Tempel des Ptah in Memphis?«

»Die Römer haben ihn geschlossen. Hast du nicht davon gehört?«

Sie erschrak. Der Tempel in Memphis geschlossen. Was bedeutete das? War Turinus größenwahnsinnig geworden? Und warum hatte es ihr niemand erzählt?

»Der Sachmet-Tempel existiert weiter. Die Kranken kommen und werden von Nefertaris Priesterinnen behandelt.«

»Und du bist Sänger geworden? Warum?«

»Ich wollte nach Italien, nach Rom.« Er klang verlegen.

»Du wolltest zu mir?«

»Das auch. Und jetzt darf ich vor dir singen und werde sogar noch dafür bezahlt.« Er lächelte gequält.

Wollten die Römer etwa die römischen Götter in Ägypten einführen? War es nicht genug, dass das einstige Königreich eine römische Provinz und Rom tributpflichtig geworden war? Berenike zitterte und starrte Psen an, der acht Jahre älter geworden war.

»Und deine Frau? Ist sie mitgekommen?« Insgeheim hoffte sie, er werde sagen, es habe in seinem Leben nie eine andere Frau als sie gegeben.

»Tanefer und die Kinder sind in Memphis geblieben.«

»Weg, Psen!«, brüllte einer der Sklaven, die für den Ablauf auf der Bühne zuständig waren. »Jetzt kommen die germanischen Schwerttänzer.«

Psen schob Berenike die Rosen zu und sprang leichtfüßig von der Bühne. Berenike umarmte ihn und gewahrte seinen typischen Geruch nach Narden und Zimt, einen Hauch Schweiß, den Duft Ägyptens. Psen stellte die Harfe neben sich und lächelte Berenike an.

»Ist dein Mann auch da?«, fragte Psen.

Berenike blickte ihn verwirrt an. Was wusste er? Er konnte es doch unmöglich wissen.

»Du weißt es nicht«, sagte sie und spürte, dass etwas zwischen ihnen lag.

»Ich weiß nicht, wer dein Mann ist«, sagte er schnell. Doch während er sprach, blickten sie beide in die gleiche Richtung: zum Liegesofa des Princeps, zu Turinus, der ins Gespräch mit Tiberius vertieft war. Berenike durchzuckte ein Gefühl nicht zu bändigender Zärtlichkeit für Turinus, der die Krankheit überstanden hatte, der dem Leben wiedergeschenkt war. Dem Leben und ihr. Sie würde mit ihm über den Tempel in Memphis und die ägyptischen Götter sprechen. Ja, auch über Psen.

»Woher wusstest du es?«, flüsterte Berenike.

»Ich habe es nicht gewusst. Es ist mir gerade erst klar geworden.«

»Es darf niemand wissen«, hauchte Berenike.

»Berenike, du bist in großer Gefahr.«

»Du kennst mich. Ich habe keine Angst. Alles, was mir zustoßen konnte, ist schon passiert.«

»Schon möglich. Aber nimm dich in Acht! Es gibt Menschen, die dich beseitigen wollen.« Er sah sie düster an. »In der Stadt wird über dich gesprochen. Kleopatras Tochter soll zurück nach Ägypten gehen und jeden Tag Krokodilköpfe fressen. So wird geredet.«

»Aber es wird keiner wagen, mich zu töten.«

»Doch, Berenike. Viele sind zornig auf dich, weil du ihren römischen Princeps verzaubert hast, so sagen sie. Es wird behauptet, du hättest ihn von der Krankheit geheilt und dir damit ganz hörig gemacht. Bald werde er Livia verlassen ...«

»Turinus hat seinem Arzt Antonius Musa eine Statue neben der des Aesculapius vor dessen Tempel auf der Tiberinsel geweiht«, sagte sie zornig. »Ich durfte nicht einmal mit ihm sprechen, als er krank war.«

»Das Volk sieht es anders«, flüsterte Psen. »Es hasst dich, weil du Livia beleidigt hast.«

»Ich habe den Princeps heute zum ersten Mal seit langer

Zeit gesehen. Er macht nicht gerade den Eindruck, dass er mich glühend liebt. Oder?«

»Sei trotzdem auf der Hut.«

»Was die Götter mir bestimmt haben, wird eintreten.«

»Die Götter schicken mich, um dich zu warnen.«

»So etwas Ähnliches hat Baile heute auch schon gesagt.«

Baile war nirgendwo zu entdecken. Die breitschultrigen rothaarigen Schwerttänzer stampften und schrien dazu vor Begeisterung oder vor Kampfeslust. Sklaven balancierten Tischplatten mit duftenden Hähnchenbrüstchen vor die Liegesofas der Gäste. Den Prunktisch krönte ein Arrangement aus gebratenem Pfauenfleisch inmitten des blaugrün-silbrigen Federschmucks eines Pfauenhahns.

»Ich sehe, ich bin zu spät nach Rom gekommen.« Psen versuchte zu scherzen.

»Es ist nie zu spät, um nach Rom zu kommen.«

»Es ist nie zu spät, nach Alexandria zurückzukehren«, erwiderte er.

»Nicht für mich und meine Geschwister. Ich darf überallhin«, erklärte sie ihm, »an jeden Ort des Imperiums, nur nicht nach Ägypten. Die Menschen dort würden mich sofort zur Königin ausrufen, zur Königin gegen Rom.«

Psen lachte bitter. »Das würden sie nicht, Berenike. Die Menschen in Ägypten sind Untertanen Roms geworden. Überall im Land stehen die Statuen von Roma und Augustus. Die Menschen opfern ihnen, und die Priester sprechen Gebete für sie. Kleopatra Philopator, Tochter des Ptolemaios, Enkelin und Urenkelin so vieler Könige – jetzt ist sie nur noch eine Statue aus Metall und Stein. Die Kinder, die an ihr vorbeilaufen, wissen schon nicht mehr, dass sie Ägyptens letzte Pharaonin war. Sie halten sie für irgendeine Göttin aus vergangenen Zeiten. Die alten Götter zählen jeden Tag weniger. Die Menschen ziehen es vor, Dea Roma und Augustus zu opfern. Sie sind die Wohltäter der Gegenwart und der Zukunft. Isis und

Osiris, Anubis, Bastet und Sachmet gehören der Vergangenheit an.«

Berenike spürte, dass er übertrieb. »W-wirst d-du hier bleiben?«

Er lächelte, als er sie stottern hörte wie in alten Zeiten.

»Ich weiß nicht. Fürs Erste ja, solange die Tanztruppe hier ist. Aber dann – nein, ich weiß es nicht.«

»Willst du nicht mehr Ptah-Priester sein?«

»Ich darf es nicht. Ich soll als Privatmann leben, so lautet der Befehl der Regierung.«

Plötzlich stand Musa vor ihnen. Er kaute an einem Fasanenschenkel. Sein Glatzkopf glühte vor Wein und Festtagsfreude. Winzige Schweißperlen bedeckten seine Stirn.

Berenike errötete wie ein junges Mädchen, als er sie begrüßte. Turinus hatte wie alle Männer gewisse Geheimnisse vor seiner Frau, vor seinem Arzt und Lebensretter Musa hatte er jedoch keines.

»Es ist so heiß hier drinnen«, sagte er entschuldigend. »Kommt ihr mit hinaus in den Garten? Ich muss ein bisschen frische Luft schnappen.«

DIE ENTSCHEIDUNG

»Turinus lässt dich grüßen«, begann Musa unvermittelt. »Er fragt, ob du für ein paar Tage mit ihm nach Capri kommen willst.«

»Jetzt gleich?«

»Ja, die Wagen stehen schon bereit. In der Kühle der Nacht ist der Weg nach Ostia angenehmer.«

Es kam zu unerwartet. Berenike starrte Musa an und sah dann wieder zu Psen hinüber.

Psen stand am Brunnen und kühlte sich die Hände. Er war

immer noch schön. Man sah ihm seine disziplinierte Ernährung und das tägliche sportliche Training an. Der Gedanke durchzuckte sie, mit Psen ein neues Leben anzufangen, hier in Rom oder irgendwo sonst in Italien, in Hispania, wo immer Turinus es ihnen erlauben würde, ein ägyptisches Leben in serischer Seide. Den Traum mit Turinus würde sie für immer begraben. Es wäre besser so. Sollte er mit der kalten Livia für Rom sein römisches Leben führen in stinkigen römischen Wollgewändern. So wollten es das Fatum, Vergilius' Fatum und die Götter Roms. Psen sah zu ihr auf.

In ein paar Tagen würde sie alles klären.

»Gib mir etwas Zeit. Warte hier auf mich. Wenn ich zurück in Rom bin, werde ich frei sein.« Seit langer Zeit empfand sie wieder das Verlangen nach seinem Körper, der nach den Wohlgerüchen Ägyptens duftete. Unfassbar, dass sie sich so lange für den Römer Turinus entschieden hatte.

»Was bedeutet ›frei‹ für dich?«

»Dass wir zusammen nach Memphis gehen werden. Oder nach Alexandria ...«

»Das glaubst du doch selbst nicht.«

Sie war sich plötzlich sicher, dass Turinus zustimmen würde. Er konnte es ihr nicht abschlagen. Ägypten war durch Psens Anwesenheit wieder ganz nahe. Es lag an ihr. Turinus würde es verstehen, wenn sie ihn nur eindringlich genug bat.

»Ich komme mit«, sagte sie, an Musa gewandt. Auf Capri würde sie Turinus fragen. Es war der einzig mögliche Weg.

Die Sonne strahlte. Berenike schaute zum Schiff hinüber, das sie nach Capri bringen würde. Sie und Merit saßen im Schatten einer Baumgruppe auf den Gepäcktruhen. Baile war unterwegs, um etwas zu essen zu besorgen.

Berenike griff wieder zu dem blank polierten silbernen Spiegel, hielt ihn vor ihr Gesicht und betrachtete sich aufmerksam. Das war sie. Immer noch zu mager, immer noch zu dunkelhäutig, und ihre Augen – war ihr Blick nicht zu männlich scharf? Ihre Nase, war sie nicht eine Spur zu groß? Sie wollte so aussehen. So hatte Kleopatras Gesicht ausgesehen und dennoch Hoheit, Würde und Klugheit ausgestrahlt. Sklavinnen und arme Mädchen überlegten unentwegt, wie sie noch hübscher aussehen könnten, ob sie ihr Haar blond färben und ihre Augenbrauen zupfen sollten.

Eine verschleierte Sklavin in dunkler Kleidung stand plötzlich neben ihr und zog sie am Ärmel. Berenike wandte sich ihr zu.

»Ich bin es, Julia.« Julia drückte ihr eine Kugel in die Hand. »Hör mir zu, Berenike«, hauchte sie. »Nimm das, und häng es um deinen Hals.«

»Was ist das? Ein Amulett?«

Julia kicherte. »Das schärfste Gift, das ich in ganz Rom beschaffen konnte. Niemand weiß davon. Bei dir wird es keiner vermuten. Tollkirschengift.«

»Bei Isis, was soll ich damit?«

»Das weißt du selbst. Denk an Marcellus.«

Berenike verstummte.

»Ich muss ihren Namen nicht nennen, du kennst ihn. Sie wird auch auf die Insel kommen. Hier ist es einfacher als in Rom.«

»Ich k-kann es nicht tun. S-sie w-wird es überleben.«

»Wie war das mit dem Muschelgericht? Sie wird es wieder versuchen. Wie viele sollen noch sterben?«

»Und wenn es herauskommt?«

»Einer von den Köchen wird dich in Capri um die Kapsel bitten, und du musst sie ihm nur aushändigen. Der Mann ist bestochen. Du darfst zu niemandem darüber sprechen. Sklaven und Bedienstete werden nach einem solchen Todesfall gefoltert.«

»Und du und ich?«

»Ich bin seine Tochter, du bist seine Geliebte. Wir sind die Einzigen, die nicht gefoltert werden. Nur wir können es tun. Sei stark, Berenike! Ich war nie bei dir. Leb wohl.«

Wie eine Katze huschte Julia durch das Gedränge am Kai davon. Berenike bewunderte den Mut und die Selbstsicherheit, mit denen sie ihr Ziel anging, und war zugleich verstört. Sie warf einen Blick auf Merit, die, halblaut vor sich hin murmelnd, in einem griechischen Roman las. Merit hatte nichts von der Begegnung wahrgenommen.

Livia töten. Bei Isis, bei Sachmet, nein. Daran hatte Berenike nicht einmal zu denken gewagt.

Turinus liebte die Abgeschiedenheit der Villa hoch oben auf dem Berg im Nordosten der Insel. Hier verwahrte er seine Sammlung aus Gigantenknochen und Vorzeitungeheuern, hier hingen die verrosteten urzeitlichen Heldenwaffen, auf die er so stolz war, im Säulengang und an den Wänden des Atriums.

Schweigend ritten sie hintereinander auf Maultieren zwischen den Pinien, die den Hang bedeckten, der Diener, der sie abgeholt hatte, Baile und in der Mitte Berenike und Merit. Der Weg stieg steil an. Zum Meer fiel der Felsen schroff ab. Merit stieß manchmal spitze kleine Schreie aus, wenn sie zur Seite schaute. Berenike war schon früher mit Octavia, ihren Brüdern und den Antonias zu kurzen Besuchen auf der Insel gewesen. Die Begeisterung Octavias und Turinus' für die Schönheit der Landschaft hatte sie nicht teilen können. Auch jetzt empfand sie die Beklemmung, die sie hier jedes Mal überkam. Auf engem Raum drängten sich zu viele Berge zusammen. Capri, das war das Imperium Romanum mit seinen schroffen Gegensätzen auf kleinstem Raum. Der Ort auf der Westseite war von gebürtigen Griechen bevölkert, die östlich gelegene Siedlung rings um den Hafen von Römern bewohnt.

Vögel zwitscherten, und am Wegrand blühte der Stechginster. Bienen summten über den Blüten.

Unmittelbar vor der Villa ragte ein Signalturm auf, mit dem man sich durch Feuerzeichen mit dem Festland verständigen konnte. Unterhalb von Turinus' Haus lag Livias kleinere Villa, an der die Besucher vorbeiziehen mussten. Allein die Vorstellung, dass auch Livia bereits unterwegs war, um ein paar Tage dort zu verbringen, war unangenehm genug.

Livia töten. Berenike sah sie vor sich, ihren stets erstaunt wirkenden Blick, das rundliche Gesicht. Gewiss, Livia besaß Einfluss und konnte dem Princeps gelegentlich einen politischen Rat erteilen. Aber sie war auch diejenige, die ständig belogen wurde, getreulich auf Turinus wartete, hilflos nach ihm Ausschau hielt und sich dann wieder ihrem Webstuhl zuwandte. Es war Berenike unmöglich, eine Frau zu hassen, deren Krankenakte sie gelesen hatte und deren Unglück sie kannte. Kinderlosigkeit und Kurzsichtigkeit – für die Behandlung dieser Leiden durch Bäder beziehungsweise einen Extrakt aus roher Ziegenleber bezahlte Livia regelmäßig Hunderte von Denaren an die Praxis von Antonius Musa.

Berenike fühlte sich der Ehefrau des Princeps überlegen. Sie empfand keine Wut wegen der vergifteten Muscheln, eher Scham darüber, dass Turinus sie noch immer liebte. Die Götter waren auf ihrer, Berenikes, Seite. Sie konnte Turinus haben, wann immer sie wollte. Er hatte nicht aufgehört, sie zu lieben. Sie versuchte sich sein Gesicht vorzustellen und schloss die Augen. Sie sah Psen vor sich. Irgendwo in Rom wartete er auf sie. Zu ihm würde sie zurückkehren. Mit ihm würde sie nach Memphis aufbrechen.

Turinus streichelte den Stamm der Palme, die Berenike in Tarraco vor Bailes Zugriff gerettet hatte. »Sie ist schon wieder ein Stück gewachsen. Der Topf war zu eng für sie. Ich habe eine

Platte neben dem Wasserbecken aus dem Boden entfernen lassen und sie mit eigener Hand dort eingepflanzt. Sie gehört hierher. Wenn ich sie sehe, muss ich an dich denken, meine ägyptische Berenike.«

Sie starrte die Pflanze an, die erstaunlich hoch und kräftig geworden war.

»Gestern habe ich sie angeschaut und zu ihr gesagt: ›Kleine Palme, es wird wieder so werden wie früher mit meiner Berenike.‹«

Er küsste sie. Er hatte die meisten Diener weggeschickt. Außer dem Gurren der Tauben auf dem Dach war in der Mittagshitze kein Geräusch zu hören.

»Sie hat mir Glück gebracht. Und jetzt bist du in meiner Villa auf Capri. Wir waren noch nie allein hier.« Er legte den Arm um sie und führte sie zur Wand neben den Altar der Hausgötter. »Das sind der Helm und das Schwert des Achilles.« Er deutete nach oben.

»Ich habe gehört, Livia wird auch nach Capri kommen.«

»Mach dir keine Sorgen. Sie bleibt unten, in ihrer Villa. Ich werde sie zur Cena aufsuchen, sobald sie da ist. Das gebietet die Höflichkeit.«

Berenike wartete auf den geeigneten Moment, in dem sie von Psen und Memphis anfangen konnte. Er kam nicht.

Um Berenikes Ruhe war es geschehen. Sie spürte ein erstaunlich großes Stück Feigheit in sich, den Wunsch, die Dinge so zu lassen, wie sie waren, und alles zu vermeiden, was die Stimmung zwischen ihr und Turinus verdorben hätte. Jeden Abend, wenn sie sich auf das breite Ruhebett neben ihn legte, dachte sie: morgen. Morgen, gleich nach dem Bad, werde ich ihn bitten, mich nach Memphis reisen zu lassen. Nur das. Psen, so hatte sie beschlossen, würde sie nicht erwähnen.

Dann war da noch die Kapsel. Sie hatte nicht nach ihr verlangt, aber nun war sie vorhanden. Das Gift würde sie zur Herrin von Rom machen. Sie malte es sich aus, ohne es wirklich zu wollen. Wenn Livia tot wäre – es war nur ein Gedankenspiel –, würde sie diejenige sein, die mit Turinus zusammenlebte. Das war es, was ihr Vater einmal für sie beschlossen hatte. Dann wieder dachte sie an die rundliche Livia, die mit verheulten kurzsichtigen Augen in ihrer kleinen Villa saß, die Katze Cara kraulte und nicht den Mut besaß, das Anwesen ihres Ehemannes zu betreten, weil sie ahnte, dass sie auf eine unangenehme Überraschung stoßen würde.

»Hilf mir, Pater«, murmelte sie, »hilf mir, Mamme.«

Einige Tage waren inzwischen vorübergegangen, ohne dass sie mit Turinus über Memphis gesprochen hatte. Noch nie war sie so lange ungestört mit ihm gewesen.

Sie warf scheue Blicke zu Baile hinüber, der mit einem der Sklaven würfelte und ab und zu einen Schluck aus der Schale mit Wasserwein nahm. Sie wusste, dass sie ihm nichts von Julia und der Kapsel erzählen durfte. Er winkte ihr, als er ihren Blick bemerkte.

»Den Hund und die Venus«, rief Baile und schlug sich auf die Schenkel vor Freude.

Es war ein absurder Plan, ein undurchführbarer. Julia war verrückt: Berenike sah die Gefahr und maß ab. Es gelang ihr nicht, Livia so zu hassen, wie es für den Plan erforderlich war. Dazu kannte sie sie zu lange, hatte zu lange neben ihr gelebt, wusste zu viel von ihr. Sie war nicht Julia. Julias Hass war nicht der ihre.

Sie hatte vorgehabt, die Kapsel während der Überfahrt ins Meer zu werfen. Sie würde mit Psen zurück nach Ägypten reisen. Sollte Livia mit Turinus glücklich sein. Doch der Moment, in dem sie die kleine runde Kugel über die Bordwand hätte schleudern können, verstrich. Sie hielt sie schon in der Hand, zögerte, und dann war es zu spät. Baile stand plötzlich neben ihr und fragte etwas. Zitternd schob sie das Goldblech in ihr Gewand zurück. Sie hatte ihm nichts davon gesagt. Er hatte Julia zwar erkannt und besorgt gefragt, was sie von Berenike gewollt habe. Doch sie hatte ihm nur ausweichend geantwortet.

Als sie den Boden der Insel betreten hatte, war der Wunsch, Psen nach Ägypten zu folgen, sehr viel schwächer geworden, und inzwischen, nach den wenigen Tagen, die sie mit Turinus verbracht hatte, verspürte sie ihn kaum noch.

»Wusstest du immer genau, was du im Leben wolltest?«, fragte sie Baile.

»Ja«, antwortete er, ohne zu zögern.

»Aber du hast es nicht immer durchgeführt.«

»Noch nicht, Dalta. Manche Vorhaben brauchen etwas länger.«

Vögel flatterten zwischen den gestutzten Eibenbäumchen und Taxushecken. Sklaven harkten den weißen Kies und jäteten Unkraut in den Blumenbeeten. Die Villa Iovis war prächtiger als das Haus von Turinus auf dem Palatin. Doch in seiner Abwesenheit wohnten hier nur der Verwalter Diomedes mit seiner Familie und eine kleinere Zahl von Haussklaven, die sich um das große Vogelgehege und die Tonbehälter zur Zucht von Haselmäusen für die Mahlzeiten in der Villa kümmerten und die anfallenden Säuberungs- und Gartenarbeiten übernahmen.

Für den Aufenthalt während der Senatsferien hatte Turinus seinen Sekretär Thallus mitgebracht, die wichtigsten Schreibsklaven, einen Frisör, Köche und Reinigungskräfte, die man an ihrer gepflegten Haartracht erkennen konnte. Ebenso hatte Livia ihre wichtigsten römischen Bediensteten in ihre Juno-Villa mitgenommen, es waren mindestens zehn, die mit ihr eingetroffen waren. Der Princeps hingegen hatte über zwanzig Sklaven und Freigelassenen im Gefolge. Viele davon kannte Berenike aus der Praxis von Musa und Euphorbos, wo sie sich medizinischen Rat geholt hatten.

Jemand berührte ihren Arm.

»Gib mir die Kapsel, Domina«, flüsterte er und reichte ihr zugleich ein Tablett mit Brot und Oliven.

Sie hatte den Mann schon ein paar Mal gesehen. Er war von mittlerem Alter, mittlerer Größe, mit einem durchschnittlichen Gesicht, das sie sofort wieder vergaß. Weder gut aussehend noch hässlich, so wie Turinus sich die männlichen Sklaven seines Haushalts aussuchte, Männer ohne körperliche Besonderheiten.

»Ich ... ich habe sie nicht«, stieß Berenike hervor.

»Ich komme morgen wieder«, flüsterte der Sklave.

Baile griff nach zwei Oliven und führte sie zum Mund.

»Lass das«, sagte Berenike und fasste nach seinem Arm, um ihn vom Essen abzuhalten. »Der Puer soll sie vorkosten.« Einen Augenblick lang spürte sie heiße Angst um Baile. Der Küchensklave verzehrte die Oliven gleichmütig und spuckte die Kerne auf den Boden.

»Du bist anders als sonst, Dalta«, stellte Baile fest, als sie in das Gebäude zurückgegangen waren und sich im Schatten des Säulengangs eine Bank gesucht hatten. »Bis zu einem gewissen Grad schützt uns der Theriak. Unser Körper ist an Gift gewöhnt, weil wir es seit Jahren in kleinen Dosen zu uns nehmen.«

Livia und Octavia nahmen kein Gegengift, sie fühlten sich sicher und waren es wohl auch. Nicht einmal Turinus schluckte regelmäßig welches, obwohl Musa ihn dazu anhielt und ihm ein Gegengift nach eigenem Rezept, das *teleia,* zubereitete. Aber da er ohnehin ständig Magenbeschwerden hatte, wollte er sich nicht zusätzlich mit Musas bitterem Getränk quälen.

»Ich habe Angst«, murmelte Berenike.

»Ich bin wachsam«, sagte Baile. »Hast du mit Turinus schon über Psen und dich gesprochen?«

»Noch nicht. Es ging nicht.«

»Tu es bald. Wenn du mit Psen weggehst, bist du sicher vor Livia.«

Baile dachte immer nur an Sicherheit und daran, Gefahren rechtzeitig aus dem Weg zu gehen. Darin war er gut. Vorschläge, wie sie Turinus endgültig für sich gewinnen könnte, hatte er nie gemacht. Darüber hatte sie nur mit Julia sprechen können.

DIE GROTTE

Die drückende Hitze des Hochsommers machte Berenike müde und träge. Weder entledigte sie sich der Kapsel, noch konnte sie sich entschließen, sie dem Sklaven auszuhändigen. Livia hatte sich inzwischen in ihrer Villa eingerichtet, ließ sich aber bei Turinus nicht sehen. Nur einmal war sie zur Cena erschienen. Berenike war diesem Essen ferngeblieben.

Am anderen Morgen hatten die Sänftenträger Berenike und Turinus den Weg hinunter zum Meer getragen. Sie hatten ein Boot bestiegen, und Baile hatte sie zu einer der Grotten in den Felsabhängen am Meer gerudert. An einem hervorstehenden Felsstück vertäute er das Boot und begann den mitgebrachten Wein zu trinken. Turinus und Berenike zogen sich die Kleidung über den Kopf und sprangen ins Wasser. Sprudelnd und prustend zog Berenike an Turinus vorbei ins Innere des Berges. Sie war immer eine gute Schwimmerin gewesen. Er folgte ihr etwas langsamer und bespritzte sie mit Wasser, als sie wartete. Das Wasser unter ihr war nicht allzu tief. Sie konnten beide bequem darin stehen.

»Siehst du den Felsvorsprung?«

Wie ein kleiner Balkon ragte ein flaches Stück Gestein ins

Wasser, auf dem zwei Liegebetten aufgebaut waren mit mehreren Tischchen davor, auf denen Obst, Brot und Getränke dekorativ ausgebreitet waren.

»Hier kann uns niemand beobachten.« Turinus grinste jungenhaft.

Berenike zog sich hoch. Sogar Badetücher lagen bereit.

»Es fehlt nur die Musik.«

»Nächstes Mal«, versprach er und hangelte sich ebenfalls hoch.

»Gefällt dir meine Insel?«, fragte er, als sie nebeneinander Platz genommen hatten. »Ich brauche sie. Als ich zum ersten Mal hierher kam, trieb eine seit Jahren verdorrte Eiche an der Landungsstelle wieder aus und fing an zu grünen. Ich werde sie dir zeigen.«

Selten hatte sie ihn so gesprächig erlebt.

»Schau hinüber zu den drei einsamen Felsen im Wasser. Auf dem, der am weitesten entfernt ist, leben die blauen Eidechsen. Es gibt sie nur dort und nirgendwo anders.«

Es war der Moment, um von Memphis anzufangen. Sie ließ ihn verstreichen. Die Zeit blieb stehen. Keine Wasseruhr, keine Sanduhr zeigte an, dass irgendwo jemand auf sie wartete. Ab und zu steckten sie sich gegenseitig ein Stück Melone oder Pfirsich in den Mund und tranken einen Schluck Wasser.

»Ich habe es mir gut überlegt.« Turinus sprach, ohne Berenike anzusehen. »Ich werde alle meine Vollmachten an den Senat und das römische Volk zurückgeben. Die Götter haben mir ein deutliches Zeichen gegeben. Mit Marcellus' Tod haben sie eine Grenzmarke gesetzt. Es ist nicht nur sein Tod. Auch das Kind, das Livia geboren hat, ist gestorben, gleich nach der Geburt. Es ist zu früh zur Welt gekommen, haben die Ärzte erklärt. Ich werde niemals der erste einer Dynastie von Königen sein. Ich werde kein Ptolemaios sein und kein Vater von kommenden Königen. Ich kann es auch nicht. Ich bin Römer, geboren in einer Res publica.«

Berenike hielt den Atem an. Das konnte nicht sein Ernst sein.

»Julius Caesar hat sich zum Himmel erhoben und wurde ein Gott. Ich bin nur ein Mensch. Wenn die Götter etwas anderes gewollt hätten, hätten sie mir eine kräftigere Gesundheit verliehen. Ich hätte Lust, für immer auf Capri zu bleiben.«

»Es wird den Princeps bald langweilen, Spaziergänge zwischen Ziegenherden zu unternehmen und zu schwimmen.«

»Nicht, wenn du bei mir bist.«

Baile hatte erst ein Meerungeheuer geschnitzt, dann, als der Schatten des Felsens weiterwanderte, war er gezwungen, das Boot an einer anderen Stelle zu befestigen. Schließlich nickte er ein. Das Geräusch eines Steins oder Erdbrockens, der neben ihm ins Wasser schlug, riss ihn aus dem Schlaf. Sofort hellwach, witterte er wie ein Tier die Gefahr, die von oben kam. Er sah hoch. Büsche bewegten sich. Da war eine dunkel gekleidete Gestalt und eine weitere, kleinere.

»Wer ist da?«, rief er hinauf.

Keine Antwort. Angestrengt spähte er nach oben. Es konnten Hirten sein, die ein verirrtes Tier suchten. Turinus hatte gesagt, es gebe nur einen Zugang zur Grotte vom Meer aus, ansonsten seien da nur Felsspalten, durch die etwas Licht in den hinteren Teil eindringe. Es war ein Fehler, keinen einzigen der germanischen Leibwächter oben auf dem Felsen zu postieren. Mochte Capri auch die persönliche Insel des Turinus sein, Gefahren lauerten hier ebenso wie in Rom.

Wohin sollte das alles führen? Wenn Turinus diese Liebschaft nicht bald beendete, geriet seine Position als Princeps und Caesar Augustus in Gefahr. Das römische Volk lehnte die ägyptische Geliebte ab. Durch die Hintertür habe sich Kleopatra nun doch nach Rom auf den Palatin gedrängt, hieß es. Turinus sei das Gleiche widerfahren wie damals Marcus Antonius, der seine römische Ehefrau für das ägyptische Liebchen verraten hatte.

Im Übrigen, fand Baile, hatte Berenike einen tüchtigen und charakterfesten Ehemann verdient. In Rom gab es solche Männer nicht; schade, dass sie sich für gallische nicht interessierte. Ein gallischer Ehemann wäre gewiss eine gute Lösung. Seine Landsleute sahen gut aus, ehrten die Götter, kümmerten sich um ihre Familien, ehrten ihre Angetrauten – stattdessen diese ärgerliche Liebesgeschichte mit dem Princeps, die nicht gut enden konnte.

Missvergnügt lehnte sich Baile zurück, die Arme vor der Brust verschränkt. An Schnitzen war jetzt nicht mehr zu denken. Er lauschte in die Höhle hinein. Außer dem Klatschen der Brandung war es wieder mittäglich still.

FELSENSCHLUND

Sie hasste Fußwanderungen, wenn die Sonne hoch am Himmel stand. Sie hasste schmale, von Disteln überwachsene Hirtenpfade auf unsicherem Grund. Sie hasste die gesamte Insel, auf der sie früher so glücklich gewesen war. Noch nie hatte sie sich verkleidet, um Turinus nachzuspüren. Niemand hätte Livia in der Kleidung und Ausrüstung eines Hirten mit breitkrempigem Hut erkannt. Nur auf bequeme Schuhe hatte sie nicht verzichtet. Barfuß zu gehen wäre ihr auf diesem Gelände unmöglich gewesen. Thallus hatte Mitleid mit Livia, nur deshalb begleitete er sie.

»Herrin, Caesar Augustus wird mich in den Block legen lassen, wenn er es erfährt«, jammerte er. »Er wird mich fragen, wovon meine Beine so blutig zerkratzt sind.«

Thallus war zu dick für Unternehmungen dieser Art, und auch seine feinen weißen Sandalen aus Kalbsleder waren den

Felsen und der Macchia nicht gewachsen. Immer wieder hielt er schnaufend inne.

»Weiter!«, befahl Livia.

»Ich war ein einziges Mal dort. Ich weiß nicht, ob ich die Stelle wiederfinde.« Und außerdem, dachte Turinus' zweiter Sekretär, wird sie nicht ertragen, was sie sieht und hört. Sie hatte noch nie verlangt, dass er ihr den Weg zu ihrem Gatten mit seiner Geliebten zeigte. Es hatte viele Gelegenheiten dazu gegeben. Nicht von allen hatte sie erfahren, aber wahrscheinlich doch von den meisten. Thallus wischte sich den Schweiß von Gesicht und Hals. Da war es. Neben der Eiche mit dem angefressenen Stamm. Ihm war elend zumute.

»Ist es hier?«, fragte sie.

Thallus antwortete nicht. Leise stöhnend ließ er sich auf einem Felsblock nieder, streckte die wunden Füße aus und nahm einen Schluck aus der Wasserflasche. Er überlegte, wie Turinus ihn bestrafen würde. Im Vergleich zu anderen hohen Herren war er milde. Bei der Sache mit Diomedes, der Reißaus genommen hatte, als das Wildschwein aus dem Gebüsch brach und Turinus fast über den Haufen gerannt hätte, hatte er gar nichts getan und den Verwalter der Villa Iovis sogar noch entschuldigt. Dabei hätte dieser Idiot dafür Sorge tragen müssen, dass keine Wildschweinherden vor dem Anwesen herumtobten, jedenfalls nicht dort, wo der Princeps ausritt und spazieren ging. Er war auch keiner, der alles wissen wollte. Manch einer seiner Freigelassenen und Sklaven tätigte Geschäfte, die eigentlich nicht zulässig waren. Da gab es Briefe, die man dem Princeps vorlegen konnte, und solche, die hintangestellt wurden. Ein einträgliches Geschäft, bei dem die Preise in letzter Zeit höher geworden waren. Aber, ihr lieben Götter, man musste schließlich auch an die Zukunft denken, an das Alter, an die Kinder.

»Thallus? Ich sehe alles.« Halblaut sagte es Livia, mehr zu sich selbst als zum Sekretär.

»Still, Herrin!«, ermahnte er sie. Dann wandte er sich seufzend ab. Sie hatte es so gewollt.

Thallus betete leise zu den Göttern seiner kleinasiatischen Heimat, sie möchten ihn so schnell wie möglich mitsamt der Herrin wieder von diesem unseligen Ort fortführen. Er gelobte dem mächtigen Men fünf Hasen und der großen Mutter Kybele neue Pauken für ihr Heiligtum außerhalb Roms. Er schwitzte stärker als sonst bei Hitze. Was wollte sie denn so lange an dieser Stelle? Wer hatte ihr überhaupt davon erzählt, dass es den Felsspalt gab? Und, heilige Mutter Kybele, genügte es nicht zu wissen, dass Turinus sich unten in der Grotte mit Berenike vergnügte? Vielleicht brauchten sie im Tempel auch neue Zimbeln und Flöten. Vielleicht eine neue Vergoldung für die Göttin auf dem Löwengespann. Nicht einen Aureus von der Summe, die Livia ihm ausgezahlt hatte, wollte er für sich zurückbehalten. Er würde keine Kosten scheuen.

Je länger sie hier blieben, desto größer wurde die Gefahr, dass der hoffentlich schwer betrunkene Gallier unten im Boot sie doch noch ausfindig machte.

Manchmal wurden von den Jahreskonsuln oder anderen hohen Beamten neben Getreidezuteilungen und der üblichen Flasche Olivenöl auch Bordellmarken an das Volk ausgegeben, kleine beinerne Plättchen, auf denen eingeritzt war, was der Kunde erwarten durfte. Livia hatte diese *tesserae* oft genug überlegen lächelnd zur Kenntnis genommen. Was man da sah – wie Menschen es wie Hunde oder Schweine miteinander trieben –, gehörte sich nicht für eine römische Ehefrau, die nach Art der Vorfahren mit ihrem römischen Ehemann schlief. Es war Ehrensache, weder zu stöhnen noch sich unziemlich auf Hurenart zu bewegen. Die Angelegenheit fand im Dunkeln bei geschlossenen Fensterläden statt, und was die römische Ehefrau anging, so verhielt sie sich dem Anstand gebührend. Livia hatte sich zumindest in dieser Angelegenheit an Alfidias Ratschläge gehalten. Weniger übrigens bei Tiberius Nero als bei Turinus, dem die Sitten der Vorväter so wichtig waren.

Dort unten in der Grotte musste es doch kühl sein. Am Ende wurde Turinus wieder rückfällig und erkrankte erneut. Berenike hatte ihn dorthin gelockt, und nun sah Livia mit eigenen Augen, dass sie vor keinem Mittel zurückschreckte. Noch nie hatte sie es mit solcher Deutlichkeit gesehen wie heute. Nicht auszuschließen, dass die ägyptische Hexe Turinus vorher einen Liebestrank gemischt hatte.

Eigentlich war sie gekommen, um zu hören, was Berenike und Turinus miteinander besprachen. Denn es ging um die Belange der ewigen Roma, die der Princeps im Begriff war zu verraten. Aber jetzt zitterten ihr die Knie. Sie musste würgen. Ihre Hände waren eiskalt. Sie hätte wenigstens Doras mitnehmen sollen, dann wäre es leichter zu ertragen gewesen. Aber sie hatte Doras' Angebot abgelehnt, vielleicht aus Scham vor ihr.

Thallus sprach leise auf sie ein. Sie nahm nicht wahr, was er sagte.

»Geh weg«, stöhnte sie.

Sie hätte niemals den Blick in die Tiefe wagen sollen, es war ein Fehler gewesen, und Thallus hatte sie zu Recht gewarnt. Warum war es überhaupt so heiß, und warum fror sie so?

Sie kniete wieder nieder und legte diesmal das Ohr auf die Öffnung. Durch das Gewölbe wurde der Hall der Stimmen verstärkt.

»Der göttliche Julius, unser gemeinsamer Vater, hat mich überschätzt. Ich werde nicht alt werden, geschweige denn König. Monarchos, Alleinherrscher, das war es, was der göttliche Julius sein wollte. Es ist der richtige Moment, nein dazu zu sagen. Ich werde mich zurückziehen und den Staat sich selbst überlassen.«

»Turinus, dazu ist es zu spät. Du bist der Herr der östlichen und der westlichen Provinzen. Du musst so handeln wie die Herrscher vor dir. Denk an die Könige Ägyptens. Du musst endlich Kinder zeugen, Söhne mit der Tochter eines anderen mächtigen Herrschers ...«

Ganz deutlich konnte sie die Stimmen von Turinus und Berenike unterscheiden.

»Bring mich zurück, Thallus!«, befahl Livia. »Bring mich auf der Stelle zurück.«

Mit eiskalten Händen krallte sie sich an der Steineiche fest. Der Boden unter ihr bebte. Die Macchia tanzte in der gleißenden Mittagssonne. Wo war Thallus überhaupt? Er konnte doch nicht verschwunden sein? Der Hirtenstock lag zu ihren Füßen, unerreichbar für sie.

»Herrin, ich werde die Sänftenträger holen. Warte kurz auf mich.«

»Bleib bei mir, Thallus, lass mich nicht allein, mir ist übel.«

Die Herrin war nur noch ein zitterndes Bündel. Thallus half ihr, sich auf den Boden zu setzen, und reichte ihr die Wasserflasche. Schon jetzt war ihm klar, dass alles herauskommen würde, dass Turinus erfahren würde, wo er Livia hingeführt hatte, und dass er, Thallus, der Schuldige war.

Livia beugte sich vor und übergab sich.

Dieser Ausflug konnte ihn die Freiheit kosten. Thallus dachte an die Streckbank im Keller der Villa Iovis, auf der Sklaven gefoltert wurden, wenn sie gestohlen hatten und ein Geständnis erzwungen werden musste. Frei sein, dachte er sehnsüchtig. Nur der freie römische Bürger hatte einen Körper vor dem Gesetz, der nicht durch Folter angetastet werden durfte.

Livia würgte und spuckte noch immer. Gelbliche Galle kam heraus.

Er hätte es nie tun dürfen. Sein eigenes Grab hatte er sich geschaufelt, nur weil ihn der Sack mit den Aurei gelockt hatte.

ROMULUS UND REMUS

Aus dem kühlen Innenhof der Villa Iovis war das Geschrei der Spielkinder zu hören, die Bälle gegen die Mauer warfen. Turinus nahm sie überallhin mit. Er hatte sich die etwa Dreijährigen aus Syrien und Mauretanien besorgt und verbrachte seine spärliche freie Zeit am liebsten in ihrer Gesellschaft. Einige waren schon älter, sechs- oder siebenjährig. Turinus erfreute sich an ihrem kindlichen Geplauder und spielte manchmal Brettspiele mit den Älteren. Viele römische Reiche hielten sich solche Spielkinder, auch Verwachsene und Zwerge waren beliebt. Turinus aber wollte in seiner Umgebung nur hübsche, gesunde Kinder zur Unterhaltung sehen.

Turinus und Berenike lagen auf den nebeneinander gerückten Ruhebetten im Arbeitszimmer des Princeps. Turinus versuchte eine Gerichtsrede zu schreiben, war aber nicht ganz bei der Sache.

»Kannst du sicher sein, dass Livia nicht plötzlich hier im Raum steht? Sie ist schließlich deine Ehefrau.«

»Das würde sie nie tun. Sie meldet sich vorher an.«

»W-weiß sie, dass ich bei dir bin?«

Er zuckte die Achseln. »Für sie spielt das keine Rolle. Sie weiß, dass du oft bei mir bist. Glaub mir, sie ist großzügig und selbstbewusst. Niemand kann sie ersetzen, das ist ihr klar. Ich würde mich auch niemals von ihr scheiden lassen. Es wäre gar nicht möglich, so tief sind wir miteinander verbunden.«

»So wie ich mit Baile«, witzelte Berenike. »Wen auch immer ich liebe, ich werde immer zu Baile zurückkommen und ihm alles erzählen.«

»Aber er steht manchmal im Raum und schaut mich wütend an. Du hast ihm nicht beigebracht, sich vorher anzumelden.«

»Er ist mein Wächter.«

»Genau wie Livia für mich. Sie bewahrt mich davor, Unsinn zu machen. Sie macht mich darauf aufmerksam, wenn ich ungerecht bin.«

»Nicht sehr ermutigend für die Frau, mit der du gerade im Bett liegst.«

Berenikes Herz schlug schnell, laut und heftig. Waren seine Worte aufrichtig? Dieser Mann war der größte Schauspieler, dem sie je begegnet war. Selbst in den intimsten Momenten wusste man nicht, was er dachte und was er wollte. Kannte Agrippa ihn besser? War er wirklich ehrlich im Gespräch mit Julia? Vertraute er sich Octavia an?

Turinus ging nicht auf ihre Worte ein. Er wirkte nachdenklich. »Ich war nie richtig gesund seit meiner Leberkrankheit, damals in Hispania. Trinke ich einen Becher Wein, wird mir unweigerlich übel, ich vertrage keinen Hammelbraten. Sogar kaltes Wasser bekommt mir nicht. Kurzum, mein Entschluss steht fest. Ich werde hier auf Capri bleiben.«

Er legte sich auf den Rücken und schloss die Augen. Sein nackter Körper war übersät mit kleinen und größeren Muttermalen.

»Ich darf nicht damit beginnen, ein Monarch zu sein, einer der allein herrscht. Rom soll wieder sein, was es in seinen glücklichsten Zeiten war, eine Res publica, von den besten Familien im Rahmen des Senats verwaltet. Noch ist es nicht zu spät. Ich war der Princeps, ausgestattet mit weitgehenden Vollmachten durch den Senat und das römische Volk, aber auch nicht mehr.«

»Wenn du die Vollmachten zurückgibst und der Senat und das römische Volk deinen Willen akzeptieren, was ich nicht glaube, dann, versichere ich dir, dann ...«

»Was willst du mir versichern?«

»Es wird sich nichts ändern. Rom wird nie mehr die altehrwürdige Res publica sein. Agrippa wird der nächste Monarch sein. Er wartet nur darauf, dass du verschwindest.«

»Agrippa ist mein ältester Freund. Als ich sterbenskrank war und dem Tod ins Auge sah, habe ich ihm meinen Siegelring überreicht. Ihm, nicht Marcellus. Es gibt keinen Menschen auf dieser Erde, dem ich mehr vertraue als Marcus Vipsanius Agrippa. Mit fünfzehn haben wir uns kennen gelernt. Damals haben wir wie die Thraker Blutsbrüderschaft miteinander geschlossen. Er war ein barfüßiger Junge vom Land, ohne Beziehungen, ohne Geld. Soldat war er geworden, weil das für ihn die einzige Karrieremöglichkeit war. Durch Tapferkeit und Umsicht war er aufgefallen und hatte ein Stipendium erhalten. Alles, was ich politisch erreicht habe, verdanke ich nach dem göttlichen Julius ihm.«

Berenike hatte von Baile gehört, dass zwischen Agrippa und Turinus jahrelang mehr gewesen war als nur Freundschaft. Sie hatten sich gegenseitig zärtlich »Achilles« und »Patroklos« genannt, sich aus Homers »Ilias« vorgelesen und sich heiß und innig geliebt. Livia war immer eifersüchtig auf Agrippa gewesen, ohne dass sie die Beziehung der beiden hätte beeinflussen können.

»Vergiss nicht Livia Drusilla«, sagte Berenike.

»Auch sie hat viel für mich getan. Mehr als die Menschen außerhalb meines Hauses erkennen können. Während all meiner Erkrankungen hat sie mich gepflegt und nachts an meinem Bett gesessen. Ja, ich werde ihr immer dankbar sein. Sie ist mit mir gegangen und hat Tiberius Nero verlassen, ihren Mann, von dem sie bereits einen vierjährigen Sohn hatte. Es hat sie viele Tränen gekostet, aber sie hat es getan, obwohl sie schwanger war ...«

Jedes Wort tat weh.

»Mit Drusus, dem Sohn, den du im Ehebruch gezeugt hast.«

»Drusus ist nicht mein leiblicher Sohn. Er wurde von Tiberius Nero gezeugt. Livia hat es vor den Göttern und mir geschworen.«

»Warum ist sie so sicher? Ihr kanntet euch damals schon. Ganz bestimmt habt ihr auch miteinander geschlafen.«

»Nein«, sagte er, »sie war mit ihrem Ehemann noch in Hispania, als er gezeugt wurde. Es gibt keinen Zweifel an der Vaterschaft. Weder für mich noch für sie. Nur das Volk von Rom ist überzeugt davon, dass Drusus ein Kind von julischem Blut ist.«

»Er sieht dir ähnlich, egal, was du behauptest.«

»Er hat das Gesicht der Claudier, eindeutig«, wehrte Turinus ab. »Livia und ihr erster Mann stammen beide aus der claudischen Familie. Du glaubst nicht, wie verliebt ich damals in sie war, als sie unerreichbar schien. Wie eine Göttin ist sie mir vorgekommen. Keine Frau außer ihr interessierte mich. Und heute – heute ist sie wie eine Mutter für mich. Du bist mein dritter Sohn, sagt sie manchmal im Scherz zu mir. Obwohl sie so viel für mich war und immer sein wird ...« Er zögerte einen Moment und kam dann wieder auf Agrippa zurück, so als wolle er auf ein harmloseres Thema ausweichen. »Sag mir deine ehrliche Meinung. Was sollte ich mit Agrippa machen?«

»Bring ihn um!«

»Meinen Remus! Wir sind Romulus und Remus. Nie würde ich die Hand gegen meinen Bruder erheben. Allein der Gedanke ist Frevel. Ihr Ptolemäer seid ein blutrünstiges Geschlecht. Weißt du, dass Rom immer Zwillinge verlangt hat? Das höchste politische Amt, das des Konsuls, war immer doppelt besetzt. Zwei Konsuln standen an der Spitze der Stadt. Agrippa hat alles für Rom und mich getan. Die Römer lieben ihn für die neuen Kloaken und die Wasserleitungen, die Thermen, die er in der Stadt errichtet hat. Alles auf eigene Kosten und ohne persönlichen Nutzen daraus zu ziehen. Kennst du die Münzen der gallischen Stadt Nemausus? Die Vorderseite zeigt uns beide im Doppelporträt, die Rückseite das an eine Palme gefesselte Krokodil. Ich möchte keinen Tag länger leben als mein Agrippa. Was wäre das Leben ohne ihn? Ich habe keinen besseren Freund, nicht einmal Maecenas reicht an ihn heran.«

Berenike kannte die Kupferasse der Stadt Nemausus nur zu gut. Das gefesselte Krokodil bedeutete das unterworfene Ägypten. Romulus und Remus – Turinus' Worte. Kannte er die Sage etwa nicht?

»Aber Romulus hat Remus getötet. Hinterher hat es ihm Leid getan, aber es war Politik. Es ist mein voller Ernst. Bring ihn um! Agrippa ist nicht selbstlos. Vielleicht plant er schon längst, dich aus dem Weg zu räumen. Er ist ein großer Feldherr, der sich der Soldaten sicher sein kann. Darüber hinaus hat er in wenigen Jahren das Volk in der Hauptstadt für sich gewonnen. Deine Römer lieben ihn mehr als dich. Er hat sich eingeschmeichelt mit seinem Reichtum und seinen prächtigen Bauten. Nimm dich in Acht vor ihm, lass ihn vergiften! Frag Musa, wie du es am besten anstellst. Welche von den Giftmischerinnen zuverlässig genug ist.«

Eins von den Spielkindern schrie gellend auf.

Er stand kurz auf und sah zum Fenster hinaus. »Sophonisbe, nicht so laut. Caesar arbeitet. Sie regt sich immer so auf, wenn jemand ihr das Spielzeug wegnimmt. Geht es dir gut, Mastabas?«

»Komm raus zu uns, spielen«, krähte Mastabas.

»Caesar muss arbeiten. Wenn er fertig ist, kommt er.«

Lächelnd setzte er sich wieder zu Berenike. »Nie im Leben«, sagte er. »Ich kann es nicht einmal denken. Er ist mein treuester Freund. Er hat nie an Verrat gedacht. Er hat mir immer beigestanden. Er hat den jungen Pompeius bei Naulochos besiegt und dafür die Schiffskrone erhalten. Er – und nicht ich – hat die weit überlegene ägyptische Kriegsflotte bei Actium geschlagen und dafür das blaue Vexillum erlangt. Ich kann diesem Mann nur dankbar sein. Nie hat er versucht, mächtiger zu sein als ich. Dabei ist er der bessere Feldherr. Er ist mutiger als ich, stärker und härter. In den ersten Jahren meines politischen Aufstiegs sprach nicht viel dafür, dass ich jemals Princeps würde. Kennst du eigentlich die Geschichte, wie wir in Apollonia den Astrologen befragt haben?«

Er zog sie näher zu sich und berichtete ihr davon, wie Agrippa und er in einer sternklaren kühlen Winternacht den Beobachtungsturm des Sterndeuters Theogenes bestiegen hatten. Agrippa gelassen und selbstsicher, er, Gaius Octavius Turinus, mit vor Aufregung zitternden Händen und leichten Magenschmerzen. Sein Onkel, der große Caesar, lebte zu dieser Zeit noch.

»Er erwartete so viel von mir, und ich wusste, ich würde nie so sein wie er. Ich vertrug keine Sonne. Ohne Hut konnte ich tagsüber nicht das Haus verlassen. Wenn ich zu lange auf dem Sportplatz war, wurde ich ohnmächtig. Ich hatte nicht das Zeug zum Soldaten. Am meisten fürchtete ich, Theogenes könne meinen frühen Tod vorhersehen. Es war klar, er würde mir das nicht direkt ins Gesicht sagen, allenfalls als Andeutung erkennen lassen, dass es um mich nicht zum Besten bestellt ist.«

Der syrische oder persische Astrologe, ein alter Mann mit ehrfurchtgebietendem langem weißem Bart und runzliger Glatze, bat sie beide nach der Begrüßung, ihm den Tag, die Stunde und den Ort ihrer Geburt zu nennen. Sein mit Silberfäden durchwirktes dunkelgraues Gewand verlieh ihm zusätzlichen Respekt.

»Ich war eingeschüchtert. ›Du zuerst‹, sagte ich zu Agrippa. Ohne zu zögern, erteilte er dem Alten die gewünschten Auskünfte. Als Theogenes nun dem Agrippa große und fast unglaubliche Dinge weissagte, verschwieg ich meine Geburtsstunde. Ich wollte sie nicht preisgeben aus Furcht und Scham, dass die meinige für weniger bedeutungsvoll gehalten würde. Nach langem Zureden gab ich sie ungern und zögernd an. Da sprang Theogenes auf und fiel vor mir auf die Knie.«

»Hat er das erklärt?«

»Nein. Es sprach für sich. Seitdem hatte ich wieder Vertrauen in mein Schicksal. Es gab weitere günstige Vorzeichen. In meinem ersten Konsulat zeigten sich mir bei der Beobachtung des Vogelflugs zwölf Geier wie vor langer Zeit dem Romulus. Beim Opfer erschien die Leber bei allen Opfertieren von der unteren Seite her eingeschlagen, was Glück und große Erfolge bedeutet.«

»Er hat noch etwas gesagt. Was war es?«

Er lächelte verlegen. »Ich erinnere mich nicht mehr genau. Quäl mich nicht, Berenike, es ist so lange her.«

»Du kannst Agrippa nicht in der Ecke des Imperiums stehen lassen und abwarten, was geschieht. Wenn er dir so viel bedeutet, verheirate ihn mit Julia. Mach ihn zu deinem Schwiegersohn. Lass die beiden julische Kinder bekommen. Livia wird dir keine mehr gebären.«

»Merkwürdig«, sagte er und küsste sie. »Diesen Gedanken hatte ich auch schon. Die beiden könnten Kinder haben. Söhne.«

»Warum nicht?«

»Ja. Wenigstens einen. Ich würde ihn adoptieren. Es wäre so wichtig für Rom. Vielleicht würde ein neuer Bürgerkrieg verhindert. Du weißt doch, ich bin nicht sehr gesund.«

Die alte Hypochondrie. Jetzt fing er wieder damit an, sein Ende stehe unmittelbar bevor.

Wahr daran war, dass er die besten Ärzte der Welt hatte, die aus Alexandria. Wahr war auch, dass er bisher jede Krankheit gesund überstanden hatte. Es war eine Unverschämtheit, vor ihr von seinen erträumten Söhnen zu sprechen, die Julia mit Agrippa zeugen sollte. Doch gut so. Gut, dass wir so hart miteinander reden, dachte sie. Ich werde gleich von Psen anfangen, und er wird mich verstehen. Sei du mit deiner Livia glücklich, und lass mich mit Psen und Baile nach Ägypten segeln.

»Nein«, sagte er. »Wie kannst du das von mir verlangen? Psen gehört zu deiner ägyptischen Vergangenheit. Wir sind hier in Italien, und du bist eine andere geworden.«

»Ich werde immer Berenike sein und immer die Oberpriesterin der Göttin Sachmet.«

»Habe ich dich je daran gehindert? Wer hat die heiligen und erhabenen Katzen für dich hierher kommen lassen? Du durftest sogar dein Priesteramt ausüben, in einem gewissen Umfang, außerhalb der Stadtgrenzen. Verlang nichts Unmögliches von mir. Ich bin der römische Princeps.«

»Ich danke dir dafür, Turinus Augustus«, murmelte sie. »Aber so wie du mit Livia verbunden bist, fühle ich mich Psen und Memphis verbunden. Lass mich wieder Ägypterin sein.«

Sie war erleichtert, auf ihr altes Anliegen zurückgekommen zu sein. Er würde Caesar Augustus und Princeps der Römer bleiben, Livias untreuer, aber beständiger Gatte, und sie würde endlich nach langer Zeit in ihre Heimat zurückkehren. Es war das Beste.

»Hör auf mit den alten Geschichten! Das ist vorbei.«

»Was für ein Leben habe ich denn? Ich bin eine deiner Konkubinen. Heimlich darf ich mich zu dir schleichen, wenn du dazu aufgelegt bist. Jeder weiß, dass du außer mir noch einige andere Frauen kommen lässt.« Sie hoffte, er werde widersprechen, doch er lachte nur verlegen. Berenikes Blick schweifte durch den Raum auf der Suche nach einem Gegenstand, den sie ihm um die Ohren werfen könnte. Sie griff nach einem silbernen Kandelaber.

Er prustete laut los.

»Theogenes hat zum Schluss gesagt: ›Nimm dich vor den Königinnen des Ostens in Acht. Insbesondere vor der jüngeren. Du wirst dich in sie verlieben und für sie dein Königreich vergessen.‹«

Berenike setzte den Kandelaber auf den Tisch zurück. »Er

kannte dich nicht, sonst hätte er nicht solchen Unsinn verkündet.«

»Du kennst mich nicht, sonst würdest du meine Worte ernst nehmen. Ich bin kein Lügner. Ich werde die Leitung der Res publica niederlegen.«

»Gut. Nachher besiegeln wir es, so wie man es macht, mit einem Opfer an die Götter, und schreiben es auf einer Rolle nieder und versiegeln sie.«

Es ging nicht darum, dass er das Prinzipat niederlegte, er sollte endlich Livia verlassen. Zugleich begriff sie, dass Rom, Livia und Caesar Augustus eine untrennbare Einheit bildeten, eine heilige Dreifaltigkeit wie einige ägyptische Götter.

Sie sah ihn an und wusste, dass sie noch tausend Mal mit ihm schlafen könnte, ohne ihn wirklich für sich zu gewinnen. Rom, Livia, Caesar Augustus. In diesem Augenblick verspürte sie keine Lust mehr, mit Psen nach Ägypten zu gehen. Sie wollte nur noch Turinus. Sie wollte, dass er ganz ihr gehörte, und wusste zugleich, dass er sich schon wieder von ihr entfernt hatte.

»Was hast du da?«, fragte er lächelnd. »In diesem goldenen Amulett? Eine Haarlocke von Psen wahrscheinlich. Oder von Labienus?«

Sie lief dunkelrot an.

Er versuchte, die Kapsel in die Hand zu bekommen. Sie wehrte sich.

»Wir werfen sie gemeinsam ins Meer«, schlug sie vor.

Der kleine Mastabas stand bei ihnen, als Berenike die Kapsel in hohem Bogen den Felsen hinabschleuderte.

»Vergiss sie beide«, sagte Turinus und küsste sie.

»Vergiss Livia«, antwortete sie.

Sie fühlte sich besser, nachdem das Gift vernichtet war und niemandem mehr schaden konnte. Sie sprach ihn nicht darauf an, dass er seine Ämter vor dem Senat niederlegen wollte. Er würde es nicht tun. Es war eine Laune, mehr nicht, und auch er erwähnte es nicht mehr. Rom und Turinus, sie waren untrennbar miteinander verschmolzen wie das Aurichalcum der Dupondiusmünzen aus Kupfer und Zink. Als Turinus sich wieder seinen Bittschriften und Gesetzesvorlagen zugewandt hatte, war sie sich sicher: Sie hatte nicht das Recht, die Dreieinigkeit auseinander zu treiben, der Livia für immer angehörte.

Berenike verließ die Insel am folgenden Tag und reiste, nur von Baile und Merit begleitet, mit dem Maultierwagen in der Nacht gen Rom. Die Rückreise dauerte etwas länger, da sie noch einen Abstecher zum Tempel der Sachmet machte, um die heiligen Katzen zu begrüßen. Unter der Obhut Miuteps hatten sie sich vermehrt und waren in gutem Zustand, wie Berenike zufrieden feststellte. Miutep dagegen war noch magerer als früher. Er stellte Berenike einige Jungkatzen vor und erzählte ihr sorgenvoll von einer Krankheit, an der einige der jüngsten gestorben seien. Ramses fielen in letzter Zeit Haare in Büscheln aus, und Berenike schlug vor, seiner Nahrung mehr Fisch zuzusetzen. Nefertari hatte einen Brief geschickt mit einigen Säckchen Krokodilkot und anderen ägyptischen Zutaten für Medikamente und Salben.

»Psen war da und hat gefragt, wann du zurückkommst.«

Berenike fühlte sich schuldig. Was sollte sie ihm antworten?

MEA OCTAVIA

Der Imperator Caesar Augustus grüßt seine Octavia.

Verzeih die Hast, mit der ich dir diese Nachrichten eigenhändig schreibe. Mit dem gleichen Boten erhalten auch Seius von der Praeto-

rianerwache und mein Sekretär Dion genaue Anweisungen aus meiner Hand.

Da sich das Unglück unseres Hauses schneller verbreitet, als Boten reisen können, eine alte Erfahrung, ist es möglich, dass du beim Lesen meines Briefes bereits aktuellere Nachrichten kennst über das, was sich auf Capri zugetragen hat.

Mein kleiner Mastabas wurde vor wenigen Stunden tot aufgefunden. Er hatte eine goldene Kapsel, die Berenike gehörte, gesucht und gefunden, sie dann, wie Kinder sind, in den Mund genommen und geöffnet. Sein Tod muss schnell eingetreten sein, man fand ihn unten am Fuß der Felsentreppe am Meer.

Offenbar wurde auf meine Livia ein Giftanschlag vorbereitet und ausgeführt, denn fast gleichzeitig mit dem Tod des Mastabas fiel ihr praegustator *um, als er eine warme Suppe vorkostete. Der Arzt sagt, er sei nicht mehr zu retten. Livia liegt schon seit drei Tagen mit Schüttelfrost und Gliederschmerzen im Bett, und auch ihr Zustand ist bedenklich. Ich bete zu den Göttern, dass sie sie retten mögen.*

Die Befragung der Küchensklaven auf der Streckbank ergab, dass sie aus Berenikes Hand eine goldene Kapsel – sie war noch vorhanden – erhalten hatten, die mit Gift gefüllt war. Der Unterkoch war übrigens geflohen und konnte noch nicht ergriffen werden.

Auch Berenike hat die Insel vor zwei Tagen mit ihrem Leibwächter und Merit verlassen.

Ich brauche dir nicht zu erklären, wie nahe mir Berenike gestanden hat. Wenn ich an ihre schändliche, feige Tat denke, kann ich nur weinen. Es wäre gewiss ein Leichtes, sie in Haft zu nehmen und foltern zu lassen und einem ordentlichen Gerichtsverfahren zu unterstellen. Damit wäre der Würde unseres Hauses allerdings nicht gedient. Da der Tatbestand nicht zu leugnen ist, zwei Goldkapseln mit eindeutigen Giftresten vorhanden sind und die Zeugen zuverlässig aussagen, die zweite Kapsel aus Berenikes Hand erhalten zu haben, bestehen keine Zweifel an ihrer Täterschaft. Niemanden schmerzt dies mehr als mich.

Ich habe deshalb beschlossen, sie mitsamt ihrer Dienerschaft ins Innere von Gallien zu verbannen, also so weit fort von Rom, dass sie meiner Livia nie wieder wird schaden können. Baile, Merit und, wenn er will, auch Chatto, mögen sie in ihr Exil begleiten. Dion wird die finanziellen Dinge regeln. Ich verfüge dies bereits jetzt, weil ich nicht weiß, was mit meiner Livia geschehen wird. Auch im Falle ihres Todes möchte ich Berenike nicht hinrichten lassen. Was immer auch die grausame Glücksgöttin beschließt, Berenike wird schon auf dem Weg nach Gallien sein. Seius soll sie mit einer Wache zum Schiff nach Massilia geleiten. Ich glaube, dass meine Entscheidung eine milde ist und nicht die eines Tyrannos.

Was nun deine Enkelin, die kleine Marcellina, angeht, so muss ich darauf bestehen, dass sie Berenike nicht begleitet und auch keinen Kontakt mehr zu ihr hält, weder in Form von Briefen, noch soll man ihr Hoffnung machen, ihre Mutter besuchen zu dürfen. Es ist unsere Pflicht, die Kleine vor Schaden durch eine intrigante und herrschsüchtige Mutter zu bewahren.

Die gesamte Angelegenheit sollte mit Diskretion behandelt werden, allerdings weiß ich nicht, wie weit sie sich schon auf der Insel herumgesprochen hat. Gerüchte lassen sich in der Regel nicht aufhalten.

In Kürze wirst du mehr erfahren. Bete für uns zu den Göttern, und lebe wohl.

DER ABSCHIED

Berenike lehnte sich zurück und lächelte Merit an, die sich freute, Chatto wiederzusehen. Sie wiederum freute sich auf Marcellina. Bei Isis, was sollte sie nur Psen sagen, wenn sie ihm begegnete?

»Was gibt's, Seius Strabo?«, fragte Baile den Anführer des Trupps von Praetorianersoldaten, der ihnen mit gezücktem Schwert entgegenkam. Der Sklave auf dem Kutschbock hielt die Maultiere an.

Berenike beugte sich aus dem Wagen, um Seius zu begrüßen und nach Cosconia und den Kindern zu fragen. Cosconia Gallitta war, nachdem der kleine Seius ins Haus gekommen war, noch zweimal Mutter geworden. Der Bann war gebrochen, und die Dankbarkeit der glücklichen Eltern gegenüber Berenike und Antonius Musa kannte keine Grenzen. Zwei Brüder hatte der Junge inzwischen, einen Seius Tubero, den Namen des anderen hatte Berenike vergessen.

Sie begriff sofort, dass eine Katastrophe geschehen war. Allein die Tatsache, dass er mit gezogenem Schwert vor ihnen stand, war bedenklich. Man sah Seius Strabo den Zwiespalt an, in dem er sich befand.

»Ich muss euch mit meinen Soldaten begleiten«, erklärte er, ohne die üblichen Höflichkeiten auszutauschen.

»Was ist passiert?«, fragte Berenike.

Seius' Gesicht mit den buschigen schwarzen Augenbrauen blieb undurchdringlich.

»Livia ist sehr krank. Wir müssen jetzt sofort zum Hafen. Es tut mir Leid, aber ich muss euch zum Schiff nach Massilia bringen.«

»Wer hat den Befehl erteilt?« Baile war aus dem Wagen gestiegen. Seine Stimme klang so gepresst, wie Berenike es noch nie erlebt hatte.

»Caesar Augustus. Ich darf ihn dir nicht zeigen.«

»Was hat das alles mit Livias Krankheit zu tun?«, wollte Berenike wissen.

»Jemand hat versucht, sie zu vergiften«, sagte Seius mit unbewegtem Gesicht. »Du weißt, in einem solchen Fall wird gefoltert. Die Sklaven haben gesagt, dass du ihnen ein Gift ausgehändigt hast.«

Bailes Gesicht erstarrte. Merit umklammerte die Hand ihrer Herrin.

»Und das glaubst du, Seius?«

»Berenike, es spielt keine Rolle, was ich glaube. Ich muss den Auftrag ausführen.«

»Dann müssen wir sofort zu Octavia nach Carinae.«

»Berenike, der Auftrag sieht keinen Umweg nach Carinae vor.«

»Dann tu es trotzdem.« Berenike war sich nicht sicher, ob er den Mut dazu haben würde. Baile war wieder eingestiegen.

»Dalta, wenn die Dinge so sind, ist es nicht das Schlechteste, verbannt zu werden«, murmelte er.

Doch dann gab Seius seinen Männern und dem Maultiersklaven ein Zeichen, und sie setzten inmitten der berittenen Soldaten ihren Weg nach Carinae fort. Berenike schöpfte wieder Hoffnung.

Was auch immer die gefolterten Sklaven behauptet hatten, es ging jetzt darum, Octavia von ihrer Unschuld zu überzeugen. Octavia mit ihrem Status der Sacrosanctitas konnte sie in ihrem Haus schützen, und alles würde sich aufklären.

Berenike atmete erleichtert auf. Octavia konnte sogar ein Gespräch zwischen ihr und Turinus vermitteln. Und wenn sie Turinus alles erklärte, wäre die Sache ausgestanden.

»Ich weiß nicht, ob es gut ist, nach Carinae zu gehen«, murmelte Baile.

»Ich war es nicht!«, schrie Berenike. »Für wen hältst du mich!«

»Egal, wer es war«, keuchte er, »es kann uns das Leben kosten. Bei Belenus und Brigid, warum hast du das getan?«

»Bei den Gottheiten meiner Eltern, ich habe nichts damit zu tun ...«

Er packte ihr Gewand und zog ihr Gesicht nahe an seins.

»Dann war es Julia.« Er hatte es ausgesprochen. »Was auch immer sie tut, getan hat und noch tun wird – man wird sie niemals anklagen. Jedes Mal wird man sich andere Schuldige suchen.«

Berenike war unfähig zu einer Antwort.

»Vergiss die Götter«, sagte Baile, »sie helfen uns jetzt nicht.«

»Verdammte Katze!«, fluchte Pyramus und gab Semsa einen Tritt. »Überall scheißt sie hin. Es wird Zeit, dass sie von hier verschwindet.«

Er stand im Atrium des Hauses in Carinae, um sie zu begrüßen. Sein Gesicht war tiefernst. Berenikes Reisetruhe und zwei Körbe mit Lebensmitteln standen neben der Tür.

Octavia war für sie nicht zu sprechen, wie Berenike schnell begriff.

»Ihr könnt nicht lange bleiben«, sagte Pyramus mit der geschäftsmäßigen Stimme, mit der er sonst zu fremden Bittstellern sprach.

»W-wo ist Octavia?«

»Sie ist auf dem Weg nach Capri zu ihrem Bruder. Livia geht es sehr schlecht. Der kleine Mastabas ist gestorben.«

Baile wurde noch blasser.

»Caesar Augustus hat ein Schreiben geschickt. Es ist an Baile und dich gerichtet. Ihr müsst sofort nach Gallien aufbrechen.«

»Ich muss mit Octavia sprechen.«

»Die Herrin will dich nicht sprechen.«

»W-warum nicht?«

Niemand sah Berenike an, niemand begrüßte sie. Nur die Katzen strichen zärtlichkeitsbedürftig und hungrig um sie herum.

»W-wo ist Julia? Ich muss mit Jullus Antonius sprechen.«

Pyramus verschränkte die Arme auf dem Rücken und schaute in die Luft, als hätte er sie nicht gehört.

»Ich muss Marcellina sehen. Sie kommt mit mir.«

»Marcellina ist nicht im Haus. Sie ist bei Octavia. Sie darf nicht mit dir gehen, auf keinen Fall. Caesar Augustus hat es verboten.«

Das leichte Zögern in seiner Stimme zeigte ihr, dass er log.

Berenike trat zum Fuß der Treppe und schrie hinauf: »Marcellina! Komm sofort zu deiner Mutter!«

Eine Tür schlug, Jittas zornige Stimme zeterte los. Zwischen den gedrechselten Holzstäben des Aufgangs zum ersten Stock des Hauses erschien ein verängstigtes Kindergesicht.

»Hör mir zu, Marcellina!« Berenike bemühte sich um Fassung. »Deine Mama muss noch einmal verreisen, aber sie kommt wieder.«

»Du bist immer so lange weg.« Marcellina trug ein rotes Band in den schwarzen Locken. Mit ihrer tönernen Puppe, die nur noch ein Bein hatte, stand sie auf der obersten Stufe und wagte sich nicht hinunter.

»Mama kommt wieder«, schrie Berenike zu ihr hoch. »Glaub nicht alles, was Jitta dir erzählt.«

»Hör zu, Baile«, sagte Pyramus. »Du wirst nicht gefoltert. Caesar Augustus hat es so bestimmt. Schreib ihm einen Brief, und bedanke dich für seine Gnade. Auch Tiberius musst du danken. Er hat sich für dich eingesetzt.«

»Der gute Tiberius«, murmelte Baile. »Niemand wird mit uns sprechen«, sagte er dann zu Berenike. »Dalta, wir sind verbannt.«

Während sie mit den Tränen kämpfte, trat plötzlich Pyramus auf sie zu. Er vergewisserte sich verlegen, ob sie nicht beobachtet wurden. »Hier, Berenike, ich habe es für dich bei den Gebrüdern Sosius holen lassen. Sie sind schon mit Zedernöl behandelt.«

Berenike nahm den Kasten aus Zypressenholz entgegen und begriff nicht, was er enthielt.

»Ich habe deine Katzen immer gehasst«, sagte Pyramus, »aber dass du Rom verlässt, bedaure ich. Ich werde nicht vergessen, dass du meine Magenschmerzen geheilt hast. Viele werden dich vermissen, glaub es einem schlichten Freigelassenen.«

»Was ist das, in dem Kasten?«

»Schriften des Cicero, die liest man heute nicht mehr. Sie sind aus der Mode. Aber ich dachte, du solltest sie haben.« Er zog sich zurück, ohne ihr die Hand zu reichen.

Berenike legte den Kopf an Bailes Brust und schluchzte los.

»W-warum, Baile, w-warum? Du weißt, dass ich es nicht war.«

Baile fluchte in seiner Sprache vor sich hin.

»Es gibt Senatoren, die miteinander darüber sprechen, dass der Augustus nur noch mit Kleopatras Tochter schläft. Kleopatras Tochter berät ihn, ehe er in den Senat geht, heißt es. Wofür haben wir bei Actium über Ägypten gesiegt? Unser Princeps trägt unter seiner Tunika ein Katzenamulett. Es konnte nicht gut gehen, ich wusste es längst.«

Berenike griff unwillkürlich nach dem Lapislazuli-Falken an ihrem Hals. Sie musste Psen eine Nachricht schicken. Sie stand da und zitterte am ganzen Körper. Baile war in sein Zimmer verschwunden, wo er seine Sachen für die Reise zusammenraffte, und sie begriff, dass sie ihre Reisetruhe nicht auspacken, sondern nur verladen konnte. Sie sah um sich. Der Innenhof war verlassen. Niemand kam, um sie zu bedienen oder ihr die Füße zu waschen. Sie wusste plötzlich, dass sie beide verloren hatte: Turinus und Rom.

»*Odi et amo*«, flüsterte sie.

III. DAS WILDE GALLIEN

MASSILIA

Berenike starrte hinaus auf das aufgewühlte Meer, über das der Herbstwind peitschte. Klatschend schlugen die Wellen gegen die Hafenmole. Baile und sie hatten das Schiff verlassen. Es war gut, wieder festen Boden unter den Füßen zu spüren. Berenikes Übelkeit ließ sofort nach. Und doch, hier war das Ende der bewohnbaren Welt. Warum hatte Turinus ihr das angetan? Warum hatte er nicht sie persönlich gefragt, was es mit der Kapsel auf sich hatte? Es war niederschmetternd, dass er sie für eine Giftmörderin hielt. Dabei wusste er doch, dass im Gegenteil sie das Opfer eines Giftanschlags von Livia geworden war, damals in Tarraco.

Von einem auf den anderen Tag war sie zu einer Verbannten geworden, zu einer Frau, die Italien nicht mehr betreten und nicht mehr frei über ihren Aufenthalt entscheiden durfte.

Sie war verurteilt worden, ohne Anklage, ohne Prozess, ohne die Möglichkeit, sich zu verteidigen. Es war der reine Willkürakt eines Tyrannen, der sich nicht an die geschriebenen Gesetze hielt. Allerdings fiel sie als Nichtrömerin auch nicht unter die römische Gesetzgebung. Sie war Ägypterin und somit Barbarin. Berenike seufzte. Sie hatte sich immer gleichberechtigt mit ihren römischen Verwandten gefühlt, dabei war das ein Trugschluss gewesen.

»Ich habe Octavia einen langen Brief geschrieben. Wahrscheinlich hat sie ihn noch nicht erhalten. Wenn sie erfährt, dass ich hier bin, wird sie mich zurückholen. Turinus tut alles, was sie ihm rät.«

Baile ging nicht darauf ein. »Still, Entchen«, sagte er. »Gallien ist ein schönes Land. Es wird dir bei uns gefallen.« Und schon begann er wieder mit seinen weitschweifigen Ausführungen über Land und Leute. Wenn er doch begreifen würde, wie gleichgültig ihr das alles war. Sie hatte nicht vor, hier zu bleiben. Für eine kurze Zeit mochte es interessant sein, dieses weite Land kennen zu lernen, das ihr Vater für Rom erobert hatte. Nur deshalb hörte sie Baile überhaupt noch zu.

Den Rhodanus aufwärts lag die Gallia Comata, die jüngst erworbene Provinz Roms, in der die Städte noch Baustellen waren und die Straßen unfertig. Das Land der kriegerischen Gallier, die ihr Vater mit Feuer und Schwert befriedet hatte.

Baile und Berenike ließen sich in einer verräucherten Hafenkneipe zum Abendessen nieder. Baile verzehrte Thunfisch mit Gemüse, während Berenike sich für einen heißen Linsenbrei entschieden hatte. Dazu tranken sie *kurmi,* das helle Bier aus Gallien. Im Geschmack erinnerte es Berenike an das rote Bier der Sachmet. Um sie herum saßen Gallier mit gekalktem, steifem Haar in karierten Tweedmänteln. Auch gallische Frauen waren zu sehen. Sie trugen klingelnden Goldschmuck um den Hals, Armbänder aus dunkelblauem Glas und waren viel größer als sie oder ihre römischen Freundinnen. Berenike überlegte, welches Färbemittel die Frauen benutzten. Denn so schön es war, blond zu sein, manch einer Frau fielen die Haare nach rabiaten Färbeversuchen aus.

Massilia mit seinen Badeanlagen, einer Bibliothek und seinen Menschen, die ein gepflegtes Griechisch oder ein korrektes Latein sprachen, war in Berenikes Augen einer der letzten Posten der zivilisierten Welt, mit einem Klima, in dem das Leben sich lohnte. Eigentlich war es eine griechische Stadt, von

Griechen vor Jahrhunderten als Handelsniederlassung am Rande Galliens gegründet und besiedelt. Manch vornehmer Römer zog es vor, an den Lehranstalten dieser windgeschützten Bucht zu studieren statt im staubigen Athen. Hierhin kamen auch die Söhne gallischer Stammesfürsten, um das griechische Alphabet und mehr zu erlernen. Die Gelehrten in den Säulenhallen genossen einen ausgezeichneten Ruf, die fetten Fische waren berühmt für ihren Wohlgeschmack und die Frauen fast so elegant wie in Rom oder Athen. Bei Massilia kreuzten sich verschiedene Handelswege. Seit jeher war sie Hafenstadt, Verladestation für die Waren ins Landesinnere und das Salz aus dem Norden Galliens, das über den Rhodanus auf Schiffen in den Süden transportiert wurde.

Berenikes Blick fiel auf die Zwillingstempel hoch oben auf der Akropolis. »Welche Götter werden hier verehrt, Baile? Gallische oder griechische?«

»Ich sagte dir doch, die Stadt ist griechisch. Sie war immer unabhängig von den Stämmen ringsum. Der Kult ist der des Apollo und seiner Schwester Artemis. Beide haben einen eigenen Tempel.«

Über Berenikes Gesicht flog ein Schatten. Apollo und Artemis, die göttlichen Geschwister. Turinus und Octavia. »Gehen wir«, murmelte sie.

Das Haus der Freunde Octavias, in dem sie Station machen sollten, lag am Stadtrand. Einige herrenlose Hunde streunten umher und stöberten in den Ecken nach Nahrung. Berenike warf ihnen Brot und Käse zu. Dankbar wedelten sie mit den Schwänzen und ließen sich von ihr streicheln. Einer war ein schlanker Jagdhund mit klugen dunklen Augen. Berenike drückte ihr Gesicht in sein Fell.

»Sei vorsichtig«, warnte Baile. »Sie können tollwütig sein.«

»Den Hunden geht es wie mir«, murmelte sie. »Götter und

Menschen haben sie verlassen. Warum liegen so viele Trümmer herum? War hier ein Krieg? Warum ist so viel zerstört?«

Baile erklärte, dass sie vor den Ruinen der Stadtmauer ständen. Die Stadt habe im Bürgerkrieg zu Pompeius gehalten. Caesar habe sie nach langer Belagerung erobert.

»Zerstören geht in wenigen Tagen, aber um eine Stadt wieder aufzubauen, braucht man Jahre und sehr viel Geld«, sagte Baile melancholisch. »Wir werden uns hier nur kurz aufhalten. Hier beginnt unsere Reise erst wirklich«, fügte er hinzu. »Wir werden mit dem Ochsenwagen bis ins Land der Bituriger ziehen und dann mit Pferden und Maultieren durch ein Waldgebiet zum Tempel der Brigid reisen.«

Berenike drückte ihr Gesicht in Semsas Fell und hielt die Tränen nicht länger zurück. Merit hatte sich entschieden, in Rom zurückzubleiben – ein weiterer Schmerz für Berenike. Auch Chatto wollte unbedingt in der Ewigen Stadt bei Caesar Augustus' Truppen bleiben. Immerhin hatte Merit gelobt, ein Auge auf Marcellina zu haben und Berenike über ihre Tochter auf dem Laufenden zu halten.

Berenike kämpfte gegen etwas an, das kein Heimweh sein konnte. Stets war sie entschlossen gewesen, eines Tages nach Ägypten zurückzukehren, und jetzt vermisste sie Rom, jene ausgedehnte Stadt mit ihrem Völker- und Sprachengemisch, die fast so groß und schön war wie Alexandria. Grenzen zu überschreiten war ihr schon immer schwer gefallen, auch wenn sie eingesehen hatte, dass es die einzige Möglichkeit war zu überleben.

»Es ist derselbe Weg, den dein Vater zurückgelegt hat, der göttliche Julius Caesar. Auch für ihn war er beschwerlich und mühsam.«

Berenike trocknete ihre Tränen. Sie war in Gallien. Plötzlich begriff sie, was Baile gesagt hatte. Das Land, das der göttliche Julius für Rom erobert hatte. Hier würde sie ihrem Vater so nahe sein wie nie zuvor.

»Pater«, flüsterte sie, »o Pater.« Er war ihr nahe, sie spürte seine Anwesenheit, sah sein ironisches, weltgewandtes Lächeln. »Du hast es gewollt.«

»Ja«, sagte Baile. »Das hat er.«

Am nächsten Morgen, als sie aufbrachen, stand der Jagdhund jaulend vor dem Tor und folgte ihnen. Zögernd bestieg Berenike den Wagen, ein seltsames Gefährt mit einem Korbgeflecht über den Bänken für die Fahrgäste. Es war unvermutet bequem mit gepolsterten Sitzen und ledernen Vorhängen vor den Fensterbuchten. Mit ihnen reisten Frauen vom Land, Hühnerkäfige und quengelnde Kleinkinder auf dem Schoß. Baile pfiff nach dem Hund. Er sprang zu ihnen hinein und kauerte sich vor Bailes Füßen zusammen. Die alte Semsa in ihrem Korb fauchte wütend.

»Succellus hat ihn uns geschickt. Ich werde ihn für die Jagd abrichten«, sagte Baile entschuldigend. »Er bringt uns Glück.«

So viele waren von Turinus in die Verbannung geschickt worden, irgendwohin an den Rand der bekannten Welt. Immer wieder hatte sie es erlebt. Die Verbannung war besser als der Tod. Und nun war sie selbst eine dieser Exilierten, der immerhin gestattet worden war, ihren Leibwächter und ihre Lieblingskatze mitzunehmen, ausreichend Geld und ihren persönlichen Besitz mitsamt zwei Bücherkisten, die ein paar lateinische und griechische Schriften, medizinische Abhandlungen, das Buch Jubas mit dem Titel »Ähnlichkeiten«, in dem er auch die Gemeinsamkeiten von griechischer und lateinischer Sprache untersuchte, und die Kriegstagebücher ihres Vaters enthielten.

Turinus wollte sie, Berenike, nicht mehr auf italischem Boden haben. Er hatte sein abschließendes Urteil über sie gefällt. Er hatte sie verdammt. An diesem Punkt weigerte sich Berenike weiterzudenken. Und auch mit Baile sprach sie nicht darüber.

Baile litt nicht. Er streichelte den Hund, den er Bracco genannt hatte, scherzte mit den beiden Sklaven, die sie begleiteten, und war sichtlich guter Dinge. Er trug sich mit dem Gedanken, irgendwo in Gallien eine Landvilla zu kaufen oder zu bauen. Viele seiner Kriegskameraden hatten das nach Ablauf ihres Militärdienstes getan. Irgendwann hatten sie eine Familie gegründet, was bedeutete, dass sie bei einer Frau und den gemeinsamen Kindern blieben und sesshaft wurden. Nach fünfundzwanzig Jahren Kriegsdienst hatte Rom ihnen und ihren Kindern das römische Bürgerrecht zugestanden, womit sie in Gallien zur Oberschicht gehörten und ein Decurionenamt oder sonstige öffentliche Ehren anstreben konnten. Sie züchteten Rinder oder Pferde oder versuchten sich mit dem Anbau von Getreide und Obstbäumen.

Um Massilia herum wuchsen Weinstöcke, zwischen denen Sklaven Netze ausspannten, um die Trauben vor den Vögeln zu schützen. Andere gingen mit hoch beladenen Körben auf dem Rücken einher, um die Ernte einzubringen.

GALLIEN

Mit jeder Meile, die sie über die neu gebaute Pflasterstraße dahinholperten, tat sich eine ungeahnte Welt auf. Dieses Land war unendlich weit, vielfältig und fruchtbar. Als sie von ihrem Rastplatz am Rand der römischen Straße auf das Flusstal mit der Stadt Vienna hinabschaute, konnte Berenike nicht fassen, dass das wilde Gallien so verschiedene Landschaften barg. Neben schroffen Bergen gab es weite Flusstäler und Ebenen mit Pferdeherden und weidenden Rindern. Auf andere Weise war Gallien nicht weniger reich als das unvergleichliche Ägypten mit seinen drei Ernten im Jahr.

Hatte ihr Vater es womöglich deshalb ohne den Auftrag des Senats für Rom erobert?

Doch es war ein Fehler weiterzureisen. Denn mit jeder Meile, die sie nordwärts rollten, entfernte sie sich unweigerlich von Turinus und Marcellina. Sie wäre am liebsten zurückgeblieben und umgekehrt. Berenike wanderte im Geist nach Süden und blieb am Kai von Massilia zurück. Massilia war der Hafen, von dem aus man sich ebenso nach Ägypten wie nach Italien einschiffen konnte.

Da es unmöglich war, im wiegenden Rhythmus des fahrenden Wagens wach zu bleiben, fiel sie in einen leichten Schlaf. Auch Baile neben ihr war eingenickt. Im Halbschlaf tastete sie nach seiner Hand und schmiegte sich eng an ihn. Baile murmelte keltische Worte, die zärtlich klangen. In Berenikes Traum verwandelten sie sich in die von Turinus, so wie sein Körper zu Turinus' Körper wurde. Aber plötzlich schreckte sie auf und ließ Bailes Hand los. Der Mann neben ihr war nicht Turinus. Was tat sie da nur?

»Ich habe geträumt«, murmelte sie und schämte sich.

»Träum weiter, Dalta«, flüsterte er.

Langsam begriff sie wieder, dass sie unglücklich war, weil Turinus sie verstoßen hatte und nicht er, sondern Baile an ihrer Seite saß. Verlegen erinnerte sie sich, im Traum Baile begehrt zu haben, ja, dass Baile und Turinus eine Person gewesen waren.

»Hast du auch geträumt?«, wollte sie wissen.

»Frag nicht«, sagte Baile unwillig. »Mein Traum gehört mir. Ich war mit einer Frau zusammen.«

Der Schmerz um Turinus ließ mit der Entfernung nicht nach. Zwei oder drei der kleinen grünen Glasköpfe mit seinem Bildnis hatte Berenike bereits fluchend auf dem Boden zerschmettert, danach aber jedes Mal auf dem Markt, wo es sie immer noch zu kaufen gab, einen neuen erstanden und unter Tränen um Verzeihung gefleht, ehe Zorn und Erbitterung sie wieder packten. Es gab keine Ablenkung. Sie wollte nicht immer weiter hinein nach Gallien. Sie wollte Turinus zur Rede stellen.

»Es geht nicht«, versuchte Baile, sie zu besänftigen. »Irgendwann, eines Tages, wirst du mit ihm darüber sprechen. Jetzt ist die Sache noch zu frisch. Er wird dir verzeihen, aber das braucht Zeit.«

»Ja, aber dann ist alles Staub und Asche. Und wir beide sind alt, und es ist vergessen.«

»Die Zeit lässt die Liebe vergehen«, entgegnete Baile. »Warte ein paar Jahre ...«

Berenike dachte, dass sie es nicht überleben würde.

»Es geht vorbei, Entchen«, tröstete Baile.

»In hundert Jahren sind wir alle tot«, murmelte Berenike. »In hundert Jahren ist es vorbei und tut nicht mehr weh. Noch im Hades werde ich um Turinus weinen.«

»Es wird andere Männer in deinem Leben geben. Sieh mich an! Ich habe in meinem Leben schon viele Familien gegründet. Als ich jung war, brach es mir fast das Herz, wenn ich eine Frau verlassen musste. Aber das Heer zog weiter, und es wäre zu gefährlich gewesen, sie mitzunehmen. Wohin ich auch kam, immer warteten neue Frauen auf mich. Nefertari, Myrike und viele andere, deren Namen ich vergessen habe.«

»Und schöne Knaben«, höhnte Berenike.

»Ab und zu auch Knaben. Sie werden nicht schwanger, das macht es einfacher. Einen davon hatte ich lange bei mir, Lygdamis, weißt du noch? Ist in Alexandria geblieben und hat mich sicher längst vergessen, der Kerl. Und Geryas denkt auch nicht mehr oft an mich. Bin ich deswegen etwa traurig?«

»Ihr Männer seid anders als wir Frauen. Wir gründen immer nur eine Familie und wollen sie zusammenhalten.«

»Du bist noch jung«, sagte Baile. »Je weiter wir weg sind

von Rom, desto leichter wirst du Turinus vergessen. Irgendwann wirst du heiraten und Kinder haben.«

»Ich habe ein Kind.«

Sie hasste ihn für seine plumpen Worte. Er war ein stumpfsinniger Barbar. Er hatte nichts verstanden. Turinus war der Mann, den ihr Vater ihr in seinem Testament zugedacht hatte. Turinus war der einzig wichtige; auf ihn hatte sie gewartet, ihn würde sie nie vergessen.

»Deine Augen sind rot geweint«, sagte Baile. »Iss etwas von diesem frischen Brot.«

Sie schlug es ihm aus der Hand.

»Ich kann dich verstehen«, sagte Baile. »In meiner Jugend war ich auch so. Irgendwann wirst du ruhiger.«

»Warum?«, schrie Berenike. »Warum hat er mich nicht einmal angehört? Du kennst ihn länger als ich. Erklär es mir!«

»Er ist feige«, sagte Baile sanft. »Auch wenn er der Princeps ist, er war immer feige. In den entscheidenden Augenblicken seines Lebens ist er mit Krankheiten zusammengebrochen. Er allein war schwach. Doch er war so klug, seine Schwäche zu kennen. Agrippa hat für ihn regiert, Livia die Senatoren beruhigt. Livia hat ihn immer beraten und ihm geholfen. Sie war stark, schon damals, als er sie zum ersten Mal sah als die Frau des Nero Tiberius. Er wollte sie, und er brauchte sie. Er hat sich immer die Leute herangezogen, die er am meisten brauchte. Das ist das Geheimnis seiner Macht. Turinus ist nicht der Große, Starke, den du in ihm gesehen hast.«

»Aber ...« Berenike hatte die Vorstellung, ihre Lage noch retten zu können. Es musste ihr nur gelingen aufzuklären, was genau passiert war, dann würde sie zurück nach Rom, zu Marcellina und zu Turinus, gelangen.

»Wichtig ist, dass Livia noch lebt. Wir hätten es erfahren, wenn sie an dem Giftanschlag gestorben wäre. Solche Nachrichten verbreiten sich schneller, als Schiffe fahren.«

»Er hat g-gesagt, er w-wird die Republik ausrufen, weil der

Zeitpunkt dazu gekommen ist. Er hat gesagt, er habe sich entschlossen, der Restitutor Rei publicae zu sein und mit mir zusammenzuleben. Es war ihm ernst! Es waren keine Lügen.« Berenikes Stimme brach.

»Hör auf damit, das waren nur Worte! Wenige Stunden später hat er sich selbst darüber geärgert. Dalta, er wird dir nie verzeihen, dass du ihn so weit gebracht hast. Und dann ist da noch die Sache mit Julia und Livia. Du erwartest doch nicht, dass er die eigene Tochter verbannt? Das ist zu schwer für ihn. Er will die Wahrheit gar nicht sehen. Wahrscheinlich ist er froh, dass du die Schuldige bist. Also hat er dich ins tiefste Gallien verbannt. Nimm doch Verstand an! Der römische Staat braucht seinen Princeps Augustus. Das Rad der Zeit kann niemand zurückdrehen, weder die Schicksalsgöttin noch der Princeps. Deine Mutter hätte all diese Dinge verstanden. Sie hat deinen Vater Caesar geliebt, aber zugleich wusste sie immer, dass er der Diktator Roms war, der Eroberer Galliens. Du riechst noch immer nach der gallischen Asche, pflegte sie zu ihm zu sagen. Sie hat sich nichts vorgemacht.«

Berenike überlegte, was er damit andeuten wollte. Es hörte sich an, als sei sie selbst an allem schuld. Das war sie nicht. Turinus hatte sie damals in der Villa bei Tibur in Selenes Kammer gezogen. Turinus hatte die heimlichen Treffen mit ihr ausgemacht und darauf bestanden, dass sie kam.

»Du redest, als ob du mit Turinus einverstanden wärest.«

»Nicht mit Turinus, aber mit dem, was die Götter bestimmt haben.« Bailes Stimme war sanft und beruhigend. »Es hat keinen Sinn, gegen den Willen der Götter anzukämpfen.«

»Die Götter sind grausam, wenn sie Liebende auseinander reißen und eine Mutter von ihrem Kind trennen.«

»Marcellina geht es gut, um sie musst du dich nicht sorgen. Jeden Tag verhungern Menschen, Kinder sterben in den Armen ihrer Mütter, Unschuldige sterben in den Dörfern. Frauen und Kinder werden in die Sklaverei verkauft. All dies lassen die Götter zu. Wir Sterblichen müssen es hinnehmen. Nur drüben im Sid ist das Leben angenehm und leicht.« Baile seufzte, und wäre sie nicht so außer sich gewesen, hätte ihr auffallen können, dass er mit diesen Worten auch sich selbst und sein Leben meinte.

»Der Tag wird kommen, an dem ich Turinus zur Rede stellen werde«, gelobte Berenike. In Gedanken verfluchte sie ihn, ihn und Rom. Und Julia, die sie als Täterin oder Komplizin vorgeschoben hatte. Für seine Idee von Rom hatte er sie in die Wildnis geschickt. Eigentlich war auch Vergilius schuld, der die Geschichte von der unglücklich liebenden karthagischen Königin erfunden und sie Turinus vorgelesen hatte.

»Ja, tu das.« Baile schien erleichtert darüber, dass sie wieder Pläne für die Zukunft schmiedete.

Sie waren auf Reitpferde umgestiegen, denn das Ziel, das Baile ansteuerte, war nicht über gepflasterte römische Straßen zu erreichen. Die zwei Sklaven mit dem Gepäck und dem Maultier folgten langsamer.

»Du bist eine gute Reiterin.« Bailes graublaue Augen blitzten auf. Berenike kam es vor, als bewege er sich nun anders, als sei er nach den vielen Jahren in Rom und Alexandria ein anderer Mensch geworden. Er freute sich mit jeder Meile, mit der sie sich dem Biturigerland näherten.

»Gelernt ist eben gelernt.« Berenike wollte mehr sagen, fand aber nicht die geeigneten Worte. »Diese Berge«, stammelte sie. »Wo sind wir eigentlich?«

Bracco sprang um Bailes Pferd herum.

»Im Land der Arverner, im Land des Vercingetorix!«, rief Baile und hielt sein Pferd an. »Die Bergkuppen ringsum haben in uralten Zeiten Feuer ausgespien wie der Vesuvius. Wir reiten zu einer heißen Quelle, in der du baden kannst. Das Arvernerland ist voll solcher göttlicher Wasserheiligtümer.

Kranke werden gesund, wenn sie von diesem Wasser trinken. Wir können uns ein Gefäß damit füllen und es morgen noch einmal trinken.«

»Woher weißt du so viel über Gallien?«

Baile breitete die Arme aus und lachte. »Als Junge war ich mit meinem älteren Bruder Biturix und meinen Schwestern an dieser Quelle und habe davon getrunken. Ich war ein kränkliches Kind. Es liegt alles so lange zurück, und trotzdem ist mir jeder Fußbreit bekannt. Ich bin hier zu Hause.«

»Über deine Schwestern sprichst du selten.«

Bailes Gesicht verfinsterte sich augenblicklich. Seine gute Laune war erstorben, und Berenike beschloss, nicht mehr nach den Schwestern zu fragen.

»Dalta, freu dich«, sagte Baile, als Berenike sich auf ihre Strohsäcke bettete. »Morgen Abend wirst du in einem richtigen Bett schlafen wie ein Königskind unter einer Daunendecke. Morgen werden wir in Briidurum sein.«

Berenike seufzte. Sie erwartete nichts von diesem gallischen Ort.

»In den Wäldern gibt es jetzt essbare Pilze. Überall laufen Wildschweine umher. Abends wirst du Kastanienbrei bekommen. Es wird dir gefallen.«

CENTILLA

Sie waren auf dem Pfad ein langes Stück durch den herbstlichen Bergwald geritten. Plötzlich zügelte Baile vor einer Lichtung sein Pferd. Sie saßen ab, und Baile nahm Bracco an die kurze Lederleine.

Die Sklaven mit dem Gepäck und dem Maultier blieben

zurück, als Baile und Berenike auf den Holztempel in der Mitte der Wiese zugingen. Dahinter wurden zwischen den Bäumen einige schilfgedeckte runde Hütten und eine längliche größere Behausung sichtbar, aus deren Dächern Rauch aufstieg.

Gescheckte Schweine durchwühlten den Waldboden nach Eicheln zwischen den welken Blättern. Hühner flatterten umher. Auf dem besonnten Streifen vor dem Tempel lag ein Hund mit fahlem Fell, die Läufe seitlich ausgestreckt. Er hob den Kopf und schlug kurz und heftig an. Bracco zerrte ungestüm an der Leine.

Eine weiß gekleidete Priesterin stand, eine Schüssel in den Armen, vor dem Holztempel. Auf beiden Schultern saß ein Eichhörnchen, was Berenike staunend beobachtete. Tauben umflatterten die Gallierin. Sie war hoch gewachsen und trug ihr glänzendes rotes Haar zu einem Knoten zusammengesteckt. Ihre Haut war hell, und ihre Augen strahlten grünblau.

Sie würde Turinus gefallen, mehr als ich ihm. Er würde sie begehren, schoss es Berenike durch den Kopf. Berenike maß immer noch alles Neue daran, wie es auf ihn gewirkt hätte. Turinus war noch ihre geltende Münze, ihr Maßstab. Eine Frau in dieser Wildnis, so weit entfernt von allem, wofür es sich zu leben lohnt! Sie sah zufrieden aus. Bei Isis, sie war eine der schönsten Frauen, die Berenike je zu Gesicht bekommen hatte. Sogar in Rom würde man sich nach ihr umdrehen.

»Jetzt lernt ihr euch endlich kennen.« Baile schien hochzufrieden. »Du und Centilla.«

Berenike überlegte kurz, woher sie ihm bekannt war. Dann fiel es ihr wieder ein. Centilla war die Priesterin des Brigid-Tempels in Rom, die abgereist war, als Berenike und Baile dort eintrafen. Sie verneigte sich höflich, und die Gallierin tat das Gleiche. Berenike wusste nicht, warum ihr beim Anblick der Barbarin das Herz klopfte. Obwohl sie äußerlich so verschieden waren, begriff Berenike, dass diese Frau ihr ähnlich war. Durch ihre priesterliche Tätigkeit war sie herausgehoben aus den anderen Frauen des Ortes. Vielleicht verstand auch sie sich darauf, die Zukunft aus geheimen Zeichen ihrer Gottheit zu deuten und Krankheiten zu heilen. Einen Augenblick wünschte sie sich, Centilla möge genügend Latein oder Griechisch sprechen, damit sie sich vertraulich miteinander unterhalten könnten. Die Gespräche unter Frauen, wie sie sie mit Selene, den Antonias, Julia und mit ihren Sachmet-Priesterinnen geführt hatte, fehlten ihr.

Baile und Centilla führten Berenike zu einer strohbedeckten Lehmhütte. Als sie die geschnitzte Holztür öffneten, zuckte sie zusammen. Über dem Eingangspfosten waren die geschrumpften Köpfe zweier Männer angenagelt. Berenike schaute schnell weg. Diese Köpfe erschlagener Feinde gehörten nun einmal dazu. Sie waren der Schmuck eines jeden gehobenen Gallierhauses, ein Hinweis darauf, dass der Familie tapfere Männer angehörten, nichts weiter.

Die Hütte war geräumig. Ein Feuer im Kamin verbreitete behagliche Wärme. Über den Flammen hing an einer gezähnten Eisenstange ein bauchiger Metallkessel, in dem, dem Geruch nach zu schließen, Fleisch schmorte. Im Raum standen Möbel aus Weidengeflecht, einige Stühle, ein eckiger Tisch und eine Art Sofa, alle bedeckt mit weißbraun gestreiften Wollbezügen.

»Gefällt es dir?«, fragte Baile. »Hier, in Centillas Haus, wirst du wohnen, wenn du nichts dagegen hast.«

»Danke für deine Gastfreundschaft«, sagte Berenike und legte sich nach römischer Gewohnheit auf das Liegesofa, obwohl sie wusste, dass die Gallier gewohnt waren, im Sitzen zu speisen.

»Ich hatte Centilla gebeten, eine römische Kline für dich vor den Tisch zu stellen«, erklärte Baile mit breitem Grinsen. »Die Tochter des großen Diktators verträgt das Essen nicht, wenn sie dabei sitzt.«

Centilla sprach ein gepflegtes Griechisch, und schon dadurch fühlte Berenike sich gut aufgehoben. Berenike ließ ihre Blicke schweifen. Neben allerlei holzgeschnitzten Schmuckstücken an der Wand fiel die Bronzebüste eines Mannes in mittleren Jahren mit der keltischen Haartracht ins Auge, eine griechische oder römische Arbeit. Mit Trockenblumen geschmückt, stand die Büste wie ein Heiligtum auf einem Holztischchen in der Ecke des Raums.

»Eine schöne Büste«, lobte Berenike. »Sie sieht nicht sehr gallisch aus. Wer hat sie gemacht?«

»Ein römischer Handwerker. Es gibt viele Kopien davon. Sie stehen in zahlreichen gallischen Häusern.«

»Wer ist der Mann?«, wollte Berenike wissen.

»Mein Onkel«, sagte Centilla, »der Bruder meiner Mutter.«

Ein gut aussehender Mann, dachte Berenike.

»Lebt er noch?«

Einen Augenblick war es still.

»Ja, er lebt«, antwortete Centilla schließlich. »Die Römer konnten nur seinen Körper töten. Er lebt bei den anderen gallischen Helden in den Weidegründen des Sid. Ihr Römer glaubt, der Mensch sei auf die Zeit seines Erdenlebens beschränkt. Wir Gallier kennen die Furcht vor dem Tod nicht. Denn es gibt den Tod nicht, den ihr fürchtet. Das unterscheidet uns von euch.«

»Die Römer haben kein Mitleid mit ihren Feinden. Auch meine Brüder wurden hingerichtet in der Blüte ihrer Jahre.« Es war ihr unangenehm, aber als sie es sagte, schossen Berenike die Tränen in die Augen. »Sie haben Ägypten erobert, so wie sie Gallien erobert haben, mitleidlos. Mein Vater Caesar war anders. Seine Clementia war berühmt unter seinen Feinden. Er hat seine Gegner verschont.«

Baile und Centilla schwiegen noch immer, doch es fiel Berenike nicht auf.

»Mein Vater ist zu früh gestorben«, sagte Berenike.

»So wie mein Onkel.« Centillas ebenmäßiges Gesicht war von Schmerz erfüllt. »Ich war acht Jahre alt, als er erwürgt wurde. Ich werde ihn nie vergessen.«

Berenike erwartete, dass Centilla noch etwas zu ihren Eltern sagen würde. Sicher war auch ihr Vater ein gallischer Held, aber darüber sprach sie nicht. Aus irgendeinem Grund war ihr Onkel die Leitfigur ihres Lebens, neben der andere Familienmitglieder nicht erwähnenswert waren. Berenike nahm sich vor, ihre Gastgeberin zu einem späteren Zeitpunkt nach ihren Eltern zu befragen.

»Meinen Vater habe ich nicht kennen gelernt. Als ich zur Welt kam, war er schon tot.«

»Ich habe davon gehört«, sagte Centilla.

Auch dieser Satz tat Berenike gut. Selbst in der tiefsten Gallia Comata kannte man sie und ihre Geschichte. »Ich habe meinen Bruder Caesarion manchmal beneidet, weil er meinen Vater noch erlebt hat. Bei seinem Tod war er gerade zwei Jahre alt.«

»Ich erinnere mich an deinen Bruder. Ich habe ihn verschiedene Male in Rom gesehen.«

»Du warst damals in Rom?«

»Einige Jahre war ich in Rom. Erst nach Caesars Ermordung durfte ich zurück zu meinen Verwandten nach Gallien.«

Centilla setzte sich nun ebenfalls. Die Eichhörnchen sprangen auf ihren Schoß.

»Sie sind zahm.« Centilla hatte Berenikes fragenden Blick aufgefangen. »Sie heißen Aballo und Allos.«

Berenike überlegte, ob Semsa wohl Jagd auf die beiden machen würde.

»Centilla war als Geisel in Rom«, berichtete Baile. Er hatte die Beine lang ausgestreckt und wandte Berenike und Centilla den Rücken zu, während er ins Feuer starrte. Kleine Funken stoben.

Zwei Dienerinnen betraten den Raum. Die eine von ihnen

deckte ein Tuch über den Tisch, die andere kam mit Platten, auf denen Braten dampften und frisch gebackenes, duftendes Brot lag. Ein Diener trug eine Wasserschale, Handtücher und Salböl herein, ganz nach griechisch-römischem Brauch, um die Füße und Hände der Ankömmlinge zu waschen und abzutrocknen.

Baile erkundigte sich wie immer, ob unter dem Fleisch das eines Dachses sei, und war beruhigt zu hören, dass es nur Schweinefleisch sei. Dachsfleisch zu essen war ihm aus religiösen Gründen verboten, und er hielt sich, seit er denken konnte, daran.

»Hast du dich schon an unsere Sitten gewöhnt?«, fragte Centilla lächelnd. »Immerhin ist Gallien deine neue Heimat.«

»An das Essen und das Kurmi ja, weniger an die Sprache und die Gewohnheiten. Es kommt mir vor, als habe im ganzen Land schon eine starke Vermischung mit griechischen und römischen Bräuchen stattgefunden.«

»So ist es auch.« Centilla wurde ernst. »Die griechischen Sitten hat es schon immer gegeben, weil die Reichen und Gebildeten des Landes in den griechischen Städten an der Küste waren. Erst in den letzten Jahren, als die Römer Städte und Straßen bauten, ist man auch mit den römischen Gewohnheiten vertraut geworden. Viele davon erleichtern das Leben und sind gut. Das sage ich, obwohl ich Gallierin bin.«

Ihr Onkel war vermutlich ein Druide oder Fürst, dachte Berenike. Und ganz offensichtlich hatte er gute Gründe, die Römer zu hassen. Zweifellos hatte er an einem der großen Aufstände teilgenommen, da er hingerichtet worden war. Seltsam, wohin sie auch kam, überall traf sie auf Spuren und Hinterlassenschaften ihres Vaters.

»Ich hoffe, du hast nichts dagegen, wenn ich die Büste meines Vaters neben die deines Onkels stelle«, schlug sie vor. »Sie ist in meinem Gepäck. Baile wird sie herausholen.«

»Nicht neben ihn. Gegenüber.« Centillas Ton klang bestimmt. »Vergiss nicht, sie waren Feinde. Jeder bestand auf dem Tod des anderen. Mein Onkel wollte Gallien die Freiheit erhalten, dein Vater es für Rom tributpflichtig machen.«

»Sie gehören gegenüber. Ich werde noch einen kleinen Tisch holen«, mischte sich Baile ein. »Dann sind sie beieinander in einem Raum, unser großer Vercingetorix und dein Vater Caesar.«

Bracco hatte sich vor seinen Füßen niedergelegt, und Baile kraulte ihm den glatten Nacken.

DIE MÄDCHEN AUS DEM SID

Baile hatte Mühe, der Unterhaltung zu folgen. Es war, als sei er wieder der Junge von damals, der jüngste. Er kraulte Bracco und starrte ins Herdfeuer. So viel Kurmi er auch in sich hineinschüttete, es machte ihn nicht ruhiger.

An diesem ersten Tag in Briidurum brach wieder alles hervor. Bracco zitterte am ganzen Körper, er spürte es auch. Die vier Mädchen waren hereingekommen, Bailes Schwestern. Schweigend saßen sie im Raum. Baile sah zu Berenike hin und versuchte zu erkennen, ob sie ihre Anwesenheit wahrnahm. Denn sie besaß die Fähigkeit, die Unsichtbaren zu spüren, wenn sie erschienen. Aber Berenike war zu beschäftigt mit allem, was neu für sie war, und noch zu befangen in ihrem Liebesschmerz um Turinus. Bracco jedoch war äußerst unruhig, und Baile versuchte ihm klar zu machen, dass die Mädchen dazugehören.

Die Jüngste, Alisa, stand auf und zupfte ihn am Arm. »Du hast doch die Lyra dabei, Baile, warum spielst du nicht?«

»Gleich, Alisa. Ich bin so überrascht, dass ihr da seid.«

»Wir sind immer da, Baile, das weißt du doch.«

»Aber nicht immer so deutlich wie heute.«

Die Älteste betrachtete ihn mit dem strengen, aber nicht unfreundlichen Blick von damals. Sie hatte die durchsichtige Hautfarbe aller Rothaarigen und stachelbeerfarbene Augen. Baile war so verwirrt, dass ihm ihr Name nicht einfallen wollte. Er hatte nie sehr viel mit ihr zu tun gehabt. Am vertrautesten war er mit Alisa; die beiden Älteren, Alauda und Beluca, hatten oft auf ihn aufgepasst, als er noch klein war. Alauda, blond und sommersprossig, hatte ihn immer vor dem wilden Biturix, seinem größeren Bruder, in Schutz genommen und ihn gelehrt, die Lyra zu spielen und zu singen.

»Einen guten Jagdhund hast du da«, meinte Alisa.

Ja. Bracco versprach einer von den guten keltischen Hunden zu werden. Wenn er ihn erst abgerichtet hatte, würde er nicht einmal das Netz oder andere Hunde brauchen. Auch seine Brüder hatten so gejagt, jeder mit seinem Hund. Biturix hatte einen Vertrago gehabt, einen schlanken hellbraunen Windhund, dem kein Hase entwischt war, auf den er es abgesehen hatte.

»Gib ihm doch ein Ei«, schlug Beluca vor und nickte in Richtung Bracco.

Baile erhob sich schwerfällig und nahm eines der rohen Eier, die auf der Tischplatte bereitlagen, schlug es an einem Krug auf und ließ es in die linke Hand gleiten. Bracco riss das Maul auf, und Baile ließ das Ei so hineinrutschen, dass er es auf einmal verschlang. So hatten seine Brüder es damals immer nach der Jagd gemacht, wenn die Hunde erschöpft und durstig gewesen waren.

Es war klar, die vier begrüßten sie. Deshalb waren sie gekommen. Ebenso klar, sie würden nicht mehr gehen. Hier war der endgültige Ort, an dem er mit ihnen den Rest seines Lebens verbringen würde. Sie wollten wissen, ob er damit einverstanden sei, und lächelten ihn an, weil sie seine Zustimmung spürten. Er nahm die Lyra und spielte den ganzen Abend lang für seine Schwestern.

BRIIDURUM

Nur langsam erwachte Berenike unter ihrer Federdecke. Kichern und aufgeregtes Mädchengeplapper war von draußen zu hören. Sie streckte die Füße aus dem Bett, räkelte sich, erhob sich und zog den Wollmantel über. Die Tür ihres Zimmers war angelehnt. Leise trat sie in den Hauptraum, wo ein Feuer im Kamin entfacht war. Auf dem Tisch standen Brot, Käse, Nüsse und eine Schale mit Milch. Semsa lag mit lauerndem Blick auf dem Flechtsofa. Berenike stellte sich vor eines der Fenster und blickte hinaus. Vor dem Eingang des Tempels hatten sich ein gutes Dutzend weiß gekleidete gallische Mädchen versammelt. Sie trugen Kapuzenmäntel über knöchellangen Wollgewändern.

»Möchtest du zu unserer Therme?«, fragte Centilla, während sie eintrat. Ihr Gesicht war gerötet. Sie trug ebenfalls ein langes Wollgewand und hielt ein Handtuch über dem Arm. Die Dienerin hinter ihr hatte einen Korb mit einem Sapobehälter und Strigiles im Arm. »Gemma bringt dich hin.«

Berenike entnahm ihrer Truhe die schlichte Bronzekanne, die Griffschale und den silbernen Sapospender, ehe sie der Dienerin am Tempel vorbei folgte.

»Hier ist es.« Gemma deutete zwischen den Bäumen eine kleine Böschung hinunter. Berenike gewahrte einen schnell dahinwirbelnden Bach.

»Er ist um diese Jahreszeit noch nicht tief und reißend«, erklärte Gemma mit unbeholfenen lateinischen Worten und half Berenike hinunter.

Winzige graue Fische stoben auseinander, als Berenike ins Wasser stieg. Noch nie hatte sie so ein kaltes Morgenbad genommen. Hinterher fühlte sie sich erfrischt und erneuert. Nebelschwaden hingen über dem Wald und dem Tempel, als sie zurückging.

Ständig Nebel und tagsüber weiche Helligkeit, die alles ungewiss machte, ganz anders als das strahlende klare Licht in Ägypten. Kein Wunder, dass Baile überall Monster und Fabelwesen sah.

Immer wieder trafen Menschen im Dorf ein, die vorher vom Schicksal weit versprengt worden waren. Die Männer errichteten Hütten und gingen auf die Jagd. Die halbwüchsigen Kinder trieben die Schweine in den Wald. An den Webstühlen, die in jedem Haus, in jeder Hütte standen, wurde täglich gearbeitet; aus den Stoffen wurden Hosen und Gewänder genäht. Es war kein Zeitvertreib wie auf dem Palatin in Rom, sondern die tägliche Notwendigkeit. Alle Frauen webten hier, und Berenike setzte sich ebenfalls an den Webstuhl und machte sich nützlich.

Bald kannte Berenike die Frauen des Dorfes mit Namen: die blonde Alinna, Dumnoits Tochter, Kela, die Frau des Korbflechters, die Schwestern Eposuna und Valunna und viele andere. Auch mit den Kindern wurde sie bekannt, mit dem kleinen Anausio und seiner Schwester Vertumna, die sich vertrauensvoll zu ihr setzten und auf Gallisch mit ihr plauderten. Schneller als sie je gedacht hätte, war sie mit Briidurum vertraut.

Berenike trat in die Vorhalle, wo die Mädchen sich auf Bänken niedergelassen hatten und Centilla zuhörten, die in gallischer Sprache einen Vortrag hielt. Eine rückte beiseite, und Berenike ließ sich neben ihr nieder. Sie verstand nur Bruchstücke von dem, was Centilla sagte, obwohl sie angestrengt zuhörte. Keltisch erinnerte sie flüchtig an altertümliches Latein. Es war keine völlig fremde Sprache, wie Baile behauptet hatte. Ägypten lag schon lange hinter ihr, und auch Italien würde sie so bald nicht wiedersehen, selbst Massilia war ein für sie verbotener Ort. Die Gallia Comata war ihre neue Heimat, und sie würde diese Sprache erlernen, das beschloss sie in diesem Moment. Baile würde ihr dabei helfen. Ihr Vater hatte dieses Land erobert und für Rom bezwungen. Seltsam, dass seine Tochter jetzt auf einer Bank zwischen gallischen Mädchen saß, von denen kaum eines korrekt Latein sprach.

Centilla erzählte von Ambiorix, dem Häuptling der Eburonen, der den Römern entwischt war. Er hatte sich über den Rhenus nach Germanien abgesetzt, wo er für Rom unerreichbar war. Am Rhenus endete der römische Zugriff. Die Germanen waren unberechenbare, wilde Krieger, ihr Land bestand aus endlosen Waldgebieten und gefährlichen Sümpfen. Zweimal hatte Caesar den Grenzfluss überbrückt und seine Soldaten ein Stück weit ins feindliche Land geführt. Doch jedes Mal war er wieder zurückgewichen. Dieses Land mit seinem rauen nördlichen Klima war nicht zu erobern. Es war zu fremd, zu kalt, zu ungesund. Dort wächst nicht einmal Wein, hatte Baile gesagt und mit den Fingern geschnippt.

Pater, dachte Berenike, vielleicht kannst du mich jetzt sehen. Ich werde die Gallier besser kennen lernen als du. Für dich waren sie Feinde, die du besiegen wolltest. Aber für mich sind sie die einzigen Freunde.

Berenikes erster Winter in Gallien war zugleich ihr längster. Die Tage dehnten sich endlos. Es fehlte zu vieles, an das sie gewohnt war. So gab es zu ihrem Erstaunen in Briidurum kein Olivenöl. Schlimmer noch, niemand vermisste es. Gemma, die gallische Sklavin, die für die Zubereitung der Mahlzeiten zuständig war, benutzte Gänseschmalz zum Anbraten von Fleisch und Gemüse. Auch wenn sie Hunger hatte, konnte Berenike sich in dieser ersten Zeit nicht auf das Essen freuen. Es war ungewohnt.

Unter all den neuen Gesichtern fühlte sie sich fremd, obwohl es hier niemand gab, der sie hasste, niemand, der wollte, dass sie verschwand. Sie war hier nicht mehr die Tochter Kleopatras und schon gar keine ägyptische Prinzessin mehr. Sie war eine Frau aus Bailes Anhang. Baile war hier sehr angesehen, weil sein Vater Buan einer der Helden des Kriegs gegen die Römer gewesen war. Und doch kam es Berenike vor, als werde sie vergiftet durch ein langsam wirkendes Gift, das sich im Laufe der Zeit in ihrem Körper ansammelte und sie eines Tages töten würde: das Heimweh. Jeden Tag kam eine Dosis hinzu und zerfraß sie von innen her. Sie liebte die Nächte und den Schlaf. In ihren Träumen bewegte sie sich in schattigen Oasen inmitten der Wüste, und Marcellina war immer bei ihr. Kamele dösten vor sich hin. Ringsum sprachen die Menschen Griechisch oder Aramäisch, und sie war wieder Berenike aus dem Hause der Ptolemäer, in leichter serischer Kleidung, Sandalen an den Füßen. Es war nicht unbedingt Heimweh nach Ägypten, mehr die Sehnsucht nach wärmeren Gegenden, in denen Regen ein seltenes Ereignis war, wo man die Sonne auf dem Körper spürte und das Leben nicht so mühsam war wie hier hoch im Norden an der gallisch-germanischen Grenze. Dafür, dass er sie ausgerechnet hierher gebracht hatte, hasste sie Turinus. Das Exil war so schlimm wie der Tod. In Gallien herrschte ewig Winter. Jeden Tag kämpfte sie aufs Neue gegen Wind und Kälte.

Tagelang lag sie schwitzend und fiebernd unter ihrer Federdecke und fühlte, dass sie dem Tode nahe war. Centilla und Baile flößten ihr Nahrung und Kräutertränke ein, und Centilla rieb ihren Oberkörper mit duftenden Ölen ein.

Eines Morgens wachte sie auf, voller Lust, zum Bach zu gehen, und sie verspürte einen ungeheuren Hunger auf Brot mit Honig, Käse und auf gebratenes Fleisch. Ihre Beine zitterten, als sie aufstand. Sie sah zum Fenster hinaus und empfand ein schmerzliches Gefühl der Leere, ohne benennen zu können, was genau sie vermisste. Als sie Baile von Alinnas Hütte herüberkommen sah, die Lyra über dem Arm, wusste sie, was ihr fehlte.

GALLISCHER FRÜHLING

Das Herzklopfen, wenn Centilla den Raum betrat, war nicht verschwunden. Berenike hatte sich in das Studium der gallischen Sprache gestürzt. Obwohl sie inzwischen zahlreiche Sätze fließend hervorbringen konnte, verhaspelte sie sich, begann zu stottern und warf die Wörter durcheinander, sobald sie mit Centilla sprechen wollte.

»Du bist verliebt, Dalta«, sagte Baile.

»Ja«, antwortete sie schlicht.

»Vielleicht ist sie ja auch verliebt.«

»Bitte, krieg es heraus«, stammelte Berenike.

»Das musst du selbst tun.«

Der Winter blieb nicht. Als der Schnee zu schmelzen begann, verwandelte sich der Tempelbezirk für kurze Zeit in eine glitschige Schlammlandschaft. Die Dorfbewohner balancierten über hölzerne Stege, die zwischen Tempel und Hütten ausgelegt waren. Wenig später strich ein lauer Wind über Wald und Wiesen und ließ Sträucher und Bäume austreiben. Aus dem aufgeweichten Boden brachen Blumen und Kräuter hervor und begannen schon bald zu blühen.

Eines Tages stand ein Händler mit seinem ausladenden Karren vor dem Tempel. Jubelnd umringten ihn die Kinder aus dem Hüttendorf. Die Erwachsenen sammelten eilig ihre Münzen zusammen und kamen aus den Hütten hervor, um Einkäufe zu machen. Berenike bestaunte das Warenangebot, das zwei Maultiere herangezogen hatten: Amphoren mit Öl, Krüge mit eingelegten Austern und gesalzenem Fisch, Stoffe, Gewürze, Salz, schimmernde Gläschen mit Salb- und Badeölen, Kessel und Pfannen, Kannen und Griffschalen für die tägliche Körperpflege nach römischer Art, sogar Papyrusrollen und Schreibgerät lagen aus. In der Kasse klimperten gallische Münzen neben römischen Sesterzen und Denaren mit dem Porträt des Princeps und dem kantigen Schädel Agrippas.

»Marcus das Waldtier«, sagte Berenike fast andächtig und betrachtete das kupferne As, das auf der Vorderseite Agrippa zeigte und auf der Rückseite den Gott Neptun mit dem Dreizack.

»Ich habe Briefe für Baile und Berenike mitgebracht«, rief der vierschrötige römische Händler und reichte eine kleine bronzebeschlagene Holzkiste über die improvisierte Ladentheke. Berenikes Finger zitterten, als sie danach griff.

In Centillas Haus schloss sie die Eingangstür, bevor sie den Kasten zu öffnen wagte. Endlich, endlich hatte er ihr geschrieben. Fünf einzelne Rollen lagen auf dem mit Stroh gepolsterten Boden.

»Wer hat geschrieben?«, fragte Baile neugierig, der schnitzend am Kamin gesessen hatte. Er half ihr, die Rollen zu öffnen.

»Das ist mehr als ein Brief. Das ist ein Buch«, stellte er fest. »Ein Buch in fünf Teilen mit einem Brief unseres Freundes Vergilius.«

Vergilius Maro grüßt die kleine Ägypterin und wünscht ihr alles Gute.

Auch wenn dich alle vergessen haben, dein ländlicher alter Vergilius Maro denkt oft an dich und wünscht sich den Tag herbei, an dem du wieder in Rom bist. Was immer erzählt wird über dich, ich glaube es nicht. Zweifellos hast du dich in deiner neuen Heimat inzwischen gut eingelebt, so hoffe ich jedenfalls und wünsche es dir. Vielleicht hast du Zeit genug, um meine »Aeneis« zu lesen. Sie ist noch unvollständig, aber ich habe dir die Bruchstücke trotzdem geschickt und freue mich bei der Vorstellung, dass dein Sklave sie dir vorliest. Die Liebesgeschichte zwischen Aeneas und der karthagischen Königin Dido bitte ich dich besonders zu beachten. Ich habe sie für dich erfunden, oder anders ausgedrückt, hätte ich dich nicht kennen gelernt und deine Geschichte gehört, wäre diese Episode im Leben des Helden Aeneas nicht geschrieben worden. Aeneas musste Dido verlassen, obwohl er sie liebte. Er konnte nicht anders, es war ein Befehl der allmächtigen Götter. Seine Aufgabe war es nun einmal, Rom zu gründen. So treibt uns alle das Fatum.

Lebe wohl.

Ansonsten lagen nur noch einige Briefe für Baile im Stroh. Einer davon trug die markanten spitzen Buchstaben, wie nur Tiberius persönlich sie schrieb. Tiberius hatte Baile nie vergessen, dass er ihm die gallische Schwerttechnik beigebracht hatte. Er berichtete über die neuesten Vorgänge aus Rom. Agrippa hatte ein außerordentliches Kommando erhalten und war in den Osten gegangen, nach Griechenland und Kleinasien. Tiberius vermutete, dass dies eine Art Teilung der Herrschaft zwischen Turinus und Agrippa sei. Es gebe das Gerücht, dass Julia mit Agrippa verheiratet werden solle, sobald das Trauerjahr abgelaufen sei.

»Das habe ich ihm in einem unserer letzten Gespräche geraten«, murmelte Berenike.

»Du siehst traurig aus, Entchen. Warum? Du hast doch nicht etwa erwartet, Turinus hätte dir einen Brief gesandt?«

Sie konnte nicht antworten. Auch von Marcellina hatte sie eine Nachricht erwartet. Sie hatte mehrere Schreiben nach Rom an die beiden geschickt. Allerdings wusste man nicht, ob die Boten sie in Massilia auch weitergegeben hatten.

»Er ist viel zu kalt, um so etwas zu tun.«

Berenike wunderte sich über Baile. Turinus war nicht kalt, wie auch er sehr wohl wusste. Es tat weh, dass auch Octavia nicht geschrieben hatte. Solch ein Verhalten passte nicht zu ihr.

Baile stieß einen kleinen Schrei aus und errötete vor Freude. Triumphierend hielt er eine kleine versiegelte Rolle hoch, die sich nur als ein kleiner Papyrus herausstellte.

Geryas grüßt seinen Patronus Baile und die Kyria Berenike.

Jeden Tag muss ich weinen, wenn ich mir klar mache, dass mein Patronus nicht mehr in Rom weilt. So hoffe ich jetzt wenigstens, dass dieser Brief dich auch erreicht. Ich werde dir Olivenholz senden, wie du gewünscht hast. Schreib mir, ob du sonst noch etwas brauchst.

Von der Politik kriege ich nicht viel mit, nur das, was einen einfachen Mann wie mich betrifft, also wenn die Konsuln Spiele geben oder ein Rennen im Circus stattfindet.

Dieser Tage traf ich Jitta mit der kleinen Marcellina und den Zwillingsmädchen der Marcella, Pollia und Pollina. Ich ging mit ihnen hinüber zum Marsfeld, wo die Kinder spielten. Jitta erzählte mir im Vertrauen, dass Agrippa und Marcella sich scheiden lassen. Marcella soll Jullus Antonius als neuen Ehemann bekommen, mit dem sie sich immer gut verstanden hat. Und Agrippa wird Julia heiraten. Letzteres freut uns alle sehr. Es wird wieder Bewirtungen für das Volk und Gladiatorenspiele geben und, wie ich gehört habe, sogar eine nachgestellte Seeschlacht auf dem See vor dem Gymnasium.

Marcellina ist ein hübsches, freundliches Mädchen. Allerdings hat sie für ihr Alter zu große Füße. (Das brauchst du Berenike ja nicht unbedingt zu sagen.)

Ich habe einen ziemlich zuverlässigen Boten, der den Brief weiterbefördern will. Schreib mir bald wieder, Patronus, und sei gegrüßt und geküsst.

»Vergiss Turinus. Er hat dich verstoßen. Du musst dich damit abfinden.«

»Dazu brauche ich etwas mehr Zeit als ein halbes Jahr«, sagte sie ärgerlich. »Ich bin nicht so treulos wie du.«

Baile hatte sich schon kurz nach ihrer Ankunft in Dumnoits Tochter, die blonde Alinna, verliebt und war schon bald von ihr erhört worden. Trotz ihrer Jugend war sie bereits Witwe und hatte zwei Kinder. Ihr Mann war bei einem Jagdunfall ums Leben gekommen. Baile beschäftigte sich einen großen Teil des Tages damit, ihr beim Holzhacken zu helfen. Die Nächte verbrachte er in ihrer Hütte, und Berenike freute sich für ihn.

Sie, Berenike, hatte Centilla gefunden. Nachts träumte sie jedoch manchmal, sie liege in Bailes Armen und liebte ihn mit überschwänglicher Zärtlichkeit. Tagsüber, wenn er kam, um ihr etwas zu erzählen, fühlte sie diese träumerische Liebe zu ihm aber nicht. Schließlich war auf die Männer kein Verlass! Marcellus, Turinus, Baile, von Natur aus waren sie wankelmütig und treulos. War man mit ihnen verheiratet, musste man sich verhalten wie Livia. Großmütig musste man ihnen ihre kleinen und großen Abenteuer verzeihen, auch wenn es wehtat. Berenikes Hochachtung vor Livia war noch einmal gewachsen. Sie hatte sich immer vor ihr gefürchtet, sie aber jederzeit respektiert. Auf ihre Strenge hatte man sich immerhin verlassen können. Turinus' Liebenswürdigkeit und Menschlichkeit dagegen waren von einem Tag auf den anderen verschwunden. Mit solchen Überlegungen verbrachte Berenike einen großen Teil ihrer Tage. Aber nachts überfielen sie diese Träume von Baile, als sei Turinus von einem Teil ihres Selbst bereits vergessen. Sie überlegte, ob sie Centilla bitten sollte, ihr diese Träume zu deuten, ließ es dann aber lieber. Sie liebte Centilla. Nicht nur ihren Körper, den sie inzwischen fast so gut wie den eigenen zu kennen glaubte, sondern auch die endlosen nächtlichen Gespräche, nachdem sie sich geliebt hatten und noch immer nicht müde genug zum Schlafen waren.

»Die alten Gallier? Was ihre Götter von ihnen verlangt haben? Blut, Schmerzen, Tod. Darum schlachtete man ihnen zu Ehren Kriegsgefangene und Vieh. Damit war der Wille der Götter erfüllt. Unter wilden Tänzen, unter Schreien und Lärmen, zum Zeichen dafür, dass sie nicht allein seien, stürzten sich die Menschen schließlich auf das Getötete und verzehrten es. Jetzt war man durch Fleisch und Blut mit der höheren Macht versöhnt. Man wollte in Harmonie mit den Höheren leben.«

Von Centilla erfuhr Berenike viel: etwa warum die Gallier nicht die Anzahl der Tage zählten wie die Griechen, Römer und Ägypter, sondern die der Nächte. Dies geschehe, weil sie ihre Herkunft auf Dis Pater zurückführten, den mächtigen Gott der Unterwelt. Ihm habe man bis vor kurzem Menschenopfer dargebracht. Verurteilte Diebe und andere Verbrecher seien in großen Holzkörben nebeneinander verbrannt worden. In letzter Zeit seien die römischen Besatzer gegen diesen Brauch eingeschritten.

Sie erklärte auch, dass die Welt, *bitu* oder *dumno,* bei den Kelten aus drei Ebenen bestehe: aus der Erde, *tir,* dem Himmel, *nem,* und der Unterwelt, *sid.* Nichts fürchteten die Kelten so sehr wie den Einsturz des Himmelsgewölbes. Der Mittelpunkt Galliens mit bedeutenden Heiligtümern seien die Städte Alesia und Cenabum. Dort seien alljährlich die Häuptlinge der gallischen Stämme zusammengetroffen.

Centilla vermied es bei diesen Gesprächen, Caesars Kriegszüge in Gallien zu erwähnen, und Berenike wagte nicht, nach Einzelheiten zu fragen. Sowenig sie bei Baile auf seine vier Schwestern kommen durfte, so ungebührlich erschien es ihr, nach Centillas Eltern und Vercingetorix zu fragen. Selbst über die Zeit, die sie in Rom verbracht hatte, wollte Centilla nicht sprechen. Einmal hatte Berenike beiläufig den jungen Labienus erwähnt und halb im Spaß gesagt, vielleicht werde Turinus auch ihn hierher nach Briidurum verbannen. Centilla hatte sich vor Schreck auf eines ihrer Eichhörnchen gesetzt und es fast zerquetscht.

»Erwähne den Namen nie wieder«, murmelte sie und sah verstört aus.

»Er ist ein armer Hund«, erwiderte Berenike.

Centilla ging hinaus und schlug die Tür hinter sich zu.

»Turinus meus, Turinus puer, o Turinus. Evasi, effugi illum Turinum. Cur-«

Die Frauenstimme sang nicht »Turinus«. Es war ein ähnlich klingender Männername, ein römischer. Oder doch ein gallischer in römischer Form? Berenike lauschte in die Nacht.

»Spes et fortuna valete. Cur excrucior? Puer –«

Berenike war übel. Der Wind, der schon seit Tagen ununterbrochen die Bäume schüttelte, brachte sie zum Weinen. Sie dachte wieder an Turinus und an Marcellina und daran, dass ihr Unrecht geschehen war. Sie vermisste auch ihren Sachmet-Tempel in Rom. Miutep hatte noch keinen Brief geschickt. Wie mochte es ihm und den Helferinnen im Tempel ergangen sein? Sie sah ihn vor sich mit der Warze an der Nase und dem wiegenden Gang, wenn er den Katzen das Futter brachte, und hoffte, dass er bei guter Gesundheit war.

Centilla ließ sich neben Berenike nieder und rieb den Kopf an ihrer Schulter.

»Hör auf, an Turinus zu denken, du hast doch mich.«

Berenike beobachtete, wie Baile geschickt eine Schinkenkeule tranchierte.

»Alinna bekommt die besten Stücke«, stichelte Centilla. »Warum hast du die römischen Ziegel kommen lassen?« Die Frage richtete sich an Baile. »Willst du dir ein Haus bauen?«

Berenike fuhr zusammen. So weit war es schon gekommen, Baile wollte ein neues, steinernes Haus für sich und Alinna bauen. Es war ihr nicht geheuer, wie schnell sich hier in Gallien auch ihr letzter familiärer Bezug endgültig auflöste. Wenn Baile erst einmal mit Alinna ein gemeinsames Haus bezog, würde er sich nicht mehr um sie, Berenike, kümmern. Auf irgendeine Weise war sie nicht mehr seine Dalta. Manchmal bekam sie ihn tagelang nicht mehr zu Gesicht. Baile ging mit Bracco und den Männern des Dorfes auf die Jagd, schlachtete Wildschweine oder verschwand nach Augustodunum. Und jetzt dieser Haufen Ziegelsteine.

»Lass ihn doch«, sagte Centilla leise. »Er ist alt genug, um ein eigenes Leben zu führen. Hier brauchst du ihn nicht mehr.«

Doch das stimmte nicht. Sie brauchte ihn. Baile war ein Stück Heimat, Baile war ihre Familie, jedenfalls das, was davon übrig geblieben war.

DER KATZENTEMPEL

Als die Tage wieder länger wurden, begann Baile mit einem Trupp gallischer Männer eine Grube hinter Centillas Haus auszuheben.

»Was soll das werden?«, fragte Berenike misstrauisch.

»Warte ab, Dalta.« Baile trat einen Schritt zurück und betrachtete das angefangene Werk. Er trug einen blauleinenen Kittel über gallischen Hosen, der goldene Halsring auf seiner gebräunten Haut blitzte. Sein rotblondes Haar wurde zusehends grauer, was ihm aber nicht schlecht stand. Er war jetzt zweiundvierzig Jahre alt, ein Mann, der gelegentlich von Zahnschmerzen und Gliederreißen geplagt wurde, auch wenn er es vor Berenike zu verheimlichen suchte. Die Zahnschmerzen sah sie ihm immer schon von weitem an.

Bald darauf erhoben sich kleine Blöcke von Ziegeln auf dem befestigten Untergrund, und Berenike verfolgte die Entstehung einer Bodenheizung für die erste gemauerte Badeanlage des Dorfes.

»Selbst einer, der die Römer hasst, wäre ein Dummkopf, ließe er sich ihre Badekultur entgehen«, begründete Baile seine tägliche Arbeit. »Ich träume jede Nacht von einem heißen Bad in einer Wanne, heißem Dampf und Mosaikboden unter meinen Füßen. Und du zweifellos auch.«

So unbehaglich sich Berenike tagsüber noch fühlte, in ihren Träumen empfand sie anders. Sie ging mit Baile durch die Heidelandschaft, sammelte Selago in einen Korb, während sich über ihnen dunkle Wolkenformationen auftürmten, und war froh und glücklich, hier zu leben, mehr noch, sie war ergriffen von der Schönheit der Bergkette der Arvernerberge im Hintergrund. Wenn sie aufwachte, war der Zauber verflogen. Der Wald war dann der Wald, die Heide die Heide. Der Wind strich erbarmungslos über den Platz vor dem Tempel, und Berenike wunderte sich, dass das Glücksgefühl der Nacht verschwunden war.

Im zweiten Herbst, den Berenike in Gallien verbrachte, geschah ein weiteres Wunder. Unruhig, mit klagendem Miauen, war Semsa durch Centillas Haus gestrichen und wollte nichts fressen. Schließlich legte sie sich unweit vom Herd auf eine Decke und presste nacheinander drei Jungtiere aus ihrem Körper, winzige gestreifte Wesen mit geschlossenen Augen, die sie zärtlich ableckte und schließlich säugte. Das Wunder bestand darin, dass es weit und breit keinen Kater gab, ja, überhaupt keine andere Katze.

»Es ist kein Wunder«, erklärte Baile. »In den Wäldern leben wilde Katzen, die nur bei Nacht jagen. Sie sind größer als die ägyptischen und bei weitem wilder. Ein solcher gallisch-germanischer Waldkater muss der Vater der Jungen sein.«

»Die Jungen sind ein von der Göttin geschicktes Zeichen«, sagte Centilla mit ihrer sachlichen Priesterinnenstimme. »Nach dem Opfer muss ich Brigid befragen, was zu tun ist.«

Gegen Abend brachte sie Brigid ein Rauchopfer dar und blieb zu diesem Zweck lange im Tempelinneren. Sie warf die Haselstäbchen und befragte sie. Als sie zurückkam, erklärte sie, mit den drei Jungtieren habe Brigid erkennen lassen, es sei Berenikes Aufgabe, einen Sachmet-Tempel auf der Lichtung zu errichten, ein kleines Heiligtum, in dem die heiligen Katzen verehrt werden sollten. Auch solle Berenike wieder im Tempel ihre Heilkünste ausüben zum Wohl der Menschen der Umgebung und ihre Heilpflanzen ziehen.

In ihrer Freude wollte Berenike nicht danach fragen, wie ihr neuer Tempel aussehen und wer ihn bauen sollte. Aber schon am nächsten Tag hatte Baile einen Bogen Papyrus auf dem Tisch ausgebreitet und zeichnete einen ersten Plan.

»Er wird aus Holz sein«, sagte er und zwirbelte die Enden seines Schnurrbarts.

Der Tempel entstand im nächsten Jahr. Die Männer des Dorfes fällten Bäume und schnitten sie unter Bailes Anleitung zurecht. Und eines Tages konnte Berenike mit den vier Katzen die ersten Opferhandlungen vor dem hölzernen Standbild der Göttin Sachmet ausführen. Auch die Göttin war das Werk Bailes, der in langer Arbeit einen mannshohen Eschenstamm zu ihrem Bildnis geschnitzt hatte. Sie hatte etwas von einem der gallischen Götterbildnisse und fiel in der neuen Umgebung nicht als fremd auf.

Semsas Jungtiere, zwei Kater und eine Katze, waren wilder als ihre ägyptischen Verwandten. Es war unmöglich, sie mit Glöckchen und Kettchen zu behängen. Alinna und Baile assistierten Berenike bei ihren ersten Opfern. Alinna hatte auch die Kleider für die zukünftigen Opferdienerinnen genäht.

Betulla, die halbwüchsige Tochter des Korbflechters, drückte sich täglich in der Nähe des Heiligtums herum, um mit den jungen Katzen zu spielen, die ihr die Beine blutig kratzten. Schließlich bat sie Berenike darum, bei der Pflege der heiligen Katzen helfen zu dürfen. Nach einigem Zögern entschloss sich Berenike, sie zum Tempeldienst zuzulassen. Dem Mädchen mit den dunkelbraunen Locken fiel das Lesen und Schreiben zunächst sehr schwer. Sie hatte es nicht von klein auf gelernt. Doch mit Begeisterung schrieb sie nach einiger Zeit die ersten ägyptischen Hieroglyphen.

»Briidurum-Memphis«, sagte Baile grinsend. »Es fehlt nur die Sonne auf dem Schädel.«

Berenike begann mit der Anlage eines Kräutergartens und bat Selene in einem Brief darum, ihr Samen von afrikanischen Kräutern und Heilpflanzen zu schicken.

In Berenikes drittem gallischen Frühjahr war es so weit. Der Händler Scapula brachte mehrere Säckchen mit Pflanzensamen und Stecklingen mit. Salbei, Lavendel, Kreuzkümmel. Selene hatte ihrer Sendung außerdem Gewürze und teure Salböle beigelegt. Am meisten freute Berenike sich aber über die Porträtköpfe aus grünlichem Glas. Ihre Geschwister Selene, Phila und Alexandros, Juba und die Kinder Selenes und Jubas, die sie Ptolemaios und Kleopatra genannt hatten. Sie konnte sich nicht satt sehen an den Gesichtern ihrer afrikanischen Verwandtschaft. Noch am selben Tag begann sie mit der Aussaat.

LUGS ZEICHEN

Es war Lugnasad, das Fest im Hochsommer, der Höhepunkt der Erntezeit. Die Mädchen sangen das Lied vom großen Lug, und Berenike stellte fest, dass es auch ihr bekannt war. Sie war nicht mehr die Fremde, die Baile ins Dorf gebracht hatte.

Am Nachmittag trafen sich die Bewohner von Briidurum im Freien. An Holztischen verzehrten sie das Fleisch eines gerösteten Ochsen und tranken Bier dazu. Plötzlich schrien die Kinder auf, die vor dem Brigid-Tempel Fangen gespielt hatten. Die Gänse der Brigid stoben kreischend davon. Drei Wildschweine rasten über den Platz, Lehmbrocken flogen unter der Wucht ihres Ansturms auf. Berenike duckte sich und fasste nach Centillas Hand. Sie hatte kaum wieder den Kopf gehoben, um zu sehen, was geschehen war, als ein Rudel Rehe hinter den Wildschweinen durch das Dorf zum Wald rannte und zwischen den Bäumen verschwand.

»Nur ein Huhn«, sagte Alinna erleichtert. »Nur ein Huhn ist zu Schaden gekommen.«

Die Dorfbewohner sangen wieder. Berenike verstand jedes Wort und konnte den Refrain mitsingen. Als sie zurück in Centillas Haus war, schloss sie die Tür hinter sich, nahm ihre Schreibtafeln hervor und begann, den Text des Luglieds zu notieren.

»Warum – w-warum wird das alles nicht aufgeschrieben?«, fragte sie Centilla vorwurfsvoll. Es war Abend. Sie saßen wieder an den Holztischen mit den anderen Dorfbewohnern und verzehrten die Reste des Ochsen.

»Bei uns in Ägypten gab es zu allen Zeiten heilige Bücher und Schriften, damit jeder Mann und jede Frau nachlesen konnte, was sie wissen musste.«

»Bei uns hat es nie heilige Schriften gegeben«, erwiderte Centilla. »Wir haben nicht einmal eine eigene Schrift, die geeignet wäre, diese langen Texte festzuhalten.«

»Ihr könntet die griechischen Buchstaben verwenden. So tut ihr es doch auch in euren Verträgen«, schlug Berenike vor.

»Es ist nicht gut, alles niederzuschreiben. Hat erst einer eine Papyrusrolle mit unseren Texten, unserem Wissen, kann man dieses Wissen stehlen und an jeden Menschen weitergeben. Sie würden unweigerlich verfälscht werden. So wie es ist,

ist es besser. Lieder und Erzählungen werden von den Wissenden an die Unwissenden mündlich weitergegeben. Viele Jahre, manchmal bis zu zwanzig, müssen sie sie auswendig lernen. Am Ende ihrer Lehrzeit sind auch sie Druiden geworden und sammeln einen Kreis wissbegieriger junger Männer und Frauen um sich.«

»Aber mit dem Tod eines Druiden stirbt sein Wissen«, gab Berenike zu bedenken. »Wenn eine Seuche über einen eurer Stämme kommt, sterben mit den Menschen die Überlieferung und das Druidenwissen. Außerdem werden die Lieder und Gesänge sich im Laufe mehrerer Menschenalter unmerklich verändern und erweitern.«

»Es war immer so bei unseren gallischen Stämmen. Durch das Auswendiglernen wird das Gedächtnis geschult. Wer sich auf die Schrift verlässt, wird nachlässig, da er ja nur darin nachlesen muss. Hast du noch nicht bemerkt, welch gute Redner überall bei uns leben?«

Centilla war eine von ihnen. Flüssig kamen ihr die Worte über die Lippen. Sie legte den Arm um Berenike. Der Rauch des Opferfeuers hüllte sie ein, als ein Windstoß kam. Sie mussten beide husten.

»Die Ernte war besser als in den Jahren zuvor«, sagte Centilla.

»Drei der heiligen Katzen sind an einer Krankheit gestorben, und ein Jungtier wurde von einem Luchs gerissen«, murmelte Berenike. Aus ihrer Sicht war es ein schlechtes Jahr.

»Aber Semsa ist wieder trächtig. Mach dir keine Sorgen. Brigid schützt euch.«

»Und die erhabene Sachmet euch.«

Die Rabenkrähen und Dohlen flogen schnarrend auf ihre Schlafbäume herab. Berenike zog den Wollmantel enger um sich.

In dieser Nacht träumte Berenike von zwei Schwänen, die vor dem Tempel zum Teich herunterflogen. Als sie flügelschlagend landeten, sah Berenike, dass sie an den Füßen mit einem silbernen Kettchen miteinander verbunden waren, ohne dass sie dadurch behindert wurden. Einträchtig tapsten sie ins Wasser und schwammen nebeneinander her.

Im Aufwachen stellte sie fest, dass auch Centilla wach war. Der Vollmond verbreitete ein fast taghelles Licht durch die engen Fenster.

Draußen schrien Katzen durch die Nacht, ab und zu muhte ein Rind.

»In solchen Nächten sind die Erschlagenen und zu Tode Gequälten unterwegs«, sagte Centilla. »Siehst du sie auch?«

»Ich spüre sie nur.«

»Sie reden mit dir. Hörst du sie?«

»Warum sollten sie mit mir sprechen?«

»Sie wollen dir von deinem Vater erzählen und davon, wie er Gallien zu einer blutigen Einöde gemacht hat.«

Bitterkeit stieg in Berenike auf. Jetzt war der Moment gekommen, in dem Centilla ihr weh tat. Niemand konnte es besser als sie. Ihr hatte sie sich anvertraut. Tränen stiegen ihr in die Augen.

»Was hab ich da geredet, ich wollte dich nicht verletzen«, sagte Centilla. »Es ist der Vollmond. Es tut mir Leid.«

Pater, dachte Berenike und sah zum Mond hinauf, du hattest gute Gründe, Gallien zu erobern. Du musstest verhindern, dass die wilden Völker Galliens die Grenzen Roms gefährdeten und deshalb –

»Die eigenen Militärtribunen haben nicht verstanden, warum er immer weiterzog.«

»Du bist Gallierin«, sagte Berenike mit Schärfe.

»So wie du Ägypterin bist«, gab Centilla zurück. »Die Gier nach dem Gold in Galliens Tempeln hat Julius Caesar angetrieben.«

»Denkst du das wirklich?«

»Es ist die Wahrheit.«

»Mein Vater hat die Gesetze Roms in diese Wildnis gebracht, und das war gut so.«

Centilla versuchte sie an sich zu ziehen. Berenike trat zurück.

»Lassen wir die Vergangenheit ruhen. Sie hat nichts mit uns zu tun. Wir lieben uns.«

»Wir lieben uns, und wir hassen uns«, erklärte Berenike. »Und jede von uns will fort von hier.«

»Woher weißt du das?«, fragte Centilla überrascht.

»Du willst zurück nach Rom, habe ich Recht?«

Centilla antwortete nicht.

»Und ich werde Briidurum verlassen. Ich will zurück nach Memphis. Das hatte ich immer vor. Ich habe nie etwas anderes behauptet. Was ist so schlimm daran? Unser ganzes Leben lang verlassen wir Orte, Dinge und Menschen. Diese Welt ist Nebel und Irrtum. Erst im Sid werden wir sesshaft sein. Das hast du immer gesagt, Centilla.«

»Mit dir habe ich Lateinisch gesprochen. Du wiederum hast zärtliche Sätze in gallischer Sprache geflüstert, wenn wir beieinander lagen. Du kannst nicht von hier fortgehen. Es ist dir verboten. Warum willst du denn zurück nach Ägypten. Ist es Psen?«

Es war nicht Psen. Es war Ägypten mit seiner Sonne und der heißen Erde unter den Sandalensohlen, dem Geruch nach Schlamm, den Millionen von Mücken über dem Nil, den smaragdgrünen Blättern der jungen Pflanzen.

»Wenn der Tag kommt, an dem ich nach Ägypten zurückreisen darf, wird nichts mich aufhalten.«

Es war eines ihrer nächtlichen Gespräche, von denen sie viele hatten. Manchmal stritten sie dabei so laut, dass Baile sie am anderen Morgen darauf ansprach. Jedes Mal versöhnten sie sich wieder. Auf geheimnisvolle Weise verband sie der gallische Krieg Caesars miteinander. Sie hassten und sie liebten sich. Sie mussten sich hassen, und sie mussten sich lieben, und sie mussten bis zur Erschöpfung über die Schlachten, die Orte und die Stationen dieses Kriegszuges miteinander sprechen. Am Anfang ihrer Beziehung hatten sie genau dies vermieden. In diesem Herbst lasen sie abends am Kaminfeuer zusammen die »Commentarii« Caesars.

»Hier kannst du sehen, wie edel mein Vater sich Labienus gegenüber verhalten hat«, trumpfte Berenike auf. »Er hat ihn nicht im Stich gelassen, als die Feinde ihn eingekreist hatten, sondern ist ihm unter Einsatz seines Lebens zu Hilfe gekommen.«

»Labienus hat sich von ihm abgewendet, weil er Caesars Grausamkeit nicht mehr mittragen wollte«, gab Centilla zurück.

»Wo steht das geschrieben? Zeig es mir.«

»Es ist nicht in den ›Commentarii‹ verzeichnet«, sagte Centilla. »Viele Einzelheiten der Kämpfe in Gallien sind dort nicht erwähnt.«

»Labienus war ein Freund meines Vaters.«

»Aber schließlich hat er die Waffen gegen ihn erhoben.«

»Davon weiß ich nichts.«

»Ich weiß es.«

DIE SPHINX AUS ALABASTER

Drei Jahre waren seit der Verbannung vergangen und Turinus endlich vergessen. Es tat nicht mehr weh, an ihn zu denken. Fast fünfundzwanzig Jahre war Berenike jetzt alt. Mitleid mit den Frauen des Dorfes überkam sie, die ihre Kinder zum Tempel schleppten, wenn sie krank waren. Jede Geburt brachte sie dem Tode nahe. Sie arbeiteten hart und kamen nie zur Ruhe. Berenike hingegen hatte abends noch Muße, um mit Centilla medizinische und philosophische Probleme zu erörtern oder gemeinsam mit ihr Schriftrollen zu studieren. Centilla hatte sich bei Scapula, dem römischen Händler, eine Ausgabe der Gedichte des Catullus gekauft, ein hübsches Exemplar aus geglättetem Papyrus in zierlicher Schrift mit roten Überschriften.

Manchmal griff Berenike in der Nacht zwar noch nach dem kleinen grünen Glaskopf, der immer neben dem Kopfende ihres Bettes stand, doch es war mehr eine Gewohnheit, vergleichbar der Zwiesprache, die sie leise mit ihrem Vater pflegte. Doch in diesem Herbst musste sie plötzlich wieder häufiger an Turinus denken. Eines Tages, während sie mit ihren Opferdienerinnen die heiligen Gesänge anstimmte, traf sie der alte Schmerz unvermutet wie ein Messerstich. Sie verstummte und musste sich ganz auf ihre Opferhandlung konzentrieren.

In der Nacht wachte sie auf. Der Mond schien auf den Strohteppich vor ihrem Bett. Centilla atmete gleichmäßig und ruhig im Schlaf. Draußen bellten die Hunde. Berenikes Herz klopfte heftig, ihre Stirn war heiß und fiebrig. Sie hatte von einem einsamen Reiter geträumt, der mit wehendem schwarzem Feldherrnmantel auf einem edlen gallischen Pferd über den Pfad durch den Wald auf Briidurum und das Nemeton zupreschte. Nur langsam beruhigte sie sich wieder. Sie stand auf und ging vor dem Kaminfeuer auf und ab. Es glomm nur noch leise vor sich hin.

Wo Turinus jetzt wohl gerade war? Beim Würfelspiel mit einem Sklaven oder mit Freunden? Er hatte die Angewohnheit, immer nur wenige Stunden zu schlafen und dann zu lesen oder sich zu unterhalten. Berenike seufzte.

»Denkst du an Turinus?«, fragte Centilla. Sie war aufgestanden und musterte Berenike besorgt. »Oder bist du krank?«

»Er ist ziemlich weit weg.«

»Dein Aeneas hat dem Fatum gehorcht und Rom neu gegründet, während hinter ihm der Scheiterhaufen mit Dido loderte.«

»Vergilius hätte das nicht so schreiben müssen«, murmelte Berenike.

Dido, die karthagische Königin, die sich in Aeneas verliebt hatte, war von ihm auf Jupiters Befehl hin verlassen worden. Jupiter wollte, dass Aeneas, der geflohene Trojaner, Rom als neues Troja gründete. Das sei seine wahre Aufgabe und nicht die Liebe zu Dido. Dido konnte den Verlust ihres Geliebten nicht ertragen und beging Selbstmord.

»Du bist aber nicht Dido.« Centilla kicherte übermütig. Sie legte neues Holz ins Feuer und holte die Würfelpyramide aus der Truhe. Berenike setzte sich an den Tisch und überlegte.

»Es hat nicht viel daran gefehlt.«

»Die Männer wünschen sich, dass wir Frauen sie so lieben wie Dido ihren Aeneas oder Penelope Odysseus. Aber in Wirklichkeit vergessen wir sie genauso schnell wie sie uns. Und wenn wir ganz am Boden sind, stehen wir schließlich wieder auf. Das ist die menschliche Natur.« Centilla warf die Würfel auf den Tisch.

»Wir stehen wieder auf und verlieben uns aufs Neue.«

»Gut, dass wir so sind und nicht wie die arme Dido. Die Zeit lässt die Liebe vergehen.«

Ganz so einfach war es nicht. Monatelang war sie Dido ähnlich gewesen und hatte nur keine Gelegenheit gehabt, sich das Leben zu nehmen. Berenike seufzte. »Er denkt an mich. Er hat mich nicht vergessen«, sagte sie mit Entschiedenheit.

»Er hat dich nicht vergessen. Weißt du, warum? Dich kann man nicht vergessen. Aber was hilft's? Du wirst ihn nicht wiedersehen, und du wirst ihn nicht einmal vermissen. Er soll jetzt in Lugdunum sein, und er wird länger in Gallien bleiben.«

Berenike zitterte plötzlich am ganzen Körper. Sie sprang auf und riss den Vorhang vor dem Fenster zur Seite.

Centilla goss sich etwas Wein durch das Sieb in ihre Trinkschale.

»Nein. Nicht in Briidurum. Nie und nimmer! Was soll unser Imperator Augustus hier mitten im gallischen Wald?« Centilla versuchte ein Lachen. »Und dann noch mitten in der Nacht! Nimm Verstand an. Wenn der Princeps kommt, wird es vorher bekannt gegeben. Er schleicht sich nicht an wie ein Dieb oder Feind. Wenn er kommt, dann mit großem Gefolge. Städte und Dörfer stöhnen auf unter der Last, sie alle bewirten und beschenken zu müssen. Wir sollten uns nicht einmal wünschen, dass er kommt. Hinterher lebt im Umkreis von zehn Meilen kein einziges Huhn mehr. Die Römer sind Fresssäcke. Nach einem solchen Besuch müssten wir den ganzen Winter über hungern.«

Berenike öffnete die Tür und trat barfuß hinaus. Sie spähte in die Dunkelheit. Der Lichtschein aus dem Zimmer fiel auf den Platz vor dem Haus.

»D-da war jemand«, sagte sie mit ersterbender Stimme. »Die Hufspuren sind ganz frisch.«

Die Sphinx fand sie erst ein paar Tage später. Jemand hatte ein verschnürtes Päckchen vor dem Sachmet-Tempel abgelegt. Kein ungewöhnlicher Vorgang, viele Verehrer der Göttin legten Geschenke vor das Tempeltor, um sich für die Wohltaten der Erhabenen zu bedanken.

An ihrem Behandlungstisch, umgeben von Schreibtafeln, Salbentiegeln und Augenpasten, wickelte Berenike den in Stoff verpackten Gegenstand aus. Es war eine kleine Sphinx aus Alabaster.

Betulla, die ihr gegenüber saß und eine Mixtur rührte, sah erstaunt auf, als Berenike einen spitzen Schrei ausstieß.

»Was ist, Berenike?«

»Es ist Dions Sphinx«, stieß Berenike hervor.

Betulla wusste nicht, wer Dion war.

Berenike strich über die glatte, kühle Oberfläche der Steinfigur. Es war die Sphinx, die immer bei Turinus auf dem Schreibtisch gestanden hatte. Oder auch nicht. Wahrscheinlich eine ähnliche Arbeit aus derselben ägyptischen Werkstatt. Wer hätte schon gewagt, die Sphinx vom Schreibtisch des Imperators zu stehlen?

»Soll ich sie in den Innenhof vor die Göttin stellen?«, fragte Betulla.

»N-nein. Sie bleibt hier. Ich möchte sie bei mir auf dem Behandlungstisch haben.«

ABSCHIED VON CENTILLA

Der Regen trommelte auf das Schilfdach und plätscherte seitlich am Haus nieder.

»Jetzt gehst du wieder zu Alinna.« Berenike hatte es eigentlich nicht sagen wollen.

Baile blieb stehen und legte den Wollmantel zurück auf das Sofa. »Hast du etwas dagegen?«

Sie konnte nichts dagegen haben. Wenn er glücklich mit Alinna war, musste sie sich freuen.

Das Feuer knisterte im Herd. Allos und Aballos lagen in ihrem Weidenkorb mit den Wollknäueln. Im Nebenzimmer waren Centillas ruhige Atemzüge zu hören. Niemand im Haus war noch wach außer Baile und Berenike.

»Waren die Pilze gut, die ich euch gebracht habe? Ich hoffe, ihr habt sie so gebraten, wie ich erklärt habe.«

Die Entfernung zwischen ihnen betrug nur zwei Schritte, und doch schien sie Berenike unüberbrückbar. Sie war Dalta, das Pflegekind, und er Baile, ihr Leibwächter vom Tag ihrer Geburt an.

Berenike streckte die Hände nach ihm aus, sie stand nicht nahe genug, um ihn zu berühren. Er drehte sich zu ihr, unendlich langsam, und sah sie fragend an.

»Bleib bei mir, Baile«, sagte sie, und ihre Stimme war so kläglich, dass sie sich schämte. »Ich wollte, ich hätte blonde Haare wie Alinna. Dann würdest du –«

Er breitete die Arme aus und zog sie an sich. »Lug«, murmelte er, »Lug hat das Zeichen gegeben. Die drei Hindinnen, die drei Wildschweine und die drei Hasen sind an mir vorbeigelaufen an Lugnasad. Da wusste ich, dass es so weit ist.«

Berenike sog seinen Geruch tief in sich ein und rieb ihr Gesicht an seiner haarigen Brust. Zugleich wuchs in ihr die Entschlossenheit, ihn nie wieder loszulassen.

Bailes Körper war ein fremdes Land, anders als alles, was sie kannte, begehrenswert und zugleich furchterregend. Obwohl er ihr so vertraut war wie kein anderer Mensch auf Erden, war es überwältigend und ungeheuerlich, als sie sich küssten. Und weil es so ungeheuerlich war, für ihn nicht weniger als für sie, konnten sie nicht anders, sie mussten es tun. Baile und Berenike atmeten beide schneller. Es gab kein Ende.

Es blieb für immer unklar, wer wen zuerst begehrt hatte.

In dieser Nacht ging Baile nicht. Sie liebten sich auf dem wollenen Teppich vor dem Herd. Berenike krallte die Fingernägel in seinen Rücken vor Lust und biss ihm in die Ohrläppchen. Sie stöhnte Bailes Namen. Zweifellos hörte Centilla sie, zweifellos war ihr klar, was sich vor ihrem Schlafzimmer abspielte, doch sie war diskret genug, sich nicht bemerkbar zu machen. Der Morgen graute schon, als Berenike und Baile endlich einschliefen. Baile war es noch gelungen, den Mantel über sie zu decken.

»Troll dich fort aus meinem Haus, schielender Baile!« Centilla stieß mit dem Fuß gegen Bailes nackte Schulter. »Geh zu Alinna.« Wortlos griff Baile nach Mantel und Stiefeln und verschwand. Berenike richtete sich auf.

»Habe ich das verdient?«, fragte Centilla.

Einen Moment dachte Berenike, Centilla werde auf sie losgehen und sie schlagen. Nein, Centilla hatte es nicht verdient. Berenikes Herz krampfte sich zusammen.

»Ich habe dich geliebt«, sagte Centilla. »Und du mich auch.«

»Wir haben uns auch gehasst«, wandte Berenike ein.

»Kein Grund, dich Baile wie eine läufige Hündin an den Hals zu werfen«, schrie Centilla. »Warum jetzt? Was habe ich dir getan?«

»Ich weiß es nicht. Die Götter –«

»Sag bloß noch, dass Brigid es wollte«, höhnte Centilla.

»Lug und Brigid wollten es.«

»Als du kamst, warst du ganz am Boden, weil dein Turinus dich in die Wildnis geschickt hatte. Weißt du noch, wie es war? Jeden Abend hast du dich in den Schlaf geheult. Wo war da dein feiner Baile?«

Berenike blieb stumm. Sie starrte nur auf das Muster des Strohteppichs zu ihren Füßen, auf die gegeneinander versetzten Quadrate und hoffte, dass Centilla sich beruhigen würde.

»Da draußen laufen deine Katzen. Du bist nicht anders als sie. Immer auf der Suche nach dem Kater.« Centilla hielt inne und strich sich die Haare aus der Stirn. »Ich werde nicht in diesem Haus bleiben, nicht nachdem du und Baile euch hier auf dem Boden gewälzt habt.«

Als Baile gebadet und angezogen zurückkam, hatte Centilla sich beruhigt. Hoheitsvoll bat sie Baile, sich zu setzen, und bot ihm Kurmi und Gerstenbrot mit Käse an.

»Willst du das Haus haben, Sachmet-Priesterin?«, fragte Centilla. »Für siebenhundert Denare? Ohne das Badehaus allerdings, das gehört dem ganzen Dorf.«

Berenike musste schlucken. Sie war einverstanden.

»Keine Angst. Die Feindesköpfe am Eingang nehme ich mit und meine anderen Sachen auch. Baile braucht schließlich Platz für sich und seine Holztiere. Du bist und bleibst eine ägyptische Hexe, wie deine Mutter. Jetzt hast du Alinna den Mann weggenommen und mich schmählich verlassen. Aber ich bin nicht überrascht. Ich habe es kommen sehen. Du warst schon lange in Baile verliebt.«

Berenike stammelte, es sei alles ganz plötzlich gekommen.

»Mach dir nichts vor. Alle im Dorf wussten, dass du scharf auf ihn bist.«

Berenike schämte sich plötzlich auch vor Baile, der abwartend neben ihr saß und auf einem Stück Käse herumkaute.

»Es tut mir so Leid.« Berenike versuchte in Centillas Gesicht zu lesen, wie tief verletzt sie war, aber es blieb reglos. »Ich konnte nicht anders«, sagte sie und wusste, dass es eine schwache Entschuldigung war.

Centilla zog sie zur Tür hinaus. »Sieh dich um, Berenike. Was siehst du?«

»Das D-Dorf, die Menschen – die Welt.«

»Die Welt hier draußen ist nicht das, was sie verspricht. Für keinen Menschen. Als Priesterin der Sachmet solltest du das wissen.«

Es war ein Vorwurf, ein leiser, und Berenike verstand ihn auch. Die Beziehung zu Baile würde vergehen, so wie die zu Psen und die zu Turinus, und vielleicht würde auch sie in Tränen und Verzweiflung enden. Aber Berenike wusste, dass sie ihn dennoch wollte, auf die Gefahr hin, dass es nur für kurze Zeit war.

Als Centilla ging, Allos und Aballos auf den Schultern, musste sie weinen. Centilla mit ihrem Tempel hatte eine ganze Welt bedeutet. Mehr als Turinus, mehr als Psen, dachte Berenike. Ich habe unendlich viel verloren. Auch unsere nächtlichen Gespräche werden mir fehlen. So manche Weisheit kann ich jetzt nicht mehr von Centilla erfahren. Berenike wischte sich die Tränen ab. Alles im Leben hatte seinen Preis. Sie hatte ja schon entschieden, was sie wollte.

DUMNOITS TOCHTER

Was Alinna anging, so war es weniger einfach, als Berenike es sich vorgestellt hatte. Weder verließ Baile sie und die Kinder, noch dachte Alinna daran, sich jetzt, nachdem Berenike ihre Ansprüche geltend gemacht hatte, zurückzuziehen. Wenn sie verletzt oder traurig war, ließ sie es Berenike jedenfalls nicht spüren. Vertumna und Anausio rannten hinter Baile her, sowie sie ihn sahen, und in Berenike stieg Ratlosigkeit auf, wenn sie Baile mit ihnen spielen und herumtollen sah.

Alinna konnte lesen und schreiben und sprach gut Griechisch und Latein. Für eine junge Frau im tiefen Gallien war sie ungewöhnlich gebildet. Ihr Vater Dumnoit hätte sie und die Enkelkinder lieber bei sich auf seinem Landgut gehabt, aber Alinna bestand darauf, in der Hütte zu bleiben, in der sie mit ihrem Vertumnus glücklich gewesen war. Sie hatte den mageren jungen Gallier mit den brennenden Augen gegen den Willen ihres Vaters geheiratet, genauer gesagt, sie war einfach mit ihm fortgelaufen. Dumnoits Vorhaltungen und Ratschläge hatte sie nie ernst genommen. Was war auch von einem Vater zu halten, der ewig betrunken unter dem Tisch lag oder mit ständig wechselnden Geliebten turtelte? Alinna hatte beschlossen, anders zu werden als ihr Vater und ein ernsthaftes Leben zu führen.

Ihr Ehemann Vertumnus stammte aus einer verarmten Familie ohne Landbesitz und hatte die Familie nur durchgebracht, weil er in den Wäldern jagte und Alinna die wenigen Ziegen und Hühner, die er besaß, mit viel Sachverstand pflegte und vermehrte. In einem harten Winter, als die Männer von Briidurum nach Wild suchten, war ihm ein großer brauner Bär zum Verhängnis geworden. Beim Kampf gegen das riesige Tier war Vertumnus unglücklich vom Pferd gestürzt und einige Tage später an seinen Verletzungen gestorben. Cingeto erlegte den Bären schließlich und zog ihm das Fell ab. Der Bärenkopf wurde ausgenommen, mit Stroh gestopft, an der Luft getrocknet und am Türpfosten des Hauses von Alinna und Vertumnus aufgehängt.

Für Alinna war es Ehrensache, in Briidurum zu bleiben. Die Dorfbewohner unterstützten die junge Witwe mit Lebensmitteln und Hilfsleistungen. Anausio war beim Tod seines Vaters erst ein paar Wochen alt. Auch Dumnoit versuchte zu helfen, wo er konnte.

»Warum läufst du vor mir fort? Hast du Angst vor mir?«, fragte Alinna eines Tages und stellte den Wassereimer ab. Berenike, die unterwegs zum Sachmet-Tempel war, blieb stehen und lief rot an.

»Du hast ihn verhext«, sagte Alinna und stemmte die Arme in die Hüfte. »Mit deinen Zaubertränken. Und jetzt ist es zu spät.«

Berenike fand nicht, dass Baile allzu verhext war. Dazu ging er viel zu oft zu Alinna.

»Du willst ihn uns ganz wegnehmen. Das ist ungerecht. Ich habe ihn dir schließlich auch gelassen, damals, in der ersten Zeit, als du bei Centilla geschlafen hast.«

Berenike überlegte, was mit dem letzten Satz gemeint war.

»Wir hätten zusammen in ein anderes Dorf ziehen können oder auf das Landgut meines Vaters.«

»Das hätte er nie getan«, sagte Berenike schnell. »Er hätte

mich niemals hier allein zurückgelassen. Vergiss nicht, er hat den Eid der Soldurier geschworen. Nach gallischer Sitte darf er mich auch bei größter Gefahr nicht verlassen.«

»Seine Zeit mit dir ist vorbei. Du bist nicht mehr sein Schützling. Du stehst unter dem Schutz deiner römischen Freunde. In ganz Gallien würde niemand wagen, dir ein Haar zu krümmen.«

»Egal, wie es ist«, sagte Berenike verärgert. »Du entscheidest jedenfalls nicht darüber.«

»Ich will keinen Streit mit dir.« Alinna griff nach ihrem Eimer und ging. Sie war von unzweifelhafter Schönheit mit ihren prallen Brüsten, dem langen Haar und dem rundlichen Körper.

»Mutter Isis mit den tausend Namen«, murmelte Berenike, »auch wenn Alinna die älteren Rechte auf ihn hat, lass mir Baile. Ohne ihn kann ich nicht leben. Hilf mir! Ich will ihn nicht verlieren.«

Draußen tobte der Sturm. Die Donnerschläge kamen rasch näher. Jedes Mal, wenn ein Blitz den Schlafraum taghell erleuchtete, schloss Berenike die Augen.

»Es ist Taranis, der uns ermahnen will«, murmelte Baile.

Berenike rückte dicht an ihn heran. Baile hatte das Robbenfell auf dem Bett ausgebreitet. So wie die Römer glauben auch die Gallier fest daran, ein Robbenfell könne sie vor dem Zorn des Donnergottes schützen. »Glaubst du, dass es hilft?«, flüsterte sie.

Wieder zuckte ein Blitz durch die Nacht, unmittelbar danach krachte ein erneuter Donnerschlag über das Dorf.

»Taranis rollt sein Rad über den Himmel«, sagte Baile.

Der Hund Bracco lag winselnd unter dem Bett. So mutig er bei der Jagd war, beim ersten Donnerschlag flüchtete er sich ins Haus und verkroch sich zitternd.

Beim nächsten Donner schrie Berenike auf. Baile zog sie an sich. »Hab keine Angst, Dalta. Baile ist bei dir«, murmelte er auf Griechisch. Es waren die gleichen Worte, mit denen er sie in Ägypten getröstet hatte, wenn sie sich fürchtete.

Die Tür flog auf, ein Windzug ging durch das Haus, und Berenike verstand nicht, warum Bracco nicht angeschlagen hatte.

»Baile!« Zwei tropfnasse, zerzauste kleine Gestalten waren hereingehuscht und kletterten ins Bett. Baile zog sie zu sich und küsste sie. »Komm unter die Decke, Anausio, komm, Vertumna. Du musst ein Wolltuch holen und sie trocken reiben, Berenike.«

Berenike stieg aus dem Bett und stieß fast mit Alinna zusammen. Auch sie war durchnässt und verstört. Zusammen trockneten sie die weinenden Kinder. Berenike ging zum Kamin und stellte die Kasserolle mit dem Wasserwein auf die tönernen Stierstützen.

Sie verbrachten die Nacht vor dem Kamin mit Gesprächen über die Zukunft Galliens, tranken Ptolemäerwein und waren, jeder auf seine Weise, verlegen, während Vertumna und Anausio im großen Bett friedlich schliefen. Gegen Morgen ließ der Regen nach, das Gewitter hatte sich verzogen. Baile brachte Alinna und die Kinder zurück zu ihrem Haus.

»Bist du ärgerlich, Dalta?«, fragte er, als er wieder hereinkam. »Alinna entschuldigt sich. Die Kinder waren nicht aufzuhalten, sagte sie.«

Berenike musste lachen. Sie war glücklich, dass er so schnell wieder zurückgekommen war.

»Nein«, sagte sie. »Es war in Ordnung. Aber versprich mir, dass sie nur bei Gewitter hier schlafen.« Ihre Stimme klang fest. Aber in ihrem Innern flehte sie: Hilf mir, Pater. Gib mir ein Zeichen oder einen Rat. Eines Tages wird Baile mit Alinna fortziehen. Eines Tages wird er nicht mehr hier sein.

Sie entschloss sich sogar, Centilla im Brigid-Tempel aufzusuchen. Centilla war nicht verärgert, als sie Berenike sah. Sie erklärte sich sofort bereit, die Haselstäbchen auszuwerfen und Brigids Rat einzuholen.

»Mach dir Alinna nicht zur Feindin. Im Dorf wirst du immer die Fremde sein. Es muss nur eine der großen Epidemien ausbrechen, dann werden dich alle hassen, und nicht einmal Baile wird dich schützen können. Sei auf der Hut vor deinen gallischen Freunden! Sie denken anders als du und ich.« Centilla blickte zum Fenster hinaus und kraulte eines der Eichhörnchen in ihrer Hand.

»Manchmal sprichst du, als ob du selbst eine Fremde wärst.«

»Wer weiß«, sagte Centilla spöttisch.

»Alinna oder ich – frag sie, wie Bailes endgültige Familie aussehen wird«, bat Berenike und reichte ihr zwei Tauben für die Göttin.

Nachdem sie Gebet und Opfer verrichtet hatte, kam Centilla mit verlegenem Gesichtsausdruck aus dem Tempel zu Berenike, die draußen im hölzernen Umgang gewartet hatte.

»W-was hat sie g-gesagt?«

»Die Antwort war so einfach, dass ich unsicher war. Ich habe das Opfer und das Orakel wiederholt und die gleiche Antwort erhalten.«

»Welche Antwort? Ich kann sie ertragen.«

»Drei. Nur das: drei.«

»Drei«, sagte Berenike. Die Götter, die beim Orakel befragt werden, sagen nicht das Ganze, sie zeigen nur. Aber die Aussage »drei« schien Berenike eindeutig. Es bedeutete, dass sie sich mit Alinnas Gegenwart abfinden musste. So verstand sie es. Sie erzählte Baile nichts davon.

BAILES FAMILIE

Berenike wurde schlagartig wach und griff nach Baile, der schreiend und um sich schlagend neben ihr lag. Verschlafen wie sie selbst noch war, verstand sie seine keltischen Sätze nicht gleich. Mit geschlossenen Augen stöhnte er und wehrte sich gegen einen unsichtbaren Feind, während sie versuchte, ihn aufzuwecken.

»Ich will es nicht trinken, lass mich«, wiederholte er in seinem biturigischen Dialekt.

Dann begriff er, wo und wer er war, und schaute sie gequält an.

»W-was w-war es? Was hast du g-geträumt?«

»Lass mich. Es ist immer das Gleiche. Immer wieder das.«

»Sag es mir doch.«

Er sah an ihr vorbei und atmete tief.

»Es geht niemanden etwas an«, sagte er schroff.

»Vielleicht wird es besser, wenn du darüber sprichst.«

»Nichts wird besser, wenn man darüber spricht, nichts wird anders. Die Vergangenheit geht nicht vorbei. Tagsüber kannst du vergessen, nachts kommt alles zu dir zurück. Jeder Mann, den du im Kampf vor noch so langer Zeit erschlagen hast, ist dann wieder da. Die Bilder der Hütten, die du abgebrannt, die Frauen, die du an den Haaren durch den Schnee geschleift hast. Nichts davon ist verloren oder weniger geworden. Alles ist in dir aufgehoben und wartet auf die Nacht.«

Er legte sich zurück, zögerte erst und sagte dann in die Stille der Nacht: »Wir waren vier Brüder. Ich bin der Einzige, der die Eroberung von Avaricum überlebt hat.«

Er setzte sich wieder auf. »Nach Avaricum habe ich angefangen, Holzstücke zu schnitzen. In der ersten Zeit habe ich Bilder der Erschlagenen gemacht und dann allmählich Götterbilder, immer wenn die Träume kamen. Ich habe mich in den Schein des Feuers gesetzt und geschnitzt, wenn ich nicht schlafen konnte.«

Berenike streichelte ihn. Er war nass geschwitzt.

»Ohne diese Bildnisse wäre ich wahnsinnig geworden. Ich wäre nicht der Einzige gewesen. Weißt du, was Dumnoit damals getan hat? Dumnoit tanzte, bis er müde war. In den ersten Jahren tanzte er jede Nacht. Wir mussten uns von dieser Last befreien. Vergiss nicht, wir waren nicht als Krieger erzogen worden. Wir sollten Barden sein. Wir waren anders als unsere Brüder, die damals alle schon ihren ersten Feind getötet hatten. Sie waren vorbereitet.«

»Wenn es so schlimm war«, begann Berenike vorsichtig, »warum hast du es bei Caesar ausgehalten? Warum bist du einer seiner Leibwächter geworden?« Eine Frage, die sie sich oft genug gestellt hatte.

»Darauf kam es nicht mehr an. Es kam auf gar nichts mehr an. Wenn du voll von solchen Bildern bist, wie wir sie als Kinder sehen mussten, kommt es nicht mehr darauf an, was du tust und wofür du kämpfst. Irgendwann waren wir froh, dass uns jeden Tag gesagt wurde, was wir tun und lassen und wofür wir kämpfen sollten. Wir selbst hätten nicht gewusst, wo wir hätten anfangen sollen. Dumnoit und ich waren unfähig zum Widerstand gegen die Römer, so wie wir versagt hatten, als wir sterben sollten. Die tapfersten gallischen Krieger haben sich das Leben genommen. Wir gehörten nicht zu ihnen. Wir –« Er murmelte nur noch leise vor sich hin und schlief wieder ein.

Berenike lag neben ihm und wagte kaum zu atmen.

Als Berenike feststellte, dass sie zum zweiten Mal in ihrem Leben schwanger war, war sie verlegen und betroffen. Vor dem Sachmet-Heiligtum sangen die Vögel in den Bäumen. Ein lauer Frühlingswind strich über Briidurum. Sie starrte die Getreidekörner an, die in der Schale ausgetrieben hatten. Sie hatte nicht geglaubt, dass es noch einmal geschehen würde. In gewisser Weise hatte sie sich überlegen gefühlt. Jetzt sah sie, dass der übliche Kreislauf des Lebens sich auch in ihrem Körper vollzog.

In den nächsten Monaten weinte sie viel. Selten dachte sie so intensiv an Marcellina wie jetzt. Ihre Schwangerschaft erschien ihr wie Verrat an ihrer Tochter in Rom, von der sie nur aus Geryas' und Merits seltenen Briefen erfuhr, dass sie sich gut entwickelte und Octavias ganzer Stolz war. Sie war jetzt acht Jahre alt und kritzelte unter jeden von Merits Briefen ein oder zwei eigene Sätze in seltsam wackligen Buchstaben. Schreiben gehörte offenbar nicht zu ihren Stärken. Geryas schrieb, sie sei größer als die Mädchen ihres Jahrgangs und habe von Livia ein Junges der Katze Cara geschenkt bekommen.

Baile geriet außer sich vor Freude, als Berenike ihm erzählte, dass er demnächst noch einmal Vater werden würde. Mit ernster Miene untersuchte er seine Holzvorräte, zeichnete einen Entwurf auf ein Schreibtäfelchen und begann schon bald mit der Schnitzarbeit.

»Was soll das werden?«, erkundigte sich Berenike.

»Eine gallische Wiege für Königskinder.«

Baile ließ keine Gottheit und kein Fabeltier aus. Eine üppiger geschmückte Wiege gab es nirgendwo sonst in Gallien. Brigid mit langem, gelöstem Haar, Lug, die Drei heiligen Mütter mit dem Säugling, mit Windelband und Schwamm, der Hirschgott Succellus, sie alle tauchten auf der Stirnseite des Möbelstücks auf. Monatelang arbeitete Baile daran.

Biturix wurde im Spätsommer geboren, fast fünf Jahre nachdem Berenike Briidurum zum ersten Mal betreten hatte, ein klein geratenes, aber zähes Kind mit der hellen Haut seines

Vaters und rötlichem Haar. Nun war geklärt, wie die Göttin ihre Auskunft gemeint hatte. Den Namen »König der Bituriger« fand Berenike übertrieben, aber Baile bestand darauf. Sein ältester Bruder habe diesen Namen getragen.

»Wie hast du deine früheren Söhne genannt?«, wollte Berenike bei dieser Gelegenheit wissen.

»Soviel ich weiß, waren es immer Töchter. Ich habe den Frauen beim Abschied gesagt, wenn noch ein Sohn geboren werde, sollten sie ihn Biturix nennen.«

»Er sieht seinem Vater sehr ähnlich«, stellte Centilla fest, die bei Biturix erschienen war, wie sie zu jedem Neugeborenen kam. »Alle Kinder sehen ihrem Vater in den ersten Tagen ihres Lebens ähnlich. Danach ändert sich ihr Gesicht und nimmt die späteren Züge an. Weißt du, warum das so ist?«

Berenike wusste es nicht.

»Die Götter haben es so eingerichtet, damit die Väter davon überzeugt werden, dass es wirklich ihr Kind und nicht das eines anderen Mannes ist, und für es sorgen.«

Nachdenklich betrachtete Berenike Biturix und überlegte, wie viele Kinder in den ersten Lebensjahren an Lungenentzündungen, Brechdurchfällen und den üblichen Kinderkrankheiten starben. Zweifellos war Biturix durch die medizinischen Kenntnisse seiner Mutter etwas besser gestellt, aber beim Gedanken an die vielen Krankheiten, die mit dem einbrechenden Winter bis weit ins Frühjahr die Dörfer und Städte in Nordgallien heimsuchten, wurde ihr beklommen ums Herz.

Nach gallischer Sitte vollbrachte sie die vorgeschriebenen Opfer vierzig Tage nach Biturix' Geburt. Sie versenkte silberne Münzen und eine Tonstatuette der Göttin im Opfergraben hinter dem Brigid-Tempel, in dem sich die Enten tummelten.

Zwei Jahre zuvor war auch Gaius Caesar geboren worden, Julias und Agrippas erster Sohn. Überdies kam es zu einem großen Erfolg Roms gegen den alten Feind Parthien. Zwischen Caesar Augustus und dem Partherkönig wurde ein Abkommen geschlossen. Die römischen Gefangenen durften endlich aus Parthien heimkehren, und die erbeuteten Feldzeichen wurden feierlich zurückgegeben. All diese Ereignisse wurden mit einer gewissen Verspätung in der Tiefe Galliens weitererzählt. Baile, der sich in Augustodunum aufgehalten hatte, konnte Näheres berichten, aber Berenike interessierte all das nicht mehr. Ihr Leben hatte nichts mehr mit der römischen Politik zu tun. Auch über Turinus wollte sie nichts erfahren. Ob er krank oder gesund war, es berührte sie nicht mehr. Er war ihr so fern wie die Göttin Roma, obwohl Turinus zum Princeps des Römerreichs geworden war und die Menschen ihn überall achtungsvoll »Augustus«, den Erhabenen, nannten. Auch in Gallien wurden in den großen Städten Altäre für Augustus und die Dea Roma errichtet, doch Berenike in ihrer Abgeschiedenheit bemerkte das nicht. Es war ihr gelungen, Rom zu vergessen. Rom aber hatte Berenike nicht vergessen.

DER BESUCH

Biturix hatte schon kräftig zugenommen, und es ging auf den Winter zu, als die mit Eisen beschlagenen Räder eines großen Wagens auf dem Kies vor dem Nemeton knirschten. Berenike dachte zunächst an einen verspäteten Besuch des Händlers mit seinen Waren und Briefen aus aller Welt, konnte aber nicht aufstehen, um Einkäufe zu machen, da Biturix gerade schmatzend an ihrer Brust saugte. Sie rief nach Gemma, aber niemand kam.

Wenig später trat Baile herein. »Dalta, ich bringe Besuch für dich!«

Berenike wandte sich zur Tür und erkannte die zierliche

Frau nicht gleich, die in einen purpurfarbenen Kapuzenmantel gehüllt war. Baile führte die Besucherin zum Sofa, wo sie sich neben Berenike niederließ. Lächelnd betrachtete sie Biturix.

»Er ist ein schönes Kind«, sagte sie in gepflegtem Latein. Baile hatte ihr den Mantel abgenommen. »Seine Schwester kommt gleich. Sie streichelt die Katzen vor dem Haus.«

»Mater«, schrie Berenike auf. »Du bist zu uns nach Briidurum gekommen!«

Octavia hatte sich kaum verändert, sie war nur um Nuancen gealtert. Sie sah ernst und bekümmert aus, als sie sprach. Aber so war sie seit jeher gewesen. Immer hatten die Dinge sich zu ihren Ungunsten entwickelt. Antonius hatte ihr nach dem Zerwürfnis mit Turinus den Scheidebrief zugestellt, ihre Liebe zu Agrippa hatte sie zum Besten der Res publica aufgeben, den Sohn Marcellus für die ewige Roma hingeben müssen. Plötzlich begriff Berenike, dass auch sie in die Reihe der Menschen gehörte, die Octavia liebte und die ihr von Caesar Augustus genommen worden waren.

Fast hätte sie Biturix fallen lassen, als das Mädchen eintrat. Marcellina war groß für ihr Alter und hatte Füße wie ein Junge. Sie war darin vertieft, eine Katze in ihrem Arm zu streicheln, die sie vor der Tür aufgelesen hatte.

»Gib deiner Mutter einen Kuss!«, forderte Octavia.

Marcellina erschrak sichtlich. Stumm und verlegen kam sie etwas näher, sah an Berenike vorbei und murmelte: »Wenn ich aber nicht will?«

»Keine Angst«, beruhigte Berenike sie. »Wir müssen uns nicht küssen.«

»Die Köpfe an den Häusern hier sind schrecklich«, sagte Marcellina vorwurfsvoll.

»Wo hast du welche gesehen? Die Römer haben diese Sitte verboten. Früher hingen sie an jedem Türpfosten, heute sieht man sie nur noch selten.«

»An zwei Häusern im Dorf. *Avia,* ich will hier ganz schnell weg.«

Berenike dachte über die Köpfe an gallischen Türpfosten inzwischen nicht mehr nach, so sehr hatte sie sich an den Anblick gewöhnt.

Auch für Biturix interessierte Marcellina sich nicht weiter, stattdessen kniete sie bei Bracco nieder, der vor dem Herdfeuer lag, und streichelte ihn überschwänglich.

Octavia und Marcellina waren aus Lugdunum gekommen, wo sie einige Monate bei Caesar Augustus verbracht hatten. Jetzt dachte Octavia daran, wieder ganz nach Rom zurückzukehren. Es gebe aber Gründe, erklärte sie fast verschämt, weshalb sie verschiedene Orte im Inneren Galliens aufsuchen wolle.

»Um diese Jahreszeit?«, fragte Berenike irritiert.

Draußen quiekten Schweine, Hühner flatterten und gackerten.

»Bist du mit viel Gefolge gekommen?«, fragte Berenike. Gemma war mit Bronzekanne und Griffschale eingetreten und wusch Octavia Hände und Füße. Danach massierte sie ihre Herrin mit Salböl.

»Nur mit den Leuten, die unbedingt erforderlich sind. Ein paar Legionäre, Pyramus, die Ankleidemädchen, Pueri. Nicht mehr als fünfzehn.«

»Für Briidurum ist es eine große Ehre, dass die Schwester des Caesar Augustus uns aufsucht.«

»Macht euch keine Umstände. Ich hatte vor, die beiden Tempel zu besuchen und das Quellheiligtum in der Nähe. Baile kann uns sicher hinbringen.«

»Ist jemand krank?«, fragte Berenike misstrauisch.

»Darüber wollen wir jetzt nicht reden«, sagte Octavia. »Erst einmal zu den angenehmen Dingen des Lebens.«

Octavia hatte es sich auf dem Sofa bequem gemacht. Baile hatte ihr einen gepolsterten Schemel unter die Füße gestellt und eine Decke über sie gebreitet.

»Steht mein Marmorbild bei dir im Atrium?«, brach es aus Berenike hervor.

»Ja, unverändert neben dem von Selene. Ich habe euch großgezogen. Ich musste mich selbst davon überzeugen, wie es dem kleinen Goldfasan geht.«

Berenike schämte sich einen Moment lang. Neben ihrem Bett hatten in all der Zeit nur der grüne Glaskopf des Turinus und die Gruppe mit Selenes Familienporträts gestanden. Den Kopf des Turinus hatte sie mit Rücksicht auf Baile in eine ihrer Truhen verbannt.

»Und natürlich wollte ich das Kind sehen.«

»Aber warum hast du immer nur diese kurzen Briefe geschickt? Und nur Wein und Oliven?«

Baile kam mit einem Krug heißen Gewürzwein und goss ihn durch einen Seiher in die Trinkgefäße.

Jeder spritzte einen Tropfen auf den Boden für die Götter.

»Was hätte ich schreiben sollen?« Octavia nippte an ihrem Getränk.

»Hast du etwa geglaubt, ich hätte versucht, Livia umzubringen?«

»Alle haben es geglaubt.« Octavia lehnte sich in die Kissen zurück. »Und ich ... habe es durchaus für möglich gehalten. Zu meinem Bruder habe ich allerdings gesagt, dass es ausgeschlossen ist, egal, wie viele Sklaven was auch immer unter der Folter behaupten.«

Berenike erhob sich und legte Biturix in die Wiege neben dem Herdfeuer.

»Ich konnte nicht verhindern, dass du nach Gallien ins Exil geschickt wurdest. Ich fand es ungerecht. Doch bitte stell mir keine weiteren Fragen, kleiner Goldfasan, ich kann und darf sie dir nicht beantworten.«

»Weiß Turinus von deinem Besuch?«

Octavia seufzte. »Es gibt wenig, was er nicht weiß. Das Nachrichtensystem in Gallien funktioniert sehr gut. Auch ich habe immer gewusst, wie es dir geht und was sich in Briidurum ereignet.«

Octavia und Marcellina verbrachten die Nacht in Bailes und Berenikes Schlafzimmer. Das Gefolge und die Legionäre wurden in den Hütten um den Tempel verpflegt und untergebracht. Baile bestand darauf, Pyramus zu Alinnas Haus zu bringen, das aufgrund von Dumnoits Reichtum zu den besser ausgestatteten gehörte. Alinna besaß sogar silberne Gefäße und eine Purpurdecke mit Fransen. Die Dorfkinder stritten darum, wer die römischen Pferde mit Stroh abreiben und füttern durfte. Auch die beiden Wagen wurden staunend begutachtet.

»Avia, wann gehen wir endlich?«, quengelte Marcellina bei der abendlichen Cena. »Alles schmeckt so eklig. Ich will weg. Hier ist es überall kalt und gruselig.«

Sie sah Marcellus ähnlich. Die Marcelli waren alle groß und schlank gewesen mit breiten Schultern. Nur Marcellinas Nase erinnerte an die ihrer Großmutter Kleopatra.

Am nächsten Morgen lag Raureif über den Strohdächern und den Tempelfirsten. Die Luft war kalt und klar. Ein wolkenloser blauer Himmel wölbte sich über Briidurum. Das Herbstlaub raschelte unter ihren Füßen, als Berenike mit Marcellina und Octavia zum Sachmet-Tempel hinüberging.

Octavia stellte der Göttin eine goldene Schale vor ihren Schrein und verneigte sich vor ihr. Berenike konnte sich nicht erinnern, dass sie der Göttin in Rom jemals ihre Aufwartung gemacht hatte. Sie war zwar im Tempel gewesen, hatte dessen Einrichtung und Ausstattung gelobt, sich aber stets wie eine Römerin verhalten und der Erhabenen niemals ein Opfer dargebracht.

Berenike bat Betulla, sich um Marcellina zu kümmern und ihr die heiligen Katzen vorzustellen. Dann führte sie Octavia in ihr Behandlungszimmer. Octavia setzte sich spontan auf Berenikes Priesterinnensessel, und Berenike nahm auf dem Patientensitz Platz.

»O – wo kommt das denn her?« Octavia griff nach der Sphinx. »Warum hast du mir nicht erzählt, dass er hier ist? Wahrscheinlich willst du Rücksicht auf Baile nehmen.«

»N-nein, so ist es nicht. Eines Morgens lag die Sphinx eingepackt vor dem Tor des Tempels.«

»Turinus' Schwachstelle sind die Frauen«, seufzte Octavia. »Vielleicht kommt er noch einmal, um dich zu sehen.«

»Es wäre mir lieber, er würde die Verbannung endlich aufheben und mir erlauben, nach Rom oder Ägypten zurückzukehren.«

»Das kann er nicht tun. Julia und Livia würden es nicht dulden.«

Dann kam Octavia auf den eigentlichen Grund ihres Besuchs zu sprechen. Sie litt an einem Frauenleiden. Kein Arzt in Rom hatte ihr helfen können. Jetzt hoffte sie auf die heilenden Quellen in den Bergen. Nach einigem Zögern ließ sie sich von Berenike untersuchen.

Als sie fertig waren, begann Octavia zu weinen. Agrippa sei mit Julia in Kleinasien, und sie vermisse ihn sehr. Leider schreibe er wenig und habe sie wohl ganz vergessen. Marcella und Jullus seien ein erstaunlich glückliches Ehepaar, wie die Turteltäubchen gingen sie miteinander um, und auch Antonia Minor sei mit ihrem Drusus gut versorgt. Die ältere Antonia, mit Domitius verheiratet, dem Sohn eines verstorbenen Freundes des Triumvirn Antonius, lebe außerhalb Roms. Jullus Antonius kümmere sich um die Klienten des Hauses, während sie sich mit den Enkelkindern beschäftige. Auch bei Livia sei sie oft.

»Glaub mir, mein Goldfasan, Turinus und sie führen eine gute Ehe, trotz allem, was geredet wird.«

»Wenn du es sagst, Mater«, murmelte Berenike.

Leider befördere Turinus nicht die Laufbahn des Jullus Antonius.

»Er hat ihm immer noch kein wichtiges Kommando über das Heer übertragen, und er will ihn nicht zu seinem Kandidaten bei den Konsulwahlen machen. Glaub mir, wenn Turinus nicht Princeps in Rom wäre, dürfte mein Jullus längst eine Provinz verwalten. Er ist so tüchtig wie sein Vater. Es kränkt ihn sehr, so hintangesetzt zu werden.«

»Es hat aber den Vorteil, dass du ihn in Rom bei dir hast.«

Octavia begann erneut zu schluchzen. Am meisten sorge sie sich um Marcus Agrippa. Er sei gar nicht gesund, ihn plage die Gicht. Einer seiner Freigelassenen berichte ihr regelmäßig von ihm. Sie müsse schließlich wissen, was er tue und wie es ihm gehe. Sie sah Berenike um Zustimmung bittend an.

Berenike senkte den Blick. Sie fand nicht, dass Octavia alles wissen musste.

»Wie kann er denn mit Julia glücklich sein?«, stieß Octavia dann hervor und konnte sich nicht mehr beruhigen. Sie umklammerte ein Schreibtäfelchen und schüttelte sich weinend. Berenike legte den Arm um sie.

»Stell dir vor, er hat sogar in heißem Essig gebadet, weil ihm ein Quacksalber das gegen die Schmerzen in seinem Bein geraten hat. Dabei hat Musa ihm heiße Bäder ausdrücklich verboten.«

»Mater«, sagte Berenike, »bitte mach all deinen Einfluss auf Turinus geltend, damit er die Verbannung aufhebt. Ich möchte meine Tochter aufwachsen sehen. Dass sie bei mir in Briidurum bleibt, wirst du ja wohl nicht zulassen.«

»Bei den Göttern, nein, die Kleine würde umkommen.«

»Ich bin auch nicht dafür geboren, im Norden Galliens zu leben.«

»Ach, übrigens ...« Octavia zögerte. »Sie ist immerhin schon acht. Turinus hat darum gebeten, dass sie mit Quinctilius Varus verlobt wird, eine sehr ehrenvolle Verbindung. Die Quinctilier stehen den Marcelli nicht nach.«

»Und w-wann wird die Hochzeit sein?«

»Sobald sie ihre erste Menstruation hat. Du weißt, es ist nicht gut, länger zu warten.«

»W-wie geht es Marcella?«

»Jullus Antonius ist endlich der richtige Ehemann für sie. Er passt im Alter zu ihr, sie kennen sich seit ihrer Kindheit. Wenn nur Turinus ein Einsehen hätte und Jullus endlich ein Militärkommando erteilen würde. Der arme Junge trägt inzwischen überall öffentlich seine Gedichte vor, weil er sonst nichts zu tun hat.«

Sie legte den Arm um Berenike. »Könntest du einen Brief an Marcus Agrippa schicken? Ich meine, von dir würde er vielleicht einen Rat wegen seines Beinleidens annehmen.«

»Es ist schwierig, ein Leiden zu beurteilen, wenn man den Kranken nicht in Augenschein genommen hat.«

»Schreib ihm, er soll unbedingt auf Musa hören. Es gibt keinen besseren.«

Zweifellos hatte Agrippa eigene Ärzte. Berenike zog es vor zu schweigen. Sie waren sich nicht mehr so nahe wie damals in Rom. Jede von ihnen hatte sich verändert. Damals, nach Turinus' Triumph über Ägypten, hatte Berenike die Schwester des Princeps unendlich bewundert. Sie empfand noch die alte Sympathie, aber zugleich verspürte sie ein Gefühl von Überlegenheit. Octavia erschien ihr etwas verschroben und altmodisch.

»Eine Bitte noch«, sagte Berenike beim Abschied und versuchte, die Tränen zurückzuhalten. »Schick mir ein kleines Bildnis von dir. Ich will es bei unseren Hausgöttern aufstellen und jeden Tag an dich denken.«

Berenike sah dem Wagen mit der römischen Begleitung lange nach, als er zwischen den Bäumen verschwand. Baile, der ein Stück mitritt, damit sie sicher zu dem Quellheiligtum gelangten, winkte ihr. Übermütig kraulte sie Biturix, der auf ihrem Arm strampelte. Er war ihr in der gallischen Wildnis bei aller Liebe ein klein wenig fremd geblieben. In diesem Moment überkam sie ein neues Gefühl von Stolz auf ihren Sohn. Jetzt, nachdem Octavia und Marcellina ihn gesehen hatten und er in ihren Gesichtskreis eingekehrt war, nachdem nun feststand, dass sie Turinus, Jullus und Julia von ihm berichten würden, jetzt erst war er für Berenike wirklich geworden.

DAS OPFER

Nach Biturix' Geburt hatte Baile damit begonnen, sein Landgut einzurichten. Das Land dazu war ihm seit langem zugeteilt gewesen, und es war allein Bailes Entscheidung gewesen, die Bauten errichten zu lassen. Er hatte eine Zeit lang gezögert, weil er ernstlich erwogen hatte, zu den Truppen zurückzukehren und ein Militärkommando zu übernehmen. Immer wenn er zu viel getrunken hatte, sprach er davon, dass er es doch noch tun würde. Weder Alinna noch Berenike billigten den Gedanken.

»Ich bin noch nicht alt genug, um vor dem Kamin zu liegen«, brummte Baile dann missvergnügt. »Ein Mann muss tun, was Männer tun. Es ist zu wenig, nur auf die Jagd zu gehen und ein Landgut zu verwalten.«

Baile war kein Schöngeist wie Jullus oder Juba, die Pindar und Thukydides nachgeeifert hatten. Weder schrieb er Gedichte, noch erforschte er die Geschichte in alten Papyrusrollen. Lesen und Schreiben fielen ihm nicht schwer, aber er bevorzugte die Jagd. Er liebte das raue Leben draußen und die

Gesellschaft anderer Männer. Dabei blieb immer noch genug Zeit, um Götter und Tiere aus Holz zu schnitzen und auf der Drehleier alte Bardenlieder zu spielen.

Als sie alle mit den Bauarbeiten an der neuen Wohnstätte beschäftigt waren und Berenike alle Hände voll zu tun hatte mit dem Kleinen, da sie nicht bereit war, ihn einer Amme anzuvertrauen, verschwand eines der Kinder aus dem Dorf: Audiax, ein etwa vierjähriger Junge, der nicht altersgemäß entwickelt war. Am ersten Abend nach seinem Verschwinden suchten ihn alle. Doch es dauerte zwei Tage, bis man seinen erschlagenen Körper fand. Erschreckenderweise lag die Leiche im Bereich der Baustelle.

Der Tod dieses Jungen regte Baile so auf, dass Berenike Angst um ihn bekam. Er sprang auf Cingeto zu, den Ältesten in Briidurum, der den Kontakt zu den Druiden in den Hügeln hielt, schüttelte ihn und überhäufte ihn mit keltischen Schimpfwörtern. Die Dorfbewohner beobachteten das schweigend und wagten nicht, die Streithähne auseinander zu reißen. Sie starrten Baile nur vorwurfsvoll an.

Einer von Bailes Jagdgefährten zog ihn schließlich von Cin geto weg und versuchte ihn zu beruhigen.

»Warum? Wozu? Du bist ein idiotischer Barbar«, schrie Baile noch einmal auf, ehe er schließlich von Cingeto abließ. In den nächsten Tagen kümmerte er sich persönlich um das Begräbnis.

Cingeto war bei der Feier am Grab nicht anwesend, und auch Baile fehlte. Berenike betrachtete den kleinen Leichnam, der bis zum Hals mit dem roten Trauertuch bedeckt war, und musste weinen beim Anblick des zerstörten Schädels. Sie spürte die Augen der anderen auf sich, verstand aber nicht, warum sie so angesehen wurde.

»Warum versucht keiner, den Mörder zu finden?«, fragte Berenike, als Centilla sich abends zu ihr setzte. Neuerdings kam sie wieder und las Berenike vor, wenn sie Biturix stillte.

»Es war Cingeto. Alle wissen es. Cingeto streitet es nicht ab.«

Berenike zitterte am ganzen Körper. »Er muss bestraft werden.«

»Ach, hör auf«, sagte Centilla gleichmütig. »Spiel nicht die Gesetzestreue. Du lebst hier unter Barbaren, so ist es doch. Im Großen und Ganzen werden die römischen Gesetze eingehalten, aber bei manchen Gelegenheiten gelten die gallischen Bräuche. Audiax' Tod war kein Mord. Es war ein Opfer, so wie es immer üblich war.«

»Aber für wen? Und wozu?«

»Für euch. Für euer Haus, damit es lange hält. Eigentlich hätte Audiax unter dem Fundament eingegraben werden müssen; das hat Baile verhindert.«

Berenike schluckte. Ja, sie waren in der Tat Barbaren mit schauerlichen Opferriten, die sie nie verstehen würde. Anders als die besänftigte Sachmet troffen die gallischen Götter noch vor Blut.

»Audiax wäre wegen seiner Geisteskrankheit früher oder später ohnehin geopfert worden. Das wussten alle«, versuchte Centilla zu erklären. »Man nimmt Kinder wie ihn als Bauopfer, seit Jahrhunderten ist es so Brauch. Dafür gibt es zwei Gründe. Man braucht lebende Bauopfer, und man will kranke Kinder nicht am Leben erhalten. Die Römer versuchen dagegen einzuschreiten, aber wie du siehst, ist es immer noch gang und gäbe. Cingeto wollte Baile einen Gefallen tun.«

»Baile einen Gefallen tun? Sie kennen Baile doch lange genug. Sie wissen doch, dass er das nie gewollt hätte.«

Centilla warf Berenike einen ihrer hochmütigen Blicke zu. Berenike begriff nicht mehr, auf welcher Seite sie stand, auf der Seite ihrer blutrünstigen Gallier oder der römischen Vernunft.

Dank dir, Pater, dachte sie liebevoll, danke dafür, dass du dieses Barbarenland römischer Herrschaft und römischen Gesetze unterworfen hast.

»Und die Eltern? Audiax' Eltern wollten ihn sicher nicht opfern.«

»Die Eltern werden nicht gefragt. Die Ältesten beschließen den Tod des Opfers und bestimmen den, der es ausführt. So viel zu Schuld und Unschuld.«

Berenike stöhnte. »Wie soll ich jemals in diesem Haus glücklich werden? Ich werde nie vergessen, dass Audiax dafür sterben musste.«

Gallien würde ihr kein Glück bringen. Sie hatte es von Anfang an gespürt. Sie berührte den kleinen Falken an dem Goldkettchen um ihren Hals und dachte an Psen. Ich werde zurückkommen, gelobte sie, ich werde Gallien verlassen. Ich will wieder in ein Land, in dem die Menschen klar denken und die grausamen Götter von einst besänftigt wurden wie Sachmet, die in den Urzeiten auch grausam und blutrünstig war. Nur gut, dass Gallien jetzt eine römische Provinz ist.

»Jetzt hasst du uns alle und wünschst dich nach Ägypten zurück«, stellte Centilla fest.

»Baile hasse ich nicht. Er wollte es nicht. Er war nur zu schwach, um Audiax' Tod zu verhindern.«

»Mach dir nichts vor, Berenike. Er wollte es nicht ganz, aber irgendwie wollte er es doch. Er ist ein Gallier.« Plötzlich griff Centilla nach Berenikes Hand. »Ich weiß, was du denkst. Versprich mir, dass du es nicht tust! Wir brauchen dich hier in Briidurum, dich und den Sachmet-Tempel. Vielleicht sollten wir auch einen Isis-Tempel haben.«

Berenike schwieg ärgerlich. Seit wann konnte Centilla Gedanken lesen? Sie hatte erwogen, eines Tages mit Biturix nach Memphis zu gehen oder nach Rom. Aber es war ihr ja ohnehin nicht möglich, die gallische Wildnis zu verlassen. Dazu bedurfte es der Erlaubnis von Caesar Augustus.

»Warum hast du es nicht verhindert? Ich will dir sagen, warum. Du bist selbst eine blutrünstige Gallierin.«

Centilla stand auf, ihre Schultern zuckten.

Berenike tat nichts, um sie zu trösten. »Das ist es, was uns voneinander trennt, aber auch mich und Baile. Nicht die besänftigte Sachmet wird euch Gallier menschlich machen, sondern Roms Gesetze.«

»Du wirst es vergessen«, sagte Centilla sanft. »Du wirst es Baile verzeihen. Du kannst ihm nicht vorwerfen, dass er hier geboren und aufgewachsen ist. Zuerst war er Gallier. Erst viel später ist er Römer geworden.«

Centillas Worte trafen Berenike.

Berenike machte auch Baile schwere Vorwürfe. »Audiax war ein krankes Kind. Er hatte ein Recht zu leben.«

»Ich weiß«, entgegnete Baile. »Du hast völlig Recht. Wenn die Römer von dem Mord an ihm erfahren, werden sie Cingeto vor ein Gericht stellen.«

»Du hättest es verhindern können. Warum hast du es nicht getan?«

»Ich bin nicht so stark, wie du glaubst. Aber eins musst du begreifen. Wer so lange als Römer gelebt hat wie ich, wer schließlich die drei Namen erhalten hat, der ist kein Gallier mehr, sondern ...«

Baile sagte nicht, dass er ein Römer sei. Äußerlich und formal juristisch war er ein römischer Bürger mit den drei Namen, berechtigt, die weiße Toga zu tragen. Innerlich würde er es nie sein. Und natürlich zeigte niemand Cingeto an, auch Baile nicht.

Berenike brauchte einige Tage, bis sie Baile wieder berühren und lieben konnte. Als sie wieder miteinander schliefen, spürte Berenike, dass es anders war als vor Audiax' Tod.

Das Leben im Dorf jedoch ging seinen gewohnten Gang. Bald sprach niemand mehr von dem toten Jungen.

Berenike sah zu, wie das Haupthaus der Villa entstand, mit einem Säulenumgang, einem Esszimmer und einem Bad, in dem kein Komfort fehlte. Das Atrium war mit einem kleinen gallischen Heiligtum ausgestattet, in dem holzgeschnitzte gallische Götter neben Jupiter, Minerva und Juno standen. Hatte sie in den ersten Tagen bei Beginn der Aushebungsarbeiten noch gezweifelt, dass hier in Gallien jemals ein luxuriöses Haus nach römischem Vorbild entstehen könnte, so wurde sie bald vom Gegenteil überzeugt. Und an der Tatsache, dass Baile sogar Wasserrohre aus Blei besorgt hatte, begriff sie, dass das wilde Gallien dabei war, sich vom Feindesland in eine von Römern bewohnte Provinz zu verwandeln. Ringsum, so versicherte ihr Baile, errichteten römische Kriegsveteranen auf den ihnen zugeteilten Ländereien Güter. Manch eine wohlhabende gallische Familie wollte auch den Komfort einer römischen Badeanlage mitsamt Fußbodenheizung haben. Da genossen sie also römischen Badekomfort und verwendeten Olivenöl, und zugleich verschwanden Kinder als Bauopfer unter Fundamenten.

Einige Ansiedler versuchten sogar, an ausgesuchten Südhängen Rebstöcke zu pflanzen, um eigenen Wein zu gewinnen. Auch Baile überkam der Pflanztrieb, der die ehemaligen Krieger seiner Generation befallen hatte. In einen geschützten Winkel des Gartens vor dem Hauptgebäude des Anwesens setzte er zwei Aprikosenbäumchen. Er wässerte sie täglich und sprach mit ihnen.

»Soll Alinna mit den Kindern etwa auch dort einziehen?«, fragte Berenike misstrauisch.

»Sie bleibt im Nemeton«, erklärte Baile verlegen. »In der Villa gibt es nur eine Domina.«

»Willst du damit sagen, dass wir deine endgültige Familie sind, Hercules?«

»Nur die Götter wissen, was die Zukunft bringt.«

Ein Jahr später war alles fertig. Es gab ein großes Einweihungsfest mit Opfern für die gallischen, römischen und ägyptischen Götter und einem besonderen für Roma und Augustus. Letzteres verstand sich von selbst. Dieses Opfer an den Staat der Römer, dessen Bestandteil die Gallia Comata endgültig geworden war, wurde bei allen wichtigen öffentlichen Akten den übrigen Feierlichkeiten vorausgeschickt.

»Bald wird kein Gallier mehr in einer Schilfhütte wohnen wollen«, sagte Centilla nachdenklich, während sie mit Berenike durch das mit Blumen geschmückte Anwesen ging.

»Doch, du«, sagte Berenike. »Du wirst die alten Bräuche am Leben erhalten.«

In Centillas Gesicht zuckte es. »Ich bin nicht so durch und durch gallisch, wie du annimmst. Wenn der Schnee geschmolzen ist, werde ich Besuch bekommen. Richte Baile aus, dass Brennus zum Fest der Brigid aus Germanien herüberkommt.«

»W-wer ist Brennus?«

»Ein alter Freund aus Germanien. Er kommt nur alle zwei oder drei Jahre.« Centillas Gesicht blieb abweisend.

Wieder einer dieser Kriegsflüchtlinge, den die Sehnsucht nach seiner Heimat ins Dorf trieb und mit dem Baile sich bis zur Bewusstlosigkeit besaufen würde. Es schien Berenike besser, nicht nachzufragen.

DER GAST AUS GERMANIEN

Der Boden vor dem Nemeton war noch aufgeweicht, als Scapula kam, diesmal mit drei Ochsenkarren. Sein Handel hatte sich im Laufe der Jahre immer mehr erweitert. Er führte ein umfassendes Warenangebot mit sich, längst nicht mehr nur Garum, Olivenöl und Rotwein. Sogar Augensalben konnte man inzwischen bei ihm kaufen, wie Berenike ärgerlich feststellte. Baile machte sich mit zwei Dienern sofort auf den Weg, um eigenhändig das Garum aus hispanischen Makrelen, das es nicht einmal in Augustodunum gab, abzuholen. Octavia hatte diesmal eine Amphore Massiker-Wein und einen Beutel aromatisches Zahnputzpulver nach dem Rezept Musas mitgeschickt.

Kela tauschte geflochtene Körbe in allen Größen gegen Lebensmittel. Andere Frauen brachten im Winter gewebte Bordüren und schleppten dafür marinierten Thunfisch in bauchigen *orcae* davon.

Berenike hielt Biturix an der Hand, der neuerdings sicher auf den Beinchen stand und herumlief. Um seinen Hals hing die römische Bulla, doch ansonsten trug er die gallische Tracht: Hosen, rote Lederstiefel und ein pelzverbrämtes wollenes Wams mit einem Gürtel und einem kurzen Kapuzenmantel.

»Hast du Balsamöl?«, fragte Baile Scapula und untersuchte die Salböle, indem er die blauen Glasfläschchen an die Nase hielt. »Das Zeug hier taugt nichts.«

»Ich habe zwei Töpfchen da, aber sie sind die teuersten, die ich zu bieten habe. Ich kann selbst dir keinen Rabatt geben.«

»Her damit!«, sagte Baile. Berenike war nahe daran, ihm zu widersprechen. Baile benutzte normalerweise ein einfaches Nardenöl, das er schon in seinen ägyptischen Zeiten verwendet hatte.

»Was hast du mit dem Balsamöl vor?«, fragte sie, als sie wieder in der Villa waren.

»Es ist für Brennus. Er kommt zum Brigid-Fest. Die Gefäße sind versiegelt, sonst würde ich dir eine Portion abgeben.«

Berenike war beruhigt, dass keine Frau dahinter steckte. Baile konnte schlecht lügen. »Die Barbaren werden immer vornehmer«, stellte sie fest.

Pünktlich zum Brigid-Fest traf Brennus im Nemeton ein. Er band sein Pferd am Pfosten vor dem Brigid-Tempel an und nahm in einem der zum Tempel gehörigen Häuser Nachtquartier. Berenike staunte, wie gut er trotz seines Alters noch im Sattel saß, wie behände er vom Rücken seines edlen Pferdes sprang. Mit dem im Wind flatternden langen weißen Haar glich er den Druiden aus Galliens großen Zeiten.

Baile hieß ihn willkommen und lud ihn für den Abend zu einem Festmahl in die Villa ein, zu dem auch Dumnoit und Alinna geladen waren.

Brennus fand sich bald schon am Aufgang zum Hauptgebäude ein, und Baile ließ es sich nicht nehmen, mit ihm das Areal des Landguts abzureiten. Berenike begleitete die beiden auf einem der gallischen Ponys.

»Ein Waldstück ist wichtig«, erklärte Baile. »Wald wirft zwar jahrelang keinen Gewinn ab, nicht so wie Weiden oder Ackerland. Aber du hast eine Reserve für den Notfall. Wenn das Vieh stirbt oder die Ernte schlecht ausfällt, kannst du das Holz schlagen und verkaufen. Holz wird immer und überall gebraucht.«

»Kauf dir einen Stier aus Italien«, riet Brennus. »Die gallischen Rinder sind zu klein. Du musst sie größer züchten, damit sie mehr Fleisch und Milch bringen.«

»Aber die von hier sind zäh und genügsam und an die Witterung gewöhnt«, wandte Baile ein.

»Und Dumnoit? Wirft sein Landgut Gewinn ab?«

»Reichlich. Er hält hauptsächlich Schweine, die er in die Wälder treiben lässt. Die Würste, die es bei uns zum Abendessen gibt, stammen aus seiner Räucherei. Seine Ländereien liegen drüben hinter dem Hügel.«

»Das Land wird wieder wie vor dem Krieg werden«, sagte Brennus. »Nur dass jetzt die römischen Steuerpächter die Steuern eintreiben.«

»Ein übles Pack«, stöhnte Baile.

»Gallien ist befriedet, *Gallia pacata est,* wie die Römer sagen würden.«

»Befriedet bedeutet, dass die ursprünglichen Einwohner tot sind oder völlig unterworfen.«

»Immerhin ist mit der Knechtung der Frieden eingekehrt«, meinte Berenike.

»Ein Frieden, der den Galliern nicht viel, den Römern sehr viel eingebracht hat. Die Nachkommen der Bituriger und der Eburonen leben im Elend. Sie sind ihrer Herden und Reichtümer beraubt, ihre geistigen Anführer wurden hingerichtet, und wer noch lebt, wagt nicht, den Mund aufzumachen. Die, die heute Kinder sind, werden das Unrecht vergessen haben und mit den Römern gemeinsam aufwachsen, vielleicht ihre Sprache sprechen und sich als Römer fühlen – wir Alten können das nicht.«

Die Art, wie Brennus redete und dachte, versetzte Berenike in Erstaunen.

Die Gespräche wurden am Abend im Speisezimmer der Villa fortgesetzt. Zur Feier des Tages lagen alle nach römischer Art auf Liegebetten. Als Getränk wurde jedoch nur gallisches Bier serviert.

»Dumnorix, Vercingetorix, Duovater – sie haben für die Freiheit Galliens mit dem Leben bezahlt. Ich war bei Duovaters Tod dabei. Es wird keinen großen Aufstand mehr geben. Die Götter Galliens haben sich von ihrem Land abgewandt.« Brennus hatte dem Bier eifrig zugesprochen. Verwunderlich war allerdings, dass der alte gallische Haudegen im angetrunkenen Zustand nicht Gallisch, sondern ein gepflegtes Latein sprach.

»Was ist mit Duovater geschehen?«, fragte Berenike und drückte Biturix an sich. Der Wildschweinbraten auf der Tafel vor ihr duftete verheißungsvoll. Eine Dienerin goss Kurmi in ihren Napf.

»Du hast doch die ›Commentarii‹ deines Vaters. Hast du sie nicht gelesen?«, fragte Dumnoit. »Ich glaube, Berenike liest nur ausgewählte Stellen aus dem ›Gallischen Krieg‹.« Der Ton seiner Stimme war trotz seiner Worte freundlich.

Sie sah die Trauer in den Augen der anderen.

»W-wurde er nach Rom gebracht?«

»Er wurde auf die Gabel gespießt und dann vor den Augen der johlenden Soldaten zu Tode gepeitscht«, sagte Dumnoit ruhig. »Einige der besten und tapfersten Männer Galliens sind so gestorben.«

»Cingeto, epos«, brabbelte Biturix.

Berenike empfand es wieder – sein Heldenname war ein Hohn, einen König der Bituriger würde es nie wieder geben. Und ein richtiger Bituriger war ihr Biturix schließlich auch nicht. Der Enkel des Eroberers Caesar war ein rothaariges Gallierkind. Darüber hätte Caesar vermutlich geschmunzelt.

Der alte Mann mit dem gepflegten Latein eines Stadtrömers wollte etwas sagen, ließ es aber.

Berenike überlegte, wo er wohl Sprachunterricht genommen hatte. So hatte sie noch nie einen Gallier reden hören. »Warst du als Geisel in Rom? Du sprichst wie jemand, der als Kind Lateinisch gelernt hat?«, wandte sie sich an ihn.

Darauf erwiderte Brennus nichts. Er starrte sie durchdringend an. Berenike fiel der Ring an seiner Hand auf, ein goldener Ring mit einem Amethyst. Auch der Ring war römisch, der Schmuck eines Mannes aus ritterlichen oder sogar senatorischen Kreisen. Wahrscheinlich hatte Brennus ihn erbeutet.

»Sicher zieren viele Römerköpfe die Torpfosten deines Hauses«, sagte sie scherzhaft.

»Ich habe kein Haus.«

»Aber irgendwo musst du doch leben.«

»Ich lebe mal hier, mal da, ich bin viel unterwegs.«

»Bist du auch manchmal in Italien?«

»Nein. Niemals. Ich bin ein Gallier, der die Freiheit liebt.« Brennus lachte rau auf.

»Berenike wäre fast die Ehefrau von Quintus Labienus geworden«, sagte Centilla.

Berenike konnte nicht fassen, was sie dazu bewegte, sich derart taktlos zu verhalten.

»Ich habe Quintus zusammengeschlagen, als er wieder zum Tempel kommen wollte. ›Das schickt dir Caesar Augustus‹, habe ich geschrien«, ließ sich Baile vernehmen. Auch er hatte mehr Kurmi getrunken, als ihm zuträglich war. »Und jedes Mal, wenn er sich wieder sehen ließ ...«

»Sehr gut, Baile. Auf Baile ist Verlass«, brüllte Brennus und schlug die Faust auf den Tisch. Sein Trinkgefäß hüpfte scheppernd hoch.

»Mann, er war unglaublich stark. Aber ich wusste, was ich zu tun hatte. Wenn du noch einmal mit ihr sprichst, bist du ein toter Mann, schrie ich ihm in die Ohren, ehe ich ihn ziehen ließ.« Baile schien sehr stolz auf seine Heldentat zu sein.

Berenike sah Quintus Labienus' fein geschnittenes aristokratisches Profil vor sich, seinen nackten Oberkörper mit den entzündeten Hautpartien und empfand für Augenblicke Hass auf Baile. Deshalb hatte sie vergeblich nach Labienus Ausschau gehalten.

Biturix schluchzte auf. Als sie sich ihm zuwandte, war ihre Wut auf Baile auch schon verflogen. Er geriet immer außer sich vor Freude, wenn er mit alten Kampfgenossen zusammentraf.

»Hör auf zu trinken!«, zischte sie ihm zu. »Du wirst wieder tagelang mit Kopfschmerzen im Bett liegen.«

»Aber Freiheit ist ein Wort, das aus der Mode geraten ist. Spätere Generationen werden nicht mehr wissen, was es bedeutet. Komm her, Biturix, sprich mir nach: *libertas*.« Brennus artikulierte die Worte nicht mehr klar, aber sein Latein war immer noch gepflegt und grammatisch richtig.

Das Wort war zu schwierig für Biturix. Außerdem schien Brennus ihn einzuschüchtern. Er steckte den Finger in den Mund und sah seinen Vater hilfesuchend aus großen dunkelblauen Augen an.

»Es gibt sie nicht mehr«, sagte Brennus. »Aber du wirst damit zurechtkommen. Du gehörst zu denen, die unter dem Princeps geboren wurden. Du wirst die Freiheit nicht vermissen. Du wirst eine neue Freiheit darin finden, den Römern zu dienen.«

»Unser Sohn ist selbst ein Römer«, sagte Berenike.

Alle schwiegen betreten. Brennus lachte ein trockenes Lachen.

»Rom ist gut«, lallte Brennus. »Rom ist die Zukunft. Irgendwann wird alles römisch sein, auch das Germanenland mit seinen Sümpfen und Wäldern und Auerochsen, in dem ich lebe. Bis dahin werde ich tot sein. Das Wort wird bestehen bleiben. Man wird ›Libertas‹ sagen und etwas anderes meinen. Eines Tages wird man sich nicht mehr daran erinnern, was sie ursprünglich war.« Er konnte kaum aufhören zu kichern.

Biturix weinte leise vor sich hin und schlief dann plötzlich, an Baile gelehnt, ein.

In diesem Moment begriff Berenike es: Brennus war kein Gallier. Und er hieß gar nicht Brennus.

»Wer ist Brennus, und warum trägt er einen Senatorenring?«, fragte Berenike, als Baile am Morgen wach geworden war. »Ist er ein Spion?«

Baile schlurfte mürrisch zu dem gepolsterten Stuhl vor dem Kamin, auf dem er sein Frühstück einzunehmen pflegte.

»Dafür ist er wohl zu alt«, meinte er und versank wieder in Schweigen. Er tauchte seinen Kanten Brot in den Becher mit heißer Milch und kaute.

»Du kennst ihn.«

»Nicht mehr als alle anderen auch. Brennus kommt nicht oft in die Gallia Comata. Er lebt drüben auf der Rheinseite bei den Germanen. Niemand kennt seinen wahren Namen. Niemand weiß, wer er ist.«

Berenike begriff nur so viel: Von Baile würde sie keinen näheren Aufschluss über Brennus erhalten.

»Seit es um Brennus geht, lügst du«, stellte sie fest. »Und ich verstehe nicht, warum.«

So wie er gekommen war, verschwand Brennus wieder. Er hing die beiden Balsamtöpfe hinter den Sattel seines Pferdes und ritt davon in die Wildnis. Sosehr sein Besuch Berenike auch beunruhigt und aufgewühlt hatte, über den täglichen Ereignissen vergaß sie ihn bald.

BITURIX

Wie ein Lauffeuer verbreitete sich die Nachricht auch in der Gallia Comata.

Caesar Augustus hatte in Rom die beiden Söhne aus der Ehe seines Freundes Agrippa und seiner Tochter Julia adoptiert und in sein Haus auf dem Palatium geholt. Auf diese Weise war er nun doch noch zum Vater geworden.

»Ich habe immer gesagt, dass er ein Rex sein will, er verhält sich so königlich. Turinus hat seine Nachfolger adoptiert.« Berenike sah den dreijährigen Biturix an.

»Die Zeichen sind nicht günstig«, sagte Centilla düster. »Ich habe im Tempel die Haselstäbchen ausgeworfen, und ein Windstoß hat sie in alle Winde verstreut.«

Berenike wusste inzwischen, dass es kein böseres Omen gab.

»Sprich nicht darüber. Zu keinem Menschen.«

»Nur zu dir«, sagte Centilla. »Du weißt, dass es mich nicht

froh macht. Das Unglück eines Menschen trifft immer alle, selbst wenn es das des Turinus ist.«

»Es muss schlimm sein, so weit entfernt von der eigenen Mutter groß zu werden«, sagte Berenike und dachte an Julia. Ob sie gefragt worden war, als Turinus die beiden Kinder abholen ließ? Vornehme römische Mütter hatten oft nicht viel mit ihren Neugeborenen zu tun. Die Kleinen wurden von Ammen gestillt und aufgezogen. Trotzdem bezweifelte Berenike, dass Julia zugestimmt hatte. Sie war selbst als Kind aus dem Haus ihrer Mutter getragen worden. Vielleicht hatte sie sich wieder tagelang in ihrem Zimmer eingeschlossen und gehungert. Wahrscheinlich war es besser, keine Einzelheiten zu erfahren.

»Es war für Rom«, murmelte Berenike und wiegte Biturix in den Schlaf. »Die Dea Roma begnügt sich nicht mit einem Menschenopfer. Sie fordert immer wieder neue. Die Tränen der Menschen rühren sie nicht. ›Virtus‹ ist ihr Lieblingswort, und junge Helden sind ihre Lieblinge.«

»Die Helden, die ich kenne, gehen auf Krücken umher, einbeinig, einäugig. Oder sie sind wahnsinnig geworden.« Centilla seufzte. »Galliens Wälder und Äcker sind mit Heldenblut gedüngt.«

»Ich hoffe, Biturix wird ein Sänger und kein gallischer Held. Oder ein Landbesitzer, der sein Gut verwaltet.«

»Er wird ein römischer Held, warte nur ab«, sagte Centilla.

Biturix, so erschien es Berenike, war ein außergewöhnliches Kind. In seinen Augen war ein mutwilliges Blitzen, das ihn unwiderstehlich machte. Berenike begriff, dass sie ihn mehr liebte als Baile, Turinus, Centilla, Psen oder Marcellus, ja, selbst Marcellina. Er war die größte Liebe ihres Lebens, und seinen Tod, sollte sie ihn jemals erleben, würde sie nicht überstehen.

Biturix' Kinderkrankheiten kamen mit hohem Fieber, verschwanden aber nach der üblichen Zeit, und der Junge erholte sich jedes Mal schnell. Nur die Windpocken setzten ihm stärker zu als den anderen Kindern des Dorfes, und er behielt ein paar Narben im Gesicht zurück.

Schon als Säugling schrie er ausdauernd und fordernd, bis er seinen Willen hatte. Als er älter wurde, warf er sich auf den Boden oder stieß Bailes Holzfiguren um, um seine Absichten durchzusetzen. Noch mit sieben trat er bei Zornausbrüchen gegen Götterbilder und Möbelstücke, und selbst Berenike begriff, dass ihr Sohn einen schwierigen Charakter hatte.

»Ihm fehlen Geschwister«, sagte Baile. In den letzten Jahren war er sichtlich gealtert. Haupthaar und Bart waren grau geworden. Er war jetzt Mitte fünfzig, litt gelegentlich unter Zahnschmerzen und Gliederreißen. Er war nicht mehr so schnell wie in seinen jüngeren Jahren und sah nicht mehr so gut wie früher. Manchmal überkam Berenike bei seinem Anblick ein schlechtes Gewissen. Aus irgendeinem Grund versorgte sie die Kranken, die allmorgendlich im Sachmet-Tempel eintrafen, besser als den eigenen Mann, um dessen Schmerzen sie sich nur in den dringendsten Fällen kümmerte. Immer war es Baile gewesen, der sich um sie gesorgt hatte. Jetzt war die Zeit gekommen, die Verhältnisse umzudrehen.

Doch abgesehen von seinen kleineren körperlichen Gebrechen, ging es Baile gut. Das Landgut hatte schon in den ersten Jahren erfreuliche Gewinne abgeworfen. Baile verkaufte die Produkte mit Hilfe seiner Sklaven an Markttagen und bei den großen Festen des Jahres, wenn Besucher von außerhalb nach Briidurum kamen. Rinder und Schafe vermehrten sich und waren, von der weisen, mächtigen Brigid beschützt, von Krankheiten verschont geblieben.

»Er hat genug Geschwister.« Berenike dachte an all die »Familien«, die Baile im Laufe seines Lebens gegründet hatte.

»Wenn er nur nicht dauernd ausreißen würde«, sagte Baile sorgenvoll. »Ich habe das nicht getan als Kind.«

»Es liegt nicht an Biturix. Anausio ist einige Jahre älter als er. Er bringt ihn dazu.« Berenike war immer eifersüchtig auf die unverbrüchliche Freundschaft der beiden ungleichen Jungen gewesen. Sie fand, ihr Sohn solle sich besser seinen Altersgenossen anschließen. Baile war der Grund, weshalb Anausio sich immer bei ihnen in der Villa herumdrückte. Vaterlos wie der Junge aufwuchs, suchte er bei Baile Orientierung und Schutz. Biturix behandelte er wie einen jüngeren Bruder. Biturix wiederum hatte Anausio von Anfang an vorgefunden. Er stritt sich immer nur kurz mit dem Älteren und wich nicht von seiner Seite.

Die unerlaubten Ausflüge der Freunde wurden immer länger. Berenike regte sich inzwischen weniger auf als bei den ersten Malen, wenn die beiden wieder einmal für zwei oder drei Tage in den Wäldern verschwunden waren und sich hinterher hartnäckig weigerten zu verraten, wo sie gewesen waren.

Bei jedem dieser Ausflüge hielt Berenike den Atem an. Trotz der römischen Oberhoheit herrschte im Land keine Sicherheit. Den Galliern verbot das römische Gesetz, ihre Waffen zu tragen. Immer wieder durchstreiften germanische Horden die Wälder. Sie überquerten auf zotteligen kleinen Pferden den Rhenus und machten die wohlhabenderen Gegenden Galliens unsicher. Wenn sie genug erbeutet hatten, zogen sie sich eilig zurück. Die auf sie angesetzten römischen Legionäre erwischten die Räuber nur selten.

»Biturix langweilt sich in der Villa und im Nemeton.« Baile schnipste Holzsplitter auf den Boden und betrachtete das Seeungeheuer, das unter seinen Händen entstanden war. »Hör zu, wenn er hier bleibt, wird er ungebildet bleiben. Er braucht die Stadt und eine richtige Ausbildung. Er muss verschiedene Lehrer haben. Einen für Rhetorik, einen für Grammatik. Kann ja nur mit den Fingern rechnen und nicht richtig lesen, der Kerl. Spricht zwar einigermaßen Griechisch, aber kaum Latein. Bei Taranis, er ist ein Kind ohne Erziehung. Man muss sich ja fast für ihn schämen. Es wäre jetzt an der Zeit, ihn nach Massilia zu schicken. Rom wäre noch besser für ihn. Er war noch nie in der Stadt. Er kennt nur die Wildnis.«

Baile hatte nur zu Recht. Verglichen mit Berenikes Erziehung durch Nikolaos, Dion und andere, war Biturix weit zurück. Der Lehrer, der die Kinder in der Villa unterrichtete, hatte Mühe, ihnen die Anfangsgründe der lateinischen Sprache zu vermitteln. Und doch gefiel Berenike der Gedanke nicht, den ungebärdigen Biturix nach Massilia zu schicken.

»Ich lasse ihn nicht allein nach Massilia. Nie und nimmer.« Berenike brauste auf. »Die Zeiten sind unsicher. Er ist unser einziges Kind.« War es nicht traurig genug, dass ihre Tochter weit entfernt von ihr aufwuchs?

»Wir könnten alle zusammen nach Massilia gehen«, schlug Baile vor.

Berenike überlegte, ob Alinna mit den Kindern sich ihnen anschließen würde, stellte die Frage aber nicht. Auf Alinna angesprochen zu werden tat Baile sichtlich weh. Irgendetwas war immer noch zwischen den beiden. Berenike vermied es, von sich aus die Rede auf sie zu bringen. Den größten Teil seines Lebens verbrachte er nachweisbar mit ihr, Berenike. Zugegeben, Alinna hatte noch einen Platz in seinem Herzen. Berenike erhob keinen Protest, so wie sie nicht protestiert hatte, als er die Holztafel mit den Porträts von Nefertari und Nenufer nicht weit von seinem Lieblingsplatz am Kamin aufhängte. Nenufer und Nefertari waren ein Teil seines Lebens. Berenike musste ihm ihre seltenen Briefe vorlesen und Geschenke einkaufen, die sie im Frühjahr Scapula aushändigten, damit er sie weiter zum Hafen nach Massilia brachte.

Doch Baile hatte schon einen Plan für Alinna. »Alinna würde hier bleiben und sich um die Villa kümmern. Wir könnten manchmal eine Theateraufführung ansehen. Du würdest in der Bibliothek stöbern. Und Biturix würde endlich die Manieren eines Städters annehmen. Er wächst ja fast wie ein Germanenkind auf.« Baile sah sie herausfordernd an.

DAS FEUER

Der große Tag, an dem Biturix die Toga virilis annehmen und in die Bürgerliste des Bezirks eingetragen werden sollte, kam und ging vorbei. Biturix war volljährig. Die Kindertoga hatte er so gut wie nie getragen, da die gallische Tracht dem Wetter und den ländlichen Lebensbedingungen angemessener war.

Den Sommer über hatte es wenig geregnet. Bis in den Herbst hinein hielt sich die trockene Hitze. In Briidurum blieb es wärmer, als Berenike es aus den Vorjahren gewohnt war.

Im Nemeton der Brigid lagen große Wollbündel für die Spinn- und Webarbeiten der Mädchen bereit. Das Dorf fieberte dem Höhepunkt des Jahres, dem Lugfest, entgegen. In jeder Hütte, in jedem Haus war seit Tagen Teig geknetet und gebacken worden. Es duftete nach Kuchen, frischem Brot und Gänsebraten.

Das Unglück geschah in der Nacht vor dem Fest. Baile hatte die Schreie zuerst gehört und war bereits unterwegs. Überall bellten und jaulten die Hunde und zerrten an ihren Leinen. Tuscus, nach Braccos Tod der neue Haushund, hatte sich losgerissen und rannte über den Vorplatz der Villa hinter Baile her, als Berenike schlaftrunken zum Fenster hinausschaute. Sie sah die Flammen über dem Palisadenzaun des Nemeton und roch den beißenden Rauch, den der Nachtwind herübertrieb. Sie warf den Wollmantel über, tastete nach den Sandalen und stolperte nach draußen. Die Dorfbewohner hatten bereits eine Kette gebildet, in der Wassereimer von Hand zu Hand weitergereicht wurden.

»Wo ist Centilla?«, schrie Berenike Alinna zu.

»Ich habe sie nicht gesehen.«

Einige Männer waren zu den Pferden gerannt. Mindestens eine Hütte stand ebenfalls in Flammen.

»Es war wieder diese Bande, ich habe sie davonreiten gesehen. Einer hat eine brennende Fackel auf den Tempel geworfen, ehe er über den Zaun auf sein Pferd sprang«, hörte Berenike den alten Cingeto neben ihr sagen, der erschöpft den Eimer sinken ließ. »Baile ist mit den Männern hinter ihnen her in den Wald geritten. Sie haben nichts als die Jagdspeere, um sich zu verteidigen.«

Im Morgengrauen war es endlich gelungen, den Tempel zu löschen. Die ersten Männer kamen von der Verfolgung zurück. Die Tempelräuber waren entkommen.

Centillas Gewand war versengt, und ihre Haare rochen verschmort, als sie mit schleppenden Schritten auf dem Platz vor dem Nemeton erschien.

»Sie haben alles Gold und Silber aus dem Tempel geraubt«, sagte sie erschöpft. »Die Statuetten, die Münzen und die Halsringe. Sie wussten genau, wo sich die Tempelschätze befanden. Sie haben alles mitgenommen, was sich im Inneren des Tempels befand. Ich muss noch überprüfen, ob sie auch den Opfergraben ausgeraubt haben.«

»Hast du sie gesehen?«, wollte Berenike wissen.

»Ja, ich habe das Gesicht von einem deutlich gesehen. Seine Kapuze war ihm vom Kopf gerutscht. Er hat mich auch gesehen.«

»Ein Germane? Oder einer von den römischen Strauchdieben?« Cingeto drängte sich näher an Centilla heran. »Würdest du ihn wiedererkennen?«

»Das würde ich, bei Brigid, deren Fluch ihn treffen wird.«

Centillas Gesicht war grau und so verstört, wie Berenike sie noch nie gesehen hatte. Sie stützte sich auf Berenike. »Halt mich fest«, murmelte sie. »Es war mehr, als ich aushalten kann.«

»Sie werden wiederkommen«, warnte Alinna. »Wir müssen eine Abordnung zu den Römern schicken, damit sie mit ihren Truppen nach ihnen suchen.«

»Die tun ja doch nichts für uns«, rief Kela wütend.

»Die Römer müssen uns die Erlaubnis geben, tagsüber Waffen zu tragen«, rief einer der Männer.

Baile war noch nicht zurück, und Anausio und Biturix fehlten ebenfalls. Zweifellos waren sie hinter Baile und den Männern hergeritten.

Baile kehrte jedoch schon bald fluchend zurück. Sein Pferd hatte sich mit dem Vorderlauf in einem Dachsloch verfangen und war gestolpert.

»Einem dieser Banditen war ich dicht auf der Spur. Ich habe meine beiden Speere auf ihn geschleudert, aber er ist entwischt. Er muss getroffen sein. Der zweite hat ihm fast den Arm weggerissen. Ausgerechnet da bricht der Gaul unter mir weg.«

Berenike rieb ihm Arm und Schulter mit Selagosalbe ein und tastete seinen Körper behutsam ab. Baile presste die Zähne zusammen und gab keinen Laut von sich.

»Kannst du dich umdrehen?«

Er wandte sich schwerfällig um.

»Jetzt in die andere Richtung. Langsam. Versuch, den Arm zu heben.«

Berenike war mit den Ergebnissen zufrieden. »Bring der erhabenen Sachmet ein Dankopfer dafür, dass deine Knochen heil geblieben sind«, sagte sie. »Ein Mann in deinem Alter muss keine Feinde mehr töten.«

»Ich habe die Frauen und Kinder meines Dorfes verteidigt. Dafür ist kein Mann je zu alt.« Mit schmerzverzerrtem Gesicht streifte Baile den blauwollenen Kittel über und befestigte ihn mit dem Gürtel über der Hose.

»Wo ist eigentlich Biturix? Hast du ihn gesehen?«

»Er war nicht dabei. Warum fragst du?«

Noch regte sich keine Angst in Berenike.

»Er hat alles verschlafen, so ist er«, sagte Baile. »Zeit für jeden Unsinn, aber wenn es darauf ankommt, schnarcht er wie ein Murmeltier und kriegt nichts mit.«

Doch sein Schlafgemach war aufgeräumt, das Bett unberührt. Biturix hatte die Nacht nicht in der Villa verbracht.

Was auch immer Berenike tat, wo sie ging und stand, überall sah sie Biturix vor sich. Ihr war nicht klar gewesen, dass er ihr jemals so fehlen würde. Als habe man ihr beide Arme abgeschlagen, so fühlte sie sich, amputiert, unvollständig. Sie war nur noch eine leidende Kreatur. Nicht anders als die Kuh, deren Kalb man verkauft hatte und die tagelang brüllend auf der Weide stand, hätte auch sie am liebsten nur geschrien und geheult. Zum ersten Mal in ihrem Leben widerfuhr Berenike etwas, was sie bei einigen ihrer Patienten beobachtet hatte: das schleichende Abgleiten in den Zustand des Wahnsinns. Mitten in der Nacht schreckte sie aus dem Schlaf und rannte durch das Dorf in den Wald, wo sie nach Biturix rief. Sie nahm die Worte nicht wahr, die Baile zu ihr sprach. Der einzige Mensch, dem sie sich wirklich nahe fühlte, war Alinna. Alinna, die ihren Anausio auf die gleiche Art und zum gleichen Zeitpunkt verloren hatte wie sie ihren Sohn.

Alinna war beherrschter als Berenike. Auch sie weinte immer wieder, aber als es Winter wurde, wischte sie sich entschieden die Tränen aus den Augen und ging ihrer Arbeit nach. Sie kümmerte sich um die Zubereitung der Mahlzeiten, forderte Baile auf, Hasen zu jagen, und erinnerte Berenike daran, dass im Sachmet-Tempel Kranke warteten.

»Geh nicht weg, Alinna!«, hatte Berenike gleich nach Biturix' und Anausios Verschwinden gebeten und sich an sie geklammert. Und so geschah es, dass Alinna und Vertumna bei Berenike und Baile in der Villa blieben. Die beiden hätten ebenso gut zu Dumnoit auf sein Landgut ziehen können, aber sie entschieden sich, auf die Jungen zu warten, von denen niemand etwas gesehen oder gehört hatte. Jeden Moment konnte eine Nachricht kommen. Alinna und Berenike saßen beieinander wie Zwillingsschwestern, entschlossen, ihr Schicksal gemeinsam zu ertragen.

Im selben Herbst hatte Baile erstmals keine Lust, mit in die Wälder zu ziehen. Vertumna und Alinna waren immer noch in der Villa. Sie blieben auch, als der Winter hereinbrach. Die beiden schliefen in einem der Gästezimmer. Es war kalt. Auf den Feldern und Wiesen lag bereits Schnee.

»Sie müssten längst zurück sein«, sagte Alinna. »Spätestens im Winter muss ein Mann in sein Dorf zurückkehren.«

Baile war immer wieder mit den Männern des Dorfs ausgeschwärmt, um die Wälder der Umgebung abzusuchen. Doch sie hatten keine Spuren von den Vermissten gefunden.

»Es ist möglich, dass sie von umherstreifenden Germanen gefangen wurden. Vielleicht wollen sie ein Lösegeld von uns«, sagte Baile.

»Sie sollen es haben«, sagte Berenike hoffnungsvoll.

»Spürst du irgendetwas, Berenike?«, fragte Alinna. »Ob sie noch leben? Oder ob etwas Schreckliches passiert ist? Du hast doch manchmal Träume, die in die Zukunft weisen.«

»Da ist nichts. Überhaupt nichts«, murmelte Berenike verlegen. »Kein Traum, keine Ahnung.« In ihrem Inneren war alles leer und still. Sie empfand nicht einmal Angst, allenfalls das Gefühl, sie müsse Angst oder Verzweiflung spüren. Wie einem Tier auf der Lauer, so war ihr zumute. Sie schlief schlecht, denn sie fürchtete, Biturix' Rückkehr zu verpassen. Denn dass er eines Tages vor der Tür stehen würde, daran zweifelte sie nicht.

»Centilla muss die Haselstäbchen auswerfen.« In Bailes müden Augen blitzte es.

Doch die Haselstäbchen, die Centilla am nächsten Morgen im Nemeton befragte, verrieten diesmal nichts. Ihre Aussage war seltsam unbestimmt.

»Kommen sie wieder?«, schrie Berenike. »Du musst doch etwas gesehen haben!«

»Ich weiß es nicht«, sagte Centilla, und ihre Augen wirkten so müde wie die von Baile.

DIE VERLASSENEN

In den Nächten schlief Berenike unruhig. Sie stand auf, warf sich den Wollmantel über die Schultern und wanderte ruhelos durch die Gänge, vorbei an Bailes Holzfiguren. Manchmal blieb sie stehen und streichelte eines seiner Ungeheuer, oder sie rief leise nach einer der Katzen, die sie erkannt hatte. Niemand im Dorf, so kam es ihr vor, war wach außer ihr. Sie sah durch die Fenster hinaus auf Briidurum und den schwarzen Rand des Waldes, der sich den Hügel hinaufzog. Viele Bäume waren in den Jahren seit Biturix' Geburt für den Bau neuer Häuser gefällt worden. Briidurum war nicht mehr wie bei ihrer Ankunft von dichtem Wald umgeben. Dafür hatten nicht zuletzt die wandernden Pechbrenner gesorgt, die von Kiefernwald zu Kiefernwald zogen und in großen Öfen Holzkohle und Pech gewannen.

Berenike dachte an Marcellinas Kinder, die große Quinctilia, die inzwischen Briefe schreiben konnte, an die kleinere Tavilla und den Säugling Varus. Aber es war kein Trost. Es gab keinen Ersatz für Biturix. Es war qualvoll, womöglich nie in Erfahrung zu bringen, was mit ihm geschehen war. Manchmal blieb sie stehen und schlug den Kopf gegen die Wand. Die Katzen brachten Junge zur Welt, im Dorf wurde geheiratet und gefeiert, gelacht und gescherzt, geschmaust und sich amüsiert, gerade so als habe es Biturix und Anausio nie gegeben.

»Man hätte Kampfspuren finden müssen.«

»Wenn ein Kampf stattgefunden hat, was keiner von uns weiß«, sagte Baile. Seit dem Verschwinden der beiden hatte er kein Stück Holz mehr in die Hände genommen. Wenn er nicht draußen war, saß er in der Nähe des Herdfeuers und starrte untätig in die Flammen. Er aß auch nicht mehr so viel wie in den Zeiten, als Biturix und Anausio noch da waren. Berenike dagegen stellte mit Schrecken fest, dass sie ständig Hunger hatte. Es war, als könne sie mit Essen die Zeit des Wartens auf Biturix überbrücken.

»Vielleicht ist er tot«, erklärte Baile und schaute sie an. »Tot zu sein ist besser, als den Germanen in die Hände zu fallen, glaub mir. Der Tod ist besser als die Schande.«

»Welche Schande? Was fällt dir ein, von Schande zu reden!«

Ihn schienen wieder Zahnschmerzen zu quälen. Berenike registrierte es, fragte ihn aber nicht danach.

»Wenn er noch lebte, wäre er irgendwo gesehen worden. Irgendjemand hätte uns Bescheid gegeben.« Berenikes Stimme zitterte. »Und die beiden hätten uns sicher eine Nachricht geschickt. Das hätten sie doch, Baile?«

»Ja, Dalta, ich glaube schon.«

Alinna ertrug es leichter, so erschien es Berenike. Alinna hatte ja auch noch Vertumna. Am schlimmsten war für Berenike, dass sie mit Baile nicht über Biturix sprechen konnte.

Immer, wenn sie davon anfing, erhob er sich und ritt über die Felder. Er wurde allmählich störrisch.

Berenike fand ein wenig Trost darin, Selene, Phila und Alexandros in Iol Caesarea einen langen Brief über Biturix' Verschwinden zu schicken. Es würde bis zum Ende des Jahres dauern, dann aber würden ihre Geschwister ihr tröstliche Worte senden, das wusste sie. Auch Octavia hätte sie zweifellos verstanden und getröstet, aber sie war schon seit einigen Jahren tot. Wenige Monate nach Agrippa war auch sie an ihrem Leiden gestorben. Julia, zum zweiten Mal Witwe und inzwischen Mutter von fünf Kindern, war mit Tiberius verheiratet worden. Zum dritten Mal hatte sie sich der Entscheidung des Caesar Augustus beugen müssen. Ebenso wie Tiberius, den man überredet hatte, sich von seiner schwangeren Frau Vipsania scheiden zu lassen, an der er sehr hing.

Niemand hatte Anausio und Biturix gesehen, niemand mit ihnen gesprochen oder sie beköstigt, wohin Baile auch ging und wo immer er sich erkundigte. Und sooft Centilla die Haselstäbchen nach den Verschwundenen befragte, sie erhielt keine Antwort.

»Gib dich zufrieden«, sagte Centilla schließlich. »Die Götter haben keinen Tod gezeigt, auch nicht Gefangenschaft.«

Berenike traute dem Orakel inzwischen nicht mehr. Ohnehin war sie entschlossen, an das Überleben der beiden oder zumindest von Biturix zu glauben. Sie wehrte sich dagegen, um Biturix zu trauern. Er war nicht tot, darauf bestand sie. Und doch sprang die Trauer sie wie ein Raubtier an und ließ sie nicht mehr los. Es gab zu viel, das an Biturix erinnerte. Überall lagen Gegenstände herum, die er benutzt hatte. Ein Paar schmutzige Stiefel, eine zerrissene Hose. Sein Lieblingsbecher, das gallische Trinkhorn. Sogar wenn sie Vertumna begegnete, musste Berenike an manchen Tagen losheulen wie ein altes Weib. Sie ging den Jungen aus dem Weg, die im gleichen Jahr wie ihr Sohn geboren waren und denen bereits der

Bartflaum wuchs. Ebenso ärgerte sie sich über Anausios Freunde, die munter zur Jagd aufbrachen oder ein Wildschwein ins Dorf zerrten. Das Leben in Briidurum ging weiter, als seien nicht zwei hoffnungsvolle Männer wie vom Erdboden verschluckt. Berenike vergoss immer wieder Tränen über die stumpfe Gleichgültigkeit ihrer Dorfgenossen. Irgendwann lief sie Alinna über den Weg, die summend aus Bailes und Berenikes Schlafzimmer trat. Berenike senkte den Blick. Unfähig, etwas zu sagen, flüchtete sie zum Sachmet-Tempel.

Sie hätten doch nach Massilia gehen und sich dort ansiedeln sollen! Dann wäre Alinna in Briidurum zurückgeblieben. Biturix' Leben wäre in geordnete Bahnen geraten. In der Stadt war es ohnehin sicherer als draußen auf dem Land.

»Die Götter haben es so bestimmt«, sagte Baile seltsam gleichmütig, wenn sie davon anfing. »Auch in Massilia hätten wir ihn verlieren können. Alle Menschen sind sterblich.«

Berenike blieb jetzt vom frühen Morgen bis zum Anbruch der Nacht im Tempel und kümmerte sich um die Verletzten und Kranken. Abends ging sie oft zum Brigid-Tempel. Sie saß dann mit Centilla über Papyrusrollen gebeugt und notierte sich, wie ihre Patienten auf die Anwendung bestimmter Kräutersalben reagiert hatten und weitere Beobachtungen. Centilla erteilte ihr wie früher manch guten Rat und schlug im Zweifelsfall immer das gallische Allheilmittel Selagokraut für die Behandlung vor. Umgeben von Katzen und Patienten, hatte Berenike für Gedanken an Biturix keinen Kopf. Die Arbeit im Sachmet-Heiligtum war das Gegenmittel für Berenikes Schmerzen. Sie freute sich zu sehen, welche Fortschritte Betulla gemacht hatte. Längst war sie eine echte Unterstützung geworden und half ihr bei der Behandlung der Kranken. Sobald Berenike aus der Umzäunung heraustrat, war der Schmerz jedoch wieder gegenwärtig. Und er steigerte sich, sowie sie das Gelände der Villa betrat.

»Man sieht dich kaum noch«, sagte Baile.

»Die Kranken brauchen mich«, erwiderte Berenike, hüllte sich in ihre Wolldecke und setzte sich vor den Herd, wo der kupferne Kessel an der Zahnstange im Feuer hing. Sie blickte an Baile vorbei. Seine Augen waren die von Biturix, und sie wollte sie jetzt nicht vor sich haben.

»Ich habe für dich gekocht, Dalta. Willst du nichts essen? Hähnchen mit Hähnchenblutsoße?«

Berenike hatte es aus dem Duft geschlossen. Sie war hungrig, aber ihr kamen die Tränen. Sie konnte weder Hähnchen noch Lamm essen. Beides erinnerte sie an Biturix. Immer wenn Baile die Cena selbst kochte, war es ein Hinweis darauf, dass er hinterher mit ihr schlafen wollte. Seit Biturix' Verschwinden hatte Berenike keine Freude mehr daran, in seinen Armen zu liegen.

»Bring mir etwas Brot«, bat sie. »Brot und Käse. Du weißt doch, seit er fort ist, kann ich diese Sachen nicht mehr essen.«

Baile sagte nichts, er winkte Gemma, sie möge die kleinen Esstische aus der Küche hereintragen, und dann nahmen sie ein paar einfache Speisen zu sich, ohne sich dazu auf die Liegesofas zu legen; das war ihre Art, das Abendessen zu verzehren, seit Biturix verschwunden war.

»Jetzt gehört auch Biturix zu der Zahl der Verschwundenen in meiner Familie«, sagte sie trotzig. »Einer der verschwundenen Ptolemäer, so wie Ptolemaios, der Bruder meiner Mutter, der möglicherweise im Nil ertrunken ist.«

Baile seufzte. »Er ist nicht im Nil ertrunken, das ist die römische Version. Deine Mutter hat ihn durch Antonius hinrichten lassen, ihn und ihre Schwester Arsinoë.«

Wie Recht Juba damals gehabt hatte! Die Vergangenheit tat weh, aber man musste sie hervorholen und betrachten, so weh das auch tat, und sie dokumentieren. Mit dieser Beschäftigung hatte Juba seine Jahre in Rom verbracht und sein Heimweh überwunden.

»Aufschreiben ist wichtig«, erklärte sie unvermittelt.

»Ja, schreib nur alles auf, Dalta.« Baile war erleichtert, dass es ihr Trost gab, all das, was sie über Medizin und Heilmittel wusste, schriftlich festzuhalten. Er wusste noch nicht, dass auch er eines fernen Tages Trost darin finden würde, eine lange Geschichte auf Papyrusrollen festzuhalten, damit sie nicht verloren ging. Noch war ihm nicht einmal klar, dass er Worte genug dafür hatte. »Eine Geschichte schlummert in jedem Menschen – und mindestens ein Gedicht«, hatte Vergilius gesagt. Es war eine vorsichtige Kritik an Jullus' dichterischen Bemühungen gewesen. Einstweilen gab Baile sich mit seinen gallischen Gesängen zufrieden, die er auswendig konnte und immer wieder leicht abwandelte.

»Du hast immer noch mich.« Baile erhob sich schwerfällig.

Für ein paar Augenblicke spürte Berenike wieder ihre alte Liebe zu ihm.

»Ich sehe dir an, dass du das Hähnchen essen möchtest.« Bailes Augen strahlten.

»Ich weiß, dass sie beide leben«, sagte Berenike trotzig. Baile schob seinen Korbsessel neben den ihren, schöpfte mit dem großen Löffel duftende Soße und Hähnchenstücke auf einen Teller, und dann verzehrten sie ihr Mahl mit den Fingern. Baile schlürfte behaglich und goss ungemischten Rotwein in Berenikes Silberbecher, was er nur tat, wenn er gut gelaunt war. Sie tranken aus einem Becher wie früher in ihren stürmischsten Liebeszeiten, als sie in Centillas Haus ohne Reue glücklich gewesen waren.

»Es gibt keinen Tod, Dalta«, flüsterte Baile ihr später ins Ohr, als sie erschöpft und verschwitzt nebeneinander unter der gallischen Daunendecke lagen. »Wir Gallier wissen das, nur du musst es noch begreifen. Das, was die Menschen den Tod nennen, ist etwas anderes ...«

Er schlief so schnell ein, dass er es ihr nicht mehr erklären konnte.

DIE VERSCHWUNDENEN

Das, was Baile in Erfahrung gebracht hatte und nun zu wissen glaubte, machte ihm zu schaffen. Immer wieder nahm er das zerrissene Goldkettchen mit dem Lapislazuli-Falken zur Hand, das er unweit des Dachsloches im Wald gefunden hatte. Biturix hatte es immer um den Hals getragen. Seine Mutter hatte ihn unter den Schutz des Gottes Horus stellen wollen, als sie ihm Psens Geschenk umgehängt hatte. Centilla war die Einzige, der Baile das Kettchen zeigte. Seine Befürchtung auszusprechen, hatte er nicht gewagt. Er hatte Centilla nur angesehen. Sie hatte den Finger auf die Lippen gelegt, und er hatte verstanden. Sie wusste es also auch.

Der Gram zerfraß ihn, und er hatte nicht die mindeste Lust, ihn mit Alinna oder Berenike zu teilen. Manchmal hoffte er, dass Biturix und Anausio auf irgendeine Weise zu Tode gekommen wären. Dann wieder malte er sich aus, alles sei ein Irrtum, und sie würden lachend und wohlbehalten wieder auftauchen. Lustlos ritt er zu seinen Rinderherden und inspizierte die Räucher- und Mälzkammern.

»Diese jungen Idioten. Nichts als Kummer hat man mit ihnen.« Baile hatte sich angewöhnt, gestikulierend Selbstgespräche zu führen, wenn er über die Felder streifte, sodass sein Pferd manchmal bockte.

Ein knappes Jahr nach dem schrecklichen Lugnasad, bei dem die beiden Jungen das Dorf verlassen hatten, stand wieder der Wagen des römischen Händlers auf dem Rasenplatz vor dem Nemeton. Baile gesellte sich zu den anderen, um Oliven und eingelegte Fische zu kaufen.

»Für dich und Berenike.« Mit diesen Worten reichte Scapula ihm eine Holzkiste.

Bitterkeit stieg in Baile auf. Was interessierten ihn Briefe aus Rom und Massilia und selbst der aus Rhodos, den ihm sein Freund Tiberius vielleicht sandte, wenn doch der einzige Brief, den er sich wirklich wünschte, nicht dabei war?

»Kein Balsamöl in diesem Jahr?«, fragte Scapula.

Baile schrak aus den Gedanken auf.

»Ich habe wieder zwei Töpfe für dich dabei. Sie sind aber teurer als im Vorjahr. Alles wird teurer.«

»Gib sie her!«

»Die gute Selene«, sagte Berenike, während sie die Rolle ihrer Schwester öffnete und damit anfing, die Berichte über das Leben am Hof von Iol Caesarea zu lesen. Plötzlich stieß sie einen spitzen Schrei aus.

»Was hast du?« Baile trat näher. »Ist jemand gestorben?«

»Da, lies selbst«, stammelte Berenike.

»Lies du, ich kann die kleine Schrift nicht entziffern.«

Mit zitternder Stimme las Berenike:

...Ja, Juba hat eine neue Geliebte, und das bedeutet, dass ich ihn kaum noch zu Gesicht kriege. Sei froh, dass du mit Baile zusammenlebst. Und es hat mich sehr gefreut, als mein Vorlesesklave mir vortrug, dass euer Biturix jetzt in Rom bei der Garde des Gaius ist. Er hat ganz begeistert berichtet, wie glücklich er ist. Er hat kein Heimweh, weil sein gallischer Freund bei ihm ist. Es ist seine feste Absicht, als römischer Bürger in einer zivilisierten Gegend zu leben, als Mensch unter Menschen. Ganz süß, wie er sich ausdrückt. Vielleicht werde ich ihn ja sogar sehen, wenn ich demnächst nach Rom komme, um Jullus und die Antonias zu besuchen. Gespannt bin ich auch auf Marcellina und das Haus der Marcelli, das sie mit ihrem Varus und der Kinderschar bewohnt. Alle sagen, sie sieht dir überhaupt nicht ähnlich.

Dann lernen Marcellina und Biturix auch endlich meinen Ptolemaios kennen. Cousins, der eine aus Gallien, der andere aus Nordafrika! Ich komme nicht darüber hinweg, dass du deinem Sohn einen gallischen Namen gegeben hast. Ach, Berenike, ich hoffe nur, dass auch wir uns eines Tages wiedersehen. Glaub mir, ich schreibe Caesar

Augustus deinetwegen immer wieder Bittbriefe. Es ist ein gutes Zeichen, dass Biturix in Rom ist. Eines Tages werdet auch ihr zurückkehren ...

»Garde des Gaius – was bedeutet das?« Berenike sah Baile Rat suchend an.

»Gaius Caesar, Julias und Agrippas Sohn, den Turinus adoptiert hat. Der Nachfolger.« Baile sah betroffen aus. »Er hat eine Leibwache aus Germanen und Galliern. Sieht so aus, dass Anausio und Biturix dort aufgenommen wurden.«

»W-warum, w-warum weiß es Selene? Warum hat Biturix nicht auch uns geschrieben?«

Baile zuckte die Achseln. »Du weißt doch, wie oft die Transporte auf den Straßen in den Norden überfallen werden. Vielleicht ist ein Brief verloren gegangen. Wir hatten lange keinen mehr.«

Er versuchte, gleichmütig zu bleiben, und doch saß der Schreck tief. Gleichzeitig überkam ihn eine ungestüme Freude. Etwas in ihm wollte jubelnd aufschreien. Aber da es ihm peinlich war, sich vor Berenike so gehen zu lassen, rannte er über den Vorplatz davon und stürmte über den Platz vor der Villa. Tuscus folgte ihm und sprang an ihm hoch. Baile reckte eine Faust in die Luft und juchzte.

Biturix, wahrscheinlich der größte Schurke, den das Dorf je hervorgebracht hatte, war am Leben und bei bester Gesundheit! Und Anausio, der zweitgrößte Schuft aus Briidurum, ebenso. Das Leben war schön! Die Götter, allen voran die grausame und ungerechte Fortuna, schützten die Unverschämten und schenkten ihnen Reichtum und Wohlergehen. Diesmal waren Biturix und Anausio die Begünstigten. Hatte er in seinem langen Leben nicht schon öfter erlebt, dass die Gewalttätigkeit den Sieg davongetragen hatte? Gab es nicht größeres Unrecht als die Verfehlung zweier junger Männer, von denen der eine nicht älter als fünfzehn gewesen war?

Baile nahm sich vor, noch einmal mit Centilla zu reden. Auf alle Fälle würde er Brigid einen großen Teil seines Vermögens zukommen lassen. Er rang nach Luft. Sie lebten! Was er in diesem Moment für die beiden Jungen, am stärksten für Biturix, empfand – die Bereitschaft, ihm jeden Frevel zu verzeihen und ihn für immer zu lieben –, war das nicht das gleiche Gefühl, das der Göttervater Jupiter Caesar Augustus entgegenbrachte? Caesar Augustus hatte unverzeihliche Schandtaten begangen, sich die Frauen von Freunden und Gegnern genommen, einen Bürgerkrieg losgetreten, Unschuldige gefoltert und ausgeplündert. Tausende waren seinetwegen elend gestorben, aber nun war er zu Verstand gekommen und dabei, es besser zu machen, er, der Götterliebling, ein Halbgott auf Erden.

Biturix hatte die brennende Fackel in den Tempel der Brigid geworfen, nachdem er die Göttin bestohlen hatte. Es war ein ungeheurer Frevel, gewiss. Traurig auch, dass Biturix und Anausio offenbar weder Furcht noch Ehrfurcht vor der Göttin besaßen. Aber dennoch: Baile erkannte, dass er seinen Sohn nach wie vor liebte und nichts diese Liebe jemals schmälern konnte. Er rannte zurück ins Haus, sein Herz klopfte unbändig, holte die Leier hervor und spielte seine lustigste Weise.

DIE VERSCHWÖRUNG

Berenike und Alinna hatten darauf bestanden, ein Fest in der Villa zu feiern, zu dem auch Dumnoit mit seiner neuen Geliebten gekommen war. Er war eine Zeit lang in Massilia gewesen und mit einer Syrerin zurückgekehrt, die er dort am Hafen gekauft hatte. Wie viele Gallier, die in Ägypten bei der Garde gewesen waren, zog es ihn zu Höherem. Für Dumnoit waren das die großen Städte Galliens und ihr Angebot an Vergnügungen und schönen Frauen. Dumnoit hatte schon immer Theateraufführungen und den Anblick von Tänzerinnen geschätzt. Von Zeit zu Zeit zog es ihn fort von seinem Landgut. Dann musste er griechische Sänger hören und den neuesten Klatsch aus der fernen Hauptstadt und den östlichen Provinzen, wie er in den Hafenkneipen von Massilia kursierte, wo jeder etwas Neues wusste.

Centilla, obwohl herzlich eingeladen, war nicht erschienen. Baile, der die Freude der beiden Mütter nicht schmälern wollte, unternahm nichts, um ihnen zu erklären, warum sie der Feier fern blieb. Inständig hoffte er, dass Centilla auch in Zukunft schweigen würde.

Das abendliche Festessen fand im römischen Speisezimmer auf Klinen statt. Da sie nicht ausreichten für all die Leute aus dem Dorf, die ihre Glückwünsche aussprechen und Einzelheiten erfahren wollten, wurden zusätzlich Stühle aufgestellt.

Dumnoit war grau und fast etwas wackelig geworden. Neben der jungen Syrerin fiel sein Alter besonders ins Auge. Er litt, wie Berenike, die ihn behandelte, nur zu gut wusste, an gelegentlichen Schwindelanfällen und wurde auch von der Gicht geplagt. Natürlich war der alte Dickkopf nicht bereit, sich an die strenge Diät zu halten, die sie ihm verordnet hatte: weniger Fleisch und kaum Wein.

Und so sprach er auch jetzt dem Essen genüsslich zu: Gänsebraten und in Weinsoße geschmortes Kaninchen, gedünsteter Kohl, jede Menge Würste und dazu frisch gebackenes Brot, ein eher einfaches Mahl, da nicht viel Zeit gewesen war, Vor- und Nachspeisen zuzubereiten.

Baile ließ es sich nicht nehmen, selbst ein Lied zur Leier vorzutragen. Doch diesmal war es kein keltischer Bardengesang, sondern ein griechisches Lied über Hermes, den Gott der Diebe, ein altes Lied, das Berenike schon als Kind in Alexandria auf Banketten gehört hatte. Die Begleitung auf der Lyra war ganz anders als bei den schwermütigen keltischen Liedern, übermütig hüpfend und leicht.

Obwohl fast genauso alt wie sein Freund Dumnoit, wirkte Baile jugendlicher und gesünder. Er war immer ruhiger gewesen als Dumnoit, der nach dem frühen Tod seiner Frau, einer Gallierin, zahllose Liebschaften unterhalten und sich auch beim Genuss von Wein und Bier nicht gemäßigt hatte. Von seinen ehelichen Kindern war ihm nur Alinna geblieben, die anderen waren schon im Kindesalter verstorben.

»Komm.« Alinna nahm Berenike bei der Hand und zog sie auf die Mosaikfläche zwischen den Liegesofas. Sie nickten sich zu. Alinna zog die Sandalen aus, und Berenike tat es ihr nach. Jede nahm ein Gefäß auf den Kopf, sie hielten sich an den Händen und tanzten den Kalathiskos, einen griechischen Tanz. Alinna, die in Alexandria aufgewachsen war, beherrschte ihn ebenso gut wie Berenike.

Vertumna und Betulla standen an der Wand und applaudierten. Berenike bewegte sich anmutig im Takt der Musik, balancierte den Krug mühelos und fühlte sich wie ein Vogel, der davonfliegt.

Dumnoit trat verlegen zu Berenike, als sie sich wieder neben Baile gelegt hatte.

»Ich habe dir etwas mitgebracht. Octavias Leute in Massilia hatten es für dich.«

Berenike öffnete die versiegelte Papyrusrolle und verstand nicht gleich. Es war ein langer Brief in holpriger Kinderschrift, den ihre Enkelin Quinctilia an sie gerichtet hatte. Marcellina hatte immer nur wenige höfliche, aber nichts sagende Worte angefügt. Schreiben lag ihr nicht, und ihre Mitteilungen an Berenike waren immer nur eine Pflichtübung gewesen. Marcellina, die mit Varus in seiner Provinz Syrien weilte, und Merit schrieben ganz selten. Quinctilia wurde im Haus in Carinae von Marcella betreut, die jetzt seit Jahren mit Jullus verheiratet war.

Quinctilia wünscht ihrer Avia Berenike Gesundheit.

Ich bin nicht gut im Schreiben, aber heute muss ich es. Ja, es muss sein, Großmutter. Du weißt ja, meine Eltern sind in ihrer Provinz, und ich, Varus und Tavilla wohnen bei Tante Marcella und Onkel Jullus, wo wir versorgt werden und Unterricht haben. Heute ist viel passiert. Alle sind fort im Haus, und niemand sagt uns etwas. Aber alle sind aufgeregt und haben Angst. Hoffentlich finde ich einen zuverlässigen Boten, der meinen Brief befördern kann. Pyramus hat gesagt, wir müssen alle sterben, er wüsste es.

Erschrick bitte nicht, Avia, jetzt muss ich etwas Furchtbares berichten, aber es ist besser, wenn du es weißt, und außer mir wird es dir wahrscheinlich niemand mitteilen.

Also. Nicht aufregen, Avia. Heute Morgen haben wir Onkel Jullus gefunden. Er hatte sich an einem Dachsparren erhängt. Er sah schrecklich aus, ganz blau im Gesicht, eben erwürgt. Tante Marcella wollte ihn unbedingt sehen, und dann hat sie geschrien, wie ich noch nie einen Menschen habe schreien hören.

Jetzt kommt noch etwas Schlimmes. Es tut mir so Leid, Avia, dass ich heute so viel Schlimmes schreiben muss. Es waren Soldaten bei uns im Haus und haben fast alle Sklaven, auch die Frauen und Mädchen mitgenommen. Sie wurden sogar gefesselt, und Pyramus, er war so ziemlich der Einzige, der nicht mit musste, sagte, dass ihnen die Beine gebrochen werden.

Avia, ich habe solche Angst. Varus, Tavilla und Lucius Antonius hatten sich unter den Betten versteckt. Und trotzdem hat der Soldat Lucius gefunden und mitgenommen, wo er doch erst zwölf Jahre alt ist.

Tante Marcella schreit, das alles hätten wir Tante Julia zu verdanken. Sie hat Wörter gerufen, die ich nicht niederschreiben kann. Avia, hast du auch schon einmal solche Angst gehabt? Ich wollte, ich wäre bei dir. Merit ist nämlich auch mitgenommen worden und Chatto. Ich weiß nicht, was das alles zu bedeuten hat. Wer soll mich jetzt anziehen? Und werden wir noch etwas zu essen bekommen? Vielleicht sollten wir alle fliehen. Ich weiß nichts Genaueres, Avia. Hoffentlich wird alles besser. Ich will versuchen, mit Biturix zu sprechen. Er ist ja bei der Garde. Im Moment können wir nicht aus dem Haus. Hoffentlich hilft uns Seius Strabo. Er war da und hat mit Tante Marcella gesprochen. Ich weiß nicht was, er sah ganz blass aus dabei. Wenn du den Brief erhältst, ist es ein gutes Zeichen. Dann habe ich ihn nämlich jemand geben können. Ich bete jetzt zu den ägyptischen Göttinnen und Göttern, die römischen können uns nicht helfen, hat Merit noch zu mir gesagt. Lebe wohl, und bringe Sachmet ein Opfer für uns alle.

»Was hast du?« Baile, schon leicht schwankend vom Wein, griff nach Berenikes Arm.

Blitze flogen vor ihren Augen, der Boden unter ihr schwankte. Jahrelang hatte sie keinen Anfall mehr gehabt.

»Halt mich fest, Baile«, murmelte sie.

Berenike lag wie tot auf ihrem Bett in der Villa. Betulla kümmerte sich um sie und flößte ihr die bewährten Mittel gegen die Krankheit ein.

Baile hatte sich mit Dumnoit vor den Herd zurückgezogen, als die Gäste gegangen waren. Schweigend las auch Dumnoit den Brief des Mädchens und nach ihm Alinna und Vertumna. Zunächst sprach keiner. Die Syrerin tätschelte Dumnoits Arm.

»Lass mich!«, wehrte er ab. Schweiß stand ihm auf der Stirn.

Jullus Antonius war tot, das ging aus dem Schreiben der kleinen Quinctilia eindeutig hervor. Jullus, der wie Pindar sein wollte und mit Horatius und Vergilius um die Wette gedichtet hatte, weil er all das nicht tun durfte, was ein Mann namens Antonius im Staat der Römer eigentlich zu tun hatte.

»Sie haben die Sklaven unter der Folter verhört und den zwölfjährigen Sohn Marcellas und des Jullus verhaftet.« Baile konnte es nicht fassen.

»In Massilia wurde von einer Verschwörung gegen das Leben des Princeps gemunkelt«, flüsterte Dumnoit. »Viele Senatoren sollen verhaftet worden sein, allesamt Freunde und Verwandte der Julia.«

»Nach Octavias Tod durfte Jullus Jahreskonsul werden, sozusagen eine letzte Ehre für Octavia, die so an ihm hing. Danach ging er mit Marcella und seiner Familie als Statthalter nach Kleinasien.« Das waren die Tatsachen, die allgemein bekannt waren. Baile versuchte, die Bruchstücke zu einem Bild zusammenzusetzen. Es gelang ihm nicht.

»Jullus hätte doch nie etwas gegen Caesar Augustus unternommen. Er hatte keinen Rückhalt beim Militär, weil er nie ein wichtiges Kommando innehatte. Ohne die Unterstützung des Militärs kann man in Rom keine Verschwörung anzetteln.« Baile lächelte, als Alinna sprach. Sie war eine Frau mit viel Verstand.

»Jullus gehörte zu den wichtigsten Männern in der Generation der Nachfolger. Nach Agrippas Tod war er in die erste Linie gerückt, neben Drusus und Tiberius.«

»Aber die Nachfolger sind doch längst bestimmt: Julias Söhne, Gaius und Lucius Caesar. Julia kann doch nicht gegen die eigenen Söhne geputscht haben.« Dumnoit artikulierte nicht mehr klar. Die Müdigkeit und der schwere Wein forderten ihren Tribut.

»Komm zu mir, Baile«, murmelte Alinna schläfrig und streckte die Hand nach ihm aus.

Er war zu aufgewühlt, um darauf einzugehen. Etwas Ungeheuerliches war geschehen, und es würde Folgen für sie alle haben, das war ihm klar.

Draußen vor den Fenstern graute der Morgen. Nebel waberte über den Feldern. Baile erhob sich von seinem Polstersessel. An diesem Morgen fühlte er sich jung und glücklich, trotz der durchzechten Nacht und des Schreckens, den der Brief der kleinen Quinctilia verbreitet hatte. Zärtlich betrachtete er Alinna, die vor ihm auf dem Boden schlief, das Gesicht in ein Kissen geschmiegt.

Dumnoit ächzte und schnarchte in seinem Sessel. Baile breitete eine Decke über ihm aus, bevor er Alinna aufhob und auf ein Bett trug. Der Efeukranz war ihr ins Gesicht gerutscht. Ihre Züge waren entspannt. Die Syrerin und Vertumna hatten sich in die Gästezimmer zurückgezogen.

Baile stocherte mit dem Schürhaken in den Resten des Herdfeuers und drehte sich plötzlich um.

Alisa, die jüngste seiner Schwestern, hatte ihn an der Schulter berührt, behutsam, um ihn nicht zu erschrecken. »Du musst noch einmal spielen, Baile.«

»So spät?«

»So früh.«

Sie streichelte ihn. Es war ein honigsüßes Gefühl. Er bückte sich nach der Lyra.

»Das griechische Lied über Hermes«, verlangte Alisa.

Er nahm Platz und warf einen verlegenen Blick auf die vier. Sie waren deutlich sichtbar. Jetzt wusste er sogar wieder den Namen der Ältesten: Buanna. Buanna, Alauda mit den Sommersprossen über der Nase, Beluca und Alisa.

Er spielte, und sie begannen zu tanzen.

Als sie fertig waren, trat Alisa wieder zu ihm.

»Zwei Männer sind unterwegs nach Briidurum, Baile. Sie bringen wichtige Botschaften. Stell dich neben mich, und schließe die Augen.«

Er tat es.

»Siehst du sie?«

Er sah sie nicht gleich. Erst nach einer Weile tauchte ein Bild in ihm auf. Eine Station an der Straße, Männer, die aus einer Herberge traten. Sie rieben sich die Augen und die Hände. Baile bemerkte ihren Atem als Rauchwölkchen in der kalten Morgenluft. Der eine war ein schöner Mann mit dunklem Haar von östlichem Aussehen, der andere ein dicker

Ägypter in gesetztem Alter, kahlköpfig mit fleischigen Lippen. Sie bestiegen die gemieteten Maultiere. Sklaven schoben einen Wagen auf die Straße, den ein Maultier zog. Er war beladen mit dem Gepäck der beiden.

Mit Mühe öffnete Baile die Augen, um das Bild deutlicher zu sehen. Seine Schwestern hatten sich entfernt. Ein letztes Mal knisterte das Feuer im Herd auf, ehe es endgültig erlosch. Plötzlich waren seine Glieder bleischwer. Zu müde, ins Schlafzimmer zu gehen, zu matt, noch ein Holzscheit nachzulegen, ließ er sich auf den Polsterstuhl fallen und schlief sofort ein.

DER FLUG DER ROTEN FALKEN

Als sie hinaustrat, schnitt ihr die kalte Luft des Wintermorgens wie ein Rasiermesser über die Gesichtshaut. Einen Moment lang war es schwer, Atem zu holen. Am liebsten wäre sie zurückgelaufen in die Wärme des Hauses. Berenike atmete tief durch. Der Anfall lag einige Tage zurück.

»Es ist sehr kalt«, flüsterte Betulla, die Berenikes Unentschlossenheit spürte.

Berenike stand wie erstarrt. Der Weg zum Sachmet-Tempel war zu weit. Sie war ihn immer zu Fuß gegangen. Ihre Kiefer mahlten gegeneinander, der Mundraum fühlte sich taub an.

O Sachmet, Erhabene, nicht noch einmal. Sie trat einen Schritt vor. Noch nie war es so mühsam gewesen zu gehen.

»Soll ich einen Esel holen?«

»Nein, Betulla. Gib mir die Hand.«

Sie war jetzt zweiundvierzig Jahre alt. Eine Frau von zweiundvierzig Jahren war noch nicht alt. Gewiss, da gab es den ein oder anderen Zahn, der täglich schmerzte.

»Herrin, ich kann, ich meine –«

»Betulla, wir werden den Weg gehen, so wie früher.«

Jeder Schritt war mühsam. Berenike war entsetzt über sich selbst. Es war die Kälte. Es war die Krankheit. Es war das Alter. Da war etwas, was nicht zu ihr gehörte, etwas, was sie nur hassen konnte: die Krankheit. *Morbus sacer.* Die Krankheit, der sie längst entkommen war, hatte sie wieder eingeholt. Die Götter waren ungerecht.

Hoffentlich sieht Baile mich nicht bei meinem Gang zum Tempel, fuhr es ihr durch den Kopf. Hoffentlich kommt Centilla nicht ausgerechnet jetzt vorbei. Ich will nicht alt und gebrechlich sein.

So hatte sie nie werden wollen, eine Frau, die sich mit Mühe fortbewegte, eine Frau, der selbst kurze Wege schwer fielen. Sie klammerte sich an Betulla. Ohne sie würde sie das Tempeltor nicht erreichen. Flogen nicht schon wieder schwarze Stäbchen vor ihren Augen? Ausgerechnet jetzt fing alles wieder von neuem an. Dabei ging es ihr doch gut. Sie hatte Baile, der sie liebte, den Tempel mit den Katzen, ohne den ihr Leben nicht denkbar war, die Kranken, die ihre Hilfe brauchten, die Papyrusrollen, auf die sie so stolz war, und ihren Biturix, der in Rom bei der Garde des Gaius Caesar Dienst tat. Sie hatte Marcellina und drei Enkelkinder. Sie war noch jung genug, um zu lieben, jung genug, um alles zu tun. Ihr lieben Götter, warum diese Anfälle, warum jetzt, warum hier?

»Herrin«, flüsterte Betulla hilflos. Der Weg war noch lang, sie standen gerade auf dem Platz vor dem Nemeton der Brigid. Entsetzt blickte Berenike zum Portal des Sachmet-Tempels hinüber. Die Strecke schien unüberwindbar.

»Oudeis eimi«, murmelte sie. Niemand, so wie Odysseus unter dem Bauch des Widders, als er aus der Höhle des grausamen Riesen auszog.

Hoch über ihr im blauen Winterhimmel stand der rote Falke. Er gehörte nicht in den Himmel über Briidurum, und seine Botschaft war eindeutig.

Der Anfall, den alle Zeichen deutlich angekündigt hatten, blieb diesmal aus. Stattdessen trat Berenike auf die Menschenansammlung zu, die sich um einen Maultierwagen versammelt hatte.

»Was geht hier vor?«, fragte sie.

»Ein heiliger Mann aus Ägypten ist gekommen«, beeilte sich Kela zu erklären. Die Dorfbewohner traten zurück und machten ihrer Priesterin Platz.

Der kahlköpfige Dicke unter einem blauen Baldachin, den zwei Sklaven über ihn hielten, sah aus wie ein schlechter Schauspieler. Behängt mit Goldketten um Hals und Arme, eingehüllt in ein weißes Gewand, das über und über mit goldgestickten Lotosblüten verziert war, die Beine mit breiten Wollwickeln gegen die Kälte geschützt, saß er sichtlich frierend auf einem Faltsitz, ein älterer Herr, der Berenike an Kleopatras Eunuchen erinnerte. Die Seitenlade des Karrens vor ihm war heruntergeklappt. Um ihn herum standen Vogelkäfige und seine Pueri. Berenike verstand nicht gleich, was das Ganze zu bedeuten hatte.

»Er wirft für jeden, der ein Orakel will, einen Falken hoch«, flüsterte Kela. »Aus dem Flug des Vogels liest Khamouas dir dann die Antwort des Gottes Horus.«

Berenike lachte leise. Sie hatte ihre Antwort schon. Es ging ihr wieder besser. Bald würde sie in Ägypten sein. Es erschien völlig unwahrscheinlich, aber das Zeichen, der Horusfalke über ihr, war da.

Alinna drängte sich an ihr vorbei und sprach aufgeregt auf Khamouas ein. Alle sahen schweigend zu, als Khamouas nacheinander zwei seiner roten Falken auf die Hand mit dem Lederhandschutz nahm und emporschleuderte. Auch Betulla geriet in Aufregung.

Die Falken stiegen hoch in den Himmel und entfernten sich so weit, dass alle den Atem anhielten.

Bei der Erhabenen, warum genügte Alinna nicht zu wissen, dass Anausio und Biturix bei der Garde des Gaius in Rom waren? Unwillig starrte Berenike in den Himmel, gebannt vom Schauspiel der Greife. Sie war nur zu vertraut mit dem ägyptischen Falkenorakel. Ihre Mutter hatte viel auf den Flug der Horusfalken gegeben. Es kam gelegentlich vor, dass die Tiere beim Verfolgen einer Beute verschwanden. Meistens war es den Falken-Priestern gelungen, ihre göttlichen Vögel wieder einzufangen.

»Ich muss mit ihm sprechen.« Baile stützte sich auf den Wagenrand, entschlossen, den heiligen Mann nicht entkommen zu lassen.

Berenike drehte sich zu ihm um. »Willst du ihn nicht einladen, ein paar Tage bei uns zu bleiben?«

»Es ist Khamouas, Nefertaris Bruder. Kennst du ihn nicht, Berenike? Er war Hieraboskos in Alexandria.«

Die Falken ließen auf sich warten. Atemlose Stille breitete sich aus, sogar die Kinder hörten auf zu plärren und herumzutollen. Dann, unerwartet, war das helle »Kli-kli«, ein schneidendes »Hiäh-hiäh« über den Köpfen zu hören. Wenig später stießen die Tiere auf den Wagen herab und ließen sich auf ihrem Gestänge nieder. Sie sahen zerzaust aus, der eine war auf dem hellen Brustgefieder blutbefleckt.

»Biturix und Anausio werden wiederkommen«, verkündete Khamouas mit feierlicher Stimme. »Hierher nach Briidurum.«

DIE BOTSCHAFT

Khamouas hatte sich nicht allein nach Briidurum aufgemacht. Er war dem Boten des Imperator Caesar Augustus gefolgt und zwei Legionären, die ihn beschützten.

Wieder gackerten die gesprenkelten Hühner aufgeregt und nahmen die Gänse Reißaus. Doch einige wurden für das Festmahl zu Ehren des Gesandten aus Rom eingefangen. Alle Dorfbewohner stellten sich eilig auf, um den hohen Herrn zu begrüßen, der Briidurum beehrte und eine Botschaft von Caesar Augustus persönlich überbrachte. Die Kinder nahmen die Finger aus Nase und Mund, und die Frauen jagten ihre Männer zurück in die Häuser, damit sie saubere Kleidung anlegten. Der Bote war im Eiltempo geritten, sodass der Maultierwagen kaum mitgekommen war und an jeder Wegstation Pferde und Maultiere gewechselt hatte.

Baile überlegte, was der Mann Wichtiges mitzuteilen hatte. Vermutlich stand es im Zusammenhang mit den Vorgängen, von denen Quinctilia geschrieben hatte. Zu seiner Überraschung trat der Abgesandte geradewegs auf ihn zu und fiel ihm um den Hals. Er war stark parfümiert, mit einem antiochenischen Mandelöl, vermutete Baile.

»Bin ich so alt geworden, dass du mich nicht mehr erkennst?«

Baile trat zurück und dachte ernsthaft nach. Die Stimme kannte er und den Blick der dunklen Augen, die etwas Abgerücktes hatten.

»Du bist doch nicht etwa mein Geryas?«

»Ich habe dich sofort erkannt, Baile. Du hast dich fast überhaupt nicht verändert.«

Der bildhübsche Delicatus Geryas hatte sich in einen Mann um die Vierzig verwandelt, dem man die Herkunft aus Syrien ansah. Er hatte eine kräftige Nase, fast schwarzes, dichtes Haar und immer noch die schönen Augen von damals.

»Gebt uns die Ehre, und seid unsere Gäste«, murmelte Baile gerührt. »Das heißt, heute Abend bewirtet euch das Dorf Briidurum im Haus der Brigid-Priesterin.«

Nach der Botschaft des Imperator Caesar Augustus fragte er gar nicht mehr, so überwältigt war er, Geryas wiederzusehen. Im Übrigen war sie auch nicht an ihn gerichtet, sondern galt Berenike.

»Er benutzt inzwischen ein anderes Siegel«, erklärte Geryas ihr, als sie erstaunt auf das Bildnis des Caesar Augustus niedersah. »Er siegelt alles mit seinem Porträt, nicht mehr mit der Sphinx, das ist lange vorbei.«

Baile zerschnitt einen gekräuterten Wildschweinschinken und reichte Geryas und Khamouas die besten Stücke davon.

»Ich werde ein Vomitivum benötigen«, stöhnte Geryas. »Biturix hat mich angefleht, ihm ein paar gallische Schinkenkeulen mitzubringen. Jetzt verstehe ich, warum ...«

Berenike war aufgestanden und in den Säulenumgang vor dem Brigid-Tempel gegangen, um die Rolle, die Turinus eigenhändig geschrieben hatte, zu lesen.

Imperator Caesar Augustus, Vater des Vaterlands, der Sohn des Göttlichen, grüßt Berenike und wünscht ihr Wohlergehen.

Nachdem mein Haus durch sehr traurige Ereignisse Schaden genommen hat und ich gezwungen war, meine einzige Tochter Julia zu verbannen wegen Unzucht und Ehebruch, zu schweigen von Schlimmerem, ist es mir ein dringendes Anliegen, Berenike, die Tochter Kleopatras, unverzüglich aus der Verbannung in Gallien zurückzurufen.

Es steht dir nach Eingang dieses Schreibens frei, mit deiner Familie hinzugehen, wohin du willst. Nur für die mir unterstehende Provinz Ägypten gilt die Ausnahmeregelung, dass du sie nur allein und ohne Kinder betreten darfst. Familienangehörige, die dich eventuell dort aufsuchen wollen, müssen vor der Reise eine Sondergenehmigung der kaiserlichen Kanzlei beantragen.

Das Schreiben ist so kurz, damit es unverzüglich durch meinen persönlichen Beauftragten Geryas an seinen Bestimmungsort gebracht wird.

Lebe wohl.

So einfach, so kurz hatte sie sich die Nachricht, auf die sie zwanzig Jahre lang gewartet hatte, nicht vorgestellt. Und dass sie Baile nicht nach Ägypten mitnehmen durfte, war ein harter Schlag. Ihr Gesicht brannte, ihre Hände zitterten. Julia war in Ungnade gefallen. Auch wenn er nichts davon schrieb, offenbar wusste Turinus jetzt endlich, wer den Anschlag von Capri auf Livia verübt hatte.

Von den Ereignissen, die Turinus nicht erwähnt hatte, berichtete Geryas zu vorgerückter Stunde, als sie mit Khamouas in der Villa vor dem Herdfeuer saßen und das Dorf bereits schlief.

In Rom war ein Giftanschlag auf Livia verübt worden. Livia war dabei fast ums Leben gekommen. Die Folterung der Sklaven hatte schnell zu dem Ergebnis geführt, dass Julia die Hand im Spiel gehabt hatte. Ob Jullus Antonius in den Plan eingeweiht war, war keineswegs sicher, aber Turinus hatte sich in die Idee verbissen, dass seine alten Feinde sich allesamt gegen ihn verschworen hätten. Und so kam es, dass einige Senatoren aus den ehrwürdigsten Familien in die Verbannung geschickt wurden: Cousins der Julia, ihre Mutter Scribonia und einige ihrer Liebhaber. Jullus Antonius, mit dem sie gerade liiert gewesen war, hatte keine andere Wahl gehabt, als sich zu erhängen. So groß war die Wut des Princeps auf ihn und seine Tochter, dass er sogar den unschuldigen zwölfjährigen Sohn des Jullus und seiner Nichte Marcella verbannt hatte.

»W-wo musste der arme Junge hin?«, fragte Berenike.

»Nach Massilia«, sagte Geryas verlegen grinsend. »Marcella begleitet ihn. Angeblich soll er dort ein Studium aufnehmen. Der Princeps hat getobt, er wolle keinen Antonius je wieder in Rom sehen.«

Von seiner Geburt an habe es Schwierigkeiten mit Caesar Augustus gegeben, der darum gebeten hatte, dem Jungen den Namen Gaius Marcellus nach den Vorfahren mütterlicherseits zu geben. Das sei für Jullus aber nicht in Frage gekommen, und Octavia habe den Entschluss unterstützt, den Enkel Lucius Antonius zu nennen. Der Vorname Marcus war für alle Antonier ohnehin verboten.

»Ich versichere euch, wenn er Marcellus hieße, hätte er in Rom bleiben können, Caesar Augustus würde ihn behandeln wie bisher.« Geryas lehnte sich zurück und schloss die Augen. Rom war ein unangenehmer Ort geworden.

»Und Julia? Wo ist sie jetzt?«

Berenike war der Gedanke unangenehm, ihr demnächst in Massilia zu begegnen.

»Sie ist schon auf Pandateria, einer Insel vor der kampanischen Küste. Dort wird sie streng bewacht. Ihre Mutter Scribonia hat sie freiwillig begleitet. Sie ließ Turinus ausrichten, dass sie in einem Rom unter Caesar Augustus nichts mehr zu schaffen habe.«

Berenikes Tochter Marcellina sei unverzüglich aus der Provinz Achaia nach Rom zurückgekehrt, um ihrer Tante Marcella beizustehen. Nein, Berenike brauche sich nicht zu sorgen. Marcellina und Varus mit ihren Kindern hatten nichts zu tun mit dem Kreis um Julia.

Von Biturix und Anausio wussten die beiden Gäste so viel Erfreuliches zu erzählen, dass Alinna und Berenike die Tragödie um Julia und Jullus Antonius beinahe vergaßen. Höflich und bescheiden hätten sie eines Tages im Haus des Lucius Seius Strabo in Volsinii gestanden und sich als Sohn und Ziehkind Bailes vorgestellt. Cosconia Gallitta und der alte Seius Strabo hatten die Jungen schon bald nach Rom gebracht, wo sie mit Marcellina bekannt gemacht wurden. Ja, sogar Turinus habe die beiden sehen wollen und kurz mit ihnen gesprochen. Allgemein habe man gelobt, wie gut sie Lateinisch und Griechisch sprechen könnten und wie gut sie erzogen seien. Geradezu beispielhaft, habe Turinus gesagt; er wünsche sich nur, dass sein jüngster Enkel Agrippa Postumus auch so werde wie sie. Obwohl sie ohne jeden Luxus im wilden Gallien aufgewachsen seien, seien diese Gallier kräftig, ehrlich und zutiefst anständig.

»Entschuldigt mich«, sagte Centilla an dieser Stelle. »Ich will nach Hause gehen und mich schlafen legen. Ich bin sehr müde.«

Baile ließ sich von Khamouas über Nefertari berichten, die vor einigen Jahren verstorben war. Nenufer, inzwischen Ende zwanzig, verheiratet mit einem Ptah-Priester, hatte zwei Söhne, die frech und aufsässig seien. Zu Bailes Betrübnis hatten sie unaussprechliche ägyptische und keine gallischen Namen.

Nach seiner Familie befragt, gestand Geryas, dass er längst von seiner Frau, derentwegen er damals Baile verlassen hatte, geschieden war. Er lebte inzwischen schon seit einiger Zeit mit dem Schauspieler Batyllus zusammen. Ja, richtig, dem schönen Geliebten des Maecenas, den Alfidia dem Freund des Turinus geschenkt hatte.

Alfidia war seit fast zwei Jahrzehnten tot. Die Wölfin und sie waren an ein und demselben Tag gestorben.

Der schmerzlichste Todesfall aber, der Rom getroffen hatte, war der des hoffnungsvollen Drusus, Livias jüngerer Sohn, den die Menschen in Italien und den Provinzen liebten. Er war erst neunundzwanzig Jahre alt, als er in Germanien nach einem unglücklichen Sturz vom Pferd verstarb. Antonia Minor, das Mädchen mit dem klirrenden Lachen, war bereits seit Jahren Witwe.

»Wen die Götter lieben, der stirbt jung.« Baile hatte Tränen in den Augen.

DER WEG NACH ALESIA

Wenig später traf Brennus in Briidurum ein. Diesmal kam er gegen Abend, als Berenike mit Centilla vor ihrem Tempelhaus saß.

»Der Rabe schreit von links, hörst du ihn?«, fragte Centilla.

Ein Pferd wieherte, Schritte näherten sich.

»Töchterlein, da bin ich«, sagte Brennus und fiel Centilla um den Hals.

»Pater, ich bin so froh, dass du gekommen bist.«

Erst dann bemerkte Brennus Berenike.

»Sie wird dich nicht verraten, Pater.« Centilla legte den Arm um ihn.

»Was soll ich nicht verraten?«

»Er ist mein Vater. Hat Baile es dir nicht erzählt?«

»Und außerdem ist er ein Römer«, stellte Berenike fest. Es gab immer wieder Dinge, die Baile für sich behielt.

Sie sahen sich wortlos an, der alte Mann, der sich Brennus nannte, und Berenike.

»Du hast große Ähnlichkeit mit deinem Vater«, sagte er. »Ich habe ihn gut gekannt. Lange Zeit haben wir Seite an Seite hier in Gallien gekämpft.«

»Du bist Titus Labienus«, sagte Berenike. »Der Mann, auf dessen Kopf die Römer zehntausend Sesterze ausgesetzt haben. Der größte Verräter, den Rom je gesehen hat.«

»Der römische Tribun, der auf die gegnerische Seite übergelaufen ist.« Brennus lachte.

Baile verstand nicht, warum Berenike Briidurum für immer verließ. Gewiss, da war die Sache mit Vercella, die spurlos verschwunden war. Berenike hatte der Mutter des kleinen Mädchens bei der Geburt beigestanden. Das Kind war von

Anfang an merkwürdig gewesen, doch sowohl Berenike wie auch die Mutter hatten sehr an ihm gehangen. Eines Tages, Vercella war inzwischen drei Jahre alt, konnte laufen und brabbelte einige Worte, kam sie nicht vom Spielen zurück. Als das Mädchen Wochen später immer noch nicht gefunden war, erklärte Berenike, dass sie nicht länger in Gallien bleiben werde.

Baile war gar nicht auf den Gedanken verfallen, dass sie vorhatte, nach Memphis zurückzukehren. Caesar Augustus hatte ihr die Erlaubnis durch Geryas geschickt, aber nicht einen Moment lang hatte er angenommen, dass sie das Angebot wahrnehmen und ihn zurücklassen würde.

Er war jetzt alt, und sie wollte ihn tatsächlich verlassen. Er fühlte sich von ihr verraten, beschloss jedoch, ihr keine Vorhaltungen zu machen.

»Du hast ja Alinna«, hatte sie erklärt.

Auch das war ein überflüssiger Satz.

Beim Abschied tat er gleichgültig. Hätte er heulen sollen wie ein Weib? Ihm war sehr danach, aber er riss sich zusammen.

Labienus holte Berenike ab, und Baile fragte nicht, was die beiden vorhatten und wohin sie wollten. Er konnte sich in etwa denken, worüber sie miteinander sprechen würden. Über Gallien und Rom. Darüber, was Caesar in Gallien getan hatte. Über die alten Geschichten, die nie zu Ende sein würden, solange es Gallien gab. Er war ziemlich sicher, dass Labienus mit ihr nach Alesia reiten würde.

Baile dachte auch, dass es viele Dinge gab, die ihn und Berenike trennten. Der Tod seiner Schwestern beispielsweise. Wenn Berenike je erfahren würde, wie sie gestorben waren, würde sie womöglich auch den letzten Rest ihrer Liebe zu ihm verlieren.

Zum Abschied umarmte er Berenike, das war sein gutes Recht. Als er ihr nachsah, sah er auch seine vier Schwestern davonreiten. Er war ganz sicher, dass sie es waren. Er hätte sie gerne gefragt, warum sie, die so lange um ihn und Berenike gewesen waren, ausgerechnet jetzt zurück ins Sid gingen. Noch lange stand er am Tor seines Anwesens. Tuscus lag neben ihm und winselte leise.

Da tauchte Centilla auf. »Heul nicht, Alter!«, sagte sie.

»Tu ich doch gar nicht«, knurrte Baile.

»Ich wusste, dass sie dich eines Tages verlassen würde.«

Er schniefte und funkelte sie wütend an. »Ich würde es wieder tun.«

»Ich auch.«

Berenike sah hinein in den wabernden Nebel. In diesem Land verschwand niemand. Auch Biturix und Anausio waren wieder aufgetaucht. Als Römer, dachte sie. Warum hatten Biturix und Anausio nicht ehrlich über ihre Sehnsüchte gesprochen? Hatten sie Angst vor ihren Eltern gehabt? Angst vor Baile? Vor ihr und Alinna?

Mama, ich kann nur Gallier sein, indem ich Römer bin. Das ist mein Weg und auch der von Anausio. Ich weiß, dass du mich nicht verstehst, so wenig wie Alinna Anausio. Wem hilft es denn, immer wieder die Geschichten von Avaricum und Duovater, von Dumnorix zu erzählen? Ehrlich gesagt, ein Mann wie Brennus kommt mir vor wie ein Gespenst. Mama, ich bin mir sicher, viele junge Gallier in meinem Alter denken wie ich. Und die viel gerühmte gallische Kultur? Ich erinnere mich an stinkende Opfergruben mit halb verwesten Kriegerleichen, zu denen Pappas mich führte. Er war ganz ergriffen, aber mir war hinterher noch tagelang schlecht. Wie war das mit den Menschenopfern in den großen Flechtkäfigen?

Sie wollten keine Gallier mehr sein, die alten Geschichten vom Krieg und den gallischen Helden, von Gergovia, Avaricum und Alesia hingen ihnen zum Hals heraus. Jetzt wusste sie es. Und aus irgendeinem Grund wollten sie als Krieger leben, unter einem bedeutenden Herrscher, selbst wenn dieser Turinus war. Aber er hieß ja nicht mehr Turinus. Er war nun Imperator Caesar Augustus, der Erhabene, der die Geschicke des Weltkreises lenkte.

»Gräm dich nicht«, sagte Labienus. »Mein Labienus in Rom spricht ebenfalls nicht gern über seinen Vater. Wie sollte er auch? Immerhin, er gilt als Pompeianer, und mein Enkel, Quintus, den du kennen gelernt hast, ist auch nicht gerade ein Anhänger des Caesar Augustus.«

Berenike war dankbar, dass er sie nach Alesia gebracht hatte.

Nur jeder dritte Bewohner Galliens hatte die Eroberungszüge ihres Vaters überlebt. Es war ein entvölkertes Land, in dem die römischen Kriegsveteranen allenthalben ihre Landgüter anlegen konnten. Aber all die Verhungerten, Erschlagenen, Erstickten lebten weiter und trieben hier ihr Unwesen. Und auf den von der Asche der Ermordeten gedüngten Feldern gediehen Korn und Weinreben besonders gut.

»Hier war es, zwischen den Linien. Die Frauen und Kinder, die alten Männer streckten die Hände nach uns aus. Sie flehten uns an, sie gefangen zu nehmen und zu versklaven. Nach zwei Tagen schrien sie nicht mehr. Sie setzten sich einfach hin auf den durchweichten Boden in den Regen und warteten auf den Tod. Manchmal schrie jemand auf, die meisten lagen apathisch hingestreckt. Und schließlich lebte keiner mehr von ihnen.«

»Er hätte dieses Land besser nicht erobert«, sagte Berenike mehr zu sich selbst.

»Genau das habe ich damals zu ihm gesagt«, sagte Labienus. Sein Gesicht nahm wieder den verschlossenen Ausdruck an. »Aber hier bei Alesia gab es keine Umkehr mehr. Ganz Gallien stand gegen uns. Der Kampf war für Caesar beinahe schon verloren. Sie waren in der Übermacht. Als wir das Heer heranziehen sahen, wollten wir es erst nicht glauben. Nie zuvor hatte ich eine größere Streitmacht gesehen. Zusammen mit den Truppen, die in der Stadt auf dem Berg lagen, bedeuteten sie unseren Untergang.«

Der Nebel riss an einigen Stellen auf und zeigte blaue Fetzen vom klaren Herbsthimmel.

»Sieh genau hin. Da drüben sind unsere Gräben mit den Spitzpfosten, die Menschenfallen, in die die Feinde hineingestolpert sind. Auch unser Wall ist noch da. In jedem Sommer steigt noch Leichengeruch auf, wie die Hirten erzählen und ich bestätigen kann. Die Herden meiden diesen Weidegrund. Sie werden unruhig und drängen weiter, wenn sie hierhin getrieben werden. Hier war es«, sagte Labienus. »Hier stand sie, ausgemergelt, mit riesigen brennenden Augen, kein Kind mehr, aber auch noch nicht wirklich Frau. In ihrem Zustand hatte sie ohnehin nichts Begehrenswertes. Sie war zurückgeblieben. Ganz allein stand sie hier vor unserem Wall, auf dem ich Patrouille ritt, um zu sehen, was die Feinde vorhatten. Sie streckte die Hände nach mir aus.«

»Wer?«, fragte Berenike.

»Eine von den Tausenden, die Vercingetorix aus der Stadt geschickt hatte. Sie hatten nichts mehr zu essen. Die Alten, Frauen und Kinder waren für die Verteidigung der Stadt nur noch ein Hindernis. Ich hielt mein Pferd an, sah mich um, ob jemand in der Nähe war, denn Caesar hatte streng verboten, den Ausgestoßenen Wasser oder Brot zu geben. Da ich niemanden entdecken konnte, warf ich ihr einen Brocken Brot hinüber. Sie biss sofort hinein. Ich hätte weiterreiten sollen, doch aus irgendeinem Grund blieb ich stehen, um sie zu beobachten. ›Die göttliche Brigid und Taranis mögen dich segnen, Römer‹, sagte sie. So hat es angefangen.« Labienus verstummte und starrte auf die Stelle in der Wiese, wo das gallische Mädchen gestanden hatte.

»Und was geschah dann?«

»Ich fragte sie nach ihrem Namen: Aballinca. Er sagte mir nichts. ›Steig auf mein Pferd‹, befahl ich ihr und beugte mich zu ihr. Sie war zu schwach, um sich hochzuziehen. Ich versteckte sie unter meinem Mantel und ritt mit ihr ins Lager. Wie einen Sack trug ich sie in mein Zelt. Mein Pferdebursche und die Sklavinnen fragten nicht groß. Sie gaben ihr zu essen, frische Kleider und taten, als gehöre sie schon seit längerem zu meinem Bestand an menschlicher Beute.«

»Du wusstest wirklich nicht, dass sie die Schwester des Vercingetorix war?« Baile hatte Berenike erzählt, dass Centilla über ihre Mutter Aballinca die Nichte des Vercingetorix war, Brennus-Labienus in diesem Zusammenhang aber nicht erwähnt.

»Sie erzählte es erst viele Tage später, als der Kampf schon vorüber und Vercingetorix in Ketten nach Rom gebracht worden war. Da war ich schon in sie verliebt, und ich verbot ihr, darüber zu sprechen. Zu groß war meine Angst, dass Caesar sie mir nehmen könnte. Vorher hatte ich mich nicht für die gallische Sprache interessiert, Aballinca brachte sie mir bei, Satz für Satz. Und von einem bestimmten Zeitpunkt an wusste ich, dass ich meinen Soldaten nicht länger befehlen konnte, gallische Dörfer zu verwüsten.«

»Und dann bist du mit ihr in die Wildnis geflohen?«

»Ja. Ich habe deinem Vater einen Brief geschrieben und meine Sklaven und Besitztümer im Lager zurückgelassen. Wir sind bei Nacht zu Pferde geflohen. Es gelang uns, über den Rhenus zu setzen und bei den Sueben unterzukommen. Natürlich schmerzte es mich, dass ich meine Familie in Rom nie wiedersehen würde. Aber ich konnte nicht länger unter Caesars Kommando Gallien niederbrennen. Über dem gesamten Land lag damals Brandgeruch. Überall stieß man auf Leichen und verkohlte Hütten. Es war die Zeit, in der ich nicht mehr Titus Labienus sein wollte, nicht einmal mehr ein Römer.«

»Und jetzt? Bereust du deinen Entschluss?«

»Manchmal habe ich Sehnsucht nach den großen Städten des Imperiums, nach Rom, nach Neapolis, nach Athen, nach einem städtischen Leben. Das gibt es in Germanien nicht und hier in Gallien nur in Ansätzen.«

Sie verstand ihn nur zu gut. So war auch ihr zumute. Sie betrachtete ihn noch einmal und versuchte sich sein Bild für immer einzuprägen: Titus Labienus, seinerzeit Militärtribun ihres Vaters Caesar. Die Männer waren gut befreundet gewesen, hatten einander vertraut, und doch hatte Labienus seinen Imperator schließlich verlassen und war zum Gegner übergelaufen.

»Einige andere von den jungen Militärtribunen waren nach der Eroberung Alesias genauso weit wie ich. Aber sie trauten sich nicht, dem Feldherrn offen Widerstand zu leisten. Sie begehrten nur auf, wenn er sie nicht hörte. Heute sind sie angesehene Senatoren und leben ein friedliches Leben, umgeben von Dienern und Vorlesesklaven.«

»Pater«, murmelte Berenike, als Labienus davonritt, »ich hätte dich nicht verraten und verlassen. Ich hätte dich nicht belogen. O Pater, warum haben deine einstigen Freunde das getan? Erst Labienus, später Brutus? Du hast sie protegiert, und doch haben sie sich irgendwann gegen dich gewandt.«

Der letzte Nebel verflog. Ein strahlend blauer Spätherbsthimmel breitete sich über den Feldern von Alesia aus. Für Augenblicke glaubte Berenike faulig-süßlichen Leichengeruch zu riechen. Als sie sich umschaute, schnaubte Bailes Gaul neben ihr. Baile grinste sie verlegen an.

»Ich will dich nicht aufhalten«, sagte er, »aber ich wollte dich noch einmal sehen.«

Berenike schluckte.

»Es ist hart, nach Alesia zu reiten«, sagte er.

Die Pferde schnaubten.

»Hast du das alles gewusst? Das mit Labienus und Aballinca?«, fragte sie behutsam.

»Das ein oder andere.«

»Du wolltest, dass ich nach Gallien komme und dein Land kennen lerne. Du wolltest, dass ich eure Götter verehre, die Geschichten der Gallier höre, mit ihnen Feste feiere. Du wolltest, dass ich Centilla und Labienus kennen lerne.«

»Nein. Ich bin kein Gott«, sagte Baile trocken. »Ich wollte dein Leben retten, das war alles. Der Norden Galliens oder eine Stadt am Schwarzen Meer, nur diese beiden Möglichkeiten gab es. Das, was sich daraus entwickelt hat, haben die Götter Galliens gewebt. Kein Sterblicher konnte es beeinflussen.« Er hielt inne und sah sie vorwurfsvoll an. »Würdest du es rückgängig machen, wenn du könntest, und lieber mit Turinus in der Villa Jovis leben? Dann hättest du die Wahrheit über Julius Caesar, Labienus und Vercingetorix nie erfahren. Über diesem Land liegt noch immer der Gestank der Verwesung. Dabei ist der gallische Krieg fast fünfzig Jahre zu Ende. Ehe dein Vater Pompeius nach Ägypten verfolgte, war er in Gallien.«

»Danke«, sagte sie und musste nicht überlegen. »Ich bin dir dankbar, dass du mich hierher gebracht hast.«

»Gallien war eine gute Wahl, glaube mir, besser als das Schwarze Meer«, erklärte Baile.

»Der Krieg, die Lust zu töten und zu zerstören, er berauscht den Menschen nur für eine gewisse Zeit. Danach sehnt er sich umso mehr nach Liebe. Du und ich. Labienus und Aballinca. Wenn wir nicht lieben, müssen wir sterben.«

»Wir müssen in jedem Fall sterben, mit oder ohne Liebe«, sagte Baile. »Aber eben deshalb ist Liebe besser als Hass.«

»Ich liebe dich unendlich«, sagte Berenike und breitete die Arme aus.

»Deswegen willst du mich verlassen«, sagte er nur. Es war eine Feststellung, kein Vorwurf.

»Es geht nicht anders«, sagte sie hilflos. »Aber ich weiß mit Sicherheit, dass du eines Tages nach Ägypten kommen wirst. Falls Biturix zurückkehrt, lass es mich wissen.«

Baile antwortete nicht. Er glaubte in diesem Moment nicht daran, und obwohl er schon so alt war und so viel erlebt hatte, zerriss es ihm das Herz. Seine Schwestern fielen ihm ein. Er sah sie vor sich, die älteste und die drei jüngeren, schöne Mädchen mit langem, fließendem Haar und großen Augen. Buanna mit dem Stachelbeerblick, die sommersprossige Alauda, Beluca und die zarte kleine Alisa.

Da stand er nun, der Auftrag seines Lebens war unwiderruflich beendet. Er hätte sie zurückhalten können. Wenn er sie eindringlich gebeten hätte, wäre sie womöglich geblieben.

Aber sie war lange genug in Gallien, zu lange. Sie wollte immer zurück nach Ägypten. Eine Zeit lang hatte sie sich in Briidurum wohl gefühlt. Doch mit den Jahren war ihr Gallien immer fremder geworden. Hatte sie ihn manchmal nicht verachtet oder sogar gehasst? Sie hatte ihm die Schuld an Biturix' Verschwinden gegeben und die am Tod der beiden kleinen Kinder.

Baile fühlte sich an allem unschuldig. Was würde jetzt aus ihm werden? Wer würde ihm die Hand halten, wenn er krank war? Wer würde ihn an den langen Abenden trösten oder nachts, wenn ihn Albträume quälten? Besaß er nicht ein Recht auf Berenike?

Er blickte ihr nach, wie sie auf die römische Straße zu ritt, an deren Rand der Wagen mit ihren Truhen und Gemma und den Pueri auf sie wartete. In Massilia würde sie in dem gleichen Haus der Freunde Octavias Station machen, von dem aus Baile damals mit ihr und dem Jagdhund Bracco in die Wildnis aufgebrochen war. Die zerstörte Stadtmauer war inzwischen aufs Prächtigste wieder aufgebaut worden. Dort in Massilia wartete auch Marcellina auf ihre Mutter, die ihre Tante Marcella und den kleinen Lucius Antonius in die Verbannung begleitet hatte, um es ihnen leichter zu machen.

Marcellina würde nicht in Massilia bleiben, ein paar Wochen, dann würde sie nach Rom zurückkehren.

Eltern hatten kein Recht auf ihre erwachsenen Kinder, Liebende kein Recht auf die Geliebten. Niemand sollte den anderen festhalten, wenn er zu einem Vorhaben aufbricht. Berenike hatte ihn auch nicht aufgehalten, wenn er zu Alinna gegangen war.

Hätte er ihr nicht sagen müssen, was es mit Biturix' Verschwinden auf sich hatte? Warum hatte er ihr die Wahrheit erspart? Sie war gegangen, frei und leicht, während ihn Sorge und Schmerz drückten.

Jetzt hatte auch Baile die Straße erreicht. Sein Pferd nahm den Weg in Richtung Briidurum ohne jedes Zutun seines Herrn, der immer noch seinen Gedanken nachhing.

Es war schlimm genug, dass er es wusste. Er war zu feige gewesen, es ihr zu sagen. Er konnte sie nicht leiden sehen. Er hatte sie beschützen wollen, wollte, dass sie unbeschwert blieb. Das hatte er doch immer gewollt, schon damals, als sie noch ein Kind war.

»Närrischer Baile«, murmelte er, »halt endlich den Mund. Sie soll es gut haben. Das war doch der Auftrag. Alles in allem hast du's doch gut gemacht.«

NACHWORT DER AUTORIN

Ausgangspunkt für dieses Buch war eine kleine Notiz in Ciceros Briefen kurz nach Caesars Tod. Er erwähnt kurz und spöttisch ein Unglück Kleopatras im Zusammenhang mit der Geburt eines weiteren Kindes Caesars zu diesem Zeitpunkt. Einige Forscher schlossen daraus auf eine Fehlgeburt der ägyptischen Königin unmittelbar vor ihrer hastigen Flucht aus Rom.

Dass Caesarion nicht das einzige Kind Caesars und Kleopatras war, lässt auch eine Textstelle in Lukans »Pharsalia« vermuten, die von den Geschwistern spricht, die Caesar noch für seine römische Tochter Julia mit Kleopatra gezeugt habe.

Die Quellen für die im Roman beschriebene Zeit sind ergiebig und mannigfach. Viele biografische Details liefern Plutarch, Sueton, Cassius Dio und Appian, aber auch Velleius Paterculus und Nikolaos von Damaskus, der Erzieher von Kleopatras Kindern. Nicht zu vergessen sind die zahlreichen zeitgenössischen Inschriften, die Papyri und die Münzen mit ihren Bildern und politischen Parolen.

Historische Figuren sind auch die ägyptischen Ptah-Priester Psenamun und Imuthep. Aus Inschriften, die in Memphis gefunden wurden, kennen wir die gesamte Priester-Dynastie dieser Zeit und den kompletten Lebenslauf der Tnepheros, der Gemahlin des Psenamun, die im Alter von achtunddreißig im Jahr 7 des Kaisers Augustus verstarb.

Insgesamt habe ich mich bemüht, bei den historischen Tatsachen zu bleiben, auch wenn sie unbequem für einen Roman waren.

Den uns unter dem Namen »Augustus« geläufigen Adoptivsohn Caesars nenne ich im Buch »Turinus«, wie er in der Tat ursprünglich mit Beinamen hieß. Antonius pflegte diesen Jugendnamen seines Gegners als Schimpfnamen zu verwenden, und Octavianus Augustus wandte dagegen ein, es sei doch schließlich sein Name, an dem nichts Schimpfliches sei. Sueton, dem kaiserlichen Biografen und Archivar, gelang es seinerzeit, eine Statuette des Kaisers zu kaufen, auf der er noch als »Turinus« bezeichnet war.

Nach der Adoption durch Caesar hätte der ursprünglich Gaius Octavius Turinus Genannte den Namen C. Octavianus Caesar gehabt, doch die Erinnerung an seine frühere Identität, seinen biologischen Vater und seine Herkunft löschte er damals aus, indem er für sich den Namen Octavianus nicht verwandte. Andere nannten ihn so. Er entschied sich für die Namengebung Imperator Caesar Divi f(ilius), Imperator Caesar, Sohn des Göttlichen. Den Namen Imperator trug er übrigens zu Recht als ererbten Vornamen. Der Senat hatte ihn Caesar mit dem Recht auf Vererbbarkeit verliehen. In ähnlicher Weise erhielt der spätere Feldherr Drusus den Beinamen Germanicus und vererbte ihn an seinen Sohn, den späteren Feldherrn des Augustus, den wir nur unter dem Namen Germanicus kennen.

Die widersprüchliche, schillernde Persönlichkeit des Turinus Augustus habe ich möglichst wahrheitsgetreu zu schildern versucht. Einen »Unsympath« nennt ihn DER SPIEGEL in der Besprechung der großen Augustus-Monografie Jochen Bleickens. Genau so aber wurde Augustus von den Zeitgenossen nicht gesehen. Für sie war er durch und durch sympathisch, gut aussehend, bescheiden, menschlich. Gewiss, er besaß noch einige andere Facetten. Vor allem in seinen jungen Jahren tat er sich durch besondere Grausamkeit seinen politischen Gegnern gegenüber hervor. Doch nach Beendigung der Bürgerkriege vergaß man diesen Wesenszug des Mannes, der Rom zum lang ersehnten Frieden verholfen hatte. Seine besten Freunde, Maecenas und Agrippa, hielten ihr Leben lang unverbrüchlich zu ihm – und er zu ihnen. Das Gleiche gilt auch für seine Frau Livia Drusilla, die er in jungen Jahren kennen lernte und die bis zu seinem Tod an seiner Seite blieb. Was seine Liebesaffären mit jungen Mädchen und verheirateten Frauen angeht, so dachte man im Rom des Augustus über dergleichen bei weitem großzügiger als im christlichen Europa. Affären des Ehemanns gefährdeten die Stellung der Ehefrau nur selten und wurden in der Regel kaum zur Kenntnis genommen.

Wir erleben Augustus auch als einen fairen Stiefvater in der nicht einfachen menschlichen Konstellation, dass seine Frau zwei Söhne aus ihrer ersten Ehe in die neue Verbindung mitbrachte und die beiden in der Folge keine gemeinsamen Kinder hatten.

Antyllus und Caesarion mussten sterben. Die jüngeren Kinder Kleopatras aber ließ Turinus bei seiner Schwester in Rom aufwachsen. Sie erhielten eine sorgfältige Erziehung, und als Selene nach ihrer Heirat mit König Juba nach Afrika aufbrach, durfte sie ihre Brüder tatsächlich »als Geschenk des Princeps« mitnehmen.

Über weitere Kinder Kleopatras schweigen unsere Quellen. Für mich aber wurde Berenike zur realen Person. Sie und Turinus mussten sich hassen und schließlich lieben. Das Rad der Geschichte wird niemals zurückgedreht. Es sollte zwar noch zwei Jahrhunderte dauern, bis im Jahr 212 n. Chr. unter Caracalla alle Einwohner des Imperium Romanum römische Bürger wurden, doch der Weg führte nach der Eroberung Ägyptens durch die Römer unaufhaltsam dorthin.

Liebe und Krieg in den Zeiten der Reconquista

Andalusien 1489: Die Reconquista, die Rückeroberung des maurischen Spaniens für die christliche Krone, ist fast abgeschlossen. Isabella von Kastilien und Fernando von Aragon, die katholischen Könige, fordern bedingungslose Kapitulation. Doch der maurische Statthalter von Mojácar im Emirat Granada weigert sich, er fordert Sicherheit und Religionsfreiheit für alle Bewohner seiner Stadt – Mauren, Juden und Christen. Die Sage um diesen Ort bildet den Hintergrund des Romans DER PALAST DER SONNE. In farbiger Sprache und sinnlichen Bildern erzählt die Autorin von blutigen Kämpfen und politischen Wirren, Eifersucht und Leidenschaft und der großen Liebe zwischen der Christin Catalina und dem Juden Aron.

ISBN 3-404-15151-8

BASTEI
LÜBBE

Ein farbenprächtiger historischer Kriminalroman vor der Kulisse Venedigs

Venedig 1478: Aus den trüben Wassern der Lagune wird vor den Augen des deutschen Händlers Peter Bernward die Leiche eines Kindes geborgen. Bald darauf kommen zwei weitere Kinder ums Leben – Gassenjungen, die als Zeugen gesucht wurden. Wussten sie zu viel? Bernward beschließt, den wenigen Hinweisen nachzugehen. Dabei dringt er tief in das Räderwerk der Macht vor, mit der Venedig seit 400 Jahren den Handel in Europa kontrolliert – und gerät in ein Netz aus Verbrechen und Intrigen, das die dunkle Seite der Stadt offenbart ...

ISBN 3-404-15102-X

BASTEI LÜBBE

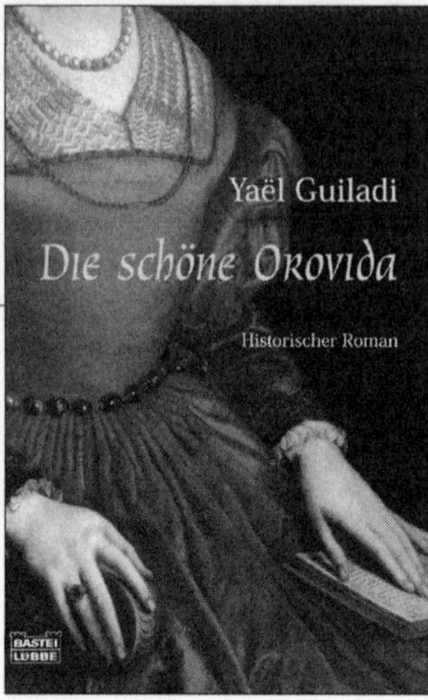

Ein dramatisches Schicksal im Spanien der Händler, Könige und Inquisitoren

Spanien 1476: Ferdinand II. und Königin Isabella erlangen die Macht. Für die Jüdin Orovida und ihren Ehemann David, einen der führenden Tuchhändler von Toledo, brechen schlimme Zeiten an. Juden in hohen Positionen müssen entweder zum Christentum übertreten oder ihr Hab und Gut und sogar ihr Leben geraten in Gefahr. Don David verliert sein Land an die Krone. Um weiteren Verfolgungen und Erniedrigungen zu entgehen, zieht er mit Orovida nach Villafranca. Doch auch dort ist ihr Leben nicht sicher. Bei einem mysteriösen Unfall kommt David ums Leben ...

ISBN 3-404-15098-8

BASTEI LÜBBE